CB060477

Sir

Mr. Duberick persists in ye use of ye medicines prescrib'd, all but ye white decoction pro potu ordinario, instead of which I have order'd ye diet drink & ye Emulsion alternatly, for he has but one stool a day & that not loose. Besides his Hectic he has every night an assault of a fever that lasts for seven or eight hours: he has not those colliquative sweats after ye Heat at least they are not so copious as before, yet he visibly looses flesh & has now a perfect facies Hypocratica. I am altogether of ye opinion of Sr. Hans, that ye country would do him more good than we can. The patient chuses Camberwell, because he has receiv'd benefit from that air before. Porters might easily carry him down stairs and a horse litter is not very fatiguing for an hour. This fine weather I bid 'em open ye windows in ye middle of ye day, & ye air seems to refresh him: he is weak but not more, than when you saw him last, & to my thinking ye Stamina vitæ are yet more firm, than that he should dye by ye way. but as I entirely submit to your Sagacity I shall do nothing without your assent: his cough is considerab:le than it was and, what I wonder at, without any encrease of ye Dyspnœa. A fortnight ago I pronounc'd him dying; I have often thought of it since & am not yet certain, whether I ought to accuse Artis vanitatem, an meam; however I shall make no more Prognosticks, but continue to be diligent in observing & pray to God for more knowledge, remaining with all imaginable respect

Sir

Tuesday night

your most obedient humble servant B. Mandeville

Carta dirigida a Sir Hans Sloane
Sloane MS. 4076, F. 110, Museu Britânico
(Reduzida)

A data desta carta deve ser posterior a 3 de abril de 1716,
pois Sloane só foi feito baronete depois disso

Bernard Mandeville

A Fábula das Abelhas

THE
FABLE
OF THE
BEES:
OR,
Private Vices, Publick Benefits.

By

BERNARD MANDEVILLE.

With a Commentary
Critical, Historical, and Explanatory by
F. B. KAYE

The First Volume

OXFORD:
At the Clarendon Press
M DCCCC XXIV

Bernard Mandeville

A Fábula das Abelhas

Ou Vícios Privados, Benefícios Públicos

Com um Comentário Crítico, Histórico e Explanatório por
F. B. Kaye

Prefácio à edição brasileira
Denis Lerrer Rosenfield

Tradução
Christine Ajuz e Raul de Sá Barbosa

VOLUME I

LIBERTY FUND

TOPBOOKS

© Yale University Library, New Haven, CT
Esta edição brasileira de *The Fable of the Bees or Private Vices, Publick Benefits*
é uma reprodução exata da edição preparada por F. B. Kaye, e publicada
pela Oxford University Press em 1924.
A permissão para reedição é garantida pela Yale University Library,
New Haven, CT, que detém os direitos da edição de 1924.
Exemplar para reedição da Indiana University Library, Bloomington, IN.
© 2021 Topbooks para a edição em língua portuguesa

Editor
José Mario Pereira

Editora assistente
Christine Ajuz

Projeto gráfico e capa
Victor Burton

Revisão
Eduardo Francisco Alves

Produção
Mariângela Felix

Índice remissivo
Joubert de Oliveira Brízida

Diagramação
Arte das Letras

Gerente do programa editorial em português do Liberty Fund, Inc.
Leônidas Zelmanovitz

Mandeville, Bernard, 1670-1733
  A fábula das abelhas ou Vícios privados, benefícios públicos: volume I / Bernarde Mandeville; tradução Christine Ajuz e Raul de Sá Barbosa. – Rio de Janeiro, RJ: Topbooks Editora, 2021. – (A fábula das abelhas)
  Título original: The fable of the bees, or, Private vices, public benefits.

ISBN: 978-65-5897-011-8

  1. Ciências sociais 2. Economia 3. Escolas de caridade 4. Ética 5. Virtude I. Título. II. Título: Vícios privados, benefícios públicos. III. Série.

21-90859   CDD-179.9

Todos os direitos reservados pela
TOPBOOKS EDITORA E DISTRIBUIDORA DE LIVROS LTDA.
Rua Visconde de Inhaúma, 58 / gr. 203 — Rio de Janeiro — RJ
CEP: 20091-007 Tels.: (21) 2233-8718 e 2283-1039
www.topbooks.com.br / topbooks@topbooks.com.br

Impresso no Brasil

A
MEU PAI

"Eu li Mandeville há quarenta ou, creio, cinquenta anos... Ele ampliou muito minha visão da vida real".
Dr. Johnson, in James Boswell, *The Life of Samuel Johnson*, ed. Hill, 1887, iii. 292.

"O livro mais inteligente e mais cruel da língua inglesa".
Henry Crabb Robinson, *Diary*, ed. Sadler, 1869, i. 392.

"Se Shakespeare tivesse escrito um livro sobre os motivos das ações humanas, é (...) extremamente improvável que essa obra contivesse metade do que se pode ler sobre o assunto na *Fábula das Abelhas*".
Thomas B. Macaulay, no ensaio sobre John Milton (*Works*, ed. 1866, v. 5).

"Gosto mais de Mandeville [do que de La Rochefoucauld]. Ele se aprofunda mais no seu tema".
William Hazlitt, *Collected Works*, ed. Waller and Glover, vi. 387.

"Sim, hoje mesmo, à meia-noite, junto a esta minha cadeira,
Vem repassar teus conselhos: continuas ainda
Fiel a teus ensinamentos? Não como os tolos expressam
O sentido que possam ter, e sim com mente mais sutil
Que pudesse atravessar o turvo e seguir a linha da
Lógica, ir bem fundo, e mais fundo, até que
Tocasse uma quietude e chegasse a um santuário
E ali, reconhecendo-o, harmoniosamente combinasse
O mal e o bem, saudando o triunfo da verdade — o teu,
ó sábio há tanto tempo morto, Bernard de Mandeville!"
Robert Browning, *Parleyings with Certain People*, 1887, p. 31.

SUMÁRIO GERAL

VOLUME UM

Prefácio à edição brasileira — Denis L. Rosenfield 13

Nota preliminar sobre o método da edição americana 67

Introdução 75

I. Vida de Mandeville 75
   Primeiros anos, vida na Holanda, 75. Carreira no Reino Unido, 77. Escritos, 92.

II. História do texto 95

III. O pensamento de Mandeville 101
   1. Aspecto literário, 101. Fundamentos da mistura de critérios que produziram o paradoxo de *Vícios Privados, Benefícios Públicos:* os deístas, ceticismo renascentista, Pierre Bayle, 102. 2. Análise do paradoxo, tal como corporificado na *Fábula*, 108. 3. Das duas normas adotadas simultaneamente por Mandeville, qual representava sua atitude genuína?, 115. 4. A ética de Mandeville: seu aparente pirronismo, seu utilitarismo fundamental, 119. 5. A psicologia de Mandeville: o homem completamente egoísta; a função do orgulho; a irracionalidade humana; a 'invenção' da virtude, 124. 6. Certas doutrinas econômicas mal compreendidas: os benefícios

do desperdício, a atitude de Mandeville em face das escolas de caridade, 130. 7. Mandeville e Shaftesbury, 136. Resumo, 139.

IV. Os fundamentos 141

1. Caráter internacional dos fundamentos, 141. Fundamentos da psicologia de Mandeville (francês): antirracionalismo, 142; antecipações do antirracionalismo, 147; o egoísmo básico do homem, 151; a função do orgulho na ação moral, 154. Fundamentos da economia de Mandeville (inglês, francês e holandês): defesa do luxo, 157; a fase econômica do paradoxo de Mandeville, 161; defesa do *laissez-faire*: fatores históricos gerais, literatura, contribuição especial de Mandeville, 162. 2. Influência de predecessores individuais: Bayle, La Rochefoucauld, Gassendi, Erasmo, Hobbes, Locke, Spinoza etc., 167. A originalidade de Mandeville, 175.

V. Influência de Mandeville 179

1. Voga da *Fábula*, 179. 2. Influência literária, 183. 3. Influência sobre o pensamento ético: efeito do paradoxo de Mandeville como estímulo para o utilitarismo – os dois grupos influenciados: o "rigorista" – Law, Dennis *et al.*, 185 – e o não rigorista – Adam Smith, John Brown etc., 194; efeito do pirronismo de Mandeville sobre a teoria utilitarista, 197; efeito do seu individualismo, 198, *n.* 2. 4. Influência sobre a teoria econômica: Adam Smith e a doutrina da 'divisão do trabalho', 199; a defesa do luxo, 200; *laissez-faire* e a filosofia do individualismo de Mandeville, 204. Outras influências de Mandeville, 207.

A FÁBULA DAS ABELHAS. Parte I

Prefácio 215
A Colmeia Sussurrante 225
Introdução 245
Uma Investigação sobre a Origem da Virtude Moral 247
Observações 267
Um Ensaio sobre a Caridade e as Escolas de Caridade 493
Uma Pesquisa sobre a Natureza da Sociedade 577
O Índice (de Mandeville) 633
Uma Defesa do Livro 651

VOLUME DOIS

A FÁBULA DAS ABELHAS. Parte II

Prefácio 11
Primeiro Diálogo 41
Segundo Diálogo 79
Terceiro Diálogo 124
Quarto Diálogo 181
Quinto Diálogo 234
Sexto Diálogo 315
O Índice (de Mandeville) 423

APÊNDICES

A família de Mandeville (com tábua genealógica) 456
Descrição das edições 465
Críticas à *Fábula das Abelhas* 493
    William Law, Richard Fiddes, John Dennis,
    George Bluet, Bispo Berkeley, Lord Hervey,
    Adam Smith, John Brown. Resumo, 528

Uma lista de referências à obra de Mandeville
    ordenada cronologicamente 518
Índice Geral 587

LISTA DE FAC-SÍMILES NO VOL. I

Carta dirigida a Sir Hans Sloane .... *página de rosto*
Testamento de Mandeville 79
Carta dirigida a Lord Macclesfield 85

PREFÁCIO À EDIÇÃO BRASILEIRA
O MEDO, A VERGONHA E O PÚBLICO

Denis Lerrer Rosenfield

"De que estranhas Contradições é feito o Homem!" (vol. I, p. 276)
"Que mal faço eu ao Homem se o
ajudo a se conhecer melhor?" (vol. I, p. 467)

Médico e filósofo, Bernard Mandeville foi sempre um obcecado pelo diagnóstico das paixões humanas, físicas e mentais, privadas e públicas. Seu olhar sobre o comportamento humano orientava-se pela visão de um fisiologista, à procura do modo de funcionamento da sociedade humana a partir daquilo que os homens chamam comumente de vícios e virtudes, nomes que normalmente orientam nossas ações sem que, no entanto, tenhamos uma noção mais precisa do seu significado. Esquadrinhando o corpo, os valores e as representações humanas, esse fisiologista da alma humana foi incansável na arte de procurar as causas do comportamento dos homens, sem fazer nenhuma concessão aos costumes ou à religião.

Trata-se do estudo da natureza humana, tal como um médico a conhece, e não da obra de um moralista que confunde o seu juízo moral com um conhecimento factual, ou ainda de um moralista que crê ser possível uma outra natureza humana. Com efeito, como poderia esse "médico" da moralidade aceitar como válidos valores que, talvez, sejam somente oriundos dos preconceitos? Pode-se pedir a um médico que não investigue a causa de uma doença por essa atentar contra os seus preconceitos?[1]

"Uma das maiores razões por que tão poucas pessoas entendem a si mesmas é que a maioria dos escritores está sempre ensinando aos homens o que eles devem ser e raramente incomoda as suas cabeças contando a eles o que eles realmente são". Logo, "uma das maiores razões por que tão poucas pessoas entendem a si mesmas" deve-se à influência que as ideias têm do ponto de vista da ação e do comportamento humanos, pois a compreensão que um povo tem de si mesmo depende das categorias e ideias mediante as quais ele se representa e pensa.[2] Jamais nos aproximamos de uma realidade qualquer a partir de nada, porém sempre a partir de um determinado enfoque, de um certo senso comum que orienta nosso olhar e, desta maneira, nossa ação. Vemos sempre aquilo que existe segundo uma determinada perspectiva, e não há, pois, o que poderíamos chamar de uma perspectiva zero, um enfoque puro e isento, como se a construção verídica da realidade começasse a partir daquele momento.

Surgem, então, perguntas relativas à abordagem da realidade que será tida por verdadeira e a dos efeitos de ideias, corretas ou não,

---

[1] "Sound Politicks are to the Social Body what the Art of Medicine is to the Natural…" (*An Essay on Charity and Charity Schools*, vol. I, 322). Mandeville, Bernard. *The Fable of the Bees or Private Vices, Publick Benefits*. With a Commentary Critical, Historical, and Explanatory by F. B. Kaye. Indianapolis, Liberty Classics, 1988. Cito aqui a edição americana em tradução própria.

[2] Rosenfield, Denis L. *Retratos do Mal*. Rio de Janeiro, Jorge Zahar Editor, 2003, Capítulo 3.

sobre o comportamento das pessoas em geral. Deve, pois, um discípulo de Pierre Bayle[1] inquirir e examinar o estatuto de qualquer proposição para verificar se ela é verdadeira ou falsa, não recuando diante de nada. Deve, ademais, avaliar o papel das ideias, verdadeiras ou falsas, sobre a opinião pública, sobre o modo mediante o qual pessoas se veem, veem e são vistas. Em consequência, a opinião pública é tributária das ideias e concepções que a formam e com as quais ela "trabalha". Ou seja, a opinião pública é o lugar do embate de concepções que se estruturam segundo determinadas posições filosóficas, científicas, religiosas e políticas. Eis por que o esclarecimento da opinião pública passa por concepções científicas, verdadeiras, da natureza humana, do que o homem realmente é, em detrimento de posicionamentos meramente retóricos dos que, de fato, pretendem reformar a natureza humana e a sociedade sobre bases desprovidas de qualquer realidade, pois situadas num dever-ser que guarda apenas uma relação tênue e distante com o ser.

"(...) a maioria dos escritores está sempre ensinando aos homens o que eles devem ser e raramente incomoda as suas cabeças contando a eles o que eles realmente são". Escritores, em sua maioria, seriam ideólogos, pessoas desprovidas de um interesse científico, de um interesse pela verdade do conhecimento, perseguindo objetivos próprios, ou de seu agrupamento social, religioso ou político. Ao apregoarem um dever-ser aos homens em geral, que são os destinatários de seus discursos, esses reformadores morais procurariam, por intermédio desse efeito próprio das ideias, fazer com que os homens aderissem a esses discursos, visando a torná-los realidade.

[1] Bayle, Pierre. *Dictionaire historique et critique.* 5ème édition, Tome 4, Amsterdam, Compagnie des Libraires, 1734, "Pyrrhon", Tome IV, p. 669.

À EDIÇÃO BRASILEIRA

Ações ao se vincularem a discursos – e discursos dos mais diferentes tipos – terminam por produzir efeitos que tanto podem ser benéficos quanto maléficos para a sociedade, tudo dependendo do estatuto das concepções aí envolvidas. Discursos assentados num verdadeiro conhecimento da natureza humana são benéficos do ponto de vista da sociedade e do pensamento que esta tem de si mesma ao produzirem consequências conformes ao que os homens efetivamente são. Discursos despegados da realidade, produtos de uma arquitetônica do dever-ser que reside em propósitos meramente morais, baseados em propostas políticas messiânicas ou em concepções religiosas, que não pertencem a este mundo, produzem efeitos maléficos, sendo fonte de distúrbios e desordens sociais, engendrando um desconhecimento do homem de si mesmo, uma representação distorcida da sociedade.

Mandeville sustenta que o homem, além de sua constituição corpórea (pele, músculos, ossos etc.), é um ser composto por uma ampla gama de paixões. O homem é um ser desejante, governado por paixões, cada uma a seu turno, segundo o seu jogo de forças, determinando o comportamento humano. Poder-se-ia dizer que o ato de escolha é determinado por aquela paixão que, mais forte, conseguiu se impor sobre as outras. E isso, acrescenta ele, ocorre "queira ele ou não".[1] A sua vontade seria, portanto, uma outra forma de nomearmos a paixão vitoriosa, embora, verbalmente, possamos dizer que a escolha não foi querida, o que seria, na verdade, uma contradição propriamente dita.

Quando utiliza a palavra homem, Mandeville não se refere a judeus ou cristãos, porém apenas a homem, independentemente

---

[1] *Fábula*, Introdução, vol. I, 245.

de qualquer crença, pois o seu objeto de estudo é o ser humano em seu "estado de natureza". O conceito de "estado de natureza" é utilizado para o exame da condição humana, à parte da fé de cada um, não remetendo a uma época determinada. O seu objetivo consiste em empreender uma espécie de "anatomia das paixões", essas se apresentando em sua pureza natural, cujo estatuto é, então, lógico e não histórico. E esse movimento lógico toma o homem enquanto animal, desejante e apaixonado, capaz de fazer uso de uma linguagem específica, o *logos* ou razão, que o torna ainda mais ardiloso na satisfação de suas necessidades — contrariamente a outros animais. As virtudes e vícios são, assim, tratados como nomes dados a paixões, com a ressalva de que o ato de nomear é, ele mesmo, resultado de um movimento desejante, que busca a realização de paixões, evitando, ao mesmo tempo, que esse movimento seja contrariado, causando a dor. Consequentemente, o ato de nomear vem a ser objeto de exame, o estudo mesmo da moralidade como forma travestida ou mediada de apresentação das paixões. O homem é um animal extraordinariamente "egoísta", "obstinado" e "astuto".[1] O estudo desse animal tão específico, sem *parti pris* ideológico ou religioso, mostrando essa sua natureza particular, tem como consequência, no nível político, que ele não pode ser somente subjugado pela força, nem suas capacidades podem ser plenamente desenvolvidas sem um tratamento adequado. Um animal "egoísta", "obstinado" e "astuto" só aceita o jugo da força na ausência de outra saída, porém estará procurando incessantemente com os mais diferentes ardis, e fazendo uso de perseverança, o

---

[1] *Uma Investigação sobre a Origem da Virtude Moral*, vol. I, 247-8.

meio de sair dessa situação, utilizando todos os instrumentos que estiverem ao seu alcance. Contudo, bem governado, por pessoas ardilosas – que compartilham evidentemente essa mesma natureza humana –, esse animal se deixa controlar, tornando-se obediente, sempre e quando seu movimento vital, desejante e apaixonado, seja satisfeito. Sendo bem adulado, o animal-homem é facilmente manipulável. Em vez de serem subjugados meramente pela violência, os governados devem ser persuadidos de que satisfazem melhor os seus apetites seguindo determinadas regras do que as infringindo constantemente. Ora, isso só pode ocorrer se o prazer substitutivo àquele que seria conseguido pelo emprego da violência se mostrar mais compensador.

Kaye, em sua magnífica introdução, coloca a questão de como qualificar Mandeville enquanto pensador, optando, no final das contas, pela denominação de empirista. Evidentemente, podemos qualificá-lo dessa maneira, se o considerarmos um pensador que se debruça sobre a anatomia do homem, pesquisando o que impulsiona sua ação e determina o seu comportamento, evitando qualquer tipo de preconceito, mormente aqueles provenientes da moral, dos costumes e da religião. Na verdade, a moralidade torna-se objeto de estudo, enquanto forma de movimento dos homens, estabelecendo pelos nomes denominados virtudes e vícios o que deve ser objeto de elogio e de condenação. Ocorre, entretanto, que esses elogios e condenações são nada mais do que modos indiretos de apresentação das paixões, que são assim acolhidas ou rejeitadas, tanto do ponto de vista individual quanto do coletivo.

Entretanto, nesse seu trabalho "empírico", baseado numa certa "experiência" da natureza humana, Mandeville segue as linhas mestras de um movimento de pensamento próprio do século XVII, o dos livre-pensadores ou libertinos.[1] Esses eram debochados, irônicos e sarcásticos em relação aos costumes, à moral vigente, à religião, compartilhando crenças teístas ou deístas, que, em contrapartida, faziam deles observadores atentos da natureza, sobretudo em seus componentes sensuais, sensíveis e prazerosos. O estilo de Mandeville, o de escrever uma Fábula e comentá-la, não é próprio de um empirista de estrita observância, que estabeleceria um método rigoroso de observação da natureza, a partir do qual determinadas ideias seriam aceitas e outras rejeitadas. Ele recorre a uma alegoria, a das abelhas, para destilar toda a sua verve, a sua ironia, procurando, assim, não apenas descrever o comportamento do homem, mas convencer o seu leitor, por esse artifício, do bem-fundado de suas convicções. Debochado, ele não hesita, inclusive, em fazer troça com posturas religiosas e morais, destruindo, dessa maneira, o argumento de seus supostos adversários.

AS ABELHAS

Abelhas são insetos sociais, que se organizam em grupos ou colônias, em que impera uma divisão de trabalho, segundo a qual as "obreiras" se dedicam à alimentação de todos. Abelhas exerceram uma poderosa influência sobre pensadores como Hobbes e Mandeville, pautando de certa maneira o modo pelo qual cada um desses pensadores concebia a natureza humana em sua sociabilidade ou (as) sociabilidades originárias. Se se trata de conhecer a na-

---

[1] Cf. Rosenfield, Denis: *Descartes e as peripécias da razão*. São Paulo, Iluminuras, 1996, Introdução.

tureza humana cientificamente, é mister uma comparação com outros animais que também se organizam socialmente. Se o homem é principalmente um animal, cabe investigar em que ele se distingue dos outros animais, sobretudo daqueles que são cooperativos entre si, obedecendo a uma divisão do trabalho, condição de existência mesma das sociedades.

Dentre as "virtudes" das abelhas, destacam-se, sobretudo, a cooperação e os cuidados familiares, dentro de um espírito de rígida hierarquia "social" entre castas, como as das fêmeas ou rainhas, obreiras e machos. Ocorre que essa cooperação, ao contrário da humana, é "espontânea", "natural", não havendo nenhuma imposição como a que é feita pelo Estado. Aliás, poder-se-ia dizer que Mandeville aproxima os homens das abelhas no sentido de tentar harmonizar "espontaneamente" os interesses humanos entre si, de modo que a cooperação surja "naturalmente", mediante o abandono de considerações rigidamente morais, próprias de reformistas ou demagogos que procuram agir, na verdade, contra a "natureza" humana. Trata-se, evidentemente, de uma analogia, pois as abelhas, diferentemente dos homens, "resolvem os seus problemas sem corpos legislativo, judicial ou executivo".[1] A ordem republicana provém de seres que não cooperam "naturalmente" entre si, necessitando de uma ordem estatal que os force a isto.

---

[1] Frost, S. W. *Insect Life and Insect Natural History*. New York, Dover Publications, 1959, p. 240-1. Frost cita também as *Geórgicas* de Virgílio, livro IV, segundo o qual as abelhas possuem cidades comuns, vivendo sob uma única lei. O "Estado" aprovisiona tudo a seus membros, que são infatigáveis trabalhadores. As abelhas trabalham pelo bem comum, morrendo, inclusive, por sua rainha e por suas casas. Hobbes e Mandeville conheciam certamente esse texto de Virgílio. Agradeço a Milena Fermina Rosenfield a indicação desse livro.

A colmeia não comparece apenas como algo análogo à sociabilidade humana, mas como expressão de um tipo de conexão animal cuja harmonia seria superior à dos homens, sempre envoltos em querelas, lutas e guerras, frequentemente pelos motivos mais fúteis e banais. Para Hobbes, a sociabilidade das abelhas era manifestamente superior à dos homens, pois esses insetos se organizam espontaneamente em função do bem coletivo, algo em sua natureza os impelindo para o benefício público. O seu *conatus*, o seu "esforço", por assim dizer, os direciona para um tipo de trabalho cooperativo, sem as falhas do (des)governo dos homens, mais propensos ao combate do que à cooperação.

Mandeville, por sua vez, utilizando-se da metáfora das abelhas, partirá para um exame minucioso da colmeia humana, procurando nela detectar as formas de vinculação dos interesses particulares com os coletivos, reconhecendo, de antemão, que os homens, diferentemente das abelhas, não agem diretamente, graças a uma hierarquia, em função da coisa pública. Pelo contrário, o comportamento humano é desejante, apaixonado, diríamos mesmo desviante em relação à norma, não se podendo exigir de um ser constituído dessa maneira que aja segundo altos padrões morais. Na verdade, uma tal exigência seria antinatural, atentando contra o seu próprio modo de ser. Um "cientista" do corpo e da alma humanos deve primeiramente partir daquilo que é, do que existe, para, só após, poder formular outros caminhos possíveis da ação humana. Primeiro, o conhecimento e o diagnóstico de uma "doença", depois a sua "cura".

No entanto, afastando-se de Hobbes, nosso autor vai descobrir um mecanismo "indireto" de conexão entre os interesses particulares e os coletivos, uma espécie de emulação dos comportamentos, na maior parte das vezes viciosos, que termina por redundar em benefícios públicos. Neste sentido, pode-se dizer que, por uma outra mecânica, os homens terminam por se aproximar das abelhas, embora o façam ao arrepio daquilo que os costumes e a religião denominam "virtudes" morais. Aqueles que examinam a natureza do homem, abstraindo da "arte e da educação", atentos ao que torna os bípedes falantes animais sociáveis, constatará que não é o desejo de companhia, nem a solidariedade, nem uma natureza boa, nem a piedade, mas "suas mais vis e odiosas qualidades são as mais necessárias realizações para ajustá-lo para a maior e, conforme o mundo, mais feliz e florescente sociedade". Ou seja, são os vícios os motores dos benefícios públicos! Escândalo, dirão alguns; diagnóstico correto, dirão outros.

Diferentemente da organização das abelhas, que segue uma ordem hierárquica, em que cada membro da colmeia exerce uma função determinada, obedecendo a chefes previamente delimitados, a organização humana se funda no individualismo,[1] na livre expressão dos sentimentos, das paixões, dos desejos, pautados pelo egoísmo, pelo amor-próprio, desembocando, dessa maneira, no bem coletivo. A colmeia das abelhas funciona segundo um princípio hierárquico de constituição, enquanto a humana está baseada no individualismo moderno e nas formas daí resultantes de sociabilidade. Logo, o Estado em sua forma moderna, segundo Mandeville,

---

[1] Sobre a questão do individualismo em Mandeville, cf. Dumont, Louis, *Homo Aequalis*. Paris, Gallimard, 1977, embora o autor emita contrassensos relativos ao conceito mandevilliano de natureza. Sobre o egoísmo ético, cf. Eduardo Gianetti. *Vícios privados, benefícios públicos? A ética na riqueza das nações*. São Paulo, Companhia das Letras, 1998.

é produto do desenvolvimento do comércio, da livre economia de mercado, da satisfação desenfreada dos desejos individuais, devendo, pois, respeitar tudo o que provém da liberdade mercantil e individual. Ou seja, a economia de mercado e a liberdade do indivíduo na satisfação de suas paixões são condições do Estado. Contrastando novamente com Hobbes, segundo o qual o pacto estatal é condição da sociabilidade humana, Mandeville vai defender a ideia de que a sociabilidade nascida do livre desenvolvimento de uma economia de mercado, centrada na livre satisfação dos desejos e paixões, possui uma autonomia e lógica próprias, sendo autossustentada e livre se ordenada por um Estado cujas funções militares, jurídicas, policiais e diplomáticas não interfiram nessa esfera da livre realização individual.

O ANIMAL HOMEM

A filosofia de Mandeville é uma radical filosofia da finitude humana, sublinhando precisamente o que é nossa condição própria, a de sermos/estarmos na "precariedade da nossa felicidade sublunar e a miserável condição de mortais"[1]. O ponto de partida de sua reflexão consiste nas observações do mundo, logo deste mundo, o único que está ao alcance de nosso entendimento, entendimento finito que se volta para as coisas dadas. Numa fina ironia em relação a Aristóteles e à tradição judaico-cristã, refere-se, de um lado, ao mundo sublunar, de outro, à vil condição humana da finitude, sem nenhum outro recurso do ponto de vista cognitivo.

[1] Diálogos entre Horácio, Cleômenes e Fúlvia, vol. II, 165.

O homem é, então, um ser animal como qualquer outro, inscrito que está numa cadeia natural em que espécies de diferentes criaturas vivem umas a expensas das outras, não havendo maior crueldade no fato de que um animal não racional coma um animal racional, ou de que um animal racional coma um não racional, ou ainda de que um animal não racional coma um outro não racional. "Não há maior crueldade ou é mais antinatural que um lobo coma um pedaço de homem do que um homem coma um pedaço de ovelha ou de galinha". Ou ainda: "Nada é mais comum na natureza, nem mais de acordo com o seu curso habitual, que o fato de que algumas criaturas vivam às custas de outras".[1] Em relação a parâmetros contemporâneos, podemos dizer, sem lugar a dúvidas, que Mandeville é politicamente incorreto!

No que diz respeito ao curso da natureza, em que uma espécie devora as outras, em que a crueldade é o espetáculo mais banal, em que a morte parece ser mais procurada do que a vida e sua preservação, coloca-se a questão de se aquilo que nomeamos mal ou crueldade é tal em si mesmo, ou se se trata apenas da perspectiva, finita, mediante a qual observamos e designamos comumente os fenômenos que nos são apresentados. Se adotássemos uma perspectiva infinita, própria de um intelecto divino, não poderíamos dizer que tais atos são maus ou cruéis uma vez postos em relação com o ser que os criou, porque, neste caso, deveríamos dizer que o

---

[1] No que se refere às mulheres, no entanto, a sua posição é definitivamente moderna: as mulheres têm tanto ou mais capacidade do que os homens em matérias filosóficas e científicas. Tudo é uma questão de trabalho e de aplicação e não de uma suposta diferença natural entendida como dotando um sexo de mais qualidades intelectuais do que o outro (vol. II, 208).

próprio ser infinito seria mau ou cruel, o que parece evidentemente inapropriado. Logo, Mandeville nos apresenta uma mudança lógica de perspectiva, inquirindo-nos pela significação de tais atos e fenômenos segundo um enfoque infinito, situado para além de nosso olhar necessariamente limitado, e muitas vezes ainda mais limitado por preconceitos morais e religiosos, incapazes de fazerem uma avaliação de seus próprios pressupostos e condições.

Sob essa ótica, o animal homem, distinto dos outros animais pelo uso do discurso, do *logos*, tem neste um meio de persuasão do próximo na busca da satisfação própria, do egoísmo, do amor de si. Se o uso científico e filosófico da razão é aquele que normalmente mais se destaca, não é ele que caracteriza o animal racional, pois o *logos* tem uma função basicamente retórica, utilizada para convencer os outros dos propósitos almejados por aquele que fala. Portanto, a razão, para ele, consiste fundamentalmente na persuasão, inclusive em seus interesses científicos e filosóficos. Nesse sentido, pode-se dizer que a linguagem, através de símbolos falados e escritos, com o uso das letras, fruto da educação, possui a atribuição fundamental de sociabilizar os homens, ao fazer com que elogios e condenações, contentamentos e dores tenham uma forma mais refinada de expressão, abandonando as reações imediatas de uma natureza humana não cultivada, não educada. Todo ser humano é governado por paixões e apetites, porém suas formas de satisfação são distintas, sendo diferentes num homem civilizado e num homem não civilizado. O estudo da natureza humana deve, portanto, separar o que é inato do que é adquirido, inatos sendo os apetites e paixões, adquiridas as suas formas de satisfação.

A Fábula das Abelhas consiste em uma alegoria, que mostra como uma colmeia viciosa é, por isso mesmo, próspera, trazendo uma grande satisfação aos seus membros, pois esses encontram nela o contentamento de seus egoísmos privados ao mesmo tempo que a coletividade se desenvolve. As abelhas viviam no luxo e nas maiores facilidades, sendo o seu Estado famoso por suas leis e poder militar. As ciências e as artes estavam em franca prosperidade, contribuindo ainda mais para o renome desse país. As abelhas, nessa colmeia humana, não eram escravas nem viviam sob uma democracia selvagem. Suas leis eram bem constituídas, contribuindo decisivamente para que os comportamentos "viciosos" ou "pecaminosos" fossem bem regrados, preservando, dessa maneira, a paz pública. O seu regime de governo era a monarquia constitucional, em que o poder régio era circunscrito por leis. Essa situação de prosperidade dura até que entram em cena os reformadores sociais e religiosos, que decidem dar um basta a essa situação de desordem moral, implantando um regime caracterizado pela virtude, tal como eles a entendiam. Ao mesmo tempo que se estabelece progressivamente a "moralidade", o comércio começa a minguar, a indústria a decrescer, o poder militar se enfraquece e sobrevém uma pobreza generalizada, com destaque para o desemprego. Os mais ousados e inventivos deixam essa colmeia virtuosa em busca de novas oportunidades de trabalho e de desenvolvimento dos seus talentos individuais.

Os vícios privados eram a "Mola mestra que impulsionava o comércio".[1] Sem tudo aquilo que podemos considerar inclusive como ridículo, a exemplo de dietas de engorda ou de emagrecimento, de hábitos culinários sofisticados num país

---

[1] *Fábula*, vol. I, 232.

miserável, de roupas de moda que são descartadas numa próxima estação por não poderem mais ser vistas naqueles que as portam, não teríamos nenhuma riqueza social e econômica. E com todas essas atividades, vêm associados os vícios tão comuns numa sociedade fundada no livre comércio: evasão fiscal, adulação do ego do comprador, maximização camuflada do lucro, ardis vários na compra e venda de mercadorias, corrupção dos agentes públicos, etc. Compra-se, por assim dizer, o pacote, altamente beneficiário para todos, isto é, para a coisa pública. Observando a história humana, constataremos que Reinos e Estados prósperos foram também os que expuseram um grau enorme de vícios e uma variedade de vilanias e comportamentos inconvenientes, enquanto os ditos virtuosos foram os mais acanhados do ponto de vista do seu desenvolvimento e, mesmo, de sua educação. Cabe, pois, a pergunta: não haverá uma relação necessária entre sociedades florescentes, cultivadas, e comportamentos considerados moralmente desregrados?

Numa "colmeia" bem organizada estão igualmente presentes os vícios animais, próprios de humanos que não podem se demarcar desta sua condição. Insistamos: os homens agem movidos pelo desejo, pelo egoísmo, pelo amor-próprio e pela satisfação de si. Eis o dado primeiro de toda reflexão, sem o que esta se moveria segundo pressupostos dogmáticos, que só poderiam agravar a situação, a "doença" mesma da sociedade. Um bom médico sabe dosar os seus medicamentos, atendo-se aos problemas específicos apresentados pelo corpo. Ele deve, sobretudo, atentar para os seus mecanismos de funcionamento e, no caso do corpo político, funcionamento moral, aquele que é próprio da ação e do comportamento humano em geral. Assim, na radiografia dos valores e vícios morais, ele deverá dirigir o seu exame para as vinculações entre o que é chamado moral e a sua real motivação, normalmente encoberta sob a estampa da virtude. Um belo tapete afegão esconde a pobreza e a miséria dos que o produziram. Trata-se, portanto, de estabelecer essa conexão, mostrando o elo entre as manifestações normativas e os juízos morais com as paixões e desejos humanos.

Virtudes como frugalidade e temperança seriam a expressão de uma sociedade pobre, voltada para si mesma, preocupada apenas com as condições de sua própria sobrevivência. Na *Fábula*, uma sociedade desse tipo seria uma sociedade decadente – posterior a uma que teve o seu eixo motor nas prosperidades comercial e industrial e no livre desenvolvimento de vícios tais como o luxo, a prodigalidade e o desperdício –, tendo sucumbido à obra de moralizadores sociais e religiosos, que terminaram por se impor do ponto de vista das reformas políticas e dos costumes. Os que se insurgem contra os malefícios do "comércio", das "manufaturas", do "mercado", das "paixões desenfreadas" e dos "vícios que corroem as relações sociais e familiares" são, nesta perspectiva, os advogados de economias decadentes, de sociedades fechadas e da pobreza generalizada. Cuidado com os moralistas e os reformadores sociais, adverte-nos Mandeville:

> "Como o Orgulho e o Luxo diminuem,
> Eles gradativamente abandonam os Oceanos.
> Não Mercadores agora, mas Companhias
> Desmontam todas as Manufaturas".[1]

---

[1] *Fábula*, vol. I, 241.

Ou ainda:

> "Fraude, Luxo e Orgulho precisam existir
> Enquanto possamos colher seus Benefícios".

Observe-se, nessa estrofe, que o alvo da ironia de Mandeville são os pecados na tradição religiosa, entre os quais o do orgulho e soberba é um dos piores, por ser um vício que expressa não apenas a transgressão de uma norma religiosa, mas uma transgressão que senta raízes na desmedida individual, na vã tentativa humana de equiparar-se a Deus.

> "Então o Vício pode ser benéfico,
> Quando contido e limitado pela Justiça".[1]

Essa outra estrofe é particularmente importante ao frisar que o vício é considerado benéfico do ponto de vista social e econômico, daí não se seguindo que ele deva invadir todas as esferas da vida, como se regras jurídicas e o direito do outro em geral não devessem ser respeitados. O "elogio" do vício vem acompanhado da delimitação de sua esfera de atuação pela Justiça, isto é, pelo Estado, que deve assegurar suas funções na perspectiva de defesa dos direitos individuais, da liberdade de cada um. Reconhecer os benefícios públicos dos vícios privados não equivale à aceitação da desordem social e estatal. Podar os vícios quando exacerbados e desmedidos, quando atentam contra as regras jurídicas, eis uma das funções do Estado, independentemente de coerções religiosas que, essas sim, podem ser um incentivo à pobreza social.

[1] Ibid., 243-4.

Para evitar quaisquer equívocos relativos às suas formulações, Mandeville faz questão de sublinhar que não há, em seu pensamento, nenhuma apologia da imoralidade, nem uma tolerância com os crimes. Primeiro, porque se trata de reconhecer que o que consideramos "imoralidade" faz parte da natureza humana, sendo as sociedades florescentes as que exibem um grau muito elevado de comportamentos desviantes em relação ao que os moralistas consideram como tais. O estudo das sociedades humanas e de seus fundamentos mostra que a prosperidade de uma sociedade está intrinsecamente vinculada com a apresentação, frequentemente escancarada, de seus vícios. Sociedades moralmente "corretas" seriam sociedades pobres, que descambariam no desemprego, na frugalidade e, no final das contas, na falta de educação. Segundo, porque coibir e punir crimes consiste em uma tarefa própria do "governo", que, para o bom andamento das relações sociais, evita que essas descambem para a violência e vela para que os vícios permaneçam contidos dentro de limites legais perfeitamente estabelecidos.

O fervor dos moralistas, ao denunciarem as trapaças, as fraudes e o luxo, normais no comportamento humano, termina por advogar uma reforma da natureza humana, de resultados desastrosos numa perspectiva social, econômica e política. Não se trata, evidentemente, de uma permissividade em relação à corrupção e às venalidades que povoam a vida cotidiana. Essas devem ser combatidas e regradas dentro de marcos específicos, de maneira que não interfiram no modo de funcionamento da sociedade. O ponto consiste em que não se pode extirpá-las, pois isso seria equivalente a considerar os homens como seres não apaixonados, não desejantes, como se nossa espécie fosse constituída de anjos sem corpo. Partindo, portanto, da natureza humana tal como ela é, a ação política encontra os seus próprios limites, pois seu propósito não deve residir em refundar a natureza humana. Toda ação política "virtuosa" deve reconhecer o "vício" como constituindo o seu próprio horizonte de atuação. Contudo, uma ação "radicalmente virtuosa", a que condena irrestritamente as paixões e os desejos, logo, a natureza humana tal como ela é, cairá, por sua vez, no "vício mais radical", o de tomar como possível uma brutal modificação da natureza humana, e que redundará, na *Fábula das Abelhas*, no estancamento da indústria, do comércio, das ciências e das artes, ou seja, na pobreza generalizada como se fosse uma "virtude".

A ORGANIZAÇÃO DO MUNDO

O todo é uma confluência harmônica de partes que, individualmente, concorrem apenas para a satisfação do egoísmo, do interesse privado. Mandeville, como assinalado por Kaye, compartilha provavelmente uma crença deísta,[1] que postula uma harmonia no universo, cuja origem é divina. Daí não se segue, porém, que as partes devam individualmente perseguir o bem coletivo para que essa harmonia possa se estabelecer. A harmonia nasce da desarmonia, de tal maneira que cada um, ao buscar a satisfação do seu *Self-Love*, de seu amor ou estima de si, termina, apesar de si, por contri-

---

[1] Deísmo, vol. II, 127, nota 2 de Kaye: A própria definição mandevilliana de deísta é a seguinte: "Aquele que acredita, em sua acepção comum, que Deus existe e que o mundo é governado pela providência, mas não tem nenhuma fé em algo revelado, é um deísta..." (*Free Thoughts*, ed. 1729, p. 3).

buir para a síntese do todo. Já antes dele, Leibniz, em sua *Teodicéia*, compartilhava dessa posição ao mostrar que os males do mundo desaguavam numa concórdia bondosa do todo. Para ele, inclusive, a existência do mal no mundo cumpria uma função específica e essencial, a de ser uma condição do desenvolvimento do bem que se afirma na primazia do conjunto, tal como planejada e querida por Deus. Embora o papel da crença religiosa, mesmo em sua depuração filosófica, não seja em Mandeville tão nítido, ele se apropria de alguns dos seus pressupostos, particularmente os relativos ao ordenamento "espontâneo" e "natural" do todo. A tarefa do pensamento consistirá, então, em apresentar a estruturação do todo, apesar das condenações religiosas dos particulares, incapazes de ver para além de suas crenças dogmáticas.

Citações como essa são reveladoras de um enfoque baseado na ideia de teodicéia:

"Sabendo que os Deuses não mandam Doenças
Para Nações sem Remédios".[1]

Aquilo que é denominado mal obedece, então, a uma determinada perspectiva de abordagem de certos fatos e ações, em que entra em linha de consideração uma específica concepção que oferece as condições de uma tal qualificação. Se se parte do reconhecimento de que Deus existe e de que ele regra os eventos do mundo, independentemente de uma crença específica em uma religião revelada, o comportamento humano estará inscrito nessa rede significativa, que concorre para a realização global do bem, segundo

[1] *Fábula*, vol. I, 237.

o conceito de providência divina. No mundo sublunar, nosso mundo, o que é denominado mal moral ou natural obedece, na verdade, a um grande princípio que torna os homens criaturas sociáveis.[1] Se se pode dizer que a providência divina destinou o homem à vida social através de suas fragilidades e fraquezas, pode-se também dizer, substituindo a providência divina por "necessidade de causas naturais",[2] que a natureza impulsiona os homens a agirem de uma determinada maneira. E ela o faz de uma forma ajustada a tornar esses seres espontaneamente cooperativos entre si, com a condição de abandonarem os discursos dos reformadores morais, dos que são os verdadeiros provocadores de distúrbios sociais e de desorganização do Estado. A diferença entre um enfoque científico, baseado em uma crença deísta, e um enfoque religioso, dogmático, reside em que um possibilita o estudo da natureza humana, apresentando um corpo de conhecimentos capaz de orientar os homens segundo as suas paixões, enquanto o outro, pelo discurso dos reformadores, produz a instabilidade institucional e a convulsão social.

Em consequência, considerar um determinado ato como bom ou mau depende de várias circunstâncias, entre as quais: a) a perspectiva adotada na consideração dos efeitos mais próximos ou mais longínquos, tendo como critério o desenvolvimento econômico-social daí resultante. Isto é, não basta o enfoque de um determinado fenômeno em seu efeito imediato, pois perdemos aí precisamente a concatenação das causas, que exige um entendimento mais afeito a uma visão de conjunto do processo social. Ademais, não se

---

[1] *Uma Pesquisa sobre a Natureza da Sociedade*, vol. I, 629.

[2] *Uma Investigação sobre a Origem da Virtude Moral*, vol. I, 264.

trata de analisar esse processo social à luz de preconceitos religiosos, morais ou jurídicos, porém de abordá-lo tendo como parâmetro a prosperidade que nele se desenvolve; b) adotando essa perspectiva, pode-se ver que o mal frequentemente atribuído a determinados atos resulta em bem quando abordado a longo prazo, ou seja, "...o *Bem* surge e pulula do *Mal*, tão naturalmente como as Pintinhos dos Ovos".[1] Tomemos o caso analisado por Mandeville, a saber, o da produção de bebidas alcoólicas, condenadas com veemência por determinados religiosos e moralistas. Se a ingestão de bebidas alcoólicas é considerada algo mau, observem-se as enormes vantagens do ponto de vista econômico e social que nascem de sua produção, tanto no que se refere ao emprego direto como ao indireto envolvidos nessa atividade econômica, assim como da prosperidade resultante para a sociedade em seu conjunto. Pense-se no peso das indústrias vinícola, de whisky e de cerveja em vários países. Se esses países obedecessem a pregadores morais e religiosos, perderiam muito de sua prosperidade, tendo de diminuir os benefícios sociais, previdenciários, educacionais e de saúde.

Mandeville assinala,[2] inclusive, que não entende o significado dos predicados morais, a menos que eles estejam vinculados ou sejam atribuídos a qualidades de pessoas que deles fazem uso. Ou seja, virtudes morais não são consideradas tais por serem abstratamente analisadas ou por se fundarem em quaisquer códigos religiosos ou éticos, previamente admitidos como válidos ou de valor absoluto, mas por serem "em contexto", estudadas em pessoas nas

---

[1] *Observação (G)*, vol. I, 306.   [2] *Observação (L)*, vol I, 326.

quais aparecem como predicados e, através delas, pela posição que essas pessoas ocupam do ponto de vista do desenvolvimento da sociedade em seu conjunto. Logo, não há valores morais absolutos, pois esses são nomes dados a certos comportamentos e, mesmo, a fenômenos naturais. Virtudes morais são tributárias de formas particulares de nomeação, que dependem de determinados agentes, de determinadas formas de cultura e de determinados parâmetros morais, inscritos historicamente. A questão moral se desloca da validade em si de um valor moral, de um tipo de comportamento determinado, à sua forma de nomeação e às condições em que essa nomeação se exerce.

Do ponto de vista individual, o que será para uma determinada pessoa uma virtude poderá ser considerado por outra um vício, tudo dependendo não só da perspectiva adotada como do interesse particular em jogo. Ou ainda, num jargão hobbesiano ou freudiano: bem é aquilo que causa prazer, mal o que produz dor. Assim, o bem torna-se o bem aparente, o que aparece para cada pessoa como tal, independentemente de seu enraizamento num costume imemorial ou numa crença religiosa. Do ponto de vista coletivo, nomes são extraídos de um determinado estoque cultural, fazendo parte de uma certa concepção de mundo, em vigor numa época ou numa sociedade determinadas. O senso comum moral nada mais é, nesse sentido, do que a expressão da representação que uma determinada sociedade faz de si mesma. Há tantos "sensos comuns" como representações e concepções de mundo, variáveis segundo o tempo e o lugar, mutáveis segundo os períodos históricos. Consequentemente, não se pode atribuir valor a um padrão de medida como se fosse de validade incondicional, pois todo padrão de medida é relativo a uma cultura particular.[1] Em outras palavras, vícios e virtudes são nomes dados a determinados comportamentos segundo uma perspectiva determinada, não havendo nenhum padrão de medida que permita ancorar esses nomes numa gramática, para utilizarmos uma expressão de Wittgenstein, de tipo absoluto, de tal maneira que pudéssemos dizer, incondicionalmente, que um determinado comportamento é virtuoso ou vicioso.

A CONQUISTA DAS PAIXÕES

Vícios e virtudes são pares antitéticos, mutuamente dependentes, de tal maneira que um é a condição do outro, convertendo-se, pela publicização de comportamentos, nesse próprio outro. Virtudes morais são nomes dados a paixões quando entram na cena pública, são por ela reconhecidas e consolidadas nos costumes. Vícios e virtudes são, então, termos relativos, definindo-se um em relação ao outro, com a consequência de que a moralidade torna-se refém de atos de nomeação subordinados ao jogo das paixões. Nesse sentido, Mandeville demarca-se de Aristóteles, pois, para ele, não há virtudes médias, aquelas que não pecam pela falta, nem pelo excesso. Segundo Aristóteles, a coragem é uma virtude, por ocupar uma posição intermediária entre a covardia e a temeridade. Segundo Mandeville, não há termo médio entre a avareza e a prodigalidade, pois são "vícios" que, embora apareçam como opos-

---

[1] As culturas mostram uma extrema variabilidade dos valores, que dependem de modas e costumes. *Uma Pesquisa sobre a Natureza da Sociedade*, vol I, 584-6.

tos, com frequência se assistem mutuamente.¹ O seu olhar está sempre voltado para a observação dos comportamentos sociais, com a perspicácia de um médico atento a diagnósticos. Ele não deixa de empregar uma analogia com a medicina,² quando escreve que esses dois vícios são como dois tipos de venenos que convenientemente misturados podem produzir um bom medicamento, um corrigindo os excessos ou faltas do outro, numa espécie de mútua assistência. Do ponto de vista socioeconômico, a avareza, dependendo de sua correção pela prodigalidade, tanto pode ser um empecilho para o desenvolvimento da sociedade – pois um povo de avaros não produz riquezas, permanecendo no entesouramento –, como pode ser, dependendo das circunstâncias, um mecanismo de poupança, se for bem equilibrada pela circulação de capitais, que nasce de comportamentos pródigos.

Sob uma ótica que desloca a análise moral para a psicológica, as virtudes são, então, analisadas como atos que contrariam o impulso da natureza, dando lugar a um benefício público na medida em que ocorre um processo social de emulação, em que cada um se controla em função dos outros, segundo um processo de proveito mútuo. Virtudes são uma espécie de domínio das paixões,³ conquista da natureza inculta (*untaught Nature*) do homem, isto é, as paixões atuam "inconscientemente", para utilizarmos um vocabulário freudiano, sendo o seu trabalho, a sua elaboração, o fruto de um longo processo civilizatório, que, pedaço por pedaço, veio a constituir o que chamamos hoje de cultura ou educação. As paixões que

---

¹ *Observação (I)*, vol I, 318.
² *Observação (K)*, vol I, 323-4.
³ *Uma Investigação sobre a Origem da Virtude Moral*, vol. I, 254-5.

governam as transformações sociais são desconhecidas (*unknown*) para os seus autores, porém são essas que "governam a sua vontade e dirigem o seu comportamento".[1] O comportamento humano em geral e o que comanda as transformações sociais e políticas em particular têm como fundamento as paixões humanas que agem à revelia da razão, ou melhor, põem esta a seu serviço. Os homens agem frequentemente sem saber o que estão fazendo, sem inclusive se saberem e conhecerem como seres apaixonados que realmente são.

Mandeville põe em relevo esses mecanismos "desconhecidos" (*unknown*) da natureza humana que imprimem a esta a sua verdadeira marca, de tal maneira que os processos morais são deles derivados. O fundamento da moralidade reside em mecanismos inconscientes que caem sob a rubrica genérica de "paixões", que são os verdadeiros motores da ação humana. No nível racional, esses mecanismos atuam sob a forma do *Self-denial*,[2] ou seja, da "denegação", para utilizarmos aqui um conceito freudiano. O sujeito, ao negar algo insistentemente, estará, na verdade, afirmando a verdade do que foi negado. Em consequência, uma pessoa "moral" é aquela que diz e insiste em afirmar que o seu agir está única e exclusivamente voltado para o bem coletivo ou para a humildade, quando, ao fazê-lo, nega-e-afirma que o seu comportamento esteja determinado por uma paixão originária que se manifesta sob o par orgulho/vergonha. Todo o processo civilizatório se assenta, portanto, nesse lento e doloroso processo de ocultamento dessa paixão originária, que continua agindo sorrateiramente sobre o comportamento de todos. Sociedades mais educadas são as que pude-

---

[1] *Fábula*, vol. II, 172.
[2] *Um Ensaio sobre a Caridade e as Escolas de Caridade*, vol. I, 525.

ram levar esse processo a um grau de maior perfeição. Assim, a psicologia deve partir da experiência, levando em conta as observações extraídas dos comportamentos humanos ditos normais ou anormais. E a experiência nos mostra a eficácia dos processos psicológicos sobre os processos mecânicos do corpo. Esses processos "psicológicos" são por ele denominados "pensamentos" e "afecções da mente".[1]

Uma boa educação nasce de um aparente paradoxo, profundamente enraizado na natureza humana, a saber: uma educação refinada deve, ao mesmo tempo, fortalecer o orgulho e ocultá-lo, e tanto mais se esse mecanismo de fortalecimento/ocultamento se fizer espontaneamente, diria quase inconscientemente. O mecanismo de contenção do orgulho não pode, porém, ser de tal natureza que o contrarie do ponto de vista dos princípios, pois os diques de contenção seriam francamente insuficientes. Ou seja, regras de tipo moral-religioso, que desconsiderem o papel que desempenham as paixões na natureza humana, poderiam criar desordens psicológicas e sociais, pois o remédio receitado apenas fortaleceria o mal que se pretende curar. A única forma de dominar essa paixão consiste em jogá-la contra outras paixões, ou melhor, a mesma paixão com – e contra – ela mesma, fazendo com que os seus sintomas,[2] as suas formas de aparecimento sejam outras. Sintomas são formas substitutivas de paixões que se apresentam de um modo que as ocultam, ganhando uma aparência socialmente aceitável. Assim, se o orgulho aparece em sua forma bruta, ele é extremamente desagradável e reprovado socialmente, enquanto se

---

[1] *Fábula*, vol. II, 199.   [2] Ibid., 155.

À EDIÇÃO BRASILEIRA

torna, sob a forma de um sintoma socialmente aceito, objeto de elogio e aprovação.

O "orgulho" é uma paixão originária. O "prazer" que homens "virtuosos" extraem de suas ações é derivado do orgulho que sentem de terem realizado atos que são vistos, pelos outros, como fora do normal, destacando-os do comum dos mortais, tornando-se assim objeto de estima, adulação e imitação. Contemplar o seu próprio valor, regozijando-se com esse prazer, mostra como os homens são seres apaixonados, tendo no orgulho um motor de suas ações. Na verdade – e eis o ponto central de Mandeville – as paixões, e paixões "imorais" segundo a tradição religiosa, particularmente cristã, como o orgulho e a soberba, são a origem das virtudes morais. O orgulho e a soberba tornam-se qualidades das mais benéficas para a sociedade em seu conjunto, e isso precisamente pelo fato de uma pessoa sobrestimar-se, atribuindo-se um valor que não possui necessariamente aos olhos de um suposto juiz imparcial. Um pecado do ponto de vista religioso vem a ser uma virtude na perspectiva socioeconômica, dos grandes intercâmbios mercantis, das nações comerciantes que se converteram em Estados de bem-estar social, suplantando Estados pobres e pretensamente virtuosos.

Contrastando com o enfoque cristão, para os romanos o orgulho era uma virtude que estruturava o comportamento humano, sendo objeto de elogios e dignificada como algo de valor público. Mediante o "orgulho", eles apresentavam um dos ápices de ações "autonegadoras", em que um combatente, por exemplo, punha a própria vida em risco, sendo a morte, a negação de seu ser físico, uma possibilidade resultante desse confronto. Mas para que os homens pudessem ser levados a esse extremo, tornava-se necessário que eles fossem *flattered*, "adulados", que o seu ego fosse tão fortalecido que a sua paixão os conduzisse à busca do renome eterno, o da história de Roma que cantava os seus homens mais ilustres e destemidos. O louvor, o elogio, permite bem estabelecer o jogo do reconhecer/ser reconhecido por atos públicos que conquistam, assim, a admiração e a estima dos outros, podendo sobreviver à morte do(s) seu(s) agente(s). Nessa perspectiva, que corresponderá na visão de Mandeville à posição correta, não foi a religião que conduziu os homens à abnegação (forma de *Self-denial*), à subjugação dos seus apetites, mas o governo habilidoso de políticos, que souberam manejar astuciosamente a "adulação" com o "orgulho", fazendo com que as virtudes morais fossem "a descendência política que a lisonja engendrou no orgulho".[1]

MANDEVILLE E HOBBES

Apesar de ambos os autores não coincidirem no que diz respeito à natureza (as)sociável do homem e ao conceito de Estado, Mandeville retoma de Hobbes o seu conceito de homem como ser movente segundo desejos que visam à conservação do corpo e à satisfação de seus prazeres, evitando a dor que pode perturbar essa satisfação. Assim, ele sustenta que não há nada de mais sincero do que reconhecer que os homens amam, acima de tudo, a si mesmos e procuram preservar a coisa amada, o que significa

---

[1] *Uma Investigação sobre a Origem da Virtude Moral*, vol. I, 258.

contentar os seus desejos e apetites, conservando a si mesmos. Esse "esforço" (*Endeavour*) de autopreservação é o traço essencial da natureza humana. "Essa é a lei natural, segundo a qual nenhuma criatura é dotada de qualquer apetite ou paixão que não se destine, direta ou indiretamente, à sua preservação ou à de sua espécie".[1] O que compele as criaturas a agirem é o desejo, procurando ansiosamente pelo que julgam que irá sustentá-las ou agradá-las, com o comando de evitar tudo o que elas imaginam ser a dor, o que obstaculiza o prazer ou o que pode destruí-las.

Contrariamente a Hobbes, no entanto, Mandeville crê extrair da experiência a lição de que os corpos não tendem somente à autopreservação, mas também à destruição dos outros corpos. Para Hobbes, o conflito nasce do choque dos corpos moventes, da sua disputa, da procura dos mesmos bens reais ou imaginários, enquanto Mandeville enfatizará que o conflito nasce de uma propensão inata dos homens em destruírem/subjugarem/superarem os demais. É como se ele tivesse retomado os dois princípios hobbesianos, o da cobiça e o da razão natural,[2] e tivesse atribuído ao primeiro uma outra significação, não apenas a da realização do desejo e do egoísmo próprios, porém igualmente a da disputa/apropriação dos desejos alheios. O mecanicismo de tipo galilaico, de Hobbes, Mandeville substituirá por uma "psicologia" da natureza humana.[3]

---

[1] *Observação (R)*, vol. I, 432.
[2] Hobbes, *De Cive*. Paris, Sirey, 198, epístola dedicatória. Há tradução brasileira pela editora Vozes.
[3] Nesse sentido, Mandeville antecipa Hegel, na medida em que este considera a luta senhor/escravo como uma luta pelo desejo alheio, uma luta pelo prestígio.

PREFÁCIO

Segundo o nosso autor, a natureza teria dotado o homem de um instinto que o faz valorizar a si mesmo acima do seu real valor.[1] Se cada um ama a si mesmo mais do que qualquer outra coisa ou pessoa, se o egoísmo é o verdadeiro eixo da ação, se a satisfação da cobiça estrutura o comportamento humano, esse amor de si (*Self-love*) é orientado pelo apreço autorreferido, que passa pela busca do reconhecimento alheio, pois a estima individual não depende apenas dos bens adquiridos, bens, digamos, materiais do ponto de vista da preservação física dos corpos, mas da correspondência, por definição incomensurável, diríamos insaciável, entre o valor que cada um se atribui e o olhar do outro. Cada um tende a se atribuir maior valor do que realmente merece, e isso, em escala social, produz um descompasso permanente na satisfação dos desejos.

O conceito de *Self-love*, amor de si, estima de si, é, então, reelaborado à luz do conceito de *Self-liking*,[2] gostar de si. Esse último conceito consiste numa forma de "socialização do orgulho", de tal maneira que o amor-próprio tem, no *Self-liking*, uma expressão mais exterior, voltada para o reconhecimento do outro. Neste sentido, Mandeville reservaria o conceito de *Self-love* para a busca dos bens necessários para a preservação e manutenção do corpo, tanto do ponto de vista individual quanto familiar. No conceito de *Self-liking* estaria mais presente a dimensão da procura de oportunidades por gestos, aparências e sons que fazem com que cada um exponha e disponha o valor que concede a si como sendo superior ao que ele tem dos demais.[3] Teríamos, portanto, dois níveis de luta: a) o que po-

---

[1] *Fábula*, vol. II. 159.
[2] Ibid., 162.
[3] Ibid., 163-4.

deríamos chamar de luta pela sobrevivência, pela preservação da vida, expressa no conceito de *Self-love*; b) o que poderíamos denominar luta pelo prestígio, luta pelo olhar do outro no que diz respeito ao seu próprio valor, que cada um tende a considerar como inestimável, e que se expressa no conceito de *Self-liking*.

Sendo o homem um ser orgulhoso, um ser que tende a apropriar-se de tudo o que lhe aparece, desconsiderando, inclusive, que possa haver limites à sua ação, salvo aqueles que tendem a preservar o seu próprio orgulho e reputação, "o desejo de domínio é a consequência inevitável do orgulho, que é comum a todos os homens".[1] Ou seja, sendo a paixão o que move o ser humano, em particular a paixão do orgulho, segue-se que o desejo de domínio, a dominação do outro, é uma consequência inevitável da ação humana. Não se trata apenas do choque dos corpos, segundo o axioma da finitude[2] no sentido hobbesiano do termo, segundo o qual o homem, enquanto ser finito, "esforça-se por preservar a si mesmo e aumentar o seu poder de conservação",[3] mas da dominação do outro, que nasce do axioma do orgulho ou, como veremos a seguir, da vergonha.

Retomando, num sentido completamente diferente, a distinção cartesiana entre ideias inatas e adquiridas, Mandeville,[4] em sua anatomia da conduta do homem, distingue paixões inatas de adquiridas. Dentre as primeiras, o orgulho (*Pride*) e o medo da morte contam como as principais; dentre as segundas, ele destaca o sen-

---

[1] Vol. I, 245.
[2] Barbosa Filho, Balthazar. "Condições da autorização e autoridade em Hobbes". In: *Filosofia política 6, O Poder*. Porto Alegre, L&PM Editores, 1989.
[3] Ibid., p. 64.
[4] Vol. II, 112-23.

timento de honra, que depende dos hábitos e costumes de cada sociedade e de cada época. Assim, o sentimento de honra pertence somente a determinados estratos sociais, enquanto o orgulho se faz presente em qualquer indivíduo, independentemente de classe ou ordem social. A honra seria nada mais do que uma expressão particular do orgulho, que é a paixão-mor a reger a conduta humana. Ou seja, aquilo que homens educados de sociedades civilizadas consideram como um princípio, do qual se depreende a estima que eles têm do seu valor, é, sob a ótica do médico-filósofo, uma paixão trabalhada e educada de uma determinada maneira social e cultural. "A honra é, indubitavelmente, fruto do orgulho, mas a mesma causa não produz sempre o mesmo efeito".[1]

Logo, há uma paixão originária que pode subjugar o medo da morte violenta, uma paixão que pode cegar o entendimento, conduzindo os atos humanos por um mecanismo que opera aquém da razão.[2] Poderíamos chamar essa paixão de "medo da vergonha",[3] que nada mais é do que o contraponto do orgulho, do orgulho ferido, banido das relações intersubjetivas. Na verdade, Mandeville postula um outro axioma que rege o comportamento humano, axioma esse que tem como função explicar que o movimento dos corpos humanos só secundariamente se rege pelo medo da morte violenta, que perde, no campo teórico, a função de princípio que era a sua segundo Hobbes. Se o medo da morte violenta fosse um princípio explicativo do comportamento humano, fatos como o suicídio e o duelo permaneceriam

---

[1] *Fábula*, vol. II, 114.
[2] Ibid., 124.
[3] Definição da vergonha: "...uma reflexão melancólica sobre a nossa própria indignidade, a partir do temor de que os demais nos desprezam, ou viriam a desprezar, merecidamente, se soubessem tudo a nosso respeito". *Observação (C)*, vol. I, 274.

inexplicáveis, fatos esses que expõem a vergonha atuando sob a forma da baixa autoestima e da falta de reconhecimento do outro.

Uma vez que a sociedade atribui conceitos morais a determinados comportamentos, quando uma pessoa recebe certa qualificação, ela tanto pode ser dignificada quanto rebaixada na cena pública. Observe-se que a desvalorização da pessoa, o menosprezo do qual ela é objeto, independe de uma consideração de ordem propriamente moral, embora ela possa aparecer revestida dessa forma de classificação. O valor ou desvalor da pessoa provém da apreensão dos outros, da visão alheia, que confere a cada uma a qualificação que se apodera dela, produzindo orgulho ou vergonha. Nesse caso, a esfera do público é de tal maneira introjetada que o seu efeito é psicologicamente devastador. Consequentemente, no caso de rebaixamento, esse efeito vem acompanhado de dores profundas que podem deprimir uma pessoa, escanteando-a inclusive da vida. Ora, quando um tal efeito é produzido, surge uma paixão particularmente intensa: a "vergonha". Paixões em geral, e a vergonha em particular, governam a razão, tornando essa última um mero instrumento daquelas. O que faz a razão, na verdade, é tentar controlar as paixões mais intensas, mediante o mecanismo de abnegação (*Self-denial*),[1] de modo que essas paixões não terminem produzindo danos irreversíveis às pessoas totalmente tomadas por elas.

Uma quebra de expectativas, uma quebra do *Self-liking*, ao produzir desgraças, desapontamentos e outros infortúnios do gênero, pode levar milhares à tumba, e isto mesmo quando o *Self-love* se encontra satisfeito sob a forma limitada dos bens necessários à sobrevivên-

---

[1] *Observação (C)*, ibid.

cia do corpo. O seu nível de atuação situa-se num reconhecimento do valor que cada um – arbitrariamente – atribui a si, no orgulho do qual cada um é portador, a vergonha sendo uma expressão dessa quebra de expectativas. Em suas belas páginas dedicadas ao duelo, Mandeville mostra como o medo da morte pode ser suplantado, enquanto paixão, pelo medo da vergonha, pela perda da estima dos outros, que ocorre quando um *gentleman*, por exemplo, prefere o risco da morte à vergonha decorrente de não ter enfrentado uma afronta. O medo da vergonha pode suplantar o medo da morte violenta, tornando este um princípio secundário do agir humano.

Da mesma maneira, ninguém se inclina ao suicídio[1] enquanto o *Self-liking* permanece em vigor, numa situação em que cada um se encontra contente com a sua condição e com as perspectivas futuras. Logo, o suicídio não tem uma relação direta com a satisfação oriunda de bens necessários para a preservação do corpo, porém encontra o seu lugar próprio na vergonha, na quebra de expectativas no que diz respeito à estima pessoal. No momento em que o *Self-liking* se extingue, o desejo volta-se para a aniquilação do próprio eu/corpo, pois não há um gostar de si que possa resistir a uma situação de vergonha extrema. É quando intervém o *Self-love* na acepção mais genérica de amor de si, de estima de si, que põe um fim a essa situação intolerável, fazendo com que haja um ato voluntário consistente em buscar refúgio na morte. O suicídio é, então, um exemplo do caráter limitado da concepção hobbesiana ao mostrar que há um medo superior ao da morte violenta, tão maior que a morte se torna o alvo almejado.

[1] *Fábula*, vol. II, 167.

Em seus *Diálogos entre Horácio, Cleômenes e Fúlvia*, Mandeville refere-se várias vezes a Hobbes, criticando a sua formulação de que o homem nasce, por natureza, incapaz para a vida social.[1] Ele sustenta, ao contrário, que o homem, de todos os animais, é o mais sociável.

Pode-se evidentemente dizer que os homens entram em sociedade buscando companhia, porém não o fazem segundo um pretenso amor pelos outros ou pela humanidade em seu conjunto, mas por um tipo de desejo que procura a satisfação própria, a maximização do proveito individual na relação com o outro. Ou seja, o contentamento visado é o da vantagem, do contentamento egoísta. Em sua busca de vantagens desenfreadas, os homens sentem medo, porém o medo que surge não é apenas o da morte violenta, que resultaria da luta pela posse dos mesmos bens, e sim, também, o de como o outro vê o desempenho da busca pela satisfação, em que entra em linha de consideração não somente o objeto material do desejo mas o como de sua aquisição, entendendo por este a *performance* no par orgulho/vergonha. Ou seja, o medo da morte violenta revela um medo mais originário: o medo da vergonha, o de não atingir o seu alvo, podendo ser este tão somente o prestígio, afiançado pelo olhar do outro. O medo rege o comportamento de cada um, podendo ter os desdobramentos mais imprevisíveis, do crime mais hediondo à submissão mais dócil.

Logo, para que o ser humano seja governável nesse jogo de paixões que se espelham umas nas outras, para que haja um

---

[1] Cf. Hayek para uma discussão do conceito mandevilliano de natureza social. "The Origins of Political Economy in Britain". In: *The Collected Works of F. A. Hayek*. The University of Chicago Press, 1991. Cf. também uma resenha do livro de Mandeville, feita por Eduardo Frieiro, *Revista do Livro*, nº 1-2, junho de 1956. Agradeço ao editor José Mario Pereira a indicação desses dois textos.

corpo político, é necessário um Estado,[1] cujo atributo essencial esteja no uso que saiba fazer do medo e que o utilize com discernimento. O uso estatal do medo é condição do exercício do poder, pois a criatura humana só se curva sob o medo. Não o sentindo, ela segue na desmedida, na transgressão. Ademais, ela deve ter o entendimento de que o medo não é apenas atual, ocasional, exercido naquele momento, mas pode ocorrer no futuro, regradamente, toda vez que a mesma situação se apresentar. Ele deve, neste sentido, mostrar o seu caráter não arbitrário, permanente.

Mandeville estabelece, então, a distinção entre ser submisso e ser governável. Ser submisso significa submeter-se a algo de que se desgosta para evitar um desgosto maior, enquanto ser governável significa um tipo de submissão em que a pessoa governável extrai uma vantagem dessa situação, ao mesmo tempo em que o governante extrai um outro tipo de benefício. A pessoa governada procura agradar ao soberano, exercitando-se com esse objetivo, enquanto a pessoa meramente submissa permanece nessa condição apenas pelo jugo que sobre ela se exerce, não procurando agradar ao soberano. Por conseguinte, da sociabilidade humana se depreende uma espécie de governo determinado que fortalece os laços sociais, enquanto pode haver, por outro lado, um tipo de submissão que apenas os desagregue.

Mandeville considera que a sociabilidade humana, sendo natural, dado ser o homem um ente que age por paixões, por medo, requer também naturalmente um tipo de governo específico. Ou

---

[1] O conceito mandevilliano de governo tem a acepção de Estado, pois essas duas palavras eram, na época, frequentemente utilizadas como sinônimos.

À EDIÇÃO BRASILEIRA

seja, por natureza, o homem está destinado a ser governado numa forma de relação social em que as paixões possam se satisfazer, e o local dessa satisfação é uma sociedade de mercado. Nosso autor faz uma analogia entre fazer vinho de uvas e formar uma sociedade de multidões independentes.[1] De um lado, pode-se dizer que o vinho vem naturalmente da uva; de outro, pode-se igualmente dizer que o vinho é uma invenção humana. Há, portanto, toda uma habilidade na constituição das sociedades, e essa habilidade é fruto de um trabalho de séculos, concretizado em formas de governo civilizadas. Da mesma maneira, pode-se dizer, segundo Aristóteles,[2] que o homem é um ser político por natureza, isto é, tende por sua natureza própria, por sua finalidade imanente, à constituição de corpos políticos, embora multidões de homens possam viver, numa outra acepção de natural, como "bestas", fora dos corpos políticos.

O que está em jogo é aquilo mesmo que se entende por natural em sua oposição ao artificial. Assim, quando se fala de natural, ou de obras da natureza, quer-se com isso referir o que é produzido sem o concurso humano.[3] Diz-se, então, num sentido muito específico, que as abelhas são sociáveis, pois a natureza as destinou para o trabalho coletivo. No caso da criatura humana, também se diz que ela é sociável por natureza, pois suas paixões e medos a destinam para a vida social, porém a essas paixões deve-se acrescentar a sabedoria, dada naturalmente ao homem, cujo exercício se revela num governo que sabe dar livre curso aos desejos dessa criatura.

---

[1] Vol. II, 223-9.
[2] Aristóteles. *Política*, I. *The Complete Works of Aristotle*. Edited by Jonathan Barnes. Princeton/Bollingen Series LXXI 2, 1995.
[3] Vol. II, 224.

Num certo sentido, poder-se-ia dizer que o "artificial" faz parte da "naturalidade" humana.

A sabedoria humana, no entanto, é precária, defectiva, só podendo proceder por ensaio e erro, num conhecimento que procede *a posteriori*, gradativamente, degrau por degrau, o que implica a extrema variabilidade das formas humanas de governo, submetidas a disputas infindáveis, até que, pelo progresso do conhecimento, o ser humano encontra uma forma governamental mais adequada às suas necessidades, desejos e paixões, o que não acontece com as abelhas, que, desde sempre, possuem a mesma forma de governo, estando, neste sentido particular, destinadas a ela, hierarquicamente.

A questão que se coloca é qual seria o equivalente da fermentação da uva do ponto de vista da transformação de multidões numa sociedade propriamente dita, aquilo que ele chama vinosidade do vinho.[1] Resposta: o equivalente na sociedade à vinosidade do vinho é o comércio mútuo, isto é, uma sociedade de mercado, no qual as criaturas extraem satisfações recíprocas das trocas que efetuam, dando livre curso às suas paixões. Destaquemos que a pergunta de Mandeville dirige-se a qual faculdade e para que julgamos ser o homem um ser sociável. A pergunta pelo "de onde" é pela causa eficiente, e a resposta seria: das paixões humanas. A pergunta "para que" é pela causa final, e a resposta seria: para a satisfação das paixões. E para assegurar o "para que", tornam-se necessários uma sociedade de mercado e um governo que saibam fazer sabiamente uso do medo. A sua formulação é lapidar: "É vivendo em sociedade que o homem se torna sociável".[2]

[1] Vol. II, 227.
[2] Idem, 228.

Os processos sociais

A noção do devir sociável de um ser "por natureza" sociável permite precisamente enfatizar o progresso que vem a ser feito nessa sociabilidade natural graças aos processos civilizatórios. O homem torna-se sociável pela educação que recebe ao longo dos séculos e das mais diversas experiências humanas. Dois exemplos são particularmente esclarecedores: a) o homem é uma criatura racional, mas ele não está provido de razão quando vem ao mundo, pois essa deve ser desenvolvida mediante todo um processo que começa na família, continua na escola, na vida profissional, nos costumes e na vida econômica, concluindo na vida política e na do conhecimento. Não há razão humana sem o seu processo, sem o seu vir-a-ser, embora possamos dizer que o homem é "naturalmente" racional; b) o discurso é, da mesma maneira, uma característica da espécie humana, embora não se possa igualmente dizer que o homem nasça com o seu uso pleno, que somente no transcurso de diferentes épocas e gerações tornou-se uma característica dita do ser humano. Apenas graças à educação os indivíduos vêm a desenvolver essa propriedade da qual todos são potencialmente dotados.

Mandeville inscreve-se, portanto, numa posição anticontratualista, na medida em que o processo da humanidade se faz por etapas, num longo aperfeiçoamento das relações humanas. Para ele, o Estado e a sociedade não podem ser formados por um livre acordo de vontades individuais, pois são o resultado de um penoso processo civilizatório. O comportamento humano vai se alterando gradativamente, e essas alterações são as verdadeiras responsáveis pelas transformações sociais e políticas, sem que intervenha aqui um acordo racional entre vontades, pois esse processo ocorre imperceptivelmente e espontaneamente. Ou seja, esse processo tem lugar "sem reflexão",[1] por graus e num longo espaço de tempo, concretizando-se em costumes, regras e instituições determinados. O processo social é equivalente aos processos científico-tecnológicos, uma obra lenta e gradual de autores desconhecidos. Como numa construção, coube a cada um pôr um tijolo de um prédio, que foi sendo assim levantado. Conjuga-se o trabalho ininterrupto com o processo e a experiência de muitas épocas, de tal maneira que o produto final jamais poderia ter sido atingido pelo plano racional de um único autor ou por um conjunto racional de sábios. É a experiência humana a verdadeira responsável do progresso histórico e não a obra preconcebida da razão, inclusive em sua forma divina. Logo, não há a ideia de que a sociedade poderia ser reconstruída a partir de um projeto específico, que residiria na mente ou na razão de reformadores. Processos de mudança social se escalonam num longo período de tempo, seguindo os usos e costumes de cada sociedade e de cada época.

Ou seja, Mandeville[2] se insurge contra formulações de tipo racionalista que derivariam as sociedades e Estados da mente de um determinado gênio, Deus ou grande reformador social, moral, religioso ou político, cujo projeto nascido da ideia seria depois implementado segundo um plano preestabelecido. Seria para ele o equivalente a um processo racional *a priori* que trabalharia apenas segundo os seus próprios dados e condições, "esquecendo" ou "desconsiderando" a sua inscrição primeira na natureza mesma das coisas finitas. Os processos sociais e civilizatórios no sentido

[1] Vol. II, 170.
[2] Ibid., 174.

amplo do termo obedecem aos costumes, regras e instituições que se transformam lentamente no transcurso do tempo, devendo tudo à experiência de muitas gerações e épocas. Ele se afasta, pois, tanto de formulações de tipo cartesiano, segundo o qual a melhor cidade é aquela que corresponde geometricamente ao plano de um arquiteto que tudo extrai de sua cabeça, quanto das formulações de tipo religioso, segundo o qual Deus, tendo concebido o mundo em sua mente, passou depois à ação, criando a natureza e o mundo. Ampliando a sua colocação do problema, pode-se dizer que o mesmo vale para reformadores políticos que, somente com seus planos mirabolantes, pretendem criar um "homem ou mundo novos", independentemente das paixões humanas, do mercado, das regras e instituições vigentes.

Um conceito central do pensamento de Mandeville é o de emulação. Através dele, mostra como os homens agem normalmente imitando uns aos outros, procurando tirar proveito do que pode lhes resultar em maior prazer e desconsiderando a dor proveniente de comportamentos inadequados. Na verdade, os homens, animais que são, não agem segundo princípios de escolha racionalmente determinados, mas vendo o que se passa ao seu redor, numa busca incessante de maximização de seus proveitos e de minimização de suas perdas. Sendo a razão resultante de um jogo de paixões que envolve um cálculo de vantagens e desvantagens, de perdas e ganhos, cabe determinar pela observação quais são os comportamentos mais lucrativos e os mais prejudiciais, imitando uns e tomando os outros como exemplos do que não deve ser seguido.[1]

---

[1] Mandeville, nesse sentido, é um precursor de Gabriel Tarde. Cf. sobretudo *La Philosophie pénale*. Lyon/Paris, Storck/Masson, 1891 e *Études de Psychologie Sociale*. Paris, Giard & Brière, 1898.

Nessa perspectiva, o conceito de adulação (*Flattery*) é particularmente interessante ao permitir ver como opera a emulação. A adulação expõe um traço essencial da natureza humana, segundo o qual as pessoas tendem a repetir o comportamento observado nos demais, sobretudo naquelas características em que o indivíduo "imitado" se coloca como uma espécie de exemplo pelos demais. O mesmo comportamento poderia ser observado naquelas atitudes em que a transgressão, quando não punida, tende igualmente a ser imitada. Pense-se, em nosso mundo contemporâneo, em atos como os de uma criança ou de um adolescente que entra numa escola matando colegas e/ou funcionários. Em dias posteriores, constata-se o mesmo fenômeno a milhares de quilômetros de distância, e, assim, repetidamente, de tal maneira que não se pode indicar uma mesma causa ocasional que tivesse provocado os mesmos efeitos. Há comportamentos que são simplesmente "imitados", para o "bem" ou para o "mal", sendo esse um traço distintivo do homem.

Na sociedade tem lugar um jogo de aparências, em que cada um procura se destacar dos demais usando de todos os meios à sua disposição, do pretenso desinteresse de aparecer, da suposta negligência, à assunção da glória nos assuntos públicos como uma forma de satisfação pessoal. A propósito dos hábitos de vestimenta, em que se misturam os ornamentos com as modas, encobrindo, no caso de sociedades hierarquizadas como a inglesa, o seu verdadeiro estrato social pelo jogo das vestimentas, Mandeville põe em relevo um traço essencial do ser humano, a saber: aparentar mais do que é. Não importa que o motivo da ação seja ou não fútil, baseado na mera aparência e com o mero objetivo de designar exteriormente uma ascensão social. Na moda, as imitações corporais terminam por suscitar um grande desenvolvimento socioeconômico, que se desdobra na indústria de tecidos, em artífices, em máquinas, em costureiros, em trabalhadores, etc. O que conta é o benefício final da coletividade. De modo mais geral, poder-se-ia dizer, na esteira de Hobbes, que o homem é a sua forma mesma de aparecer, da qual se depreendem as suas ditas qualidades morais, num jogo de espelhos em que a emulação de comportamentos cumpre um papel central na perspectiva das atitudes de cada um e de todos. O homem seria o conjunto dos seus aparecimentos, sendo esses os verdadeiros agentes da sociedade: processos sociais são processos imitativos.

Assim, o conceito de emulação nos permite melhor captar o papel dos exemplos nos processos sociais, pois, entre esses, há aqueles que repercutem positivamente e os que repercutem negativamente para a comunidade. Entre os primeiros, a moda se destaca do ponto de vista dos seus benefícios, isto é, todos os processos baseados no mercado seguem o mesmo parâmetro, o que é o alvo mesmo da exposição de Mandeville. Entre os segundos, temos o caso acima referido de criminosos não punidos, cuja ação passa então a ser imitada, com graves repercussões do ponto de vista da coletividade. Se criminosos agem impunemente, outros seguirão o mesmo caminho, baseados no exemplo. Eis por que comportamentos exemplares são importantes do ponto de vista da coletividade, pois, se os processos sociais se caracterizam por ser imitativos, tanto podem desembocar em maior como em menor coesão social, numa maior ou menor prosperidade, o caos também podendo ser o seu desfecho.

Opinião Pública

A moralidade é do domínio dos costumes, dos valores concretizados nas relações humanas e sociais. Nenhum pensamento é suscetível de condenações, por residir no mero campo da subjetividade. Contrariamente à tradição cristã, que julga condenáveis determinadas fantasias, ideias e concepções, Mandeville sustenta que elas são moralmente isentas por não terem efetividade prática. Quaisquer elogios e condenações morais são provenientes da esfera pública, do que é feito e visto por outros. Ou seja: "...nenhum pensamento pode ser impudente se não foi jamais comunicado a ninguém".[1]

Vimos que a vergonha e o orgulho são paixões de mesma origem, uma sendo, na verdade, a contraparte da outra, pois ninguém que tenha sentido uma deixou de ter também a experiência da outra. E a explicação dessa origem comum reside em que a maior preocupação dos homens consiste no que os outros pensam, o comportamento humano estando, sobretudo, voltado para o olhar do outro: agimos baseados numa imensa estima por nós mesmos.[2] A perspectiva do que é avaliado e estimado consiste em explicar paixões, encontrar as suas causas, focalizando o par apreço pessoal/olhar dos outros, de tal maneira que o nosso egoísmo tenha sua contrapartida no que os outros pensam de nós, pois sem esse olhar alheio o ego ficaria enfraquecido.

Mandeville enfatiza frequentemente, em sua descrição e explicação das paixões, a posição que o olhar do outro ocupa na obser-

---

[1] "...no Thought can be Impudent that never was communicated to another", *Observação(C)*, vol. I, 291.

[2] "the vast Esteem we have for our selves", *Observação (C)*, idem, 277.

vância de determinadas regras sociais, pois esse olhar é de natureza a aumentar ou diminuir o apreço que cada um tem por si mesmo, com repercussões conhecidas no enfraquecimento ou no fortalecimento da autoestima. Assim, ele emprega expressões do tipo: "ocultar os verdadeiros sentimentos de nossos corações perante os outros"[1] ou "a avidez com que cortejamos a aprovação dos outros"[2] e outras da mesma espécie. O olhar do outro estrutura as relações sociais, pois, sendo o homem um ser desejante e egoísta, ele está voltado para um espelhamento na sua relação com os demais. Ou seja, na medida em que cada um "imagina" seu valor superior ao que realmente vale, a sua conduta estará determinada pela posição que a imaginação ocupa do ponto de vista das relações humanas. Ressaltemos ainda que a utilização de expressões como "pensamento do outro", "imaginar o que o outro pensa de si" e outras do mesmo tipo realça toda a importância que Mandeville atribui ao conceito de imaginação. As relações sociais se organizam imaginariamente, segundo a forma com que cada um se apropria do senso comum vigente.

Mandeville é particularmente atento aos clamores[3] da opinião pública enquanto instrumento de balanceamento das relações políticas, advogando por uma publicização dos assuntos econômicos, sociais, morais, religiosos e políticos. Quando esses assuntos tornam-se efetivamente públicos, eles são um poderoso instrumento político, que pode se traduzir, por exemplo, na troca de ministros e na verificação e avaliação dos atos dos governantes. A opinião pública consiste no controle social dos atos políticos e governamentais, sendo a boa ou a má

---

[1] *Observação (C)*, vol. I, 279.
[2] *Observação (C)*, ibid.
[3] Vol. II, 394.

opinião dos outros fundamentais para a sua constituição. Nela, opera um mecanismo de valorização ou desvalorização de pessoas e ações, ou de pessoas como sendo a série de suas ações, que as diferencia do ponto de vista de sua "respeitabilidade moral", que deveria ser mais propriamente denominada "compatibilização de opiniões públicas". Com efeito, essa distingue alguns e denigre outros, independentemente do valor propriamente "moral" das ações, pois esse "valor" nada mais é do que uma expressão das paixões, que são, assim, mais ou menos reconhecidas publicamente.

Não cabe, pois, falar do valor em si das ações morais, pois essas são qualificadas como nomes apostos a pessoas e ações segundo a posição que cada um ocupa na esfera pública. Se a origem das ações ditas morais reside nas paixões, são essas os verdadeiros motores das ações e condutas humanas, vindo, assim, a ganhar essa qualificação em virtude de sua presença e reconhecimento a partir das opiniões dos outros. Uma pessoa sem nenhum merecimento "moral" pode ser reconhecida na esfera pública como uma pessoa de valor, honrada, pois se trata aqui meramente de um nome que recebe a partir da posição que ocupa na cena pública. A cena pública torna-se, então, o verdadeiro lugar de aposição de nomes e qualificativos, conforme um mecanismo que independe das pessoas individualmente e que confere a cada uma delas uma determinada qualificação. Consequentemente, o espaço público se caracteriza como uma forma efetiva de atribuição a ações e pessoas de nomes que as distinguirão entre si, fazendo com que algumas sejam de maior ou menor valor do que outras. Mas valor não significa o que normalmente consideramos como valor moral, pois são conceitos que surgem do jogo público das paixões.

À EDIÇÃO BRASILEIRA

Regras jurídicas e Estado

Uma sociedade de mercado, caracterizada por um comércio intenso, nacional e internacional, por um desenvolvimento industrial, é uma sociedade "não virtuosa", pois os companheiros da prosperidade comercial e industrial são o luxo e a avareza, que se expressam também pela introdução da fraude nessas mesmas relações comerciais. Ou seja, uma sociedade próspera se caracteriza pelos vícios que a constituem, pois a civilização, o progresso do conhecimento e das artes e hábitos cada vez mais refinados são acompanhados por uma ampliação dos desejos, por apetites cada vez maiores e, logo, pelo incremento dos "vícios".[1] O homem é um animal social na medida em que as paixões humanas, livremente expressas, conduzem a uma interação entre todos os indivíduos, que, assim, se satisfazem mutuamente. A forma mais desenvolvida dessa interação é o mercado, pois, neste, todas as paixões encontram formas menos desregradas de satisfação. Deve-se, no entanto, distinguir essa característica basicamente social do homem de suas características propriamente políticas, pois o governo é necessário enquanto forma de controle e regramento das paixões humanas. Neste sentido, pode-se dizer que o governo é uma capacidade humana adquirida, que deve ser aperfeiçoada gradativamente, segundo a experiência. Talvez se possa aqui dizer que o homem é por natureza um animal social, porém não um animal político.

Regras jurídicas, enquanto regras sociais, devem ser observadas como regras que garantem a sociabilidade. Não se trata apenas de

[1] *Observação (Q)*, vol. I, 414.

medir os atos por suas consequências imediatas, pois o dinheiro proveniente de um roubo posto em circulação monetária é igual aos gastos de uma pessoa de bem que faz circular o mesmo valor. Do ponto de vista econômico, o resultado da circulação de uma soma X de recursos é o mesmo, provenha ela de ação lícita ou ilícita. Entretanto, se regras jurídicas não fossem observadas, garantindo a integridade do corpo e da propriedade, estaríamos diante de uma situação de decomposição social, que impediria a médio prazo a existência mesma de uma sociedade que assim se caracterizasse.[1] Regras jurídicas têm, então, a função primeira e primordial de assegurar a convivência dos homens entre si, de modo que suas paixões possam, com medida, encontrar os meios de satisfação. O seu fundamento, neste sentido, não é moral nem religioso. Logo, o poder do Estado, corporificado nas leis e na polícia, é fundamental do ponto de vista da paz pública e do pleno funcionamento dos processos sociais, salvo se ele for tomado por reformadores sociais e/ou religiosos que poriam as leis e a polícia a atuarem contra as tendências naturais do homem, contrariando os seus interesses, impossibilitando que esses se desenvolvessem e, assim, criando tanto a pobreza social quanto situações de desordem pública.

São leis severas e uma diligente e imparcial administração da justiça[2] que devem proteger a sociedade contra os velhacos, contra os que querem tirar proveito próprio sem seguirem nenhuma regra, transgredindo a ordem estabelecida. Regras jurídicas, voltadas para a paz pública e para a prosperidade social, no jogo do livre mercado, devem ser distinguidas de regras morais, que, segundo os

---

[1] *Observação (G)*, vol. I, 300-1.   [2] *Observação (O)*, vol. I, 390.

tipos, podem coibir a livre manifestação das paixões de uma forma daninha para a natureza humana tal como ela é. Observe-se ainda que Mandeville defende a posição de uma "tolerância zero" em relação a pequenos crimes, pois estes, impunes, tendem necessariamente a crescer. A melhor forma que uma sociedade tem de proteger-se contra os distúrbios da paz pública consiste em mostrar pela administração da justiça que ações criminosas, de quaisquer tipos, não ficarão impunes.[1]

Mandeville distingue entre uma sociedade bem estruturada juridicamente, onde vigora um Estado, e uma sociedade à deriva, de governantes virtuosos ou não. Sendo o homem o que ele é, não se pode esperar dos políticos um governo virtuoso, pois estes tenderão sempre, por um movimento próprio, à satisfação primeira de suas paixões. A distinção relevante é entre um Estado governado por leis que independem dos políticos de plantão e um governo baseado nas supostas qualidades de seus dirigentes, que podem inclusive promover o bem-estar social sem a observância de leis. Uma sociedade próspera depende do respeito dos contratos, de suas "estritas regulações", da "administração do tesouro público", que vão se corporificar num bom governo. Se assim não for, "desgraçado é o povo, e sua Constituição será sempre precária, cujo bem-estar depende das virtudes e consciências de ministros e políticos".[2]

Os vícios privados não produzem por si mesmos benefícios públicos se não houver um *skillful Management*, uma "administração habilidosa". Ou seja, a sociedade, por si mesma, é incapaz de produzir benefícios públicos se não tiver um "governo" que saiba li-

[1] *Um Ensaio sobre a Caridade e as Escolas de Caridade*, vol. I, 515-6.

[2] *Observação (Q)*, vol. I, 420.

dar com os vícios privados, com as transgressões, com os atentados à propriedade, com os crimes. Tornar civilizada[1] uma sociedade é também a obra de governos cuja ação se conforme com a natureza humana tal como ela é, ou seja, movida por paixões que se contentam entre si num livre jogo de emulação, competição e satisfação. Isso significa que há dois tipos de governos: os que atuam segundo a natureza humana, que encontra seu lugar próprio de manifestação e realização no jogo do livre mercado, e os que atuam de acordo com uma ideia preconcebida, segundo a qual os homens devem ser de uma determinada maneira que corresponda a essa concepção, o que pode se traduzir pela supressão do mercado enquanto lugar próprio desse livre jogo, embora não só nele, pois essa atividade reformadora pode concentrar-se apenas em determinados costumes. Na primeira alternativa, parte-se do homem como um ser que pertence ao mundo animal, um ser que age segundo paixões, emoções e prestígio, procurando a satisfação dos seus desejos e a sua demarcação em relação aos outros indivíduos; na outra, desconsidera-se essa inscrição "animal" e "apaixonada" e procura-se construir o homem somente a partir de uma ideia, como se uma "razão" reformadora fosse capaz de criar um novo ser imune e independente de sua animalidade originária.

A arte de governar exige uma grande dose de conhecimento, conhecimento oriundo do estudo da natureza do homem, deste ser movido por paixões, desejos e apetites. A arte de governar deve ser, então, uma arte de manejar, com habilidade, as paixões humanas, algo adquirido por experiência e que não se produz esponta-

---

[1] *Observação (N)*, vol. I, 368.

neamente. Logo, a política não pode ser concebida como um mero subproduto das forças de mercado, como se houvesse um mecanismo automático de conversão dos vícios privados em benefícios públicos. Ou seja, essa conversão já operante no mercado encontra sua culminação na esfera governamental, pois cabe a esta transformar as fraquezas humanas em virtudes do ponto de vista da coletividade. O governo tem também a função de atuar sobre a interação das paixões humanas, canalizando-as de maneira a que benefícios públicos sejam o seu resultado. Daí se segue a necessidade de que os governantes tenham uma base "científica", ela mesma resultado do conhecimento da natureza humana, das fraquezas e fragilidades que caracterizam o homem. A política tem, em consequência, a dimensão de uma espécie de "administração hábil"(*dextrous Management*)[1] das paixões humanas. Baseando-se num conhecimento adquirido *a posteriori*, fruto da experiência, ela requer um longo período de tempo até que a humanidade possa encontrar a melhor forma de governo, fundamentada na análise do que é a natureza humana, e não naquilo que alguns gostariam que ela fosse. "Toda política sadia e toda a arte de governar se baseiam no conhecimento da natureza humana".[2]

O Estado deve ser estruturado por uma administração pública, que faça funcionar a máquina, independentemente da grande capacidade de eventuais governantes. Mandeville se volta, portanto, contra a ideia de grandes homens salvadores de Estados, que são mais o resultado de relações políticas desestruturadas. O seu ponto consiste em que inteligências médias são capazes de levar adian-

[1] Vol. II, 377.
[2] Idem, 379.

te os assuntos de governo, sempre e quando contem com uma burocracia estatal que cumpra com suas funções. Um "bom" regime de governo depende muito mais de boas leis, regulares e estáveis, e de uma administração pública, do que da habilidade e inteligência de políticos carismáticos. Ou seja, a Constituição deveria fazer nove décimos do trabalho,[1] estabelecendo competências e mútuas verificações entre os diferentes poderes do Estado, impedindo fraudes, corrupções e desvios de verbas públicas.

A conservação das estruturas estatais e da vida econômico-social depende principalmente de sábias leis, de uma adequada Constituição que estruture e arme as distintas esferas da administração, de tal maneira que o bem-estar público não sofra da falta de conhecimento e de probidade dos governantes. A ênfase de Mandeville reside sempre no mecanismo das leis no sentido econômico ou jurídico, inclusive jurídico-constitucional, deixando um espaço reduzido e limitado às "virtudes" individuais. Ou seja, um Estado civilizado consiste numa sociedade de mercado estruturada por leis sábias, de modo que o seu mecanismo seja o de conversão dos vícios privados em benefícios públicos, pois o que não se pode erradicar é a própria fraqueza e fragilidade da natureza humana.

Nenhuma introdução de Mandeville estaria completa se não viesse acompanhada de um elogio e de agradecimentos. Elogio ao Liberty Fund, que tornou possível a publicação deste clássico – e de outros que a este se seguirão – no Brasil. Certamente, nosso país sairá culturalmente enriquecido com essa magnífica iniciativa.

[1] Vol. II, 384.

Agradecimentos a Rosane e Leônidas Zelmanovitz, representantes do Liberty Fund entre nós, que estão, com Emilio Pacheco – então vice-presidente da instituição sediada em Indianapólis, Estados Unidos –, na origem desse empreendimento; e a José Mario Pereira, que acolheu esse projeto, contribuindo decisivamente para sua realização com a alta qualidade do seu trabalho editorial. O Liberty Fund e a Topbooks estão de parabéns.

NOTA PRELIMINAR
SOBRE O MÉTODO DA EDIÇÃO AMERICANA

I. Anotações explanatórias e históricas

Não passei estes últimos anos na companhia de Mandeville sem a convicção, cada vez mais profunda, da sua grandeza literária. O leitor descobrirá, porém, muito pouca insistência nesse fato na presente edição. Um editor, penso eu, pode muito bem pendurar nas paredes do seu escritório as palavras do Dr. Johnson a Boswell: "Considere, Senhor, quão insignificante isto parecerá daqui a doze meses" – trocando os doze meses por cem anos. Em tal perspectiva, argumentos em favor do gênio de Mandeville e lamúrias sobre o esquecimento em que hoje se encontra são fúteis, uma vez que a simples reedição e o tempo bastarão, por si sós, para restabelecer-lhe a reputação, de maneira a tornar toda e qualquer defesa editorial um anacronismo.

Tentei insistentemente orientar Mandeville para a corrente dominante no pensamento da sua época, comparando constantemente seu texto com a obra de contemporâneos ou predecessores, a fim de que divergências ou afinidades com eles ficassem sempre evidentes. Quando o pensamento em causa era comum, citei apenas passagens suficientes para estabelecer o fato da sua trivialidade, ou as antecipações que poderiam ser consideradas fontes; onde o sentimento era original e de primeira qualidade, dei, de um modo geral, todos os paralelos encontrados, fossem ou não seminais. No entanto, uma vez que uma edição acadêmica não é um manual, não me preocupei em fazer pelo leitor, capacitado no que concerne a essas citações, o que ele pode fazer por si mesmo. Ao oferecer paralelos ao texto de Mandeville, apontei sua relação como possíveis fontes única e exclusivamente quando senti que meu conhecimento do assunto me autorizava a fazer alguma contribuição original ou de valor, e quando me conscientizava de poder dar prova irrefutável de alguma coisa. E, de princípio a fim, estive sempre mais interessado em antecedentes que em fontes.

Em nenhuma edição pode o comentário adaptar-se exatamente a todos os leitores, e a dificuldade em adequar notas a leitores é essencialmente séria no presente caso. *A Fábula das Abelhas* tem a ver com tão amplo campo de ação na ordem do pensamento que não aproveita apenas aos que se interessam principalmente por literatura, mas também a especialistas na história da economia e da filosofia, tanto a americanos e europeus em geral quanto aos ingleses. Por conseguinte, o que é óbvio para um leitor pode parecer abstruso para outro, e uma explicação necessária para algum pode parecer a outro um insulto à sua inteligência. Peço perdão àqueles a quem eu possa ter ofendido dessa maneira, mas tomei como norma anotar quando em dúvida, por considerar que é fácil omitir alguma coisa, mas não tão fácil corrigir uma omissão.

Ao determinar quais palavras precisavam de elucidação, por obsoletas ou técnicas, procurei basear minha escolha tão objetivamente quanto possível e não, simplesmente, conjeturar que termos poderiam justificadamente confundir o leitor. Escolhi dois dicionários respeitáveis, de nível médio – um americano e um inglês – o *Desk Standard* (Funk & Wagnalls) e o *Concise Oxford Dictionary*. Palavra não encontrada em ambos é – admiti – suficientemente obscura para justificar exclusão (levando em conta nessa decisão tanto o leitor americano quanto o inglês).

Não empreguei *sic* para indicar erros tipográficos em passagens e títulos citados. O leitor pode supor que nós tentamos citar sempre *verbatim* e *literatim*. Em minhas referências, a data aposta ao título da obra não se refere ao ano da edição *princeps*, mas da edição usada por nós. No esforço de valer-me das melhores edições disponíveis, citei dois autores, Montaigne e Pascal, em edições com textos ligeiramente diferentes daqueles de que Mandeville dispunha. Cuidei, no entanto, de não citar nada que não pudesse ser do conhecimento de Mandeville em forma semelhante ou, pelo menos, equivalente.

Permita-me, também, o leitor observar que certas palavras – como "rigorismo", "utilitarista", "empírico" – foram empregadas num sentido um tanto especial (v. minhas definições adiante, i. 112 e 112, *n.* 1, e 116).

II. O TEXTO

Uma vez que *A Fábula das Abelhas* foi publicado em duas partes, separadas no tempo, esta edição se apoia em dois textos básicos de datas diferentes. O texto usado no volume I é o da edição de 1732, que foi a última edição[1] vinda a lume em vida de Mandeville da primeira parte da *Fábula*. É impossível determinar se essa edição ou a de 1725 é mais fiel à intenção final do autor (v. adiante, i. 96-97.) Preferi o texto adotado porque, no mais não havendo diferença, a última edição autorizada me pareceu preferível a outra intermediária; e também porque a ortografia da edição de 1732 é mais moderna.[2] Além disso, ela possui outra característica interessante: o fato de ter servido de base à tradução francesa.[3] O texto utilizado no volume II é o da edição de 1729 – a primeira edição da Parte II. As únicas variações nas edições da Parte II foram, aparentemente, como pode ser visto nas diversas impressões, obra dos tipógrafos. Assim, a primeira edição é mais próxima do original de Mandeville.

As notas colocadas dentro do texto [*apenas na edição americana, não nesta edição brasileira*] registram todas as variações significativas nos textos de todas as edições aparecidas em vida de Mandeville, à exceção da edição pirata da *Grumbling Hive* (1705). Para o primeiro volume, as edições usadas foram as de 1714, 1723, 1724, 1725, 1728, 1729 e 1732, bem como a edição original da *Grumbling Hive* (v. adiante, i. 95) e a *Defesa* de Mandeville, tal como estampada no *London Journal* de 10 de agosto de 1723, que primeiro a publicou; e, para o segundo volume, as edições de 1729, 1730 e 1733. Variações consideradas de interesse bastante para registro compreendem: (1) todas as diferenças de texto

---

[1] A edição de 1732 foi autorizada pelo editor de Mandeville, e essa autorização foi referendada pelo autor (*Letter to Dion*, p. 7).
[2] Não há motivo para supor que essa modernidade estivesse de todo alheia à intenção de Mandeville. Os sistemas conflitantes dos seus diversos livros e a evidência de seus documentos escritos à mão (v. fac-símiles) indicam que ele costumava deixar a ortografia largamente para os tipógrafos.
[3] Segundo a versão francesa, ed. 1740, i. viii; ed. 1750, i. xiv.

em que haja substituição, adição ou subtração de palavras; (2) contrações e expansões de palavras, desde que a mudança leve a diferenças de pronúncia (exemplo: *them* transmudada em *'em*) e (3) variações (muito poucas) na pontuação que afetaram o sentido das passagens em que ocorreram. Já as variações devidas a erros tipográficos não foram levadas em conta, exceto quando paire dúvida sobre o fato de erro tipográfico ou nos casos em que ele se imponha como necessário. Variações no uso de letra maiúscula não foram consideradas, a não ser no caso especial de um nome próprio, quando a alteração tenha significação. Embora tecnicamente seja mudança de palavra, a alteração constante de *whilst* nas primeiras edições para *while* na última edição foi tratada como simples mudança de soletração, por questões práticas. Também não registrei as frequentes mudanças de *humane* para *human*. Da mesma forma, ignorei as muitas alterações da desinência *cy* para *ce* e *cies* para *ces*, que só foram assinaladas em dois casos [*ambos referem-se à palavra* Conveniences, *que Kaye manteve como* Conveniencies *em i. 26 e 36 da edição americana*] onde afetavam o esquema rítmico de porções versificadas da *Fábula*, e, aqui, fugi à minha regra geral de substituir a terminação *cies* dos textos mais antigos pela *ces* do texto básico. Nos casos das referências por Mandeville aos números de página de outras partes do seu livro, números esses que mudam, naturalmente, de edição para edição, não foram oferecidas variantes, exceto quando a referência é diferente não só em número mas de fato. A presença de listas de errata não foi assinalada (com poucas exceções significativas), mas as correções foram feitas como indicado nos diversos textos.

Os textos básicos (1732 e 1729) são reproduzidos sem quaisquer alterações, exceto quando se corrigiram erros tipográficos efetivamente comprovados e quando a pontuação precisou ser mudada por demasiado confusa.* A correção só foi efetuada, no entanto, em raros casos, quando a pontuação era tão desconcertante que incomodava mais que a presença da nota que sempre acompanha uma correção. E, com três exceções *[v. i. 263, n. a, ii. 311, n. a, e 338, n. a, na edição americana]*, sempre houve autorização para a correção em outras edições. Em todo e qualquer caso, indiquei sempre e completamente todas as mudanças feitas no texto básico, com a autoridade para a mudança encontrada em outras edições. O ocasional ponto e vírgula onde nunca o usaríamos hoje não é um erro tipográfico que passou despercebido, mas acorde com a prática da época. As correções nos índices de Mandeville foram feitas pondo-se a referência correta entre colchetes após a referência original *[apenas na edição americana]*.

Como a paginação original foi conservada aqui *[na edição americana]*, não alterei a paginação das referências do próprio Mandeville nem a dos seus índices para que correspondessem aos da presente edição.

Em minhas notas de texto, as diferentes edições são discriminadas pelos dois últimos números das suas respectivas datas – por exemplo, 23 para 1723. A *Vindication* (*Defesa*) de Mandeville, tal como publicada originalmente no *London Journal* de 10 de agosto de 1723, é designada pelas letras L. J. As duas edições de 1714 são designadas como 14 quando as variantes observadas são idênticas em ambas as edições. Quando elas diferem, a primeira impressão

---

* Importante lembrar que as notas de texto de F. B. K. não existem na edição brasileira porque se referem a diferenças de grafia em inglês [N. da E.].

aparece como 14¹, e a segunda, como 14². A suposta segunda impressão da folha zero na edição de 1729 da Parte II (v. adiante, ii. 480-1) está citada como 29ᵇ.

Ao registrar variantes, títulos foram considerados desnecessários e omitidos quando uma única palavra foi substituída por outra única palavra. Em todas as notas textuais *[na edição americana]*, a expressão *'add.'* significa que a passagem em causa primeiro apareceu na data indicada pela nota. Por exemplo, "the *add.* 24" significa que a palavra "the" foi primeiro inserida no texto na edição de 1724. É lícito considerar que uma edição não nomeada em uma nota textual é idêntica à variante considerada com o texto adotado.

Uma visão panorâmica da extensão e data das principais variantes de texto nas diversas edições da *Fábula* pode ser obtida adiante, ii. 475; e uma história do desenvolvimento do texto é dada no segundo capítulo da Introdução (i. 95).

As vinhetas são, todas elas, reproduzidas de livros impressos por James Roberts entre 1717 e 1732, e principalmente das várias edições da *Fábula*. Roberts imprimiu a maior parte das obras principais de Mandeville (v. adiante, ii. 10, Nota sobre o editor).

Esta edição é um aperfeiçoamento de dissertação apresentada para o grau de Doutor em Filosofia da Universidade de Yale em 1917. Confesso minha dívida de gratidão pela ajuda recebida em Yale dos professores G. H. Nettleton, A. S. Cook e W. H. Durham. Desde então, fiquei a dever gratas obrigações a muitos outros amigos. O Professor E. L. Schaub, o Sr. Nichol Smith, o Sr. George Ostler, o Dr. A. E. Case, o Professor Gustave Cohen, o Dr. W. H. Lowenhaupt e o Dr. A. J. Snow contribuíram com valiosas críticas e sugestões. A Srta. Simone Ratel e a Sra. G. R. Osler me ajudaram a encontrar referências e a verificar a documentação. O Dr. A. H. Nethercot, o Sr. F. H. Heidbrink e a Sra. L. N. Dodge muito me ajudaram a conferir e preparar o texto. O Sr. George Ostler, da Oxford Press, assumiu generosamente a tarefa de fazer o índice. Ao Sr. T. W. Koch devo gratidão especial por adotar esta obra, de certa forma, como sua filha de criação – ele sabe o que quero dizer com isso. Não posso também esquecer a paciência e boa vontade com que a Oxford Press pôs toda a sua competência à minha disposição. Acima de tudo, sou devedor a meu colega, o Professor R. S. Crane, a cuja esmerada crítica e a cujo tato literário e erudição tanto deve esta edição. Tanto mesmo que, não fora esse um dever prazeroso, seria embaraçoso mencioná-lo.

F. B. K.

Northwestern University,
Evanston, Illinois,
31 de dezembro de 1923.

INTRODUÇÃO

I

Vida de Mandeville[1]

A hereditariedade teve muito a ver com o gênio de Mandeville. Desde o século XVI homens proeminentes eram comuns na família. Do lado do pai, burgomestres, eruditos e médicos (seu pai, Michael, seu avô e seu bisavô foram, todos, médicos eminentes); do lado da mãe, da família Verhaar, eram muitos os oficiais de Marinha.[2]

Bernard de Mandeville, ou Bernard Mandeville, como ele decidiu assinar-se já na maturidade,[3] foi batizado em Rotterdam em 20 de novembro de 1670.[4] Ele estudou na Escola Erasmiana de

---

[1] Todas as datas "continentais" e todas as datas inglesas aqui mencionadas são *new style*, i. e., seguem o calendário gregoriano, adotado no Reino Unido com a supressão de 11 dias (3 a 13 de setembro de 1752), a não ser que outra coisa seja indicada; outras datas inglesas até 1752 são *old style*, i. e., acompanham o calendário juliano, que vigiu no Reino até 1752 e na Rússia até 1917.

[2] Uma genealogia de família pode ser encontrada adiante, ii. 456-64, com excertos dos dados mais relevantes disponíveis em arquivos oficiais.

[3] Ele se intitulou pela primeira vez Bernard Mandeville em 1704, na página de rosto de *Aesop Dress'd*. Em 1711 e 1715, no frontispício de seu *Treatise of the Hypochondriack... Passions*, ele usou a partícula, mas omitiu-a sempre daí por diante, tanto em folhas de rosto quanto em documentos pessoais.

[4] Segundo os arquivos de Rotterdam (o 'Doopregister der Gereformeerde Kerk'),

Rotterdam até outubro de 1685, quando se matriculou na Universidade de Leyden.¹ Nessa ocasião, ele proferiu aquilo a que chamou, numa prefiguração do senso de humor que iria torná-lo famoso, uma *oratiuncula*,² na qual anunciava sua intenção de dedicar-se ao estudo da medicina. A despeito disso, no ano seguinte, registrou-se (17 de setembro) na Faculdade de Filosofia.³ Em 1689 (23 de março), Mandeville apresentou uma dissertação em que teve como orientador Burcherus de Volder, professor de medicina e filosofia.⁴ O tema dessa dissertação – *Disputatio Philosophica de Brutorum Operationibus* – sugere que ele continuara por algum tempo como aluno de filosofia. Em 1690 ele ainda estava lá,⁵ mas as *pedelsrollen* de 1691 não mencionam seu nome. É provável que ele estivesse ausente de Leyden na maior parte do ano letivo de 1690-1691. Isso explicaria o fato

que o Dr. E. Wiersum, o Arquivista, teve a bondade de consultar a meu pedido. A *Bibliothèque Britannique* para 1733, i. 244, deu o lugar de nascimento de Mandeville como Dort (Dordrecht), e historiadores ulteriores acompanharam esse periódico. Uma vez que Dort fica a pouco mais de dez milhas de Rotterdam, é possível que Mandeville tenha nascido em Dort e levado para batizar em Rotterdam. Arquivos de Dort, no entanto, não mostram traço de que tal coisa tenha acontecido. Em vista disso, e do fato de que a *Bibliothèque Britannique* dá uma data falsa para a morte dele, embora ela tivesse ocorrido naquele mesmo ano (v. adiante, i. 91, *n.* 3) não se justifica supor que ele não tivesse nascido no lugar onde foi batizado.

¹ Mandeville, *Oratio Scholastica*, página de rosto.

² *Oratio Scholastica*, p. 4.

³ *Album Studiosorum Academiae*, coluna 686. E ele declinou sua idade, nessa ocasião, como 20 anos, o que era falso (v. *Album*). Em 19. III. 1691, o *Album* ainda registra a idade de Mandeville como 20 (coluna 714). As *pedelsrollen* da universidade, ou listas dos bedéis, que o Professor Doutor Knappert consultou gentilmente por mim, dão sua idade como 20 em 13.II.1687, como 21 em 23.II.1688, como 22 em 17.III.1689, e como 23 em 15.III.1690.

Em 1687 e 1688, segundo as *pedelsrollen*, ele morava como pensionista no Papen Gracht com Neeltje van der Zee; e em 1689 no Garenmarkt com Christofel Prester.

⁴ *Disputatio Philosophica*, página de rosto.

⁵ *Pedelsrollen*.

de ter ele seu nome incluído de novo nos registros (*Album Studiosorum Academiae*) em 19 de março de 1691.[1] No dia 30 desse mês, ele colou grau como Doutor em Medicina.[2] Teria voltado a Leyden, ao que parece, com esse único propósito.

Passou, então, a clinicar como especialista em doenças dos nervos e do estômago. Ou, como ele mesmo as denominava, "paixões hipocondríacas e histéricas".[3] Seu pai se especializara nesses mesmos ramos da medicina.[4]

Pouco depois de formado, ele deixou a terra natal e, possivelmente depois de uma curta viagem pela Europa,[5] foi para Londres, "a fim de aprender inglês; e tendo derivado grande deleite dessa empresa, e, entrementes, tendo achado o País e os seus Costumes tão conformes com seu Temperamento e Disposição de Espírito, já vive nele há muitos Anos e está inclinado a findar seus dias na *Inglaterra*".[6] Nesses termos ele mesmo explicou sua mudança de país.

---

[1] Aparece na coluna 714, dessa vez como aluno de medicina.
[2] V. Mandeville, *Disputatio Medica*, página de rosto, e *Treatise of the Hypochondriack... Diseases* (1730), p. 132.
[3] V. o mesmo *Treatise* (*Tratado*).
[4] *Treatise* (1711), p. 40.
[5] Conjeturas de Sakmann (*Bernard de Mandeville und die Bienenfabel-Controverse*, ed. 1897, p. 7) com base na evidência do *Treatise* (1730), pp. 98-9, e em certas referências não especificadas em *Origin of Honour*, de Mandeville, de que ele estivera em Paris e Roma. Estou inclinado a concordar, com base na referência do *Treatise*; uma na *Fábula* (ii. 188); uma passagem na *Origin of Honour* (pp. 95-6) – nessa especialmente – e no tom da referência aos *Invalides* na *Fábula*, i. 399. A passagem na *Origin of Honour* reza: "De todos os Espetáculos e Solenidades exibidos em Roma, o maior e mais caro, depois de um Jubileu, é a Canonização de um Santo. Para quem nunca esteve presente a uma, a Pompa é inacreditável. O fausto das Procissões, a riqueza das Vestes e Utensílios sagrados à mostra, a Magnificência das Pinturas e Esculturas exibidas na ocasião, a Variedade de belas Vozes e Instrumentos Musicais que se fazem ouvir, a Profusão de Velas de Cera, o luxo com que todo o espetáculo é conduzido e o vasto Comparecimento de Gente atraída pelas Solenidades são de tal monta que é impossível descrevê-los".
[6] *Treatise* (1730), p. xiii.

Essa decisão de permanecer na Inglaterra deve ter sido confirmada em 1º de fevereiro de 1698 ou 99, quando ele casou com Ruth Elizabeth Laurence na igreja de St. Giles-in-the-Fields.[1] Mandeville teria, com essa mulher, pelo menos dois filhos: Michael e Penelope.[2]

Por volta de 1703, Mandeville deu por consumado seu desejo de aprender a língua, uma vez que publicou a primeira das obras em inglês que iriam fazê-lo conhecido em todo o mundo ocidental.[3]

A história agora se torna paradoxal. Seu currículo, que não poupa detalhes dos anos obscuros da juventude, registra quase nada dos anos em que foi um dos homens mais celebrados do mundo. Conhecemos dois endereços,[4] temos uma lista dos seus trabalhos literários[5] e a data de sua morte. E isso é quase tudo.

Mas, embora a prova documental seja assim discreta, a tradição oral é mais generosa. Segundo voz corrente na época, o brilhante livre-pensador era uma espécie de espantalho para assustar ministros, e os mais pejorativos e torpes rumores em torno do seu nome são encontradiços no papelório do século XVIII:

---

[1] A licença tem data de "28 de janeiro". Ela declarou ter 25 anos. Segundo esse documento, ambos estariam vivendo na paróquia de St. Giles-in-the-Fields. Segundo o registro do casamento nos livros de St. Giles, viviam na paróquia de St. Martin-in-the-Fields.

[2] V. o testamento dele reproduzido na página ao lado. Segundo os registros de St. Martin-in-the-Fields, Michael nasceu em 1.III.1698 ou 99 e foi batizado em St. Martin no mesmo dia.

[3] *Some Fables after the Easie and Familiar Method of Monsieur de la Fontaine* (1703). A extraordinária voga das obras de Mandeville vem discutida adiante, capítulo V. As próprias obras constam de uma lista no fim deste capítulo.

[4] Por volta de 1711 ele vivia nos Manchester Buildings, Cannon Row, Westminster; ou, como ele dizia, na forma coloquial do tempo, 'Manchester-Court, Channel-Row' (*Treatise*, ed. 1711, 2ª edição, página de rosto e p. xiv). Quando Mandeville morreu, em 1733, morava na paróquia de St. Stephen, Coleman Street, Londres (v. o endosso do testamento, na página a seguir).

[5] V. adiante, i. 92-4.

Testamento de Mandeville
(Ligeiramente reduzido)

O testamento é endossado, 'Testator fuit põe Sti. Stephani Coleman street Lond et obijt 21 instan'. Segue-se a declaração da homologação oficial, de 1º de fevereiro, por Michael Mandeville.

A declaração escrita e juramentada (datada de 31 de janeiro) da autenticidade do testamento, arquivada com ele em Somerset House, foi assinada por John Brotherton (o editor) e Daniel Wight.

"sua vida privada estava longe de correta (...) um homem que se comprazia na mais grosseira sensualidade"[1]; "'homem de maus princípios"...[2]. "On dit que c'était un homme qui vivait comme il écrivoit..."[3]. "O autor da *Fábula das Abelhas* não era um *Santo* em sua Vida nem um *Eremita* em sua Dieta..."[4].

Mexericos dessa espécie têm um sabor picante que não se encontra na informação tediosa porém mais confiável de primeira mão, e talvez seja por isso que especulações maliciosas ocupam tão largo espaço nos relatos sobre a vida de Mandeville. O leitor, contudo, familiarizado com o tratamento hostil dado a escritores suspeitos de agnosticismo ou irreligiosidade, vê tais juízos com ceticismo. Pode, até, imaginar por que não existem escândalos de fato estarrecedores a respeito de Mandeville, uma vez que, como disse Lounsbury, "não há perfídia mais inescrupulosa do que aquela dirigida contra alguém que cumpre condenar como inimigo de Deus".[5]

A mais escandalosa das abordagens desse tipo foi publicada por Sir John Hawkins, um dos mais vis mentirosos de todos os tempos. O lema de Sir John não era, de modo algum, o tradicional *de mortuis nil nisi bonum* [de Quilão e Diógenes Laércio], uma vez que passou a maior parte da vida enxovalhando gênios já defuntos. Ele disse tais coisas do Dr. Johnson que Boswell, em várias oportunidades, esbravejou contra a "incorreção", "inexatidão", e

---

[1] J. W. Newman, *Lounger's Common-Place Book*, 3ª ed., 1805, ii. 306.
[2] Hawkins, *General History of... Music*, 1776, v. 316, n.
[3] *Bibliothèque Britannique* para 1733, i. 245; e Moréri, *Grand Dictionnaire*, 1759, verbete "Mandeville".
[4] John Brown, *Essays on the Characteristics*, 1751, p. 175. Também: *Gentleman's Magazine*, xxi. 298.
[5] *Shakespeare and Voltaire*, N. York, 1902, p. 14.

"impiedade" de suas palavras.[1] O Bispo Percy referiu-se a ele como um detestável caluniador; Sir Joshua Reynolds qualificou-o de "mesquinho", "servil" e "absolutamente desonesto", e Malone disse não conhecer ninguém que não considerasse Sir John Hawkins um canalha.[2] E se menciono esses dados a respeito de Sir John Hawkins é para que o leitor saiba que atitude tomar com relação a fatos narrados por esse personagem.

> Mandeville [disse ele],[3] cujo prenome era Bernard, nasceu em Dort, na Holanda. Foi para a Inglaterra ainda jovem e, como ele mesmo conta em um de seus escritos,[4] ficou tão encantado com o país que nele fixou residência e se dedicou a estudar-lhe a língua. Viveu em obscuras moradas de aluguel e exerceu a profissão de médico, mas sem nunca adquirir suficiente prática. É autor do livro acima mencionado [a *Fábula*], bem como de uns "Free Thoughts on Religion" e de um "Discourse on Hypochondriac Affections", que Johnson muitas vezes elogiaria; escreveu, ademais, variados artigos para o *London Journal*, e publicações do tipo, em favor do costume de consumir bebidas alcoólicas. Tal emprego da sua pena faz supor que ele estivesse a soldo dos destiladores. Ouvi certa vez de um médico londrino, casado com a filha de um comerciante desse ramo, que Mandeville era bom homem, que o conhecia pessoalmente. Disse-me também, na ocasião, e suponho que ouvira isso de Mandeville, que filhos de mulheres acostumadas a beber com moderação jamais sofriam de raquitismo. Diz-se dele que ousava muita vez portar-se com grosseria e arrogância. Por outro lado, cortejava servilmente certos mercadores holandeses da maior vulgaridade, que lhe davam uma pensão. Esta última informação me veio de um amanuense do advogado e procurador por cujas mãos o dinheiro passava.

[1] Boswell, *Life of Johnson*, ed. Hill, 1887, i. 28.
[2] Prior, *Life of Edmond Malone*, 1860, pp. 425-7.
[3] *Life of Johnson*, 1787, p. 263, *n*.
[4] V. Mandeville, *Treatise of the Hypochondriack... Diseases*, 1730, p. xiii.

Nessa série de aleivosias – obtidas de segunda mão e de fontes não especificadas, ou produto da reelaboração sem critério de material originalmente divulgado pela *Bibliothèque Britannique*[1] e de reminiscências das obras do próprio Mandeville[2] – dificilmente se encontrará alegação que não seja altamente improvável ou fácil de desmentir e refutar. Se Mandeville escreveu com o intuito de incentivar o uso de bebidas alcoólicas, uma cuidadosa busca nos jornais contemporâneos não comprovou o fato.[3] Artigos dessa natureza, aliás, contrariariam todas as suas opiniões conhecidas sobre o assunto. Tanto na *Fábula das Abelhas* quanto no *Treatise of the Hypochondriack and Hysterick Diseases*, Mandeville trata vivamente dos perigos daquilo a que chama "esse Veneno Líquido" (*Fábula*, i. 304).[4] Quanto à suposta opinião de Mandeville sobre os filhos de mães não abstêmias, cumpre examinar a forma que Hawkins lhe dá. Um amigo de Mandeville deu a Hawkins uma opinião médica, e, sem qualquer motivo aparente, Hawkins presumiu que ele deveria ter

---

[1] A *Bibliothèque Britannique* é igualmente responsável pela informação de que Mandeville nasceu em Dort (v. anteriormente, i. 75, *n.* 4).

[2] Cf. acima, i. 82, *n.* 4; e adiante, i. 87.

[3] O *London Journal*, que examinei cuidadosamente sem encontrar os artigos mencionados por Hawkins, deve ter sido escolhido pelo caluniador porque Mandeville publicou nele sua Defesa (*Vindication*) da *Fábula das Abelhas* (v. *Fábula*, i. 668 e seguintes).

[4] No *Treatise* ele devota muito espaço à matéria (por exemplo, ed. 1730, pp. 356-76), concluindo que o vinho é fortificante e reconstituinte apenas "para aqueles que não estão acostumados a ele, ou que, pelo menos, não fazem de seu consumo um Hábito. Para nós outros que por Luxo, Soberba, ou Costume tolo somos levados a fazer dele Parte da nossa Dieta, sua Virtude Medicinal... é nula" (p. 375). Mandeville fala também dos "ardentes Licores Vinosos" cujo consumo é fatal. "Parece incrível o número de pessoas destruídas pelo hábito de consumi-los com frequência" (p. 356). Ele admite, verdade seja dita, os benefícios do uso da bebida com moderação, e até se permite uma rapsódia literária, em imitação dos clássicos, quando fala dos efeitos das libações (pp. 360-3); mas seu veredicto final, profissional, é que o vinho é útil como reconstituinte apenas porque pes-

ouvido isso de Mandeville, embora fosse, ele também, médico. No que se refere a "mercadores holandeses da maior vulgaridade", se é que existiam, só poderiam ser John e Cornelius Backer.[1] A "pensão", no entanto, não seria, aparentemente, uma dotação gratuita, mas as South Sea Annuities — os dividendos da Companhia do Mar do Sul — que constituíam parte da renda de Mandeville e que os Srs. Backer administravam para ele.[2]

O que Hawkins diz sobre a posição social de Mandeville e seu sucesso profissional é de maior interesse, e temos, creio eu, material suficiente e autêntico para estabelecer a verdade nestas duas questões, que são interdependentes.

Em primeiro lugar, seria bom tomar nota de uma observação do *Treatise* de Mandeville. Philopirio, que funciona como porta-voz do A. de princípio a fim do livro,[3] diz por ele, em resposta

soas que não gostam de água não beberiam líquido suficiente, às refeições, para digerir a alimentação sólida (pp. 367-8). E contrabalança a rapsódia afirmando que "os Males inumeráveis que o Vinho causa à Humanidade excedem de muito os benefícios que *Horácio* ou quem quer que seja diga em louvor dele" (p. 365). Essa atitude pode ser considerada extraordinária para um século no qual homens respeitáveis bebiam habitualmente depois do jantar até o estupor. Na verdade, o conselho de Mandeville (p. 375) de "abster-se de Vinho por uma Quinzena ou mais" de quando em vez era tão contrário aos costumes do seu tempo que ele se viu obrigado a acrescentar que "muita Gente que vive na Abundância há de rir-se" desta advertência (p. 375).

Na *Fábula das Abelhas*, também, ele assume atitude contrária àquela que Hawkins lhe atribui: dirige sua ironia especificamente contra os destiladores (ver i. 308) e condena o consumo de álcool (ver Observação G) — embora mantendo, naturalmente, de acordo com o tema paradoxal do livro, que mesmo esse mal tinha compensações. Isso, no entanto, dificilmente poderia ser visto como obsequioso com os destiladores, pois um elogio que pode ser aplicado também ao furto e à prostituição não é lá grande coisa.

[1] Esses homens, agentes financeiros de Mandeville, ambos de origem holandesa, se haviam naturalizado pelo *Private Acts* 6 Geo. I, c. 23 e c. 25.

[2] Ver testamento de Mandeville, p. 79.

[3] Cf. *Treatise* (1730), p. xiii.

> My Lord
>
> My son is extreamly ill. Last tuesday he was seiz'd with a terrible cold fit that lasted above three hours & was succeeded by a hot, which continued with great violence till friday morning, when he had an intermission of about three hours: then another cold fit came upon him; three hours after ye heat returned which he labours under still. I never heard or read of any agues with fair intermissions, where ye first fit was of that continuance. The mullberrys, which he has tried several times this year have had no Effect upon him & once he thought they made him loose, contrary to what they did ever before. He was with me, ye day he was taken ill ye morning & went home without feeling ye least disorder till two in ye afternoon & I knew nothing of it before wednesday night. The Pain in his head & back are so raging, that they overcome his great patience, ye sight of which is very afflicting to me. next monday I shall take ye liberty of writing again. I hope your Lordship & all your family are well. Pray my humble Duty to Lady Macclesfield & service to Mr Heathcote & Lady Betty. I am
>
> my Lord
> your Lordships most faithfull
> most obedient servant B Mandeville
>
> London
> oct. 8. 1726.

Carta de Mandeville a Lord Macclesfield
Stowe MS. 750, f. 429, Museu Britânico
(Reduzida)

A "Lady Betty" mencionada nesta carta era Elizabeth Parker, filha de Macclesfield, que se casou com William Heathcote de Hursley, Hampshire.

à observação de outro personagem — de que Philopirio não se "envolveria com Negócios de vulto": "Eu não poderia jamais me envolver em uma Multiplicidade de Negócios (...) Sou por natureza vagaroso, e tão incapaz de cuidar de uma dúzia de pacientes por dia, concentrando-me neles como deveria, quanto de voar".[1]

Em vista do pouco crédito atribuído a Hawkins e do fato de que algumas das informações que ele dá são extraídas do *Treatise*, é lícito supor *prima facie* que a citação acima seja a base das generalizações de Hawkins sobre a falta de sucesso mundano de Mandeville. Seja como for, está provado que Hawkins fantasiava. Mandeville era não só um dos autores de maior êxito do seu tempo como também uma das personalidades mais em evidência. Ele não vendia edições, mas dezenas de edições.[2] É também digno de nota que, numa época de ofensas pessoais, nenhum dos virulentos ataques a Mandeville tenha seguido o curso — que seria óbvio, se houvesse razão para isso — de chamar a atenção para a sua pobreza. Pelo contrário: um inimigo contemporâneo referiu-se a ele como "bem-vestido" (*Fábula*, ii. 35). É também curioso que ele houvesse suprimido da última edição do *Treatise* a referência à sua perícia como médico, estampada desde a edição *princeps*.[3] O *Dictionnaire* de Moréri, também, que estava longe de lhe ser parcial, mencionou que "ele... passava por competente".[4] Outra prova do prestígio de Mandeville encontra-se numa carta endereçada por ele a Sir Hans Sloane,[5] que era, possivelmente, o mais ilustre médico da época. Essa carta mostra Mandeville consultando

---

[1] *Treatise* (1730), p. 351.
[2] Ver adiante, i. 92-9.
[3] Figurava nas pp. 40 e xii-xiii.
[4] *Grand Dictionnaire Historique* (1759), verbete Mandeville [*"passoit pour habile"*].
[5] V. anteriormente, página de rosto.

o famoso médico da corte em termos da maior familiaridade. Acresce que Mandeville era amigo pessoal do abastado e poderoso Lord Chanceler, o Conde de Macclesfield. A afetuosa ligação de Mandeville com o conde foi objeto de registro muitas vezes,[1] e uma carta de Mandeville ao Chanceler indica que o tipo de relacionamento entre os dois deve ter sido de genuína intimidade (ver p. 85, fac-símile).

[1] Cf. Johnson, *Lives of the English Poets*, ed. Hill, 1905, ii.123; Hawkins, *Life of Johnson* (1787), p. 264, *n.*, e *General History of...Music* (1776), v. 316, *n;* e J.W. Newman, *Lounger's Common-Place Book*, 3ª ed., 1805, ii. 307-8. Nessa última obra se dizia: "...era costume dele chamar o excelente e respeitável Sr. Addison [Joseph Addison, escritor e político inglês] de "pároco de peruca". [Tanto Johnson quanto Hawkins (*Life of Johnson*) mencionam isso.] Tendo, em certa ocasião, ofendido um clérigo, com linguagem soez e indecorosa, este lhe disse que seu nome já lhe revelava o mau caráter: Mandeville, demônio de homem (*devil of a man*).

Mandeville apreciava muito a sociedade e o vinho do Porto da mesa de Lord Macclesfield, onde ele reinava e podia fazer ou dizer o que bem quisesse. Seus comentários, após o jantar, eram inteligentes e espirituosos, mas nem sempre refreados pelas boas maneiras e o decoro. A soberba e a petulância de Radcliffe estavam entre seus assuntos favoritos (cf. adiante, i. 503, *n.* I), e levar um clérigo à exasperação era um divertimento habitual. Nessas ocasiões, o Chanceler, que adorava sua conversa e seus chistes, intervinha como 'moderador', mas terminava por rir-se também do sacerdote.

Um *gentleman*, com quem me relacionei algum tempo atrás, não se furtou a confessar que seu pai devia sua nomeação ao fato de prestar-se, durante um ano ou dois, a ser motivo de galhofa em casa de Lord Macclesfield.

A mesa farta e luxuosa do médico, que tinha *apetite razoável*, e que gostava de comer bem, era cenário, muita vez, de interpelações do par do reino: "Este guisado é saudável, Dr. Mandeville?" Ou: "Posso aventurar-me a provar dessa carpa cozida?" "Cairá bem a Vossa Senhoria, e é de seu agrado?", respondia habitualmente Mandeville. "Sim". "Pois coma com moderação e a carpa *deverá* se mostrar saudável".

Em suas obras, Mandeville faz observações semelhantes às do parágrafo precedente. Cf. *Virgin Unmask'd* (1724), p. 56: "Nada que é saudável faz mal para quem goza de saúde"; e também *Treatise* (1730), p. 240.

Talvez o Dr. A. Clarke estivesse pensando em Macclesfield quando escreveu à Sra. Clayton em 22.IV.1732: "É provável que esse *gentleman* [Mandeville] seja um escritor em voga na cidade; nem por isso deixa de causar-me surpresa privar ele da intimidade de um homem público que se preza de patrocinar gente de comprovado valor e sapiência, a não ser que ele tome humor barato e gracejos por finura de espírito" (Viscondessa Sundon, *Memoirs*, ed. 1848, ii. 111).

A amizade com ele garantia amplamente Mandeville contra a pobreza e o ostracismo. Finalmente, quando Mandeville morreu, deixou um espólio que, para os padrões monetários da época, era pelo menos respeitável.[1] Em vista de tudo isso, é praticamente impossível que o escritor mundialmente famoso, que o colega tratado de igual para igual por uma sumidade como Sir Hans Sloane, que o amigo de Lord Macclesfield fosse semelhante ao personagem que Hawkins pintava – e Hawkins é uma figura sabidamente desacreditada.

Na realidade, não existe nenhuma evidência de primeira mão sobre o caráter e os hábitos de Mandeville, exceto aquilo que ele mesmo nos contou e as breves observações de um único de seus contemporâneos.[2] Através do seu porta-voz, Philopirio, no *Treatise*, em resposta às observações de outro personagem, Misomedon, Mandeville fala de si mesmo. E diz:

[1] Ver testamento de Mandeville, i. 79. Entre a época em que ele fez seu testamento e a data de sua morte, as anualidades da empresa South Sea, de acordo com as cotações nos jornais, tiveram uma média de 107, com maior baixa a 103 3/8 (em 1729) e maior alta a 111 7/8 (em 1732).

[2] A ausência de base para as muitas insinuações pejorativas sobre o caráter de Mandeville fica bem ilustrada pelo seguinte fragmento do *Private Journal* de John Byrom para o dia 29.VI.1729 (ed. Chetam Soc., vol. 34, i. 381): "Strutt e White passaram muito tempo numa longa e ardorosa discussão sobre o Dr. Mandeville. Estavam muito excitados, e White tomado de furiosa paixão. Strutt disse que Mandeville se associava com desclassificados. White retorquiu que não poderia haver pessoa mais desclassificada do que alguém capaz de dizer isso. Propus o *dixi* a eles [*dixi et salvavi animam meam*] e assim procedemos por algum tempo. Cada um falou por sua vez, ordeiramente, depois que Strutt foi buscar o livro do médico, a *Fábula das Abelhas*, e eu declarei ser próprio da virtude promover o bem da sociedade em todas as situações e próprio do vício fazer o contrário. O Sr. White manifestou o desejo de que eu lesse a obra, e os dois continuaram insistindo comigo todo o tempo". Informações autorizadas sobre Mandeville talvez possam ser encontradas em cadernos de notas de Lord Macclesfield, ainda existentes. O Espólio não me deu acesso a eles.

Phil. Detesto Multidões, e não gosto de fazer nada com pressa. Tenho de confessar-lhe, também, que sou um tanto egoísta, de modo que não posso me abster de cuidar dos meus próprios prazeres, da minha própria Diversão, em suma, do meu próprio Bem assim como do Bem de outros. Admiro muito Gente de espírito público que labuta desde cedo até tarde da noite, e sacrifica cada polegada de si à sua Vocação. Mas eu nunca fui capaz de imitar pessoas assim. Não que eu prefira viver ocioso. Mas quero empregar meu tempo em misteres do meu gosto. Se um Homem consagra aos seus Semelhantes dois terços do Tempo que passa acordado, tem, a meu ver, o direito de reservar-se o resto.
Misom. Diga-me, você jamais desejou ser dono de grande Fortuna?
Phil. Muitas vezes. Eu já teria uma, com certeza, se para isso bastasse desejar.
Misom. Estou seguro de que V. jamais se empenhou a fundo na busca da Riqueza.
Phil. Fui sempre frugal demais para ter Ocasião de fazê-lo.
Misom. Não creio que V. ame o Dinheiro.
Phil. Engana-se. Na verdade, eu gosto muito.
Misom. O que quero dizer é que V. não tem Noção do Valor do dinheiro, nem verdadeira Estima por ele.
Phil. Tenho sim; mas eu o valorizo como muitos valorizam a Saúde, na qual só se pensa mesmo quando ela periga.[1]

Em outro passo,[2] Mandeville observa: "Sou grande Amante de Companhia..." Esse traço aparece também no outro relato de primeira mão que conhecemos de Benjamin Franklin, por sorte uma testemunha racional e equilibrada. O Dr. Lyons,[3] escreveu Franklin,[4] "me levou ao Horns, uma cervejaria em (...) Lane, Cheapside, e me apresentou ao Dr. Mandeville, o autor da *Fábula das Abelhas*, que

---

[1] *Treatise* (1730), pp. 351-2.
[2] *Fábula*, i. 593.
[3] William Lyons, autor de *The Infalibility of Human Judgement* (1719).
[4] *Writings*, ed. Smyth, Nova York (1905), i. 278, na *Autobiography*.

tinha um clube ali do qual ele era a alma, sendo companhia das mais agradáveis e divertidas".

Mandeville morreu em Hackney,[1] na manhã[2] de um domingo, 21 de janeiro de 1733,[3] com 63 anos de idade, possivelmente da gripe [*influenza*] que então grassava.[4]

As obras de Mandeville compreendem os seguintes títulos:[5]

---

[1] Hackney é dado como lugar da morte pelo *Historical Register* para 1733 (p. 9 de 'Chronological Diary' juntado ao fim do volume); no *London Evening Post*, n. 831, 20-23.I.1733, p. 2; *B. Berington's Evening Post*, 23.I.1733, p. 3; e *Applebee's Original Weekly Journal*, 27.I.1733, p. 2. Os dois últimos periódicos publicaram o seguinte obituário: "Na manhã de domingo último, faleceu em Hackney, no seu 63º ano de vida, Bernard Mandeville, médico, autor da *Fábula das Abelhas*, de um *Tratado das Paixões Hipocondríacas e Histéricas* e de outras diversas Obras curiosas, algumas das quais publicadas também em Línguas Estrangeiras. Era homem de Gênio, saber incomum, e sólido Julgamento. Era versado na Sabedoria dos Antigos, em muitos Campos da Filosofia e da pesquisa da Natureza Humana. Tantos dotes e talentos fizeram dele um Companheiro valioso e divertido e lhe valeram a Estima de literatos e Homens de Bom Senso. Em sua Profissão gozava da fama de Benevolente e Humanitário; na vida privada, de Amigo sincero; e na Conduta da Vida em geral, de *Gentleman* de grande Probidade e Integridade (*Berington's*).

[2] A manhã é dada como hora da morte de Mandeville em muitos jornais contemporâneos: no *Country Journal*; no *The Craftsman*, n. 343, 27.I., p. 2; no *Weekly Register: or Universal Journal*, n.146, 27.I., p. 2.

[3] Segundo endosso do seu testamento (v. i. 79) e dezenas de periódicos contemporâneos, inclusive todos os mencionados nas notas precedentes. A *Bibliothèque Britannique* para 1733, i. 244, dá, incorretamente, 19 de janeiro como a data do falecimento, e esse erro tem sido acompanhado, sobretudo em obras da Europa continental.

[4] O *Grub-street Journal* de 25.I.1732 ou 1733, em um parágrafo cujo cabeçalho é 'Sexta-feira, 19 jan.', reza: "Muito pouca gente apareceu na mascarada da noite passada em consequência da indisposição reinante". Essa "indisposição" é identificada como "os últimos e fatais Resfriados" no *Bee: or Universal Weekly Pamphlet*, i. 43, 3-10.II.1733. O *Weekly Register: or Universal Journal*, de 27.I.1733, em uma seção datada de 23.I, menciona os "atuais Resfriados e Tosses".

[5] Tentei levantar o cânon das obras de Mandeville em meu artigo "As obras de Bernard Mandeville" no *Journal of English and Germanic Philology* de 1921, xx. 419-67. Apresento nessa matéria minhas razões para a classificação, dada a seguir, das obras de Mandeville. Onde a presente lista difere da lista do artigo, deve prevalecer a mais recente, por mais autorizada.

I
Obras Autênticas

Bernardi à Mandeville de Medicina Oratio Scholastica *Rotterdam*	1685
Disputatio Philosophica de Brutorum Operationibus *Leyden*	1689
Disputatio Medica Inauguralis de Chylosi Vitiata *Leyden*	1691
Algumas Fábulas segundo o Método Fácil e Familiar de Monsieur de la Fontaine	1703
Esopo Vestido ou uma Coleção de Fábulas Escritas em Verso Familiar[1]	1704
Typhon: ou as Guerras entre os Deuses e os Gigantes: um Poema Burlesco em Imitação do Cômico Monsenhor Scarron	1704
A Colmeia Sussurrante: ou Patifes Regenerados	1705
A Virgem Desmascarada: ou Diálogos Femininos entre uma Senhora Solteirona e sua Sobrinha[2]	1709
Um Tratado das Paixões Hipocondríacas e Histéricas[3]	1711
Votos a um Afilhado, com Outros Poemas. Por B. M.	1712
A Fábula das Abelhas	1714
Livres Pensamentos sobre Religião, a Igreja e a Felicidade Nacional[4]	1720

[1] Outra edição, sem data, registrada no Museu Britânico em 1720.
[2] Novas edições: 1724 (reimpressa em 1731), 1742, 1757, e em 1713 (no frontispício consta 1714) com o título *Mysteries of Virginity*.
[3] A primeira edição teve duas impressões em 1711 e uma em 1715; também a versão ampliada, lançada em 1730, com o título *Treatise of the Hypochondriack and Hysterick Diseases*, teve duas impressões no ano de lançamento.
[4] A primeira edição foi reimpressa em 1721 e 1723; uma nova edição (ampliada) veio a

Uma Modesta Defesa dos Bordéis[1]	1724
Uma Investigação das Causas das Frequentes Execuções em Tyburn	1725
Carta publicada no *British Journal* (24. IV e I.V. 1725)	1725
A Fábula das Abelhas. Parte II	1729
Uma Investigação das Origens da Honra, e da Utilidade da Cristandade na Guerra	1732
Uma Carta a Dion, Ocasionada por seu Livro Chamado *Alciphron*	1732

II

Obras Duvidosas

A Caridade do Fazendeiro	1704
Sermão Pregado em Colchester, para a Congregação Holandesa... Pelo Reverendo *C. Schrevelius*... Traduzido para o inglês por *B. M. M. D.*	1708
Os Males que se devem justificadamente esperar de um Governo Whig[2]	1714
Carta ao *St. James's Journal* (20.IV.1723)	1723

lume em 1729 e, possivelmente, reimpressa em 1733. A versão francesa (*Pensées Libres*) saiu em 1722, 1723, 1729 e 1738; edição holandesa: 1723; edição alemã: 1726.
[1] Segunda ed.,1725; duas edições em 1740; duas sem data, c.1730-40. Inúmeras edições da tradução francesa (*Vénus la Populaire*), a primeira em 1727, a última em 1881.
[2] Segunda edição anunciada no *Post Man* (4-7.XII.1714) com o título "Non-Resistance an useless Doctrine in Just Reigns". A obra é provavelmente de Mandeville.

Carta ao *St. James's Journal* (11.V.1723)   1723

Observações sobre Duas Representações Recentes ao Grand Jury... em que se desmonta a Insensatez... da Perseguição de Homens por Outros Homens por Diferenças de Opinião em Matérias de Religião... por John Wickliffe[1]   1729

---

[1]Reimpressa em 1751 em *Another Cordial for Low Spirits*, que apareceu como vol. 2 de *A Cordial for Low Spirits... Tracts by Thomas Gordon... Second Edition* (1751). A coleção foi reimpressa em 1763.

II
História do Texto[1]

A produção de *A Fábula das Abelhas* levou cerca de vinte e quatro anos. A semente da qual a obra se desenvolveu foi um *in-quarto* de seis *pence*[2] e vinte e seis páginas, publicado anonimamente em 2 de abril de 1705.[3] Intitulava-se *The Grumbling Hive: or, Knaves Turn'd Honest*.[4] O folheto teve êxito, porque logo uma edição pirata ganhava as ruas e era vendida, com suas quatro páginas, a meio *penny*.[5]

A obra, então, permaneceu abandonada por quase uma década, até que, em 1714,[6] reapareceu, como parte de um livro anônimo intitulado *A Fábula das Abelhas: ou, Vícios Privados, Benefícios Públicos*, no qual o poema original era seguido por um comentário em prosa, que explica, na forma de *An Enquiry into the Origin of Moral Virtue* e vinte "Observações", as diversas opiniões expressas naquele poema. Houve uma segunda edição desse material no mesmo ano.[7]

---

[1] Adiante, ii. 465-92, dou a página de rosto de toda edição disponível, além de minuciosa descrição das diferenças entre as edições.
[2] *Fábula*, i. 216.
[3] Anunciada no *Daily Courant* daquela data como "Hoje, publica-se...". O anúncio foi repetido no dia seguinte.
[4] Corresponde às pp. 225-44 do presente volume.
[5] *Fábula*, i. 216.
[6] Anunciado no *Post Boy* (1-3.VII.1714) como "Recém-publicado". O anúncio reproduz a folha de rosto da primeira edição, do que deduzo que se refira a ela.
[7] Anunciado no *Post Man* (4-7.XII.1714) como se publicado pouco antes. O anúncio reproduz a folha de rosto da segunda edição, à qual o leitor imaginaria que o jornal se referisse.

Em 1723,¹ outra edição, dita a "segunda", começou a ser vendida a cinco *shillings*,² com as "Observações" muito ampliadas³ e com o acréscimo de dois ensaios — *Um Ensaio sobre a Caridade e as Escolas de Caridade* e *Uma Pesquisa sobre a Natureza da Sociedade*.⁴

Agora, pela primeira vez, a obra atraiu, de fato, atenção,⁵ e começou a ser objeto de ataques. O Grand Jury de Middlesex denunciou o livro como nocivo ao interesse público; e aquilo que Mandeville qualificou como "Carta Injuriosa a Lord C." saiu à luz no *London Journal* de 27.VII.1723. Isso levou Mandeville a publicar, no *London Journal* de 10.VIII.1723, uma defesa da sua obra contra a "Carta Injuriosa" e a denúncia do Grand Jury. Ele fez imprimir essa defesa em laudas do mesmo tamanho das folhas da edição de 1723 da *Fábula*, de modo que pudessem ser facilmente encadernadas com ela.⁶ E incluiu a defesa em todas as edições subsequentes, juntamente com uma cópia da carta a Lord C. e o texto da denúncia do Grand Jury.⁷

Em 1724 surgiu a chamada terceira edição,⁸ na qual, além de incluir a defesa, Mandeville fez numerosas alterações estilísticas e acrescentou duas páginas ao Prefácio. A edição seguinte, de 1725, não sofreu novas mudanças, exceto ligeiras alterações ver-

---

¹ Anunciada como "Recém-publicada" no *Daily Post* (10.IV.1723) e no *Post Boy* (9-11.IV.1723). Lançada no Registro (MS.) da Stationers' Company (28.III.1723) por Edmund Parker como propriedade exclusiva de Mandeville. Este também era apresentado como único dono do *Treatise* de 1711 (v. Registro de 27.II.1710/11).
² Ver adiante, i. 674, *n*. 1.
³ Um resumo das adições é dado adiante, ii. 475.
⁴ V. *Fábula*, i. 493-576 e 577-630.
⁵ V. *Fábula*, i. 677.
⁶ Ver *Letter to Dion*, p. 7.
⁷ V. *Fábula*, i. 647-680.
⁸ Essa é, provavelmente, a edição anunciada como "Recém-publicada" no *Applebee's Original Weekly Journal* de 18.I.1723/4, p. 3198.

bais, algumas provavelmente do próprio Mandeville.¹ As edições de 1728 e 1729 contêm apenas pequenas alterações, todas, provavelmente, do tipógrafo.² Mandeville pode ter sido responsável por umas poucas variações verbais na edição que se seguiu, em 1732.³

As variações entre tantas edições da *Fábula* mostram que Mandeville era um estilista deliberado e minucioso, que polia incessantemente seu texto.

Enquanto as várias edições da Parte I iam saindo, Mandeville escrevia uma segunda parte para a *Fábula*, composta de um prefácio e seis diálogos, expandindo e defendendo suas doutrinas. Esses novos textos foram lançados em 1728 (embora na página de rosto se leia 1729)⁴ com o título geral de *A Fábula das Abelhas. Parte II. Pelo Autor da Parte I*. O livro foi publicado independentemente da primeira parte — a casa editora, inclusive, era outra. Uma segunda edição da Parte II saiu em 1730; e uma terceira em 1733 — chamada, no frontispício, de "Segunda Edição".⁵

Depois disso, as duas partes foram editadas juntas. Uma edição em dois volumes foi anunciada em 1733.⁶ Outra edição em dois

---

¹ Que Mandeville e não o tipógrafo foi responsável por algumas das variações entre as edições de 1724 e 1725 fica patente, primeiro, pelo fato de serem muito mais numerosas que as alterações subsequentes (depois de 1725), o que ocorre se as mudanças se devem à intenção do A. e não a incorreções do tipógrafo; segundo, pela natureza de certas alterações.

² Nada há, por exemplo, na edição de 1728, que não possa ser da responsabilidade do tipógrafo. Que as alterações da edição de 1729 não são de Mandeville fica evidente pelo fato de que a edição seguinte (1732) foi feita com base na de 1728 sem tirar nem pôr (as variações comprovam isso).

³ A substituição da palavra "rigour" por "harshness" [i. 245, n. b, *na edição americana*] ocorreu, aparentemente, porque "rigid" havia sido usada três linhas antes.

⁴ Publicado em 19.XII.1728 segundo o *Daily Courant* de 17 e 19 de dezembro e o *Daily Post* de 18 de dezembro.

⁵ As variações dessas últimas duas edições parecem de autoria do tipógrafo.

⁶ Cf. *London Magazine*, dez. 1733, p. 647.

volumes foi publicada em Edimburgo em 1755. Essa mesma edição circularia mais tarde com uma página de rosto enganosa, que ostenta "Londres" em vez de Edimburgo e outra data: 1734.[1] Ainda outra edição em dois tomos veio a lume em Edimburgo em 1772. Em 1795 as duas partes foram publicadas em um único volume, e essa edição foi reimpressa em 1806, no que seria a última edição completa da obra. Em 1811, o poema *A Colmeia Sussurrante* lhe deu uma espécie de ressurreição parcial ao ser editado, independentemente, em Boston, Massachusetts, num pequeno panfleto, "impresso para o Povo".[2]

Entrementes, a obra fora traduzida em línguas estrangeiras. Em 1740 apareceu, em quatro volumes, uma tradução francesa atribuída a J. Bertrand[3] — versão livre, em que o elemento rabelaisiano em Mandeville foi atenuado; e uma nova edição desta versão saiu em 1750. É possível que tenha havido uma outra edição francesa em 1760.[4] Traduções alemãs, muitas,

---

[1] V. adiante, ii. 483-91.

[2] A *Colmeia Sussurrante* saiu ainda na edição de F. D. Maurice do livro de William Law, *Remarks upon ... the Fable of the Bees* (1844), em *Bernard de Mandeville's Bienenfabel*, de Paul Golbach, uma tradução alemã vinda a lume em Halle em 1886; também em *Symbolik der Bienen*, de J. P. Glock (Heidelberg, 1891 e 1897), pp. 358-79 (que também estampa a tradução alemã de 1818); e, ainda, em parte, na obra *English Poets of the Eighteenth Century* (1918), pp. 14-18. Fragmentos da prosa da *Fábula*, em inglês, fazem parte da edição de Law feita por Maurice e mencionada anteriormente; nas *English Prose Selections* de Craik (1894), iii. 440-6; em *British Moralists* (1897), de Selby-Bigge; em *Classical Moralists* (1900), de Rand, pp. 347-54; e em *Readings in English Prose of the Eighteenth Century* (1911), de Alden, pp. 245-54.

[3] Segundo Barbier e os catálogos da Bibliothèque Nationale e do British Museum. Não conheço a fonte primária da atribuição de autoria.

[4] Essa edição é mencionada por Goldbach (*Bernard de Mandeville's Bienenfabel*, p. 5). Duvido de sua existência.

sucederam-se em 1761,¹ 1818,² 1914,³ e, possivelmente, 1817.⁴

Esta, em resumo, é a história do texto da *Fábula das Abelhas*.

---

¹ No prefácio, o tradutor se assina Just German von Freystein.
² Essa versão, de S. Ascher, contém uma tradução de *A Colmeia Sussurrante* e uma espécie de paráfrase das *Observações* — na verdade reescritas por Ascher, que, às vezes, encurta o texto e, às vezes, o dilata, chegando a triplicar a extensão do que o A. escreveu.
³ A tradução de 1914 é nova.
⁴ Uma edição de 1817, da mesma casa, e aparentemente com o mesmo título da edição de 1818, se encontra registrada (com o preço de 1 *reichsthaler*) no *Allgemeines Bücher-Lexikon* (1822) de Heinsius, vi. 535 e no *Vollständiges Bücher-Lexicon* (1834) de Kayser, iv. 20. Não consegui encontrá-la em nenhuma biblioteca alemã. A referência a uma edição de "1817" no *Mandeville's Bienenfabel* de R. Stammler (Berlim, 1918), p. 8, *n.*, é, segundo o autor nos informa, um erro tipográfico. Data correta: 1818.

III

O Pensamento de Mandeville

§ I

É difícil saber se o leitor que descobre Mandeville é primeiro conquistado pelo frescor do seu estilo ou pela vitalidade do seu pensamento. Se, todavia, é o pensamento que atrai, isso se dá largamente por estar ele vazado num estilo no qual o vigor idiomático e despretensioso se combina com um controle sofisticado do ritmo e do tom — um estilo que é, ao mesmo tempo, coloquial e retórico, que retém todo o fácil fluir da linguagem familiar mas com uma constante nota oratória,[1] não deixando nunca, também, de tornar a análise mais abstrusa tão real que tocasse, para além do intelecto, as simpatias do leitor. Nenhum autor da sua época conserva tal sopro de vida. Seu estilo é mais vigoroso que o de Addison; e, embora lhe falte a condensação de Swift, Mandeville tem mais unção que ele, e mais cor. Copioso em graça e espirituosidade, rico e, ainda assim, claro, igualmente adequado à especulação e à narrativa, oferece um veículo ideal à prosa filosófica popular, carecendo apenas de qualidade poética.[2]

---

[1] V. como um bom exemplo o último parágrafo da *Observação (O)*.

[2] O estilo de Mandeville está na sua melhor forma — essa é, pelo menos, a minha opinião — no primeiro volume da *Fábula*, nas *Executions at Tyburn*, e partes da *Letter to Dion* e de *Origin of Honour*. (A Parte II da *Fábula* não é estilisticamente tão boa quan-

E, no entanto, paradoxalmente, foi a altíssima qualidade do estilo de Mandeville que fez – ou ajudou a fazer – de *A Fábula das Abelhas* uma obra tão mal compreendida. Ele expressou suas opiniões, não convencionais as mais das vezes, em termos tão vigorosos, inequívocos e intransigentes que assustou literalmente uma grande parte de seus leitores, levando-os à incompreensão. A simples página de rosto do livro, com o subtítulo desafiador – *Vícios Privados, Benefícios Públicos* –, era suficiente para lançar muita gente num estado de histeria filosófica que não os deixava perceber o que ele tinha em mente, ou aonde pretendia chegar. Além disso, e a despeito da clareza aparente com que Mandeville, sempre articulado, se expressava, seu pensamento não é de fácil, imediata, compreensão. Voltado para as complexidades da especulação ética, não pode ser assimilado plenamente se faltar ao leitor uma certa experiência em teoria e observação.

A análise de um aspecto do pensamento contemporâneo – uma fase bem representada pelos deístas – pode dar-nos alguma perspectiva. Os deístas exibem, quando analisados, uma curiosa

---

to a primeira: sua maneira mais "polida" e artificial sacrifica parte do vigor e movimento da Parte I, e o efeito da forma dialogada – perguntas e respostas – levou a uma certa perda do ímpeto rítmico da frase, tão satisfatório no volume i.). Quem se interessa especialmente por estilo observará com proveito a habilidade de Mandeville em matéria de ritmo e equilíbrio. Para dar um exemplo, tomado quase a esmo: observe-se como, no segundo parágrafo em i. 474 – sobretudo nas duas últimas frases –, as sentenças são divididas em partes equilibradas, cada uma delas composta, alternadamente, de elementos antifonais. Tal estrutura paralela na textura rítmica da sua prosa é um traço saliente do estilo de Mandeville, e é empregada com tamanha maestria que não fica jamais monótona. Pode-se notar também a exuberante generosidade com que Mandeville se entrega às descrições, como que tomado pela alegria de fazer visualizar tantos detalhes vívidos e relevantes.

Sobre o fato de ser consciente essa apurada arquitetura da sua prosa, v. i. 97, *n.* 3.

dualidade. Por um lado, eles eram parte do grande movimento empírico que produziu Bacon e Locke, e iria produzir Hume. Acreditavam os deístas num mundo ordenado segundo a lei natural e na inferência do conhecimento desse mundo pela observação do seu funcionamento. Neste sentido, até então, haviam recorrido, empiricamente, à experiência. Por outro lado, eles tinham fé numa cosmogonia e numa ética de origem divina e de eterna e universal verdade e aplicabilidade. De acordo com tal visão, a busca da verdade era uma tentativa de descobrir as divinas ordenações; e uma ética verdadeira, a correta formulação da vontade de Deus. O método pelo qual os deístas conseguiram crer, ao mesmo tempo, na origem divina da verdade e da virtude, e no fato de terem elas como base a observação e a experiência, consistia em postular a inevitável concordância da vontade de Deus com os resultados da especulação racional do homem.[1] Para eles, em consequência, não havia conflito entre razão e religião, juízo pessoal e revelação.

Mas as forças que os deístas conseguiram temporariamente conciliar eram capazes de uma repulsão mútua quase infinita. Por um lado, logo que os homens começaram a dar-se conta da natureza

---

[1] Assim Toland escreveu: "...nenhum Cristão... diz que a *Razão* e os *Evangelhos* sejam contrários um ao outro". *Christianity not Mysterious* (2ª ed., 1696, p. 25; comparar pp. xv e 140-1). Thomas Morgan demonstrou: "A Verdade moral, a Razão, ou a Justeza das Coisas é a única Norma ou Critério infalível de qualquer Doutrina que venha de Deus, ou que faça Parte da verdadeira Religião" (*Moral Philosopher*, ed.1738, p. viii). Tindal falou de "Religião *Natural*; o que, a meu ver, não difere da *Revelação* mas da maneira pela qual ela é comunicada, sendo Uma a Revelação interna e Outra a Externa da mesma Vontade Inalterável de um Ser que é, sempre, infinitamente Bom e Sábio". V. *Christianity as Old as the Creation* (1730), p. 3; cf. também pp. 103-4 e 246-7. Cf. ainda, para comparação, Thomas Chubb, *Ground and Foundation of Morality Considered* (1745), pp. 40-1.

contraditória dos dados da experiência e da irreconciliabilidade das apreciações dos responsáveis por eles, a experimentação pode facilmente tender para a destruição insidiosa da nossa fé na validade absoluta de nossos conceitos de verdade e virtude. O apelo pode levar, em outras palavras, à crença na relatividade de todas as nossas convicções, crença essa que, intensificada, se torna anarquismo filosófico, ou à negação da possibilidade de qualquer critério decisivo.

Por outro lado, a concepção religiosa de que as leis da natureza são a vontade de Deus é essencialmente antirrelativista, pois as leis de origem divina são verdades independentes das opiniões de observadores conflitantes — e são de validade universal e absoluta. Da mesma forma, em matéria de ética, a ênfase na experiência conduz naturalmente a algum tipo de relação entre códigos morais e conveniência humana, como o utilitarismo. Já a convicção de que códigos morais têm uma sanção divina que transcende o teste da experiência tende, pelo contrário, a um absolutismo moral, o qual, embora não conduza a isso necessariamente, pode promover o ascetismo, sem incorrer em contradição. Assim, o deísmo acoplou num só credo uma concepção capaz de levar ao relativismo mais extremo com outra propensa ao mais rigoroso e intransigente absolutismo.

Os deístas, como já vimos, mantinham essas forças em equilíbrio ao aceitar a identidade entre os ditames da razão e a vontade de Deus. E essa era, em geral, a posição dos racionalistas da época.[1] Mas esse não foi o único método de lidar com o inevitável problema

---

[1] Ver, por exemplo, Samuel Clarke, *Sermons* (1742), i. 457 e 602; Locke, *Works* (1823), vii. 145; e Thomas Burnet, *Theory of the Earth* (1697), pref.

da relação entre a investigação individual e a religião tradicional. Outro, e oposto, método pode ser visto naquele ceticismo – particularmente predominante no Renascimento – do qual a *Apologie de Raimond Sebond* de Montaigne é um exemplo.[1] Os céticos afirmavam que razão e religião *eram* antitéticas. A religião nos oferece uma verdade absoluta; mas, diziam eles em detalhe, a razão humana é incapaz de alcançar essa verdade absoluta: suas conclusões não passam, jamais, de relativas. Tendo elaborado até esse ponto o conflito entre razão e religião, os céticos procuram resolver a discordância. Uma vez, dizem eles, que a razão não nos pode dar a verdade, ela mesma, por essa impotência, nos mostra a necessidade da religião para nos fornecer as verdades que não podemos encontrar alhures. Assim sendo, os céticos desenvolveram e elaboraram a antítese potencial entre razão e religião, mantendo-as, todavia, num equilíbrio instável.

Dos dois métodos principais empregados para tratar desse problema fundamental da relação entre juízo pessoal e religião tradicional, foi o segundo que o grande ancestral de Mandeville em matéria de pensamento adotou como tema em torno do qual escreveria suas variações. Pierre Bayle[2] (1647-1706) consumiu seu prolífico gênio demonstrando, com entusiasmo, a discordância fundamental entre religião revelada e qualquer tipo de recurso à expe-

---

[1] Outros exemplos: Giovanni F. Pico della Mirandola, conde de Concórdia, *Examen Vanitatis Doctrinae Gentium* (1520); Cornelius Agrippa, *De Incertitudine et Vanitate Scientiarum* (1530); Francisco Sanchez, *Quod Nihil scitur* (1581); La Mothe le Vayer, *Discours pour montrer que les Doutes de la Philosophie Sceptique sont de Grand Usage dans les Sciences* (*Oeuvres*, Dresden, 1756-9, vol. 5 [2]); e Jerome Hirnhaim, *De Thypho Generis Humani* (1676). Cf. P. Villey, *Les Sources et l'Evolution des Essais de Montaigne* (1908), ii. 324.

[2] No que concerne à influência de Bayle sobre Mandeville, ver adiante i. 167-69.

riência, contrastando todo o absolutismo inerente a uma com o relativismo latente na outra.

Segundo Bayle, o apelo à experiência conduz a um relativismo tão extremo que se aproxima de um rematado anarquismo filosófico. "...Estou seguro," disse ele, "de que há muito poucos bons Filósofos em nossa Época, mas estes estão convencidos de que a Natureza é um Abismo impenetrável e de que ninguém conhece suas Fontes salvo Aquele que as Criou e Governa".[1] Esse ceticismo quanto à possibilidade de que o empenho humano possa alcançar um dia a verdade absoluta permeia toda a sua obra.[2] Por outro lado, Bayle se esforçou para inculcar em seus leitores a noção de que religião exige precisamente essa finalidade que não se alcança pela experiência. Logo em seguida à sua afirmação de que "a Natureza é um Abismo impenetrável", ele declara explicitamente que tal doutrina é "perigosa para a Religião, uma vez que tem de estar fundada na Certeza..."

Mas Bayle não se deu por satisfeito nessa simples elaboração do conflito entre razão e religião. Passando do mundo dos conceitos para o do comportamento, ele equiparou a oposição entre razão e religião à oposição da natureza humana em geral com as exigências da religião.

---

[1] *Historical and Critical Dictionary* (1710) iv. 2619, verbete "Pyrrho", *n*. B. Cito, de Bayle, o *Dictionary* e suas *Miscellaneous Reflections, Occasion'd by the Comet* em inglês, porque Mandeville utilizou essas obras em tradução. Fica evidente que Mandeville usou uma tradução inglesa do *Dictionnaire* pelas citações feitas nos seus *Free Thoughts* (1729). Compare-se, por exemplo, p. 223, linhas 11-15, com o *Dictionary* (1710) i. 72, col. I de notas, no verbete "Acontius", *n*. F, linhas 25-9 da nota. Como prova de que Mandeville usou uma tradução inglesa de *Pensées Diverses ... à l'Occasion de la Comète*, ver adiante, i. 315, *nn*. 3 e 4, 393, *n*. I, e 450, *n*. 2.

[2] Para outro exemplo, ver *Oeuvres Diverses* (Haia, 1727-31) ii. 396, in *Commentaire Philosophique sur ces Paroles de Jésus Christ, Contrains-les d'entrer*.

O Cristianismo, disse Bayle, é ascético, estatuindo que subjuguemos nossos desejos naturais, por pertencerem eles ao "Domínio do Pecado Original, e (...) nossa Natureza corrupta".[1] Mas a humanidade não se submeterá a uma disciplina desse tipo. Mesmo se fora possível ao homem professar o cristianismo sinceramente, sua natureza o impediria de seguir sua fé, uma vez que o homem não age de acordo com os princípios que professa, mas "quase sempre segue a Paixão reinante da sua Alma, a Tendência da sua Constituição, a Força de Hábitos inveterados, seu Gosto e Afeição por certos Objetos de preferência a outros" (*Miscellaneous Reflections*, i. 272). Não admira, então, que Bayle fosse levado a concluir que "os Princípios da Religião têm poucos seguidores no Mundo..." (*Miscellaneous Reflections*, i. 285).

Assim, Bayle insistia na incompatibilidade da religião não só com a razão mas também com a natureza humana em geral. O que não quer dizer que rejeitasse a religião que ele tanto opunha à humanidade. Aceitava-a, pelo menos da boca para fora, se bem que, fazendo-o, parecesse aceitar igualmente um código e uma atitude com os quais seu temperamento estava em completo desacordo e que seu pensamento normal desacreditava.

Bayle mostra, então, um dualismo paradoxal no seu esquema das coisas. Ele é um relativista extremado e, no entanto, anuncia

---

[1] *Miscellaneous Reflections* (1708) i. 296. Cf. *Continuation des Pensées Diverses*, §124: "Les vrais Chretiens, ce me semble, se considéreroient sur la terre comme des voïageurs & des pélerins qui tendent au Ciel leur véritable patrie. Ils regarderoient le monde comme un lieu de bannissement, ils en détâcheroient leur coeur, & ils luteroient sans fin & sans cesse avec leur propre nature pour s'empêcher de prendre goût à la vie périssable, toûjours attentifs à mortifier leur chair & ses convoitises, à réprimer l'amour des richesses, & des dignitez, & des plaisirs corporels, & à dompter cet orgueil qui rend si peu suportables les injures". Todavia, a identificação de Cristianismo e automortificação feita por Bayle é, geralmente, mais uma suposição implícita que uma doutrina explicitamente enunciada.

que a religião que professa exige finalidade; ele reduz toda conduta, mesmo a mais benéfica, à perseguição de algum desejo dominante, embora denunciando o desejo como perverso. O que ele mostrou como verdadeiro e bom de um ponto de vista mundano é objeto de condenação segundo o critério oposto. Afinal de contas, não há nada de novo nisso. Muito antes do Eclesiastes, os moralistas já insistiam na afirmação de que as boas coisas deste mundo são vaidade; que aquilo que é bom de determinado ponto de vista é mau de um ponto de vista mais alto. Mas cumpre dizer que existe substancial diferença entre essa atitude e a de Pierre Bayle. Com os profetas, o paradoxo consistia em que as coisas denunciadas deviam sempre ser consideradas boas; com Bayle, em que as coisas tão evidentemente verdadeiras e úteis deviam ser tidas como intrinsecamente más. Verbalmente, não parece que a diferença seja grande. Filosoficamente, porém, não poderia haver maior disparidade entre as duas atitudes. No último caso, a dualidade escondia um mundanismo fundamental, que, eventualmente, poderia romper os moldes espirituais em que fora temporariamente mantido à força à medida que se tornasse mais evidente a incompatibilidade dos dois elementos. A incongruência das duas atitudes sustentadas concomitantemente é clara em Bayle; mas é em Mandeville que ela se faz mais explícita.

§ 2

Foi em 1714, em uma atmosfera contraditoriamente carregada pela fanática agitação de profetas e estranhas seitas religiosas anunciando o Fim do Mundo, pelo racionalismo dos deístas, e por um esboço de atitude científica, que Mandeville publicou o sensacional volume no qual essas contradições contemporâneas foram captadas e justapostas em brilhante e devastador paradoxo.

O livro é apresentado por uma curta alegoria, em verso, de uma colmeia. Mandeville descreve a desonestidade e o egoísmo reinantes nessa colmeia. Mercadores, advogados, médicos, padres, juízes, políticos são – todos eles – corruptos. E, todavia, a iniquidade deles é a matéria de que se faz o complicado mecanismo social de um grande Estado, no qual

> Eram Milhões empenhados em satisfazer
> Mutuamente a Luxúria e a Vaidade... (*Fábula*, i. 226)
> Assim, cada Parte estava cheia de Vício,
> Mas o Conjunto, inteiro, era um Paraíso... (i. 231).

As abelhas, porém, não estão satisfeitas ao ver sua depravação misturada à sua prosperidade. Todos os vigaristas e hipócritas denunciam o estado moral em que se encontra o país e clamam aos céus por honestidade. Isso provoca a indignação de Júpiter, que inesperadamente concede à Colmeia o seu desejo.

> Mas, ó Deuses! Que Consternação!
> Quão vasta e súbita foi a Alteração! (i. 235).
> Como o Orgulho e o Luxo diminuem,
> Eles gradativamente abandonam os Oceanos. (...)
> As Artes e Ofícios, descurados, definham;
> O Contentamento, Ruína da Operosidade,
> Leva-os a admirar suas modestas Posses
> E nem buscar nem desejar nada melhor (i. 241).

Dessa maneira, com a perda dos vícios, a colmeia perdeu também sua grandeza.

E agora vem a moral da fábula:

> Deixem-se de Queixas: só os Tolos se esforçam por
> Tornar Honrada uma vasta Colmeia.
> Gozar das Conveniências do Mundo,
> Ter fama na Guerra mas viver no Sossego,
> Sem grandes Vícios, é uma vã
> Utopia enraizada no Cérebro.
> Fraude, Luxo e Orgulho precisam existir
> Enquanto possamos colher seus Benefícios (...)
> Assim, o Vício pode ser benéfico
> Quando contido e limitado pela Justiça;
> E, mais ainda, se um Povo quer ser grande,
> Tão necessário é o Vício ao Estado
> Quanto a Fome o é para o comer (i. 243-4).

Então, na série de ensaios em prosa que se segue, Mandeville elaborou a tese do poema sobre a colmeia: de que o vício é o alicerce da prosperidade nacional e da felicidade. Agora, com isso ele não quis dizer simplesmente que todo mal tem seu lado bom, e que essa parcela de bem excede em peso o mal. Seu paradoxo deriva, na verdade, da definição que ele dá de virtude. Essa definição era o reflexo de duas grandes correntes contemporâneas de pensamento — uma, ascética; a outra, racionalista. Segundo a primeira — uma posição teológica então corrente —, a virtude era uma transcendência das exigências da natureza humana corrupta, uma conquista do "eu", a ser obtida por graça divina. De acordo com a segunda, virtude era conduta ordenada pelos ditames da razão, pura e simplesmente.[1] Mandeville adotou ambas as concepções, e,

---

[1] A maior ou menor representatividade dessas duas opiniões vem discutida adiante, i. 186, *n*. I, e 187, *n*. I.

amalgamando-as, declarou que devem ser considerados virtuosos apenas aqueles atos pelos quais o Homem, "contrariando o impulso da Natureza, se empenha em Benefício do Próximo, ou no Domínio de suas próprias Paixões movido por uma Ambição Racional de ser bom" (i. 254-5). Assim, Mandeville combina um credo ascético com outro, racionalista. Não há qualquer contradição nisso, uma vez que, para Mandeville, em perfeita concordância com muito do pensamento contemporâneo (ver adiante i. 187, *n.* 1), uma conduta puramente racional não era de forma alguma ditada por emoção ou impulso natural; e, portanto, os dois aspectos da definição de Mandeville igualmente proclamam viciosa toda conduta que não deriva de uma completa negação da natureza emocional do indivíduo, pois a verdadeira virtude é desinteressada e imparcial. Essa mistura de ascetismo e racionalismo na definição de Mandeville será chamada aqui, doravante, de "rigorismo".

Agora, quando Mandeville se pôs a examinar o mundo à luz dessa fórmula, não conseguiu achar virtude; e não descobriu, por mais que procurasse, nenhuma ação — mesmo entre as mais salutares — ditada inteiramente pela razão e livre, de todo, do egoísmo. Os negócios do mundo não são conduzidos segundo qualquer concepção transcendente de moralidade. Se fossem suprimidas todas as ações exceto aquelas devidas a desinteresse ou altruísmo, à pura ideia do bem, ou ao amor de Deus, o comércio acabaria, as artes se tornariam desnecessárias e os ofícios seriam negligenciados. Todas essas coisas existem unicamente, segundo a análise de Mandeville, para atender a desejos mundanos, os quais são todos, no fundo, egoístas. Do ponto de vista, então, da sua fórmula rigorista, tudo seria vicioso. E, consequentemente, por simples e óbvia dedução, mesmo as coisas benéficas para nós provêm de causas viciosas, e vícios privados são benefícios públicos.

A matéria pode ser vista, também, de outra maneira. Mandeville chegou a esse julgamento dos resultados públicos de ações privadas baseando-se em padrões utilitaristas.[1] Aquilo que é útil, que é produtivo, que conduz à prosperidade e à felicidade nacionais, ele chamou de "benefício". Quanto às ações privadas, ele as julgava segundo um esquema antiutilitarista, pelo qual a conduta pessoal era avaliada não por suas consequências, mas por sua motivação. Nesse caso, só eram considerados virtuosos os atos resultantes de motivos que satisfaziam as exigências do rigorismo. Ou seja, o efeito real da conduta sobre a felicidade humana não fazia qualquer diferença. O próprio Mandeville estava inteirado da presença no seu livro dessa moralidade dual, de *consequência* e *motivo*: "...há na palavra 'Bom' uma Ambiguidade que eu gostaria de evitar; vamos ficar com o termo Virtuoso", disse ele (ii. 134). E, ao longo da *Fábula*, ele teve sempre o maior cuidado em usar preferencialmente as palavras *"virtuoso"* e *"vicioso"* ao aplicar o critério rigorista às

---

[1] Emprego o termo "utilitarista" num sentido mais solto e livre do que aquele em que especialistas em filosofia o utilizam habitualmente. E sempre em oposição à insistência da ética "rigorista" em dizer que não são os resultados mas a motivação por um princípio "certo" que determina a virtude. Tivesse eu usado o vocabulário técnico do especialista em filosofia e confundiria desnecessariamente o leitor treinado em outras disciplinas. Além disso, meu uso não-ortodoxo do termo corre como que em paralelo às condições do pensamento ético ao tempo de Mandeville, quando a teoria do utilitarismo ainda não assumira a conotação mais específica que hoje tem, mas correspondia simplesmente a uma ética cuja pedra de toque moral eram resultados e não princípio abstrato.

Por motivos semelhantes, empreguei ao longo deste trabalho, de modo igualmente mais livre – mas não, espero, de maneira irrelevante – outros termos como "relativismo" e "absolutismo".

motivações, e em empregar palavras diferentes ao aplicar o critério utilitarista à conduta. O paradoxo de que vícios privados são benefícios públicos é, meramente, uma declaração da mistura paradoxal de critérios morais que corre como um fio, de ponta a ponta, ao longo da obra.

Mandeville, então, como Pierre Bayle, elabora a óbvia incompatibilidade do ideal ascético de moralidade com qualquer padrão utilitarista de vida; e do ideal racionalista de comportamento com uma verdadeira psicologia. Pela justaposição de padrões contrários, ele conseguiu uma *reductio ad absurdum* de um ou de outro. Muita gente dirá, naturalmente, que Mandeville demonstrou o absurdo do credo rigorista. As pessoas dirão: 'Se é pelo vício que o bem-estar do mundo se alcança, vamos ser depravados, já que depravação dessa espécie não é iniquidade, mas virtude'. Mandeville, no entanto, de novo como Bayle, não aceitou esse aspecto da redução ao absurdo. Ele não admitia que a utilidade do vício abolisse sua perversidade. "Quando eu digo que as Sociedades não podem ser elevadas à Riqueza, ao Poder e ao Topo da Glória Terrena sem Vícios, não creio que, com isso, eu convide os Homens a serem Viciosos..." (i. 468). Tampouco, e a despeito dessa passagem citada, aceitava ele o outro aspecto da redução; ele não disse que, desde que a prosperidade nacional se funda no vício, devamos deixar de nos esforçar para obter essa prosperidade e levar vidas de automortificação. Embora apontasse a automortificação como um ideal de comportamento, argumentava com o mesmo vigor que esse ideal é difícil, senão inatingível. O que ele de fato aconselhava era o abandono da tentativa de

Tornar Honrada uma vasta Colmeia.

Uma vez que V. será iníquo de qualquer maneira, com seu país próspero ou não, disse ele, então seja iníquo e próspero.

> "... Se a Virtude, a Religião e a Felicidade futura fossem perseguidas pela maior parte da Humanidade (...), seria melhor nomear apenas Homens de Bem, e de notória Competência, para o Serviço Público. Mas confiar em que isso algum dia aconteça (...) é demonstrar grande Ignorância das Questões humanas. (...) Se o melhor absoluto é inatingível, contentemo-nos em buscar o melhor possível (ii. 395-6).

Portanto, Mandeville descreveu em linhas gerais métodos pelos quais alcançar a felicidade nacional, mas sempre com a ressalva de que essa felicidade é iníqua; e que se fosse possível, materialmente, melhor seria abandoná-la. Assim, ele conseguiu ficar fiel à sua máxima de que os benefícios públicos são e devem ser baseados em vícios privados.

Talvez pareça a alguns que Mandeville devia ser homem muito obtuso ou muito perverso para não ver que chegara praticamente a uma *reductio ad absurdum* da atitude rigorista e que cumpria deixar de lado um credo que ele verificara ser incompatível com a experiência. Para quem pensa assim, cito o exemplo de Bayle, que apresentou fenômeno semelhante; e lembro ao leitor que o rigorismo de Mandeville era uma adaptação de um ponto de vista tão popular quanto respeitado na época, que ainda não se encontra extinto.[1] Muito depois de Mandeville, por exemplo, uma posição tão rigorosa quanto a da *Fábula das Abelhas* foi adotada por Kant, o qual, como Mandeville, se negou a aplicar o adjetivo "moral" a ações ditadas por preferência pessoal, reservando-o para condutas motivadas por devoção impessoal a

---

[1] Para outros exemplos, ver adiante i. 186, *n.* I, e 477, *n.* I.

princípio abstrato.[1] Na verdade, um rigorismo assim, em que o princípio é apresentado como completamente superior às circunstâncias, está latente na moralidade de quase todo mundo. O homem comum, que diz que direito é direito e independe das consequências, está adotando a posição rigorista de que é a obediência ao princípio, e não aos resultados, que determina o direito; e só precisa de um desenvolvimento dessa atitude para afirmar também que vício privado pode tornar-se bem público. Ponha-se esse homem comum em uma posição na qual, se ele não disser uma mentira, uma grande calamidade pública acontecerá. Agora, na medida em que ele acredita que o direito é independente de suas consequências, ele precisa crer que a mentira permanecerá viciosa a despeito de todo o bem que possa fazer ao Estado. Ele deve, portanto, de certo modo, crer que um vício privado (no caso, a mentira) é um benefício público. Se alguém se recusa a acreditar que, em questões de moral, as circunstâncias alteram casos, pode ser forçado a aceitar o paradoxo de Mandeville. E eu dou ênfase a essa matéria por dois motivos. O primeiro é inocentar Mandeville da acusação de estupidez na posição que tomou. O segundo é mostrar o interesse ainda vivo do seu pensamento.

§ 3

Mas qual das duas atitudes antagônicas, cuja presença simultânea produziu o paradoxo mandevilliano, tinha a simpatia de Mandeville? Terá ele, realmente, achado que só eram boas as ações feitas de acordo com os ditames de uma moralidade trans-

[1] Cf. Kant, *Gesammelte Schriften* (Berlim, 1900), iv. 397 e seg. In *Grundlegung zur Metaphysik der Sitten*.

cendente, ou acreditava que os desejos naturais, cuja necessidade para a sociedade ele demonstrara, eram bons? Devemos considerá-lo ascético ou utilitarista, mundano ou não mundano? Seria ele basicamente rigorista ou aquilo a que, por falta de um termo exato, vou chamar "empírico", i.e., com aquela combinação de qualidades opostas aqui ao "rigorismo"? A questão é crucial; e quero crer que ela pode ser respondida positivamente. Mandeville era fundamentalmente um empirista, um intenso empirista. Ele se esquiva a tudo que transcende a experiência humana: "...todo nosso Conhecimento nos vem *a posteriori*, só é prudente raciocinar a partir de fatos", diz (ii. 309). Ele admitirá a Revelação, formalmente, mas de tal maneira que ficamos desconfiados de que o faz apenas para evitar atrito com as autoridades. Depois, prossegue e invalida essa admissão, pois nega a existência de um só caso de alguém que tenha conformado sua vida à Revelação. Virtude? Honra? Caridade? Não são coisas de santidade transcendental? Certamente que não, responderia ele se perguntado. Tais coisas têm suas raízes na natureza humana e no desejo, e têm tanto a ver com as forças da natureza quanto o cultivo de uma tulipa. Aqueles que melhor compreendem o homem – acha ele – tomam-no por aquilo que ele é de fato: "o mais perfeito dos Animais" (i. 250).

A adoção por Mandeville da fórmula ascética, transcendente, é inteiramente arbitrária. Representa simplesmente o giro final que dá ao seu pensamento depois de tê-lo harmonizado com o ponto de vista oposto, ou empírico. É uma roupa feita sob medida para outra pessoa e que ele vestiu no corpo vivo do seu pensamento. É uma espécie de apagador de vela com o qual ele cobriu a luz de sua verdadeira convicção, e não tem mais da chama real do seu gênio do que o apagador tem da chama da vela. A qualificação rigorista – "Mas tudo isso cuja necessidade eu demonstrei é errado" – é acrescentada ao corpo do seu pensamento como se alguém adicionasse uma nova surpresa ao fim de uma história já concluída. O *sentimento* de Mandeville é, de princípio a fim, antiascético. Ele se *regozija* ao destruir os ideais daqueles que imaginam haver no mundo qualquer exemplo da moralidade transcendente que ele prega formalmente. Delicia-se ao ver que o credo rigorista que adotou é absolutamente impraticável. Sua verdadeira inclinação aparece constantemente. De Cleômenes, que funciona, confessadamente, como seu porta-voz (ver ii. 32) na Parte II da *Fábula*, Mandeville diz (ii. 29) que ele tem uma "forte Aversão a Rigoristas de todos os matizes". E declara: "Quanto à Religião, a Porção mais ilustrada e mais polida de uma Nação é a que tem, em qualquer lugar do mundo, o menor apego a ela" (i. 512 e 558). Além disso, ele revela sua antipatia fundamental pelo rigorismo, que aparentemente patrocina e defende, associando-o com algo que já repudiara de vez – a doutrina da "obediência passiva" (ver adiante, i. 470, *n.* I).

Sua simples adoção do rigorismo é, de certo modo, um meio de satisfazer sua aversão a essa doutrina. A ênfase que ele dá à irreconciliabilidade desse rigorismo com todas as manifestações de civilização satisfaz indiretamente sua antipatia, assim como sua insistência no absurdo dos milagres da Bíblia, de um ponto de vista científico, satisfaz a repugnância que lhe inspiram no próprio ato de aparentemente abraçá-los (cf. adiante, ii. 33, *n.* I). Assim, um homem que faz a outro, de má vontade, um favor, pode consolar-se alongando-se na contemplação de sua generosidade. Além disso, a própria intensidade do rigorismo que Mandeville ajunta ao seu pensamento é um meio de desacreditá-lo. Fazendo seus padrões éticos tão exageradamente rigorosos, ele os torna impossíveis de observar e, assim, pode descartá-los e efetivamente os descarta dos negócios ordinários do mundo.

Verdadeiros rigoristas e transcendentalistas sempre perceberam a desarmonia fundamental entre as reais tendências de Mandeville e seu arbitrário ascetismo; viram a natureza artificial dessa devoção e odiaram-no por isso. Falta a Mandeville um elemento essencial a um verdadeiro crente na insuficiência do puramente humano: ele não acredita na existência de alguma coisa superior em comparação à qual a humanidade seja insignificante. Falta-lhe qualquer sentimento religioso ou idealismo. Seu repúdio às leis absolutas e ao conhecimento absoluto, e sua insistência nos fatos animais da vida, não são o resultado de uma desconfiança rigorista da natureza tal como ela é mas, ao contrário, de uma fé tão entranhada na natureza que ele não sente necessidade de convicções religiosas que o elevem acima dela. Quando diz (i. 470): "Se tive ocasião de indicar o caminho para a Grandeza mundana, sempre preferi, sem Hesitação, o que conduz à Virtude", simplesmente não merece fé. Na verdade, o viés empírico permeia a tal ponto o livro de Mandeville que tem sido considerado uma deliberada tentativa satírica de reduzir a atitude rigorista ao absurdo.

O empirismo é tão dominante e o rigorismo tão arbitrário no pensamento de Mandeville que há, de fato, um ar de probabilidade neste diagnóstico. Não creio, no entanto, que Mandeville estava tentando uma consciente *reductio ad absurdum* do rigorismo, tenha ele conseguido ou não esse resultado. O viés rigorista em seu pensamento é por demais consistente para que essa suposição prospere. Aparece, aliás, em todas as suas obras principais[1] e parece ter-se

---

[1] É perceptível na *Virgin Unmask'd* (1709) e dominante na *Letter to Dion* (1732). Ver especialmente o prefácio a *Origin of Honour* (1732).

tornado parte de seu pensamento. A conjunção de atitudes contraditórias era, além do mais, característica proeminente do pensamento da época[1] e produz ainda hoje, de forma não deliberada, o paradoxo de Mandeville. Além disso, serve de proteção a Mandeville contra a fúria dos ortodoxos, pois assim podia, à vontade, mostrar o lado ortodoxo da sua doutrina – "Sempre preferi, sem Hesitação, o Caminho que conduz à Virtude". E como as pessoas tendem, honestamente, a crer naquilo que as deixa mais confortáveis, ele deve ter tido um genuíno incentivo para manter seu rigorismo como algo mais do que mera pose. Mas o rigorismo não estava, certamente, em harmonia com suas tendências *naturais*. E isso é que cumpre lembrar.

A filosofia de Mandeville, na verdade, forma um todo completo sem o rigorismo extrínseco. A melhor maneira, então, de conhecê-lo a fundo é entender os detalhes do aspecto "empírico" de seu pensamento. Uma vez que se descubra, desse ponto de vista, o que é que Mandeville entende por desejável, temos apenas de acrescentar a qualificação rigorista – "Mas tudo isso é vício" – e estamos prontos para compreender a *Fábula*.

§ 4

Descontado, então, o rigorismo superficial, podemos definir a ética de Mandeville como uma combinação do anarquismo filosófico, em teoria, com o utilitarismo, na prática. Teoricamente, ele não admitiu qualquer critério definitivo para conduta: "...a caça a

---

[1] Para outros exemplos além do já mencionado caso de Bayle, ver, adiante, i. 186, *n*. I – as citações de Esprit e Bernard.

esse *Pulchrum et Honestum** não é muito melhor que qualquer outra Busca Tola e Infrutífera do inatingível..." (i. 586). Não existe esse negócio chamado *summum bonum***. Todos esses princípios de conduta, como a honra, são quimeras (i. 429). As inevitáveis diferenças entre os homens tornam impossível alcançar qualquer acordo definitivo quanto àquilo que é realmente desejável. Devemos dizer que o prazeroso ou útil deve formar nosso ideal? Mas como, se o que é alimento para um é veneno para outro? De qualquer ponto de vista diferente, "...um Homem que detesta Queijo deve me achar Maluco pelo fato de adorar *blue Mold*" (i. 566). Se disséssemos que há discordância aqui porque um dos dois está equivocado quanto àquilo que realmente constitui prazer, Mandeville responderia que a objeção é inteiramente arbitrária. Os verdadeiros prazeres de um homem são aquilo de que ele gosta (i. 372-3). Não há como fugir disso. Fica impossível, portanto, se chegar a qualquer acordo explícito e definitivo entre dois homens quanto ao que deve ser considerado um *summum bonum*, ou a um critério segundo o qual seria possível planejar um sistema de moralidade.

> Nas Obras da Natureza, Valor e Excelência são igualmente incertos [como o valor relativo dos quadros]: e, mesmo entre Criaturas Humanas, o que é Belo num País não o é em outro. Como é caprichoso o Florista na sua Escolha! Às vezes a Tulipa, outras vezes a Aurícula, e outras ainda o Cravo monopolizam a sua Estima, e todo ano uma Flor nova vence as anteriores na sua Preferência de profissional (...). As maneiras de planejar um Jardim com Harmonia são quase Inumeráveis, e o que deva ser considerado Belo neles varia com o Gosto das Nações e das Épocas. Em matéria de Gramados, Canteiros

* Belo e Honesto.
** Bem máximo.

> e *Parterres*, uma Variedade de Formas é geralmente agradável à vista, mas um canteiro Redondo pode alegrar os Olhos tanto quanto um Quadrado; (...) E a preeminência de um Octógono sobre um Hexágono não é maior em números do que as chances do Oito sobre o Seis no Jogo de Dados. (i. 582-3) Em matéria de Moral, não é maior a Certeza (i. 585).

Esse radical anarquismo filosófico, como o rigorismo com o qual ele formava parceria tão paradoxal, era, largamente, uma espécie de reação ao pensamento racionalista então predominante. Nos dois casos, Mandeville estava tentando provar a impossibilidade de certos ideais contemporâneos. Assim como ele havia confrontado os padrões rigoristas existentes com a demonstração de que a natureza humana os tornava inatingíveis, assim ele enfrentou a crença então corrente de que as leis do "certo" e do "errado" deveriam ser "eternas e imutáveis",[1] com a observação de que, na verdade, elas são temporárias e variáveis.

Não obstante, o pirronismo de Mandeville não era, absolutamente, tão extremado quanto à primeira vista pode parecer. Ele exagerou suas opiniões. Ele próprio, ao protestar contra uma "leitura" por demais literal de algumas de suas afirmações, diz, da maneira mais clara possível (ii. 264), que

> Um Homem de Juízo, Saber e Experiência, que tenha recebido boa educação, saberá sempre a diferença entre Certo e Errado em coisas diametralmente opostas; e haverá certos Fatos que ele condenará sempre, assim como outros que sempre aprovará: (...) E não só Homens de grandes Talentos, como aqueles que tenham aprendido a pensar abstratamente, mas todos os Homens de

---

[1] Como, por exemplo, em Tillotson, *Works* (1820) vi. 524; Locke, *Works* (1823) vii. 133; Samuel Clarke, *Works* (1738) ii. 609; Shaftesbury, *Characteristics* (ed. Robertson, 1900) i. 255; e Fiddes, *General Treatise of Morality* (1724) p. lviii.

Capacidades medianas, criados em Sociedade, concordarão com isso, em todos os Países, e em todas as Épocas.

Ninguém, na realidade, poderia escrever um livro no qual se oferecem sugestões práticas se realmente pensasse de acordo com o extremo anarquismo delineado nos últimos parágrafos.

E, com efeito, Mandeville não parece, na prática, sequer um anarquista moderado, mas sim um utilitarista de marca maior. A bem da verdade, ele é ao mesmo tempo um anarquista filosófico e um utilitarista. Não há aqui contradição como, à primeira vista, parece, uma vez que utilitarismo não precisa ser a adoção firme e rígida de alguma forma particular de bem-estar cívico como norma de conduta, mas simplesmente do ideal de satisfazer os variados desejos e necessidades do mundo tanto quanto possível.[1] Dizer que bem-estar ou prazer ou felicidade devam ser o fim das ações não significa limitar esse bem-estar, prazer ou felicidade a uma espécie de satisfação, mas a tantas espécies quantas existam. Tal doutrina não oferece oposição fatal ao pirronismo, pois que, na sua vigência, tão bem quanto no pirronismo, um homem pode saborear *blue mold*[2] sem impedir que o vizinho coma trufas. A rigor, anarquismo, na esfera da teoria, combina muito bem com utilitarismo na prática, e sempre combinou.

O utilitarismo de Mandeville é muito marcado. Não só sustenta a posição do A., mas lhe dá expressão explícita.

---

[1] Que me seja permitido lembrar ao leitor que o uso que faço do termo "utilitarismo" não é técnico ou ortodoxo. Ver i. 112, *n.* I.

[2] A repetição da referência parece exigir uma nota. Trata-se de queijos em que um fungo forma veios azuis de mofo ou bolor (ing. *"mold"*). [N. do T.]

> Cada indivíduo [diz ele] se torna, assim, um pequeno Mundo, e todas as Criaturas se esforçam para fazer feliz esse Ego, na medida de suas respectivas Inteligências e Habilidades. Isso constitui para todas elas um Labor contínuo, e parece ser o único Projeto de vida. Segue-se daí que, na Escolha das Coisas, os Homens são determinados pela Percepção que tenham de Felicidade, e Ninguém pode idealizar ou empreender qualquer Ação que, no momento presente, não pareça ser a melhor para si (ii. 215).

> ... se conclui que, quando dizemos das Ações que são boas ou más, só consideramos o Dano ou Benefício que a Sociedade recebe delas, e não a Pessoa que as comete (i. 484).

> ... Não há um só Mandamento [no Decálogo] que não vise ao Bem temporal da Sociedade ... (ii. 336; cf. também ii. 334).

Na sua *Modest Defense of Publick Stews* (ed. 1724; *Modesta Defesa dos Bordéis*, pp. 68-9), ele declara seu utilitarismo da maneira mais sucinta:

> ...é o maior Absurdo, e uma perfeita Contradição em Termos, afirmar que um *Governo* não pode fazer Mal, que o Bem sairá do Ato cometido. Porque se um Ato Público, levando em conta todas as suas Consequências, de fato produz maior Quantidade de Bem, ele deve ser considerado um Ato bom (...) Leis pecaminosas não podem ser benéficas e vice-versa (...) nenhuma Lei benéfica pode ser pecaminosa.

Se consideramos a *Fábula* sob essa luz, veremos que, mesmo em passagens que a princípio parecem nada ter com o assunto, o critério utilitarista havia sido aplicado. "Vícios Privados, Benefícios Públicos" — isso significa que *tudo* é benefício, desde que tudo é vicioso? De modo algum. Os vícios têm de ser punidos logo que evoluem para crimes, diz Mandeville (i. 220). O único vício a ser encorajado é o vício útil (i.e., aquele a que o não rigorista não chamaria vício). O vício pernicioso é crime e deve ser censurado. Em outras palavras: a tese verdadeira do livro não é a de que todo mal resulta em benefício público, mas de que uma determinada proporção de mal (chamada vício) é benéfica (e, como já indiquei, deixa de ser considerada maléfica, embora continue a ser classificada como vício). Eis aí uma clara aplicação do padrão utilitarista.

E a esse ponto é preciso dar toda a ênfase possível. Muito contrassenso tem sido proferido com relação ao chamado "paradoxo" de Mandeville, acusado de promover o vício, e crimes tais como roubo e assassinato. E isso embora ele tenha escrito um livro sobre a prevenção do crime e os meios de torná-la mais eficaz.[1] Mandeville jamais pretendeu que todos os vícios fossem igualmente úteis à sociedade. Esse mal-entendido provocou inúmeros protestos ao grande homem.[2] O que ele sustentava era, do seu arbitrário ponto de vista rigorista, que todas as ações são igualmente viciosas. Mas na prática, senão também em teoria, ele era um utilitarista.

§ 5

Tendo considerado, até aqui, a fase objetiva da ética de Mandeville, vamos agora submeter a exame seu lado subjetivo. Que sentimentos levam o homem a ser moral, e como esses sentimentos estão relacio-

---

[1] *Enquiry into the Causes of the Frequent Executions at Tyburn* (1725). [Tyburn, pequeno tributário da margem esquerda do Tâmisa, deu nome ao lugar tradicional de execuções em Londres na ponta NE de Hyde Park (1300-1783). [N. do T.]
[2] Ver, por exemplo, sua *Letter to Dion* e *Fábula* (i. 672).

nados uns com os outros? Já fizemos notar a natureza não transcendente da anatomia da sociedade segundo Mandeville e sua análise do funcionamento do mundo, na interação das "paixões" e carências puramente humanas. Essas variadas paixões e necessidades, cumpre acrescentar, ele considerava como formas diversas de manifestação do Amor-Próprio, e todas as ações dos homens como esforços ingênuos ou deliberados para satisfazer esse Amor-Próprio.

> Todos os Animais não domesticados buscam apenas o prazer, e seguem naturalmente suas Inclinações, sem considerar o bem ou o mal que sua própria satisfação pode causar aos outros (i. 247).

Mas tal estado de coisas não podia prosseguir eternamente. Então, homens sábios

> examinaram, com essa intenção, as Forças e Fraquezas da nossa Índole, e verificaram que ninguém é tão selvagem que não se encante com Elogios nem tão vil que suporte pacientemente o Desprezo. Concluíram, então, que a Lisonja é o mais poderoso Argumento que se pode empregar ao tratar com o Ser Humano (i. 248).

Em consequência, organizaram a sociedade de tal maneira que os que agiam para o bem dos outros eram premiados com seu orgulho, e os que não tinham a mesma consideração com o próximo eram punidos com a sua vergonha. "...As Virtudes Morais", concluiu Mandeville (i. 258), são portanto a "Prole ou Descendência Política que a Lisonja engendrou no Orgulho".

Para desenvolver melhor a concepção de Mandeville sobre as bases egoístas de toda conduta moral, podemos dividir as causas das boas ações nascidas do egoísmo em duas variedades. Primeira, o bem que pode ser feito por um selvagem. Se alguém visse "uma enorme e repugnante Porca" triturando os ossos de um inocente bebê, procuraria naturalmente salvá-lo (i. 495-6). Isso seria um ato egoísta a despeito de suas boas consequências sociais, pois o salvador estaria agindo para aliviar sua própria consciência. É dessa mesma forma que as pessoas dão esmolas a mendigos, não por altruísmo, mas "pelo mesmo Motivo por que pagam ao Calista: para andar com comodidade" (i. 500). Os atos *naturais*, por consequência, são egoístas. Em segundo lugar, há o bem que pode ser feito por um homem educado, que não obedece aos seus impulsos ingenuamente, como um selvagem. E é aí que Mandeville se mostra mais hábil. Com uma análise da natureza humana de extraordinária sutileza e penetração, ele consegue reduzir toda aparente automortificação ou sacrifício, quando não há uma recompensa à vista, a desejo de adulação ou temor de censura.

> A Avidez com que cortejamos a Aprovação dos outros e o Enlevo que sentimos ao Pensar que somos amados e, talvez, admirados são Compensações pelos sacrifícios feitos para Subjugar nossas mais fortes Paixões... (i. 279).

O próprio desejo de não parecer orgulhoso é reduzido por ele a orgulho, pois o verdadeiro *gentleman* se orgulha de jamais parecer orgulhoso.[1] Qualquer aparente virtude, então, cultivada ou ingênua, é fundamentalmente egoísta, sendo ou a satisfação de um impulso natural e, por conseguinte, egoísta, ou a paixão egoísta do orgulho.

É preciso ter várias coisas em mente com respeito à redução por Mandeville de todos os atos de egoísmo, franco ou dissimulado.

---

[1] Quanto aos fundamentos históricos dessa concepção das implicações morais do orgulho, ver adiante, i. 154-6.

A primeira é que ele não nega a existência daqueles impulsos geralmente chamados de altruístas. Ele simplesmente diz que o filósofo pode ver além dessa aparente generosidade. Ele explica o altruísmo, não o descarta ou rejeita. Também, em segundo lugar, não acusa a humanidade de hipocrisia deliberada. Uma de suas principais alegações era de que, por falta de autognose, quase todos os homens estão enganados a respeito de si mesmos. Seu aparente altruísmo pode ser honesto, dizia, mas não conseguem perceber que ele procede do egoísmo. Essa autoilusão é, segundo Mandeville, o mais normal dos fenômenos psicológicos, pois as convicções humanas, e até a própria razão, são joguetes da emoção. Uma das convicções mais arraigadas de Mandeville é justamente essa: que as nossas mais graves e elaboradas elucubrações não passam de racionalização de certos desejos e predisposições: "...estamos, todos, sempre encaminhando nossa Razão naquele rumo por onde a Paixão a conduz, enquanto o Amor-Próprio, por sua vez, em todas as Criaturas Humanas, advoga por suas diferentes Causas, fornecendo Argumentos a cada indivíduo para que justifique suas Inclinações" (*Fábula* i. 588).[1]

Essa concepção Mandeville desenvolveu – na *Fábula*, em *Free Thoughts* e na *Origin of Honour* – com uma abrangência e uma sutileza incomparáveis, muito superiores às de qualquer predecessor ou contemporâneo, e não igualada até que a moderna psicologia começasse a se dedicar ao problema.[2]

---

[1] Quanto aos fundamentos históricos do antirracionalismo de Mandeville, ver adiante, i. 142-51.

[2] Em outros campos, também, Mandeville antecipou alguns dos mais recentes achados da psicologia. A posição fundamental da *Fábula* – de que o chamado "bem" decorre de uma conversão do chamado "mal" – é, na verdade, uma outra formulação de um dos princípios da psicanálise – de que as virtudes surgem da tentativa que o indivíduo faz para

Outro ponto importante nessa tentativa de Mandeville de fazer remontar moralidade e sociedade a alguma forma de egoísmo é o seguinte: sua descrição da invenção de virtude e sociedade por legisladores e sábios que, deliberadamente, impuseram isso à comunidade, passando por cima do orgulho e da vergonha dos indivíduos, é uma parábola, e não qualquer empenho de fazer história. Esse fato, muitas vezes mal compreendido, é suficientemente relevante para merecer consideração especial. Tudo o que Mandeville quis mostrar por essa alegoria do advento de sociedade e moral eram os ingredientes do que aconteceu, e a maneira como a coisa se fez e evoluiu. Ele não quis dizer que os "políticos" construíram a moralidade com base na fantasia; apenas dirigiram instintos já predispostos a se deixar guiar moralmente.

> Assim, e por unânime que tenha sido a decisão de Governantes e Magistrados em promover uma Religião ou outra, o Princípio não era Invenção deles. Eles o encontraram no Homem... (*Origin of Honour*, p. 28).

Ele também não quis dizer que a sociedade foi organizada da noite para o dia. Perder isso de vista seria deixar escapar um elemento essencial no pensamento de Mandeville: o seu sentido precoce da evolução. Numa época a que faltava perspectiva histórica, ele tinha uma sensibilidade especial para perceber o abismo

---

compensar sua fraqueza original e vícios. Mandeville também antecipou outra posição de Freud ao sustentar (*Fábula* ii. 321 e seg.) que a naturalidade de um desejo podia ser inferida do fato de haver toda uma bateria de proibições apontada para ele; e a força do desejo, da ferocidade da proibição. Também a teoria psicanalítica da ambivalência de emoções foi antecipada por Mandeville na sua *Origin of Honour*, pp. 12-13 (ver adiante, i. 277, *n*. I).

de tempo e de esforço que nos separa dos primitivos: "... Será Obra de Séculos descobrir a verdadeira Utilidade das Paixões" (ii. 377). Mesmo na alegoria ele tomou precauções para que o leitor desprevenido não fosse compreendê-lo tão literalmente. "Essa foi (ou pelo menos pode ter sido) a forma com que se domou o Homem Selvagem..." (i. 252), escreveu. E teve o cuidado de acrescentar que os legisladores são tão vítimas de enganos quanto o resto da humanidade.

> Não é meu desejo que alguém, tendo refletido sobre a mesquinha Origem da Honra, se queixe de haver sido ludibriado e usado como Instrumento por Políticos ardilosos; quero, ao contrário, que seja do entendimento de todos que os Governantes das Sociedades (...) se sentem ainda mais Inflados de Orgulho do que qualquer um dentre os demais (i. 457).

Mas é na Parte II, escrita especialmente para corrigir mal-entendidos motivados pela Parte I, deliberadamente paradoxal, que Mandeville acentua o caráter gradativo da evolução.[1] Grande parte do volume é dedicada a traçar o crescimento da sociedade de um

---

[1] A formulação mais científica da sua posição na Parte II da *Fábula* e na *Origin of Honour* se deve, em parte, aos ataques que recebeu (cf. adiante, ii. 223, *n.* 1, e 237, *n.* 3). Possivelmente as implicações da sua posição não eram de todo claras para ele quando primeiro tratou do assunto em 1714 (cf. adiante, i. 136).

Mandeville apontou três estágios principais no desenvolvimento da sociedade: a associação forçada de homens para proteger-se de animais selvagens (*Fábula* ii. 285-8); a associação de homens para se protegerem uns dos outros (ii. 315-7); e a invenção da escrita (ii. 318). Como outras causas da evolução da sociedade ele relacionou: a divisão do trabalho (ii. 173-5 e 337); o desenvolvimento da linguagem (ii. 338 e seg.); a invenção de utensílios (ii. 377-8) e a invenção do dinheiro (ii. 411-3). Esse desenvolvimento foi favorecido pela inevitável existência do sentimento de "reverência", embora isso, por si só, tenha tido pouca influência (ii. 243-6 e 275). Além disso, Mandeville observou que a religião do selvagem é animista e baseada no medo (ii. 248-53), e analisou as reações mentais de crianças a fim de explicar a psicologia dos selvagens (i. 443-4).

modo surpreendentemente científico, e contradiz completamente a interpretação *literal* da alegoria na primeira porção da Parte I.

> De tudo [testemunhos de civilização] o que mencionei [disse ele (ii. 380)], muito pouco é Obra de um só Homem, ou de uma única Geração; a maior parte é Produto do Trabalho conjunto de várias Épocas. (...) Através dessa espécie de Sabedoria [inteligência comum], e com a Passagem do Tempo, pode-se concluir que não é mais Difícil governar uma grande Cidade do que (com perdão pela Impropriedade da Comparação) tecer Meias.

Há outros trechos na obra[1] nos quais Mandeville, a exemplo dos já citados, demonstra uma visão da origem e desenvolvimento da sociedade sem parelha na sua época.

No entanto, o elemento mais importante a ressaltar, para compreender Mandeville, não é tanto a sua concepção da evolução dos costumes e da sociedade mas a configuração das paixões em que o processo se funda, as quais, na opinião de Mandeville, eram, invariavelmente, egoístas.

§ 6

Esse o *background* filosófico do pensamento de Mandeville. Contra esse pano de fundo, ele delineou teorias sobre uma grande variedade de questões práticas, sobretudo de natureza econômica. Algumas dessas teorias serão examinadas no próximo capítulo dessa introdução. Como o presente capítulo é dedicado à interpretação, nós nos ocuparemos tão somente das doutrinas em torno das quais

---

[1] Ver por exemplo *Fábula* ii. 224-5, 240-1 e 340-1.

surgiram mal-entendidos. Um deles dizia respeito a um célebre sofisma econômico ao qual o nome de Mandeville está estreitamente associado.

> O Incêndio de *Londres* foi uma Grande Calamidade [escreveu Mandeville (i. 619)], mas se os Carpinteiros, Pedreiros, Serralheiros, e todos (...) não só os empregados na indústria da Construção mas também os que fabricavam e negociavam os mesmos Produtos e outras Mercadorias que se queimaram, além de outros Comércios que lucravam com tudo isso quando estavam em situação de pleno Emprego, tivessem de votar contra os que perderam com o Incêndio, as manifestações de Regozijo igualariam, se não excedessem, as Lamentações.

E acrescentou (i. 624):

> Uma Centena de Fardos de Pano que se queimem ou afundem no *Mediterrâneo* é coisa tão Proveitosa para o Pobre na *Inglaterra* quanto se tivessem chegado em boa ordem a *Smirna* ou *Alepo*, e cada Jarda fosse vendida a Varejo nos Domínios do *Grand Signior*."[1]

A teoria tomou outra forma no texto de Mandeville (i. 614-5):

> O sensual Cortesão que não impõe Limites ao seu Luxo; a Rameira Caprichosa que inventa novas Modas toda Semana; (...) estes são a Presa e o Alimento apropriado para um Leviatã de bom tamanho (...). Aquele que dá mais Aborrecimentos a milhares de Vizinhos e inventa as Manufaturas mais elaboradas é, com razão ou sem ela, o maior Amigo da Sociedade.

Isso é o que os economistas chamam, no jargão deles, *makework fallacy*, ou seja, a crença de que é o volume de trabalho e não a quantidade ou qualidade dos bens produzidos o que mede a pros-

[1] O sultão, soberano do império otomano, com capital em Istambul. [N. do T.].

peridade de um país. O nome de Mandeville tem estado tão entrelaçado a essa teoria que hoje em dia críticos inteligentes e equilibrados – como Leslie Stephen[1] – acreditam que Mandeville teria dado boa acolhida a uma sucessão de incêndios em Londres, o que seria uma absurda extravagância da parte de qualquer pessoa. É isso que acontece quando gente séria lê um livro escrito com humor e um grão de fantasia. Mandeville não pretendia expressar essas tolices. Há que ter em mente que a *Fábula das Abelhas* era uma obra confessamente paradoxal, que devia ser lida *cum grano salis*.[2] Os trechos que tenho citado fazem parte do paradoxo geral de Mandeville de que o bem se baseia no mal: e ele substanciava isso mostrando que não há coisa má que não encerre em si alguma compensação. Costumava demonstrar também, de acordo com a orientação geral da obra, que não são as virtudes ascéticas, como a frugalidade avarenta, que fazem um Estado prosperar. Mandeville sempre renegou explicitamente as leituras falsas do que escreveu.

> Se algum dos meus Leitores tirar Conclusões *in infinitum* da minha Afirmação de que o naufrágio ou incêndio das Mercadorias é tão vantajoso para o Pobre quanto se elas tivessem sido vendidas e colocadas em seu Uso apropriado, eu o terei em conta de um Caviloso... (i. 625).

E, de novo (i. 490):

> Pois qualquer um que insista em viver acima de suas Posses é um Tolo.

---

[1] *Essays on Freethinking and Plainspeaking* (Nova York, 1908), pp. 272-4; e *History of English Thought in the Eighteenth Century* (1902), ii. 35.

[2] "com um grão de sal", i.e, com ressalvas, e não à letra. A expressão é de Plínio, o Velho (in *História Natural*, XXIII, 8, 149). [N. do T.].

O que ele acreditava era que "Mercadorias sinistradas ou queimadas" e extravagâncias de toda espécie beneficiavam as classes trabalhadoras, chamadas a trabalhar mais para atender à demanda extraordinária. E se ele dizia que perdas, esbanjamento, desperdícios eram bons para o Estado, é preciso lembrar que o Estado em causa não era o Estado ideal, em que as pessoas gastariam em coisas úteis o que hoje despendem com estultices, mas um Estado real, imperfeito, habitado por gente real, imperfeita, no qual a abolição da extravagância representaria um corte na demanda e na produção. Mandeville não estava tentando mostrar a melhor maneira de tornar rico um Estado e sim a maneira pela qual ele muitas vezes na verdade enriquece.[1]

Um outro artigo do credo econômico de Mandeville exige atenção aqui — seu notório ataque às escolas de caridade. Trata-se, brevemente, do seguinte: ninguém se incumbe de trabalho desagradável a não ser quando a isso compelido por necessidade. Mas há (i. 562) "muito Trabalho penoso e sujo" para ser feito. Ora, a pobreza é o único meio de fazer com que haja quem execute esse tipo de trabalho: como os homens "não têm nada que os leve a ser prestativos senão suas Necessidades, é Prudente aliviá-las, mas Tolice curá-las" (i. 425).

A riqueza nacional, na verdade, não consiste em dinheiro, mas (i. 533) em "uma multidão de Pobres trabalhadores". Uma vez que seria ruinoso abolir a pobreza, e impossível acabar com o trabalho desagradável, a melhor coisa a fazer é reconhecer esse fato e ajudar a adaptar o pobre ao papel que ele tem de representar.

---

[1] Conviria recordar também que Mandeville considera que o pobre é feliz e útil não quando ele se torna mais rico, e sim enquanto mais ignorante e sacrificado. Sobre esse ponto, ver o que se segue nesta mesma seção.

As escolas de caridade, que educam as crianças de maneira superior à sua condição – levando-as, por um lado, a esperar confortos que não vão ter e a detestar ocupações a elas destinadas – são subversivas da futura felicidade e utilidade dos estudantes:

> ...afastar os Filhos dos Pobres do Trabalho útil até a idade de 14 ou 15 anos é a maneira errônea de prepará-los para o futuro que os espera.[1]

Finalmente, ele atacou as escolas, acusando-as de interferir no ajuste natural da sociedade:

> (...) Essa proporção Numérica em cada Ofício se faz por si, e a melhor maneira de perpetuar o equilíbrio natural é não interferir.[2]

O ímpeto com que Mandeville lançou sua investida contra as escolas de caridade, e seu ataque incidental ao que ele chamou de "Trivial Reverência ao Pobre" (i. 562), pode impressionar o leitor moderno como incrivelmente brutal. Mas isso se deve apenas ao fato de que o *Ensaio* é julgado de um ponto de vista humanitário que praticamente não existia ao tempo de Mandeville. Visto em perspectiva histórica, não há nada de especialmente violento na posição do Autor. Não interessava à época o conforto do trabalhador, e sim que seu trabalho rendesse muito e custasse pouco.[3] Sir William Petty não foi mais simpático do que Mandeville com os pobres, a quem chamou de "essa parte vil e abrutalhada da humanidade".[4] E até um defensor tão ardente dos direitos do ho-

---

[1] *Fábula* i. 680. Ver especialmente i. 532-6.
[2] *Fábula* i. 548. Ver adiante i. 204.
[3] Cf. J. E. Thorold Rogers, *Six Centuries of Work and Wages* (1909), p. 489.
[4] *Economic Writings*, ed. Hull, i. 275, in *Political Arithmetick*. A maior contribuição de Sir William à Economia Política é seu *Treatise of Taxes and Contributions* (1662).

mem quanto Andrew Fletcher defendia a recondução dos operários à condição de escravos[1]; e Melon também era dessa opinião.[2] A verdade é que, embora a investida de Mandeville contra as escolas de caridade tivesse causado grande escândalo na época,[3] seus adversários estavam, na verdade, tão pouco desejosos quanto ele de ver a diminuição da jornada de trabalho ou a elevação dos salários.

A rigor, Mandeville talvez fosse mais simpático aos interesses do trabalhador que o cidadão comum. Sentia pelo menos a necessidade de explicar-se:

> Não gostaria que me julgassem Cruel, e estou seguro, se me conheço um pouco, de que abomino a Desumanidade; contudo, ser compassivo em excesso quando a Razão o proíbe, e o Interesse geral da Sociedade exige firmeza de Pensamento e Resolução, é Fraqueza imperdoável. Sei que sempre me lançarão ao rosto que é uma Barbaridade negar aos Filhos dos Pobres a Oportunidade de se desenvolver, uma vez que Deus não lhes recusou Gênio e Dons Naturais idênticos aos dos Ricos. Não posso crer, no entanto, que isso seja mais penoso que sua falta de Dinheiro quando têm as mesmas Inclinações que os outros para gastar (i. 561).

Petty, que foi médico, professor de anatomia em Oxford, professor de música em Londres, inventor e membro do parlamento, é considerado o fundador da Economia Política.

[1] *Fletcher, Political Works* (1737), pp. 125 e seg. em *Two Discourses concerning the Affairs of Scotland; Written... 1698.* Fletcher denunciava, aliás, que "doações de hospitais, asilos, casas de caridade, mais as contribuições de igrejas e paróquias, fizeram aumentar o número de pessoas que desse tipo de auxílio dependem" (p. 129).

[2] *Essai Politique sur le Commerce* (1761), pp. 53-4.

[3] Ver ii. 520 seg. na rubrica relativa aos primeiros anos da lista de referências, em que se fornece notícia dos ataques aos argumentos de Mandeville contra as escolas de caridade.

Deve-se ter em mente ainda que Mandeville achava não ser necessariamente triste a sina dos pobres que trabalhavam duro:

> Se a Razão imparcial tivesse de atuar como Juiz entre o verdadeiro Bem e o verdadeiro Mal (...), duvido que a Condição de Reis fosse preferível à de Camponeses, ainda que Ignorantes e Sacrificados como pareço exigir que sejam (...) demonstrado que meus Argumentos não podem causar Dano ao Pobre nem provocar qualquer Diminuição de sua Felicidade (...) ao criá-lo na Ignorância será possível habituá-lo a Fadigas realmente penosas sem que ele se aperceba de que o são (i. 567-9).

Em vista dessa explicação apologética e do fato de que suas opiniões se escudavam na atitude econômica da época, as queixas porventura feitas contra a sua brutalidade devem ser atribuídas, principalmente, ao fato de Mandeville ter omitido o tempero sentimental e moralizador com o qual seus contemporâneos adoçavam hipocritamente o próprio discurso. Eles ficavam escandalizados com a franqueza devastadora de Mandeville, seu discurso direto, sem floreios. No Reino como alhures, era suficiente para tornar odioso um credo corrente o simples ato de formulá-lo em alto e bom som, com completa sinceridade.

§ 7

Outro importante aspecto da *Fábula* vai ser tratado agora – o da relação de Mandeville com Shaftesbury. Nas duas partes do livro, Mandeville usou Shaftesbury como uma espécie de "exemplo horrível", como epítome de tudo de que ele discordava. Quando Mandeville publicou a *Colmeia Sussurrante* em 1705, e escreveu a

Fábula em torno dessa pequena sátira em 1714, não havia motivo para supor que ele houvesse sequer lido Shaftesbury. E a *Fábula* não continha qualquer menção a Shaftesbury até 1723.[1] Aparentemente, Mandeville foi ficando mais e mais cônscio das implicações de sua posição, relacionando-a mais amplamente a outros sistemas à medida que ampliava a *Fábula*; e, por volta de 1723, quando deu início ao seu ataque sistemático às *Characteristics*, já percebera que, como ele mesmo disse, "dois Sistemas não podem ser mais antagônicos que o de Sua Senhoria e o meu" (i. 578).

Agora, para começo de conversa, um leitor ciente de certas semelhanças entre Shaftesbury e Mandeville se perguntará por que estes dois sistemas mostram tamanha antítese. Shaftesbury, por exemplo, concorda com Mandeville na condenação aos sistemas filosóficos ("A maneira mais engenhosa de ficar idiota é com um sistema", diz Shaftesbury, *Characteristics*, ed. Robertson, 1900, i. 189), e reconhece que vantagem privada se harmoniza com bem público. Embora Shaftesbury denunciasse os construtores de sistemas, ele mesmo se notabilizara como autor do seu. Suas concordâncias com Mandeville eram, na verdade, superficiais. Ele via o mundo como uma peça de mecanismo divinamente armado, tão perfeito e tão lindamente coordenado que negava a própria existência do mal, sobre a qual Mandeville construíra a sua filosofia.[2] E enquanto para Mandeville a totalidade para a qual cada ato particular contribuía de modo tão perfeito era o mundo comum, cotidiano (*work-a-day world*), para Shaftesbury era o universo do ponto de vista do Conjunto. Toda a

---

[1] As primeiras referências a *Characteristics* ocorrem nos seus *Free Thoughts* (1720), pp. 239-41 e 360, e são favoráveis. No corpo da *Fábula*, as referências mais antigas ocorrem na Observação T e na *Pesquisa sobre a Natureza da Sociedade*, que vieram a lume no mesmo ano: 1723.

[2] *Characteristics*, i. 245-6.

ênfase de um e de outro era diferente. Shaftesbury dizia: "Considere-se o Conjunto, e não será necessário preocupar-se com o individual". E Mandeville: "Estude-se o individual, e o Conjunto cuidará de si mesmo". Também, para Shaftesbury, a coincidência do bem público e do privado era fruto de uma benevolência esclarecida, enquanto para Mandeville resultava do mais estreito egoísmo. Mandeville via os homens como completa e inevitavelmente egoístas; Shaftesbury julgava-os dotados de sentimentos altruísticos e gregários (ver i. 593, n. 2). Essa é uma distinção fundamental, porque toda a concepção de Mandeville do nascimento e da natureza da sociedade era determinada por sua crença no egoísmo essencial da natureza humana; a de Shaftesbury, por sua fé na realidade do altruísmo.[1]

A principal distinção, no entanto, entre os dois não ficará clara até que um ponto seja admitido: ambos se tornaram famosos graças a filosofias cujo sentido aparente não é o sentido verdadeiro. Mandeville sustentava na superfície que há só um método de ser virtuoso — a automortificação, ou sacrifício voluntário, por motivos puramente racionais e altruístas; mas, no fundo, acreditava que a virtude é relativa a tempo e lugar, que o homem é essencialmente irracional e imutavelmente egoísta (ver anteriormente, neste mesmo capítulo). Shaftesbury, por outro lado, devido ao seu princípio de fidelidade à natureza, tem sido acusado de defender a virtude de obedecer aos impulsos e satisfazer os próprios desejos. Mas ele, de fato, queria dizer coisa muito diferente. Sua "Natureza" era todo o divino es-

---

[1] Para evitar confusão, aqui e em qualquer outro lugar, cumpre levar em conta que Mandeville não considerava o homem um animal antissocial. Ele acreditava enfaticamente que o homem era mais feliz em sociedade e bem adaptado a ela; mas sustentava que o seu egoísmo o fazia mais social que os outros animais.

quema da criação, um conjunto de leis perfeitas e inalteráveis. Acompanhar a natureza significava sujeitar a ela todas as vontades e diferenças individuais. Era a imitação da "Natureza" como a dos estoicos, essencialmente racionalista e repressiva.[1]

Assim, Mandeville é, na superfície, um absolutista, um racionalista e um asceta, mas, basicamente, um relativista, um antirracionalista e um utilitarista, enquanto Shaftesbury é superficialmente um relativista, favorável à impulsividade, mas, na realidade, um absolutista e um racionalista. A oposição entre os dois, portanto, era dupla, pois não só o aspecto superficial de suas crenças divergia, mas os elementos básicos do pensamento deles também se opunham.[2] Cada um é como que um resumo invertido do outro.

E é com um resumo da filosofia de Mandeville que vou concluir esta discussão, porque a leitura de centenas de opiniões sobre o

---

[1] O sentido especial que o termo "natureza" tinha para Shaftesbury, e o fato de que seguir a natureza implicava não autoindulgência mas autodisciplina, fica perfeitamente claro na última frase da seguinte passagem: "Assim, nas diversas ordens de formas terrestres, requer-se resignação, sacrifício, mútua condescendência entre umas e outras. (...) E se em naturezas algo mais elevadas ou preeminentes do que outras o sacrifício de interesses pode parecer tão justo, quão mais justa será, e razoável, a sujeição de todas as naturezas inferiores à natureza superior do mundo!..." (*Characteristics*, ed. Robertson, ii. 22). Do mesmo modo, Shaftesbury fala da necessidade de disciplinarmos nossa disposição "até que ela se torne natural" (i. 218). Observe-se essa expressão "**se torne**". A natureza essencialmente repressiva da ética de Shaftesbury é evidente também no trecho seguinte: "Se, por temperamento, alguém é passional, raivoso, medroso, amoroso, e resiste a tais paixões, e, apesar da força de tais impulsos, adere à virtude, dizemos, à vista disso, que a virtude é superior; e com razão" (i. 256). Cf. Esther Tiffany, "Shaftesbury as Stoic", in *Pub. Mod. Lang. Ass.* para 1923, xxxviii, 642-84.

[2] Mandeville, em *Letter to Dion* (1732), p. 47, ofereceu uma espécie de sumário das divergências entre os dois: "Discrepo inteiramente de meu Lord *Shaftesbury* no que diz respeito ao *Pulchrum & Honestum*, abstração feita de Moda e Costume. E tam-

pensamento de Mandeville me convenceu de que é tão relevante explicar o que ele não quis dizer quanto o que ele quis dizer. A simples revisão das proposições negativas, já examinadas neste capítulo, poupará ao leitor uma boa dose de perplexidade.

Mandeville não acreditava que *todos* os vícios redundavam em benefício público. Ele acreditava que todos os benefícios se baseiam em atos fundamentalmente (segundo sua definição rigorista) viciosos.

Ele não acreditava que o ser humano não poderia jamais distinguir o certo do errado.

Ele não acreditava que a virtude fosse arbitrariamente "inventada".

Ele não negava a existência de emoções de empatia, como a compaixão, mas se recusava a considerá-las altruístas.

Ele não negava a existência daquilo a que se chama "virtude". Apenas sustentava não se tratar de virtude verdadeira.

Ele não acreditava que toda extravagância e todo desperdício fossem bons para o Estado.

Ele não acreditava que o vício devesse ser encorajado, mas apenas que alguns vícios, "com a destra Administração de um Político hábil, podem ser transformados em Benefícios Públicos" (i. 631).

E, finalmente, embora seu livro seja, como o Dr. Johnson observou, "obra de um pensador",[1] e tivesse grande astúcia e perspicácia, ele não pretendia vê-lo tomado ao pé da letra como um tratado de Cálculo, pois que o idealizou também — e nisso foi muito bem-sucedido — para "Divertimento do Leitor".

---

bém no que se refere à Origem da Sociedade e em muitas outras coisas, especialmente as Razões pelas quais o Homem é uma Criatura Sociável, fora de comparação com outros Animais".

Leslie Stephen faz uma comparação interessante entre Mandeville e Shaftesbury na sua *History of English Thought in the Eighteenth Century* (1902) ii. 39-40.
[1] *Johnsonian Miscellanies*, ed. Hill, 1897, i. 268.

IV
Os fundamentos

§ 1

Para levantar a contento a ancestralidade intelectual de um escritor, é preciso saber mais da sua vida privada do que sabemos da vida de Mandeville. Dos seus companheiros de ideias, dos seus gostos, leituras e influências que tenha sofrido, conhecemos pouco mais do que é possível colher nos seus livros. E esses livros datam de um período em que ele já era homem maduro. A primeira obra indicativa, sem ambiguidades, da sua maneira de encarar a vida — a *Virgin Unmask'd* (1709) — foi publicada quando ele tinha 39 anos. Podemos, ainda assim, descobrir, dentre os aspectos gerais das especulações ao tempo de Mandeville, quais os que serviram como base e arcabouço do seu sistema. É possível distinguir certos elementos relacionados ao pensamento de seus contemporâneos e predecessores com certeza de que, se este conjunto de ideias aparentadas não moldou o pensamento de Mandeville através desta ou daquela obra, deve tê-lo feito pelo menos através de outras do mesmo gênero.

Ora, o autor da *Fábula das Abelhas* era pessoa muito cosmopolita. Nascido e educado na Holanda, familiarizado com o "continente",[1] versado na literatura de três países, Mandeville enriqueceu

---

[1] Ver anteriormente, i. 77, *n.* 5.

seu pensamento com esse legado internacional, sobretudo em matéria de psicologia e economia.

É sabido que um dos elementos dominantes em sua análise da mente humana é a insistência na irracionalidade fundamental desta, sua convicção de que o que parece manifestação de razão pura não é outra coisa senão a dialética pela qual a mente descobre motivos para justificar as exigências das emoções (ver anteriormente, i. 137-8). Porém, antes de nos aprofundarmos nas origens da sua concepção antirracionalista, é preciso distinguir, cuidadosamente, entre as diversas nuances de antirracionalismo existentes naquele tempo. Havia, primeiro, a desconfiança pirrônica na Razão, considerada como instrumento incapaz de chegar à verdade absoluta. Isso era lugar-comum numa época que, graças aos descobrimentos geográficos, se defrontava com a informação de que o que era sagrado para um povo podia ser abominável para outro, ao mesmo tempo em que se familiarizava com o anarquismo filosófico de pensadores clássicos como Sextus Empiricus.[1] Em segundo lugar, havia a crença aristocrática de que os homens, em sua grande maioria, são incapazes de raciocinar corretamente – um chavão em que acreditaram tanto Platão quanto os edis, em todas as épocas. Pois essas formas de desprezo pela razão humana são encontradas em Mandeville,[2] mas nenhuma deve ser confundida com o tipo de antirracionalismo a ser aqui considerado. O pirronismo anunciava a fraqueza da razão mais por motivos lógicos do que psicológicos; Mandeville –

---

[1] Cf. anteriormente, i. 104-5.
[2] Ver, por exemplo, *Fábula* i. 581-86 e 674.

INTRODUÇÃO

o eterno psicólogo – não se interessava especialmente em provar que a razão é impotente para descobrir a verdade, já que, descobrindo-a ou não, se atua sob a hegemonia de algum desejo subracional.¹ E ao passo que a atitude aristocrática demonstrava falta de confiança apenas na razão da turba, Mandeville declarava que a razão de *todos* os homens era joguete de suas paixões.

> Todas as Criaturas Humanas são sacudidas e inteiramente dominadas pelas Paixões que as Governam, sejam quais forem as belas palavras com que tratemos de adular a Nós mesmos. Até aqueles que agem de maneira adequada ao Saber de que dispõem, e seguem estritamente os ditames de sua Razão, não são por isso menos compelidos por esta Paixão ou outra, que os Move ou impele a agir, do que aqueles que em Aberto Desafio agem contrariamente à Regra, e que qualificamos como Escravos de suas Paixões (*Origin of Honour*, p. 31).

[1] Havia, naturalmente, um elemento psicológico no antirracionalismo dos pirronistas, uma vez que muito do ceticismo deles quanto à possibilidade de alcançar a verdade sustentava-se na crença de que as divergências de nossos organismos e, em consequência, de nossas impressões e experiências impedem a descoberta das premissas comuns necessárias para se alcançar a verdade. Os céticos, porém, estavam interessados em criticar conclusões e não processos mentais. Ao fazerem uma crítica psicológica, atribuíam o erro, geralmente, a falhas de sentido ou de ilação, e não, como Mandeville, ao desejo de errar. Não deixaram eles, no entanto, de mostrar, em certas ocasiões, um antirracionalismo do tipo mandevilliano. Montaigne, por isso, acrescentou, ao mais costumeiro tipo de ceticismo de sua *Apologie de Raimond Sebond*, algumas considerações sobre o domínio da paixão sobre a razão do ponto de vista particular, antirracionalista, de que estamos tratando aqui (ver adiante, i. 144, n. 2), como fez Joseph Glanvill (*Essays on Several Important Subjects in Philosophy and Religion* (1676), p. 22-5, no primeiro ensaio. Haveria, naturalmente, alguma relação entre os céticos e os antirracionalistas da classe a que Mandeville pertencia, pois, na sua tentativa de mostrar o quanto a verdade é ilusória, os céticos, como seria de esperar, consideravam a capacidade que tem o homem de iludir-se. Esse reconhecimento da abertura do homem ao autoengano precisava apenas de ser salientado e universalizado para aparecer como antirracionalismo da espécie aqui tratada. Desse modo, os céticos podem ser considerados entre os avós intelectuais de Mandeville.

É só essa forma de antirracionalismo que vamos considerar aqui.

O antirracionalismo de Mandeville está desenvolvido com tal inventiva literária que produz um efeito de grande originalidade. Tratava-se porém, e tão somente, da mais brilhante versão de uma concepção antiga, a qual, desde Montaigne (1533-1592), era encontradiça no pensamento francês, e que cem anos depois seria tratada a fundo por Spinoza.¹ Alguns dos grandes autores franceses – La Rochefoucauld, Pascal, Fontenelle – anteciparam Mandeville. E filósofos populares haviam elaborado e defendido a mesma concepção.² Bayle, por exemplo, devotou várias seções das

---

¹ Ver a nota seguinte. Minha intenção não é negar que Spinoza foi também um racionalista (ver adiante, i. 255, *n. 2*). Aproveito esta oportunidade para deixar expresso que, ao esboçar os fundamentos de Mandeville, não estou procurando mostrar seus predecessores "de corpo inteiro", por assim dizer. O leitor deve considerar que, se eles expuseram um conceito claramente, isso pode ser tido como uma possível fonte de influência, quer ou não ele represente o pensamento do seu autor.

² Reúno, aqui, algumas citações para mostrar a prevalência do antirracionalismo do tipo considerado por nós: Montaigne: "Les secousses & esbranlemens que nostre ame reçoit par les passions corporelles, peuuent beaucoup en elle, mais encore plus les siennes propres, ausquelles elle est si fort en *prinse* qu'il est à l'aduanture soustenable qu'elle n'a aucune autre alleure & mouuement que du souffle de ses vents, & que, sans leur agitation, elle resteroit sans action, comme un nauire en pleine mer, que les vents abandonnent de leur secours. Et qui maintiendroit cela *suiuant le parti des Peripateticiens* ne nous feroit pas beaucoup de tort, puis qu'il est *conu* que la pluspart des plus *belles* actions de l'ame procedent & ont besoin de cette impulsion des passions. (...) Quelles differences de sens & de raison, quelle contrarieté d'imaginations nous presente la diuersité de nos passions! Quelle asseurance pouuons nous donq prendre de chose si instable & si mobile, subiecte par sa condition à la maistrise du *trouble, n'alant iamais qu'un pas force & emprunte?* Si nostre iugement est en main à la *maladie* mesmes & à la *perturbation;* si c'est de la folie & de la *temerité* qu'il est tenu de receuoir l'impression des choses, quelle seurte pouuons nous attendre de luy? (*Essais,* Bordeaux, 1906-20, ii. 317-19); Daniel Dyke: "Por isso, bem disse São Pedro, ao falar dessas corruptas lascívias, que elas *lutam contra a alma* (I, Pedro ii. 11); sim, mesmo a mais importante de suas partes, a Inteligência, ao fazê-la servilmente submeter o critério aos seus desejos" (*Mystery of Selfe-Deceiving,* ed. 1642, p. 283; cf. tam-

suas *Miscellaneous Reflections, Occasion'd by the Comet* à controvertida tese de que... "o Homem não é determinado nos seus Atos por Repa-

bém p. 35); Pierre Le Moyne: "Cependant c'est ce qu'a voulu Galien en un Traitté [*De Temperamentis*], où il enseigne que les mœurs suiuent necessairement la complexion du Corps. C'est ce que veulent encore auiourd'huy certains Libertins, qui soustiennent auecque luy, que la Volonté n'est pas la Maistresse de ses Passions; que la Raison leur a esté donnée pour Compagne, & non pas pour Ennemie; & qu'au lieu de faire de vains efforts pour les retenir, elle se doit contenter de leur chercher de beaux chemins, d'éloigner les obstacles qui les pourroient irriter, & de les mener doucement au Plaisir où la Nature les appelle" (*Peintures Morales*, ed. 1645, i. 373-4); Joseph Glanvill (ver sua *Vanity of Dogmatizing*, 1661, pp. 133-5); La Rochefoucauld: "L'esprit est toujours la dupe du coeur" (máxima 102, *Oeuvres*, ed. Gilbert & Gourdault), e cf. máximas 43, 103 e 460; Mme de Schomberg: "...c'est toujours le coeur qui fait agir l'esprit..." (citado de *Oeuvres de La Rochefoucauld*, ed. Gilbert & Gourdault, i.377); Pascal: "Tout notre raisonnement se réduit à ceder au sentiment" (*Pensées*, ed. Brunschvicg, §4, 274-ii. 199); "Le coeur a ses raisons, que la raison ne connaît point..." (§ 4, 277-ii.201); cf. também §2, 82-3-ii.1-14 (Pascal é só até certo ponto antirracionalista, porque ele acredita que, embora "L'homme n'agit point par la raison", não obstante a razão "fait son être" [§7, 439-ii.356]); M. de Roannez teria dito, segundo Pascal: "Les raisons me viennent après, mais d'abord la chose m'agrée ou me choque sans en savoir la raison, et cependant cela me choque par cette raison que je ne découvre qu'ensuite. Mais je crois, non pas que cela choquait par ses raisons qu'on trouve après, mais qu'on ne trouve ces raisons que parce que cela choque" (*Pensées*, ed. Brunschvicg, § 4, 276-ii. 200); Malebranche: "...leurs passions ont sur leur esprit une domination si vaste et si étenduë, qu'il n'est pas possible d'en marquer les bornes" (*Recherche de la Verité*, Paris, 1721, ii. 504); "Les passions tâchent toujours de se justifier, & elles persuadent insensiblement que l'on a raison de les suivre" (ii. 556 e cf. livro 5, cap. 11: "*Que toutes les passions se justifient ...*" — Malebranche, no entanto, embora dando expressão à atitude antirracionalista, estava longe de apoiá-la); Spinoza: "Constat itaque ex his omnibus, nihil nos conari, velle, appetere, neque cupere, quia id bonum esse judicamus; sed contra, nos propterea aliquid bonum esse judicare, quia id conamur, volumus, appetimus, atque cupimus" (*Ethica*, ed. Van Vloten and Land, 1895, pt. 3, prop. 9, scholium); "*Vera boni et mali cognitio, quatenus vera, nullum affectum coërcere potest, sed tantum quatenus ut affectus consideratur*" (*Ethica*, pt. 4, prop. 14); ver também pt. 3, def. 1 e pt. 4, def. 7. Jacques Esprit escreveu: "...ils [os filósofos] ne sçavoient pas quelle étoit la disposition des ressorts qui font mouvoir le coeur de l'homme, & n'avoient aucune lumiere ni aucun soubçon de l'étrange changement qui s'étoit fait en luy, par lequel la raison étoit devenuë esclave des

ros ou Opiniões gerais sobre o seu Entendimento, mas pela Paixão que esteja, naquele momento, Reinando no seu Coração (ver

passions" (*La Fausseté des Vertus Humaines*, Paris, 1678, vol. I, pref. ass. [a 10]). Fontenelle: "Ce sont les passions qui font et qui défont tout. Si la raison dominoit sur la terre, il ne s'y passeroit rien... Les passions sont chez les hommes des vents qui sont nécessaires pour mettre tout en mouvement..." (*Oeuvres*, Paris, 1790, i. 298, no diálogo entre Heróstrato e Demétrio de Faleros); ver também o diálogo entre Cortez e Montezuma, e o diálogo entre Pauline e Calírroe sobre o tema: *"Qu'on est trompé, d'autant qu'on a besoin de l'être".* Jean de la Placette faz eco a Malebranche (ver anteriormente, nesta mesma nota): "On a aussi remarqué que toutes les passions aiment à se justifier..." (*Traité de l'Orgueil*, Amsterdam, 1700, p. 33). Rémond de Saint-Mard escreveu: "Bon, il sied bien à la sagesse de défendre les passions; elle est elle-même une passion" (*Oeuvres Mêlées*, Haia, 1742, i. 66, nos *Diálogos dos Deuses*, dial. 3). J. F. Bernard acreditava que o homem "a reçu la raison, mais qu'il en abuse". E continuava: "Dans tous les siècles passés, l'on a travaillé à le connoître; & l'on n'a decouvert en lui qu'un Amour propre, qui maîtrise la Raison & la traihit en même temps..." (*Reflexions Morales*, Amsterdam, 1716, p. I; cf. também p. III). Para citações de Bayle, Locke e Hobbes, ver adiante, i. 394, *n.* 1; e compare-se i. 589, *n.* 1.
Alguns escritores mostram formas modificadas desse antirracionalismo. Cureau de la Chambre escreveu: "...la Vertu n'estant autre chose qu'un mouuement reglé, & une Passion moderée par la Raison; puisque une Passion moderée est tousiours Passion..." (*Les Characteres des Passions*, Paris, 1660, vol. 2, "Aduis au Lecteur"). E Jean de Bellegarde disse: "...peu de gens cherchent de bonne fois à se guerir de leurs passions; toute leur application ne va qu'a trouver des raisons pour les justifier..." (*Lettres Curieuses de Litterature, et de Morale*, Paris, 1702, p. 34).
O padre Bouhours deu, em 1687, um curioso testemunho sobre a prevalência do antirracionalismo: "Je ne sais pourtant, ajouta-t-il, si une pensée que j'ai vue depuis peu dans des mémoires très-curieux & três-bien écrits, est vraie ou fausse; la voici en propres termes: *Le coeur est plus ingénieux que l'esprit".*
"Il faut avouer, repartit Eudoxe, que le coeur & l'esprit sont bien à la mode: on ne parle d'autre chose dans les belles conversations; on y met à toute heure l'esprit & le coeur en jeu. Nous avons un livre qui a pour titre: *Lé démêlé du coeur & de l'esprit*; & il n'y a pas jusqu'aux prédicateurs qui se fassent rouler souvent la division de leurs discours, sur le coeur & sur l'esprit. Voiture est peut-être le premier qui a opposé l'un à l'autre, en écrivant à la marquise de Sablé. 'Mes lettres, dit-il [Voiture, *Oeuvres*, ed. Roux, 1858, p. 105], se font avec une si véritable affection, que si vous en jugez bien, vous les estimerez davantage que celles que vous me redemandez. Celles-là ne partoient que de mon esprit, celles-ci partent de mon coeur'." (*La Maniere de bien penser*, Paris, 1771, p. 68).

adiante, i. 394, *n.* 1). E Jacques Abbadie rivalizou com Mandeville na elaboração de sua posição antirracionalista:

> ...l'ame est inventive à trouver des raisons favorables à son desir, parce que chacune de ces raisons luy donne un plaisir sensible, elle est au contraire très lente à apercevoir celles qui y sont contraires, quoy qu'elles sautent aux yeux, parce qu'elle... ne cherche point, & qu'elle conçoit mal, ce qu'elle ne reçoit qu'à regret. Ainsi le coeur rompant les reflexions de l'esprit, quand bon luy semble, détournant sa pensée du côté favorable à sa passion, comparant les choses dans le sens qui luy plait, oubliant volontairement ce qui s'oppose à ses desirs, n'ayant que des perceptions froides & languissantes du devoir; concevant au contraire avec attachement, avec plaisir, avec ardeur & le plus souvent qu'il luy est possible, tout ce qui favorise ses penchans, il ne faut pas s'étonner s'il se joüe des lumieres de l'esprit; & s'il se trouve que nous jugons des choses, non pas selon la verité: mais selon nos inclinations.[1]
>
> Il est vrai que j'ay des maximes d'equité & de droiture dans mon esprit, que je me suis accoûtumé de respecter: mais la corruption qui est dans mon coeur se joüe de ces maximes generales. Qu'importe que je respecte la loy de la justice, si celle-ci ne se trouve que dans ce qui me plaît, ou qui me convient, & s'il dépend de mon coeur de me persuader qu'une chose est juste ou qu'elle ne l'est pas?[2]

Mandeville devia estar perfeitamente familiarizado com esse corpo de pensamento antirracionalista. Não só a sua carreira de tradutor de poesia francesa na mocidade dá prova de sua intimidade com a literatura da França, mas as muitas referências específicas que ele faz nas suas obras são, frequentemente, de fontes fran-

---

[1] *L'Art de se connoitre soy-meme* (Haia, 1711), ii. 241-2.

[2] *L'Art de se connoitre soy-meme* (Haia, 1711), ii. 233-4.

cesas, em particular de dois escritores – Bayle e La Rochefoucauld – que desenvolveram detalhadamente o conceito antirracionalista.[1]

Além da literatura dessa natureza, na qual o antirracionalismo é formulado de maneira ampla, outros textos podem ter igualmente preparado o terreno para as ideias de Mandeville. Refiro-me a obras nas quais a posição antirracionalista era encontrada ainda em embrião. O antirracionalismo não entrou em circulação inteiramente articulado, mas teve longa e tortuosa genealogia. Vale a pena examinar essa história preliminar porque não há nela elemento que não tenha sido defendido em algum momento por Mandeville, e que portanto não tenha contribuído de forma direta para seu pensamento.

Em primeiro lugar, havia a psicologia sensorialista dos peripatéticos e epicuristas, desenvolvida por Hobbes, Locke e outros. A utilidade dessa doutrina – encontrada em Mandeville[2] – como fundamento do antirracionalismo é tão óbvia que dispensa qualquer elucidação. Em segundo lugar, há todo o contexto de pensamento não ortodoxo – epicurista e averroísta – que defendia a mortalidade da alma. Não vai grande distância entre a ideia de que a alma (princípio racional) depende do corpo para existir e a ideia correlata de que a faculdade racional não pode deixar de ser determinada pelo mecanismo através do qual ela se expressa. E Mandeville, cumpre notar isso, duvida da imortalidade da alma.[3] Relacionada também ao antirracionalismo que estamos considerando, havia aquela outra modalidade de antirracionalismo, anteriormente mencionada, que negava a capacidade da razão de alcançar a verdade absoluta. Esse

---

[1] Ver adiante, i. 167-9.
[2] Ver *Fábula* ii. 204-5.
[3] Ver seu *Treatise* (1730), pp. 159-60.

anarquismo filosófico, comum no pensamento do Renascimento,[1] é encontrado em Mandeville intimamente entrelaçado com seu antirracionalismo psicológico,[2] e, evidentemente, contribuiu para ele. Outra provável influência a levar em conta foi uma opinião aparentada ao epicurismo do século XVII: a de que os homens não se podem impedir de viver para aquilo que lhes parece pessoalmente vantajoso. Tal concepção, que não confere à razão outro papel que o de descobrir e promover o que o organismo deseja, precisa apenas deixar claras essas implicações para se converter em antirracionalismo. Ora, Mandeville propõe que o homem não pode impedir-se de agir em prol do que lhe traz vantagem.[3] Um outro agente pró-antirracionalismo pode ter sido inerente às discussões (comuns no século XVII) sobre automatismo animal. Acrescente-se à crença de que animais são máquinas a ideia de que eles sentem, como Gassendi argumentava. E, com Gassendi, ponha-se o homem na categoria de animal: o homem é, então, uma máquina que sente. A partir daí é possível chegar a uma psicologia determinista na qual a razão é pouco mais que uma espectadora de reações físicas. E Mandeville aderira às posições gassendistas.[4]

Finalmente, há um outro elemento precursor do antirracionalismo, o qual certamente contribuiu para a formação da psicologia de Mandeville: a concepção médica dos humores e do temperamento. Desde os gregos antigos,[5] os médicos ensinavam que nossa constituição mental e moral estava determinada pela proporção de humores (eram quatro) ou fluidos corporais: sangue, fleugma, bile e melancolia – ou de qualidades (quatro também): quente, frio, seco e

---

[1] Ver anteriormente, i. 104-5.
[2] Ver adiante i. 579-88.
[3] Ver, por exemplo, *Fábula* i. 247 e ii. 215.
[4] Ver adiante, i. 410, *n*. I.
[5] Por exemplo, Galeno (morto c. 199) em *De Temperamentis*.

úmido –, que se combinam para compor o temperamento. Essa doutrina não era privativa dos médicos. Fora popularizada por figuras literárias do mais alto coturno,[1] inclusive La Rochefoucauld. Nós não precisamos de prova de que Mandeville tenha mesmo citado a opinião de La Rochefoucauld, de que nossas virtudes resultam do nosso temperamento,[2] para demonstrar que ele foi influenciado por esse popular conceito médico. Basta saber que ele mesmo era médico. Já a ideia de que a mente depende do temperamento, esta desapareceria por uma simples inferência de um antirracionalismo sistemático que proclamasse semelhante dependência da razão ao temperamento.[3]

---

[1] Por exemplo, Charron, *De la Sagesse* (Leyden, 1656), i. 89-91; Cureau de la Chambre, *L'Art de connoistre les Hommes* (Amsterdam, 1660), pp. 22-3; Glanvill, *Vanity of Dogmatizing* (1661), pp. 122 e 125; La Rochefoucauld, máxima 220, *Oeuvres* (ed. Gilbert & Gourdault), i.118-19; Jacques Esprit, *La Fausseté des Vertus Humaines* (Paris, 1678), ii. 92 e 121-2; *Laconics: or New Maxims of State and Conversation* (1701, p. 60 – pt. 2, máxima 156. J. F. Bernard pôs as coisas em pratos limpos: "Nous vivons selon nôtre temperament & ne sommes pas plus maîtres de nos vertus que... des vertus des autres" (*Reflexions Morales*, Amsterdam, 1716, p. 112). Ver também a primeira, segunda e quarta citações, verbete "Temperament", 6, no *Oxford English Dictionary*.

[2] *Fábula* i. 448.

[3] Um antecedente mais sutil do antirracionalismo e, por consequência, também de Mandeville, talvez seja a doutrina medieval conhecida por voluntarismo. O voluntarismo ensinava que era a vontade, e não a razão, a causa eficiente da crença: '*Nemo credit nisi volens*'. Naturalmente, essa doutrina é muito diferente do antirracionalismo de um Mandeville, pois para o voluntarista, em contraste com Mandeville (ver *Fábula* ii. 170, *n*. 1, para o determinismo segundo Mandeville), a vontade era livre e, portanto, capaz de escolha completamente racional e de controle; de modo que a prioridade da vontade não forçava o voluntarista a ser antirracionalista. Se agregarmos, porém, ao voluntarismo o *servum arbitrium* dos luteranos e calvinistas, a vontade deixa de ser livre para fazer uma escolha racional; mas, desde que a natureza da Criação de Deus é racional, os atos de vontade permanecem racionais, a despeito de perder o poder de escolher. Toma, agora, um passo não de todo insólito nas circunstâncias: em vez de ter a vontade determinada pela natureza divina da Criação, a tem determinada por sua própria natureza. Temos, então, uma psicologia determinista, que pode facilmente

Um segundo traço da psicologia de Mandeville, tão importante quanto o seu antirracionalismo, é sua insistência na tese de que o homem é completamente egoísta, e que todas as suas qualidades aparentemente altruístas são apenas uma forma indireta e disfarçada de egoísmo.[1] Aqui, também, a especulação de Mandeville segue uma ampla corrente de pensamento. O egoísmo basilar do homem vem sendo lamentado por teólogos desde o começo do Cristianismo.[2] Foi, todavia, o século XVII que testemunhou a ascensão e a proeminência da cuidadosa psicologia da natureza humana que distingue a teoria mandevilliana do egoísmo humano da modalidade teológica mais comum da doutrina. Na Inglaterra, Hobbes baseara seu conceito do egoísmo humano na análise psicológica.[3] La Rochefoucauld, Pascal e outros fizeram a mesma coisa na França.[4] Jacques Esprit, por exemplo, declarou: "...depuis que l'amour

---

resultar num antirracionalismo como o de Mandeville, uma vez que, à convicção de que a razão não controla a vontade, se junta agora outra: a de que a vontade não é livre de controlar-se à luz da razão, mas deve mecanicamente acompanhar os ditados da sua própria constituição, que não precisa ser concebida como racional. Todavia, e por absurda que essa progressão de conceitos possa parecer à primeira vista, ela não era, penso eu, na prática, inverossímil.

[1] Ver anteriormente, i. 125-28.

[2] Raymond Sebond, para dar um só exemplo, deplorava nos seguintes termos o egoísmo no homem não regenerado: "... si Dieu n'est premierement aymé de nous, il reste que chacun d'entre nous s'ayme soymesme auant toute autre chose" (*Theologie Naturelle*, trad. Montaigne, 1581, f. 145v.).

[3] Ver adiante, i. 172-3.

[4] Ver as máximas 171, 531 e 607 de La Rochefoucauld (*Oeuvres*, ed. Gilbert & Gourdault); Pascal: "Il ne pourrait pas par sa nature aimer une autre chose, sinon pour soi-même et pour se l'asservir, parce que chaque chose s'aime plus que tout" (*Pensées*, ed. Brunschvicg, § vii, 483 – ii. 389); o Chevalier de Méré: "C'est quelque chose de si commun, & de si fin que l'interest, qu'il est toûjours le premier mobile de nos actions, le dernier point de veûe de nos entreprises, & le compagnon inseparable du des-interessement" (*Maximes, Sentences,*

propre s'est rendu la maître & le tyran de l'homme, il ne souffre en luy aucune vertu ni aucune action vertueuse qui ne luy soit utile. (...) Ainsi ils [homens] ne s'acquittent d'ordinaire de tous ces devoirs que par le mouvement de l'amour propre, & pour procurer l'execution de ses desseins.

et Reflexions Morales et Politiques, Paris, 1687, máxima 531); Fontenelle: "...vous entendrez bien du moins que la morale a aussi sa chimère; c'est le désintéressement; la parfaite amitié. On n'y parviendra jamais, mais il est bon que l'on prétende y parvenir: du moins en le prétendant, on parvient à beaucoup d'autres vertus, où à des actions dignes de louange et d'estime" (*Ouvres*, Paris, 1790, i. 336, in *Dialogues des Morts*); Bossuet: "Elle [Anne de Gonzague] croyait voir partout dans ses actions un amour-propre déguisé en vertu" (*Oeuvres*, Versalhes, 1816, xvii. 458); Abbadie: "On peut dire même que l'amour propre entre si essentielement dans la definition des vices & des vertus, que sans luy on ne sauroit bien concevoir ni les uns ni les autres. En general le vice est une préference de soy-même aux autres; & la vertu semble être une préference des autres à soy-même. Je dis qu'elle semble l'être, parce qu'en effet il est certain que la vertu n'est qu'une maniere de s'aymer soy-même, beaucoup plus noble & plus sensée que toutes les autres" (*L'Art de se connoitre soy-meme*, Haia, 1711, ii. 261-2); e "La liberalité n'est, comme on l'a déjà remarqué, qu'un commerce de l'amour propre, qui prefere la gloire de donner à tout ce qu'elle donne. La constance qu'une ostentation vaine de la force de son ame, & un desir de paroître au dessus de la mauvaise fortune. L'intrepidité qu'un art de cacher sa crainte, ou de se dérober à sa propre foiblesse. La magnanimité qu'une envie de faire paroître des sentiments élevés. "L'amour de la patrie qui a fait le plus beau caractere des anciens Heros, n'étoit qu'un chemin caché que leur amour propre prenoit..." (ii. 476; e ver também vol. 2, cap. 7, *"Où l'on fait voir que l'amour de nous mêmes allume toutes nos autres affections, & est le principe general de nos mouvements"*); Jean de la Placette: "L'amour propre est le principe le plus general de nôtre conduite. C'est le grand ressort de la machine. C'est celui qui fait agir tous les autres, & qui leur donne ce qu'ils ont de force & de mouvement. Rien n'échappe à son activité. Le bien & le mal, la vertu et le vice, le travail et le repos, en un mot tout ce qu'il y a... dans la vie & dans les actions des hommes, ne vient que de là" (*Essais de Morale*, Amsterdam, 1716, ii. 2-3); Houdar de la Motte:

> '...nous nous aimons nous-mêmes,
> Et nous n'aimons rien que pour nous.
> De quelque vertu qu'on se pique,
> Ce n'est qu'un voile chimérique,
> Dont l'Amour propre nous séduit...'

(*Oeuvres*, Paris, 1753-4, I [2]. 362, in *L'Amour Propre*); J. F. Bernard: "L'Amour propre est inseparable de l'homme..."

Je dis d'ordinaire, parce que je n'entre pas dans ces contestations des Theologiens..."[1] (*La Fausseté des Vertus Humaines*, Paris, 1678, vol. I, pref., ass. [a 11ᵛ-12]; para exemplo de outras passagens semelhantes *in* Esprit, ver i. 172).

(*Reflexions Morales*, Amsterdam, 1716, p. 111). Uma obra atribuída a Saint-Évremond afirma: "A Honra (...) é nada mais que Amor-próprio bem administrado" (*Works*, trad. Desmaizeaux, 1728, iii. 351).
Robert Waring tem em *Effigies Amoris* (1648) uma passagem sobre o egoísmo humano que eu cito (na tradução de John Norris – *The Picture of Love Unveil'd*, ed. 1744): "Porque esse é o Mérito da Benevolência, desejar calorosamente o nosso próprio bem... Não admira, então, que a Virtude, que passa por uma fase de grande Descaso de nossa parte, sofra maior descaso ainda do Mundo" (p. 65). O próprio Norris escreveu (*Theory and Regulation of Love* , ed. 1694, p. 46): "... mesmo o Amor de Benevolência ou Caridade *pode* ser (e essa é a nossa presente Debilidade), em sua maior parte, ocasionado por Indigência, e uma vez esmiuçado a fundo se revela como Amor-próprio. Nossa Caridade não só *começa* em Casa como as mais das vezes *termina* ali também". Ver ainda Norris, *Collection of Miscellanies* (Oxford, 1687), pp. 333-7. Antes dele, Glanvill afirmou: "... Porque todo homem é um *Narciso*, e cada uma de nossas *paixões* nada mais que *egoísmo* adoçado por Epítetos mais suaves" (*Vanity of Dogmatizing*, ed. 1661, p. 119). Ver também Lee, *Caesar Borgia* III (*Works*, ed. 1713, ii. 41).

[1] A concessão feita por Esprit de que havia algumas exceções à regra do egoísmo humano era uma resposta à insistência dos teólogos de que Deus, por Sua Graça, podia inspirar genuíno altruísmo no homem. Esse requisito – [o A. usa *proviso*, termo neutro, da expressão latina (jurídica) *proviso quod*, 'desde que, contanto que'] – de que a doutrina do egoísmo humano seria aplicada apenas ao homem "em estado de natureza" foi acrescentado também por La Rochefoucauld e Bayle – ver minha nota à passagem, na *Fábula* (i. 246, *n*. 1), em que Mandeville também se enquadra. Convém notar que era usual – talvez com o objetivo de escapar a processo – limitar muitas teses sobre natureza humana ao homem "em estado de natureza". O antirracionalismo do século XVII foi frequentemente qualificado assim. Que um escritor, porém, admitisse exceções a uma regra sua sobre a conduta humana – mesmo quando honesto na admissão – não o impedia de servir de foco para uma influência que descurava de suas salvaguardas – um simples procedimento, visto que tais qualificações apareciam muitas vezes largamente separadas, no texto, de afirmações enérgicas e convincentes.

Mesmo autores como Nicole,¹ que acreditavam que a doutrina do egoísmo humano nem sempre era certa, lhe deram uma expressão tão clara e completa que ajudaram a torná-la útil para os propagadores da ideia²: bastava omitir suas exceções. Tão elaborado fora o desenvolvimento dessa doutrina que até mesmo em alguns detalhes – como na análise em que Mandeville demonstra que a simpatia é, em si mesma, egoísmo – aqueles autores anteciparam-se ao criador da *Fábula*.³

O recurso principal, segundo Mandeville, de que se serve o mecanismo humano para esconder seu inescapável egoísmo sob uma máscara de aparente altruísmo, e, assim, enganar um observador inexperiente, é a paixão do orgulho. Para satisfazer essa paixão, o

---

¹ Pierre Nicole, jansenista francês, de Chartres (1625-1695). [N. do T.]

² Cf. o tratado de Nicole *De la Charité, & de l'Amour-propre*. Ver a nota da página precedente sobre Esprit.

³ Compare a *Fábula* i. 276 com as seguintes passagens: Aristóteles: ...ἔστω δὴ ἔλεος λύπη τις ἐπί φαινομένῳ κακῷ... ὃ κἂν αὐτὸς προσδοκήσειεν ἄν παθεῖν ἤ τῶν αὐτοῦ τινά... (*Retórica* II.viii. 2 [1385 b] ; o mesmo é exposto de maneira mais qualificada em *Ética a Nicômaco* IX.viii.2); Charron: "Nous souspirons auec les affligés, compatissons à leur mal, ou pource que par vn secret consentement nous participons au mal les vns des autres, ou bien que nous craignons en nous mesmes, ce qui arriue aux autres" (*De la Sagesse*, Leyden, 1656, livro I, cap. 34); Hobbes: "*Piedade é imaginação* ou *ficção* de *futura* calamidade *nossa* que a percepção da calamidade do *outro* nos antecipa" (*English Works*, ed. Molesworth, iv. 44); La Rochefoucauld: "La pitié est souvent un sentiment de nos propres maux dans les maux d'autrui; c'est une habile prévoyance des malheurs où nous pouvons tomber..." (máxima 264, *Oeuvres*, ed. Gilbert & Gourdault); Esprit: "...la pitié est un sentiment secrettement interessé; c'est une Prévoyance habile, & on peut l'appeller fort proprement la providence de l'amour propre" (*La Fausseté des Vertus Humaines*, Paris, 1678, i.373; ver também i. 131-2); Houdar de la Motte:

Leur bonheur [de amigos e amantes] ne nous intéresse
Qu'autant qu'il est notre bonheur

(*Oeuvres*, Paris, 1753-4, i [2] 363). Ver também, adiante, i. 500, *n*. I.

indivíduo passará as maiores privações, e, como uma sábia organização da sociedade dispôs que ações que são para o bem ou mal de outros devem ser recompensadas com a glória ou punidas com a vergonha, a paixão do orgulho é o grande bastião da moralidade, o instigador de toda ação em favor do próximo que pareça contrária aos interesses e instintos do agente.[1] Quanto ao valor do orgulho como acicate da ação moral, sempre foi ideia trivial no pensamento clássico, lugar-comum; e, nesse caso, na qualidade de fato óbvio, jamais deixou de ser notado e comentado. Até o Renascimento, porém, a teologia, para a qual orgulho (soberba) era o primeiro dos sete pecados capitais, impediu maior elaboração da utilidade dessa paixão. Nos séculos XVI e XVII, no entanto, quando a teologia já perdera muito do seu poder, o valor do orgulho chegou a adquirir grande importância, especialmente para os neoestoicos.[2] Contudo, o simples reconhecimento da utilidade do orgulho dificilmente nos poderia servir como uma genuína antecipação de Mandeville: era preciso primeiramente sistematizar os diferentes usos do orgulho, e desenvolver uma psicologia da emoção que mostrasse o orgulho não apenas como uma paixão isolada que tivesse eficácia social, mas como base da ação moral em geral. Os verda-

---

[1] Cf. anteriormente, i. 124-7.
[2] Assim, o neoestoico Guilhaume Du Vair, ou Duvair (1556-1621), escreveu: "Qui est ce qui voudroit courir seul aux ieux Olimpiques? ostez l'emulation, vous ostez la gloire, vous ostez l'esperon à la vertu" (*La Philosophie Morale des Stoïques*, Rouen, 1603, f. 30). Outro exemplo da insistência renascentista no valor da glória foi dado por Giordano Bruno (1548-1600), para quem esse anseio de fama ("l'appetito de la gloria") era o grande estímulo ("solo et efficacissimo sprone") para o heroísmo (*Opere*, Leipzig, 1830, ii. 162, in *Spaccio della Bestia Trionphante*, 2º diálogo, pt. I). Esses escritos mais antigos, todavia, falam, a rigor, não do orgulho, mas do desejo de glória, o que os contemporâneos nem sempre entendiam como idênticos.

deiros predecessores de Mandeville foram aqueles analistas que demonstraram como o orgulho é capaz de assumir a forma das diversas virtudes. E o número desses precursores de Mandeville é considerável.[1] O autor da *Fábula*, com efeito, não foi original nem na parte mais sutil de sua análise da função do orgulho – sua redução da modéstia a uma forma de orgulho.[2]

É claro, então, que os principais elementos na vivissecção da natureza humana por Mandeville foram muitas vezes antecipados – por Erasmo, Hobbes, Spinoza, Locke e por muitos escritores franceses.

[1] Erasmo de Rotterdam (1469-1536) ampliou sobremaneira a discussão do tema in *Encomium Moriae* (1509; *Elogio da loucura*). Ver adiante, i. 171-172, a segunda, terceira e quarta citações de Erasmo. La Rochefoucauld tem grande número de máximas sobre o assunto, como, por exemplo, a máxima 150 (ed. Gilbert & Gourdault). Ver também Fontenelle: "La vanité se joue de leur [dos homens] vie, ainsi que de tout le reste" (*Oeuvres*, Paris, 1790, i. 297 no diálogo entre Heróstrato e Demétrio de Faleros; cf. também os diálogos entre Lucretia e Barbe Plomberge, e entre Soliman e Juliette de Gonzague); Houdar de la Motte:

Sa sévérité n' est que faste,
Et l' honneur de passer pour chaste
La résout à l'être en effet.
Sagesse pareille au courage
De nos plus superbes Héros!
L'Univers qui les envisage,
Leur fait immoler leur repos.

(*Oeuvres*, Paris, 1753-4, i [2]. 364-5, in *L'Amour Propre*); Rémond de Saint-Mard (*Oeuvres Mêlées*, 1742, i. 168): "La Gloire est un artifice dont la Société se sert pour faire travailler les hommes à ses intérêts" – uma concepção encontrada também em Nicole (*Essais de Morale*, 1714, iii. 128) e em Erasmo (ver adiante, i. 172, primeira citação).

J. F. Bernard escreveu: "... les plus honnêtes gens sont la dupe de leur orgueil" (*Reflexions Morales*, Amsterdam, 1716, p. 112). Sobre o reconhecimento do valor social do orgulho por Hobbes e Locke, ver adiante, i. 172-3 e 261, *n*. I. Bayle desenvolveu o conceito a fundo; cf. adiante, i. 443, *n*. 2. Ver também adiante, i. 449, *n*. 3.

[2] Assim, Daniel Dyke escreveu: "E, todavia, este é o artifício dos nossos corações: dar aos nossos diversos vícios a forma daquelas virtudes às quais eles são mais radicalmente contrários. Por exemplo, não só a extrema *depressão* mental se apresenta como verdadeira humildade mas até o *orgulho*: como fazem aqueles que provocam elogios depreciando-se..." (*Mystery of Selfe-Deceiving*, ed. 1642, p. 183). La Rochefoucauld afirmava que "La modestie, qui semble refuser les louanges, n'est en effet qu'un desir d'en avoir de plus delicates" (máxima 596, ed. Gilbert & Gourdault). No tratado *De la*

INTRODUÇÃO

De predecessores fora da França, todavia, só Erasmo e, possivelmente, Hobbes, como tentarei demonstrar adiante, tiveram influência indiscutível. A grande fonte da psicologia de Mandeville foi a França, como se vê não só na grande massa de antecipações de conceitos de lá proveniente[1] como também no fato de que as citações de Mandeville e as circunstâncias de sua vida mostram que ele estava perfeitamente familiarizado com o que se fazia nesse campo na França.[2]

No terreno da economia, a posição mais cuidadosamente desenvolvida por Mandeville foi sua defesa do luxo.[3] Essa defesa

Charité et & de l'Amour-propre, de Nicole, o cap. 5 é intitulado 'Comment l'amour-propre imite l'humilité'. Ver também Esprit: "C'est l'orgueil qui les excite à étudier & à imiter les moeurs & les façons de faire des personnes les plus modestes, & qui est le principe caché de la modestie. (...) Dans les personnes extraordinairement habiles, la modestie est une vanterie fine..." (*La Fausseté des Vertus Humaines*, Paris, 1678, ii. 73; cf. vol. I, cap. 21, 'L'Humilité'). O Chevalier de Méré observa que: "Ceux qui font profession de mépriser la vaine gloire se glorifient souvent de ce mépris avec encore plus de vanité" (*Maximes, Sentences, et Réflexions Morales et Politiques*, Paris, 1687, máxima 44; cf. também máxima 43); Abbadie: 'C'est une politique d'orgueil d'aller à la gloire en luy tournant le dos (...) quand un homme paroit mépriser cette estime du monde, qui est ambitionnée de tant de personnes, alors comme il sort volontairement du rang de ceux qui y aspirent, on le considere avec complaisance, on ayme son desinteressement, & on voudroit come luy faire accepter par force, ce qu'il fait semblant de réfuser" (*L'Art de se connoitre soy-meme*, Haia, 1711, ii. 433-4). Ver também La Placette, *Traité de l'Orgueil* (Amsterdam, 1700, pp. 99-100 e 149-52). Esta lista poderia ser alongada indefinidamente se nela se incluíssem reduções de humildade e orgulho menos completas e explícitas, como, por exemplo, o "Sermão para o Primeiro Domingo do Advento: sobre o Juízo Final" e " Pensamentos diversos sobre Humildade e Orgulho", ambos de Bourdaloue (*Oeuvres*, Paris, 1837, i. 19 e iii. 440-44).

[1] Que uma pesquisa mais aprofundada pode mostrar essa psicologia como tão italiana quanto francesa é irrelevante, uma vez que as citações feitas por Mandeville e seu *background* literário indicam ser de pouca monta a influência da literatura italiana no seu pensamento.

[2] Praticamente todos os autores franceses em questão – cumpre notar também – haviam sido traduzidos para o inglês.

[3] No que tange à defesa do luxo por Mandeville, ver as *Observações* L, M, N, P, Q, S, T, X e Y, mais i. 614-5.

teve dois aspectos, para fazer face a duas atitudes correntes. Em primeiro lugar, a que fazia do luxo um vício e da frugalidade uma virtude. Mandeville contrapôs a isso a afirmação de que a frugalidade nacional não era virtude nenhuma, mas simples resultado de determinadas condições econômicas, sem qualquer relação com a moral: "...nunca houve nem jamais haverá Frugalidade Nacional sem uma Necessidade Nacional" (*Fábula* i. 491). Em segundo lugar, ele atacou a crença de que o luxo, corrompendo o povo e dilapidando seus recursos, seria economicamente perigoso. O luxo, pelo contrário, é não só inseparável dos grandes Estados como necessário para fazê-los grandes. Para essa defesa do luxo havia escassos antecedentes – basicamente apenas em Saint-Évremond.[1]

[1] A afirmação de Mandeville de que a frugalidade nacional não é uma virtude, e sim o resultado da necessidade, foi, de certo modo, antecipada por Saint-Évremond (c.1614-1703). Observando como as circunstâncias haviam moldado o caráter dos antigos romanos, ele escreveu: "Ainsi, des idées nouvelles firent, pour ainsi parler, de nouveaux esprits; & le Peuple Romain, touché d'une magnificence inconnue, perdit ses vieux sentiments où l'habitude de la pauvreté n'avoit pas moins de part que la vertu" (*Oeuvres*, ed. 1753, ii.152, in *Réflexions sur les Divers Génies du Peuple Romain*, cap. 6). O argumento de Mandeville de que os refinamentos da vida não têm de ser mais enervantes que os meios de subsistência reles e grosseiros (*Fábula* i. 335-43) foi também, em parte, antecipado por Saint-Évremond: "...trouvez bon que les délicats nomment plaisir, ce que les gens rudes & grossiers ont nommé vice; & ne composez pas votre vertu de viex sentiments qu'un naturel sauvage avoit inspiré aux premiers hommes" (*Oeuvres* iii. 210, in *Sentiment d'un Honnête... Courtisan*).

Saint-Évremond tem, também, algumas antecipações do argumento de Mandeville de que o luxo é economicamente desejável. Como Mandeville, ele acreditava que a frugalidade só pode ser benéfica em pequenos Estados: "Je me représente Rome en ce temps-là comme une vraie Communauté où chacun se désaproprie pour trouver un autre bien dans celui de l'Ordre: mais cet esprit-là ne subsiste guére que dans les petits états. On méprise dans les Grands toute apparence de pauvreté; & c'est beaucoup quand on n'y approuve pas le mauvais usage des richesses. Si Fabricius avoit vécu dans

Não obstante, de certa maneira, a estrada até a posição adotada por Mandeville estava, de certo modo, bem pavimentada, embora,

la grandeur de la République, ou il aurouit changé de moeurs, ou il auroit été inutile à sa patrie..." (*Oeuvres* ii.148). E também: "Sa vertu [de Catão] qui eût été admirable dans les commencements de la République, fut ruineuse sur ses fins, pour être trop pure & trop nette" (*Oeuvres* iii. 211). Ver também *Oeuvres* iii. 206 (em *La Vertu trop Rigide*), onde Saint-Évremond, como Mandeville, chama a extravagância dos espoliadores públicos de "une espece de restitution". Cito a seguir outras antecipações quantas pude encontrar da defesa do luxo por Mandeville como economicamente vantajoso: A. Arnauld: "Je ne crois point qu'on doive condamner les passemens, ni ceux qui les font, ni ceux qui les vendent. Et il est de même de plusieurs choses qui ne sont point nécessaires, & que l'on dit n'être que pour le luxe & la vanité. Si on ne vouloit souffrir que les arts, où on travaille aux choses nécessaires à la vie humaine, il y auroit les deux tiers de ceux qui n'ont point de revenu, & qui sont obligez de vivre de leur travail, qui mourroient de faim, ou qu'il faudroit que le public nourrît sans qu'ils eussent rien à faire; car tous les arts nécessaires sont abondamment fournis d'ouvriers, que pourroient donc faire ceux qui travaillent presentement aux non-nécessaires, si on les interdisoit?" (*Lettres*, Nancy, 1727, iv. 97, in Carta 264, a M. Treuvé, 1684). Barbon: "Não são as Necessidades naturais que provocam o Consumo, a Natureza se contenta com pouco; mas sim as necessidades do Espírito, a Moda, o desejo por Novidades e por Raridades, as coisas que realmente fomentam o *Comércio* (*A Discourse of Trade*, ed. 1690, pp. 72-3); Sir Dudley North: "O principal incentivo ao Comércio, ou melhor, à Indústria e à Inventividade, é o exorbitante Apetite dos Homens, que eles se esforçam por satisfazer e que os leva a trabalhar — quando nada mais os levaria. Porque se os homens se contentassem com as simples Necessidades, bem pobre seria o nosso Mundo.

"O Glutão trabalha duro para comprar Acepipes com os quais empanturrar-se; o Jogador para arranjar Dinheiro com o qual aventurar-se na Jogatina. (...) Em seu empenho por satisfazer esses diversos Apetites, outros Homens, menos extravagantes, se beneficiam...

"Países que possuem Leis suntuárias são, geralmente, pobres; pois quando Homens são constrangidos por essas Leis a Despesas menores do que desejariam, eles ficam, ao mesmo tempo, desencorajados em matéria de Indústria e de Inventividade, fazendo menos do que fariam no afã de conseguirem sustentar-se em toda a Latitude da Despesa que desejam" (*Discourses upon Trade*, ed. 1691, pp. 14-15; cf. também adiante, i. 350, *n*. I); Pierre Bayle: "...un luxe modéré a de grands usages dans la République; il fait circuler l'argent, il fait subsister le petit peuple..." (*Continuation des Pensées Diverses*, § 124). Em geral, porém, Bayle não era favorável ao luxo de maneira direta, mas deà primeira vista, parecesse que conduzia em direção oposta. Paradoxalmente, os *ataques* ao luxo abriram caminho a Mandeville para sua defesa. O mundo antigo abundava em filósofos que denunciavam a busca desenfreada de riquezas e luxo e, ao longo da era cristã, essa atitude representava a posição ortodoxa. Segundo tal postura, então, o luxo era condenado *ex hypothesi*; e a condenação foi elaborada no século XVII por meio de análises de civilizações primitivas, como as de Roma e Esparta, que mostravam como nesses Estados grandeza e ausência do "enervante" luxo eram sinônimos.[1] Entrementes, todavia, comércio e manufaturas cresciam enormemente, e, como resultado, crescia o consumo de artigos caros. O Estado se interessou por esse comércio, medidas para salvaguardá-lo foram tomadas, e o assunto passou a constituir mais um tópico da teoria política.

No entanto, embora o inevitável resultado da atividade oficial fosse o desenvolvimento da produção e do comércio de artigos de luxo e a difusão do seu uso público, a opinião pública continuou a condenar o luxo como um mal em si e como fonte de corrupção. Essa união de atitudes conflitantes – do objetivo prático de gerar riqueza com a condenação moral do fausto – pode ser vista clara-

---

fendia posição assemelhada: a de que as virtudes ascéticas do cristianismo – que incluem a abstenção do Luxo – são incompatíveis com a grandeza nacional (*cf. Miscellaneous Reflections*, ed. 1708, i. 282-5). Esse o único aspecto do tratamento do tema do luxo por Bayle de que certamente Mandeville se serviu. Não há provas de que ele tenha lido mais do que o *Dictionary*, as *Miscellaneous Reflections* e, talvez, a *Réponse aux questions d'un Provincial* (ver, adiante, i. 168, *n.* I).

A atitude da época quanto ao luxo será objeto de discussão na obra de André Morize a ser publicada, *Les Idées sur le Luxe et les Écrivains Philosophes du XVIIIe Siècle*.

[1] Cf. Morize, *L'Apologie du Luxe au XVIIIe Siècle* (1909), p. 117.

mente em Fénelon, o qual, imediatamente depois de discutir os meios de enriquecer o Estado, pede "Lois somptuaires pour chaque condition (...) On corrompt par ce luxe les moeurs de toute la nation. Ce luxe est plus pernicieux que le profit des modes n'est utile" *(Plans de Gouvernement,* § 7).[1]

A época estava, em parte, ciente desse dualismo, pois fez um esforço para reconciliar as opiniões em conflito argumentando que a riqueza poderia ser alcançada sem introduzir o luxo e sem dele vir a depender (ver adiante, i. 419, *n.* 2). Mas, não obstante, era óbvio que, na prática, riqueza e luxo eram, por assim dizer, parceiros; e permanecia a contradição entre a efetiva procura da riqueza e a condenação moral, corrente, do luxo. A atitude popular, então, era um composto de reagentes intelectuais antagônicos que precisavam apenas do choque apropriado de um sobre o outro para causar uma explosão. Esse choque foi proporcionado exatamente por Mandeville.

Em outras palavras, aqui, como em outros lugares, Mandeville ganhou sua fama por haver percebido uma contradição na opinião pública que escapara aos seus contemporâneos. Assim, jogando com essa contradição, e confrontando, muito à sua moda, o ideal

---

[1] Ver, também, nas *Aventuras de Telêmaco,* i. 118-22 e comparar com ii. 121 e 554, ed. Cahen. Montchrétien, também, mostra a combinação da velha condenação moral da busca pelo conforto com a nova ênfase nas técnicas de enriquecimento: "La vie contemplative à la verité est la premiere et la plus approchante de Dieu; mais sans l'action, elle demeure imparfaite et possible plus préjudiciable qu'utile aux Republiques... Les occupations civiles estant empeschés et comme endormies dans le sein de la contemplation, il faudroit necessairement que la Republique tombast en ruïne. Or, que l'action seule ne luy soit plus profitable, que la contemplation sans l'action, la necessité humaine le prouve assés, et faut de là conclure que si l'amour de vérité désire la contemplation, l'union et profit de nostre societé cherche et demande l'action" (*Traicté de l'Economie Politique,* ed. Funck-Brentano, 1889, p. 21).

com o existente, ele conseguiu produzir em seus contemporâneos um efeito muito maior do que o que possa imaginar o leitor moderno. Uma vez que, para o público da época, o luxo era, do ponto de vista moral, condenável, bastou que Mandeville demonstrasse ser ele inseparável de Estados florescentes para deixar patente que não só desafiava a teoria econômica ortodoxa como – uma vez mais – conseguia comprovar o paradoxo moral de "Vícios Privados, Benefícios Públicos".

Outro aspecto muito importante da especulação econômica de Mandeville era a defesa do livre comércio. E nisso ele se mostrou um precursor da escola do *laissez-faire*.[1] A tese de Mandeville de que os negócios florescem melhor quando não há interferência do governo – e tanto mais florescem quanto menos interferência houver – tinha dois aspectos, conforme fosse considerada nacional ou internacionalmente. Que os negócios internos marchavam melhor se deixados por sua própria conta era tese defendida com a maior veemência por Mandeville (*Fábula* i. 547-8 e ii. 416). E embora aceitasse, até certo ponto, a opinião geral sobre 'balança comercial', sua percepção quanto à interdependência das nações levou-o a defender com insistência e urgência maior liberdade de comércio com outros Estados (*Fábula* i. 327-35). Houvera, para calçar essa atitude, muita preparação. Em primeiro lugar, havia certos fatores históricos gerais, que levaram naturalmente a uma reação contra restrições ao comércio. Por um lado, o comércio crescia rapidamente e, em consequência, trazia à proeminência grupos de homens influentes que só tinham a ganhar com a remoção de barreiras e monopólios. Por outro lado, certas mudanças na maneira com que o público encarava a vida em geral

---

[1] Sobre a influência de Mandeville na teoria do livre comércio, ver adiante, i. 203-6.

se refletiam no campo econômico. A concepção de tolerância religiosa, por exemplo, se desenvolvia trazendo nas suas águas a ideia de liberdade em outros campos;[1] e a velha doutrina estoica de "acompanhar a natureza", tal como revivida pelos neoestoicos dos séculos XVI e XVII e em juristas como Grotius, estava sendo transportada, aparentemente, para a teoria do comércio, onde também governaria a "natureza".[2]

Acresce que Mandeville teve a oportunidade de familiarizar-se com grande massa de matéria literária em inglês, holandês e francês, toda ela em favor de maior liberdade do comércio, tanto nacional quanto internacional.[3]

---

[1] Observe-se como liberdade religiosa e comercial são emparelhadas, por assim dizer, nos *Interest van Holland ofte Gronden van Hollands-Welvaren* (1662), obra muito conhecida de Pieter de la Court.

[2] Petty, por exemplo, escreveu sobre "a futilidade e a inutilidade de fazer Leis Civis Positivas contra a Lei da Natureza..." (*Economic Writings*, ed. Hull, 1899, i. 48, em *Treatise of Taxes*). Ver também a citação de Boisguillebert na próxima nota.

[3] Ver, por exemplo, Thomas Mun, *England's Treasure by Forraign Trade* (1664, cap. 4); Petty, *Economic Writings*, ed. Hull, 1899, i.271, em *Political Arithmetick*; e Nicholas Barbon, *A Discourse of Trade* (1690), pp.71-9. D'Avenant achava que "o comércio é, por natureza, livre, encontra seus próprios canais, segue seu próprio curso; e todas as leis que procuram ditar-lhe regras e traçar-lhe rumos, limitá-lo e circunscrevê-lo, podem servir aos interesses de determinados particulares mas raras vezes são vantajosas para o público" (*Works*, ed. 1771, i. 98). O editor original dos *Discourses upon Trade*, de Sir Dudley North, argumentava: "...não pode haver comércio não lucrativo para o público; porque se assim fosse os homens o abandonariam (...). Não se pode reger o Comércio com Leis. Seu ritmo, seus preços devem ser, e são, regulados por ele mesmo. Mas se Leis forem feitas, e aplicadas, constituirão impedimentos ao Comércio e serão, portanto, prejudiciais" (ed. 1691, assin. B^v – B2. Ver também pp. 13-14). Fénelon escreveu: "Le commerce est comme certaines sources: si vous voulez detourner leur cours, vous les faites tarir" (*Les Aventures de Télémaque*, ed. Cahen, i.122); e, de novo, "... laissez liberté" (*Plans de Gouvernement*, § 7). Boisguillebert foi o mais copioso dos autores e o mais direto na questão da liberdade de comércio: "...la nature, loin d'obéir à l'autorité des hommes, s'y montre toujours rebelle, et ne manque jamais de punir l'outrage qu'on lui fait (...) la nature ne respire que la liberté" (*Traité des Grains*, in *Économistes Financiers*, ed. Daire, 1843, pp. 387-8).

Todo aspecto prático da argumentação de Mandeville havia sido antecipado.[1] Não se pode também esquecer o provável efeito em Mandeville do ambiente holandês em que ele foi criado. Os holandeses sempre se preocuparam especialmente com a liberdade do comércio, visto que eram, então, o meio de comunicação entre os países da Europa, e tinham — como se pode observar nos tratados de Grotius e de Graswinckel — seu interesse focado na liberdade dos mares, que foi, desde sempre, problema estreita-

---

Ver também *Traité des Grains*, parte 2, cap. 3 ("Ridicules des préjugés populaires contre l'exportation des blés"), e ver, adiante, i. 165, *n.* 2, as citações de Boisguillebert. Dentre as produções holandesas mais ou menos favoráveis à liberdade de comércio, pode ser mencionada a de De la Court: *Interest van Holland ofte Gronden van Hollands-Welvaren* (1662) e a *Remonstrantie van Kooplieden der Stad Amsterdam* (1680).

Como indicado em outro local (ver adiante, i. 327, *n.* I), muitas dessas antecipações eram, do ponto de vista moderno, pouco sistemáticas e carentes de entusiamo. Barbon, North (ou seu editor) e Boisguillebert, no entanto, foram mais longe que Mandeville no detalhamento de suas análises. Devo acrescentar ainda que as citações desta nota são dadas não como fontes específicas para as opiniões de Mandeville, e sim para ilustrar o *background* geral do qual essas opiniões emergiram naturalmente.

[1] Exemplo: seu raciocínio (*Fábula* i. 327-34) de que se um país deixa de importar impede outros de comprar o que ele exporta já aparece, em forma embrionária, no *Essay on the East-India Trade*, de D'Avenant: "Mas se nós nos aprovisionarmos em casa com linho suficiente para nosso próprio consumo, e não quisermos mais o que provém da Silésia, da Saxônia, da Boêmia e da Polônia, esse comércio vai acabar; porque esses países do Norte não têm dinheiro nem outras mercadorias; de modo que, se quisermos fazer negócios com eles, temos de estar dispostos a permutar nossas roupas pelos tecidos deles. E é óbvio para qualquer um com bom senso que de um intercâmbio desses não vamos sair perdedores" (*Works*, ed. 1771, i. 111). Considerações do mesmo tipo podem ser encontradas em Sir Dudley North, *Discourses upon Trade* (1691, pp. 13-14). Ver também Child, *New Discourse of Trade* (1694, p. 175): "Se nos metemos a negociar com outros Estados, temos de receber deles os Frutos e Mercadorias dos seus Países, bem como mandar-lhes os nossos..." Sir Dudley, no entanto, acrescenta: "... mas é do nosso Interesse (...) acima de toda e qualquer espécie de Mercadorias impedir (...) a Importação de Manufaturas Estrangeiras". Para outros paralelos, ver as notas ao texto de Mandeville.

mente ligado à questão das restrições ao comércio. Acresce que os holandeses eram banqueiros internacionais e não podiam deixar de ter em mente a interdependência dos interesses nacionais. A coisa toda, também, deve ter sido posta vividamente diante dos olhos de Mandeville quando a cidade de Amsterdam, em 1689, reduziu suas tarifas para competir com Hamburgo como porto de troca, o que suscitou uma acesa controvérsia sobre a liberdade de comércio[1] num momento em que Mandeville era um rapaz impressionável de 19 anos e ainda vivia na Holanda.

Mas, se Mandeville foi assim antecipado, inclusive nos detalhes da sua argumentação — se, na verdade, predecessores como Barbon e North tinham ido mais longe do que ele —, o que havia de original na sua defesa do livre comércio? Havia essa importantíssima diferença entre Mandeville e seus predecessores: eles consideravam o bem-estar do Estado como um todo e o interesse individual de seus habitantes como coisas sem ligação entre si, enquanto Mandeville sustentava que o bem-estar egoísta do indivíduo é, normalmente, o bem do Estado. Mandeville, então, não apenas eliminou uma poderosa razão que justificaria a restrição como também forneceu uma genuína filosofia em favor do individualismo no comércio. Era um importante passo à frente. Até então, exceto por umas poucas antecipações,[2]

---

[1] Cf. E. Laspeyres, *Geschichte der Volkswirtschaftlichen Anschauungen der Niederländer... zur Zeit der Republik* (Leipzig, 1863, p. 170).

[2] Cf. Child: "...todos os homens são conduzidos por seu Interesse, e é na qualidade de Interesse de todos os que se ocupam de qualquer Comércio que o Comércio deveria ser regulamentado e governado por homens sábios, honestos e capazes, e não há dúvida de que os homens, em sua maioria, Votariam por aqueles que, a seu ver, têm essas qualidades, como bem se pode ver na *Companhia das Índias Orientais...*" (*A New Discourse of Trade*, 1694, p. 110). Boisguillebert é mais completo: "La nature donc, ou la Providence, peut seule faire observer cette justice,

experimentais e assistemáticas, a defesa do *laissez-faire* fora oportunista, e não uma questão de princípio geral. Mandeville possibilitou que ela se tornasse *sistemática*. Foi graças à sua elaborada análise psicológica e política que o individualismo se tornou uma filosofia econômica.[1]

pourvu encore une fois que qui que ce soit ne s'en mêle; et voici comme elle s'en acquitte. Elle établit d'abord une égale nécessité de vendre et d'acheter dans toutes sortes de traffics, de façon que le seul désir de profit soit l'âme de tous les marchés, tant dans le vendeur que dans l'acheteur; et c'est à l'aide de cet equilibre ou de cette balance, que l'un et l'autre sont également forcés d'entendre raison, et de s'y soumettre" (*Dissertation sur la Nature des Richesses*, in *Économistes Financiers du XVIIIᵉ Siècle*, ed. Daire, 1843, p. 409). E, de novo: "...Cependant, par une corruption du coeur effroyable, il n'y a point de particulier, bien qu'il ne doive attendre sa félicité que du maintien de cette harmonie, qui ne travaille depuis le matin jusqu'au soir et ne fasse tous ses efforts pour la ruiner. Il n'y a point d'ouvrier qui ne tâche, de toutes ses forces, de vendre sa marchandise trois fois plus qu'elle ne vaut, et d'avoir celle de son voisin pour trois fois moins qu'elle ne coûte à établir. — Ce n'est qu'à la pointe de l'épée que la justice se maintient dans ces rencontres: c'est néanmoins de quoi la nature ou la Providence se sont chargées. Et comme elle a ménagé des retraites et des moyens aux animaux faibles pour ne devenir pas tous la proie de ceux qui, étant forts, et naissant en quelque manière armés, vivent de carnage; de même, dans le commerce de la vie, elle a mis un tel ordre que, pourvu qu'on la laisse faire, il n'est point au pouvoir du plus puissant, en achetant la denrée d'un misérable, d'empêcher que cette vente ne procure la subsistance à ce dernier, ce qui maintient l'opulence, à laquelle l'un et l'autre sont redevables également de la subsistance proportionée à leur état. On a dit, *pourvu qu'on laisse faire la nature*, c'est à dire qu'on lui donne sa liberté, et que qui que ce soit ne se mêle à ce commerce que pour y départir protection à tous, et empêcher la violence" (*Factum de la France*, in *Économistes Financiers*, p. 280).

A citação de Child, todavia, é tão somente uma sugestão não elaborada, e Boisguillebert é comparativamente morno e indiferente: ele não defende, de fato, o egoísmo, mas sustenta apenas que, a contragosto embora, o egoísmo não pode causar dano à harmonia social. Também não explicita os pormenores dessa harmonia, como Mandeville faz.

[1] Para os antecedentes intelectuais de outras fases do pensamento de Mandeville, ver alhures nesta mesma Introdução e nas notas ao texto de Mandeville.

§ 2

Já mostrei a dificuldade que existe em indicar mais que o *background* geral do pensamento de Mandeville. Mesmo assim, alguns predecessores podem ser arrolados com certeza como seus mestres.

Desses, o principal, sem sombra de dúvida, é Pierre Bayle (1647-1706). Na *Fábula*, Mandeville o cita com a maior frequência e se apropria de inúmeras ideias dele – transpostas, as mais das vezes, das *Miscellaneous Reflections*;[1] nos seus *Free Thoughts*,[2] Mandeville não faz segredo disso e confessa o que sua obra deve ao *Dicionário* de Bayle; e o germe da *Origin of Honour* pode ser encontrado nas *Miscellaneous Reflections*.[3] As teorias fundamentais de Mandeville estão em Bayle: o ceticismo quanto à possibilidade de descobrir a verdade absoluta; o antirracionalismo, que sustentava que os homens não agem movidos por princípios racionais ou por nenhuma consideração por moralidade abstrata, e sim pelos desejos dominantes em seus corações; a opinião, decorrente, de que o Cristianismo, a despeito de toda a devoção da boca para fora que lhe é prestada, tem, na realidade, poucos seguidores no mundo; a ênfase sobre o inevitável egoísmo do homem e a percepção das implicações morais e dos usos do orgulho; a crença de que os homens poderiam ser bons sem a religião; a definição da Cristandade como ascética; e a convicção daí decorrente de que Cristianismo assim definido e grandeza nacional são incompatíveis.[4] Bayle, com efeito, parecia estar

---

[1] Ver Índice Geral (Volume 2).
[2] Ed. 1729, pp. xix-xxi.
[3] Ver adiante, i. 457, *n.* I.
[4] Para consideração das doutrinas de Bayle, ver anteriormente, i. 105-8. Cf. Índice Geral (Volume 2).

planejando as bases da *Fábula* ao ensinar nas suas *Miscellaneous Reflections* que:

> "...considerando a Doutrina do Pecado Original e a da Necessidade e Infalibilidade da Graça, como decidido no Sínodo de *Dort*, todo Protestante reformado tem de acreditar que todos, exceto aqueles predestinados, a quem Deus regenera e santifica, são incapazes de agir fora de um Princípio de Amor a Deus, ou de resistir às suas Corrupções a partir de qualquer outro Princípio que não o do Amor-Próprio e Motivos humanos: de tal modo que, se alguns Homens são mais virtuosos que outros, isso se deve a sua Constituição Natural, ou Educação, ou a um Amor por certas espécies de Elogio, ou a um medo de Recriminação, etc. (*Miscellaneous Reflections*, ii. 545).

Aceitos esta psicologia e tais princípios, ficava faltando apenas deduzir e desenvolver a inferência latente para alcançar a doutrina de que vícios privados são benefícios públicos. E, tal como Mandeville, Bayle escusou-se de atacar a validade da moral rigorista por causa de sua impraticabilidade. Mandeville, com efeito, apresenta como um dos seus princípios diretores o que chamou de "aquela assertiva tão verdadeira quanto notável de Monsieur *Baile* (sic): *Les utilités du vice n'empêchent pas qu'il ne soit mauvais*".[1]

Vale chamar a atenção também para um fato: Bayle lecionava em Rotterdam num período em que Mandeville cursava a Escola

---

[1] *Letter to Dion* (1732), p. 34. Mandeville parece haver composto a dita frase com duas declarações de Pierre Bayle: "Que la necessité du vice ne détruit point la distinction du bien & du mal" e a pergunta retórica: "Les suites utiles d'une vice peuvent-elles empécher qu'il ne soit un vice?" (Bayle, *Oeuvres Diverses*, Haia, 1727-31, iii. 977 e 978, in *Réponse aux Questions d'un Provincial*).

Erasmiana da cidade (ver anteriormente, i. 75-6), e é possível que tenha tido contato pessoal com Bayle.

Mandeville foi influenciado também por La Rochefoucauld, a quem cita diversas vezes. Há grande paralelismo entre o seu pensamento e as Máximas do duque (ver Índice Geral). Ambos insistem em que os homens são criaturas de paixão e não de razão; e que os motivos humanos são sempre, no fundo, Amor-Próprio. Muito da filosofia de Mandeville, na verdade, poderia resumir-se a uma elaboração da máxima de La Rochefoucauld: *"Nos vertus ne sont le plus souvent que des vices déguisées"*,[1] com a expressão *le plus souvent* mudada para *toujours*.* No entanto, e como as doutrinas em questão não eram raras, é impossível avaliar o quanto Mandeville tirou de La Rochefoucauld e o quanto de outras fontes (Bayle, por exemplo; ou Esprit). Pode ser também que a dívida de Mandeville para com La Rochefoucauld fosse principalmente literária – empréstimo de frases para vestir ideias já formadas.

Gassendi provavelmente ajudou a moldar o pensamento de Mandeville. Este havia lido Gassendi quando adolescente, embora se opondo a ele naquele tempo em sua *De Brutorum Operationibus* (Leyden, 1689), em que sustentava a posição cartesiana. Talvez, no entanto, o ataque juvenil a Gassendi não fosse sincero, uma vez que a *Disputatio* foi escrita sabidamente debaixo da tutela de Burcherus de Volder, um feroz cartesiano;[2] e um aluno pode ter hesitado em discordar das

---

[1] *Réflexions ou Sentences et Maximes Morales*, 4ª ed., cabeçalho.

* Nossas virtudes no mais das vezes não passam de vícios disfarçados, com "no mais das vezes" mudado para "sempre".

[2] O papel de De Volder como supervisor da *Disputatio* vem declarado na sua folha de rosto. De Volder era um partidário tão apaixonado de Descartes que em 18.VI.1674 as autoridades universitárias se viram obrigadas a tomar medidas extremas para acabar com suas investidas

crenças fundamentais do seu instrutor. Seja como for, quando se pôs a escrever a *Fábula*, Mandeville descartou seu cartesianismo e assumiu a atitude gassendista, tanto no que dizia respeito ao automatismo animal quanto ao relacionamento entre homem e bicho.[1]

É possível que Mandeville alcançasse as posições gassendistas sem a ajuda de Gassendi. Mas este último era figura por demais considerável para passar despercebida, especialmente se lido na mocidade. E é, talvez, significativo que Mandeville se tenha referido favoravelmente a ele na *Fábula* (ii. 32).[2]

Outra influência digna de nota em Mandeville é a de Erasmo. Estudante na Escola Erasmiana, na cidade natal de Erasmo, Rotterdam, Mandeville deixa perceber, aqui e ali, traços da autoridade intelectual de Erasmo. Ele o cita na *Virgin Unmask'd* (1724), em [A 5ᵛ], no *Treatise* (1730), pp. 14 e 111, e na *Fábula*.[3] Segundo o próprio Mandeville, ele se apropria continuamente dos *Adágios* de Erasmo (ver adiante, i. 566, *n*. 2); e seu *Typhon* (1704) foi por ele dedicado à "Numerosa Sociedade dos Insensatos", confessadamente a exemplo de Erasmo.

Os dois homens, na verdade, tinham pontos de vista semelhantes. Erasmo também era empírico e descria de leis absolutas que não comportavam exceções. Sustentava, com Mandeville, que a verdadeira religiosidade exigia da natureza humana coisas que rara-

---

contra a filosofia aristotélica (*Bronnen tot de Geschiedenis der Leidsche Universiteit*, ed. Molhuysen, 1918, iii. 293). De Volder não foi o único cartesiano ativo, pois uma deliberação dos curadores de 18.XII.1675 mostra que os professores cartesianos forçaram os aristotélicos a calarem a boca (*Bronnen*, iii. 314).
[1] Cf. adiante, i. 409, *n*. I.

[2] Deve ser dito, todavia, que o anticartesianismo de Mandeville pode ter sido inspirado por outros autores – por Bayle, por exemplo, que tanto o impressionou (cf. anteriormente, i. 250, *n*. 2, e 409, *n*. I).
[3] A menção em *Free Thoughts* (ed. 1729, p. 142, *n*. a) é de segunda mão: vem, diretamente, do *Dicionário* de Bayle (ed. 1710, i. 458, *n*. C).

mente obtinha. Ambos acreditavam também que guerra e Cristianismo eram irreconciliáveis.

Não havia só afinidade de atitudes entre os dois. Tinham a mesma agudeza de espírito, e seus pensamentos com frequência assumiam formas semelhantes. O arcabouço do *Encomium Moriae [Elogio da Loucura]* é essencialmente idêntico ao da *Fábula*: os dois demonstram, em uma série de ensaios conexos, a necessidade de algo por hipótese maléfico: em um caso, *Folly* (Insensatez); no outro, *Vice* (Vício). E o que Mandeville entende por vício é quase igual ao que Erasmo chama de insensatez.

Para deixar clara a analogia entre o pensamento dos dois, cito aqui alguns paralelos:

ERASMO: "... Jupiter quanto plus indidit affectuum quam rationis? quasi semiunciam compares ad assem" (*Opera*, Leyden, 1703-6, iv. 417, in *Encomium Moriae*).
MANDEVILLE: "Pois estamos todos sempre encaminhando nossa Razão naquele rumo por onde a Paixão a conduz, enquanto o Amor-Próprio, por sua vez, em todas as Criaturas Humanas, advoga por suas diferentes Causas, fornecendo Argumentos a cada Indivíduo para que justifique suas Inclinações" (*Fábula*, i. 588).

ERASMO: "...Quid autem aeque stultum, atque tibi ipsi placere? te ipsum admirari? At rursum quid venustum, quid gratiosum, quid non indecorum erit, quod agas, ipse tibi displicens?" (*Opera* iv. 421, in *Encomium Moriae*).
MANDEVILLE: "Não existe Homem (...) inteiramente imune (...) à Lisonja..." (i.258). "Se alguns grandes Homens não trouxessem no peito um Orgulho superlativo (...) quem seria Lord Chanceler da *Inglaterra* ou Primeiro-Ministro do Estado na *França*, ou ainda (...) Grande Pensionário da *Holanda*?" (i. 456). "(...) Ele [o *Self-liking*, ou afeição por si mesmo] é tão necessário ao Bem-estar dos que a ele se acostumaram que, sem isso, não acham Prazer em nada" (ii.165-6).

ERASMO: "Verum ut ad id quod instituerum, revertar: quae vis saxeos, quernos, & agrestes illos homines in civitatem coëgit, nisi adulatio?" (*Opera* iv. 424, in *Encomium Moriae*).
MANDEVILLE: "(...) as Virtudes Morais são a Prole ou Descendência Política que a Lisonja engendrou no Orgulho" (i. 258). Cf. *Uma Investigação sobre a Origem da Virtude Moral*, de Mandeville.

Erasmo: "Tum autem quae res Deciis persuasit, ut ultro sese Diis Manibus devoverent? Quod Q. Curtium in specum traxit, nisi inanis gloria, dulcissima quaedam Siren, sed mirum quam a Sapientibus istis damnata?" (*Opera* iv. 426, in *Encomium Moriae*).
Mandeville: "(...) a perspectiva da grande Recompensa, pela qual Nobres espíritos sacrificaram com tanto Entusiasmo sua Tranquilidade (...) e cada Polegada de si mesmos, não foi jamais outra coisa que o Alento do Homem, a Etérea Moeda da Glorificação" (i. 262).

Erasmo: "Cujus rei si desideratis argumenta primum illud animadvertite, pueros, senes, mulieres, ac fatuos sacris ac religiosis rebus praeter caeteros gaudere, eoque semper altaribus esse proximos, solo, nimirum, naturae impulsu. Praeterea videtis primos illos religionis auctores, mire simplicitatem amplexos, acerrimos litterarum hostes fuisse" (*Opera* iv. 499-500, in *Encomium Moriae*).
Mandeville: "Quanto à Religião, a Porção mais ilustrada e mais polida de uma Nação é a que tem, em qualquer lugar do Mundo, o menor apego a ela. (...) A Ignorância é a mãe da Devoção" (i. 512). Cf. *Fábula* i. 558.

Erasmo: "Ego puto totum hoc de cultu pendere a consuetudine ac persuasione mortalium" (*Opera* i. 742, in *Colloquia Familiaria*).
Mandeville: "No que concerne às Modas e Maneiras da cada Época, os Homens nunca se interrogam sobre o Mérito ou Valor real que tenham, e julgam-nas, de ordinário, segundo o Costume e não segundo a Razão" (i. 399).

Não tenho a intenção de insinuar que Mandeville se houvesse louvado tão constante e tão deliberadamente em Erasmo quanto em Bayle. A influência de Erasmo foi, a meu ver, geral e formativa, e os paralelos entre seu pensamento e o de Erasmo seriam resultado de uma absorção antiga e não representariam empréstimos tardios e intencionais.

Que a *Fábula* tem muito a ver com Hobbes e, até, por vezes deriva dele fica evidenciado por minhas anotações ao texto. Mas cumpre dizer que alguma dívida para com Hobbes, naquele período do pensamento, era inevitável. Ainda como estudante universitário, Mandeville estudou Hobbes. Prova isso o haver discordado dele em sua *Disputatio Philosophica* (1689), em A3^v. Já na análise da natureza humana está um dos seus principais pontos de concordância. Para Hobbes também o egoísmo era a mola principal da ação social: o homem era um animal egoísta, e a sociedade, em consequência, artificial:

> Toda sociedade só se move por ganho ou por glória; e não tanto por amor dos nossos semelhantes, mas de nós mesmos (*English Works*, ed. Molesworth, ii. 5; cf. também *Leviathan*, pt. I, cap. 13).

Além disso, para Hobbes, como para Mandeville, o amor à virtude procedia "do amor aos elogios" (*English Works*, iii. 87). Os dois denunciaram a busca de um bem supremo, um *summum bonum* universal (cf. *English Works*, iii. 85), e, negando a "origem divina" da virtude, ambos consideraram a moralidade como um produto humano. "Onde não há lei, não há injustiça" é um dito de Hobbes (iii. 115). Mas em meio a essa similaridade existe também uma diferença muito importante. Hobbes sustentava que "os desejos, e outras paixões dos homens, não são pecados em si mesmos. Nem são pecados, tampouco, os atos que procedem dessas paixões, até que haja lei que os proíba..." (iii. 114).

Mandeville, porém, ao identificar preceitos morais correntes com costumes, não disse que virtude genuína e vício também fossem interdependentes, mas que assim o são as opiniões que os homens têm deles. Para Mandeville, homens em "estado de natureza" eram *ipso facto* perversos, por não estarem redimidos da sua degenerescência primeva (cf. adiante, i. 246, *n*. 1).

No seu relato das origens da sociedade, na Parte II da *Fábula*, Mandeville está mais próximo da discussão de Hobbes dessa matéria — tanto nos *Philosophical Rudiments concerning Government and Society* quanto no *Leviathan* — do que de qualquer outro predecessor (cf. anteriormente, i. 156, *n*. 1).

Não é, todavia, possível aferir com precisão a dívida de Mandeville para com Hobbes, uma vez que muito daquilo em que ele mais se identifica com Hobbes aparece também em La Rochefoucauld ou em Bayle. Hobbes e Mandeville, ademais, estavam na mesma corrente de especulação, e é sempre possível que as semelhanças de Mandeville com Hobbes se devam não tanto a uma influência imediata mas aos efeitos dessa corrente comum de pensamento que Hobbes, aliás, se esforçara por dirigir.

Também no caso de Locke, embora Mandeville mencione e demonstre afinidade com ele, não há como determinar com exatidão o que terá recebido como influência direta e o que foi absorvido indiretamente do clima intelectual de uma época que Locke afetara com tanta intensidade.

Dos diversos outros precursores arrolados na primeira parte desta seção, Mandeville citou expressamente apenas Saint-Évremond,[1] Nicole,[2] Spinoza[3] e Montaigne.[4] De Saint-Évremond, ele pode muito bem se ter valido para sua defesa do luxo.[5] Quanto aos muitos outros possíveis progenitores de Mandeville, sua própria multiplicidade impede qualquer certeza na seleção de um ou de outro como fonte disso ou daquilo. Os que provavelmente tiveram influência geral importante – a julgarmos pelo número de citações e pelo maior paralelismo ou correspondência de ideias, segundo minhas notas – são Spinoza,[6] Esprit, Abbadie, North e D'Avenant.

---

[1] Cf. *Origin of Honour* (1732), p. 119.
[2] Cf. *Free Thoughts* (1729), pp. 68, 78 e 81.
[3] Ver adiante, nesta página, *n.* 6.
[4] Pelo menos uma das citações de Montaigne é de segunda mão, extraída de Bayle (ver Índice Geral).
[5] Cf. anteriormente, i. 158, *n.* 1.
[6] Exceto uma vez, na qual a referência é muito geral e desfavorável (*Fábula* ii. 369), Mandeville não cita Spinoza explicitamente, mas é possível que ele deva alguma coisa ao *Tractatus Theologico Politicus* (1670) e à *Ethica*,

É fácil ver, com este capítulo e com as notas de rodapé ao texto, que grande parte do pensamento de Mandeville era derivante. O que ele fez foi tomar concepções de maior ou menor voga ou crédito e dar-lhes feição atraente; e se havia nelas contradições, ou se tinham suas raízes em atitudes e circunstâncias ocultas, ele dava a essas contradições e a esses encobrimentos proeminência especial. E de tal modo o fazia que simplesmente pelo fato de enunciá-las deixava a todos estupefatos diante de teorias que haviam aceitado desde sempre. Muito da sua originalidade, então, residia na maneira de expor suas ideias.

Por tudo isso, a mente de Mandeville era essencialmente original — o quanto isso é possível. O leitor que julgar, apressadamente, que tantos e tão evidentes empréstimos fazem de Mandeville um simples expositor de material de segunda mão estará redondamente enganado. Um autor de mente original (como Montaigne) está muito mais cheio de empréstimos visíveis, ostensivos, que o escritor prosaico. O pensador original reconhece, à primeira vista, afi-

---

ordine geometrico demonstrata (1660-1675). Além do paralelismo de pensamentos e frases, já indicado em minhas anotações, há ainda a seguinte semelhança em um pensamento incomum. Spinoza escreveu: "Concludo itaque, communia illa pacis vitia... nunquam directe, sed indirecte prohibenda esse, talia scilicet imperii fundamenta jaciendo, quibus fiat, ut plerique, non quidem sapienter vivere studeant (nam hoc impossibile est), sed ut iis ducantur affectibus, ex quibus Reip. major sit utilitas" (*Opera*, ed. Van Vloten and Land, 1895, i. 341, in *Tractatus Politicus x.* 6). Compare-se com isso Mandeville na *Origin of Honour*, pp. 27-8: "... por um Lado, você não pode fazer com que Multidões acreditem em coisas contrárias ao que elas sentem, ou contrárias a uma Paixão inerente à sua Natureza, e (...), por outro, se você aceita essa Paixão na medida certa, pode ajustá-la como quiser". Esse pensamento tem estreita afinidade com o tema principal da *Fábula*: que, administradas com habilidade, falhas humanas podem converter-se em vantagem pública. A aparente hostilidade de Mandeville a Spinoza pode ter sido simplesmente um reflexo da atitude de Bayle (ver, por exemplo, o verbete Spinoza no *Dictionnaire* de Bayle).

nidades no pensamento alheio. E na sua alegria de encontrar pontos de vista com que simpatiza em um mundo de opiniões convencionais e, usualmente, hostis, pode fazer uma releitura especial das assertivas de outros escritores com as quais concorda. Há que reconhecer ainda que qualquer pesquisa mais aprofundada pode fazer qualquer pensamento parecer cediço. Se originalidade consistisse em não haver sido antecipado, ninguém seria original. Um escritor não pode dar as costas às ideias que presidiram a sua formação, e só seria considerado um reles plagiário se as requentasse sem repensá-las. E Mandeville repensou-as: em suas obras, o aporte alheio traz sempre a marca da sua própria mente. Em contribuições originais, como na psicologia do fato econômico e na extraordinária reconstituição das origens da sociedade,[1] ele faz

---

[1] Antes de Mandeville, existiam apenas considerações embriônicas e fragmentárias do desenvolvimento da sociedade do ponto de vista evolucionista, que era o seu. Dos antigos (Ésquilo, em *Prometeu Acorrentado*, linhas 442-506; Crítias [em Sextus Empiricus, *Adversus Physicos* ix. 54]; Platão, *Estadista* 274 B; Aristóteles, *Política* I.ii; Mosquion, *Fragmenta* vi. 9 [*Poetarum Tragicorum Graecorum Fragmenta*, pp. 140-1, in *Fragmenta Euripidis*, ed. Wagner & Dübner, Paris, 1846]; Lucrécio, *De Rerum Natura*, livro 5; Horácio, *Sátiras* I.iii; Diodorus Siculus I. i; e Vitruvius, *De Architectura* II. [33] i), Lucrécio foi o mais elaborado. Os modernos pouco acrescentaram, comparativamente. Houve nenhuma, ou muito pouca, antecipação de Mandeville em Mariana (*De Rege et Regis Institutione*, livro I, cap. I). [Juan de Mariana de la Reina S.J. (1536-1624) deixou, além desse tratado (*Do rei e da realeza*), uma *História geral da Espanha*]; Vanini (*De Admirandis Naturae...Arcanis*); Temple (*Essay upon the Original and Nature of Government*); Matthew Hale (*Primitive Organization of Mankind*); Bossuet (*Discours sur l' histoire universelle*, ed.1845, pp. 9-10); Fontenelle (*De l'Origine des Fables*); ou Fénelon (*Essai Philosophique sur le Gouvernement Civil*, cap. 7). Nem foi Mandeville antecipado em outras obras que trataram mais ou menos do desenvolvimento da sociedade, tais como as de Maquiavel, Bodin, Hooker, Suarez, Grotius, Selden, Milton, Hobbes, Lambert van Veldhuyzen, Pufendorf, Filmer, Locke, Thomas Burnet ou Vico.

Muitos desses autores estavam tolhidos, como Mandeville jamais esteve, por considerações teológicas, e por isso não viam, como ele via, quão pouco da sociedade

essa reformulação de material conhecido, esse reordenamento de saber já acumulado que constitui o lado positivo da originalidade.

foi deliberadamente "inventado". E estavam todos mais interessados em discutir moral que em analisar fatos. Não encontrei predecessor – nem mesmo Hobbes – capaz de rivalizar, sequer remotamente, com a súmula da evolução da sociedade que nos dá Mandeville na Parte II da *Fábula*.

V

Influência de Mandeville

§ I

Quando veio a lume em 1714, a *Fábula*, a despeito de suas duas edições naquele ano, despertou pouca atenção.[1] Não houve outra edição até 1723, e esta saiu, possivelmente, apenas pelo fato de ter Mandeville duplicado o tamanho da obra e feito publicidade da matéria nova, incluindo nos inéditos o ataque a algo de interesse geral – as escolas de caridade. A obra agora atraiu imediata atenção. Os jornais começaram a assestar suas baterias contra ela, e, em poucos meses, até livros foram lançados para combatê-la. Ao mesmo tempo, o público começou a esgotar uma edição por ano. E daí, o livro passou a ter edições no exterior.[2] Entrementes, outras obras de Mandeville eram reimpressas na Inglaterra, e, traduzidas, ganhavam também edições no continente.[3] Ao mesmo tempo, milhares de pessoas que jamais viram os livros tomaram conhecimento deles pelas resenhas literárias (algumas de

---

[1] Não conheço nenhuma referência a ela anterior a 1723.
[2] Ver anteriormente, i. 98-9.
[3] Ver anteriormente, i. 92-3.

considerável extensão) estampadas em periódicos como a *Bibliothèque Britannique* e a *Histoire des Ouvrages des Savans*,[1] em bibliografias teológicas como as de Masch, Lilienthal e Trinius, e em enciclopédias como a de Chaufepié e o *General Dictionary* de Birch. Os muitos ataques, também, à *Fábula* não só refletiram a celebridade da obra como serviram para difundi-la ainda mais — fama comentada, também muitas vezes, pelos contemporâneos.[2] Vai aqui uma lista parcial dos homens de letras mais conhecidos da época que lhe deram atenção: John Dennis, William Law,

---

[1] Por exemplo: a *Bibliothèque Angloise* de 1725 dedicou à *Fábula* 28 páginas; e a resposta de Bluet à *Fábula*, mais ou menos o mesmo espaço. A *Bibliothèque Raisonnée* de 1729 consagrou-lhe 43 páginas. A *Bibliothèque Britannique* de 1733 deu 51 páginas à *Origin of Honour*, de Mandeville; *Maendelyke Uittreksels*, de 1723, dedicou 71 pp. aos *Free Thoughts*; as *Mémoires de Trévoux* (1740), mais de 100 pp. à *Fábula*. Outras referências do mesmo tipo, ver vol. 2, último apêndice.

[2] Por exemplo: "La Pièce... fait grand bruit en Angleterre" (*Bibliothèque Angloise* para 1725, xiii. 99); "Avide lectum est in Anglia et non sine plausu receptum" (Reimarus, *Programma quo Fabulam de Apibus examinat*, 1726 [citação de Sakmann, *Bernard de Mandeville und die Bienenfabel-Controverse*, p. 29]); "A *Fábula*, um livro que fez tanto Barulho" (*Present State of the Republick of Letters* para 1728, ii. 462); "Ce livre a fait beaucoup de bruit en *Angleterre*" (*Bibliothèque Raisonnée* para 1729, iii. 404); "...la fameuse *Fable des Abeilles*..." (*Le Journal Littéraire* para 1734, xxii. 72); "...la famosa *Favola delle Api*..." (*Novella della Republica delle Lettere* para 1735, p. 357); "...um Autor celebrado..." (Henry Coventry, *Philemon to Hydaspes*, ed. 1737, p. 96): "LA FABLE DES ABEILLES a fait tant de bruit en Angleterre..." (prefácio à trad. francesa da *Fábula*, ed. 1740, i.i); "Un Livre qui a fait tant de bruit en Angleterre" (*Mémoires pour l'Histoire des Sciences & des Beaux-Arts [Mémoires de Trévoux]* para 1740, p. 981); "Nicht nur die Feinde der christlichen Religion, sondern auch viele Christen zählen ihn unter die recht grossen Geister" (J. F. Jakobi, *Betrachtungen über die weisen Absichten Gottes*, 1749 [citação de Sakmann, *Bernard de Mandeville*, p. 29]); "... Autore (...) quello (...) tanto noto, quanto empio della *fable des abeilles*" (*Memorie per servire all'Istoria Letteraria*, julho de 1753, ii. 18); "...célèbre Écrivain..." (Chaufepié, *Nouveau Dictionnaire*, ed. 1753, verbete 'Mandeville'); "...le fameux docteur Mandeville..." (*Le Journal Britannique*, ed. Maty, 1755, xvii. 401); "...um livro famoso..." (John Wesley, *Journal*, ed. Curnock, 1909-16, iv. 157); "Esse é o sistema do Dr. Mandeville, que fez há tempos tanto sucesso no mundo..." (Adam Smith, *Theory*

Reimarus, Hume, Berkeley, Hutcheson, Godwin, Holberg, John Brown, Fielding, Gibbon, Diderot, Holbach, Rousseau, Malthus, James Mill, Mackintosh, Kant, Adam Smith, Warburton, John Wesley, Herder, Montesquieu, Hazlitt e Bentham.[1]

Alguns desses, como Hazlitt, referiram-se a Mandeville repetidamente. Outros escreveram livros inteiros sobre ele. William Law devotou-lhe um volume, e o mesmo fez John Dennis. Francis Hutcheson, figura não desprezível na história do pensamento inglês, produziu dois livros contra ele, enquanto Berkeley lhe dedicou dois diálogos. E Adam Smith escreveu duas vezes, extensamente, sobre seu pensamento.

E essa voga não era meramente acadêmica. A *Fábula das Abelhas* causou um escândalo público. Ao ensinar a utilidade do vício, Mandeville herdou o cargo de "Lord High Bogy-man" (Bichopapão supremo), que Hobbes havia ocupado no século precedente. A *Fábula* foi por duas vezes denunciada ao Grand Jury (Júri de Instrução). Ministros falaram contra ela, bispos condenaram-na do púlpito.[2] O livro, em suma, despertou consternação pública, que ia desde a indignação do bispo Berkeley[3] ao horrorizado assombro de John Wesley,[4] para quem nem Voltaire seria capaz de escrever tantas barbaridades. Na França, decretou-se que a *Fábula* fosse queimada publicamente pelo carrasco oficial.[5]

---

of Moral Sentiments, ed. 1759, p. 486); "La fameuse fable des abeilles (...) fit un grand bruit en Angleterre" (Voltaire, *Oeuvres Complètes*, ed. Moland, 1877-85, xvii. 29); "...das berühmte Gedicht *The Fable of the Bees*..." (prefácio à versão alemã, tradução de Ascher, 1818, p. iii).

[1] Ver o último apêndice para uma lista mais completa, e o Índice Geral, segundo os nomes dos autores acima citados, sobre suas referências a Mandeville.

[2] Ver vol. 2, último apêndice.

[3] Ver adiante, ii. 535, em BERKELEY.

[4] Ver adiante, ii. 546, em WESLEY.

[5] G. Peignot, *Dictionnaire...des Principaux Livres Condamnés au Feu* (1806) i. 282.

Seria difícil exagerar a intensidade e o alcance da fama de Mandeville no século XVIII. Uma carta de Wesley,[1] de 1750, mostra que a *Fábula* era corrente na Irlanda. Na França, em 1765, Diderot dá testemunho de que a obra era tema familiar de conversação.[2]

Em 1768, o amigo de Laurence Sterne, John Hall-Stevenson, achou que um bom título para uma de suas peças seria *A Nova Fábula das Abelhas*. Na Alemanha, em 1788, quando Kant fez sua classificação dos sistemas éticos, escolheu o nome de Mandeville para identificar um dos seis tipos.[3] Nos Estados Unidos, o autor da primeira comédia americana, para consumo popular,[4] referia-se a Mandeville como se suas teorias fossem tão conhecidas do público quanto o último proclama do general Washington.

É preciso ter em mente a enorme popularidade do livro ao discutir sua influência, pois à luz dessa voga fica mais fácil entender a extraordinária influência do autor e da obra na literatura, na moral e na economia do seu tempo.[5]

---

[1] Citado em *English Church and Its Bishops*, de Abbey (1887), i. 32.
[2] *Oeuvres*, ed. Assézat, x. 299.
[3] Kant, *Gesammelte Schriften* (Berlim, 1900-) v. 40, in *Kritik der praktischen Vernunft*.
[4] Royall Tyler, *The Contrast* (1787) III. ii.
[5] A julgar pelas referências dadas adiante, ii. 531 e seg., a voga da *Fábula* na Inglaterra durou de 1723 até aproximadamente 1755. Daí por diante, e até por volta de 1835, a obra conservou seu prestígio, mas deixou de ser, aparentemente, uma sensação. Depois de 1755, foi republicada apenas em Edimburgo. Na França, seu auge pode ser datado de 1725 a mais ou menos 1765. Os *Free Thoughts* — a julgar pelas edições das traduções e pelas referências a elas — venderam bem na França de 1722 a 1740. Na Alemanha, onde a primeira edição é de 1761 e a segunda de 1818, o êxito foi mais tardio. Já o interesse dos alemães pelos *Free Thoughts* foi considerável entre 1723 e 1730. Na Inglaterra, os aspectos morais e psicológicos da *Fábula* concentraram o interesse dos leitores. Na França, isso também aconteceu, mas os franceses gostaram especialmente da defesa do luxo por Mandeville, o que, embora tenha atraído igualmente os ingleses, no caso destes isso se deu por conta das inferências morais. O interesse francês pela defesa do luxo se explica em parte pelo fato de estar liga-

§ 2

Aqui nos ocuparemos do efeito de Mandeville em três campos: literatura, ética e economia.

Na literatura, a influência de Mandeville foi pequena. A *Fábula* não teve imitadores diretos. O livro apenas ofereceu fragmentos, bocadinhos, que outros escritores amalgamaram ou parafrasearam. Entre esses cumpre citar Pope, Johnson, Adam Smith e Voltaire. Alexander Pope parafraseou a *Fábula* tanto nos *Moral Essays* (1731-35) quanto no *Essay on Man* (1733-34).[1] O manuscrito dessa última obra, é preciso notar, tinha, em vez do que hoje se lê em ii. 240, esta paráfrase direta do subtítulo da *Fábula das Abelhas*:

> *And public good extracts from private vice.*[2] [*E o bem público procede do vício privado.*]

do à valorização da sociedade primitiva que tanto havia atraído o pensamento francês desde o século XVI até Rousseau. Como se explica que uma obra tão celebrada e influente como a *Fábula*, que tinha, além do mais, tão extraordinário mérito literário, pudesse vir a sofrer o eclipse de que foi vítima? Em primeiro lugar, porque as opiniões de Mandeville, em muitos casos, se tornaram familiares, e o público as estudou na forma predominante — em Adam Smith, em Helvétius, em Bentham. Em segundo lugar, a fama de Mandeville fora, a rigor, um *succès de scandale*. Várias gerações se acostumaram a considerá-lo uma espécie de anti-Cristo filosófico, e escândalo era a associação de ideias mais comum com a *Fábula*. Depois de algum tempo, passou da moda. Quando isso aconteceu, o renome de Mandeville foi esquecido. Àquela altura, na mente do público, nada de maior interesse, além do agora morto escândalo, estava suficientemente associado a Mandeville para preservá-lo. Um *succès de scandale* jamais é permanente. Cedo ou tarde, se o autor continua vivo, sua fama tem de ser reconstruída em outras bases.

[1] Segundo a edição Elwin and Courthope, as seguintes passagens são derivadas de Mandeville: *Moral Essays* iii. 13-14 e 25-6; *Essay on Man* ii. 129-30, 157-8, 193-4, e iv. 220. Que o *Essay on Man* ii. 129-30, 157-8, 193-4 e iv. 220 deriva de Mandeville é, todavia, duvidoso; as demais linhas do *Essay* são, mais provavelmente, mandevillianas; as dos *Moral Essays* parecem provir definitivamente da *Fábula*. Acredito que um estudo mais aprofundado revelará maior dívida ainda de Pope para com Mandeville.

[2] Ver *Works*, ed. Elwin and Courthope, ii. 394, n. 7.

O Dr. Johnson, que disse que Mandeville lhe abriu muito os olhos para a vida real,[1] e cujas teorias econômicas são, em grande parte, tiradas de Mandeville,[2] limitou sua dívida literária a certa passagem dos seus *Idlers* (nº 34), que parece paráfrase de um engenhoso trecho da *Fábula* (i. 323),[3] e a competentes discussões com Boswell sobre a obra.

A dívida literária de Adam Smith tem a ver pelo menos com uma famosa passagem, mas isso será discutido depois como incidental à dívida de Smith para com Mandeville no campo econômico. O empréstimo literário de Voltaire, que deve consideravelmente mais a Mandeville, de maneira geral, também vai ser tratado mais tarde; consiste na paráfrase, em versos franceses, de diversas páginas da *Fábula* (i. 403-9), no poema intitulado *Le Marseillois et le Lion* (*Oeuvres*, ed. Moland, 1877-85, x. 140-8); e de passagens em *Le Mondain* e em *Défense du Mondain*, e nas *Observations sur MM. Jean Lass, Melon et Dutot; sur le Commerce*, que têm paralelos na *Fábula*.[4]

---

[1] Boswell, *Life*, ed. Hill, iii. 292.

[2] Ver adiante, i. 203, *n*. I.

[3] Johnson desenvolve, de maneira muito semelhante à de Mandeville, o tema de que "as qualidades requeridas para conversação são representadas à perfeição por uma tigela de ponche": os ingredientes, tomados separadamente, são desagradáveis ou insípidos; juntos, porém, deleitam. Boswell (*Life*, ed. Hill, i. 334) sugere que Johnson tirou essa passagem do poema de Thomas Blacklock "On Punch: an Epigram" (Blacklock, *Poems on Several Occasions*, ed. 1754, p. 179):
"Life is a bumper fill'd by fate...
Where strong, insipid, sharp and sweet,
Each other duly temp'ring, meet...
What harm in drinking can there be,
Since *Punch* and life so well agree ?"
(A vida é um copo transbordante que o destino encheu... / Onde o picante, o insípido, o ácido e o doce/ Se encontram e se harmonizam... / Que mal pode haver em beber / Se *Ponche* e vida combinam tão bem?) Mas parece mais provável que Johnson estivesse pensando na *Fábula*, que ele conhecia de ponta a ponta (ver adiante, i. 203, *n*. I) e que tem mais semelhança com o citado trecho do *Idler* que com o epigrama de Blacklock. E é muito possível que o poeta Blacklock devesse também seus versos a Mandeville.

[4] Derivações de Mandeville nesses três trabalhos de Voltaire não escaparam a André Morize, *L'Apologie du Luxe au XVIIIᵉ Siècle et "Le Mondain" de Voltaire* (1909).

Tudo isso, todavia, constitui uma fase sem importância da influência de Mandeville. Seu grande efeito foi, como dissemos anteriormente, em matéria de ética e de economia.

§ 3

Para entender o efeito de Mandeville sobre a teoria ética, há que recordar certos aspectos do seu credo. Em primeiro lugar, sua concepção de virtude proclamava que nenhuma ação era virtuosa se inspirada por emoção egoísta. Ora, essa presunção, uma vez que Mandeville considerava todas as emoções naturais fundamentalmente egoístas, deixava implícita a posição ascética de que nenhum ato podia ser considerado virtuoso se fruto de um impulso natural.

Em segundo lugar, para Mandeville, nenhuma ação era meritória ("virtuosa") a menos que o motivo que a inspirava fosse "racional". E como, para ele, "racional" implicava uma antítese à emoção e ao Amor-Próprio, ambos os aspectos do seu código ético — o ascético e o racionalista — igualmente condenavam como "viciosas" todas as ações cujo motivo dominante fosse impulso natural e viés egoísta. Vendo por outro ângulo: seu código condenava todos os atos causados por características que os homens compartilham com os animais.

Essa concepção de moral não foi invenção de Mandeville. Ele apenas adotou o credo de dois grandes grupos populares da sua época. O primeiro compreendia os teólogos que, da crença ortodoxa na depravação da natureza humana, concluíam naturalmente que não se encontraria virtude exceto em ações que negavam altruisticamente ou transcendiam as obras da natureza que eles condenavam.[1] Esses ascetas estavam todos comprometidos com as lógicas inferências da posição de Mandeville no que dizia respeito a desinteresse e altruísmo e ao domínio dos impulsos naturais. O outro grupo compreendia os pensadores racionalistas ou "intelectualistas" éticos, que identificavam moral com toda ação que tivesse motivos racionais. Esse grupo aderia a conclusões logicamente dedutíveis das premissas de Mandeville na medida em que, como o autor da *Fábula*, eles faziam uma antítese entre razão e emoção, negando, por

---

[1] Essa era a posição ortodoxa, respeitável, tanto dos católicos quanto dos protestantes. Santo Agostinho tinha dito: "Omnis infidelium vita peccatum est; et nihil est bonum sine summo bono. Ubi enim deest agnitio aeternae et incommutabilis veritatis, falsa virtus est, etiam in optimis moribus" (*Opera Omnia*, ed. Benedictine, Paris, 1836-8, x. 2574 D). Lutero escreveu: "...omnia quae in te sunt esse prorsus culpabilia, pecata, damnanda..." (*Werke*, Weimar, 1883, vii. 51, in *Tractatus de Libertate Christiana*). Calvino concordava com essa atitude: "Siquidem inter ista duo nihil medium est: aut vilescat nobis terra oportet, aut intemperato amore sui vinctos nos detineat. Proinde si qua aeternitatis cura est, huc deligenter incumbendum, ut malis istis compedibus nos explicemus" (*Institutio* III. ix. 2). O clérigo puritano Daniel Dyke escreveu: "Embora a substância da obra nunca seja bastante boa, a corrupção de um coração ímpio tudo emporcalhará, e mudará sua natureza" (*Mystery of Selfe-Deceiving*, ed. 1642, p. 415). Thomas Fuller falou de "natureza corrupta (a qual, sem o *freio* da Tua *graça*, Vazará)" in *Good Thoughts in Worse Times* (ed. 1657, p. 12). Mesmo escritores dados a análises psicológicas como Mandeville revelam a crença ascética de que a natureza humana desassistida pela divina graça é incapaz de virtude – que só existe quando a natureza humana é subjugada. Donde a insistência de Esprit na ideia de que a virtude está ausente desde que qualquer fermento de interesse pessoal esteja presente (*Fausseté des Vertus Humaines*, Paris, 1678, i.419-21; e cf. i. 458-9). J. F. Bernard escreveu: "La Vertu humaine n'est pas estimable, c'est un composé de peu de bon & de beaucoup de mauvais (...) c'est une espece de Déification de soi-même; selon Dieu ce n'est rien" (*Reflexions Morales*, Amsterdam, 1716, p. 114). Em 1722, em seus *Conscious Lovers* (III.i), Steele satirizou essa atitude como se fora moeda corrente no pensamento da época: "Amar é uma paixão, é um desejo, e não devemos ter desejos".

consequência, a virtude de atos ditados pela emoção. Mas, uma vez que essa antítese era feita muito comumente, pelo menos de maneira implícita,[1] esses pensadores estavam por demais implicados nas conclusões de Mandeville. As inferências, en-

---

[1] Embora o pensamento mais geral da época identificasse "virtude" com conduta de acordo com a "razão", esta "razão" era, de regra, um termo mal definido e empregado de modo contraditório. O racionalismo ético do período implicava, primeiro, que a organização do universo era geometricamente racional; e que, por isso, leis morais eram questões "imutáveis e eternas", cuja falta de conexão com os fatos da natureza humana Fielding iria ridicularizar mais tarde (1749) em *Tom Jones*. Para tal concepção, as emoções e os gostos que diferenciam os homens uns dos outros eram irritantes ou desprezíveis; e a ênfase devia recair sobre as relações abstratas, racionais, igualmente aplicáveis a todos os homens. Para uma concepção assim, "razão" tendia a implicar uma antítese a gosto e impulso individual.

Em segundo lugar, o racionalismo ético da época insistia na afirmação de que uma ação era virtuosa apenas se sua motivação provinha da "razão". E é nesse ponto exatamente – a fase da ética racionalista, de grande importância com relação a Mandeville – que a filosofia então corrente se mostrava mais incipiente. Em geral não se fazia nenhum esforço para definir essa "motivação" da razão. "Razão" às vezes implicava qualquer ação prática, às vezes uma combinação apropriada de deliberação e impulso, e, na verdade, muitas vezes foi usada, como Mandeville mesmo fazia, em conexão com atos de decisão cuja execução não dependia da emoção ou de preferência pessoal (e, todavia, poderiam vir a acompanhar legitimamente a ação, desde que não determinassem a vontade de agir). É pacífico que a ação segundo a razão significa para a maioria dos pensadores (mesmo os que às vezes tomam posição diferente) aquela que se faz a despeito da insistência do impulso natural e do viés egoísta, independentemente da natureza animal de cada um. Por vezes um autor faz essa antítese relativamente óbvia, como, por exemplo, quando Culverwel argumenta: "Como se pode admitir que as diversas multidões, todas essas espécies de criaturas irracionais [animais] não tenham mancha ou imperfeição em (...) seu comportamento sensitivo, como é possível imaginar que elas se arrumem mirando-se no espelho de uma lei [moral]? Será que não acompanham, pelo contrário, suas próprias inclinações naturais? (...) Uma lei se funda em elementos intelectuais, na razão, não no princípio sensitivo" (*Of the Light of Nature*, ed. Brown, 1857, p. 62). A antítese entre razão e impulso natural é muito nítida e explícita em Richard Price, que condensou os princípios da escola dita "intelectualista", da qual ele foi um membro tardio, na seguinte afirmação: "*Benevolência instintiva* não é princípio de virtude, nem as ações que dela procedem são, apenas por isso, virtuosas. No que diz respei-

tão, que ele deduziria da rigorosa aplicação de sua definição de virtude eram de tal monta que conseguiram, genuinamente, envolver e provocar a *intelligentsia* do seu tempo.

to a essas influências, creio que se deva subtrair do mérito moral de toda ação ou conduta tudo o que não tenha sido influenciado pela razão e pela bondade" (*Review of the Principal Questions... in Morals,* ed. 1758, p. 333).

Certas características do racionalismo ético da época explicam e ilustram a tendência a dissociar razão e sentimento. Antes de mais nada, o racionalismo era, sob um certo aspecto, transcendental. Com sua ênfase em " leis imutáveis e eternas" de certo e errado e seu amor pelo formulável, era largamente uma tentativa de superar as emoções meramente relativas e, por conseguinte, as pessoais e individuais. Como o ascetismo teológico do mesmo período (ver anteriormente, p. 185-6), era de fato um método de transcender a natureza humana concreta. Secundariamente, este racionalismo não poderia deixar de ser afetado pelo ascetismo teológico corrente, com sua condenação aos impulsos naturais, principalmente pelo fato de tantos racionalistas serem também teólogos. A tendência a identificar as atitudes teológicas e racionalistas é evidente na oração com a qual Thomas Burnet fechou o segundo livro da sua *Teoria da Terra:* "POSSAMOS nós, entrementes, por *um verdadeiro Amor de Deus acima de todas as coisas, e um desprezo deste Mundo vão e passageiro; Por um uso cuidadoso dos Dons de Deus e da Natureza, e à Luz da Razão e da Revelação, ficar preparados... para o grande Advento do nosso Salvador".* Em terceiro lugar, por causa do problema da alma, uma nítida distinção foi estabelecida entre o homem e os animais. A crença de que animais não têm alma (princípio racional), combinada com a convicção de que a alma é a coisa mais importante de todas, tendia naturalmente a causar descaso pelas funções animais e convicção de que não poderiam constituir qualquer tipo de ingrediente para a virtude. O bispo Berkeley ilustrou essa tendência quando, em sua réplica a Mandeville *(Alciphron: or The Minute Philosopher,* 1732, 2 v.), disse: "... visto a essa luz [sendo ele um animal], ele [o homem] não tem senso de dever, nenhuma noção de virtude" (*Works,* ed. Fraser, 1901, ii. 94). Havia também uma famosa passagem em São Paulo – Rom. vii. 23-5 ["E não somente ela (a Criação). Mas também nós, que temos as primícias do Espírito, gememos interiormente, suspirando pela redenção do nosso corpo. Pois fomos salvos em esperança; e ver o que se espera não é esperar. Acaso alguém espera o que vê? E se esperamos o que não vemos, é na perseverança que o aguardamos"] – que poderia ser entendida como implicando uma antítese entre razão e emoção, interpretação essa feita, entre outros, por Toland (*Christianity not Mysterious,* 2ª ed., 1696, pp. 57-8). Finalmente, para causar antítese verdadeiramente marcante entre os conceitos de razão e sentimento, havia o fato, importantíssimo, da inexatidão mental

A análise das emoções humanas e de sua relação com opinião e comportamento, que levou Mandeville, à luz da sua própria definição de virtude, à conclusão de que toda ação humana é, no fundo, viciosa, já foi examinada aqui (i. 125-7). Mandeville concluiu, em resumo, que a razão não é um fator determinante das ações humanas e que nosso mais elaborado e aparentemente desinteressado raciocínio não passa, basicamente, de uma tentativa de racionalizar e justificar as exigências das emoções dominantes; e que todos os nossos atos — mesmo os que parecem mais altruístas — são, se pesquisados em sua origem, resultado de alguma variedade ou intervenção do egoísmo, pois a rigor, e a despeito de todos os teólogos e filósofos, o homem só é, afinal de contas, "o mais perfeito dos Animais" (*Fábula* i. 250) e jamais poderá contradizer ou superar esse fato. Então, como nenhuma parte de sua definição da virtude era, por assim dizer, "praticável" num mundo governado por considerações mais utilitaristas, ele se viu levado a concluir que o mundo é inteiramente vicioso, que mesmo seus produtos mais agradáveis e valiosos eram efeito do vício — donde o paradoxo "Vícios Privados, Benefícios Públicos".

e literária, da incapacidade de fazer e manter as distinções apropriadas. Do tempo de Mandeville para cá, a especulação filosófica, até certo ponto graças a ele (ver adiante, i. 193, *n.* 4), tornou-se mais precisa no que diz respeito às distinções entre razão e sentimento; mas no tempo dele era comum que um escritor se permitisse asserções ou interferências de inevitável antítese entre razão e impulso, mesmo em face de especulações na mesma obra sustentando a posição oposta.

De tudo dito até aqui, vê-se que, embora Mandeville sustentasse que nenhuma conduta podia ser considerada virtuosa, a não ser que a vontade de fazer o que foi feito não tivesse sido ditada por impulso natural e egoísmo (posição mais extremada que as demais de sua época), é evidente que sua atitude estava, não obstante, em perfeito acordo com substancial volume de teoria contemporânea. Essa estreita relação do Autor com seu tempo se demonstra, aliás, pela violenta reação popular ao seu livro.

Justapondo os princípios utilitaristas pelos quais o mundo é inevitavelmente controlado às exigências de uma ética rigorista, e mostrando sua irreconciliabilidade, Mandeville alcançou uma *reductio ad absurdum* latente do ponto de vista rigorista. Mas ele nunca pôs em relevo essa *redução ao absurdo*. Se bem que ocupasse a maior parte do livro em demonstrar que uma vida regulada pelos princípios da virtude rigorista, tais como expressos na sua definição, é não só impossível mas altamente indesejável, ao passo que o mundo imoral existente é um lugar agradável, ele continuou a anunciar a santidade do seu credo rigorista. Esse dueto ético paradoxal que Mandeville carregava consigo é o ponto principal a acentuar aqui, pois é o que nos dá a chave para precisar a influência que ele teve sobre a ética.

Os ataques a Mandeville têm foco nesse paradoxo, mas o tipo de ataque varia segundo as inclinações intelectuais de cada polemista. Havia críticos, como William Law e John Dennis, que pertenciam à escola da ética rigorista. Nesses, o efeito da *Fábula* foi tão pernicioso que lhes obscureceu a razão. William Law foi quase o único a não perder a cabeça, mas perdeu a calma. Era homem de pavio curto. E não foram só as teorias de Mandeville que provocaram hostilidade, mas o tom com que ele escrevia. Mandeville falava sempre claro, com uma franqueza e um humor cínico que até hoje, dois séculos depois, mantêm a capacidade de irritar os que não concordam com ele. Descontado isso, resta ainda, nos dogmas da sua doutrina, matéria suficiente para deixar agitados os que acreditam na virtude como necessariamente racional e altruísta. Mandeville aceitava a postura deles para levá-los, em seguida, a insuportáveis apuros. Ele concordava que só é virtuoso o comportamento que procede da obediência desapaixonada a um código moral; em seguida demonstrava que não pode haver conduta assim neste mundo. Admitia que um Estado baseado no egoísmo é corrupto e que o luxo é contrário à religião cristã, e logo mostrava que toda sociedade tem de fundar-se no egoísmo e que nenhum Estado pode ser grande sem o luxo. Pregava que os homens precisam superar a sua natureza animal, e depois provava que isso não podia ser feito. Em outras palavras, ele tirava vantagem dos padrões dos seus oponentes para demonstrar-lhes que, segundo os mesmos padrões, eles jamais haviam tido uma única ação virtuosa na vida; e mais: que se fora possível viver de acordo com esses princípios, eles causariam inevitavelmente o colapso da sociedade. Entrementes, Mandeville postava-se em meio do espetáculo, rolando de rir. O que em nada contribuía para aplacar seus críticos.

Eles perdiam a cabeça. Se pelo menos Mandeville houvesse aceitado a *reductio ad absurdum* latente em seu livro e rejeitado o sistema da ética rigorista, as coisas teriam sido simples para os William Laws. Eles teriam simplesmente acorrido em defesa de seus códigos, e ficariam tranquilos e livres de cuidados. Mas Mandeville não o rejeitou. A força com que demonstra o valor do vício e concomitante impossibilidade da virtude dependia da aceitação das opiniões de seus adversários.

Havia, afinal de contas, apenas duas objeções racionais[1] abertas aos rigoristas. Eles podiam dizer, primeiro, que a vivissecção da

---

[1] E digo "racionais" deliberadamente. Muitos dos adversários de Mandeville simplesmente eram incapazes de compreendê-lo. Tomavam tudo o que ele dizia ao pé da letra, interpretando o termo "vício" como algo contrário à saúde e ao bem-estar de quem o praticasse. Daí eles concluíam que o vício era danoso para a sociedade, a soma das individualidades. Mas é claro que Mandeville entendia por vício não alguma coisa prejudicial ao seus partidários, mas apenas contrária aos ditames de uma moral ascética rigorosa. John

natureza humana feita por Mandeville era defeituosa e que os homens, na realidade, agem movidos por altruísmo absolutamente desinteressado. Isso eles tentaram.[1]

Mas a análise de Mandeville fora tão incisiva e completa que poucos dos seus oponentes ousaram pretender ir mais além do que afirmar que, em alguns poucos casos, um homem pode ser virtuoso no sentido que eles davam à palavra. Isso não era suficientemente animador, pois os deixava ainda afogados num oceano de iniquidade *quase* indissolúvel.

O outro método consistia em limitar o ponto de vista rigorista, concedendo que só eram virtuosas ações ditadas por devoção desinteressada a algum princípio, e admitindo um outro critério de virtude. Agora, fato significativo foi que quase todo rigorista que se meteu a enfrentar Mandeville modificou, de algum modo, a posição rigorista.[2] William Law (1686-1761) foi talvez o mais

---

Dennis é um bom exemplo destes espíritos positivistas cujos ataques à *Fábula* eram, acima de tudo, uma apaixonada tentativa de provar que se o significado de uma coisa é mau, os efeitos que produz são maus.
Mas havia também, além da logomaquia proveniente de uma leitura por demais literal da *Fábula*, muito que era pura vituperação na controvérsia, como na defesa das escolas de caridade de Hendley (*Defence of the Charity-Schools. Wherein the Many False, Scandalous and Malicious Objections of Those Advocates for Ignorance and Irreligion, The Author of the Fable of the Bees... are... answered,* 1725).

[1] Sobretudo (Francis) Hutcheson (1694-1746), autor de *Inquiry into the Original of Our Ideas of Beauty and Virtue* (1725). Mas a tentativa de Hutcheson de provar a benevolência fundamental da humanidade não é inteiramente um ataque à análise psicológica de Mandeville; o que ele faz é dar novos nomes às mesmas emoções. Hutcheson, como Mandeville, negava a possibilidade de ações totalmente desapaixonadas; e Mandeville, como Hutcheson, admitia a realidade dos impulsos compassivos. Mandeville, porém, insistia em considerar egoístas todas as emoções naturais, enquanto que para Hutcheson algumas podiam ser altruístas.
Quanto aos efeitos da distinção entre impulsos naturais egoístas e altruístas, ver adiante, i. 193, *n.* 4.

[2] E isso quando não se limitou a vituperações e a agravar o mal-entendido como vimos anteriormente, i. 191, *n.* 1.

firme e consumado asceta de todos os que lançaram seus dogmas sobre os demais. Para Law, um ato praticado simplesmente porque uma pessoa desejou fazê-lo não tinha, *ipso facto*, qualquer mérito.[1] E, todavia, Law, em sua réplica à *Fábula*, teve de esforçar-se para defender a admissibilidade da emoção e do desejo, e chegou, mesmo, a se aproximar de uma posição[2] utilitarista.[3]

Law é típico. Dos rigoristas que atacaram a *Fábula* com algum discernimento, quase todos foram levados a atenuar a severidade da concepção rigorista corrente — para insistir menos no elemento puramente racional da conduta moral, dando maior importância aos temas relacionados, a fim de oferecer, se bem que obliquamente, algo mais em harmonia com uma filosofia utilitarista.[4]

---

[1] Ver seu *Serious Call to a Devout and Holy Life* (1728), passim.
[2] *Remarks upon...the Fable of the Bees* (1724), p. 33.
[3] Sobre meu uso, necessariamente livre, desse termo, ver anteriormente i. 112, n. I.
[4] Entre os críticos forçados a moderar sua posição rigorista estão Law, Dennis, Fiddes (*General Treatise of Morality* 1724); Bluet (*Enquiry whether...Virtue tends to... Benefit...of a People*). Digestos das respostas desses autores a Mandeville podem ser encontrados adiante, ii. 493-510, e também em Warburton, *Works* (ed. 1811, i. 287, in *Divine Legation*, livro I, § 6, iii).
Naturalmente, havia outras maneiras para os rigoristas de se desviar dos ataques de Mandeville. Suas próprias incoerências eram, em si mesmas, um meio de defesa. O próprio Mandeville tinha adotado posição rigorista mais acentuada e austera do que a média. E, no entanto, os estratagemas usados pelos rigoristas no afã de não ceder terreno redundaram numa defesa muito incompleta. Eles argumentaram, por exemplo, que existia uma coisa chamada atividade moralmente neutra e que, portanto, as ações egoístas e o impulso natural, embora insuficientes para caracterizar virtude, não eram necessariamente viciosos. Isso destruía a demonstração de Mandeville de que a posição rigorista exigia que tudo fosse necessariamente vicioso, mas deixava-o ainda apto a afirmar que nada podia ser virtuoso tampouco, vindo a resultar daí que a neutralidade moral era o limite máximo da realização moral. Isso, naturalmente, estava longe de satisfazer os rigoristas. Da mesma forma, os ascéticos podiam argumentar, como fizeram, que eles não negavam o valor moral do impulso natural nem condenavam o egoísmo. Disseram que, propriamente entendida, a verdadeira natureza do homem e

Por outro lado, havia uma classe de críticos da *Fábula* constituída por intelectuais de viés antirrigorista, como Hume e Adam Smith. Esses tomaram a obra com maior serenidade. Não sendo adeptos da premissa ascética, as deduções que Mandeville dela extraía não os perturbavam. Concordavam com as análises dele. Mas quando ele empunhava seu apagador de velas rigorista e dizia:

sua maior felicidade só se alcançariam ao se obedecer *a priori* aos ditames dos Céus, e que, portanto, um egoísmo esclarecido exige adesão ao código rigorista. Deixando de lado a importante alteração de sentido da palavra "natureza", basta salientar que o utilitarismo parcial aqui adotado é, definitivamente, a aproximação a um utilitarismo mais empírico e, por consequência, que aqui, de novo, a pressão de Mandeville pró-utilitarismo é só parcialmente evadida. Mais uma vez os rigoristas poderiam negar – idem os não rigoristas tais como Adam Smith – que todo sentimento natural era egoísta, sustentando que umas tantas emoções piedosas eram genuinamente altruístas. Mas já que eles não poderiam dizer isso de TODOS os sentimentos compassivos (alguns deles obviamente autoindulgentes), tiveram de encontrar um critério para distinguir entre emoção compassiva egoísta e não egoísta; e, como o exame estritamente rigorista não fosse possível aqui, um critério utilitarista se impôs, naturalmente, aos pobres rigoristas. E, abrindo mão da eficácia de suas réplicas a Mandeville, o simples fato de que eles tivessem de forjar respostas a questões éticas profundamente significativas já era por si mesmo um serviço ao progresso da especulação. Seria preciso procurar muito na literatura pré-mandevilliana por distinções tão cuidadosamente medidas entre razão e emoção e seus respectivos virtuosismos, como Law, por exemplo, se viu obrigado a fazer em seu esforço para mostrar que Mandeville não compreendera a posição rigorista. Quer a tenha compreendido ou não, o fato é que Mandeville contribuiu para forçar os rigoristas a tentar liberar do seu credo as contradições e indefinições que, por si mesmas, haviam dado suficiente fundamento para sua sátira.

À margem do lado puramente lógico da questão havia uma razão psicológica para que os esforços em competir com Mandeville tivessem enfraquecido a tal ponto o poder dos rigoristas. O rigorismo faz praça da sua transcendência; professa o absoluto. Então, quando a imperfeição num código rigorista é sentida a tal ponto que induz ao desejo de modificação, o entusiasmo pelo rigorismo – o ardente desejo de absoluto e perfeição prometidos pela doutrina – fica enfraquecido na sua origem, porque o credo passa a ser visto agora como uma coisa contaminada de incerteza.

"Todas essas boas coisas se devem ao vício", eles lhe respondiam com Hume: se é o vício que produz todas as boas coisas do mundo, então há algo de errado com a nossa terminologia; e um vício desses não é vício mas vantagem, coisa boa.[1] Tais críticos, então, simplesmente aceitavam a *reductio ad absurdum* que Mandeville se recusava a deduzir e, rejeitando o rigorismo que dera origem ao paradoxo de Mandeville, montaram em seu lugar um esquema utilitarista de ética.

Isso pode parecer a coisa mais simples e óbvia que se devia fazer. E é simples e óbvia agora – 200 anos depois. Mas nessa providência óbvia e singela está o germe de todo o movimento utilitarista moderno. Nessa rejeição de códigos absolutos *a priori*, na resistência em separar o homem dos animais está o cerne da atitude empírica científica moderna. Com a resolução do paradoxo de Mandeville, na verdade, determina-se toda a atmosfera intelectual de nossos dias, cujo desenvolvimento tanto deve ao movimento utilitarista.

O reconhecimento de que os códigos rigoristas eram impróprios e impraticáveis, reconhecimento esse que conduziu ao advento do movimento utilitarista, não era encontrado só em Mandeville; e o próprio paradoxo mandevilliano também se achava latente nas opiniões cotidianas. O que está fora de dúvida, no entanto, é que a formulação do paradoxo por Mandeville foi a mais vigorosa, a mais desafiadora, a mais celebrada e, por isso, uma das mais influentes de todas. Que foi Mandeville quem forneceu muito do estímulo necessário à solução utilitarista do paradoxo se demonstra pelo fato de que pelo menos dois dos primeiros líderes utilitaristas

---

[1] Ver Hume, *Philosophical Works* (ed. Green and Grose, 1874-5, iv.178). Hume, aqui, não se refere especialmente à *Fábula*, mas fala em sentido geral.

— Francis Hutcheson e John Brown[1] — formularam suas teses nos livros em que trataram da controvérsia em torno da *Fábula*, e foi no correr dessa controvérsia que essas ideias evoluíram. Hume também pode dever a Mandeville algum estímulo na mesma direção.[2] Poderíamos observar ainda que, dos utilitaristas posteriores, alguns dos maiores o louvaram, como Bentham e Godwin. James Mill, por sua vez, defendeu Mandeville vigorosamente. E, passando dos líderes para o campo em que o debate se travava, cumpre reconhecer que a opinião anti ou não utilitarista fora tumultuada, e assim preparada para a mudança, pelo insistente paradoxo da *Fábula*, principal estimulante ético da sua geração.

O caso pode ser assim resumido: os críticos de Mandeville, apesar das diferenças entre eles, se viram todos forçados a se distanciar de um rigorismo estrito e a se aproximar de uma atitude mais ou menos utilitarista. Parece, então, que o paradoxo da *Fábula* funcionou como um acicate que, em ação, levou todos os grupos na direção geral do utilitarismo. E a enorme popularidade da obra, juntamente com o fato de que o seu paradoxo se baseava nos modelos dominantes da teoria ética, envolvendo e afetando, assim, seus muitos adeptos, e de que o livro de Mandeville foi objeto de tanto estudo e de tantas reações por parte dos líderes utilitaristas, é a prova de que o acicate foi aplicado de forma geral e eficaz.

Aliás, Mandeville tem, até, maiores títulos que esse para ser considerado o principal impulsionador do utilitarismo moderno. Não

---

[1] Ver adiante, ii. 407, *n*. I, e 514-5.
[2] Isso é conjectural, mas substanciado, até certo ponto, pelo fato de que Hume mencionou especificamente o paradoxo da *Fábula* e refutou-o, como Hutcheson e Brown, apelando para um critério utilitarista (*Philosophical Works*, ed. Green and Grose, 1874-5, iii. 308).

foi apenas por forçar uma solução para o seu paradoxo de que vícios privados são benefícios públicos que a *Fábula* abriu caminho para a vitória da filosofia utilitarista. Outro elemento saliente no esquema ético do autor teve efeito semelhante. Esse elemento pode ser chamado igualmente de niilismo moral, anarquismo filosófico ou pirronismo (cf. anteriormente, i. 119-122). Em matéria de moral, afirmava Mandeville, não há regras de comportamento universalmente válidas. Uma pessoa acredita numa coisa, outra crê no oposto; uma nação aprova uma política e outra nação a condena; "...a caça a esse *Pulchrum & Honestum* não é muito melhor que qualquer outra Busca Tola e Infrutífera do inatingível..."[1] (*Fábula* i. 586). "Que Mortal terá autoridade para afirmar que é mais bonito ou elegante, abstraindo-se os ditames da Moda, usar Botões pequenos ou grandes?... Em matéria de Moral, não é maior a Certeza" (*Fábula*, i. 583-585).

Como Mandeville conciliava esse pirronismo com a ética rigorista, que ele aceitava superficialmente, e com o utilitarismo, que era basilar no seu pensamento, já foi discutido anteriormente (i. 122-4). O problema aqui é que ele formulava sua negação dos

---

[1] No original, *is not much better than a Wild-Goose-Chace*. Segundo *The Oxford English Dictionary*, Oxford, Clarendon Press, ed. 1961, vol. XII/V-Z, p. 126, trata-se de "um curso errático adotado ou *comandado* por uma pessoa (ou coisa) e acompanhado... por outra, ou adotado por uma pessoa seguindo suas próprias inclinações ou impulsos". A origem da expressão já se perdeu no tempo; mas é hoje usada como "uma perseguição de algo tão difícil se ser apanhado quanto um ganso selvagem". Em suma: "uma aventura tola, infrutífera, sem esperança". Aparece em Shakespeare, *Romeu & Julieta*, II. iv. 75: "*Nay, if your wits run the Wild-Goose chase, I am done...*" O hífen entre *wild* e *goose* é no caso de rigor, por estarem as duas palavras juntas e usadas atributivamente. Mesmo se empregadas substantivamente, deveriam ser escritas assim: "to make plain that the creature referred to was a goose or call *ferae naturae* and not an unruly domestic one" (*Cf. Fowler's Modern English Usage*, 2ª ed. revista por Sir Ernest Gowers, Oxford, Clarendon Press, 1965, pp. 712-13). [N. do T.]

padrões morais vigentes com a habitual mordacidade, o que produzia reações iradas em muitos dos seus críticos.[1] Essa acidez do Autor os afetava tanto quanto o seu famoso paradoxo, pois o que Mandeville lhes apresentava parecia-lhes um esquema de coisas intolerável, o qual, para sua paz de espírito, precisavam remodelar. E essa reforma ou reconstrução – tomando por base aqueles padrões éticos cuja existência Mandeville chegava a negar – os levava a sustentar algum código de origem divina, mantendo assim um esquema ético rigorista (e nesse caso o outro gume da lâmina de Mandeville, o seu paradoxo, os tangia para os currais do utilitarismo); ou os induzia a apelar para a utilidade de ações capazes de fazer as vezes, no julgamento dos atos impugnados, do critério moral que Mandeville negava.

Assim, com duplo chicote, Mandeville impeliu seus críticos para o utilitarismo. Tornando intolerável a posição rigorista e plausível a anarquista, forçou os seus leitores a encontrar uma saída. Ele criou a necessidade, que é a mãe da invenção, e, ao fazê-lo, tornou-se um dos mais fundamentais, persistentes e influentes nomes do movimento utilitarista moderno em seus primeiros tempos.[2]

---

[1] Em Law, por exemplo (*Remarks*, § 3); Berkeley (*Works*, ed. Fraser, 1901, ii. 88 e 94-5); Brown (*Essays*, segundo ensaio, § 4); Adam Smith (*Theory of Moral Sentiments*, ed.1759, p. 474); e Fiddes (*General Treatise of Morality*, prefácio).

[2] De maneiras menos fáceis de demonstrar que as até agora mencionadas, Mandeville pode ter tido também importante papel na difusão do utilitarismo. Uma das dificuldades práticas de promover a aceitação geral da filosofia utilitarista (de que os homens são movidos pela busca da felicidade e que esse fato é sua única justificação) nasce do temor de que crer em tal ética levaria a um rompimento das sanções éticas em vigor; com isso, os homens se sentiriam livres e justificados para agir segundo motivos puramente egoístas, e a sociedade estaria arruinada. Antes que a doutrina utilitarista pudesse ganhar adesão popular, seria indispensável convencer a opinião pública de que isso não levaria a nenhuma ação contrária aos interesses

§ 4

Voltemo-nos agora para o efeito de Mandeville no curso da teoria econômica, campo em que sua influência foi, talvez, maior do que em qualquer outro.

Um aspecto da repercussão de Mandeville na economia foi sua associação com a famosa teoria da divisão do trabalho, que Adam Smith converteu num dos pilares do pensamento econômico moderno. Mesmo para sua formulação desse princípio, Adam Smith muito deveu ao bem-definido e amplamente reiterado desenvolvimento do conceito por parte de Mandeville.[1] Não pretendo dizer com isso que a *Fábula* tenha sido a única fonte da doutrina de Adam Smith, porque, naturalmente, o conhecimento das implicações da divisão do trabalho era muito mais antigo que Mandeville.[2]

da sociedade. Como encontrar o argumento capaz de fazê-lo? Ora, esse argumento já nos foi dado por Aristóteles (384-322 a.C.), quando disse (na *Ethikê Nikomácheia*, I.ii.5), que o bem pessoal do indivíduo e o bem do Estado são idênticos; e, depois dele, por filósofos do século XVIII, como Hutcheson e Hume, quando invocaram a "benevolência" e a "simpatia" para mostrar que o homem só pode ser feliz se age socialmente. Agora, na filosofia de Mandeville havia, latente, uma resposta efetiva ao temor de que o utilitarismo pudesse favorecer ações egoístas e antissociais. Essa resposta era a famosa filosofia do individualismo — o argumento mandevilliano segundo o qual servir aos próprios interesses não deixa de ser, pela natureza das coisas, servir ao bem público. Graças a essa filosofia, os utilitaristas se tranquilizaram e renovaram a confiança do público. Como o pensamento de Mandeville foi tão celebrado e, ao mesmo tempo, como a história da economia comprova, tão em harmonia com a época, pode muito bem ter contribuído em preparar o terreno para a aceitação do utilitarismo.

O autor da *Fábula* pode ainda, até certo ponto, ter exercido influência mais direta do que foi dado perceber, pois mais de uma vez ele assumiu e defendeu a posição utilitarista, e é este utilitarismo que sustenta seu pensamento (ver anteriormente, i. 121-4).

[1] Ver *Fábula* i. 615-8, ii.172-3, 337, 384, e índice da Parte II no verbete *"Trabalho.* A utilidade de dividi-lo e subdividi-lo".

[2] Cf. adiante, ii. 173, *n.* I.

A *Fábula* terá sido apenas uma das fontes, mas uma fonte com legítimas pretensões de influência. Primeiramente, a formulação da doutrina por Mandeville foi brilhante, e Adam Smith estava intimamente familiarizado com ela. No começo de sua carreira literária, ele dedicou parte de um ensaio à *Fábula*. Depois, sua cuidadosa discussão de Mandeville na *Teoria dos Sentimentos Morais*[1] mostra que não só ele aprendera as ideias de Mandeville como conhecia de cor a própria linguagem da *Fábula*. O tratamento da divisão do trabalho por Mandeville deve ter-lhe causado grande impressão, pois que uma das mais famosas passagens sobre o assunto em *A Riqueza das Nações* – sobre o casaco do trabalhador – é, largamente, uma paráfrase de passagem semelhante na *Fábula*.[2] Também a célebre expressão – divisão do trabalho – foi antecipada por Mandeville,[3] e, aparentemente, por ninguém mais. Finalmente, Dugald Stewart (1753-1828), que conhecia Adam Smith pessoalmente, aponta Mandeville como o inspirador de Smith.[4] Obviamente, então, considerável crédito na formulação da teoria da divisão do trabalho pertence a Mandeville.

Embora importante, é preciso dizer que sua influência no estabelecimento dessa doutrina representou uma fase menor do efeito de Mandeville sobre as tendências econômicas. Mais relevante foi o efeito produzido por sua defesa do luxo – o argumento sobre o caráter inofensivo do luxo e sua necessidade, com o qual ele confrontava não só todos os mais ascéticos códigos de moralidade como também o que era, então, a clássica atitude econômica, que

---

[1] Ver adiante, i. 205 e ii. 513-4.
[2] Comparar *Fábula* i. 396-8 e 615-8 com *A Riqueza das Nações*, ed. Cannan, i. 13-14. Cannan menciona o paralelo.
[3] Ver anteriormente i. 199, *n*. I.
[4] Stewart, *Collected Works*, editora Hamilton, viii. 323; ver também viii. 311.

propunha o ideal de um Estado espartano, exaltava as mais simples atividades agrícolas e denunciava o luxo como causa da degeneração dos povos e empobrecimento das nações. O problema do valor do luxo iria ser objeto de acirrado debate no século XVIII – um dos campos de batalha dos Enciclopedistas.

De todas as influências literárias isoladas nessa discussão sobre o luxo, a *Fábula das Abelhas* foi uma das maiores. Em brilho e perfeição, ela superou todas as defesas anteriores do luxo,[1] e alguns dos principais personagens do debate recorreram a ela para municiar-se de argumentos. Voltaire deve muito a Mandeville.[2] Melon provavelmente também tinha muito o que lhe agradecer.[3] Montesquieu,

---

[1] Ver anteriormente, i. 157-62.

[2] A influência de Mandeville no *Le Mondain* e *Défense du Mondain ou l'Apologie du Luxe* de Voltaire é discutida em *L'Apologie du Luxe au XVIIIe Siècle* (1909), de Morize.

[3] Não tenho prova de que Melon haja lido Mandeville. Antes de tratar da questão, portanto, seria bom considerar se Melon estava ou não familiarizado com a *Fábula*. Podemos presumir, penso eu, que estivesse. A partir de 1725, os principais jornais da França discutiam a obra – especialmente no que dizia respeito ao luxo. É altamente improvável que Melon, ocupado em reunir dados para seu livro, não tivesse lido pelo menos as críticas literárias nas revistas, ou até – por que não? – a própria e celebrada obra.

Melon discute a questão do luxo no capítulo "Du Luxe" no seu *Essai Politique sur le Commerce* (1734). Pode ser dito que ele não oferece argumentos de monta que não estejam na *Fábula*, assim como não omite nenhum de seus argumentos essenciais. Seus fundamentos, morais e psicológicos, são os mesmos de Mandeville. O homem, diz ele, não é governado pela religião mas "...ce sont les passions qui conduisent; & le Législateur ne doit chercher qu'à les mettre à profit pour la Societé" (*Essai Politique*, ed. 1761, p.106). Para fazer com que as paixões trabalhem, o luxo – continua Melon – é um grande estímulo. Isso é Mandeville, e do melhor. Melon chega a demonstrar o paradoxo mandevilliano de que vício é virtude, e que há dois códigos conflitantes de conduta, ambos válidos: "...les hommes se conduisent rarement par la Religion: c'est à elle à tâcher de détruire le Luxe, & c'est à l'État à le tourner à son profit..." (*Essai*, p.124). A insistência de Mandeville na relatividade do luxo e de que se trata largamente de uma questão de definição está igualmente em Melon: "Ce qui étoi luxe pour nos pères est à present commun... Le Paysan trouve du luxe chez le Bourgeois de son Village; celui-ci chez l'Habitant de la Ville voisine, qui

embora em menor grau, também ficou em dívida com ele.¹

lui même se regarde comme grossier, par rapport à l'habitant de la Capitale, plus grossier encore devant le Courtisan" (*Essai*, p. 107; e cf. p. 111). E, de novo: "... le pain blanc & les draps fins, établis par M. Colbert, seroient de plus grand luxe, sans l'habitude où nous sommes de nous en servir tous les jours. Le terme de Luxe est un vain nom..." (*Essai*, p. 113). Comparar com isso *Fábula* i. 325-6 e 342. Melon dá razões pelas quais o luxo não debilita um povo, e as razões que dá são as de Mandeville. Ele afirma que o luxo não pode enfraquecer porque é necessariamente limitado a uma pequena parcela da população (*Essai*, p. 110 e *Fábula* i. 337-8). Seu argumento de que o luxo tende a reduzir a embriaguez (*Essai*, p. 111) é esboçado na *Fábula* i. 337. Mais significativa ainda é sua afinidade com Mandeville na seguinte afirmação: "Dans quel sens peut on dire que le Luxe amollit une Nation? Cela ne peut pas regarder le Militaire: les Soldats & les Officiers subalternes en sont bien éloignés; & ce n'est pas par la magnificence des Officiers Généraux, qu'une Armée a été battue" (*Essai*, pp. 108-9). Comparar com *Fábula* i. 338-40: "Os que sofrem na pele as Privações e Fadigas da Guerra são os mesmos que suportam a Violência de todas as Coisas, a parte mais humilde e Indigente da Nação (...) e outros que (...) se tornarem bons Soldados, os quais, mantida a boa Disciplina, raras vezes chegariam a desfrutar do Abundante e do Supérfluo a ponto de serem prejudicados com isso. (...) Os outros Oficiais (inferiores)... pouco Dinheiro lhes sobra para Orgias (...)". E: "Tendões fortes e Articulações flexíveis são Vantagens insignificantes que não se exigem (dos generais)... Se suas Cabeças são Ativas e bem dotadas, dá-se pouca Importância ao resto de seus Corpos" (i. 339). Por fim, para tratar de matéria econômica propriamente dita, Melon, como Mandeville, argumenta que a ruína do indivíduo pelo luxo não representa dano para o Estado (*Essai*, p. 121, e *Fábula* i. 326-7 e 489-91), sendo que toda extravagância descabida tem o mérito de fazer circular o dinheiro (*Essai*, p. 123, e *Fábula*, *passim*).

Algumas das opiniões que partilha com Mandeville ele partilha também com outros predecessores (ver anteriormente i. 157, n. 3). O amigo de Melon, Montesquieu, nas *Cartas Persas* (carta 106), faz coro com ele e com Mandeville na defesa do luxo, alegando sua inevitabilidade em grandes Estados, dizendo que não enfraquece o povo e que é necessário à prosperidade do comércio e à circulação da moeda. Mas Melon está muito mais próximo de Mandeville que de Montesquieu, especialmente nos detalhes ilustrativos e em certos argumentos, como o paralelo, suspeitamente semelhante ao de Mandeville, sobre luxo e exércitos. Nisso, Melon parece ter sido antecipado exclusivamente por Mandeville. É possível, porém, que Melon tenha composto essa duplicata das opiniões de Mandeville por iniciativa própria e por subsídios esparsos de outros predecessores. A hipótese mais plausível, porém, é que tudo proceda mesmo da *Fábula*.

¹ Tanto as *Lettres Persanes* (carta 106) quanto o *Esprit des Lois* (livro 7) têm fortes seme-

Já o Dr. Johnson se confessava discípulo de Mandeville.[1]

Não se limitou a *Fábula* simplesmente a exercer uma poderosa influência na obra de outros escritores. Ela não só esporeava os outros como se deixava ficar na linha de frente do ataque. Em 1785, o professor Pluquet, em obra aprovada pelo *Collège Royal*, dizia que Mandeville era o primeiro autor a defender o luxo do ponto de vista da teoria econômica.[2] E tão firme estava na mente do público que Mandeville era o principal defensor do luxo que uma peça de teatro americana,[3] já em 1787, não elogiava Voltaire, nem

lhanças com a argumentação de Mandeville, e, além disso, Montesquieu citou Mandeville por duas vezes, ao tratar do assunto "luxo", para expressar sua concordância com ele (ver adiante ii. 541 e 584). Se Montesquieu recebeu de Mandeville alguma influência fundamental ou seminal ou se apenas colheu dele uma ou outra ideia suplementar para o debate sobre o luxo é impossível determinar, uma vez que, entre outras coisas, não sabemos se o conhecimento da *Fábula* por Montesquieu antecedeu a formação de suas opiniões sobre o luxo. É provável, entretanto, que Montesquieu não tenha lido a *Fábula* até ter suas opiniões formadas, já que o livro de Mandeville era pouco divulgado antes de 1723 – dois anos depois da publicação das *Lettres Persanes*.

[1] As opiniões do Dr. Johnson sobre o luxo parecem tiradas da *Fábula*. Passagens mandevillianas abundam tanto na sua obra quanto na de Boswell. Ver, por exemplo, *Works* (1825) xi. 349, Boswell, *Life* (ed. Hill, 1887), ii.169-70, 217-19 (cf. *Fábula* i. 336 seg.), iii. 55-6, 282 (cf. *Fábula* i. 411-2), iii. 291-2 e iv. 173; *Journal of a Tour to the Hebrides*, 25 Oct.; *Lives of the English Poets*, ed. Hill, i. 157 (Hill aponta a origem disso em Mandeville). O Dr. Johnson em pessoa praticamente admitiu sua dívida (*Life* iii. 291): "Ele, como de hábito, defendeu o luxo: 'Não se pode despender dinheiro em luxos sem fazer algum bem aos pobres...' Miss Seward perguntou se isso não seria a doutrina de Mandeville dos 'vícios privados, benefícios públicos'. E Johnson respondeu com uma brilhante crítica da *Fábula*, dizendo que havia lido o livro havia 40 ou 50 anos, e reconhecendo que este 'ampliou muito minha visão da vida real'."

[2] Para a aprovação do Colégio, ver Pluquet, *Traité Philosophique et Politique sur le Luxe* (1786) ii. 501. A afirmação de Pluquet com respeito à prioridade de Mandeville (*Traité* i. 16) não é de todo exata. Saint-Évremond, por exemplo, terá precedido Mandeville na defesa do luxo (ver anteriormente, i. 157-62). No entanto, o erro mesmo mostra o quanto Mandeville se tornara identificado popularmente com a defesa do luxo.

[3] Tyler, *The Contrast* III.ii.

Montesquieu, nem qualquer dos enciclopedistas mais conhecidos, mas Mandeville como o advogado por excelência dessa defesa.

Chegamos agora ao que talvez seja o mais importante aspecto da influência econômica de Mandeville. Na *Fábula* ele mantém, e mantém explicitamente, a teoria hoje conhecida como do *laissez-faire*, que dominou o moderno pensamento econômico durante cem anos e é ainda uma força respeitável. Ensina que o comércio, os negócios prosperam mais quando pouco regulados pelo governo; que as coisas tendem a achar o equilíbrio sozinhas; e que o egoísmo sem freios dos indivíduos interage socialmente de forma tão recíproca que se ajusta por si mesmo, e acaba por beneficiar a comunidade. Uma desnecessária interferência das autoridades prejudicaria esse delicado ajuste. Sobre isso Mandeville tinha antecipações definidas: "No conjunto de todas as Nações, as diferentes Categorias de Homens devem manter uma certa Proporção entre si, quanto a Números, a fim de conseguir uma Mistura bem equilibrada. E como a Proporção justa é o Resultado e a Consequência natural das diferenças existentes nas Qualificações dos Homens, e nas Vicissitudes pelas quais eles passam, é mais fácil alcançá-la ou preservá-la quando ninguém se mete no processo. Com isso podemos aprender como a Sabedoria míope, de Gente talvez bem-intencionada, nos pode roubar uma Felicidade que fluiria espontaneamente da Natureza de toda grande Sociedade, se ninguém desviasse ou interrompesse seu Curso" (*Fábula* ii. 416). *A Fábula das Abelhas*, creio eu, foi uma das principais fontes literárias da doutrina do *laissez-faire*.

Mas ela se tornou uma fonte não por causa de passagens como essa há pouco citada — embora a popularidade da obra nos convença de sua ampla divulgação. E a influência se explica principalmente por causa da filosofia do individualismo, tão proeminente no livro. O homem, disse Mandeville, é um mecanismo de paixões egoístas interagindo. Por sorte, essas paixões, embora à primeira vista pareçam anárquicas, estão tão bem compostas e arrumadas que, sob a influência da sociedade, acabam por harmonizar-se com vistas ao bem público. Esse ajuste, imensamente complicado, não é o efeito de um esforço premeditado, e sim a reação automática do homem em sociedade. Agora, a teoria do *laissez-faire* se fundaria numa filosofia desse gênero — uma filosofia sem a qual, aliás, dificilmente poderia existir uma doutrina consciente do *laissez-faire*, e com a qual, cedo ou tarde, ela inevitavelmente teria existido.

Mas foi a exposição mandevilliana dessa filosofia a influência decisiva no caso? Para dar resposta a tal indagação cumpre atentar para o fato de que antes de Mandeville não havia formulação sistemática do *laissez-faire*. Todas as manifestações do espírito eram oportunistas e não sintetizadas por falta de uma filosofia do individualismo.[1] Deve-se levar em conta, além disso, que a exposição do conceito individualista por Mandeville era, incomparavelmente, a mais brilhante, a mais completa, a mais provocativa e a mais conhecida — até Adam Smith tornar clássica a ideia do *laissez-faire* na *Riqueza das Nações*. O próprio Adam Smith é o exemplo concreto a indicar que a influência de Mandeville não foi meramente uma probabilidade, mas uma realidade. Já tive oportunidade de mostrar (anteriormente, i. 199-201) a familiaridade de Adam Smith com a *Fábula* e sua dívida com ela. Pois há razões adicionais pelas quais se deve ter como certa a influência de Mandeville na sua concepção e exposição do *laissez-*

---

[1] Ver anteriormente, i. 165-6.

faire. Adam Smith estudou com Francis Hutcheson em Glasgow, e tanto em filosofia quanto em economia ele deve muita inspiração ao mestre.[1] Ora, Mandeville era como que uma obsessão para Hutcheson. Ele não conseguia escrever um livro sem dedicar grande parte a atacar a *Fábula*.[2] E os conceitos que mais o deixavam perturbado eram precisamente os que fundamentavam o *laissez-faire* – o egoísmo do homem e a vantagem que tal egoísmo representava para a sociedade. Era inconcebível que Hutcheson fizesse uma conferência sem analisar os pontos de vista de Mandeville. Assim, e precisamente durante um período crítico de crescimento intelectual, a mente de Adam Smith deve ter sido abastecida de material da *Fábula*.[2] E que esse alimento foi absorvido e não rejeitado fica evidente quando, na sua exposição do *laissez-faire* e de seus fundamentos, Adam Smith repudia Hutcheson para aproximar-se de Mandeville.[3]

---

[1] Cf. *Riqueza das Nações*, ed. Cannan, i. xxxvi-xli. Adam Smith faz grandes elogios a Hutcheson (ver *Teoria dos Sentimentos Morais*, pt. 6, §2, cap. 3).

[2] Ver adiante, ii. 407, n. I.

[3] Em sua *Teoria dos Sentimentos Morais*, e embora ele faça rasgados elogios a Hutcheson (ed. 1759, pp. 457 e 505), A. Smith diverge dele tanto no cálculo da proporção que a "benevolência" tem na natureza humana quanto na estimativa do efeito da benevolência na vida prática (cf. pt. 6, §2, cap. 3). O egoísmo pesa muito mais em nossas motivações que o altruísmo, diz Adam Smith: "Todo homem (...) está muito mais interessado no que lhe diz respeito imediatamente do que no que diz respeito a qualquer outro homem; e ouvir falar, talvez, na morte de uma pessoa com a qual não temos maiores ligações é coisa que nos afeta menos (...) que um revés insignificante que tenhamos, nós, sofrido" (p. 181). A sociedade está tão assentada sobre o egoísmo que é possível "se manter entre diferentes cidadãos, assim como entre diferentes comerciantes, por seu sentido de utilidade, sem qualquer amor ou afeição mútua..." (p. 189).

Na *Riqueza das Nações*, a dessemelhança com Hutcheson é mais visível. Em seu livro, A. Smith francamente assume o egoísmo da humanidade e faz dessa suposição a base de suas especulações, elaborando, por exemplo, a máxima da sua *Teoria dos Sentimentos Morais* citada no fim do parágrafo anterior.

Esse esboço da importância de Mandeville no movimento utilitarista moderno e no que ele representou para o pensamento econômico, com a teoria da divisão do trabalho, a defesa do luxo e a filosofia do *laissez-faire*, não esgota o tema da sua influência. É, por exemplo, mais do que possível que ele tenha sido um fator no desenvolvimento da teoria filológica, pois tanto Condillac quanto

Do que ficou exposto anteriormente se depreende que qualquer referência que Hutcheson possa ter feito à *Fábula* foi recebida pelo aluno com uma disposição mais favorável a Mandeville do que o mestre desejaria. Na verdade, um estudo do sistema ético de Adam Smith mostrará uma perspectiva mais em harmonia com as concepções da *Fábula* do que à primeira vista pode parecer. É verdade que Adam Smith rotulou as opiniões de Mandeville como "em quase tudo errôneas" (p. 474), mas isso era, sobretudo, um gesto de respeitabilidade, uma formalidade apenas, uma vez que, logo em seguida, ele reduz suas discordâncias com Mandeville a uma simples questão de terminologia. No sistema de Adam Smith, a força ética central e motriz é o sentimento que ele chama de "simpatia". Analisando essa "simpatia" em sua natureza, escreve A. Smith: "Como não temos experiência imediata do que os outros homens sentem, não podemos fazer ideia da maneira pela qual são eles afetados, a não ser por analogia com o que nós mesmos sentiríamos em situação semelhante. Se nosso irmão está sendo torturado enquanto nos encontramos em situação de conforto, nossos sentidos nunca nos permitirão perceber o que ele sofre. Nossos sentidos nunca nos levaram nem nos levarão além de nós mesmos, e só por imaginação fazemos ideia das sensações alheias. Nem podem essas faculdades ajudar-nos senão representando para nós o que sentiríamos em situação idêntica" (p. 2). Isso não está muito distante de *Fábula* i. 276. Para maior ilustração do modo pelo qual Adam Smith reduz a simpatia a seus componentes egoístas, ver pt. I, §2, cap. 2; e cf. pp. 90-1, 127-8 e 168. Devemos admitir, porém, que A. Smith afirma, a despeito de sua própria análise, que a simpatia não precisa ser sempre egoísta (ver pp.15 e 496-7). Mas essa argumentação ocupa muito pouco espaço na sua obra e tem um ar, para mim pelo menos, de falsidade, algo como "pôr as barbas de molho", para não se arriscar.

Nesta minha análise, não tive, naturalmente, a intenção de dizer que Adam Smith devia sua doutrina da "simpatia", em nenhum sentido, a Mandeville. Nem foi meu propósito primário estabelecer estreita semelhança entre essa doutrina e os pontos de vista de Mandeville. Quis apenas mostrar que, por mais que Hutcheson tivesse depreciado Mandeville para atacá-lo, não encontrou em Adam Smith um espírito disposto a rejeitar a *Fábula*.

Herder podem ter se inspirado na *Fábula* para os seus notáveis estudos sobre a origem da linguagem.[1]

Resta falar da influência, também enorme, que Mandeville com certeza exerceu indiretamente, em segunda mão – através de Voltaire, de Melon, de Hutcheson, de Adam Smith, e, possivelmente, de Claude-Adrien Helvétius (1715-1771).[2]

---

[1] O *Essai sur l'Origine des Connaissances Humaines* (1746), de Condillac, veio a lume quando a *Fábula* estava no auge da popularidade na França, e poucos anos depois do lançamento de uma tradução francesa. O que faz suspeitar da dívida de Condillac para com Mandeville é aquela parte do *Essai* (pt. 2, § I, cap. I) em que a origem da linguagem é discutida. A exposição de Mandeville sobre o tema era notável e fora do comum e Condillac acompanha seu pensamento *pari passu*. Tirante a exposição sistemática do *Essai* e seu apelo àquilo que os psicólogos chamam de "associação", todo o resto está na *Fábula* – a habilidade dos homens primitivos de se comunicarem sem linguagem, por meio de gritos e gestos, ajudados pela simpatia (*Essai*, in *Oeuvres*, ed. 1798, i. 261-2 e *Fábula* ii. 338-41); sua incapacidade inicial de usar uma linguagem devido à estupidez e à falta de flexibilidade de suas línguas (*Oeuvres* i. 261 e 265 e *Fábula* ii. 338-9); a lentidão e a natureza acidental do desenvolvimento da linguagem (*Oeuvres* i. 265-6 e *Fábula* ii. 341-2); o emprego, a eficácia e a persistência do gesto (*Oeuvres* i. 266-70 e *Fábula* ii. 340-4). Até para a observação de Condillac (*Oeuvres* i. 266) de que o gesto, por sua grande utilidade como meio de comunicação, acabou sendo um obstáculo ao desenvolvimento da linguagem, há uma indicação na *Fábula* (ii. 345-8). A mais significativa identificação entre o *Essai* e a *Fábula* está num ponto que as duas obras apresentam como central: a afirmação de que as crianças, pela maior flexibilidade de suas línguas, são as criadoras por excelência de novas palavras (*Oeuvres* i. 265-6; e *Fábula* ii. 341).

O celebrado *Abhandlung über den Ursprung der Sprache* (*Ensaio sobre a origem da linguagem*), de Johann Gottfried von Herder (1744-1803), que em 1770 ganhou o prêmio da Real Academia de Ciências de Berlim, não mostra paralelismo tão estreito com a *Fábula* quanto a obra de Condillac. Herder concorda apenas com a atitude geral, que toma a origem da linguagem do ponto de vista naturalista, não ortodoxo até então. Para isso, ele não precisava de Mandeville. Se sua inspiração fosse derivativa, podia muito bem provir do próprio Condillac, por exemplo, que ele cita e critica. Convém, mesmo assim, assinalar que Herder se refere especificamente à *Fábula* em 1765 (*Sämmtliche Werke*, ed. Suphan, *Obra completa*, i. 24-5), e lhe dedica extensa crítica em *Adrastea* (1802). Ver adiante, ii. 555.

[2] A dívida de Helvétius para com Mandeville já foi presumida por grande número de historiadores; e a famosa condenação pela Sorbonne da obra *De l'Esprit*,

Mas, deixando de lado o possível e o indireto na influência de Mandeville e considerando tão somente seu efeito provável e imediato, essa influência avulta nos dois grandes campos já citados

de Helvétius, em 1759, um ano depois de publicada, detalhou páginas da *Fábula* entre as fontes das doutrinas do autor (ver adiante, ii. 547). É verdade que Helvétius está muita vez bem próximo de Mandeville – na sua convicção, por exemplo, de que as paixões são a mola das nossas ações (*De l'Esprit*, Amsterdam e Leipzig [Arkstee & Merkus], 1759, i.185-6, 337 seg., ii. 58-60, e *passim*; *De l'Homme*, Londres, 1773, i. 35-7), em sua discussão do luxo (*De l'Esprit* i.18, 178-9, 225, e *passim*; *De l'Homme*, § 6, cap. 3-5), em sua psicologização da coragem (*De l'Esprit*, "discurso" 3, cap. 28), em sua ênfase no egoísmo do homem e nas análises ilativas da compaixão e do orgulho (*De l'Esprit* i. 58-60 e 125; *De l'Homme* ii. 15-16, 52 e 253), e em seu ataque a Shaftesburry (*De l'Homme* ii. 10-12). Por outro lado, até onde suas opiniões eram derivativas, elas não precisavam vir de Mandeville. Coisas semelhantes já haviam sido expressas por outros escritores como Bayle, Hobbes, Spinoza, La Rochefoucauld e Melon (ver anteriormente i. 142-162 e 201, *n*. 3). As chances são de que Helvétius, livre-pensador, tenha lido, como seus amigos, a famosa *Fábula*, livre-pensadora, ela também; mas ele não cita Mandeville nem em *De l'Esprit*, nem em *De l'Homme*. O que pode, talvez, ser descontado: Helvétius não era tão conscencioso que confessasse suas fontes. Assim, em *De l'Homme*, no curtíssimo capítulo 15, § 9, ele parafraseou Hobbes, sem indicação, logo na abertura (*Human Nature*, dedicatória) e também Hume, sobre milagres, na primeira nota de rodapé. Anotei três passagens nas quais Helvétius se aproxima mais de Mandeville nos detalhes ilustrativos. A mais discreta das três está em *De l'Esprit* i. 337-8, em que ele exemplifica a força da avareza e do orgulho, mostrando como eles levaram mercadores a cruzar montanhas e mares e fomentaram a atividade em várias terras (cf. *Fábula* i. 616-8). Para um paralelo realmente muito próximo, compare-se *Fábula* ii. 106-7 e *De l'Esprit* ii.151: "Le courage est donc rarement fondé sur un vrai mépris de la mort. Aussi l'homme intrépide, l'épée à la main, sera souvent poltron au combat du pistolet. Transportez sur un vaisseau le soldat qui brave la mort dans le combat; il ne la verra qu'avec horreur dans la tempête, parce qu'il ne la voit réellement que là". Helvétius, todavia, pode muito bem ter tirado essa passagem de La Rochefoucauld ou Aristóteles (ver adiante, ii. 107, *n*. I). Finalmente, Helvétius escreveu o seguinte ao tratar da compaixão: "On écrase sans pitié une Mouche, une Araignée, un Insecte, & l'on ne voit pas sans peine égorger un Boeuf. Porquoi? C'est que dans un grand animal l'effusion du sang, les convulsions de la souffrance, rappellent à la mémoire un sentiment de douleur que n'y rappelle point l'écrasement d'un Insecte" (*De l'Homme*, § 5, *n*. 8). Isso é, certamente, muito próximo de *Fábula* i. 401-2 e 409.
De todas essas evidências podemos concluir, penso eu, apenas que Helvétius pro-

nesse contexto: da ética e da economia.¹ Duvido que uma dezena de livros ingleses possa ser encontrada em todo o século XVIII com a mesma importância histórica de *A Fábula da Abelhas*.

vavelmente leu a *Fábula*; que, provavelmente, lhe ficou a dever pelo menos alguma coisa; mas que pode ter ficado a dever-lhe muito.

¹ Com certa ressalva [*Cum grano salis*, expressão de Plínio, o Velho] com que minhas conclusões neste capítulo devem ser tomadas, será bom recordar algumas limitações a que está sujeita a influência dos livros. Eles são apenas um dos meios de afetar o pensamento e, quando influentes, são mais as causas "imediatas" que "efetivas" de mudança. Se, ademais, em uma genuína síntese histórica, livros em geral são apenas uma fonte de influência, e, assim mesmo, fonte menor, escritos individuais são, naturalmente, ainda menos importantes. A mais celebrada e dinâmica composição entrará nas correntes do consciente – e do inconsciente – colorida e determinada não só pelo viés natural, pelo *status* social e pelos grandes fatos históricos e econômicos, mas por centenas e milhares de outros livros. O poder de um livro é pouco maior que o de um voto num grande parlamento, um poder que pode avultar somente através de um alinhamento de forças – um alinhamento não determinado por ele – capaz de torná-lo um voto decisivo, desempatador. Quando, então, avaliamos a influência de determinado livro, devemos sempre acrescentar a qualificação – "até onde livros têm influência". Uma estimativa da relativa influência de Mandeville foi tudo o que eu pretendi dar nesta Introdução. Medida em comparação com as dimensões que tal influência através de livros pode alcançar, minhas conclusões quanto à importância da *Fábula* são, a meu ver, justificadas.

THE
FABLE
OF THE
BEES:
OR,
Private Vices, Publick Benefits.

With an ESSAY on
CHARITY and CHARITY-SCHOOLS.
AND
A Search into the Nature of Society.

The SIXTH EDITION.

To which is added,
A VINDICATION of the BOOK
from the Aspersions contain'd in a Presentment of the Grand-Jury of *Middlesex*,
and an abusive Letter to Lord *C.*

LONDON:
Printed for J. TONSON, at *Shakespear's-Head*
over-against *Katharine-Street* in the *Strand.*
MDCCXXXII.

[Nota sobre a frase 'Vícios privados, benefícios públicos'; ver folha de rosto no verso desta página:]

Este conceito foi prefigurado por Montaigne: " De mesme, en toute police, il y a des offices nécessaires, non seulement abjectes, mais encore vicieux: les vices y trouuent leur rang & s'employent à la cousture de nostre liaison, comme les venins à la conseruation de nostre santé... Le bien public requiert qu'on trahisse & qu'on mente *et qu'on massacre...*" (*Essais*, Bordeaux, 1906-20, iii. 2-3). Charron escreveu: "Premierement nous sçavons que souuent nous sommes menés & poussés à la vertu & a bien faire par des ressorts meschans & reprouués, par deffaut & impuissance naturelle, par passion, & le vice mesmes" (*De la Sagesse,* Leyden, 1656, i. 246; livro 2, cap. 3). Pierre Bayle disse: "Les erreurs, les passions, les préjugez, & cent autres défauts semblables, sont comme un mal nécessaire au monde. Les hommes ne vaudroient rien pour cette terre si on les avoit guéris..." (*Oeuvres Diverses*, Haia, 1727-31, ii. 274; e cf. iii. 361 e 977 seg.). Há um paralelo interessante à frase de Mandeville em *The City Alarum, or the Weeke of Our Miscarriages* (1645), p. 29: "... sendo os homens, em sua maioria, ambiciosos, e afetando, muitos deles, a reputação de opulentos, muitos dos que são vítimas de extorsão por parte de Magistrados preferem pagar do que proclamar a exiguidade de suas fortunas. De modo que o vício sustenta a virtude, e lucro verdadeiro é obtido de riqueza imaginária".

Citei apenas passagens que exibem alguma afinidade de expressão com o epigrama de Mandeville. A ideia geral, porém, da possível utilidade do vício foi frequentemente antecipada nas numerosas dissertações do século XVII sobre as paixões. Nesses tratados se viu como as paixões, embora viciosas em si mesmas, podiam ser, ainda, convertidas em virtudes. Alguns desses trabalhos – *De la Charité,* & *de l'Amour-propre*, de Pierre Nicole (*Essais de Morale,* vol. 3) é um exemplo – insistem em chamar viciosas às paixões, malgrado sua utilidade prática. Obras laicas também pregavam essa moral. Assim, Fontenelle disse: "Avez-vous de la peine à concevoir que les bonnes qualités d'un homme tiennent à d'autres qui sont mauvaises, et qu'il seroit dangereux de le guérir de ses défauts?" (*Oeuvres*, Paris, 1790, i. 367, in *Dialogues des Morts*); e uma pequena obra anônima inglesa dizia, como a *Fábula*, que "O que os homens em geral tomam por *Virtudes* são apenas *Vícios mascarados*" (*Laconics: or New Maxims of State and Conversation*, ed. 1701, parte 2, máxima 53, p. 43). Ver também a citação de La Rochefoucauld (anteriormente, i. 169) e de Rochester (adiante, i. 455, *n.* 1). Um outro tipo de trabalho, relacionado com os que estamos comentando aqui, sustenta que as paixões podem converter-se em ingredientes de virtudes genuínas, mas deixa ver ainda muito da crença teológica de que as paixões são, em sua natureza, do mundo, da carne, do demônio. Como exemplos de trabalhos desse tipo é possível citar *De l'Usage des Passions*, de J. F. Senault (1643); *Recherche de la Vérité*, de Malebranche (ed. Paris, 1721, iii.18); e *Government of the Passions, according to the Rules of Reason and Religion* (1700). Nesses estudos das emoções, especialmente as do primeiro tipo mencionado, está implícito o paradoxo de que vícios podem ser benéficos. Com respeito a toda essa questão da psicologização de virtude em vício, cf. anteriormente, i. 110-112 e 151-156.

Ao contrário de Mandeville, essas antecipações, todas elas, acentuam pouco as implicações sociais do valor do vício, contentando-se em mostrar como o indivíduo pode transmudar as paixões perversas da sua natureza em virtudes pessoais.

Como parte dos fundamentos da frase de Mandeville, deve ser considerada também a crença "otimista" comum de que, de algum modo, o bem surge do mal (ver adiante, i. 265, *n.* 1)

Para a explicação que o próprio Mandeville dá à sua frase, ver adiante, i. 682, *n.* 1.

PREFÁCIO

As Leis e o Governo são, para o Corpo Político das Sociedades Civis, o que os Espíritos Vitais e a própria Vida são para os Corpos Naturais das Criaturas Animadas: e, como aqueles que se dão ao estudo da Anatomia das Carcaças podem ver, os Órgãos principais e as mais requintadas Molas, imediatamente convocadas a manter a Movimentação da nossa Máquina, não são Ossos duros, fortes Músculos e Nervos, e muito menos a Pele macia e alva que tão lindamente os cobre, mas tênues membranas insignificantes e pequenos tubos capilares que passam despercebidos ou parecem irrelevantes para o Olhar do Leigo. Aqueles que estudam a Natureza do Homem, abstração feita da Arte e da Educação, observam que aquilo que faz dele um Animal Sociável não é o seu desejo de Companhia, sua Boa Índole, Compaixão, Afabilidade e outras Graças de formosa Aparência; mas que as suas Qualidades as mais ignóbeis e detestáveis são as Prendas mais necessárias para entrosá-lo nas maiores e, segundo o Mundo, mais felizes e florescentes Sociedades.

A seguinte Fábula, na qual o que eu acabo de dizer é exposto extensamente, foi impressa há mais de oito anos em um Panfleto vendido a seis *Pence* e intitulado *A Colmeia Sussurrante; ou Patifes Regenerados*. Esses volantes tiveram logo uma edição Pirata e foram anunciados nas ruas em uma Folha de meio *Penny*.[1] Desde a primeira publicação do texto, houve quem pensasse, ou deliberadamente, ou por entender mal a Intenção da obra, que se tratava de uma Sátira em torno da Virtude e da Moral, escrita apenas para Encorajar o Vício. Isso me fez decidir que, se o pequeno poema fosse um dia reimpresso, de um modo ou de outro o Leitor seria avisado da real Intenção dos Versos. Eu não dignifico essas poucas Linhas soltas com o Nome de Poema por crer que o Leitor deve esperar qualquer Poesia nelas, mas por não saber que outro Nome dar-lhes, de vez que são rimadas. Não é uma composição Heróica nem Pastoral, Satírica, Burlesca ou Heróico-Cômica. Para ser um Conto, falta-lhe Verossimilhança, e o todo é um pouco longo demais para uma Fábula. Tudo o que posso dizer dela então é que se trata de uma História contada em *Dogrel*,[2] que, sem o menor intuito de fazer Graça, procurei escrever de uma maneira tão natural e familiar quanto me foi possível. O Leitor fica à vontade para qualificar os versos como lhe aprouver. Já se disse de *Montagne* [sic] que ele era bem versado nos Defeitos da Humanidade, mas pouco conhecia das Excelências da Natureza humana:[3] se não faço pior, dou-me por satisfeito.

---

[1] Ver anteriormente, i. 95, e adiante, ii. 479-82.

[2] Ou *doggerel*, versos cômicos, de metrificação irregular, tidos como de nível inferior. Talvez o termo venha de *"dog"*, com conotação, senão pejorativa, desdenhosa. É expressão antiga na língua, provavelmente do séc. XIV. [N. do T.]

[3] Tudo isso vem de Pierre Bayle, *Miscellaneous Reflections, Occasioned by the Comet* (1708), i. 97-8: "*Montagne*, de quem os Senhores de *Port Royal*, nenhum deles seu Amigo, se comprazíam em observar que, não tendo jamais compreendido a Dignidade da Natureza Humana, estava bastante familiari-

Que País do Universo deve ser entendido como modelo da Colmeia aqui representada? É evidente, pelo que se diz de suas Leis e Constituição, da Glória, Riqueza, Poder e Indústria dos habitantes, que deva ser Nação grande, rica e aguerrida, e bem governada por uma Monarquia constitucional. A Sátira, portanto, que tem por alvo várias Profissões e Vocações, e quase todos os níveis e classes da População, não teve a intenção de injuriar e atacar determinadas Pessoas mas apenas demonstrar a Vileza dos Ingredientes que, em conjunto, compõem a saudável Mistura de uma Sociedade bem-organizada; a fim de louvar o maravilhoso Poder da Sabedoria Política, com a ajuda do qual tão bela Máquina foi montada a partir dos mais desprezíveis Elementos. O principal Desígnio da Fábula (como se explica resumidamente no seu fecho, i. e., na Moral) é mostrar a Impossibilidade de gozar todos os mais elegantes Confortos da Vida – que têm de ser produto de uma Nação industriosa, poderosa e rica – e, ao mesmo tempo, receber as bênçãos da Virtude e da Inocência próprias de uma Idade de Ouro. E, depois disso, expor o Absurdo e a Loucura daqueles que querem ser um Povo opulento e próspero, e extraordinariamente ávido de todos os Benefícios que podem receber, enquanto seguem sempre murmurando e reclamando contra os Vícios e Aborrecimentos que, desde os Princípios do Mundo, têm sido inseparáveis de todos os Reinos e Estados que foram algum dia afamados por sua Força, Riqueza e Polidez, ao mesmo tempo.

zado com seus Defeitos..." Bayle incluiu essa passagem em *A Arte de Pensar* [*La Logique, ou l'Art de Penser*, por A. Arnauld e P. Nicole], parte 3, cap. 19. Mas *La Logique* não contém essa passagem, embora trate de Montaigne em III.xix.9 e III.xx.6. Nicole (*Essais de Morale*, Paris, 1714, vi.214) sustenta que Montaigne, em sua análise das coisas, "a eu assez de lumière pour en reconoître la sottise et la vanité".

Para fazer isso, primeiro passo rapidamente sobre algumas das Faltas e Corrupções de que as diversas Profissões e Vocações estão generosamente carregadas. Depois procuro mostrar como esses mesmos Vícios de cada particular podem, por hábil Administração Pessoal, passar a servir à Grandeza e à Felicidade Terrena do conjunto. Enfim, explicitando quais devem ser as consequências de uma Honestidade e Virtude gerais, de uma Temperança, Inocência e Contentamento Nacionais, demonstro que, se a Humanidade pudesse ser curada das Fraquezas inerentes à sua Natureza, se tornaria incapaz de constituir Sociedades tão vastas, poderosas e cultivadas quanto as que têm existido sob diversas grandes Repúblicas e Monarquias que vêm florescendo desde a Criação.

Se me perguntam por que fiz tudo isso, *cui bono?*,[1] e que benefício essas minhas Noções produzirão, direi que, na verdade, nenhum, a não ser Divertir o Leitor. Mas se me perguntassem o que se deveria Naturalmente esperar delas, eu responderia: que, em primeiro lugar, as Pessoas que vivem achando Defeitos nos outros, lendo-as, aprenderiam a olhar o próprio rabo, a examinar a própria Consciência e a se envergonhar de estar sempre censurando coisas de que elas também são mais ou menos culpadas. Depois, aqueles que tanto gostam do Ócio e dos Confortos, e colhem os Benefícios que são a Consequência de todo grande e florescente País, aprenderão mais pacientemente a submeter-se às Inconveniências que nenhum Governo na face da Terra pode remediar, ao constatar a Impossibilidade de ter uma parte substancial das primeiras sem partilhar também das últimas.

---

[1] "A quem aproveita?" São as palavras atribuídas por Cícero na II Filípica [14] ao jurisconsulto Cássio Longino. [N. do T.]

Isso, digo eu, é o que seria naturalmente de se esperar da publicação destas Noções, caso as Pessoas pudessem ficar melhores com alguma coisa que a gente lhes pudesse dizer. Mas tendo a Humanidade permanecido há tantas Eras a mesma, apesar dos muito instrutivos e elaborados Escritos com os quais sua Correção tem sido porfiadamente tentada, não serei vaidoso a ponto de pretender melhor Sucesso com tão insignificante Ninharia.[1]

Tendo assim admitido a exígua Vantagem que esta pequena Fantasia promete produzir, sinto-me obrigado a mostrar que ela não pode ser prejudicial a ninguém; pois o que a gente publica, se não faz bem, não deve, pelo menos, fazer nenhum mal. Por isso mesmo redigi algumas Notas Explicativas que o Leitor será convidado a consultar naquelas Passagens que parecem as mais propensas a Refutação.

O Censor que nunca leu a *Colmeia Sussurrante* me dirá que tudo o que eu possa falar da Fábula não vai cobrir mais que um décimo do Livro, e só foi planejado para introduzir as *Observações*; que, em vez de esclarecer os Trechos duvidosos ou obscuros, eu escolhi apenas os que tinha intenção de desenvolver; e que, longe de atenuar os Erros cometidos, eu os tornei Piores, e me mostrei o mais impudente e desavergonhado Campeão do Vício, mais ainda nessas Digressões descosidas que no texto da própria Fábula.

Não perderei tempo respondendo a tais Acusações; para Homens que têm opinião preconcebida, as melhores Desculpas não fazem efei-

---

[1] Collins, um ano antes (1713), apresentara seu *Discourse of Free-Thinking* com um cinismo semelhante: "Porque assim como a Verdade jamais servirá aos Propósitos dos Velhacos, da mesma forma ela nunca irá convir aos Tolos; estes últimos estarão sempre tão felizes em serem enganados quanto os primeiros em enganar. É, então, sem esperança de fazer qualquer bem, e puramente para atender ao seu Pedido, que lhe mando aqui esta *Apologia do Livre-Pensamento*..." (p. 4).

to; e eu sei muito bem que aqueles que julgam Criminoso supor a necessidade do Vício, seja qual for o caso, jamais se reconciliarão com qualquer Parte do meu Trabalho; se ele for, no entanto, examinado de perto, ver-se-á que o que nele parece Ofensivo resulta das Inferências errôneas que é possível tirar dele, e que eu desejaria que ninguém tirasse. Quando afirmo que os Vícios são inseparáveis das grandes e poderosas Sociedades, e que sua Fortuna e Grandeza não podem subsistir sem eles, não digo que os Membros individuais das ditas Sociedades culpados de qualquer vício não devam ser continuamente reprovados, ou punidos quando o vício vira Crime.

Haverá, creio eu, poucas pessoas em *Londres*, dentre as que em algum momento são obrigadas a andar a pé, que não preferissem encontrar as Ruas mais limpas do que geralmente são, quando preocupadas apenas com suas Roupas e a própria Conveniência. Mas quando as pessoas se põem a considerar que isso que as ofende é o resultado da Fartura, do grande Comércio e da Opulência dessa pujante Cidade, e se elas tomam a peito o interesse público, dificilmente desejarão ver as ruas menos sujas do que costumam estar. Porque se levamos em conta os Materiais de toda Espécie que devem prover tão infinito número de Ofícios e Artesanias que sem interrupção ali se exercem; a vasta quantidade de Vitualhas, Bebida e Combustível que diariamente se consomem na Cidade; os Dejetos e Superfluidades que necessariamente se produzem; a massa de Cavalos e outros Animais que sujam as Ruas, as Carretas, Carroças e Carruagens mais pesadas que perpetuamente desgastam e danificam o Calçamento, e, acima de tudo, as Multidões inumeráveis de Pessoas que sem cessar se atropelam por toda parte; se, digo eu, pensamos nisso, chegamos à conclusão de que cada Momento deve produzir mais Imundície; e considerando quão distantes ficam as Ruas principais da margem do rio, e o Cuidado e Custo necessários para remover a Sujeira quase tão depressa quanto ela se produz, é impossível que *Londres* fique mais limpa a não ser que se torne menos florescente. E então eu pergunto se um bom Cidadão, em consideração ao que foi dito, não poderia em sã Consciência afirmar que Ruas sujas são um Mal necessário inseparável da Felicidade de *Londres*, sem representar o menor Estorvo ao lustro dos Sapatos, ou à Varredura das vias públicas, e, consequentemente, sem o menor Prejuízo, quer para os *engraxates*, quer para os *garis*.[1]

Mas se, sem qualquer preocupação com o Interesse ou o Bem-Estar da Cidade, me perguntassem que Lugar eu considero mais agradável para passear, ninguém duvidará de que às ruas fétidas de *Londres* eu preferisse um Jardim fragrante, ou um sombreado Bosque. Também, renunciando à Grandeza e à Vanglória do mundo, se me perguntassem onde, a meu ver, os Homens teriam maior chance de gozar da verdadeira Felicidade, eu iria preferir e indicar uma pequenina Sociedade tranquila em que, nem estimados nem invejados por Vizinhos, se contentariam em viver dos produtos naturais do lugar, e não em meio a uma vasta Multidão, Rica e Poderosa, que estaria sempre fazendo conquistas pelas Armas, no Exterior, e se depravando pelo Luxo Importado em Casa.[2]

---

[1] No original: "either to the *Blackguard* or the *Scavingers*". A primeira expressão tem mais de uma grafia: numa palavra só ou em duas, com hífen. Tem também muitos sentidos. Aqui, o de meninos de rua, também chamados "city Arabs", que, em andrajos e de cara suja (*black*), se encarregavam de pequenas incumbências, levavam recados e, também, engraxavam sapatos. *Scavinger* ou *scavenger* eram os lixeiros, que esvaziavam potes de excrementos, raspavam e varriam as ruas e dispunham das carcaças de animais. Donde o nome, dado também a animais carniceiros e, até, a besouros necrófagos. [N. do T.]

[2] Segundo o Autor, o prefácio original (ed. 1714) terminava aqui.

PREFÁCIO

Isso disse eu ao Leitor na Primeira Edição; e nada acrescentei como Prefácio na Segunda. Desde então, porém, sobreveio um verdadeiro Clamor contra o Livro, correspondendo exatamente às Expectativas que sempre tive da Justiça, da Sabedoria, da Caridade, da Imparcialidade daqueles de cuja Boa Vontade eu já desesperara. Ele foi denunciado ao Grand Jury[1] e condenado por milhares que nunca leram uma só palavra do texto. A condenação foi proclamada perante o Prefeito de Londres; e uma Refutação é esperada diariamente da parte de um certo Reverendo, que me insultou nas Notificações e durante cinco Meses ameaçou me responder num prazo de dois Meses.[2] O que tenho a dizer o

---

[1] Sobre o relato que Mandeville faz dessa denúncia de 1723, ver *Fábula* i. 651 seg.
Cinco anos depois, em 28.XI.1728, o Grand Jury de Middlesex de novo decidiu "...muito humildemente denunciar o Autor, Impressores e Editores de um livro intitulado *A Fábula das Abelhas, ou, Vícios Privados, Benefícios Públicos*... a quinta Edição... E pedimos Permissão humildemente para observar que esse Livro, infame e escandaloso... foi denunciado pelo Grand Jury deste Condado, a esta Nobre Corte, no ano de 1723; a despeito disso, e em Desacato, uma nova Edição do dito Livro foi publicada; juntamente com a Acusação do citado Grand Jury, com Reflexões escandalosas e infames, no presente Ano de 1728" (ver *Remarks upon Two Late Presentments of the Grand-Jury*, pp. 5-6).
Essa imunidade de Mandeville é interessante como indicativa de apoio poderoso. O chanceler Macclesfield, como já foi lembrado aqui anteriormente (i. 88-89), era amigo dele. O pobre Woolston, que teve um de seus *Discursos* sobre os milagres condenado em 1728 ao mesmo tempo que a *Fábula*, não se safou com a mesma facilidade: passou uma temporada na cadeia.

[2] Na segunda-feira 12.VIII.1723, o *True Briton* estampou um anúncio em que se declarava que uma "Defesa das Escolas de Caridade será Publicada por Subscrição Popular. Nessa Defesa, as Objeções falsas, maliciosas e escandalosas desses Advogados da Ignorância e da Irreligião, como o Autor da *Fábula das Abelhas*, e *Carta a Catão* no *British Journal* de 15.VI.1723, serão respondidos cabalmente... Por W. HENDLEY, conferencista de St. Mary Islington... Nota... O Livro virá a lume em dois Meses...". Esse anúncio foi repetido em 16 e 26 de agosto e em 2 de setembro. O livro, porém, não apareceu até quase agosto de 1724, pois só em 25-8 de julho o *Post-Boy* deu a notícia: "Foi hoje

Leitor verá na minha Defesa[1] no fim do livro, onde vai encontrar também a Acusação do Grand Jury[2] e uma carta ao *Right Honourable* Lord C,[3] altamente Retórica, mas sem Argumento ou Relação com o assunto. O Autor mostra apenas um especial Talento para Invectivas, e grande Sagacidade em descobrir Ateísmo onde ninguém mais encontrou isso. Ele é zeloso contra Livros perniciosos, classifica a *Fábula das Abelhas* como tal, e se mostra indignado com o Autor: pespega quatro fortes Epítetos à Enormidade da sua Culpa, dirige várias elegantes Insinuações à Multidão sobre o Perigo que existe em permitir que tais Autores vivam, fala na Vingança dos Céus contra uma Nação inteira, e muito caridosamente o recomenda aos cuidados do Povo.

Considerando o comprimento dessa Carta, e o fato de que não tem só a mim por alvo, achei de extrair dela primeiro apenas o que a mim concernia; mas descobrindo, após um Exame mais apurado,

---

publicado". Logo, os "cinco meses" de Mandeville não eram exagero.

Mandeville, sempre espirituoso, acrescentou esse episódio ao seu Prefácio, o que fixa bem a data: cinco meses depois da aparição do primeiro Anúncio ou logo antes da publicação da edição de 1724, que é de 18.I.1724 (ver anteriormente, i. 96, *n*. 8).

[1] Sobre essa *Defesa* (*Vindication*), Mandeville escreve em sua *Carta a Dion*, pp. 6-7: "Saiu primeiro em um Jornal [*London Journal*, 10.VIII.1723]; depois eu a publiquei sob a forma de Panfleto (a Seis pence), juntamente com os Termos da primeira Acusação do *Grand Jury* e uma Carta a Lord C., injuriosa e abusiva, que apareceu logo em seguida [27.VII.1723, no *London Journal*; a Acusação foi publicada no *Evening Post* de 11.VII.1723].

...Cuidei que a publicação, quanto a Tipo e Forma, fosse feita de tal Modo que os Leitores pudessem encadernar a Matéria se o desejassem, e procurar a última Edição da obra, que era a segunda". Tratava-se na verdade da terceira (ver adiante, ii. 473-5).

[2] Para o relato dessa denúncia de 1723, ver *Fábula* i. 651 e seguintes.

[3] Mandeville deve ter pensado que "Lord C." fosse aquele fanático hanoveriano, o Barão Carteret — ao qual o título de 'Right Honourable' se aplicaria —, de vez que ele se refere, em conexão com essa carta, a "Paz no Norte" e "Navegação" (i. 673), assuntos ligados diretamente a Carteret, que negociara a "Paz" e abrira o Báltico à navegação inglesa. Essa alusão dupla, que o contexto não sugere, não deve ter sido gratuita.

PREFÁCIO

que o que se refere a mim estava tão intimamente entrelaçado com o resto, me vi obrigado a aborrecer o Leitor com o texto na íntegra, não sem a vaga Esperança de que, prolixa como é, sua Extravagância sirva de entretenimento aos que leram atentamente a Obra que com tanto Horror se condena.[1]

[1] Um sumário (de nove páginas) e uma errata (de uma página) seguem-se ao prefácio na edição de 1714; ver, adiante, ii. 469-72.
* Observação: notas de rodapé marcadas por N. do T. foram criadas pelo tradutor Raul de Sá Barbosa; já as notas assinaladas com N. da E. são de autoria da tradutora Christine Ajuz, também editora assistente da Topbooks.

A Colmeia Sussurrante

ou

Patifes Regenerados

Uma vasta Colmeia abarrotada de Abelhas,
Que viviam com Luxo e Conforto;
E tinha tanta fama por suas Leis e Armas,
Quanto por seus Enxames numerosos e precoces;
Era considerada o grande Viveiro
Das Ciências e da Indústria.
Nunca houve Abelhas com melhor Governo,
Nem mais Inconstância, ou menos Contento:
Não eram escravas da Tirania,
Nem reguladas por turbulenta *Democracia*;
Mas por Reis, que não podiam errar, porque
Seu Poder estava limitado por Leis.

Estes Insetos viviam como Homens, e todas
As nossas Ações repetiam em pequena escala:
Faziam tudo o que se faz na Cidade,
E o que compete à Espada e à Toga;

Se bem que sua Refinada Obra, pela Ligeireza
Dos Membros diminutos, escapasse à Vista Humana;
Não temos Máquinas ou Operários,
Navios, Castelos, Armas, Artífices,
Arte, Ciência, Loja ou Instrumento
De que eles não tivessem Equivalentes:
Os quais, como sua Língua nos escapa,
Chamaremos pelos mesmos nomes dos nossos.
Convenhamos que, entre outras Coisas,
Careciam de Dados, mas tinham Reis;
E estes tinham Guardas; donde é Justo
Concluir que tivessem algum Jogo;
A menos que nos mostrem um Regimento
De Soldados que não pratique nenhum.

    Multidões se apinhavam na fecunda Colmeia;
E tão vasta População a fazia prosperar;
Eram Milhões empenhados em satisfazer
Mutuamente a Luxúria e a Vaidade;
Enquanto outros Milhões se ocupavam
Em destruir suas Manufaturas;
Eles supriam metade do Universo,
Embora houvesse mais Trabalho que Operários.
Alguns com muita Provisão, e pouco Esforço,
Lançavam-se a Negócios de alto Lucro;
Já outros ficavam condenados a Foices e Enxadas,
E a todos esses Ofícios laboriosos e cansativos
Em que os Miseráveis labutam dia a dia,

Esgotando a Energia e os Braços para comer:

(*A*) Enquanto outros se lançavam a Misteres*

Para os quais pouca Gente encaminha Aprendizes;

Que não exigem Capital mas Atrevimento,

E podem ser montados sem Vintém;[1]

Como Escroques, Parasitas, Proxenetas, Jogadores,

Punguistas, Falsários, Charlatães, Adivinhos,[2]

E todos aqueles que, Inimigos

Do Trabalho honesto, com astúcia

Convertem a seu Uso o Labor

Do bom e incauto Vizinho.

(*B*) Eram chamados Patifes mas, salvo o Nome,

Os sérios Industriosos deles não diferiam:

Todo Ofício e Cargo têm seu Embuste,

E não há Profissão sem Impostura.

---

* N. da E. — As letras maiúsculas que aparecem entre parêntesis referem-se aos trechos do poema que serão explicitados nas *Observações* (ver adiante, i. 267-492).

[1] No original, *without a Cross* — referência a pequena moeda (*cross*), de valor ínfimo.

[2] Ver, de Butler, o póstumo *Upon the Weakness and Misery of Man*: "...bawds, whores, and usurers, / Pimps, scriv'ners, silenc'd ministers, / That get estates by being undone / For tender conscience, and have none, / Like those that with their credit drive / A trade, without a stock, and thrive..." (...cafetinas, prostitutas, agiotas, / Gigolôs, escribas, pastores silenciados, / Que sobem na vida pelo que deixam de fazer / Por oferecer a consciência, sem ter nenhuma, / Como aqueles que apenas por seu crédito levantam / Um negócio, sem capital, e prosperam...). Teria, talvez, Mandeville visto um manuscrito do poema de Butler (publicado apenas em 1759)? O poema, incidentalmente, dizia também: "Our holiest actions have been / Th' effects of wickedness and sin..." (Nossos atos mais santos têm sido / Consequências da iniquidade e do pecado...).

Os Advogados, de cuja Arte a Base
Era criar Dissídios e desdobrar Ações,
Opunham-se aos Registros[1] para que Velhacos
Tivessem mais Trabalho com Hipotecas;
Como se fosse ilegal que o direito de alguém
Se reconhecesse sem Ação Judicial.
De má-fé postergavam as Audiências
Para garantir maiores Honorários;
E na defesa de uma Causa iníqua,
Examinavam e esquadrinhavam as Leis,
Como Ladrões fazem com Lojas e Casas,
Para descobrir por onde entrar mais facilmente.

Os Médicos valorizavam mais Fama e Riqueza
Que a Saúde debilitada do Paciente,
Ou sua própria Perícia: a maior Parte
Estudava não as regras de sua Arte,
Mas Atitudes graves e Postura pensativa,
Para ganhar o Favor do Boticário
E o Elogio de Parteiras, Padres e todos
Que oficiam nos Nascimentos e Funerais.
Para aguentar a Tribo tagarela
E ouvir as receitas das Comadres;
Com um Sorriso formal e um Dito gentil,
A fim de bajular toda a Família;
E, o que é a pior das Maldições,
Suportar a Impertinência de Enfermeiras.

[1] Discutia-se a criação de um registro público de títulos de propriedade desde o século XVII, mas só no século seguinte se tomaram medidas nesse sentido. [N. do T.]

Entre os muitos Sacerdotes de *Júpiter*,
Convocados para obter Bênçãos dos Céus,
Bem poucos eram Doutos e Eloquentes,
E milhares Fogosos e Incultos:
Mas todos eram Aceitos se escondessem
Sua Preguiça, Luxúria, Avareza e Orgulho;
Qualidades que lhes deram fama como
O Retalho ao Alfaiate, ou o Rum ao Marinheiro:
Alguns, enfermiços e esfarrapados,
Misticamente oravam por Pão,
Na verdade, almejando ampla Despensa,
Embora não recebessem nada mais;
E, enquanto os santos Trabalhadores passavam Fome,
Os Preguiçosos, aos quais serviam,
Gozavam do Conforto, com todas as Graças
Da Saúde e da Fartura em suas Faces.

(*C*) Os Soldados, obrigados a lutar,
Se sobrevivessem, conquistavam a Honra;
Mas havia os que, para evitar a sangrenta Peleja,
Feriam um Membro a bala, e fugiam:
Alguns bravos Generais combatiam o Inimigo;
Outros levavam Propina para deixá-lo escapar:
Os mais destemidos, que a tudo enfrentavam,
Perdiam uma Perna, e logo adiante um Braço;
E então, Inválidos da Pátria, e reformados,
Passavam a viver de meio Soldo;
Enquanto outros que jamais Lutaram
Ficavam em Casa, ganhando em Dobro.

Seus Reis eram servidos, mas com Vilania,
Enganados pelo próprio Ministério;
Muitos, que pelo seu Bem-Estar se afadigavam,
Pilhavam a mesma Coroa que defendiam:
As pensões eram pequenas, e alto o padrão de vida,
Embora se jactassem de sua Honestidade.
Retorcendo o Direito, chamavam de Gratificação
Ao dinheiro obtido por Velhaco artifício;
E quando o Povo compreendeu seu Jargão,
Mudaram o termo para Emolumento;
Relutantes em falar clara e abertamente
Sempre que a matéria envolvia Lucro;
(D) Pois não havia Abelha que não quisesse
Ter sempre mais, e não do que lhe cabia;
Mas do que ela ousava deixar entender
(E) Que por tal havia pago; como fazem Jogadores
Que, mesmo em Jogo limpo, nunca ostentam
O que ganharam diante dos Perdedores.

Mas quem pode enumerar todas as suas Fraudes?
O próprio Material vendido na Rua,
Como Adubo para enriquecer o Solo,
Quase sempre o Comprador encontrava
Adulterado com uma quarta parte
De Cascalho e Argamassa imprestáveis;
Embora pouco pudesse reclamar o Safardana,
Que também vendia Sal a preço de Manteiga.

Mesmo a Justiça, famosa pela Equidade,
Ainda que Cega, não perdera o Tato;
Sua Mão Esquerda, que deveria sustentar a Balança,
Amiúde a derrubava, subornada a Ouro;
E, embora parecesse Imparcial,
Nos casos de Castigos corporais,
Fingia seguir seu Curso regular
Nos Assassinatos, e outros Crimes de Sangue;
Mas de alguns primeiro expunha as Trapaças,
Para depois enforcá-los com sua própria Corda;
Todos achavam que a Espada que ela empunhava
Só ao Pobre e ao Desesperado castigava;
Os quais, delinquentes por Necessidade,
Eram atados à nefanda Árvore[1]
Por Crimes que não mereciam tal Destino,
Senão pela segurança de Ricos e Graúdos.

　Assim, cada Parte estava cheia de Vício,
Mas o Conjunto, inteiro, era um Paraíso;
Adulados na Paz, e temidos na Guerra,
Eles tinham a Estima dos Estrangeiros,
E dissipavam em sua Vida e Riqueza
O Equilíbrio das demais Colmeias.
Tais eram as Bênçãos desse Estado;
Seus Crimes conspiravam para torná-lo Grande:
(F) E a Virtude, que com a Política
Havia aprendido Mil Engenhosos Ardis,

---

[1] CF. Tito Lívio i. 26: *infelici arbori reste suspendito*; e também Cícero, *Pro C. Rabirio* iv. 13.

Por sua feliz Influência conseguira
Criar Laços com o Vício: e desde então,
(*G*) Mesmo o pior de toda a Multidão
Contribuía para o Bem Comum.

    Assim era a Arte do Estado, que mantinha
O Todo, do qual cada Parte se queixava:
Tal qual na Música, onde a Harmonia
Faz concordar todas as Dissonâncias;
(*H*) Partes diretamente opostas
Ajudavam-se, ainda que por Despeito;
De forma que a Temperança e a Sobriedade
Serviam à Embriaguez e à Glutonaria.

    (*I*) A Avareza, raiz de todo Mal,
Vício funesto, maligno, pernicioso,
Era Escrava da Prodigalidade,
(*K*) Esse nobre Pecado: (*L*) enquanto o Luxo
Garantia trabalho a um Milhão de Pobres,
(*M*) E o odioso Orgulho a outro Milhão:
(*N*) A própria Inveja mais a Vaidade
Eram os Ministros da Indústria;
Suas favoritas, Insensatez e Volubilidade,
Em matéria de Comida, Móveis e Roupas,
Tornaram este bizarro e ridículo Vício
A Mola mestra que impulsionava o Comércio.
Suas Leis e Figurinos eram igualmente
Sujeitos à Mutabilidade;

Pois o que era Hoje coisa boa
Em meio Ano virava Delito;
Contudo, enquanto mudavam suas Leis,
Sempre buscando e corrigindo Falhas,
Remediavam através da Inconstância
Defeitos que a Prudência não podia prever.

Assim o Vício alimentava o Engenho,
O qual, unido ao Tempo e à Indústria,
Trazia consigo as Comodidades da Vida,
(*O*) Os Prazeres genuínos, Conforto, Bem-Estar,
(*P*) E a tal nível os levou que mesmo os Pobres
Passaram a viver melhor do que os Ricos de outrora,[1]
E nada mais ficou por acrescentar.

Como é Vã a Felicidade dos Mortais!
Se conhecessem os Limites da Bem-Aventurança,
E soubessem que esta Perfeição aqui na Terra
É mais do que os Deuses podem outorgar,
Os Bichos Sussurrantes se teriam contentado
Com seus Ministros e seu Governo.

---

[1] Desses versos, e de sua explicitação na *Observação (P)*, anoto duas antecipações (não necessariamente fontes): "...um rei de um vasto e fértil território lá [na América], mora, se alimenta e se veste pior do que um operário diarista na Inglaterra" (Locke, *Of Civil Government*, II. v. 41); e "...um Rei na *Índia* não mora nem come ou se veste tão bem quanto um trabalhador diarista na *Inglaterra*" (*Considerations on the East-India Trade* in *Select Collection of Early English Tracts on Commerce*, ed. Political Economy Club, 1856, p. 594).

Mas, ao contrário, a cada Insucesso,
Como Criaturas perdidas, sem Remédio,
Amaldiçoavam Políticos, Exército, Esquadras,
E em coro gritavam: *Abaixo os Embusteiros!*
E embora conscientes da própria iniquidade,
A do próximo, impiedosos, não perdoavam.

Um deles, que amealhara Fortuna principesca,
Furtando do Patrão, do Rei, dos Pobres,
Ousava gritar bem alto: *Essa Terra vai perecer*
Por todos os seus Pecados!; e quem pensam vocês
Era o Biltre que assim pregava?
Um Magarefe que vendia Gato por Lebre.

Nada se fazia fora de lugar,
Muito menos contra os Negócios Públicos;
Mas todos os Tratantes exclamavam, descarados:
Deus do Céu, como nos falta Honestidade!
Ria-se *Mercúrio* ante tal Impudência,
A que outros chamavam falta de Sensatez,
De sempre vilipendiar o que amavam:
Mas *Júpiter*, tomado de Indignação,
Jurou com Raiva que *Daria cabo*
A toda Fraude na vociferante Colmeia; e o fez.
No exato Momento em que isso ocorre,
A Honradez lhes toma todo o Coração;
E mostra-lhes, qual Árvore do Conhecimento,
Aqueles Crimes que tinham vergonha de admitir;

E que agora em Silêncio eles confessam,
Corando diante de tanta Fealdade:
Como Crianças, que tentam esconder as Faltas,
E pelo Rubor traem seus próprios Pensamentos:
Imaginando, quando são olhadas,
Que os outros sabem o que elas fizeram.

   Mas, ó Deuses! Que Consternação!
Quão vasta e súbita foi a Alteração!
Em meia Hora, em todo o País,
A carne baixou um *Penny* por Libra.
Caiu por terra a Máscara da Hipocrisia,
Do grande Estadista ao Palhaço de circo:
Alguns, bem conhecidos em Figurinos emprestados,
Pareciam Forasteiros nas suas próprias roupas.
Dali em diante, o Tribunal quedou silente,
Pois agora os Devedores pagavam, de bom grado,
Até mesmo o que os Credores esqueceram;
E estes quitam dívidas de quem não pode pagar.
Aqueles que não tinham Razão emudeceram,
Cessando Litígios remendados e irritantes:
E uma vez que nada é mais inútil
Que Advogados em Colmeia honrada,
Todos, exceto os que tinham bom pecúlio,
Foram embora com seu Palavrório pedante.

   A Justiça enforcou uns, libertou outros;
Então, com as Prisões esvaziadas,

Ou Patifes Regenerados

E sua Presença agora desnecessária,
Com todo Séquito e Pompa escafedeu-se.
Primeiro foram os Serralheiros com Grades e Ferrolhos,
Correntes, e Portas com Placas de Ferro:
Depois os Carcereiros, Chaveiros e Assistentes:
Precedendo a Deusa, a certa distância,
Seu mais fiel e principal Ministro,
Dom Verdugo,[1] o grande Executor da Lei,
Já não empunhava a Espada imaginária,[2]
Mas suas próprias Ferramentas, Machado e Corda:
Então, numa Nuvem, a Fada vendada,
A Justiça em pessoa, foi levada pelos Ares:
Em torno de seu Carro, e atrás dele,
Iam Sargentos, Policiais de todo gênero,
Meirinhos, e mais todos aqueles Oficiais,
Que ganham a Vida com a Desgraça alheia.

Embora a Medicina exista enquanto haja Enfermos,
Quem prescrevia Receitas eram Abelhas qualificadas,
Tão abundantes em toda a Colmeia
Que nenhuma delas precisava viajar;
Deixavam de lado vãs Controvérsias, e se empenhavam
Em livrar os Pacientes de seu Sofrimento;

---

[1] No original, *'Squire Catch* (Cavalheiro Pegador). *Jack Ketch* se tornara um termo genérico para carrascos.

[2] Provavelmente a espada da justiça, embora uma nota na tradução francesa (ed. 1750, i. 21) dê explicação diferente: "On ne sert dans les executions en *Angleterre* que de la hache pour trancher la tête, jamais de l' Epée. C'est pour cela qu'il donne le nom d'imaginaire à cette Epée qu'on attribue au Bourreau".

Descartavam Drogas de países Desonestos,
Para usar apenas seus próprios Produtos;
Sabendo que os Deuses não mandam Doenças
Para Nações sem Remédios.

   O C͏LERO, despertado da Preguiça,
Já não confiava suas Tarefas a Abelhas-Diaristas;[1]
Mas se dedicava ele mesmo, isento de Vício,
Aos Deuses com Prece e Sacrifício;
Todos os ineptos, e aqueles que sabiam
Que seus Serviços eram desnecessários, se retiraram;
Como já não havia Trabalho para tantos,
(Se é que os Honrados alguma vez precisaram),
Só alguns poucos ficaram com o Sumo Sacerdote,
A quem todos prestavam Obediência:
Ocupado ele mesmo em Tarefas Piedosas,
Renunciara aos demais Negócios de Estado.
Não fechava sua Porta aos Famintos,
Nem beliscava o Dinheiro dos Pobres;
Na sua Casa quem tinha Fome era atendido,
Ao Operário nunca faltava Pão abundante,
E o Peregrino ali encontrava Mesa e Cama.

   E͏NTRE os grandes Ministros do Rei,
E todos os Oficiais inferiores,
A Mudança foi ampla; (*Q*) pois frugalmente
Viviam agora apenas de seus Soldos:

---

[1] Em inglês, *journey-bees*. A expressão *journeyman parson* (pároco diarista) é gíria para um vigário.

Que uma Abelha pobre tivesse de vir dez vezes
Cobrar o que lhe era Devido, ínfima Soma,
E um Escrivão bem pago a obrigasse
A dar-lhe uma Coroa, se quisesse receber,
Denominava-se agora evidente Trapaça,
Quando antes se intitulava Gratificação.
Os Cargos até então ocupados por Três,
Que vigiavam a Velhacaria uns dos outros,
E muitas vezes, por Camaradagem,
Ajudavam-se mutuamente a furtar,
São hoje providos por Um funcionário,
O que tirou do mapa alguns milhares deles.

(R) Nenhuma Honra agora se poderia sentir
Em viver sem pagar pelo consumido;
As *Librés* se amontoavam em Casas de Penhor,
Vendiam-se Carruagens por um Tostão;
Assim como majestosos Cavalos em Parelhas,
E Casas de Campo, para pagar Dívidas.

Evitavam o Desperdício tanto quanto a Fraude;
Não tinham mais Exércitos no Exterior;
Desprezavam a Estima dos Estrangeiros,
E as Glórias vãs obtidas nas Guerras;
Lutavam, mas somente pelo Bem da Pátria,
Quando Direito ou Liberdade estavam em Jogo.

Olhem agora a gloriosa Colmeia, e vejam
Como Comércio e Honestidade se conjugam.
O Espetáculo termina, logo se esfuma;
E tudo já adquire novo Aspecto,
Pois não só partiram de lá Aqueles
Que gastavam por Ano grandes Somas,
Como Multidões que às suas custas viviam
Foram obrigadas a fazer o mesmo.
Em vão tentaram mudar para outros Ofícios,
Todos eles já sobrecarregados.

O Preço das Terras e Casas despenca;
Miríficos Palácios, cujos Muros,
Como os de *Tebas*, foram erguidos por Música,[1]
Estão para alugar; enquanto os outrora felizes
E bem-estabelecidos Chefes de Família teriam
Preferido morrer nas Chamas a contemplar
Aquela humilhante Inscrição em sua Porta,
A zombar das tão majestosas do passado.
A Indústria da construção está quase morta,
E os Artífices não encontram emprego;
(*S*) Nenhum Pintor se faz famoso com sua Arte,
Gravadores e Escultores vivem no anonimato.

Os sóbrios que restaram tentam descobrir
Não como gastar, mas como viver;

---

[1] No original, *by Play*. Uma nota de rodapé na tradução francesa (ed. 1750, i. 27) diz: "L'Auteur veut parler des bâtiments élevés pour l' Opera & la Comédie. *Amphion*, après avoir chassé *Cadmus* & sa *Femme* du lieu de leur demeure, y bâtit la Ville de Thèbes, en y attirant les pierres avec ordre & mesure, par l'harmonie merveilleuse de son divin Luth". É possível, todavia, que Mandeville tivesse usado deliberadamente *Play* por significar tanto "música" quanto "jogo".

E, ao pagar sua Conta na Taberna,
Resolvem não botar mais os pés lá.
Nenhuma moça Coquete em toda a Colmeia
Pode agora vestir Tecidos caros, e prosperar;
Torcol[1] já não adianta grandes Somas
Para *Borgonhas* nem para *Ortolans*;[2]
Foi-se o Cortesão que, com sua Amante,
Ceava toda noite iguarias Natalinas,
Gastando em duas Horas o que daria
Para alimentar por Dia um Pelotão de Cavalaria.

A ALTIVA *Cloé*, que, para viver à Larga,
Obrigara seu *(T)* Marido a pilhar o Erário:
Eis que agora vende seu Mobiliário,
Por cuja posse saquearam as *Índias*;
Ela reduz a dispendiosa Lista de Compras,
E repete seu Vestido grosseiro o Ano todo.

---

[1] N. da E. — Provavelmente, Mandeville se refere a personagem da peça *Ignoramus*, do inglês George Ruggle (1575-1622), escrita em latim em 1615, e no ano seguinte apresentada pela primeira vez no Trinity College, em Cambridge. Típica comédia de erros, foi um dos maiores sucessos do teatro seiscentista: teve 11 edições entre 1630 e 1787, e só no século XVII ganhou três traduções para o inglês (em 1660, 1662 e 1678). Considerada pelos especialistas uma peça "bem construída, cheia de encanto, energia e humor", influenciou toda a literatura da época, especialmente a famosa *Hudibras*, de Butler, e continuou no repertório do teatro nacional inglês ao longo de todo o século XVIII. Sua trama se desenvolve em torno da disputa de dois homens por uma jovem, Rosabella, cujo pai, um nobre português, ao morrer confiou-a ao alcoviteiro Rodrigo Torcol. Estabelecido em Bordeaux, onde vive de agenciar casamentos, Torcol pede 600 mil coroas de ouro pela mão da moça, e negocia um adiantamento de dinheiro com o advogado Ignoramus, interessado em casar com ela. Daí a frase de Mandeville que introduz na *Fábula* o personagem de Ruggle.
[2] Ortolans, do latim *Hortolanus*, são pequenas aves da Europa, muito estimadas pelos gourmets desde a Antiguidade por sua carne gorda, de sabor raro e delicado [N. do T.].

Foi-se a Época leve e inconsequente,
Mas as Roupas, como a Moda, não mudaram.
Os Tecelões, que à Seda uniam fios de Prata,
E todos os demais Comércios subordinados,
Desapareceram. A Paz e a Abundância ainda imperam,
E as Coisas são baratas, porém mais simples.
A gentil Natureza, livre da Tirania dos Jardineiros,
Permite a cada Fruto madurar no seu Tempo;
As Raridades, no entanto, escasseiam,
Pois ninguém se Empenha em obtê-las.

   Como o Orgulho e o Luxo diminuem,
Eles pouco a pouco abandonam os Oceanos.
Não Mercadores agora, mas Companhias
Desmontam todas as Fábricas.
As Artes e Ofícios, descurados, definham;
(V) O Contentamento, Ruína da Operosidade,[1]
Leva-os a admirar suas modestas Posses,
E a não buscar nem desejar nada melhor.

---

[1] Compare-se com a seguinte reflexão de Locke: "Quando um homem está perfeitamente satisfeito com o estado em que se encontra – quando ele não sente nenhum desconforto – qual atividade, qual ação, qual vontade pode impeli-lo a continuar? (...) E assim vemos que nosso Criador onisciente, de forma apropriada à nossa estrutura e constituição, e sabendo o que é que determina a vontade, colocou no homem o desconforto da fome e da sede, e outros desejos naturais, que retornam no seu tempo certo, movendo e determinando as vontades humanas, para sua própria preservação, e pela continuação da espécie" (*Essay concerning Human Understanding*, ed. Fraser, 1894, II. xxi. 34).

Tão poucas abelhas permanecem na vasta Colmeia,
Que não conseguem defender nem um Centésimo
Do território contra os Ataques dos Inimigos,
Embora a eles resistam com valentia:
Até encontrar um Abrigo bem protegido,
Onde morriam ou recuperavam sua Força.
Seus Exércitos não conheciam Mercenários,
Mas se batiam bravamente pelo que era seu;
Sua Coragem e Integridade
Foram, afinal, coroadas com a Vitória.
　　O Triunfo, porém, teve seu Preço,
Pois Milhares de Abelhas se perderam.
Endurecidas por Fadigas e Tormentos,
Passam a entender o Conforto como Vício,
O que lhes fortalece a Temperança;
E então, para evitar a Extravagância,
Voam para uma Árvore oca,
Com as bênçãos do Contentamento e da Honradez.

Moral da Fábula

Deixem-se de Queixas: só os Tolos se esforçam
(X) Por tornar Honrada uma Vasta Colmeia.
(Y) Gozar das Comodidades do Mundo,
Ter fama na Guerra mas viver no Sossego,
Sem grandes Vícios, é uma vã
Utopia enraizada no Cérebro.
Fraude, Luxo e Orgulho precisam existir
Enquanto possamos colher seus Benefícios:
A Fome é uma Praga terrível, sem dúvida,
Mas quem pode comer ou prosperar sem ela?
Acaso não devemos a Abundância do Vinho
À seca, torta e rústica Videira?
A qual, se suas Vides são negligenciadas,
Sufoca as outras Plantas e vira Arbusto;
Mas nos abençoa com seu nobre Fruto
Tão logo volta a ser podada e adubada:
Assim, o Vício pode ser benéfico

Quando contido e limitado pela Justiça;
E, mais ainda, se um Povo quer ser grande,
Tão necessário é o Vício ao Estado
Quanto a Fome o é para o comer.
Só a Virtude não garante que as Nações vivam
Em Esplendor; aqueles que queiram reviver
A Idade de Ouro devem, portanto, se livrar
Tanto da Honradez quanto das Bolotas de carvalho.

FINIS.

INTRODUÇÃO

Uma das principais Razões pelas quais tão poucas Pessoas compreendem a si mesmas é a seguinte: os Escritores, em sua maior parte, estão sempre ensinando aos Homens o que eles deveriam ser em vez de dizer-lhes o que realmente são.[1] De minha Parte, sem querer adular o Cortês Leitor ou a mim mesmo, creio que o Ser Humano (além de Pele, Carne, Ossos etc., que são óbvios à vista) se compõe de várias Paixões, as quais, todas elas, ao serem provocadas e virem à tona, o governam uma após outra, em rodízio, queira ele ou não. Mostrar que essas Paixões, de que todos nós fingimos ter Vergonha, são na verdade a principal Sustentação de uma Sociedade próspera foi o Objetivo do Poema precedente. Mas havendo nele certas Passagens aparen-

---

[1] Cf. Maquiavel: "Ma, sendo l'intento mio scrivere cosa utile a chi l'intende, mi è parso più conveniente andare dietro alla verità effetuale della cosa, che all'immaginazione di essa; ... perchè egli è tanto discosto dalla come si vive e come si dovrebbe vivere, che colui che lascia quello che si fa per quello che si dovrebbe fare, impara piuttosto la rovina che la preservazione sua..." (*Il Principe*, cap. 15); Montaigne: "Les autres forment l'homme; ie le recite..." (*Essais*, liv. 3, cap. 2, abertura); Spinoza: "Homines namque non ut sunt, sed ud eosdem esse vellent, concipiunt..." (*Tractatus Politicus*, página de rosto).

temente Paradoxais, prometi, no Prefácio, algumas Observações explanatórias, nas quais, para torná-las mais úteis, julguei conveniente inquirir como o Homem, ainda que pouco qualificado, pode, ensinado por suas próprias Imperfeições, distinguir entre Virtude e Vício. E aqui desejo que o Leitor, de uma vez por todas, tome boa e devida nota de que, quando eu digo Homens, não me refiro a *Judeus* ou *Cristãos*; mas simplesmente ao Homem, em estado de Natureza, ignorante da verdadeira Divindade.[1]

---

[1] Mandeville fez essa qualificação repetidas vezes, por exemplo na página de rosto da segunda edição da *Fábula* (ver adiante, ii. 474), no texto da *Fábula* (i.393) e na *Origin of Honour* (1732, p. 56). A crença agostiniana na degeneração do homem e na sua incapacidade para a virtude, a não ser "regenerados e preternaturalmente assistidos pela Graça Divina" (*Fábula* i.393-4), era lugar-comum de certas facções teológicas, notadamente dos jansenistas. Isso, na verdade, ocorria de forma tão generalizada que aparece com frequência nos escritos de livre-pensadores de prestígio. La Rochefoucauld, por exemplo, qualificou suas análises como Mandeville: "...[o Autor]...n'a considéré les hommes que dans cet état déplorable de la nature corrompue par le peché, et qu'ainsi la manière dont il parle de ce nombre infini de défauts qui se rencontre dans leurs vertus apparentes, ne regarde point ceux que Dieu en préserve par une grâce particulière" (*Réflexions ou...Maximes Morales*, 5ª ed., prefácio.) Ver também Bayle, *Oeuvres Diverses* (Haia, 1727-31) iii. 174, e Houdar de la Motte, *Oeuvres* (1753-4) i (2). 368, in *L'Amour Propre*; e cf. anteriormente i.153, n. 1.

UMA INVESTIGAÇÃO

sobre a ORIGEM da

VIRTUDE MORAL

Todos os Animais[1] não domesticados buscam apenas o prazer, e seguem naturalmente suas Inclinações, sem considerar o bem ou o mal que sua própria satisfação pode causar aos outros. Esse o Motivo pelo qual no Estado de Natureza as Criaturas mais aptas a viver pacificamente juntas em grande Número são as que têm menor Inteligência e menos Apetites a saciar; consequentemente, nenhuma Espécie Animal é, sem o Freio de alguma Autoridade, menos capaz de harmonizar-se em grandes Multidões que a espécie humana; contudo, suas características, boas ou más (não serei eu a determiná-las), fazem com que o Homem seja a única Criatura capaz de socializar-se. Mas por tratar-se de um Animal extraordinariamente egoísta

---

[1] A tradução francesa, editora Vrin, Bibliothèque des Textes Philosophiques, introdução, tradução, índice e notas de Lucien e Paulette Carrive, Paris, 1998, Parte I, p. 43, diz que Voltaire usou muitas das ideias desse trabalho para o seu *Tratado de Metafísica*, particularmente para os capítulos VIII e IX. [N. do T.]

e obstinado, bem como astuto, ele pode ser dominado por uma Força superior, mas não levado, pela Força apenas, a tornar-se maleável, e apto a receber os Aperfeiçoamentos de que é capaz.

O Principal, então, que Legisladores e outros Sábios, que se dedicam ao Estabelecimento da Sociedade, têm feito é convencer o Povo que pretendem governar de que é mais vantajoso para Todos dominar seus Apetites do que satisfazê-los, e muito melhor defender o Bem Público do que cuidar do Interesse privado de cada cidadão. Como isso tem sido sempre Tarefa das mais ingratas, não há Engenho ou Eloquência que não se tenha tentado; e os Filósofos e Moralistas de todos os Tempos se empenharam a fundo para provar a Verdade de tão útil Asserção. Não sei dizer se a Humanidade jamais acreditou nisso ou não, mas é improvável que ela tenha sido convencida a contrariar suas Inclinações naturais, ou a preferir o bem do próximo ao seu próprio bem, a menos que lhe tenham acenado com um Prêmio pela Violência que seria forçada a cometer contra si mesma. Aqueles que procuraram civilizar a Humanidade não ignoravam isso; mas, impossibilitados de distribuir Prêmios que satisfizessem todas as Pessoas por incontáveis Ações individuais, viram-se forçados a inventar um Equivalente geral para toda Abnegação, bom para qualquer Ocasião, o qual, sem custar nada a ninguém, representasse Recompensa aceitável e bem-vinda para todos os que a receberiam.

Examinaram, com essa intenção, as Forças e Fraquezas da nossa Índole, e verificaram que ninguém é tão selvagem que não se encante com Elogios, nem tão vil que suporte pacientemente o Desprezo. Concluíram, então, que a Lisonja é o mais poderoso Argumento que se pode empregar ao tratar com o Ser Humano. Fazendo uso, assim, dessa fascinante Máquina, exaltaram a Excelência de nossa Natureza acima da Natureza dos outros Animais; destacaram, em seguida, as Maravilhas da nossa Sagacidade e a Extensão dos nossos Conhecimentos; desfiaram mil Encômios à Racionalidade de nosso Espírito — atributos esses que nos permitem êxito em todos os mais nobres Empreendimentos. Tendo conseguido, por esse artificioso recurso da Lisonja, insinuar-se no Coração dos Homens, começaram a instruí-los nas Noções de Honra e de Vergonha, representando uma como o pior dos Males possíveis, e a outra como o mais alto Bem a que os Mortais podem aspirar; o que, uma vez feito, abriu caminho para a consideração seguinte: quão pouco convém à Dignidade de tão sublimes Criaturas serem solícitas à satisfação daqueles Apetites que têm em comum com as Feras, esquecidas das altas Qualidades que lhes dão preeminência sobre todos os Seres visíveis. Reconheciam que tais impulsos da Natureza eram prementes; que era dificultoso resistir-lhes, e quase impossível dominá-los inteiramente. Mas isso utilizavam apenas como Argumento para demonstrar, por um lado, quão glorioso era subjugá-los e, por outro, quão vergonhoso não tentar fazê-lo.

Para introduzir, ademais, uma Emulação entre os Homens, dividiram as Espécies em duas Classes, muito diversas uma da outra: a primeira consistia em Gente ordinária, abjeta, sempre às voltas com o Gozo imediato e totalmente incapaz de Altruísmo, sem consideração com o bem dos outros, e sem Objetivo mais alto que suas vantagens privadas; gente escravizada pela Voluptuosidade, abandonando-se sem Resistência a desejos grosseiros, que só faz uso das Faculdades Racionais para aumentar o Prazer dos Sentidos. Esses Miseráveis, diziam eles, Escória da sua Raça, tendo da

Espécie Humana nada mais que a Forma, só diferiam das Bestas por seu aspecto exterior. Já a outra Classe era composta de Criaturas nobres, livres do Egoísmo sórdido, voltadas para o cultivo do Espírito, estimando a Ilustração como sua maior Riqueza; convencidos disso, só encontravam Prazer no aprimoramento daquela Porção de si próprios em que sua Excelência consistia. Desprezando, ao mesmo tempo, tudo o que tinham em comum com as Criaturas irracionais, opunham-se, com a ajuda da Razão, às suas Inclinações mais violentas; e mantinham uma Guerra constante consigo mesmos para promover a Paz para todos, o Bem Público e o Domínio das próprias paixões:

> *Fortior est qui se quàm qui fortissima*
> *Vincit Mœnia* ___ ___ ___ ___ [1]

Estes últimos é que são considerados os verdadeiros Representantes de sua sublime Espécie, excedendo em merecimento a Classe anterior em mais graus do que esta, por sua vez, era superior às Bestas do Campo.

Como acontece entre todos os Animais, que não são imperfeitos o suficiente para sentir Orgulho, constatamos que os melhores, os mais belos e mais valiosos de cada espécie são geralmente os que mostram mais brio e altivez; assim ocorre com o Homem, o mais perfeito dos Animais:[2] o orgulho é tão inseparável da sua mesma Essência (por mais ardilosamente que alguns aprendam a escon-

---

[1] "Mais forte é o homem que conquista a si mesmo do que aquele que toma as mais poderosas muralhas". Prov. XVI. 32.

[2] A semelhança entre o homem e os animais era lugar-comum na Antiguidade, mas a ortodoxia cristã fez o homem *sui generis*. Montaigne, todavia, em seus *Essais* (Bordeaux, 1906-20, ii. 158-202), defendia o parentesco entre o homem e a besta. O mesmo fizeram Charron (*De la Sagesse*, tomo I, cap. 8); Pierre le Moyne (*Peintures Morales*, ed. 1645, vol. I, tomo 2, cap. 5, §2); La

dê-lo ou disfarçá-lo) que sem ele o Composto de que o Homem é feito perderia um de seus principais Ingredientes. Não se poderia, em consequência, duvidar de que Lições e Admoestações, habilmente adaptadas à boa Opinião que o Homem tem de si mesmo, como essas que mencionei, devem, se distribuídas judiciosamente entre a Multidão, não somente ganhar o assentimento da maioria, na parte Especulativa, como, ainda, induzir muitos – sobretudo os mais ardorosos, mais resolutos e melhores dentre eles – a suportar mil Inconvenientes, e enfrentar Provações e Reveses, pelo prazer de poderem se enquadrar no grupo dos Homens da segunda Classe mencionada, e consequentemente atribuindo a si mesmos todas as Excelências que dela sempre ouviram falar.

Do que se disse, podemos esperar, antes de mais nada, que os Heróis que tanto penaram para subjugar alguns de seus Apetites naturais, e preferiram o Bem do Próximo a qualquer Interesse próprio visível, não arredassem pé, por uma polegada que fosse, das belas noções recebidas sobre a Dignidade das Criaturas Racionais; e, tendo a Autoridade do Governo sempre do seu lado, reivindicassem, com todo vigor, a estima devida aos membros da segunda Classe referida, bem como sua Superioridade sobre o resto da espécie. Em segundo lugar, que aqueles que careciam de suficiente Reserva de Orgulho ou de Resolução que os sustentasse no esforço de mortificação de tudo que lhes era mais caro, e que seguiam os ditames sensuais da Natureza,

Motte le Vayer (*Soliloques Sceptiques*, Paris, 1875, p. 5), e, acima de todos, Gassendi, o qual, em sua resposta a Descartes, argumentava: "...at quemadmodum, licet homo sit præstantissimum animalium, non eximitur tamen ex animalium numero..." (ver Gassendi, in Descartes, *Oeuvres*, Paris, 1897-1910, vii. 269 in *Meditationes de Prima Philosophia, Objectiones Quintae*, ii. 7). Cf. também adiante, i. 409, *n.* 2, ii. 170, *n.* 1, e 202, *n.* 1.

ficariam envergonhados de se confessar pertencentes à Classe inferior, tida e havida como muito próxima das Bestas; e, em sua própria Defesa, escondendo suas Imperfeições o melhor que pudessem, eles alegariam possuir tanta Abnegação e Espírito Público quanto qualquer pessoa. Porque é altamente provável que alguns tantos dentre eles, convencidos por Provas reais de Coragem e de Autocontrole que viram outros dar, admiraram nestes o que não puderam encontrar em si mesmos; outros terão ficado intimidados diante da Determinação e do Arrojo dos membros da segunda Classe, e todos teriam sido mantidos numa espécie de temor respeitoso pelo Poder dos seus Governantes. É, pois, razoável crer que nenhum deles (pensasse o que pensasse no seu íntimo) teria ousado contradizer abertamente aquilo de que os demais considerassem Criminoso duvidar.

Essa foi (ou pelo menos pode ter sido) a forma com que se domou o Homem Selvagem.[1] Donde fica evidente que os primeiros rudimentos de Moral, alinhavados por hábeis Políticos a fim de tornar os Homens úteis uns aos outros, bem como tratáveis, foram criados principalmente para que os Ambiciosos pudessem auferir mais Benefícios e governar vasto número de pessoas com maior Facilidade e Segurança. Uma vez estabelecido esse Fundamento da Política,

---

[1] Que virtude e religião foram invenções dos políticos para dominar a massa já era convicção dos Antigos. Pode ser encontrada, por exemplo, em Platão (*Theaetetus*, 172 A, B), em Epicuro (*Sententia* 31, ed. Usener, p. 78) e em Horácio (*Sátiras* I, iii.111-12). Depois de Cristo, porém, embora o conceito da origem humana da virtude não fosse muito raro, a ideia de que fora inventado expressamente como um freio, para controlar o povo, poucas vezes ocorreu, pelo menos em letra de fôrma. Encontrou expressão, quando muito, na boca de vilões de teatro ou em debates, como parte do papel do interlocutor escolhido para perder. Assim, Greene faz Selimus dizer (*First Part of... Selimus*, linhas 258-71, in *Life and Works*, ed. Grosart): "...Então,

era impossível que o Homem permanecesse selvagem: porque mesmo aqueles que continuaram, como dantes, a Gratificar seus apetites, chocando-se continuamente com outros da mesma Qualidade, não podiam deixar de observar que, sempre que dominavam suas Inclinações, ou cediam a elas com maior Prudência, evitavam

algum homem sábio, superior ao erudito vulgar /...criou, pela primeira vez, / Os nomes dos Deuses, religião, céu e inferno, / E criou as dores, e pobres recompensas ... / E estes ritos religiosos, / Bichos-papões para deixar o mundo atemorizado / E fazer o homem aceitar o jugo pacificamente. / Assim é que a religião, pura baboseira, / Só foi inventada para nos manter pacíficos". Nathaniel Ingelo escreveu: "Vocês discutem de maneira plausível, disse *Pasenantius*; mas por que não consideram que os Políticos, como eu disse a vocês, inventaram essa ideia [de religião]...?" (*Bentivolio and Urania*, ed. 1669, parte 2, p. 113). Em *Christianity not Mysterious* (2ª ed., 1696, p. 58), Toland diz: "... o *Homem natural*, i.e., esse que dá vazão a seus Apetites, vê as Coisas Divinas como Tolice apenas, considera a *Religião* um Delírio de febre de algumas Cabeças supersticiosas, ou simplesmente um Ardil político, inventado por homens Públicos para infundir Temor no Vulgo crédulo". Cf. também Hobbes, *English Works*, ed. Molesworth, iii.103, in *Leviathan*. [A ed. padrão de Hobbes, a de William Molesworth (1839-1845), reimpressa em 1962, compreende os *English Works*, em dois volumes, e os *Latin Works*, em cinco. O *Leviathan or the Matter, Forme and Power of a Common Wealth Ecclesiasticall and Civil*, sua obra-prima, é de 1651 e pertence ao primeiro bloco (N. do T.)]. Ao que tudo indica, essa concepção teve algum predomínio mas pouca expressão oral por causa das leis contra a blasfêmia. Já no Continente, Maquiavel falou sobre a invenção da moral pelos políticos (*Discorsi* I. ii), e o mesmo fez Lucilio Vanini (1585-1619) em *De Admirandis Naturae... Arcanis* (Paris, 1616, p. 366); e Spinoza afirmou que a obediência da massa era o principal objetivo da religião, sustentando ainda que os profetas adaptavam deliberadamente suas palavras a esse propósito (ver *Tractatus Theologico-Politicus*, passim). Cf. também La Rochefoucauld, máximas 87 e 308 (*Oeuvres*, ed. Gilbert & Gourdault).

É muito importante notar que Mandeville não acreditava realmente que a virtude fora "inventada" em alguma ocasião especial. Ele se deu repetidamente ao trabalho de corrigir a falsa impressão criada por sua *Investigação sobre a Origem da Virtude Moral*. Assim, em *Origin of Honour* (1732), escreveu: *"Hor*.: Mas como você pode estar seguro de que isso foi obra de Moralistas e Políticos, como parece insinuar? *Cleôm*. [o porta-voz de Mandeville]: Eu dei esses Nomes indistintamente a Todos que, tendo estudado a Natureza Humana, se empenharam em civilizar os Homens, e torná-los mais tratáveis, ou para o Conforto de Governantes e Magistrados, ou para a Felicidade Temporal da Sociedade em geral. Penso que, de todas as Invenções

um mundo de Problemas, e também escapavam às Calamidades que geralmente resultam da Busca imoderada do Prazer.

Primeiro, eles recebiam, assim como os outros, os benefícios das Ações tomadas em prol da Sociedade como um Todo e, consequentemente, não podiam deixar de desejar êxito à Classe superior, responsável por esse resultado. Em segundo lugar, quanto mais sôfregos se mostravam na busca por Vantagens próprias, sem Consideração pelos outros, mais se convenciam de que os maiores obstáculos que encontravam no caminho eram gente semelhante, em perseguição dos mesmos objetivos.

Sendo, então, do Interesse dos piores elementos do grupo fomentar o Espírito Público, para que pudessem colher os Frutos do Trabalho e da Abnegação de outros, e ao mesmo tempo satisfazer seus Apetites com menos perturbações, concordaram com os demais em chamar de VÍCIO tudo aquilo que o Homem faz para gratificar qualquer de seus Apetites sem levar em conta o Público; isso se no Ato praticado se visse a Possibilidade, por menor que fosse, de injúria ou prejuízo a qualquer um do Grupo, ou que o tornasse menos prestimoso como membro da Comunidade. Concordaram também em reconhecer como VIRTUDE qualquer Desempenho no qual o Homem, contrariando o impulso da Natureza, se empenha

---

dessa Espécie, como a de que lhe falei com relação à Polidez [uma nota de pé de página se refere aqui à *Fábula* ii. 132, nesta edição brasileira ii.161-2], todas essas Invenções são coletivas, Labor conjunto de muitos no Curso do Tempo. Não terá sido qualquer expediente engenhoso de um só Homem, nem a construção de apenas alguns Anos, o que estabeleceu a Noção pela qual uma Criatura racional é mantida num estado de Temor respeitoso, com um Ídolo erigido para ser venerado" (pp. 40-1).

A insistência por parte de Mandeville no fato de que a civilização é o resultado não de criação súbita, mas de evolução laboriosa, baseada na natureza do homem, já foi discutida anteriormente, i. 128-30.

em Benefício do próximo,¹ ou no Domínio de suas próprias Paixões movido por uma Ambição Racional² de ser bom.³

---

¹ Em apoio a seu argumento de que virtude significa, sempre, abnegação, Mandeville, no prefácio à sua *Origin of Honour* (1732), fornece uma análise da origem da Ética, e conclui: "Após madura Consideração do que foi dito, é fácil imaginar como e por que, logo depois da Fortaleza [o domínio de nosso medo da morte, maior conquista de todas], honrada com Justiça como Virtude, todos os outros ramos da Conquista sobre Nós Mesmos foram dignificados com o mesmo Título. É fácil também entender o Motivo pela qual eu tenho tão tenazmente insistido no seguinte: que nenhuma Prática, nenhuma Ação ou boa Qualidade, por mais útil e benéfica em si mesma, pode merecer a rigor o nome de Virtude se não houver à vista, palpável, um elemento de Abnegação, de Autossacrifício" (pp. v-vi). Mais tarde, em *Origin of Honour* (p. 236), ele argumenta: "É certo que o Cristianismo, uma vez despido da Severidade de sua Disciplina e dos seus Preceitos Fundamentais, pode vir a ser habilmente pervertido e desviado do seu Escopo original, de modo a servir a qualquer Fim mundano que um Político possa ter em vista".

Para a relação paradoxal do elemento ascético da concepção que Mandeville tem de Virtude com o conjunto da sua filosofia moral, ver a discussão anteriormente, i. 110-119. Cf. também, adiante, *n.* 3.

² O racionalismo – é quase desnecessário dizer – teve presença marcante na ética dos séculos XVII e XVIII, como se pode ver num escritor como Culverwel, por exemplo, que diz em *Of the Light of Nature* (ed. Brown, 1857, p. 66): "a luz da natureza se funda na razão"; ou ainda num pensador mais sistemático como o "intelectualista" Samuel Clarke, que argumenta em *Works* (ed. 1738, ii. 50-1): "Desse primeiro, original e literal significado das palavras Flesh ("carne") e Spirit ("espírito"), os mesmos Termos se estenderam, por uma forma fácil e natural de Locução, para significar *Todos os Vícios e Todas as Virtudes* em *geral*. E isso por terem suas Raízes e Fundamento, os primeiros pela predominância de diferentes *Paixões e Desejos* sobre os Ditames da *Razão*; e as outras, no Domínio de *Razão e Religião* sobre todas as irregularidades de *Desejos e Paixões*. Todo *Vício* e toda instância de *Iniquidade*, de qualquer *espécie* que sejam, provêm de *algum Apetite desarrazoado ou Paixão desgovernada em Guerra contra a lei do Entendimento*". E, de novo: "Toda Religião, como toda Virtude, consiste no Amor da Verdade, no Livre-Arbítrio, na Prática do Direito, e em estar regularmente influenciada por Motivos racionais e morais" (*Sermons*, ed. 1742, i. 457). Até um pensador tão empírico quanto Locke sustenta, em contradição à sua principal filosofia, que uma completa moralidade pode se derivar de um exercício de pura racionalização a partir de princípios gerais *a priori*, sem referência a nenhuma circunstância concreta. Mesmo Spinoza, que pôs tanta ênfase na dependência do pensamento ao sentimento, procura demonstrar a sua ética "pela ordem geométrica".

³ Muitas coisas da maior importância devem ser observadas a respeito dessa

Cumpre objetar que nenhuma Sociedade pôde ser chamada de civilizada antes que sua maior parte tivesse concordado sobre alguma forma de Adoração a um Poder soberano, e, consequentemente, que as Noções de Bem e de Mal e a distinção entre *Virtude e Vício* não foram jamais Fabricação de Políticos, mas o puro Efeito da Religião. Antes que eu possa responder a essa Objeção, devo repetir o que já disse: que, nesta *Investigação sobre a Origem da Virtude Moral*, eu não falo de *Judeus* ou de *Cristãos*, mas do Homem em seu Estado de Natureza e Ignorância da verdadeira Divindade; e então afirmo que as Superstições Idólatras de outros Países, e as ridículas Noções que eles têm do Ser Supremo, eram incapazes de incitar o Homem à Virtude, e serviram apenas para divertir uma Multidão rude e sem qualquer discernimento. A História mostra à exaustão que em todas as Sociedades importantes, por estúpidas e ridículas que tivessem sido as Noções transmitidas ao Povo sobre as Divindades que eles adoravam, a Natureza Humana se exerceu em todos os seus Aspectos, e que não há Sabedoria terrestre ou Virtude Moral na qual, em determinado momento, os Homens não tenham se superado em todas as Monarquias e Repúblicas que, de um modo ou de outro, se fizeram notar por sua Riqueza e Poder.

definição, em torno da qual gira toda a teoria de Mandeville sobre o assunto. Em primeiro lugar, sua insistência na ideia de que a virtude implica contradição da nossa natureza e sua exigência de que ela seja "racional" vêm a ser a mesma coisa. Um ato "racional" significa para Mandeville um ato que não é ditado pelas emoções. Consequentemente, comportamento "racional" era *ex hipothesi* ato "contrário ao impulso da Natureza". Em segundo lugar, não só o aspecto racionalista da sua definição era, em geral, um reflexo do pensamento contemporâneo (página anterior, *n*. 2), mas seu extremo rigorismo ascético e sua identificação de "razão" com "ausência de paixão" foram também, em grande parte, uma representação das concepções fundamentais e populares da sua época, só que com maior ênfase do que de habitual. Tratei desses fatos com razoável minúcia anteriormente, i. 186, *n*. I, e 187, *n*. I.

Os *Egípcios*, não satisfeitos de ter Deificado todos os horrendos Monstros que lhes ocorreu imaginar, foram idiotas ao ponto de adorar as Cebolas que eles próprios haviam semeado;[1] e, todavia, seu País era, ao mesmo tempo, a mais famosa Escola de Artes e Ciências do Mundo Antigo, e eles o Povo eminentemente mais versado de todos os tempos nos Mistérios mais profundos da Natureza.

Nenhum Estado ou Reino sob os Céus jamais produziu maiores ou melhores Modelos de Virtudes Morais do que os Impérios *Grego e Romano* antigos, especialmente este último; e, no entanto, não eram desconexas, absurdas e ridículas suas Ideias em matéria de Questões Sagradas? Sem nos determos no Número extravagante de suas Divindades, e considerando tão somente as Histórias infames que lhes atribuíam, não há como negar que sua Religião, longe de ajudar os Homens a dominar suas Paixões ,e a seguir a Senda da Virtude, parecia mais inclinada a justificar seus Apetites e encorajar seus Vícios.[2] Mas se quisermos saber o que os fez sobressair em Firmeza, Bravura e Magnanimidade, teremos de voltar nossos Olhos para a Pompa de seus Triunfos,

---

[1] Ver Plínio, *Naturalis Historia*, ed. Mayhoff, xix. (32) 101. Mandeville alude a essa superstição em seu *Free Thoughts* (1729, p. 50).

[2] O argumento de Mandeville sobre a perversidade dos deuses, apresentado para provar sua alegação de que a religião tem pouco efeito benéfico sobre o comportamento, já se encontra nos clássicos (por exemplo, Lucrécio, i. 62-101). Entre escritores do século XVII que sustentavam a possível independência entre virtude e religião podem ser mencionados La Mothe le Vayer (*Vertu des Païens*); Nicole (*Essais de Morale*, Paris, 1714, iii. 128-9 e 165-6); e Bayle (*Miscellaneous Reflexions*, ed. 1708, ii. 371, e *Oeuvres Diverses*, Haia, 1727-31, iii. 363-4, 375-6 e 387). Outros exemplos da mesma opinião em Bayle, *Réponse aux Questions d'un Provincial*, parte 3, cap. 10; e na edição Masson da *Profession de Foi du Vicaire Savoyard*, de Rousseau (1914), p. 253, *n*. 2.

a Magnificência de seus Monumentos e Arcos; seus Troféus, Estátuas e Inscrições; a variedade de suas Coroas Militares; as Honras por eles concedidas aos Mortos, seus Públicos Encômios aos Vivos, e outros Prêmios imaginários dados a Homens de Mérito; veremos, então, que o que levou tantos deles ao mais alto Grau de Abnegação foi nada menos que sua Política de se servir dos mais eficazes Meios de afagar o Orgulho humano.

É visível, portanto, que não foi qualquer Religião Pagã ou outra Superstição Idólatra que primeiro convenceu o Homem a contrariar seus Apetites e sujeitar suas mais caras Inclinações, mas a hábil Manipulação de precavidos Políticos; e quanto mais de perto examinarmos a Natureza humana, mais nos convenceremos de que as Virtudes Morais são a Prole ou Descendência Política que a Lisonja engendrou no Orgulho.[1]

Não existe Homem, por maior que seja sua Capacidade ou Perspicácia, inteiramente Imune aos sortilégios da Lisonja, se manhosamente aplicada e adaptada às suas Habilidades. Crianças e Tolos engolirão Elogios Pessoais, porém os mais sagazes têm de ser abordados com maior Prudência; e quanto mais geral for a Lisonja, tanto menos suspeitarão da sua Falsidade aqueles que dela são objeto. O que se disser em Louvor de uma Cidade inteira será recebido com Agrado por todos os seus Habitantes. Fale bem das Letras em geral e cada Homem de Saber se sentirá particularmente grato a você. Pode-se louvar sem risco o Emprego que alguém tenha, ou o País em que nasceu, porque com isso você lhe dá a desejada Oportunidade de disfarçar o

---

[1] Cf., anteriormente, i. 156, *n.* I.

Júbilo que sente por ele mesmo sob a Estima que finge ter pelos outros.[1]

É comum entre Homens astutos, conscientes do Poder que a Lisonja tem sobre o Orgulho, ao temerem ser iludidos por alguém, estender-se em louvores à Honra, à Honestidade, à Integridade da Família, do País ou, por vezes, da Profissão daquele de quem suspeitam – tudo isso ao arrepio da própria Consciência; porque eles sabem que os Homens mudam muitas vezes de Opinião, e agem contra suas Inclinações, para ter o Prazer de continuarem a passar aos olhos dos Outros pelo que sabem muito bem não serem na realidade. Assim, os Moralistas Sagazes pintam os Homens como Anjos, na Esperança de que o Orgulho de pelo menos Alguns os leve a copiar os belos Originais postos à sua frente como se neles estivessem retratados.[2]

Quando o Incomparável Sir *Richard Steele*,[3] com a elegância costumeira do seu fácil Estilo, se alonga nos elogios à sublime Espécie a que pertence, e com todos os Embelezamentos da Retórica fala da Excelência da Natureza Humana,[4] é impossível não ficar encan-

---

[1] Cf. Jean de la Placette: "Chaque Moine prend part à la Gloire de son Ordre, & c'est principalement par cette raison qu'il en est si jaloux.
On voit la même chose par tout ailleurs. On le voit dans les Professions, dans les genres de vie, dans les Sociétés civiles & Ecclesiastiques. Tous ceux qui composent ces Sociétés, ou qui suivent ces Professions, les élèvent jusqu'au ciel, & se font une grande affaire de faire l'éloge des personnes de merite qui y ont vécu. Pourquoi cela, que pour s'approprier en suite toute la gloire qu'on a tâché de procurer, ou de conserver au corps?" (*Traité de l'Orgueil*, Amsterdam, 1700, p. 47).

[2] Cf. adiante, ii. 509-12.

[3] Richard Steele (1672-1729), feito cavaleiro em 1715, editou, com Joseph Addison, os periódicos *The Tatler* (lançado em 1709) e *The Spectator* (1711). [N. do T.]

[4] Steele abriu o nº 87 do *Tatler* [27.X.1709] com as seguintes palavras: "Não há nada que eu contemple com maior prazer que a dignidade da natureza humana". E no

tado com seus alegres Volteios de Pensamento e a Polidez de suas Expressões. Mas, embora eu me tivesse frequentemente emocionado com a Força de sua Eloquência, e me dispusesse a engolir com Prazer sua engenhosa Sofística, jamais pude levá-lo inteiramente a sério, pois ao refletir sobre os seus artificiosos Encômios eu pensava nos Estratagemas usados pelas Mulheres para ensinar boas maneiras às Crianças. Quando uma Menina desajeitada, que nem sabe ainda Falar ou Caminhar corretamente, depois de muito Rogo, faz os seus primeiros e toscos Ensaios de Reverência, a Babá cai em êxtase de Elogios: *Ah, o delicado Salamaleque! Oh, que bela Senhorita! Já é mesmo uma Dama! Mamãe! Mademoiselle sabe fazer uma Reverência melhor que sua irmã Molly!* A isso fazem coro as demais Empregadas da casa, enquanto Mamãe estreita a Filhinha nos braços com risco de sufocá-la; só Miss *Molly*, quatro anos mais velha que a outra e perita em Reverências, fica assombrada com a Perversidade do Julgamento geral. Tomada de Indignação, está a ponto de chorar com a Injustiça que lhe fazem quando alguém lhe diz ao Ouvido que aquilo "é só para alegrar a Criança", e que ela já é uma Mulher; orgulhosa de ser chamada a participar do "segredo", feliz com a Superioridade de sua Inteligência, repete o que foi dito com generosos Acréscimos, insultando assim a Fragilidade de sua Irmã, que ela imagina ser a única feita de boba ali. Elogios tão extravagantes seriam qualificados, por qualquer um de Entendimento superior ao de uma criança, como pura Lisonja, ou mesmo abomináveis Mentiras, mas a Experiência nos ensina que é com a ajuda de Encômios desse calibre

epílogo de [sua comédia romântica] *The Lying Lover* (1703), recomendou a peça "por fazer maior em nós a aprovação de nós mesmos". [Ela foi, no entanto, seu único fracasso no teatro: esteve em cartaz por apenas seis noites. (N. do T.)]

que as jovens Senhoritas aprenderão a fazer Reverências perfeitas e a se portar como adultas muito mais cedo, e com muito menos trabalho, do que sem eles. Acontece o mesmo com Garotos, quando se trata de persuadi-los de que todos os verdadeiros Cavalheiros fazem sempre o que lhes é ordenado, e que só Meninos de Rua são grosseiros ou sujam suas Roupas. E mais: logo que o Moleque impetuoso começa, com o Punho destreinado, a manusear atrapalhadamente seu Chapéu, a Mãe, querendo ensiná-lo a cumprimentar, lhe diz, antes que complete dois Anos de idade, que já é um Homem; e se ele repete a Saudação toda vez que ela pede, a Mãe o promove a Capitão, Prefeito, Rei, ou qualquer coisa mais alta que consiga imaginar, até que, pela força do Elogio, o Pivete se empenha tanto quanto possa em imitar um Homem, e exige o máximo de suas Faculdades para mostrar o que no seu fraco Entendimento acredita pensarem que ele seja.[1]

O mais ínfimo Desgraçado se dá inestimável valor, e o maior desejo do Homem Ambicioso é que todo Mundo, nesse particular, pense igual a ele. Assim, a mais insaciável Sede de Fama que um Herói tenha sentido nada mais é que uma desenfreada Ganância de ter a Estima e a Admiração dos pósteros tanto quanto de seus contemporâneos. E (por mais Mortificante que seja essa Verdade,

---

[1] Há um paralelo a esse parágrafo em Locke: "As roupas que cobrem nossos corpos, feitas para a modéstia, o calor, a defesa, são... transformadas em matéria de vaidade e de emulação... Quando a debutante se enfia no seu vestido novo e confortável, o que pode fazer a mãe senão ensiná-la a admirar-se, chamando-a de 'rainha' e 'princesinha'?" (*Some Thoughts concerning Education*, in *Works*, ed. 1823, ix. 30). "Se um dia se inculca numa criança amor à reputação e repulsa à vergonha e à desgraça, ela tem para o resto da vida o princípio essencial..." (*Works* ix. 41). La Rochefoucauld também disse que "L'éducation que l'on donne d'ordinaire aux jeunes gens est un second amour-propre qu'on leur inspire" (máxima 261, *Oeuvres*, ed. Gilbert & Gourdault); e J. F. Bernard sustentava que a educação se conseguia "par le secours de l'amour propre" (*Reflexions Morales*, Amsterdam, 1716, p. 5).

num momento de reflexão, para um *Alexandre* ou um *César*) a perspectiva da grande Recompensa, pela qual Nobres espíritos sacrificaram com tanto Entusiasmo sua Tranquilidade, Saúde, Prazeres do Sentido e cada Polegada de si mesmos, não foi jamais outra coisa que o Alento do Homem, a Etérea Moeda da Glorificação. Quem não rirá pensando em todos os grandes Homens que levaram tão a sério esse Louco[1] da *Macedônia*, grande Alma, esse possante Coração, no qual tão confortavelmente se acomodava o Mundo que ainda havia lugar para mais seis, segundo *Lorenzo Gratian*?[2] Quem pode impedir-se de Rir quando ele compara as lindas coisas que já se disseram de *Alexandre* com o Objetivo que ele mesmo tinha em mente para culminar suas incríveis Façanhas, tal como provado por palavras da sua própria Boca, quando as imensas Dificuldades que experimentou para atravessar o *Hydaspes* o levaram a exclamar: *Oh, Atenienses, podeis dar-vos conta dos Perigos a que me exponho para ser elogiado por vós?*[3] Para definir, então, esse Prêmio que é a Glória, da maneira mais ampla possível, o que pode ser dito sobre ele é que consiste numa Felicidade superlativa de que goza um Homem, cônscio de haver praticado uma nobre Ação, pensando nos Aplausos que espera dos outros.

---

[1] Bayle, de cujo dicionário Mandeville tirou algumas de suas informações sobre Alexandre, também se refere a ele como 'louco'. Ver Bayle, *Miscellaneous Reflections*, ed. 1708, i. 195.

[2] Baltasar Gracián y Morales (1601-1658), escritor e filósofo espanhol. Mandeville tirou isso do verbete "Macedônia" do *Dictionary* de Bayle (*n.* C), que diz: "Um Autor Espanhol vai mais longe que Juvenal; ele chama *Archicor* [supercoração] ao coração de Alexandre, num Canto do qual o Mundo se acomodava com tanto conforto que ainda havia espaço para seis mais". Uma nota (C *e*) identifica o autor como Lorenzo [Baltasar] Gracián (cf. Gracián, *Obras*, Barcelona, 1757, i. 511).

[3] Sobre essa citação, originalmente de *Vida de Alexandre*, de Plutarco, ler o verbete "Macedônia" no dicionário de Bayle.

Talvez me digam agora que, além das ruidosas Fadigas da Guerra e da pública Agitação dos Ambiciosos, há Atos nobres e generosos que são executados em Silêncio; que, sendo a Virtude sua própria Recompensa, aqueles que são de fato Bons tiram Satisfação de saberem disso no seu foro íntimo, e essa Consciência é todo o Prêmio que esperam de suas mais meritórias Proezas; que entre os Pagãos houve Homens que, ao fazerem o bem a quem quer que fosse, estavam tão longe de cobiçar Gratidão e Louvor que tomavam todo Cuidado possível para serem ignorados por aqueles a quem tinham outorgado seus Benefícios, e, consequentemente, não é o Orgulho que incita o Homem ao mais alto grau de Abnegação e Desprendimento.

Em resposta a isso eu diria que é impossível julgar o Desempenho de um Homem sem estar inteiramente familiarizado com os Princípios e Motivos de seus atos. A Piedade, ainda que seja a mais gentil e a menos daninha de nossas Paixões, é também uma Fraqueza da Natureza humana, tal qual a Ira, o Orgulho ou o Medo. Os indivíduos de Mente mais fraca são os que têm, em geral, a maior provisão de Piedade, e é por isso que não há Criaturas mais Compassivas que as Mulheres e Crianças. É preciso confessar que, de todas as nossas Fraquezas, esta é a mais amável e a que guarda maior Semelhança com a Virtude. E mais: sem uma considerável dose de Piedade, a Sociedade dificilmente subsistiria. Mas, como se trata de um Impulso da Natureza, que não consulta nem o Interesse Público nem nossa própria Razão, pode produzir tanto o Mal quanto o Bem. Contribuiu para destruir a Honra de Virgens, e corrompeu a Integridade de Juízes; e aquele que se conduza apoiado nela como

Princípio, seja qual for o Bem que produza para a Sociedade, não tem nada de que se gabar: entregou-se simplesmente a uma Paixão que por acaso se revelou útil ao Público. Não há Mérito em salvar um Bebê inocente prestes a cair no Fogo. Uma Ação dessas não é boa nem má, pois embora tenha, sem dúvida, beneficiado o Menino, é verdade que só o resgatamos para favorecer a nós mesmos, uma vez que vê-lo cair e nada fazer para ajudá-lo nos teria causado um Sofrimento que o instinto de Autoconservação nos impeliu a evitar. Também não tem maior Virtude um rico Pródigo, dotado de Temperamento compassivo, que adora satisfazer suas Paixões, quando socorre um miserável Objeto de Compaixão com o que é para ele mesmo uma Ninharia.

Mas há Homens que, sem condescender com qualquer Debilidade de sua natureza, conseguem renunciar a coisas que lhes são caras, e, sem nenhum outro Motivo que o Amor à Bondade, fazer uma boa Ação em Silêncio. Tais Homens, confesso, adquiriram Noções mais refinadas de Virtude do que aqueles de que tenho falado; e mesmo nesses (escassos no Mundo) podemos descobrir não poucos Sintomas de Vaidade, e o mais Humilde de todos terá de confessar que o Prêmio de uma Ação Virtuosa, que é a Satisfação daí decorrente, consiste num certo Prazer a que ele se permite ao contemplar seu próprio Mérito. Tal Prazer, juntamente com a Ocasião que lhe deu origem, são certamente Sinais de Orgulho, assim como Palidez e Tremor diante de um Perigo iminente são Sintomas de Medo.

Do Leitor por demais escrupuloso que condene, à primeira Vista, essas Noções sobre a Origem da Virtude Moral, e as julgue, talvez, ofensivas ao Cristianismo, espero que suspenda suas Censuras ao considerar que nada pode revelar melhor a insondável profundeza da Sabedoria Divina quanto o fato de que o *Homem*, que a Providência destinou à Sociedade, não só foi levado por suas Fragilidades e Imperfeições para a Estrada da Felicidade Temporal, como recebeu também, por uma aparente Necessidade de Causas Naturais, uma Tintura daquele Conhecimento que mais tarde ele aperfeiçoaria através da Verdadeira Religião, para seu Eterno Bem-estar.[1]

---

[1] A análise de Mandeville dos usos do mal não deve ser confundida com o "otimismo" ao qual parece assemelhar-se. O otimismo filosófico e teológico, como os de Leibniz, Shaftesbury ou Milton (*Paradise Lost* i. 151-2 e *passim*), era teleológico: via o mal operando em direção ao bem como parte de um grande plano divino. Mandeville, porém, a despeito do parágrafo que motivou esta nota, não estava interessado no problema no sentido teleológico, mas apenas como fato da vida terrena. Ele continuou, aliás, a chamar às coisas um "mal", e a negar-lhes qualquer embelezamento, apesar de insistir em sua contribuição como meios para bons fins. Cf. também, anteriormente, i. 137-38.

OBSERVAÇÕES

(A) *Enquanto outros se lançavam a Misteres*[1]
Para os quais pouca Gente encaminha Aprendizes

[Pág. 227, linha 2]

Na Educação da *Juventude*, a fim de dar-lhe meios de ganhar a *Vida* ao atingir a *Maturidade*, a maior parte das Pessoas procura algum Emprego garantido, dos muitos que compõem os *Grêmios* e *Companhias* em toda grande *Sociedade de Homens*. É por esse meio que as *Artes* e *Ciências*, bem como o *Comércio* e os *Artesanatos*, se perpetuam na *Comunidade* enquanto se mostrarem úteis; os Jovens que, diariamente, ingressam nesse mercado de trabalho ocupam o lugar dos Idosos que morrem. Mas, como algumas dessas Ocupações são infinitamente mais Honrosas que outras, segundo a grande diferença de Custos em que incorre quem quiser estabelecer-se nelas,

---

[1] A palavra *mystery*, além das acepções teológicas e não teológicas (o *Oxford Dictionnary* arrola 13), com o sentido geral, em português, de mistério, ou mister [na *Fábula*, "Whilst others follow'd Mysteries"], significa também em inglês, como em português, "carreira", "serviço", "ocupação" — talvez por confusão com *maistrie*, ing. *mastery*, port. "mestria". Segundo o *Dictionnaire étymologique Larousse*, o termo aparece em francês no séc. XII (Gautier d'Arras) sob a forma *mistere*, do grego *mystêrion* (de *mustês*, 'iniciado'), pelo latim *mysterium*, sempre com a ideia de 'segredo'. Em port., *apud* Houaiss, que dá 12 acepções, a etimologia já referida data do séc. XV. [N. do T.]

os *Pais* prudentes, ao escolherem alguma para os filhos, consultam principalmente os *Meios* de que dispõem e as *Circunstâncias* em que se encontram. Um Homem que, para treinamento de seu *Filho*, dá Trezentas ou Quatrocentas Libras a um grande *Comerciante*, e ao mesmo tempo não tem, de reserva, Duas ou Três mil para quando o Jovem estiver pronto a se lançar no Mundo, é digno de censura por não ter preparado o *Herdeiro* para alguma outra profissão que pudesse seguir com menos *Capital*.

Há uma abundância de *Homens* de *Ótima* Educação, mas muito pouca *Renda*, que se veem obrigados, pelos Respeitáveis *Ofícios* que exercem, a fazer melhor *Figura* que Gente comum com duas vezes mais *Recursos*. Se têm *Filhos*, acontece com frequência que, embora sua *Penúria* os impeça de encaminhá-los para *Ocupações* Honrosas, seu Orgulho os deixe relutantes em lhes providenciar *Empregos* humildes e laboriosos. Então, na esperança de uma substancial Mudança de *Sorte*, da ajuda de Amigos, ou de uma *Oportunidade* favorável, que sempre pode aparecer, adiam uma decisão sobre o futuro deles até que, sem que se perceba, se tornam *Adultos* e despreparados para a vida. Se essa Negligência é mais desumana para as Crianças ou mais prejudicial para a Sociedade, eu não saberia determinar. Em *Atenas*, todas as *Crianças* eram obrigadas a socorrer os *Pais* se estes ficavam *Necessitados*. Mas *Sólon* fez uma Lei segundo a qual nenhum *Filho* tinha obrigação de sustentar o *Pai* se este não lhe tivesse ensinado um *Ofício*.[1]

Alguns Pais encaminham a Prole para boas *Profissões*, apropriadas às suas reais Aptidões, mas ocorre que morrem, ou se arruínam antes que os Filhos tenham completado seu *Aprendizado*, ou estejam aptos a desempenhar as *Tarefas* para as quais se des-

---

[1] Ver Plutarco, *Vidas* (Dryden, 1683) i. 306, na vida de Sólon.

tinam.: Por outro lado, muitos Jovens são ricamente preparados e providos e, no entanto (uns por falta de *Operosidade* ou de *Conhecimento* suficiente da sua *Profissão*, outros por se entregarem aos *Prazeres*, e alguns poucos por *Má Sorte*), ficam reduzidos à Pobreza, e incapazes de ganhar a vida nos Ofícios para os quais foram educados. A Incúria a que me referi há pouco, a Má gestão dos negócios e os Reveses acontecem muito frequentemente em Cidades Populosas, e, por consequência, grande Número de Pessoas despreparadas é lançado todo dia na luta pela sobrevivência, por mais Rica e Poderosa que seja uma Comunidade, e por previdente e competente que seja o Governo. O que fazer com toda essa gente? Sei que a Marinha e o Exército (e raramente os Estados são desprovidos de Forças Armadas) recolherão uns tantos. Os que forem Honestos e Diligentes se tornarão *Assalariados* nas Profissões a que pertencem, ou entrarão em qualquer outro Serviço. Os que estudaram e fizeram Universidade poderão se tornar Preceptores, ou Mestres de primeiras letras, e alguns irão se empregar em Escritórios. Mas o que acontecerá com os *Madraços* que não gostam de trabalhar, ou com os *Instáveis*, que detestam se ver presos a qualquer Coisa?

Os que já se Deleitaram um dia com Dramas e Comédias, e mostram uma tintura de Refinamento, voltarão os olhos, muito provavelmente, para o *Palco*, e, se têm boa Dicção e razoável Figura, se farão *Atores*. Os que amam seu Ventre acima de tudo, se possuem bom Paladar e algum Jeito para a Culinária, hão de insinuar-se entre *Gastrônomos* e *Glutões*, aprenderão a fazer Salamaleques e se tornarão *Parasitas*, sempre bajulando o Dono da casa e arreliando o resto da *Família*. Alguns ainda que, a partir de sua Lascívia, e a daqueles que os cercam, julgam a Incontinência do Próximo, se farão Intrigantes e procurarão viver como Alcoviteiros, falando por aqueles que não têm Desembaraço ou Lábia para fazê-lo. Os mais desprovidos de Princípios, se são matreiros e destros, se tornarão Trapaceiros, Punguistas ou Falsários, desde que Perícia e Engenho os ajudem. Outros ainda, tendo observado a Credulidade das Mulheres simples, e outros tipos de Tolos, se dotados de Impudência e um pouco de Astúcia, tanto podem se estabelecer como Médicos quanto se arvorarem em Adivinhos. E, assim, cada um procura tirar Vantagem dos Vícios e das Fraquezas dos demais, e ganhar a Vida pelo caminho mais fácil e mais curto que seu Talento e Habilidades lhe permitem.

São essas certamente a Ruína e a Maldição da Sociedade Civil; mas há Idiotas que, sem considerar o que foi dito aqui, esbravejam contra a Negligência das Leis que os deixam viver, enquanto os Homens de Bem se contentam em tomar todas as Precauções imagináveis para não serem enganados por eles, sem ficar discutir o que nenhuma Prudência humana pode evitar.

(B) *Eram chamados Patifes mas, salvo o Nome,*
Os sérios e Industriosos deles não diferiam

[Pág. 227, linha 12]

Isso vem a ser, confesso, um Cumprimento duvidoso a toda a Porção Laboriosa do nosso Povo. Mas se a palavra *Patife* deve ser entendida em sua plena Latitude, de modo a abranger Todos aqueles que não sejam sinceramente honestos, e que fazem aos outros o que detestariam que lhes fizessem, eu não tenho dúvidas de que poderei justificar a Acusação. Passando ao largo dos inumeráveis Artifícios pelos quais Compradores e Vendedores enganam uns aos outros todo o tempo, Artifícios esses que são diariamente permitidos e praticados mesmo pelos mais honestos *Comerciantes* da praça, mostrem-me um só dentre eles que tenha sempre exposto os Defeitos das suas mercadorias àqueles que se dispõem a comprá-las. Mais ainda: onde encontrar um único *Mercador* que não os tenha jamais escondido industriosamente, em detrimento do *Comprador*? Onde está o Negociante que nunca tenha elogiado exageradamente seus Produtos para melhor vendê-los, por mais que isso lhe pesasse na Consciência?

Décio, Homem de Prol, com grandes Encomendas de Açúcar do Ultramar, negocia uma considerável partida dessa Mercadoria com *Alcander*, eminente Atacadista das *Índias Ocidentais*; ambos conhecem muito bem o Mercado, mas não chegam a acordo: *Décio* é um Homem de Posses, e não admite que alguém possa comprar mais barato do que ele; *Alcander*, que tampouco precisa de Dinheiro, mantém seu Preço. Enquanto barganham numa Taverna próxima à *Bolsa*, um funcionário de *Alcander* entrega ao Chefe uma Carta das *Índias Ocidentais*, informando que uma quantidade de Açúcar muito maior do que a esperada está para chegar à *Inglaterra*. Agora, *Alcander* nada mais quer do que vender o produto pelo Preço de *Décio*, antes que a Notícia se torne de conhecimento geral; sendo, porém, uma velha raposa, e não querendo parecer precipitado, nem tampouco perder seu Cliente, interrompe a Discussão e, num tom Jovial, passa a falar do Agradável do Tempo e, em seguida, do Prazer que extrai de seus Jardins, convidando *Décio* a conhecer sua Casa de Campo, a menos de doze Milhas de Londres. Corre o mês de *Maio*, e a conversa se dá numa Tarde de *Sábado*. Como *Décio* é Solteiro, e não tem nada a fazer na Cidade até *Terça-feira*, aceita a Gentileza do outro, e juntos partem na Sege de *Alcander*. Bela acolhida recebe *Décio* naquela Noite e no Dia seguinte; na *Segunda-feira* pela manhã, a fim de abrir o Apetite, ele faz um curto passeio num dos Cavalos do anfitrião. Na volta, cruza com um Cavalheiro de suas Relações, e este informa que a frota de *Barbados* havia sido destruída por uma Tempestade na noite anterior. A notícia já fora confirmada no Café do Lloyd,[1] onde se dizia que o preço do açúcar subiria 25% quando reabrissem os Negócios na Bolsa. *Décio* retorna à casa do Amigo, e imediatamente retoma a Discussão que haviam interrompido na Taverna. *Alcander*, que, por estar seguro quanto às notícias recebidas por carta, só pretendia tocar no assunto depois do Jantar, fica muito contente ao se ver antecipado, pois, por mais ansioso que estivesse em vender, maior era a ânsia do outro em comprar. Contudo, por se temerem mutuamente, fingiram ainda por algum tempo a maior Indiferença possível, até que, finalmente, *Décio*, excitado com a notícia que ouvira pouco antes, e temendo que maior Demora pusesse tudo a perder, atira um Guinéu sobre a Mesa, e fecha o acordo ao preço de *Alcander*. No dia seguinte partem para Londres: o sinistro é confirmado, e *Décio* ganha 500 libras pelo seu Açúcar. *Alcander*, que havia tentado enganar o outro, foi pago em sua própria Moeda: no entanto, a isso se chama acordo justo; mas estou certo de que nenhum dos dois gostaria que lhe fizessem o que haviam feito entre eles.

[1] O café de Edward Lloyd, de que se ouviu falar pela primeira vez em 1688, se tornara ponto de encontro para armadores e marinheiros, e já era, ao tempo de Mandeville, uma espécie de Bolsa em miniatura. Seu proprietário começou a publicar, em 1696, um boletim de notícias com uma só folha, a *Lloyd's News*, que se tornou, em 1734, a *Lloyds List and Shipping Gazette* (ainda existente. É o mais antigo jornal de Londres).

OBSERVAÇÃO (B)

(C) *Os Soldados, obrigados a lutar,*
Se sobrevivessem, conquistavam a Honra

[Pág. 229, linha 17]

Tão inexplicável é o Desejo dos Homens de serem considerados por seus semelhantes que, embora metidos na Guerra a contragosto, alguns para purgar seus Crimes, e compelidos a lutar através de Ameaças e, frequentemente, Tabefes, ainda assim gostariam de ser estimados por aquilo que teriam evitado, se isso estivesse em seu Poder. Se a Razão no Homem possuísse o mesmo peso que seu Orgulho, ele nunca se alegraria com Louvores que sabia imerecidos.

Porque Honra, na sua própria e genuína Significação, nada mais é que a boa Opinião dos outros,[1] a qual passa por mais ou menos Substancial se, na sua manifestação, se faz mais ou menos Barulho ou Alvoroço; e quando dizemos que o Soberano é a Fonte da Honra, isso quer dizer que ele tem o Poder, por Títulos ou Cerimônias, ou por ambos, de estampar na fronte de quem desejar uma Marca, tão corrente quanto sua Moeda, que confere ao Portador a boa Opinião de todo Mundo, quer ele mereça ou não.

O avesso da Honra é a Desonra, ou Ignomínia, que consiste na má Opinião e no Desprezo dos outros; e assim como se conta a primeira entre as Recompensas por boas Ações, a segunda é Punição por má conduta; e conforme seja

---

[1] Compare-se com a definição de Spinoza: "Gloria est Laetitia concomitante idea alicujus nostrae actionis, quam alios laudare imaginamur" (*Ethica*, parte 3, def. 30). Ver também Descartes, *Passions de l'Âme*, art. 204. Cf. também, adiante, i. 429, n. 2.

mais ou menos público ou odioso o modo com que o Desprezo dos outros se manifesta, a Pessoa que dele é vítima é mais ou menos degradada. Essa Ignomínia é também chamada de Vergonha, pelo efeito que produz; pois se o Bem e o Mal da Honra e da Desonra são imaginários, há uma Realidade na Vergonha, porque ela significa uma Paixão com seus próprios Sintomas, que domina nossa Razão, e requer tanto Trabalho e Desprendimento quanto as demais Paixões; e uma vez que as mais importantes Ações da Vida são geralmente reguladas segundo a Influência que esta Paixão tenha sobre nós, estudá-la em profundidade pode ajudar a esclarecer as Noções que o mundo tem da Honra e da Ignomínia. Vou, portanto, descrevê-la a fundo.

Primeiro, para definir a Paixão da Vergonha, acho que ela pode ser considerada *uma Reflexão melancólica sobre a nossa própria Indignidade, a partir do Temor de que os demais nos desprezam, ou viriam a desprezar, merecidamente, se soubessem tudo a nosso respeito.*[1] A única Objeção de peso que pode ser levantada contra essa Definição é que as Virgens inocentes ficam muitas vezes envergonhadas, e coram, mesmo sem culpa por qualquer Crime, e não conseguem explicar de Modo algum essa Fraqueza. E que Homens sentem às vezes Vergonha por outros, com os quais eles não têm Amizade ou Afinidade, e, consequentemente, que é possível dar mil Exemplos de Vergonha aos quais os Termos dessa Definição não são aplicáveis. Para responder a isso, eu pediria que se considerasse, primeiro, que o Pudor das Mulheres é o Resultado do Costume e da Educação, em virtude dos quais todas

---

[1] Compare-se com a definição de Spinoza: "Pudor est Tristitia concomitante idea alicujus actionis, quam alios vituperare imaginamur" (*Ethica*, pt. 3, def. 31). Cf. também Descartes, *Passions de l'Âme*, artigos 66 e 205.

as formas de Desnudamento além das sancionadas pela Moda e todas as Expressões torpes lhes parecem aterradoras e abomináveis; Ainda assim, a mais Virtuosa das Jovens terá maus Pensamentos e Ideias confusas de Coisas que, contra a sua vontade e apesar dos seus esforços, lhe surgem na Imaginação, e que ela não revelaria a Ninguém por Nada deste Mundo. Então eu digo: quando Palavras obscenas são ditas na presença de uma Virgem inexperiente, ela tem medo de que Alguém possa pensar que ela as entende e, em consequência, saiba disso e daquilo, de coisas, em suma, sobre as quais gostaria de que a julgassem ignorante. Refletir no assunto, perceber que Pensamentos começam a se formar na sua mente em seu Prejuízo, fazem nascer nela aquela Paixão a que chamamos Vergonha; e qualquer coisa que, embora muito distante da Lascívia, possa lançá-la na Linha de Pensamentos a que aludi, a qual ela considera Criminosos, continuará a ter o mesmo Efeito, especialmente na presença de Homens, enquanto durar o seu Recato.

Para testar a Verdade do que digo, basta fazer uso, em Cômodo contínuo àquele em que se encontra a Moça Virtuosa, da linguagem mais suja e desabrida que imaginar se possa, e ela ouvirá tudo sem nenhum rubor, por sentir-se segura de que não a descobrirão ali, e por se considerar alheia à Conversa;[1] e se o Discurso lhe tingir as Faces de vermelho, por algo que sua Inocência vier a imaginar, certamente o que vai provocar essa Cor será outra Paixão, bem menos mortificante

---

[1] Esprit, em *La Fausseté des Vertus Humaines* (1678, vol. 2, cap. 7), se antecipa a essa análise do pudor. Cf. também os *couplets* de Herrick: "Ao ler meu Livro, talvez a donzela ruborize / (enquanto Brutus permaneça a seu lado): / mas, quando Ele sai, lê o texto inteiro / sem que com isso se coloram suas bochechas" (*Poetical Works*, ed. Moorman, p. 6).

que a Vergonha; mas se, no mesmo Local, ela ouve algo a seu respeito que ameace cobri-la de Opróbrio, ou sobre alguma coisa de que ela é Culpada em segredo, pode-se apostar que vai corar de pejo, embora Ninguém a possa ver; porque, no caso, tem motivos para temer que a desprezem se tudo vier à tona.

Que a gente com frequência se envergonhe e core pelos outros, o que constitui a segunda parte da Objeção, é simples de explicar: muitas vezes exageramos ao tomar a peito o Caso alheio, por próximo do nosso; por isso há quem grite quando vê alguém em perigo. Quando refletimos, com seriedade, no Efeito que um Ato condenável teria em nós se o tivéssemos cometido, os Humores e, por consequência, o Sangue são postos imperceptivelmente em movimento, como se fôramos nós, de fato, os Autores da Ação, e com isso os mesmos Sintomas devem aparecer.[1]

A Vergonha que Pessoas toscas, ignorantes e mal-educadas manifestam, aparentemente sem Motivo, diante de seus Superiores é sempre acompanhada e procede da Consciência de sua Fraqueza e Inadequação; e o mais modesto dos Homens, por Virtuoso, Informado e Talentoso que possa ser, jamais fica envergonhado sem algum sentimento de Culpa ou Desconfiança. Àqueles que, por Rusticidade e falta de Educação, estão frequentemente sujeitos a essa Paixão, e se deixam dominar por ela a todo momento, chamamos de tímidos; e os que, por falta de respeito aos outros, e uma falsa Opinião quanto à sua Autossuficiência, aprenderam a ficar imunes à dita Paixão, quando deveriam ser afetados por ela, são chamados de Descarados ou Desavergonhados. De que estranhas Contradições é feito o Homem! O oposto

---

[1] Com relação à análise da simpatia por Mandeville, ver anteriormente, i. 154, *n*. 3.

da Vergonha é o Orgulho (*ver Observação M*), e Ninguém pode ser tocado pela primeira se nunca sentiu nada do segundo; pois a extraordinária Preocupação que temos com o que os outros pensam de nós não pode ter outra origem senão na vasta Estima que sentimos por nós mesmos.

Que essas duas Paixões,[1] que contêm as Sementes da maior parte das Virtudes, são Realidades de nossa Constituição, e não Qualidades imaginárias, é demonstrável pelos Efeitos, singelos e variados, que, a despeito da Razão, se produzem em nós tão logo somos afetados por Vergonha ou Orgulho.

Quando um Homem está acabrunhado de Vergonha, seu Espírito se abate; o Coração fica apertado e esfria, e o sangue reflui até a Superfície do Corpo; a Face se torna ardente e lustrosa, o Pescoço e Parte do Tórax refletem o Fogo interior. Ele se sente pesado como Chumbo; a Cabeça tomba para frente, e os Olhos, toldados agora por uma Névoa de Confusão, fixam-se no Solo. Nenhuma Injúria é capaz de movê-lo; ele se sente cansado de Si mesmo, e o que mais deseja é ficar subitamente invisível. Mas quando, gratificado em sua Vaidade, ele exulta

---

[1] Em 1732, Mandeville reviu sua afirmação de que orgulho e vergonha são paixões distintas, dizendo de si mesmo: "... foi um Erro, que eu sei que ele está disposto a corrigir" (*Origin of Honour*, p. 12). "Os Sintomas, e se você quiser as Sensações", continuou ele (p. 13), "que se apresentam nos Dois Casos, são, como você diz, sumamente diferentes um do outro; mas nenhum Homem pode ser afetado por um ou por outra se na sua Natureza não existir aquela Paixão a que chamamos Amor-Próprio. Portanto, Vergonha e Orgulho são dois Aspectos de uma mesma Paixão, observados diferentemente em nós, segundo estejamos sentindo Prazer ou Sofrimento por causa desta Paixão; do mesmo Modo como os mais felizes e os mais miseráveis Amantes podem ser ditosos ou desgraçados por Causa da mesma Paixão". Para o emprego que Mandeville faz de seu conceito de Amor-Próprio (*self-liking*) ver adiante, ii. 159-69.

no seu Orgulho, descobre Sintomas radicalmente opostos: seu Espírito se reanima e ativa o Sangue Arterial; um Calor fora do comum fortifica e dilata o Coração; as Extremidades ficam frias; ele se sente tão leve que não se espantaria se, de repente, se pusesse a levitar; sua Cabeça está erguida, ele gira os Olhos em torno com Vivacidade; está Exultante, feliz da Vida, se sente propenso a inflamar-se, e gostaria que o Mundo todo percebesse a sua presença.

É incrível constatar o quanto é necessário o Ingrediente Vergonha para nos tornar seres sociáveis; trata-se de uma Debilidade da nossa Natureza, mas todas as Pessoas, sempre que afetadas, submetem-se a ela com Pesar, e gostariam de poder evitá-la; todavia, o bom Relacionamento entre os cidadãos depende dela, e não haveria Sociedade civilizada se a Humanidade em geral não lhe fosse sujeita. No entanto, como o Sentimento de Vergonha é desagradável, e todas as Criaturas se esforcem continuamente para defender-se dele, é provável que o Homem, lutando para evitar esse Constrangimento, pudesse conseguir subjugá-lo, em grande parte pelo menos, antes da idade adulta; mas tal seria danoso para a Sociedade, e por isso se procura desde a Infância, e ao longo de todos os estágios de sua Educação, aumentar no Homem, em vez de diminuir ou eliminar, seu Senso de Vergonha; e o único Remédio prescrito tem sido a estrita Observância de certas Normas para evitar aquelas Coisas que possam atrair sobre ele esse perturbador Sentimento de Vergonha. Quanto a eliminá-lo do Ser Humano, ou curá-lo para sempre, o Político preferiria antes tirar a própria Vida.

As Regras de que falo consistem num hábil Governo de nós mesmos, na contenção dos nossos Apetites, e no saber ocultar dos outros os verdadeiros Sentimentos de nossos Corações. Aqueles que não foram instruídos nessas Regras muito antes da Maturidade dificilmente conseguirão ter sobre elas algum Progresso mais tarde. Para adquirir e levar à Perfeição o Talento de que estou falando, nada é de maior ajuda que Orgulho e bom Senso. A Avidez com que cortejamos a Aprovação dos outros, e o Enlevo que sentimos ao Pensar que somos amados, e talvez admirados, são Compensações pelos sacrifícios feitos para Subjugar nossas mais fortes Paixões, e consequentemente nos mantêm a grande Distância de todas as Palavras e Atos que podem nos fazer sentir Vergonha. As Paixões que mais cumpre esconder para a Felicidade e o Embelezamento da Sociedade são Luxúria, Soberba e Egoísmo; donde se conclui que o termo Pudor tem três diversas Acepções, que variam conforme as Paixões que ele encobre.

Quanto à primeira, quero dizer que o Ramo do Decoro que tem como Objeto uma Pretensão geral de Castidade consiste num sincero e doloroso Empenho, em que todas as nossas Faculdades tomam parte, para refrear e esconder dos outros aquela Inclinação que a Natureza nos deu para propagar a nossa Espécie. As Lições dessa disciplina, como as da *Gramática*, nos são ensinadas muito antes de termos ocasião de usá-las e, até, de compreender a sua Utilidade; é por isso que as Crianças muitas vezes se envergonham, e coram por Pudor, antes que o Impulso da Natureza a que estou aludindo cause sobre elas qualquer Impressão. Menina educada com o devido Recato já pode, antes dos dois Anos de idade, começar a observar o extremo cuidado das Mulheres com quem convive em se cobrirem na presença de Homens; e como é coisa que lhe inculcam tanto pelo Preceito quanto pelo Exemplo, é muito provável que aos Seis ela tenha Pejo de mostrar a Perna, sem saber por que Razão tal Ato é condenável, ou que Consequência isso pode vir a ter.

Para sermos recatados, temos, em primeiro lugar, de evitar todo Desnudamento fora de lugar. Não se vai criticar uma Mulher que sai à rua com Pescoço descoberto se os Costumes do País assim o permitem; e quando a Moda determina que o Espartilho tenha um decote bem acentuado, uma Donzela em flor pode, sem Temor de Censura racional, mostrar a todo mundo:

*Como seus firmes e túrgidos Seios, brancos como Neve,
Despontam bem separados em seu amplo Peito.*[1]

Mas deixar visível o Tornozelo onde a Moda exige que a Mulher se cubra até os Pés é uma infração do Decoro; e é impudente aquela que mostra seu Rosto em País onde a Decência manda que ele esteja coberto com um véu. Acresce que nossa Linguagem tem de ser casta, e não somente isenta de Obscenidades como delas distanciada o mais possível, ou seja, tudo o que diz respeito à Multiplicação de nossa Espécie não deve ser mencionado, e a menor Palavra ou Expressão que, mesmo a grande Distância, se refira

---

[1] Parece que o gosto francês era muito mais escrupuloso que o inglês. A tradução francesa omite esse par de versos dizendo (ed. 1750, i. 61, *n.*): "Ceux qui entendent l'Anglois s'appercevront aisément pourquoi je me suis dispensé de les traduire. J'ai été obligé pour la même raison d'adoucir quantité d'expressions qui auroient pu faire de la peine aux personnes chastes".

a esta Ação, não deve jamais sair dos nossos lábios. Finalmente, todas as Posturas e Movimentos que possam, de algum modo, macular a Imaginação, ou seja, trazer à mente aquilo a que chamei Obscenidades, precisam ser evitados com grande Cautela.

Além disso, toda Mulher jovem, que queira ser considerada bem-educada, deve ter um Comportamento circunspecto diante dos Homens, e nunca ser vista recebendo e muito menos concedendo-lhes Favores, a não ser que a provecta Idade do Homem em causa, a Consanguinidade entre ambos, ou uma vasta Superioridade social de um Lado ou de outro lhe sirvam de Desculpa. Uma jovem Senhora de Educação refinada vigia tão estritamente seus Olhares quanto seus Atos, e em seus olhos podemos ler que ela tem Consciência de levar consigo um Tesouro, que corre o Risco de perder, e do qual está disposta a não se separar em nenhuma Circunstância. Milhares de Sátiras têm sido lançadas contra as Puritanas, e outros tantos Encômios à Graça despreocupada e ao Ar negligente da Beleza virtuosa. A parte mais esclarecida da Humanidade, porém, sabe muito bem que a Atitude livre e aberta de uma mulher Formosa e Sorridente é mais encorajadora, e dá mais Esperanças a um Sedutor, do que a Mirada sempre vigilante de Olhos austeros.[1]

A estrita Reserva é de rigor para toda Mulher jovem, especialmente as Virgens, se dão valor à Estima de um Mundo polido e educado; aos Homens se permite, em geral, maior Liberdade, porque neles o Apetite é mais violento e ingovernável. Se uma Disciplina mais Severa fosse imposta igualmente a Homens e Mulheres, nenhum dos dois grupos daria os primeiros Passos para uma

---

[1] Cf. *Virgin Unmask'd* (1724, pp. 27-28), para um tratamento mais elaborado dessa opinião.

Aproximação, e a Perpetuação da Espécie seria interrompida na Sociedade elegante; como isso estava longe de ser o Propósito do Político, julgou-se aconselhável condescender com o Sexo que mais sofria com o Rigor, abrandando as Regras onde a Paixão era mais violenta, e o Fardo de uma forte Restrição poderia se tornar intolerável.

Foi por essa Razão que se permitiu ao Homem professar abertamente a Veneração e grande Estima que tem pelas Mulheres, demonstrando maior Satisfação, Jovialidade e Alegria em sua Companhia do que quando elas estão ausentes. Ele não apenas pode ser mais cortês e prestativo para com as Mulheres, em todas as Ocasiões, como considera um Dever protegê-las e defendê-las. Ganhou o Direito de elogiar as boas Qualidades que elas têm, e louvar seus Méritos com tantos Exageros quantos seja capaz de inventar, desde que compatíveis com o bom Senso. Pode falar de Amor, pode suspirar e queixar-se da Insensibilidade das mais Belas, e aquilo que sua Língua deve calar ele tem o Privilégio de exprimir com os Olhos, e dizer, com essa Linguagem muda, tudo o que bem lhe aprouver, desde que o faça com Decência, e com olhares curtos e rápidos. Perseguir, porém, uma Mulher de muito perto, e pregar nela os Olhos, é unanimemente considerado Incorreto; a Razão é óbvia: tal comportamento deixa a Mulher constrangida, e, se ela não está fortificada na medida certa por Arte e Dissimulação, muitas vezes será presa de visível Perturbação. Se os Olhos são, como se diz, as Janelas da Alma, encarar com Insolência pode levar uma Mulher inexperiente ao Temor de ter sua alma devassada; e de que o Homem descubra, ou já tenha, até, descoberto, o que nela se passa; isso a mantém num estado de perpétua

Tortura, que a impele a revelar seus Desejos secretos, e parece destinado a extorquir-lhe a grande Verdade, que o Decoro a obriga a negar com todas as suas Forças.

O Vulgo tem dificuldades para acreditar na Força excessiva da Educação, e atribui à Natureza a diferença de Pudor entre Homens e Mulheres, quando na verdade ela se deve inteiramente à Instrução desde a mais tenra Idade. A *Senhorita* não tem ainda três anos e já se insiste com ela todo Dia para que encubra sua perna, e ralham quando ela não obedece; já o *Pequeno Cavalheiro*, na mesma idade, recebe ordem para levantar o Camisolão e urinar como um Homem. A Vergonha e a Educação contêm as Sementes de toda a Polidez, e aquela Criatura que não tenha uma coisa nem outra, e que se disponha a expor a Verdade do seu Coração e dizer o que sente, é considerada a mais desprezível da Terra, embora não haja cometido nenhuma outra Falta. Se um Homem dissesse a uma Mulher que não desejaria nenhuma outra como parceira para a propagação da Espécie, e que sentia naquele Momento um violento Desejo de dar início à Operação, e estava pronto a pôr as mãos nela com esse Objetivo, certamente ganharia o epíteto de Bruto, a Mulher fugiria espavorida, e ele não seria mais admitido ao Convívio de gente polida. Ninguém que tivesse o menor Senso de Vergonha deixaria de dominar a mais forte das Paixões para não se expor a um tratamento desses. Mas um Homem não precisa sufocar suas Paixões, basta que as esconda.[1] A Virtude

---

[1] Bacon citava um princípio de Maquiavel: "que um Homem não procura alcançar a virtude em si mesma, mas apenas sua aparência..." (*Advancement of Learning*, ed. Spedding, Ellis, Heath, 1887, iii. 471; cf. Maquiavel, *Il Principe*, cap. 18). La Roche-

nos manda subjugar nossos Apetites, mas a boa Educação exige apenas que eles sejam escamoteados. Um Cavalheiro elegante pode sentir por uma Mulher a mesma Paixão violenta que a de um Sujeito rude, mas não se porta de igual maneira; primeiro ele procura o Pai da Moça, e dá provas de que pode sustentar sua Filha esplendidamente; depois, é admitido a frequentá-la, e daí por diante, com Lisonja, Submissão, Presentes e Assiduidade, se empenha em conquistar o Afeto da Dama. Se tem êxito, em pouco tempo ela se entregará a ele diante de Testemunhas, e da maneira mais solene; à noite, irão juntos para a Cama, onde a mais reservada das Virgens suportará docilmente que ele faça o que quiser, e o resultado final é que o Homem obtém tudo o que desejava sem sequer ter solicitado.

No Dia seguinte, o Casal recebe Visitas, e ninguém caçoa deles ou diz uma só palavra sobre o que estiveram fazendo. Quanto aos dois (e falo de gente bem-educada), tratam-se da mesma forma que antes; comem, bebem, divertem-se como de hábito, e, tendo feito nada de que devam se envergonhar, são vistos como na verdade talvez sejam, as Pessoas mais decorosas do Mundo. O que pretendo demonstrar com isso é que, por sermos bem-educados, não sofremos nenhum Cerceamento em nossos Prazeres sensuais,

foucauld escreveu: "Ce que le monde nomme vertu n'est d'ordinaire qu'un fantôme formé par nos passions, à qui on donne un nom honnête, pour faire impunément ce qu'on veut". Abbadie se expressou de maneira muito semelhante a Mandeville: "...pour aquerir l'estime des hommes, il n'est pas necessaire que nôtre coeur soit changé, il suffit que nous nous déguisions aux yeux des autres, au lieu que nous ne pouvons nous faire approuver de Dieu, qu'en changeant le fond de notre coeur" (*L'Art de se connoître soy-meme*, Haia, 1711, ii. 435-6). Rémon de Saint-Mard disse que "la politesse est un beau nom qu'on donne a la fausseté; car les vices utiles ont toûjours de beaux noms" (*Oeuvres Mêlées*, Haia, 1742, i. 89).

mas sim trabalhamos simplesmente por nossa mútua Felicidade, e ajudamos uns aos outros no Gozo de todos os luxuosos Regalos e Comodidades do mundo. O fino Cavalheiro de que venho falando não precisa praticar maior Abnegação que o Selvagem, e este último agiu mais de acordo com as Leis da Natureza e a Sinceridade do que o outro. O Homem que satisfaz seus Apetites segundo os Costumes do País não precisa temer nenhuma Censura. Se ele é mais fogoso que um Bode ou um Touro, tão logo termine a Cerimônia, que ele se sacie e se esgote com a Alegria e os Arrebatamentos do Prazer, que excite e satisfaça seus Apetites tão extravagantemente quanto suas Forças e Virilidade lhe permitam, e ele poderá zombar impunemente dos Homens Sábios que se mostrem dispostos a reprová-lo: todas as Mulheres e Nove em cada Dez Homens estão do seu lado; e não é só: ele tem a Liberdade de envaidecer-se com a Fúria de sua Paixão desenfreada, e quanto mais chafurde em Lascívia, quanto mais se entregue, com todas as suas Faculdades, à Volúpia sem limites, tanto mais depressa ganhará a Boa Vontade e a Afeição das Mulheres, e não só as Jovens, Fúteis e Lúbricas, mas também as Matronas mais Prudentes, Graves e Sóbrias.

Por ser a Desfaçatez um Vício, não se deve concluir que o Pudor seja uma Virtude; ele provém da Vergonha, uma Paixão da nossa Natureza, e tanto pode ser Bom quanto Mau, segundo as Ações a que dê Motivo. A Vergonha pode impedir que uma Prostituta se entregue a um Homem em público, e a mesma Vergonha pode induzir uma Criatura tímida e boa, que pecou um dia por Fraqueza, a dar fim ao seu Bebê. As Paixões podem fazer o Bem por acaso, mas só há Mérito no domínio sobre elas.

Observação (C)

Se houvesse Virtude no Decoro, ele teria a mesma Força no Escuro que no Claro, o que não acontece. Isto os Libertinos sabem muito bem, eles que jamais quebram a Cabeça por conta da Virtude de uma Mulher, já que lhes basta vencer seu Recato; Sedutores não Atacam à luz do Dia, mas cavam suas Trincheiras à Noite.

> *Illa verecundis lux est præbenda puellis,*
> *Qua timidus latebras sperat habere pudor.*[1]

Gente de Fortuna pode Pecar sem o temor de ver expostos seus Prazeres furtivos; já as Serviçais e as Mulheres das classes mais Pobres raras vezes conseguem ocultar uma Gravidez ou, pelo menos, suas Consequências. É possível que uma infeliz Moça de boa Família fique desamparada e só lhe reste, para ganhar a Vida, fazer-se Babá, ou Criada de Quarto. Ela pode ser Diligente, Fiel e Prestativa, ter o maior Recato do mundo e, se desejais, Religião. Pode resistir a Tentações e guardar a Castidade Anos a fio, e ainda assim num momento infeliz entregar sua Honra a um Poderoso Sedutor, que em seguida a abandona. Se fica Grávida, seus Sofrimentos são indizíveis, e ela não consegue se conformar com a Desgraça de sua Condição; o medo da Vergonha a acabrunha dia e noite, e qualquer Pensamento a perturba. Todos na Família para a qual trabalha têm sua Virtude em alta conta, e sua última Patroa a tinha por Santa. Como suas Inimigas, que invejavam seu Caráter, irão se Rejubi-

---

[1] "Há que oferecer às moças tímidas luz tão débil que elas creiam assim poder dissimular o seu pudor" (Ovídio, *Amores* I. v. 7-8).

Observação (C)

lar agora! E como vão detestá-la os Parentes! Quanto maior o seu pudor, tanto mais Violento será o terror da Desmoralização que a ameaça, e maior a Crueldade das Decisões que possa tomar, contra si mesma e contra aquele que leva no ventre.

Acredita-se comumente que uma Mulher capaz de destruir um Filho, de sua Carne e Sangue, deve ter grande dose de Barbaridade, e ser um Monstro de Selvageria, diferente das demais Mulheres; mas esse é um outro erro, que nós cometemos por não entender a Natureza nem a força das Paixões. A mesma Mulher que Assassina seu Bastardo da mais execrável maneira cuidará com desvelo, quando se Casar mais tarde, do filho legítimo que vier a ter, e sentirá por ele o mesmo carinho que a melhor das Mães. Todas as Mães, naturalmente, amam seus Filhos; mas, como esse chamado Amor Materno é uma Paixão, e todas as Paixões se fundam no Amor-Próprio, segue-se que ele pode ser suplantado por qualquer outra Paixão Superior, para acalmar este mesmo Amor-Próprio, o qual, se nada tivesse interferido, teria levado a Mulher a acarinhar sua Prole. As simples Prostitutas, que todo Mundo reconhece como tais, quase nunca destroem seus filhos; até mesmo as Criminosas, cúmplices de Furtos, Roubos e Assassinatos, raramente são culpadas de Infanticídio; não porque sejam menos Cruéis ou mais Virtuosas, mas porque perderam seu Pudor em maior grau, e o medo da Vergonha não lhes causa grande Impressão.[1]

---

[1] Esse argumento é repetido em *Modest Defence of Publick Stews* (1724), p. 26, de Mandeville. Cf. *Laconics: or New Maxims of State and Conversation*, ed. 1701, parte 2, máxima 69, p. 46: "A *Reputação é Freio* maior para a Mulher que a *Natureza*, ou ela não cometeria *Assassinato* para evitar a *Infâmia*".

Observação (C)

Nosso Amor por algo que nunca esteve ao alcance de nossos Sentidos é pobre e insignificante, e é por isso que as Mulheres não têm Amor Natural pelo fruto que levam no ventre; sua Afeição começa após o Parto. Qualquer coisa que sintam antes disso será resultado da Razão, da Educação, e do Sentimento de Dever. Por algum tempo depois que o Filho nasce, o Amor Materno é ainda fraco, e cresce com a Sensibilidade da Criança, atingindo prodigiosas alturas quando esta, por sinais, começa a manifestar Alegrias e Tristezas, a expressar suas Necessidades, e descobre seu Gosto por novidades e a multiplicidade de seus Desejos. Por quantas Fadigas e Perigos não têm as Mulheres de passar para manter e preservar seus Filhos! Quanta Coragem e Fortaleza não precisam mostrar, superiores às que se esperariam do seu Sexo, em Benefício deles! Até as mais vis Mulheres têm dado tantas sobejas provas de valor nesse domínio quanto as mais dignas. Todas são conduzidas por um Impulso ou Inclinação naturais, sem nenhuma Consideração sobre o Prejuízo ou Benefício que a Sociedade receberá disso. Não há mérito em agradar a nós mesmos, e os próprios Filhos são, muitas vezes, irreparavelmente estragados pelo Carinho excessivo dos Pais, pois se é verdade que Crianças de dois e três anos precisam da indulgente Ternura das Mães, se isso, mais tarde, não for reduzido, pode Arruiná-las definitivamente, e a muitas delas levar à Forca.

Se o Leitor pensa que fui tedioso demais nesse Ramo do Pudor, com a ajuda do qual nos esforçamos por parecer Castos, vou tentar agora me redimir sendo Breve ao abordar a outra parte, em que tentamos fazer crer aos outros que a Estima que professamos por eles excede o Valor que damos a nós mesmos, e que nenhum Interesse é mais Indiferente para nós do que aquele que diretamente nos diz respeito. Essa louvável qualidade é de ordinário conhecida pelo nome de Costumes e Boas Maneiras, e consiste num Hábito da Moda, adquirido por Preceito e Exemplo, adular o Orgulho e o Egoísmo dos outros, e esconder os nossos com Critério e Destreza. Isso se refere exclusivamente ao Trato com nossos Iguais e Superiores, e enquanto estivermos em Paz e Amizade com eles; pois nossa Complacência não deve jamais interferir com as Regras da Honra, nem com as Homenagens que nos devem os Criados e outros que dependem de nós.

Feita essa Reserva, creio que a Definição se enquadrará em tudo que alegar se possa como padrão ou exemplo de Boa Educação ou de Maus Modos; e será muito difícil encontrar, no curso dos vários Acidentes da Vida e Convivência Humanas, um caso de Recato ou de Impudência que ela não abranja ou não ilustre, em todos os Países e em todas as Épocas. Um Homem que peça um grande Favor a alguém que seja para ele um Estranho, e sem nenhum constrangimento, é chamado de Impudico, por mostrar abertamente seu Egoísmo, sem a menor consideração pelo Egoísmo do outro. Podemos ver nisso também o Motivo pelo qual um Homem deve falar de sua Mulher e Filhos, e de tudo mais que lhe é caro, o menos possível, e nunca de si mesmo, especialmente de forma Elogiosa. Um Homem bem-educado pode desejar, até ardentemente, o Louvor e a Estima de outros, mas ser elogiado de Corpo presente ofende sua Modéstia. E a Razão é a seguinte: toda Criatura Humana, mesmo antes de se tornar educada, tem um Prazer extraordinário em se ouvir elogiar. Todos nós temos consciência disso, e, portanto, quando vemos um Homem regalar-se abertamente com esse Prazer, no qual não temos parte, isso desperta nosso Egoísmo, e imediatamente começamos a Invejá-lo e Odiá-lo. É por isso que o Homem bem-educado esconde o seu Júbilo, e nega absolutamente que sinta qualquer coisa parecida; assim, regulando e suavizando o Egoísmo, ele esconjura a Inveja e o Ódio que, de outro modo, deveria justificadamente temer. Quando, desde a Infância, observamos como são ridicularizados aqueles que escutam tranquilamente seus próprios Elogios, é possível que nos esforcemos em evitar esse Prazer, a ponto de, com o tempo, ficarmos constrangidos só com a ameaça de louvaminhas do tipo; mas isso não é obedecer aos Ditames da Natureza, e sim corrigi-la por meio da Educação e do Costume; porque se a Humanidade em geral não sentisse prazer com elogios, não haveria Pudor na recusa em ouvi-los.

O Homem de Bons Modos não pega o melhor e sim o pior do Prato, e de todas as coisas recolhe a Porção mais insignificante, a não ser que o forcem a agir de outra forma. Com tal Civilidade, deixa sempre o Melhor para os Outros, o que é um cumprimento aos Presentes, e por isso a todos agrada. Quanto maior for o Egoísmo dos que ali estão reunidos, mais eles são forçados a aprovar tal Comportamento; e com o ingresso da Gratidão na história, se veem obrigados, queiram ou não, a pensar bem dele. E é assim que o Homem bem-educado se insinua na estima de todas as Pessoas com as quais convive, e, se não lucra nada mais com isso, o Prazer que obtém ao pensar no Aplauso, que sabe lhe ser dado em segredo, é para um Homem Orgulhoso mais do que o Equivalente à sua anterior Abnegação, e paga com Juros as perdas que seu Amor-Próprio sofreu na sua primitiva Benevolência com o Próximo.

Se há Sete ou Oito Maçãs ou Pêssegos para Seis Pessoas de Cerimônia, de nível mais ou menos igual, aquele que se deixa persuadir a escolher primeiro tira a fruta que até uma Criança veria ser a pior; e age assim para insinuar que considera os presentes Superiores em Mérito, e que a nenhum deles aprecia menos que a si mesmo. Tal Costume e sua Prática geral nos familiarizaram a tal ponto com esse Embuste elegante que não nos chocamos por seu Absurdo; porque se as Pessoas falassem com Sinceridade, do fundo do Coração, e agissem de conformidade com seus naturais Sentimentos, até a idade de Vinte e Três ou Vinte e Quatro anos, seria impossível para elas assistir a essa Comédia de Costumes sem Rir às escâncaras ou Indignar-se; mas é certo que tal Comportamento nos faz mais tolerantes uns com os outros do que se procedêssemos ao contrário.

É de grande Vantagem para o Conhecimento de nós mesmos a capacidade de distinguir entre boas Qualidades e Virtudes. O Vínculo Social exige de cada Membro certa Consideração pelos outros, e dessa Obrigação não está isento nem o mais Graduado diante do mais Humilde, mesmo num Império; mas quando estamos sozinhos, e tão afastados de qualquer Grupo que os Juízos dos outros não nos alcançam, Palavras como Recato e Impudência perdem seu sentido. Uma Pessoa pode ser Iníqua mas não pode ser Impudica quando está só, e nenhum Pensamento pode ser Impudente se não foi jamais comunicado a ninguém. Um Homem de Orgulho Exaltado pode ocultá-lo de tal modo que Ninguém seja capaz de descobrir que o sente; e ainda assim tirar maior Contentamento dessa Paixão do que um outro que se permita declará-lo diante de todo mundo. Boas Maneiras não têm nada a ver com Virtude ou Religião; em vez de extinguirem, elas antes inflamam as Paixões. O Homem Sensato e Polido nunca se rejubila mais em seu Orgulho do que nos momentos em que o esconde com a maior Destreza.[1] Deleitando-se com o Aplauso com que todos os bons Juízes vão seguramente consagrar sua Conduta, ele goza de um Prazer inteiramente desconhecido para o grosseiro Edil que, com sua Arrogância e sua Miopia, não tira o Chapéu para Ninguém, e só se dirige a um Inferior quando não tem remédio.

Um Homem pode evitar com o máximo cuidado tudo o que, aos Olhos do Mundo, é tido como Resultado do Orgulho, sem mortificar-se, ou sem assinalar o menor Domínio sobre sua Paixão. É possível sacrificar apenas a insípida parte exterior do Orgulho, que só dá prazer a Gente tola e ignorante, em benefício dessa outra parte que todos nós sentimos internamente, e que os Homens de mais elevado Espírito e mais exaltado Gênio cultivam em silêncio, com tanto êxtase. O Orgulho dos Cidadãos de Prol, da Gente de Bem, não é jamais tão visível quanto nos Debates sobre Cerimonial e Precedência, que lhes oferecem Oportunidade de dar a seus Vícios a Aparência de Virtudes, e de fazer crer ao Mundo que vem do seu Cuidado escrupuloso, da Dignidade do seu Cargo e da Honra de seus Superiores o que é simplesmente Resultado de seu Orgulho e Vaidade pessoais. Isso fica particularmente manifesto em todas as Negociações de Embaixadores e Plenipotenciários, e é do conhecimento de todos os que observam

---

[1] Cf. anteriormente, i. 155-6.

Observação (C)

o que se discute nos Acordos e Tratados públicos; e será sempre verdadeiro que Homens de bom Gosto não podem gozar do próprio Orgulho enquanto algum Mortal for capaz de descobrir que eles são Orgulhosos.

(D) *Pois não havia Abelha que não quisesse*
Ter sempre mais, e não do que lhe cabia;
Mas do que etc.

[Pág. 230, linha 13]

A vasta Estima que temos por nós, e o baixo Valor que damos aos outros nos tornam péssimos Juízes em Causa própria. Poucos Homens podem ser persuadidos de que recebem demais daqueles a quem vendem, por mais Extraordinários que sejam seus Ganhos, e, ao mesmo tempo, não existe Lucro, por mais ínfimo, que eles concordem em deixar nas mãos daqueles de quem compram. Por tal Razão, sendo a Insignificância do Benefício de quem vende a melhor arma para convencer o Comprador em perspectiva, os Mercadores em geral se veem obrigados a contar Mentiras em sua Defesa, e preferem inventar mil Histórias improváveis a revelar quanto lucram realmente com suas Mercadorias. Alguns antigos Lojistas, que afetam mais Honestidade (ou, talvez, tenham mais Orgulho) do que seus Vizinhos, costumam trocar poucas palavras com a Freguesia, e sempre se recusam a baixar o Preço dado de início. Mas estes são, geralmente, Velhas Raposas que conhecem o Mundo de cor, e sabem que quem tem Dinheiro costuma conseguir mais pela Insolência do que outros pela

Amabilidade. O Povo imagina que haja mais Sinceridade na Aparência séria e grave de um Mercador idoso do que no Ar submisso e na sedutora Cortesia de um Jovem Principiante. Mas isso é um grande Erro; e quando se trata de Comerciantes de Tecidos, de Cortinas, ou outros que negociam diversas qualidades da mesma Mercadoria, pode-se comprová-lo rapidamente: basta examinar os Artigos para descobrir que cada um tem sua própria Marca, o que é Sinal de que ambos estão igualmente preocupados em esconder o preço de Custo do que vendem.[1]

(E) ....*como fazem Jogadores que,*
Mesmo em Jogo limpo, nunca ostentam
O que ganharam diante dos Perdedores

[Pág. 230, linha 16]

Sendo tal Prática tão generalizada que Ninguém que já tenha visto um Jogo pode ignorar, tem de haver na Índole do Homem alguma coisa que a provoque; mas como a análise disso pode parecer irrelevante para muita gente, desejo que o Leitor salte esta Observação, a menos que esteja especialmente Bem-humorado, e não tenha mais nada para fazer.

Que Jogadores procurem de fato, e em geral, esconder seus Ganhos diante dos Perdedores me parece fruto de um misto de Gratidão, Piedade e Instinto de Preservação. Todo Homem fica

---

[1] Cf. *Free Thoughts* (1729), p. 292, de Mandeville: "Portanto, cada comerciante tem sua marca, que se permite seja secreta. (...) O valor intrínseco e o preço de custo dos artigos à venda é o que os lojistas cuidam, com o maior empenho, de esconder dos compradores".

naturalmente agradecido se recebe um Benefício, e o que ele diz ou faz, enquanto isso o afeta e inspira, é real, e procede do Coração; mas quando a emoção arrefece, o que procuramos fazer em Retribuição vem da Virtude, da Polidez, da Razão, da Ideia de Dever, mas não da Gratidão, que é a Força motriz da Afeição. Se considerarmos quão tiranicamente o imoderado Amor que temos por nós mesmos nos obriga a estimar todo aquele que, com ou sem intenção, age em nosso favor, e quantas vezes estendemos nossa afeição a objetos inanimados, quando imaginamos que contribuem para o nosso presente Bem-Estar, não será difícil perceber de que modo a satisfação que sentimos por aqueles cujo Dinheiro ganhamos tem origem num Princípio de Gratidão. O Motivo a seguir é a nossa Piedade, que provém da consciência do Vexame que existe na derrota; e, como cortejamos a Estima de todo mundo, tememos perder a deles por causa do Prejuízo que lhes infligimos. Por fim, imaginamos que eles nos Invejam, e o instinto de Autopreservação faz com que nos esforcemos em atenuar primeiro o senso de Gratidão, e depois a Razão que nos leva à Piedade, na Esperança de reduzir o Rancor e a Cobiça deles. Quando as Paixões se manifestam com grande força, todos tomam conhecimento delas; quando um Homem Poderoso dá um Cargo de relevo a alguém que lhe fez pequeno favor na Mocidade, chamamos a isso Gratidão; quando uma Mulher se põe a gritar e a torcer as mãos por haver perdido um Filho, a Paixão predominante é o Pesar; e o Mal-estar que sentimos diante de grandes Infortúnios, como o de um Homem quebrando as Pernas ou rebentando os Miolos, é chamado de Piedade. Mas os gentis golpes, os leves toques das Paixões, estes passam, em geral, despercebidos ou incompreendidos.

Para provar o que digo, basta observar o que se passa entre o *Vencedor* e o *Perdedor*. O primeiro é sempre Complacente, e se o segundo se controla, é também mais Obsequioso do que de hábito, disposto a prestar-se, até, a algum capricho do *Perdedor*, e pronto a corrigir seus erros com Precaução e o Máximo de bons Modos. O *Perdedor*, por seu lado, se mostra constrangido, caviloso, taciturno, talvez Pragueje e Vocifere; mas, enquanto ele não diga nem faça nada deliberadamente afrontoso, o *Vencedor* se mantém discreto, e procura não ofender, perturbar ou contradizer o outro. *Perdedores*, diz o provérbio, *têm o direito de espernear.*[1] Isso mostra que, na opinião geral, quem perde tem o inalienável Direito de queixar-se, e de esperar que tenham pena dele. Que sentimos medo da Má vontade do *Perdedor* é óbvio, uma vez que temos consciência de nosso desagrado para com aqueles que ganham de nós, e da Inveja que sempre tememos ao nos imaginarmos mais felizes que os outros. Daí se depreende que, quando o *Vencedor* procura dissimular seus Ganhos, a intenção é desviar qualquer Golpe, e isso é Autopreservação; essa Preocupação e os Cuidados que inspira continuarão a nos afetar enquanto persistirem os Motivos que a fizeram aparecer.

Depois de um Mês, uma Semana, possivelmente muito menos tempo, quando o Pensamento da Obrigação criada e, em consequência, a Gratidão do Vencedor se esgotaram; quando o Perdedor recuperou o Bom Humor, e já ri da sua Perda, e o Motivo da Piedade do Ganhador cessou; quando a Apreensão do Vencedor

---

[1] Cf. Colley Cibber (1671-1757), *The Rival Fools I (Dramatic Works*, ed. 1777, ii. 102): "... perdedores devem ter o direito de esbravejar...". Ver também Sir John Vanbrugh (1664-1726), *The False Friend* I.i. (ed. Ward, 1893, ii. 12).

Observação (E)

de atrair sobre sua cabeça a Má Vontade e a Inveja do Perdedor se esvazia; ou seja, logo que todas as Paixões se abrandam, e o Cuidado da Autopreservação não ocupa mais o Pensamento do Vencedor, ele já não tem escrúpulo de contar o que ganhou, e até, se a Vaidade se intromete, de se vangloriar do Sucesso obtido, ou mesmo de exagerá-lo.

É possível que, quando duas Pessoas que jogam estão em situação de Inimizade, e talvez desejosas de encontrar razões para armar Briga, ou quando, jogando por Ninharias, dois contendores visem, sobretudo, à Glória da Conquista, não ocorra nada do que venho dizendo. Paixões diferentes nos obrigam a tomar Medidas diferentes. O que expus aplica-se ao Jogo comum por Dinheiro, no qual os Homens se empenham por ganhar, e se aventuram a perder aquilo a que dão valor. E mesmo aqui eu sei que vou ser contestado por muitos que, culpados de esconder seus Ganhos, afirmam não ter jamais observado as Paixões que aponto como Causas de sua Fraqueza; o que não é Coisa de admirar-se, pois poucos Homens se dão o tempo livre necessário a um Exame mais aprofundado de si mesmos, e muito menos aplicam a isso o Método apropriado. Acontece com as Paixões Humanas o mesmo que com as Cores de uma peça de Tecido: é fácil distinguir um Vermelho, um Verde, um Azul, um Amarelo, um Preto etc. quando tais cores estão separadas, mas só um Artista será capaz de desenredar todas as diferentes Cores e saber arranjá-las nas Proporções corretas, de forma a compor uma Trama bem combinada. Do mesmo modo, as Paixões podem ser descobertas por qualquer Pessoa, enquanto estejam distintas, e uma só entre elas absorva inteiramente o Homem; mas é muito

Observação (E)

difícil traçar cada Motivação daqueles Atos que são o Resultado de uma mistura de Paixões.

(F) *E a Virtude, que com a Política*
Havia aprendido Mil Engenhosos Ardis,
Por sua feliz Influência conseguira
Criar Laços com o Vício...

[Pág. 231, linha 25]

Pode-se dizer que a Virtude criou Laços com o Vício quando Pessoas de bem, industriosas, que mantêm suas Famílias e criam seus Filhos adequadamente, pagam Impostos e são, de diversas maneiras, Membros úteis da Sociedade, ganham seu Sustento com alguma coisa que depende substancialmente dos Vícios dos outros, ou é influenciada em grande parte por eles, sem que elas mesmas sejam culpadas de qualquer coisa, ou cúmplices de qualquer infração, a não ser pelo viés do Comércio, como um Farmacêutico de um Envenenamento, ou um Cuteleiro de um Assassinato por arma branca.

Da mesma forma, o mercador que exporta Milho ou Tecido aos Países Estrangeiros para adquirir Vinho ou Conhaque encoraja o Cultivo ou a Manufatura do seu próprio País; ele é um Benfeitor para a Navegação, aumenta os lucros da Aduana, e é, portanto, de muitas maneiras, de utilidade para o Público; todavia, não se pode negar que ele Depende diretamente da *Prodigalidade* e da *Embriaguez*; pois se ninguém tomasse Vinho, a não ser como reconstituinte, essa multidão de Negociantes, Vinhateiros, Taverneiros, Tanoeiros etc., que marca tão vistosa Presença nessa florescente Cidade, estaria na Miséria. O mesmo pode ser dito dos fabricantes de Dados e de cartas de Baralho, que funcionam como Ministros de uma Legião de vícios; mas também de Tapeceiros, Estofadores, Alfaiates, e muitos outros, que morreriam de fome em seis meses se o *Orgulho* e o *Luxo* fossem de súbito banidos do País.

(G) *Mesmo o pior de toda a Multidão
Contribuía para o Bem Comum.*

[Pág. 232, linha 3]

O que vem a seguir parecerá, eu sei, um estranho Paradoxo para muita gente; e me perguntarão que Benefício pode o Público receber de Ladrões e Arrombadores. Eles são, reconheço, elementos dos mais perniciosos para a Sociedade, e os Governos devem tomar todas as Medidas possíveis e imagináveis para extirpá-los e destruí-los. No entanto, se o Povo todo fosse estritamente honesto, e ninguém se intrometesse nos negócios alheios, metade dos Serralheiros do Reino ficaria Desempregada. Além disso, um número abundante de Objetos primorosamente confeccionados (que agora tanto servem para Ornamentar quanto para Defender), hoje vistos em igual proporção na Cidade e no Campo, não teriam sido imaginados se não houvesse a necessidade de defender-nos contra Gatunos e Salteadores.

Se houver quem julgue forçado o que digo, e minha Asserção continue parecendo um Paradoxo, peço ao Leitor que reflita sobre o Consumo das coisas, e então descobrirá que os mais preguiçosos e apáticos, os libertinos e os mais perniciosos são forçados, todos eles, a fazer alguma coisa pelo Bem Comum; e enquanto suas Bocas não forem costuradas com agulha e linha, e eles continuem a vestir e a subsequentemente destruir o que os Industriosos se aplicam todo dia a fabricar, produzir e fornecer, eles continuam obrigados a ajudar a sustentar os Pobres e as Despesas públicas. O Trabalho de Milhões logo cessaria se não houvesse outros Milhões, como eu digo na *Fábula*, que

_____ se ocupavam
Em destruir suas Manufaturas.[1]

Mas não há que julgar os Homens pelas Consequências de seus Atos, e sim pelos Fatos em si, e pelos Motivos que os tenham, presumivelmente, levado a agir assim. Suponhamos que um Avarento de maus-bofes, quase um Plumb,[2] que gasta só 50 Libras por ano, embora não tenha Herdeiro para sua Fortuna, foi Assaltado e perdeu Quinhentos ou Mil Guinéus;[3] é certo que, desde que esse Dinheiro entrou em circulação, o Reino se beneficiou com o Roubo, e recebeu a Soma com a mesma naturalidade como receberia quantia igual dada pelo Arcebispo à Coroa. A rigor, a Justiça e a Paz da Sociedade exigiriam que o Ladrão fosse enforcado, e

---

[1] *Fábula*, i. 226.
[2] Dono de uma fortuna de 100 mil libras, ou, simplesmente, "muito rico". Cf. Eric Partridge, *A Dictionary of Hystorical Slang*, Penguin Reference Books, pp. 705-6. O volume é um resumo, feito por Jacqueline Simpson, de *A Dictionary of Slang and Unconventional English*, do mesmo autor (Londres, 1961). [N. do T.]
[3] Antiga moeda inglesa de ouro, hoje obsoleta, cunhada a partir de 1663 para o tráfico africano. Existiu até 1813, e valia 21 *shillings*. O *shilling* é a vigésima parte da libra. [N. do T.]

se, porventura, houvesse meia Dúzia de meliantes envolvidos no crime contra o Sovina, que todos fossem punidos severamente.

    Ladrões e Punguistas se apoderam do dinheiro alheio para sobreviver, seja porque aquilo que poderiam ganhar Honestamente não basta para mantê-los, seja por terem Aversão a um Trabalho fixo: eles querem satisfazer seus Sentidos com boa Comida, Bebida Forte, Mulheres de vida fácil e Lazer, sempre que lhes aprouver. O Estalajadeiro, que os atende e aceita o seu Dinheiro, sabendo perfeitamente de onde provém, é quase tão Torpe quanto tais Fregueses. Mas se ele os tosquia bem, não se mete em seus Negócios e se porta com Discrição, pode até enricar e fazer-se indispensável: o Fiel Servidor, cuja preocupação maior é o Lucro do Amo, manda-lhe a Cerveja predileta e faz de tudo para não perder o Cliente; desde que seja bom o Dinheiro do Homem, considera que não é Problema seu investigar como ele o conseguiu. Enquanto isso, o Cervejeiro Abastado, que entrega o Negócio aos Empregados, não se inteira de nada mas mantém sua Carruagem, recebe os Amigos com largueza e goza de seus Prazeres descuidoso, compra Terras, levanta Casas e educa os Filhos com Fartura, não tem um pensamento sequer para as Tarefas que os Miseráveis desempenham, os turnos de trabalho que os Parvos cumprem, ou as artimanhas que os Patifes inventam para amealhar as Mercadorias cuja Venda por atacado é a base de sua grande Fortuna.

    Um Salteador de Estrada, pouco após considerável Butim, dá Dez Libras a uma Rameira, pela qual se encantou, para que se enfarpele dos Pés à Cabeça por conta dele; haverá um Mercador de alto nível tão escrupuloso que recuse vender a essa Mulher uma peça de Fino Cetim, pelo fato de saber de quem se trata? Ela vai precisar de Sa-

Observação (G)

patos e Meias, de Luvas, de um Espartilho, e então veremos que a Modista, o Fanqueiro, a Costureira, todos se afainam à volta dela, e é possível que, antes do fim do Mês, uma centena de profissionais da Moda, dependentes daqueles a quem ela primeiro deu o Dinheiro, tenha recebido Parte dele. O Generoso Cavalheiro, nesse meio-tempo, tendo gasto quase todo o seu modesto cabedal, arrisca-se de novo na Estrada, mas já no Segundo Dia, tendo cometido um Assalto perto de *Highgate*, é preso com um de seus Cúmplices, e logo julgados e condenados. A Quantia paga pela Denúncia que possibilitou sua prisão é dividida entre três Camponeses, e muito bem aplicada. O primeiro era um Granjeiro Honesto, Sóbrio e Trabalhador, mas reduzido à miséria por Infortúnios de toda espécie: no Verão anterior, devido à Mortandade do Gado, perdera seis Vacas de cada Dez que tinha, e agora seu Senhorio, a quem ele devia Trinta Libras, confiscara o restante. O segundo era um trabalhador Diarista, que lutava arduamente, com Mulher doente em Casa e muitas Crianças pequenas por criar. O terceiro era Jardineiro em casa senhorial, que sustentava o Pai na Prisão, detido há mais de um Ano e Meio por ter servido de Fiador a um Vizinho que devia Doze Libras. Esse herói do Amor Filial era o mais merecedor dos três, pois estava noivo havia algum tempo de uma Donzela cujos Pais, que tinham boa Condição, só consentiriam no Casamento quando ele amealhasse Cinquenta Guinéus. Cada um recebeu mais de Oitenta Libras, o que os tirou das Dificuldades em que se encontravam, e fez com que se julgassem os Sujeitos mais felizes do Mundo.

Nada mais destrutivo, tanto em matéria de Saúde quanto de Vigilância e de Aplicação ao Trabalho por parte dos Pobres, do que esse infame Destilado, cujo nome, derivado da forma holandesa do Zimbro ou Junípero,[1] é hoje universalmente conhecido, e encolheu, dados a frequência do seu uso e o espírito Lacônico da Nação, de um Vocábulo de Tamanho médio para um Monossílabo: Gim. Esse líquido Intoxicante, que encanta os apáticos, os desesperados e os loucos dos dois Sexos, faz com que o Bêbado famélico aceite seus Farrapos e sua Nudez com estúpida Indolência, ou zombe da sua indigência com Risos inanes e Pilhérias insípidas. É um Lago de fogo que inflama os Miolos, queima as Entranhas, e chamusca por dentro todos os Órgãos; e é também um novo *Letes* do Esquecimento, no qual o Miserável que nele mergulha afoga seus Cuidados mais Aflitivos e, juntamente com a Razão, qualquer Reflexão angustiosa sobre Crianças que choram de Fome, a crueldade de Invernos Gelados e o horror de um Lar vazio.

Agindo sobre Temperamentos quentes e adustos, o Gim torna os Homens irritadiços e brigões, transforma-os em Brutos e Selvagens, leva-os a querelar sem Motivo, e tem sido Causa frequente de Assassinato. Também já quebrantou e destruiu Constituições das mais Vigorosas, lançando-as na Tuberculose, e tem sido causa direta e fatal de Apoplexias, Frenesis[2] e Morte súbita. Como essas últimas Desgraças são raras, poderiam ser esquecidas e toleradas,

---

[1] A planta, da família das Pináceas, tem mais de 50 espécies. É cultivada como ornamental, mas sua madeira serve também para o fabrico de lápis e caixas de charutos. O fruto é usado no preparo de pelo menos dois tipos de aguardente. Do *Juniperus communis* se faz o gim; e do *Juniperus sabina*, a genebra. A edição do Liberty Fund, que é uma exata reprodução fotográfica da ed. da Oxford University Press de 1924, diz, em nota de rodapé, que "gim" é uma abreviatura de "genebra". [N. do T.]

[2] Frenesi = delírio, desvario. Mas também inflamação aguda da aracnóide, membrana delgada e serosa que recobre todo o encéfalo, entre a dura-máter e a pia-máter. [N. do T.]

mas o mesmo não pode ser dito das muitas Doenças que vêm habitualmente na esteira dessa Bebida, e de que ela é a causa imediata, todo dia e toda hora,[1] tais como Perda de Apetite, Febre, Icterícia Negra e Amarela, Convulsões, Cálculos e Uratos, Hidropsia e Leucoflegmasias.

Entre os fanáticos Admiradores desse Veneno Líquido, muitos, em geral das Camadas mais baixas da sociedade, acabam se tornando Negociantes do Produto, e acham prazeroso obter para os outros aquilo que eles mesmos tanto prezam, fazendo como as Prostitutas que se tornam Cafetinas para subordinar os Lucros de um Negócio aos Prazeres do outro; mas como esses pobres Esfomeados geralmente bebem mais do que Ganham, é raro que, como vendedores, consigam melhorar as Condições em que se encontravam quando apenas Compradores. Na periferia das Cidades como nos Subúrbios mais remotos, e em todos os Lugares de má fama, vende-se Gim em um ou outro cômodo de quase todas as Casas, frequentemente no Porão, muitas vezes no Sótão. Os pequenos Comerciantes dessa linfa do *Estige* são abastecidos por gente de Nível mais elevado, donos de Bares licenciados, mas tão pouco dignos de inveja quanto os outros. Dessas pessoas de condição modesta, não conheço Meio de vida mais deplorável que esse; quem quiser prosperar precisa ter, em primeiro lugar, um Temperamento audaz e resoluto, e estar sempre atento e vigilante para que não lhe passem a perna os Vigaristas e Escroques, nem se deixe intimidar pelas Pragas e Imprecações de Cocheiros de Fiacre e Soldados de Infantaria; em segundo lugar, convém

---

[1] Não esquecer que Mandeville era médico.

que seja destro em contar Piadas grosseiras e soltar estrondosas Gargalhadas, e conhecer todos os Recursos necessários com que seduzir os clientes para tomar-lhes o Dinheiro; ao mesmo tempo, deve estar bem versado na Galhofa barata e na Zombaria de que a Canalha faz uso para mangar de Prudência e Frugalidade. Ele tem de ser afável e obsequioso com fregueses os mais desprezíveis; estar pronto e solícito para ajudar um Moço de fretes a descarregar seu Fardo, apertar a Mão de uma Cesteira, tirar o Chapéu para uma Vendedora de Ostras, e tratar com familiaridade a um Mendigo; suportar com Paciência e bom Humor os Atos ignóbeis e o Linguajar vil de Meretrizes asquerosas e de lúbricos Libertinos; e ainda, sem franzir o Cenho nem demonstrar Aversão, aturar a Imundície e o Fedor, a Algazarra e a Impertinência que a Preguiça, a Indigência e a Embriaguez podem produzir na mais desavergonhada e abandonada Ralé.

O vasto Número de Estabelecimentos do gênero na Cidade e nos Subúrbios é Prova surpreendente da existência de muitos Corruptores em ação, os quais, numa Ocupação Legal, são cúmplices e encobridores da Existência e do Crescimento de tudo o que é Apatia, Estupidez, Penúria e Miséria de que o Abuso de Bebidas Fortes é a Causa imediata, e que servem para elevar acima da Mediocridade metade, talvez, da Vintena de Homens que se ocupam do Comércio por Atacado do mesmo Produto, enquanto, entre os Varejistas, mesmo quando têm as características que arrolei anteriormente, a grande Maioria está arruinada, por não conseguir abster-se da Taça de *Circe* que oferecem aos outros; e até os mais afortunados passam a Vida toda obrigados a aceitar as piores Aflições, aguentar Sacrifícios, e engolir todas as ingratas e chocantes Coisas de que venho falando, para obter, ao fim e ao cabo, pouco mais que o simples Sustento, e o Pão de cada dia.

O Vulgo míope raramente percebe mais do que um Elo na cadeia dos Acontecimentos; mas os que veem um Palmo adiante do nariz, e se concedem algum Tempo para considerar a Perspectiva dos fatos, verão, em centenas de Lugares, que o *Bem* surge e pulula do *Mal*, tão naturalmente como os Pintinhos dos Ovos. O Dinheiro obtido dos Impostos sobre o Malte constitui Parte apreciável da Receita Nacional, e se nenhuma Bebida alcoólica fosse destilada com ele, o Tesouro *Público* sofreria com isso, e gravemente. Se pudéssemos considerar, à sua Luz verdadeira, as muitas Vantagens, e o amplo Catálogo de sólidos Benefícios que decorrem desse Mal que estamos discutindo, teríamos de considerar os Aluguéis pagos, o Solo cultivado, as Ferramentas fabricadas, o Gado e outros animais empregados nas diversas Fainas, e, acima de tudo, a Multidão de Pobres sustentada pela variedade de Trabalhos necessários no Cultivo Agrícola, na Maltagem, no Transporte e na Destilação, antes que possamos ter o Espírito do Malte, a que se dá o nome de *Low Wine*,[1] matéria-prima da qual os vários Destilados são depois fabricados.

Ademais, um Homem perspicaz e bem-humorado poderia recolher uma abundância de coisas Boas do Monte de Imundícies que rejeitei como Mal. Ele me diria que, apesar da Preguiça e da Apatia causadas pelo Abuso das bebidas de Malte, seu uso moderado é de Benefício inestimável para o Pobre, impossibilitado de comprar um Cordial mais caro; que representa um Reconfortante

---

[1] N. da E. — Após a malteação e fermentação da cevada, vem a fase da destilação, em que o líquido fermentado é aquecido, passa pelo condensador, e origina o primeiro álcool (ou *low wine*, também chamado de *spirit*).

de valor universal, não só contra o Frio e a Fadiga, mas também para aliviar a maior parte das Aflições peculiares aos Necessitados, substituindo, muitas vezes, Comida, Bebida, Roupa e Abrigo; que a estúpida Indolência ocasionada por essa poção calmante, da qual, aliás, me queixei, era uma Bênção para uma legião de Miseráveis nas mais ingratas Circunstâncias, e que esses se contavam, certamente, entre os mais felizes, por sentirem menos Dor. Quanto às Doenças, diria ele, se é responsável por algumas, também cura outras, e se o Abuso de Destilados resulta em Morte súbita para alguns, o Hábito de beber diariamente com parcimônia prolonga a Vida de muitos, a cujo Organismo o álcool convém. No que diz respeito aos Prejuízos ocasionados pelas insignificantes Querelas domésticas que ele atiça, estes são largamente compensados pelas Vantagens externas, pois sustenta a Coragem dos Soldados, e anima os Marinheiros no Combate. Nas duas últimas guerras,[1] por exemplo, não teríamos obtido uma só Vitória de vulto sem sua ajuda.

Da lamentável Descrição que dei dos Varejistas, e de tudo a que têm de submeter-se, ele me responderia — o Homem perspicaz e bem-humorado — que em qualquer Comércio são poucos os que amealham Riqueza mais que pífia; e que o que me pareceu tão molesto e intolerável era bagatela para quem estava acostumado com tal tipo de Serviço; que aquilo que uns têm por fatigante e calamitoso, para outros parecia agradável e até arrebatador, de

---

[1] Segundo Lucien e Paulette Carrive, responsáveis pela tradução, introdução, índice e notas da edição francesa, já citada, da Librairie Philosophique J. Vrin, Paris, 1998, o Autor se refere à Guerra da Liga de Augsburgo e à Guerra de Sucessão da Espanha. [N. do T.]

tal modo diferem os Homens em Circunstâncias e Educação. Ele me recordaria que os Benefícios obtidos num Emprego sempre compensaram as Tribulações e Esforços a ela inerentes, não esquecendo sequer o *Dulcis odor lucri è re qualibet*;[1] e ainda observaria que o Odor do Ganho é um perfume mesmo para os Trabalhadores Noturnos.

Se eu levantasse contra ele o argumento de que contar com um grande e poderoso Destilador era uma pobre compensação para os Meios vis, a Indigência fatal e a Miséria perpétua de tantos milhares de Desgraçados, indispensáveis à construção de suas Fortunas, me responderia que sobre isso eu não podia julgar, por não ser capaz de avaliar que ampla Contribuição eles poderiam dar mais tarde à Comunidade. Talvez, diria ele, o Homem enriquecido dessa maneira se empenhará em tomar parte na Comissão pela Paz, ou outra Tarefa do gênero, agindo com Vigilância e Zelo contra os Dissolutos e os Descontentes, e, conservando seu Gênio arrebatado, será tão diligente na difusão da Lealdade e na Reforma dos Costumes, em todos os recantos da enorme e populosa Cidade, quanto antes o foi no afã de enchê-la de Destilados; até que venha a se tornar o Flagelo das Prostitutas, dos Vagabundos e dos Mendigos, o Terror dos Desordeiros e das Ralés insatisfeitas, e Perseguidor implacável dos Açougueiros profanadores do *Sabbath*. A essa altura, meu jovial Antagonista Exultaria e Triunfaria sobre mim, principalmente se me pudesse apresentar um Exemplo concreto. Que rara Bênção, exclamaria ele, representa esse Homem para seu País! Quão brilhante e ilustre é sua Virtude!

[1] "Venha de onde vier, dinheiro sempre cheira bem". Cf. Juvenal, XIV, 204-5.

Para justificar tais Exclamações, ele me demonstraria ser impossível oferecer maior Prova da Abnegação da uma alma Agradecida do que vê-lo, às custas de sua Tranquilidade, e arriscando sua Vida e a de sua Família, prosseguir sempre em seu acosso e, mesmo que por Ninharias, manter sua perseguição àquela Classe de Homens a quem deve sua Fortuna, sem outro motivo que sua Aversão à Ociosidade, e sua imensa Preocupação com a Religião e o Bem Público.

(H) *Partes diretamente opostas*
Ajudavam-se, ainda que por Despeito;

[Pág. 232, linha 9]

Nada foi mais útil para o êxito da Reforma que a Preguiça e a Estupidez do Clero *Romano*; e, todavia, foi essa mesma Reforma que os acordou da Ociosidade e da Ignorância em que então chafurdavam. Pode-se dizer dos Seguidores de *Lutero*, *Calvino* e outros que eles não reformaram somente aqueles que conquistaram para sua Causa, mas também os que ficaram fiéis à Igreja de Roma e permaneceram como seus mais resolutos Adversários.[1] O Clero da *Inglaterra*, por atuar com tanta severidade contra os Cismáticos, além do fato de acusá-los de Ignorância, criou sem saber Inimigos tão formidáveis que se

---

[1] Mandeville repete essa observação em *Free Thoughts* (1729), p. 257, e faz outra similar na *Fábula* ii. 187.

tornou difícil lhes fazer oposição; por outro lado, os Dissidentes, investigando as Vidas de seus poderosos Antagonistas, e vigiando atentamente todas as suas Atividades, levaram os membros da Igreja Oficial a se acautelarem em suas Ofensas com muito mais empenho do que o fariam se não tivessem inimigos Vigilantes. Deve-se ao grande número de *Huguenotes* que sempre existiram na *França*, antes de sua brutal e completa Extirpação,[1] o fato de aquele Reino possuir um Clero menos dissoluto e mais esclarecido do qual vangloriar-se do que qualquer outro País *Católico Romano*. Em nenhum lugar o Clero dessa Igreja é mais Soberano que na *Itália*, e, por isso mesmo, em nenhum outro lugar ele é mais corrupto; assim como em nenhum é mais Ignorante do que na *Espanha*, exatamente onde sua Doutrina é menos contestada.

Quem iria imaginar que Mulheres Virtuosas poderiam, inocentemente, promover a Causa das Prostitutas? Ou então (o que parece ainda maior Paradoxo) que a Incontinência serviria como Salvaguarda da Castidade? E no entanto nada é mais verdadeiro. Um

---

[1] Referência à anulação do Edito de Nantes em 1685. Quanto ao uso por Mandeville do termo "Huguenotes" (*hugonots*, no original), a *Bibliothèque Britannique* para 1733, ii.4, *n.* a, diz: "C'est ainsi qu'il nomme les Protestants de France, ignorant peut-être que c'est un terme de mèpris". Também a tradução francesa (ed. 1750, i.III, *n.*) diz: "L'Auteur les nomme *Huguenots*, comme s'il eut ignoré que c'etoit une injure."
N. do T. — O dicionário *Aurélio* registra que, atribuído na França aos protestantes em geral, mas especialmente aos calvinistas, o termo em pauta é depreciativo. O dicionário *Oxford*, que dá a palavra como de origem "controversa", não diz que ela tem conotação pejorativa. O dicionário Houaiss também não. O *Larousse Étymologique* informa que o termo vem do alemão *Eidgenossen*, "confederados", e foi empregado primeiro em Genebra, c. 1520-24, pelos patriotas hostis ao duque de Savoia, cujo chefe era Hugues Besançon; e, depois, c.1532, pelos Reformados.

homem Jovem e vicioso, depois de haver passado uma Hora ou duas na Igreja, num Baile, ou em qualquer outra Reunião, onde há grande número de belas Mulheres vestidas da maneira mais Requintada, ficaria com a Imaginação mais inflamada do que se tivesse passado aquele mesmo tempo votando na *Prefeitura*,[1] ou andando pelo Campo em meio a um Rebanho de Carneiros. A consequência é a seguinte: ele tentará satisfazer o Desejo nele despertado; e quando se depara com Mulheres honestas, obstinadas e inabordáveis,[2] é muito natural imaginar que vá procurar por outras mais condescendentes. Quem iria supor que a Culpa é das Mulheres Virtuosas? Elas não pensam nos Homens quando se vestem, Pobres Almas, e procuram apenas, ao se arrumar, parecer limpas e decentes, cada uma segundo sua Categoria.

Estou longe de querer encorajar o Vício, e acho que seria uma Felicidade indizível para o Estado se o Pecado da Impureza fosse Banido para sempre; mas isso, creio eu, é impossível. As Paixões de certas Pessoas são violentas demais para serem refreadas por qualquer Lei ou Preceito; e é Sabedoria de todo e qualquer Governo contemporizar com o Mal menor para prevenir o maior. Se Cortesãs e Rameiras fossem processadas com todo o rigor exigido por alguns Insensatos, que Fechaduras ou Grades seriam fortes o bastante para preservar a Honra de nossas Mulheres e Filhas? Porque não só as Mulheres em geral ficariam expostas a Tentações muito maiores, e os Atentados contra a Inocência de Virgens pareceriam

---

[1] Depositando seu voto nas eleições para o Parlamento realizadas na sede do governo municipal. (No original, *Poling at Guildhall*).

[2] No original, *uncomatable*, palavra cunhada por Mandeville, que já a utilizara em *Some Fables after the Easie and Familiar Method of Monsieur de la Fontaine* (1703), p. 69.

Observação (H)

mais desculpáveis, mesmo para a porção sóbria da Humanidade, do que hoje são; mas também alguns Homens se tornariam afrontosos, e o Estupro se transformaria em Crime habitual. Quando seis ou sete Mil Marinheiros desembarcam ao mesmo tempo, como frequentemente acontece em *Amsterdam*, depois de passarem Meses a fio vendo apenas pessoas do mesmo Sexo, como supor que Mulheres honestas poderiam sair na Rua sem serem molestadas se não houvesse Prostitutas disponíveis a Preço razoável? É por essa Razão que os Sábios Magistrados daquela bem-organizada Cidade sempre toleraram a existência de um número indeterminado de Casas onde Mulheres podem ser alugadas tão abertamente quanto Cavalos num Estábulo; e como existe nessa Tolerância grande dose de Prudência e de Boa Administração, uma breve Descrição desse costume não será digressão aborrecida.

Em primeiro lugar, as Casas a que me refiro não são autorizadas a funcionar senão na parte mais suja e menos civilizada da Cidade, na onde reúnem e se alojam Marujos e Estrangeiros sem Reputação. A Rua em que a maior parte delas se encontra é tida como zona de escândalo, e a pecha Infamante se estende a toda a Vizinhança. Em segundo lugar, trata-se de Locais para reuniões e negócios, para se marcar Encontros, com o fim de acertar Entrevistas as mais Reservadas, e nesses trâmites não se admite, por surpreendente que possa parecer, nenhuma espécie de Desregramento de Costumes; ali a Ordem é tão rigorosamente observada que, à parte os maus Modos e o Alarido dos Fregueses, se vê menos Indecência, e geralmente menos Licenciosidade, do que nos Teatros. Por fim, as Comerciantes do sexo Feminino que participam desses Negócios Noturnos procedem sempre da Escória da Sociedade, e costumam ser as mesmas que durante o Dia vendem em Carrinhos de mão Frutas e outros Alimentos. As Roupas com que essa confraria se apresenta à Noite diferem de todo das que vestem habitualmente; elas são tão ridiculamente Alegres e extravagantes que mais parecem Figurinos de atrizes em peças sobre a *Roma* antiga[1] do que Vestidos de Senhoras. Se acrescentarmos a isso os modos desajeitados, as Mãos calosas, a grosseria da linguagem das supostas Damas que portam tais Vestimentas, se verá não haver Razão para temer que possam seduzir quem pertence a Esferas superiores.

A Música nesses Templos de *Vênus* é tocada por Órgãos,[2] não por respeito às Divindades que neles se reverenciam, mas por dois motivos principais: a frugalidade dos Proprietários, que cuidam de conseguir o máximo de Som pelo mínimo de Dinheiro; e a Política do Governo, que não deseja encorajar a Proliferação de tocadores de Violino e Flauta. Por outro lado, tudo que é Navegador, especialmente os *Batavos*, são, como o Elemento a que pertencem, muito dados a urros e bramidos, e a Bulha que faz meia dúzia desses indivíduos, quando imaginam estar a Divertir-se, é suficiente para abafar o Som de duas vezes o número de Violinos ou Flautas; enquanto com um só par de Órgãos[3] podem fazer a Casa tremer

---

[1] Os figurinos, possivelmente, com os quais os papéis de romanos antigos eram representados. Usavam-se roupas modernas e extravagantes. Desde que Barton Booth fez um Catão metido numa 'bata florida' (Pope, *Imitations of Horace* II.i.337), é fácil imaginar que tipo de vestidos usariam as atrizes itinerantes.

[2] O tradutor francês de Mandeville teve, ao que parece, experiência diversa nesses templos de Vênus, pois escreve (ed. 1750, i.116, *n.*) acerca da música ali: "C'est pour l'ordinaire un *violon*, & un *psaltérion*, ou un mauvais *hautbois*. Il faut que la musique de ces lieux ait changé depuis le tems que l'Auteur écrivoit".

[3] N. da E. – O instrumento a que se refere Mandeville é o realejo, pequeno órgão portátil.

desde os alicerces, sem outra Despesa para o dono que o sustento de um único Músico miserável, que lhe custa quase nada. Mesmo assim, e malgrado a rígida Disciplina que impera nesses Mercados do Amor, o *Schout*[1] e seus Oficiais estão sempre aborrecendo, multando e, à menor Queixa, detendo os pobres gerentes dessas Casas. Tal política tem duas grandes Vantagens: primeiro, ela permite a uma vasta quantidade de Oficiais, que os Magistrados utilizam num sem-número de Ocasiões, e sem os quais não poderiam passar, a oportunidade de obter algum Benefício além dos Ganhos moderados adquiridos no pior dos Empregos, ao mesmo tempo em que pune aqueles Libertinos, Alcoviteiras e Cáftens que, apesar de abominarem, não querem destruir inteiramente. Em segundo lugar, como seria perigoso, por várias razões, permitir que o Vulgo penetrasse no Segredo, e descobrisse a conivência entre tais Casas e o Comércio que ali se faz, ao aplicar estes meios, aparentemente irrepreensíveis, os prudentes Magistrados preservam seu bom nome na Opinião dessa espécie mais fraca de Gente, que imagina estar o Governo sempre se empenhando, embora seja incapaz disso, em eliminar o que na verdade tolera. Mesmo porque, se houvesse a intenção de suprimi-los, seu Poder na Administração da Justiça é tão soberano e difundido, e eles sabem tão bem como executar suas decisões, que bastaria uma Semana, ou mesmo uma Noite, para botá-los para correr.

Na *Itália*, a Tolerância com Prostitutas é ainda mais descarada, como prova o funcionamento de seus Bordéis. Em *Veneza* e *Nápoles*, a Impureza é uma espécie de Mercadoria e Tráfico; as *Cortesãs*

---

[1] Um bailio ou xerife.

em *Roma*, e as *Cantoneras*¹ na *Espanha*, formam uma Corporação dentro do Estado, e pagam Taxas e Impostos. É sabido que a Razão para tantos Políticos respeitáveis tolerarem a existência de Prostíbulos não se deve à sua falta de Religião, mas à necessidade de evitar um Mal maior, uma Impureza de tipo mais execrável, e para prover a Segurança das Mulheres Honradas. *Há cerca de Duzentos e Cinquenta Anos*, diz Monsieur *de St. Didier*,² estando Veneza *com carência de Cortesãs, a República se viu obrigada a fazer vir do Estrangeiro grande número de mulheres da vida. Doglioni*,³ que escreveu sobre os memoráveis Acontecimentos de *Veneza*, exalta a Sabedoria dessa providência, que garantiu a Castidade das Mulheres Honradas diariamente expostas a Violências públicas, pois nem as Igrejas, nem outros Lugares Consagrados eram Asilos suficientes para a Castidade delas.⁴

Nossas Universidades na *Inglaterra* são muito crédulas se ignoram que em alguns Colégios houve uma Licença Mensal *ad*

---

¹ N. da E. – Em espanhol no original. *Cantonera* é prostituta, "mulher vagabunda que anda pelos cantos" (*Dicionário de Espanhol-Português*, Porto Editora, Portugal).

² Alexandre Toussaint de Limojon de Saint-Didier (1630?-89) foi diplomata e historiador. Entre suas obras consta *La Ville et la République de Vénise*, citada aqui. Ver p. 331, 3ª ed., Amsterdam, 1680.

³ Giovanni Niccolò Doglioni, que morreu no começo do século XVI, foi escritor e historiador de obra volumosa, sobretudo em matérias relativas a Veneza. Mandeville, todavia, não está citando Doglioni, mas Saint-Didier, o já mencionado *A Cidade e a República de Veneza*, p. 331; ou, melhor, está citando as *Miscellaneous Reflections*, de Bayle, ii.335, que cita Saint-Didier! Com respeito a essa complicada série de citações, Bluet observa jocosamente (*Enquiry*, ed. 1725, p. 138): "Mais uma vez, não está ele [Mandeville] contando que Mr. Bayle diz, que Monsieur *de Saint-Didier* diz, que um tal de *Doglioni* diz, que os *venezianos* tinham todo o direito de importar Prostitutas quando as nacionais não eram suficientes?"

⁴ Este parágrafo inteiro e o seguinte até o fim da última citação em itálico na p. 316 são transcrição quase literal de Bayle, *Miscellaneous Reflections, Occasion'd by the Comet* (1708) ii.334-6, com exceção da meia-sentença sobre as 'universidades na Inglaterra', que não está em Bayle.

Observação (H)

expurgandos Renes;¹ e houve tempo em que se permitia aos Monges e Padres da *Alemanha* manter Concubinas, desde que pagassem uma Soma Anual ao seu Prelado. "*Acredita-se geralmente,* diz Monsieur *Bayle*² (a quem devo o último Parágrafo), *que a Avareza foi a Causa dessa vergonhosa Indulgência; mas é mais provável que o objetivo principal tenha sido impedi-los de cair em tentação com Mulheres honestas, e aquietar o desconforto de Maridos, cujo Ressentimento o Clero fez bem de conjurar*".

Do que foi dito, é evidente que há a Necessidade de sacrificar uma parte do Sexo Feminino para preservar a outra, e prevenir uma Impudicícia de Natureza mais abominável. Julgo poder, então, concluir com justeza (o que constitui o aparente Paradoxo a que me dispus provar) que a Castidade pode ser sustentada pela Incontinência, e as melhores Virtudes precisam do Auxílio do pior dos Vícios.

---

¹ Bluet, com razão ao que parece, respondeu (*Enquiry*, pp. 168-9) às críticas de Mandeville aos 'colégios' ingleses nos seguintes termos: "...para Satisfazer a curiosidade dos Leitores, podemos assegurar-lhes, com base na Credibilidade dos que examinaram os Estatutos dos ditos 'Colleges' das duas Universidades suspeitas de permitirem tal Licença, que não existe nenhuma Expressão dessa Espécie, nem coisa Equivalente, ou qualquer outro texto que sugira Tolerância com Lubricidade, nem há o menor Fundamento para crer que jamais tivesse havido algo assim. Por outro lado, há nesses mesmos Colégios estatutos expressos que punem a Fornicação com Expulsão".

² Ver página anterior, *nn.* 3 e 4. Bayle vem discutido na presente edição, i.105-108, 167-169, e 394, *n.* I.

(I) *A Avareza, raiz de todo Mal,*
Vício funesto, maligno, pernicioso,
Era Escrava da Prodigalidade.

[Pág. 232, linha 13]

Se ajuntei tantos Epítetos odiosos à Palavra Avareza, o fiz em conformidade com a Voga universal, pois nenhum Vício é objeto de mais injúrias do que esse, e elas não são, a meu ver, imerecidas; pois não há Mal que a Cupidez não tenha causado ou não venha a causar, mais dia, menos dia. A verdadeira Razão, porém, pela qual todo Mundo protesta tão vivamente contra a Ganância é que quase todo Mundo sofre nas suas garras; e isso porque, quanto mais Dinheiro alguns entesouram, mais escasso ele fica para os outros. Por isso, quando as Pessoas se mostram indignadas com os Avarentos, há sempre, no Fundo, um elemento de Interesse pessoal.

Como não é possível viver sem Dinheiro, aqueles a quem ele falta, e que não têm a Quem recorrer, ficam obrigados a prestar Serviços à Sociedade para garantir algum; mas como cada um aprecia tanto o próprio Trabalho quanto a si mesmo, e raramente abaixo do seu Valor, a maior parte dos Indivíduos que querem Dinheiro só para gastá-lo em seguida considera que faz mais para ganhá-lo do que ele realmente vale. Os Homens não podem impedir-se de achar que as Coisas necessárias à Sobrevivência lhes cabem a todos, de pleno direito, quer trabalhem ou não; porque eles sabem que a Natureza não lhes pergunta se têm ou não têm Víveres, apenas ordena que comam toda vez que sentem fome; por essa Razão, cada Um procura obter o que deseja com o menor Esforço possível; assim, quando os Homens verificam que as dificuldades que enfrentam para conseguir Dinheiro são maiores ou menores de acordo com o grau de apego que os outros têm à própria pecúnia, é muito natural que se enfureçam contra a Cobiça em geral; pois ela os obriga a se privarem daquilo a que julgam ter direito, e a Sofrer muito mais do que gostariam para melhorar de vida.

E, no entanto, sem deixar de ser a causa de tantos Males, a Avareza é extremamente necessária à Sociedade, para recolher e reunir tudo o que o Vício oposto deixou cair e dispersou. Não fora a Avareza, aos Pródigos logo faltaria Material; e se ninguém ganhasse e acumulasse mais depressa do que gasta, muito poucos poderiam gastar mais depressa do que ganham. Que esse Vício seja, como eu já disse, Escravo da Prodigalidade fica evidente quando se vê os muitos Avaros que, diariamente, labutam e penam, economizam e se privam de muita coisa para enriquecer um Herdeiro perdulário. Embora pareçam à primeira vista contrários, esses dois Vícios, Prodigalidade e Avareza, muitas vezes ajudam um ao outro. *Flório*, por exemplo, é um Moço extravagante, de Temperamento gastador; Filho único de Pai muito rico, ele quer viver em grande estilo, ter Cavalos e Cães, e jogar Dinheiro fora como seus Amigos fazem; mas o velho Sovina não desperdiça Tostão, e mal dá ao Filho o necessário. *Flório* já teria pedido empréstimo há muito tempo com seu próprio Crédito; porém, como seria dinheiro perdido se morresse antes do Pai, nenhum Homem prudente iria arriscar-se. Por fim, ele encontrou o ganancioso *Cornaro*, que lhe adiantou uma Soma a Trinta por Cento de juros, e agora *Flório* se julga feliz, e gasta Mil por Ano. Onde *Cornaro* encontraria quem lhe garantisse Juros tão prodigiosos se não fora um tolo como *Flório*, que paga tão alto preço pelo Dinheiro para esbanjá-lo? E como *Flório* faria essa loucura se não tivesse conhecido Agiota tão ávido quanto *Cornaro*, a quem a excessiva Cobiça cegou para o Risco que representa tão grande Soma apostada na Vida de um louco Devasso?

Avareza só é o Reverso de Prodigalidade enquanto significa aquele sórdido amor ao Dinheiro, e uma estreiteza da Alma que impede os Avarentos de se separarem do que possuem, fazendo com que cobicem apenas para acumular. Mas há uma espécie de Avareza que consiste num desejo imoderado de Riquezas a fim de gastá-las, e essa é encontrada com frequência juntamente com a Prodigalidade nas mesmas pessoas, assim como é evidente em muitos Cortesãos e altos Funcionários, tanto Civis quanto Militares. Em suas Mansões, Mobília, Carruagens e Divertimentos, sua Magnificência esplende na maior Profusão; já nas Vilanias a que se submetem por sede de Lucro, e nas muitas Fraudes e Imposturas de que são culpados, exibem a mais repelente Avareza. Essa mistura de Vícios contrários compõe, curiosamente, a Figura de *Catilina*, de quem se disse que era *appetens alieni et sui profusus*, cobiçoso dos Bens dos outros e pródigo com os seus.[1]

---

[1] Cf. Salústio, *Conjuração de Catilina*, V. 4. Em seus *Free Thoughts*, p. 380, Mandeville fala "desses Homens contaminados com o vício de *Catilina*, e que são cobiçosos das posses dos outros, só para aumentar a satisfação que sentem esbanjando as próprias".
N. da E. – Não existe no original a Observação (J); Mandeville passa da (I) para a (K). O autor também dispensou as letras L, U e W.

(K) *Esse nobre Pecado*..................

[Pág. 232, linha 16]

A Prodigalidade a que eu chamo um nobre Pecado não é aquela que tem a Avareza por Companhia, e torna os Homens desarrazoadamente generosos com o que injustamente extorquiram de outros, mas sim aquele Vício agradável e de boa índole que põe um sorriso na cara de todos os Vendedores e um fio de fumaça nas Chaminés. Estou falando da pura Prodigalidade de Homens descuidados e voluptuosos que, educados na Fartura, abominam os vis Pensamentos de Lucro, e gastam aquilo que outros se empenham sofridamente em acumular; falo daqueles que se permitem Satisfazer seus Caprichos às próprias Expensas, que têm continuamente a Satisfação de trocar Ouro Velho por Prazeres novos, e que, da excessiva prodigalidade de uma Alma dispersa, se tornam culpados por desprezarem em demasia aquilo que muita Gente estima em excesso.

Quando eu falo assim, respeitosamente, deste Vício, tratando-o com tanta Ternura e boas Maneiras como estou fazendo, tenho em Mente a mesma Preocupação que me fez cobrir de Maus Adjetivos o seu Reverso, ou seja, o Interesse Público; porque assim como o Avaro não faz qualquer bem a si mesmo, e prejudica todo Mundo, exceto seu Herdeiro, assim o Pródigo é uma Bênção para toda a Sociedade, e só faz mal a si mesmo. É verdade que, da mesma forma que muitos dos primeiros são Patifes, os últimos são todos Tolos; mas são, ao mesmo tempo,

Bocados deliciosos para regalo do Público, e com a mesma Justiça com que os *Franceses* chamam aos Monges de Perdizes das Mulheres, poderiam ser denominados de Faisões da Sociedade. Não fora a sua Prodigalidade, nada poderia nos recompensar pela Rapina e a Extorsão da Avareza no Poder. Quando um Estadista Ganancioso morre, depois de passar a Vida toda na engorda às custas do País, e à força de Pilhagem e Rapina ter amealhado um imenso Tesouro, isso deveria encher de Alegria todos os Membros da Sociedade, porque iriam conhecer agora a incomum Prodigalidade do Filho, o que consistiria na restituição ao Público do que dele fora roubado. A Revogação de Privilégios é uma forma Bárbara de depenar alguém, e é ignóbil arruinar um Homem mais depressa do que ele mesmo o faria se a isso se empenhasse com séria determinação. Ele não alimenta um infinito número de Cães de tudo quanto é Raça e Tamanho, ainda que não cace? Não tem mais Cavalos do que qualquer Cavaleiro do Reino, embora não monte jamais? Não dá a uma Meretriz de má aparência Pensão que poderia sustentar uma Duquesa, mesmo que nunca se deite com ela? E não é até mais extravagante nas coisas de que faz uso? Pois então podemos deixá-lo em paz, ou louvá-lo, ou chamá-lo de Senhor de Espírito Público, nobre liberal, generoso, magnificente, e em alguns Anos ele se deixará despojar à sua maneira. Desde que a Nação recupere o que é seu, não vamos discutir a maneira pela qual se devolverá o Butim.

Sei que uma abundância de Pessoas moderadas, Inimigas dos Extremos, me vão dizer que a Frugalidade pode muito bem ocupar o Lugar dos dois Vícios de que venho falando; que, se não fossem tantos os meios de que dispõem os Homens para desperdiçar Riqueza, eles não seriam levados a tantos Procedimentos imorais para juntar dinheiro e, em consequência, que a mesma Quantidade de Gente, evitando igualmente os dois Extremos radicais, ficaria mais feliz e seria menos viciosa sem eles do que com eles. Quem raciocina assim revela ser melhor Homem do que Político. A Frugalidade é como a Honestidade, uma pobre Virtude esfomeada, boa apenas para pequenas Sociedades de seres tranquilos, contentes com sua Pobreza, desde que os deixem em paz; mas, numa grande Nação turbulenta, você logo se cansaria disso. Trata-se de uma Virtude ociosa e sonhadora, que não emprega Mão de Obra e é, por isso mesmo, inútil num País voltado para o comércio, com um vasto Número de Pessoas que de um jeito ou de outro precisa encontrar Trabalho. A Prodigalidade tem mil Invenções, nas quais a Frugalidade jamais pensaria, para impedir que os Cidadãos fiquem de braços cruzados; e como isso deve consumir uma Riqueza prodigiosa, a Avareza mais uma vez, com o fim de acumulá-la, lança mão de inumeráveis Ardis que a Frugalidade desprezaria usar.

É sempre permitido a Autores comparar coisas pequenas com grandes, especialmente se eles pedem permissão para fazê-lo antes de começar. *Si licet exemplis*, etc.[1]; mas comparar coisas grandes com coisas pequenas e triviais é intolerável, a menos que em tom de burla; do contrário, eu poderia comparar, por exemplo, o Corpo Político (confesso que a Comparação é grosseira) a uma Tigela de Ponche.[1] A Avareza seria o ingrediente Ácido, e a Prodigalidade o

---

[1] Virgílio, *Geórgicas*, iv. 176. *Si parva licet componere magnis* ("se é permitido comparar as coisas pequenas às grandes"). É justamente o trecho em que o poeta descreve a vida das abelhas e compara suas construções, os favos, às construções dos Cíclopes. O pai de Virgílio, curiosamente, teve uma criação de abelhas. [N. do T.]

Observação (K)

Doce. A Água eu diria que é a Ignorância, a Insensatez, a Credulidade da insípida Multidão flutuante; enquanto Honra, Sabedoria, Fortaleza e o resto das sublimes Qualidades dos Homens, as quais, separadas pela Arte da Escória da Natureza, o fogo da Glória sublimou e refinou numa Essência Espiritual, seriam Equivalentes ao Conhaque. Não me admiraria que um estranho, da *Vestfália, Lapônia*, ou qualquer outro Estrangeiro obtuso e pouco familiarizado com a saudável Mistura, levado a provar separadamente os diversos Componentes da bebida, acharia impossível que pudessem resultar em Beberagem tolerável. O Limão seria julgado por demais ácido, o Açúcar exageradamente doce, o Conhaque tão forte que não poderia ser ingerido em Quantidade apreciável, e à Água ele chamaria de líquido sem graça, bom somente para Cavalos e Vacas. A Experiência, no entanto, nos ensina que, uma vez misturados judiciosamente, tais Ingredientes viram uma estimável Bebida, admirada por Homens do mais requintado Paladar.

No que se refere aos nossos dois Vícios em particular, eu compararia a Avareza, que tantos Males causa, e da qual todo Mundo que não seja Sovina se queixa, a um forte Ácido que nos incomoda os Dentes, e é desagradável para todo Paladar que não esteja corrompido; poderia comparar os espalhafatosos Adornos e a esplêndida Equipagem de um Janota esbanjador ao Brilho fulgurante do mais fino Açúcar de Confeiteiro; pois assim como um, corrigindo a Acrimônia, evita os Danos que um

---

[1] Muitas vezes Mandeville pede desculpas pela "trivialidade" de suas comparações. Cf. *Free Thoughts* (1729), pp. 100 e 390; *Executions at Tyburn*, p. 37; *Modest Defense of Public Stews* (1724), p. [XIV]; e *Fábula* i. 613-4 e ii. 380.

excesso corrosivo poderia infligir às Entranhas, o outro, por sua vez, é uma espécie de Bálsamo que não só cura como repara a dor aguda que uma verdadeira Multidão sempre sofre nas Garras dos Avarentos; enquanto as Essências de ambos igualmente se fundem e se consomem de forma a beneficiar os variados Compostos a que pertencem. Eu poderia continuar com esse Paralelo falando agora das Proporções, e da exata Medida em que devem ser observadas, e isso serviria para mostrar a impossibilidade de se alterar a dose de qualquer dos Ingredientes em ambas as Misturas; mas não desejo fatigar meu Leitor prosseguindo em tão ridículas Comparações quando tenho como diverti-lo com Assuntos de maior Relevância. Resumindo o que disse aqui e na Observação precedente, acrescentarei apenas o seguinte: que para mim Avareza e Prodigalidade são na Sociedade o que são na Medicina dois Venenos antagônicos, cujas Propriedades deletérias se corrigem em ambos pela Nocividade mútua, de modo que podem com frequência, ao se juntarem, produzir um bom Remédio.[1]

---

[1] Cf. La Rochefoucauld: "Les vices entrent dans la composition des vertus, comme les poisons entrent dans la composition des remèdes..." (*Oeuvres*, ed. Gilbert & Gourdault, máxima 182). Daniel Dyke fez declaração semelhante ao dizer que "Deus pode fazer com que o pecado, contrariando sua própria natureza, trabalhe em nosso favor, expulsando um veneno com outro" (*Mystery of Selfe-Deceiving*, ed. 1642, p. 205).

(L) .... *Enquanto o Luxo*
Garantia trabalho a um Milhão de Pobres [1]

[Pág. 232, linha 16]

Se deve ser considerado Luxo (como a rigor deveria) tudo aquilo que não é imediatamente necessário à subsistência do Homem como Ser vivente, então só existe isso no Mundo, mesmo em meio aos Selvagens nus em pelo; pois não é possível haver um só dentre eles que, a esta altura, não tenha promovido alguma Melhoria na sua maneira pregressa de Viver; e que, no Preparo da sua Comida, ou no arranjo da sua Choça, nada tenha ajuntado ao que anteriormente lhe bastava. Talvez essa Definição pareça demasiado rigorosa à maioria das pessoas; sou da mesma Opinião; mas, se procurarmos tirar uma Polegada que seja da dita Severidade, não vamos saber onde parar. Quando as Pessoas nos dizem que tudo o que desejam é estar limpas e apresentáveis, não há como calcular o que querem dizer exatamente; se empregam essas Palavras no Sentido genuíno e literal, logo poderão estar satisfeitas, sem maior custo ou esforço, desde que não falte Água. Mas esses dois pequenos Adjetivos podem ter sentido tão extenso, especialmente no Dialeto de certas Damas, que ninguém adivinha até onde é capaz de chegar sua elasticidade. O rol das Comodidades da Vida é tão variado e amplo que não se sabe com precisão o que uma Pessoa entende por isso, a

---

[1] Quanto ao fundamento histórico para a defesa do Luxo por Mandeville, ver anteriormente, i.157-62.

menos que se esteja familiarizado com a Vida que ela leva. A mesma imprecisão se instala quando as palavras Decência e Conveniência são usadas, e eu só consigo entendê-las se conheço bem o tipo de Pessoa que faz uso delas. O Povo pode se reunir na Igreja e se dizer de Acordo o quanto quiser, mas eu quero crer ainda assim que, ao rezar pelo Pão de cada dia, o Bispo inclui no Pedido várias coisas que nem passam pela cabeça do Sacristão.

Por tudo o que foi dito até agora, pretendi apenas mostrar que, no momento em que desistimos de chamar de Luxo a tudo que não é absolutamente necessário para manter um Homem vivo, então o Luxo não existe em absoluto; porque, se as necessidades do Homem são inumeráveis, então o que se destina a satisfazê-las não tem limites; o que é supérfluo para certa espécie de Gente será considerado indispensável para outra de Qualidade superior; e nem o Mundo nem a Habilidade do Homem podem produzir artigo tão curioso ou tão extravagante que algum Gracioso Soberano, se aquilo o agrada ou diverte, não venha a incluir no rol das Necessidades da Vida; não a Vida de todo Mundo, mas a de sua Sagrada Pessoa.

Aprendemos que o Luxo é tão destrutivo para a Riqueza de um Corpo Político inteiro quanto para cada Indivíduo que a ele seja aficionado, assim como entendemos que uma Frugalidade Nacional enriquece uma Nação da mesma maneira com que outra menos geral aumenta a Fortuna privada das Famílias.[1] Confesso

---

[1] Essa era a opinião de Locke (*Works*, ed. 1823, v.19 e 72); de Simon Clement (*Discourse of the General Notions of Money*, ed. 1695, p. 11); e de Sir Josiah Child, que escreveu: "Não é verdade que há grande semelhança entre os Negócios de uma Pessoa física e os de uma Nação, sendo os primeiros os de uma pequena Família e os outros os de uma Família numerosa? Respondo: sim, certamente que há" (*New Discourse of Trade*, ed. 1694, p. 164). Sir Dudley North, no seu *Discourse upon Trade* (1691),

que, embora tenha conhecido Homens de Inteligência maior do que a minha e que são dessa mesma Opinião, não posso impedir-me de deles discordar com todo o respeito nesse Ponto. Eles argumentam da seguinte maneira: "Nós costumamos exportar para a *Turquia*, por exemplo, em Manufaturas de Lã e outros artigos de nossa Produção, um total de 1 Milhão por Ano; e trazemos de lá, em troca, Seda, Mohair, Medicamentos etc. no valor de 1 Milhão e Duzentas Mil Libras, que gastamos integralmente no nosso próprio País. Desse modo, dizem eles, nós não ganhamos nada; mas se nos déssemos por satisfeitos com nossa Produção, e se consumíssemos apenas a metade das Mercadorias Estrangeiras, então os *Turcos*, que continuariam a querer a mesma quantidade dos nossos Produtos Manufaturados, seriam forçados a pagar o resto em Dinheiro vivo, e assim, só com o saldo deste Negócio, a Nação lucraria Seiscentas Mil Libras por Ano.[1]

---

p. 15, antecipou o ataque de Mandeville a essa opinião: "Os Países que têm Leis suntuárias são, em geral, pobres... É possível sustentar Famílias por tais meios, mas então o crescimento da Riqueza das Nações fica prejudicado; pois sempre se prospera mais quando as Riquezas passam de mão em mão". Outra antecipação da posição de Mandeville foi fornecida por Nicholas Barbon no seu *Discourse of Trade* (1690), p. 6: "Isso mostrou um Erro de Mr. *Munn*, em seu *Discourse of Trade* [Sir Thomas Mun, *England's Treasure by Foreign Trade* (1664), pp. 12-13], que recomenda Parcimônia, Frugalidade e Leis Suntuárias como meios de tornar um País rico; e usa um *Exemplo* para provar a tese: suponha-se que um Homem ganha mil libras anuais, tem 2 mil numa arca, e gasta 1.500 por ano; em quatro anos ele terá gastado as 2 mil guardadas. Isso pode ser verdadeiro para um Homem, mas nunca para um País; porque a Fortuna do Indivíduo é Finita, mas a de um Estado, Infinita...".

[1] Na passagem seguinte, Mandeville oferece ao leitor Economia ortodoxa com algumas variações. A doutrina predominante ao tempo dele — conhecida hoje por mercantilismo — achava que o dinheiro era a riqueza principal de um país, e que pela quantidade de dinheiro em caixa se podia aferir sem erro sua prosperidade. Isso, porém, não significava que os economistas estivessem cegos a formas mais fundamentais de riqueza, como terra ou trabalho (v. adiante, i. 428, *n*. 1), nem que ignorassem

Para examinar a força desse Argumento, vamos supor (como eles devem ter feito) que a *Inglaterra* consumiria só metade da Seda importada que consome atualmente. Suponhamos ainda que os *Turcos*, apesar da nossa recusa em comprar mais do que a metade dos Artigos que antes comprávamos, não podem ou não querem

as limitações inerentes ao dinheiro. Eles perceberam a função do dinheiro como uma "ficha" cujo valor pode ser ajustado. Nas palavras de Boisguillebert, "L'argent n'est que... le lien du commerce, et le gage de la tradition future des échanges, quand la livraison ne se fait pas sur-le-champ à l'égard d'un des contractants..." (*Factum de la France*, in *Économistes Financiers*, ed. Daire, 1843, p. 278; cf. Cossa, *Introduzione allo Studio dell'Economia Polilitica*, 3ª ed., Parte Storica, cap. 3, § 2). Eles entendiam também, e isso já no século XVI, que o dinheiro não tem valor absoluto, mas é, como Mandeville disse (adiante, i. 329), uma *commodity* [mercadoria] sujeita às leis comerciais (cf. Bodin, *Les Six Livres de la Republique*, Lyons, 1593, pp. 882-3, e *La Réponse de Jean Bodin aux Paradoxes de Malestroit* (1594) – impresso com a obra precedente –, ff. 47 e seg., e, para outros exemplos, Montchrétien, *Traité de l'Œconomie Politique*, ed. Funck-Brentano, 1889, p. 257; Petty, *Treatise of Taxes*, cap. 5, § 9 e seg.; Sir Dudley North, *Discourses upon Trade*, ed. 1691, pp. 16 e 18; e D'Avenant, *Works*, ed. 1771, i. 355). E, no entanto, considerando embora o dinheiro como uma ferramenta, os mercantilistas o tinham na conta de ferramenta suprema; e, ainda que reconhecessem tratar-se de uma mercadoria, era para eles a mercadoria mais valiosa. Tentaram então, como seria de esperar, controlar o comércio, de modo a concentrar o máximo de dinheiro no seu próprio país. Embora favoráveis às exportações, não aprovavam as importações, por achar que o pagamento de importações tirava dinheiro do país, empobrecendo-o. O ideal seria, na opinião deles, uma balança comercial em que as exportações excedessem sempre as importações.

Entrementes, porém, e em vista do aumento significativo das importações pela Inglaterra, logo surgiram apologistas para defendê-las. Sir Thomas Mun, por exemplo, alegou que, embora o dinheiro fosse indubitavelmente a melhor riqueza de um país, esse fato não era argumento contra a importação de mercadorias porque tal comércio, apesar das aparências, não drenava dinheiro para fora do país, e sim o atraía (Mun, *England's Treasure By Foreign Trade*, *passim*), e as muito competentes *Considerations on the East-India Trade* (1701), onde se afirma que "o Livre Comércio é o melhor sistema para aumentar nosso dinheiro" (ver *Select Collection of Early English Tracts on Commerce*, ed. Political Economy Club, 1856, p. 617, nota marginal). E quando economistas contemporâneos sugeriram que certas importações deveriam ser encorajadas, eles não estavam abandonando a concepção de balança comercial equilibrada; apenas acreditavam que, nos casos citados, havia motivos especiais para receber mercadorias de fora, e que isso redundaria, a longo pra-

ficar sem a mesma quantidade de nossas Manufaturas que sempre adquiriram, e se dispõem a pagar a Diferença em Moeda; isso significa que nos darão tanto Ouro ou Prata quanto for necessário se o que compram de nós superar o valor do que compramos deles. Imaginamos que isso possa verificar-se durante um ano, mas é impossível que dure: Comprar é Trocar, e nenhum País pode adquirir Mercadorias de outro se não tem Gêneros com que permutar. *Espanha* e *Portugal*, que se abastecem ano após ano com novas quantidades de Ouro e Prata de suas Minas, podem comprar eternamente em Dinheiro de contado enquanto seu suprimento de Ouro e Prata persistir, mas no caso a Moeda é o Produto e a Mercadoria do País. Sabemos que não poderíamos comprar por muito tempo os Produtos de outros países se eles não deixassem de aceitar nossas Manufaturas em Pagamento por nossas importações. Por que imaginar que a situação seja diferente nos Países estrangeiros? Se um dia os *Turcos* não tiverem mais Dinheiro caindo do Céu do que nós aqui, então veremos qual será a consequência dessa nossa hipótese. As Seiscentas Mil Libras em Seda, Mohair,[1] etc., que ficam nas Mãos deles no primeiro Ano, farão com que o

zo, em uma balança comercial favorável. (Ver adiante, i. 331, *n*. I.)

De tudo isso, é correto concluir que quando Mandeville afirmou que as importações não deviam, jamais, exceder as exportações (adiante, i. 334), e quando aprovou que a Turquia se tornasse nação favorecida, e desaconselhou o comércio com países que insistiam em receber somente em dinheiro, ele estava seguindo exemplos ortodoxos. É sabido, porém, que ele tinha um apreço acima do comum pela interdependência dos interesses nacionais, e desejava controlar a balança comercial não limitando importações, mas estimulando tanto importações quanto exportações. Para saber mais sobre a atitude de Mandeville em questões de comércio, ver anteriormente, i. 162-166.

[1] N. da E. — Pelo da cabra angorá, com o qual se confeccionam tecidos leves e fios de lã para tricotar.

OBSERVAÇÃO (L)

preço dessas Mercadorias caia consideravelmente. Dessa situação, *Holandeses* e *Franceses* vão se aproveitar tanto quanto nós; e se continuarmos a não aceitar suas Mercadorias em Pagamento de nossas Manufaturas, eles não mais poderão Comerciar conosco, e terão de contentar-se em adquirir o que precisam de Países que aceitem o que recusamos, embora o que deles possam obter seja inferior em qualidade à nossa produção. Nessas condições, nosso comércio com a *Turquia* em poucos Anos infalivelmente se perderia.

Mas eles dirão talvez que, para evitar as más consequências que já apontei, tomaremos as Mercadorias *Turcas* como anteriormente, só que procurando ser tão frugais agora que delas só consumiremos, nós mesmos, metade, e enviaremos o resto para ser vendido no Exterior. Vamos ver o que resultará disso, e se a Nação, com o saldo de tal Negócio, ficará Seiscentas Mil Libras mais rica. Em primeiro Lugar, concordo que, quando nossa Gente passar a consumir maior quantidade de Manufaturas nacionais, aqueles que trabalhavam com Seda, Pelo de Cabra, etc. vão ganhar seu sustento com as várias Preparações dos Artigos de Lã. Em segundo lugar, porém, não aceito que as Mercadorias possam ser vendidas como dantes; pois mesmo supondo que a Metade consumida internamente mantenha o Preço anterior, certamente não vai ocorrer o mesmo com a outra Metade que foi mandada para o Exterior, pois esta nós teremos de enviar para Mercados já supridos; além disso, há que deduzir Frete, Seguro, Armazenamento e outros Custos, de forma que os Comerciantes em geral perdem muito mais nessa Metade que é reembarcada do que conseguem ganhar na outra, consumida aqui. Porque, embora as Manufaturas de Lã sejam Produto nosso, elas rendem tanto aos Negociantes que as embarcam para Países Estrangeiros quanto aos

Varejistas que as vendem no comércio interno. Assim, se a Receita do que é exportado não cobre o Custo das Mercadorias, com todos os outros Encargos, até recuperar o Dinheiro investido, e mais um bom Lucro, o Mercador pode se arruinar, e o resultado final seria que os Negociantes em geral, vendo que perdem com o envio de Mercadorias *Turcas* para fora do país, só exportariam Produtos nacionais suficientes para pagar pela Seda, Mohair, etc. que seriam consumidos aqui. Outros Países logo encontrariam Meios de suprir os fregueses que deixamos em falta, e vender-lhes pelo menos parte do que lhes recusamos. Portanto, o que lograríamos com tal Frugalidade seria fazer com que os da *Turquia* só pudessem comprar de nossas Manufaturas a metade da Quantidade que importam hoje, quando fomentamos seu Comércio e fazemos uso de suas Mercadorias, sem o que eles não seriam capazes de adquirir as nossas.

Após sofrer por vários anos a Mortificação de encontrar grande Número de Pessoas sensíveis e razoáveis que discordam de mim, e que sempre acham que eu me engano nos Cálculos, vejo agora afinal, com Prazer, que a Opinião nacional concorda comigo, como parece provar a Lei votada em 1721,[1] pela qual o Parla-

---

[1] Essa Lei foi a culminação de toda uma série de Atos legislativos da mesma natureza. Em 1699 havia sido aprovada uma outra, específica, destinada a impedir *"o fabrico e a venda de botões confeccionados com pano de algodão, sarja, droguete ou outros materiais"*. Motivo apresentado: *"...o sustento de... muitos milhares... depende da fabricação de... botões de seda, mohair... produtos comprados da Turquia... em troca de nossas manufaturas de lã... que cumpre encorajar"* (*Statutes at Large* 10 William III, c. 2). Duas outras Leis (*Statutes* 8 Anne, c. 6, e 4 George I, c. 7) foram acrescentadas em 1710 e 1718 para reforçar isso. Depois, em 1720, o Parlamento aprovou uma *"Lei proibindo a importação de seda crua e filaça de mohair produzidos ou manufaturados na Ásia, e oriundos de qualquer porto ou lugar dos Estreitos ou dos Mares do Levante, exceto nos domínios do Grand Seignior"* [sic] (*Statutes* 6 George I, c. 14). Em 1721 (*Statutes* 7 George I, est. I, c. 7), o Parlamento promulgou uma Lei *"proibindo usar ou vestir o morim estampado, pintado, colorido ou tingido"*. Finalmente, no

mento desobriga uma influente e valiosa Companhia,[1] e faz vista grossa para sérias Inconveniências no País, a fim de promover o Interesse do Comércio Turco, não só estimulando o Consumo de Seda e Mohair, mas obrigando os Súditos de S. M., sob Sanção, a fazer uso deles, quisessem ou não.

Acusa-se o Luxo também, e além do que já foi visto, de aumentar a Cupidez e a Rapina; e onde esses dois Vícios imperam, os Cargos de maior Responsabilidade são comprados e vendidos; os

mesmo ano (*Statutes* 7 George I, est. I, c. 12), foi aprovada uma Lei "*...encorajando o consumo de seda crua e fio de mohair e proibindo a utilização de botões e botoeiras feitos de algodão, sarja ou qualquer outro material*". Não havia nada de revolucionário nesses Estatutos. Eles não implicavam nenhum abandono *geral* da política de reduzir importações em favor das exportações; apenas refletiam a opinião de que, no caso particular, uma melhor balança comercial resultaria de dar à Turquia o *status* de nação favorecida (cf. anteriormente, i. 327, *n*. I). Não há registros que justifiquem acreditar que essas leis significassem a aceitação do princípio de que a prosperidade comercial de um país está ligada à de outras nações. E mais: essas leis não parecem refletir nenhum repúdio consciente à crença de que a frugalidade é o melhor para um país (cf. anteriormente, i. 326, *n*. I, e 156-61). Os estatutos, aparentemente, não foram aprovados como expressão de princípios gerais, ou no interesse do comércio em geral, mas, indubitavelmente, estavam dirigidos contra os interesses comerciais das Índias Orientais, alvo de tantos oponentes deste difundido comércio. O propósito dominante dos Estatutos parece ter sido outro: apaziguar a grande indústria de lãs do Reino Unido. Como dizia um panfleto da época: "*...as Manufaturas de Lã e Seda... sendo o Produto principal do nosso Comércio* [a ênfase do panfleto é toda na lã]...; *é, portanto, do interesse comum do Reino desencorajar qualquer outra Manufatura.... por serem tais Manufaturas... incompatíveis com a Prosperidade das Manufaturas Britânicas de Lã e Seda*" (*Brief State of the Question between the... Callicoes, and the Woolen and Silk Manufacture*, 2ª ed., 1719, pp. 5-6). E "QUE a Importação de Sedas Lavradas e Morins Estampados das *Índias Orientais*... revelou-se prejudicial às... nossas Manufaturas de Lã e Seda na *Grã- Bretanha*, não necessita de nenhuma outra Prova que as últimas Leis do Parlamento, conquistadas a partir de uma Petição geral dos Fabricantes... de todo o Reino" (*Brief State*, pp. 9-10). Que o Estatuto de 1721 era um dos que Mandeville aprovava não quer dizer que o Parlamento o tenha promulgado pelas razões que ele arregimentou.

[1] A oposição era dirigida principalmente à Lei análoga de 1720, mais decisiva.

Ministros que deveriam servir ao Público, tanto o pobre quato o rico, se deixam corromper, e os Países correm o risco de ser entregues a quem der mais. Por último, o Luxo é acusado de efeminar e debilitar o Povo, tornando a Nação presa fácil do primeiro Invasor. São realmente Coisas terríveis, todas; mas o que se imputa ao Luxo é fruto da Incompetência administrativa, cuja Culpa cabe à má Política. Todo Governo tem o dever de conhecer a fundo e de defender com empenho o Bem do país. Os bons Políticos, através de uma hábil Administração, impondo pesadas Taxas sobre certas Mercadorias, ou proibindo inteiramente sua entrada no País, e baixando os Impostos sobre outras, podem desviar ou corrigir o Rumo do Comércio como bem quiserem; e como sempre hão de preferir, se ele for igualmente considerável, o Comércio com os Países que podem pagar tanto em Dinheiro quanto em Mercadorias ao comércio com aqueles que não podem dar senão seus próprios Produtos em troca, também tratarão

---

Várias "poderosas e importantes Companhias" protestaram, entre elas as dos tintureiros de peças de linho e morim, dos fanqueiros, dos importadores londrinos de medicamentos e dos mercadores com negócios na Itália (*Journals of the House of Commons*, XIX. 296-7, 276 e 269). A "Lei... feita no Ano de 1721", embora aparentemente menos contestada, foi suficientemente atacada para provocar uma resolução da Câmara dos Lordes, posterior à aprovação da Lei, na qual, em parte, se lia: "Não julgamos improvável, dada a considerável Influência das grandes Companhias sobre os Negócios públicos, que se façam Tentativas, antes mesmo que as Disposições do Decreto (7 George I, est. I, c. 7) tenham lugar, de se obter sua revogação..." (*History and Proceedings of the House of Lords from the Restoration... to the Present* Time, ed. 1742-3, iii.143). A "Companhia" a que Mandeville se referia era provavelmente a Companhia das Índias Orientais. Os tecidos proibidos eram, na maioria, "Importados da *Índia pela East-India Company*" (John Asgill, *Brief Answer to a Brief State of the Question, between the... Callicoes, and the Wooolen and Silk Manufactures*, 2ª ed., 1720, pp. 6-7. Ver também *A Brief State of the Question between the... Callicoes, and the Wooolen and Silk Manufactures*, 2ª ed., 1710, p. 9).

Observação (L)

de impedir cuidadosamente o Tráfico com Países que recusam os Produtos de Outros e só recebem Moeda pelos seus. Mas, acima de tudo, manterão um Olho vigilante na Balança comercial de maneira geral, não deixando jamais que a soma das Mercadorias Estrangeiras, importadas em um Ano, exceda o valor da Produção Nacional exportada. Note-se que falo agora do Interesse dos Países que não têm Ouro nem Prata de sua própria Produção, do contrário esta Máxima não precisa ser seguida à risca.

Se o que destaquei por último for observado com toda a diligência, se não se permitir que as Importações sejam superiores às Exportações, nenhuma Nação ficará empobrecida por culpa de Luxo Estrangeiro; pode-se até ampliar tal Luxo o quanto se queira, desde que aumentem em proporção os Recursos próprios destinados a adquiri-lo.

O Comércio é o Principal, mas não o único Requisito para engrandecer e enriquecer um País: há que cuidar de outras coisas concomitantemente. O *Meum* e o *Tuum*[1] devem estar garantidos, os Crimes punidos, e todas as Leis referentes à Administração da Justiça elaboradas com sabedoria e estritamente executadas. Cumpre conduzir com grande prudência os Assuntos Externos, e os Ministérios de todas as Nações devem contar com boa Informação do Exterior, e estar bem inteirados sobre as Transações Públicas de todos os Países que, por sua Vizinhança, Poderio ou Interesse, possam vir a fazer-lhe bem ou mal, de modo a tomar as Medidas oportunas segundo o caso, ajudando uns e confrontando outros, de acordo com a Política e o Equilíbrio de Poder.

---

[1] Mandeville era afeiçoado a essa expressão. Cf. *Free Thoughts*, p. 390; *Executions at Tyburn*, p. 49; e *Fábula* ii. 365.

Deve fazer-se respeitar pelo Povo, não forçar a Consciência de nenhum Homem, e não deixar que o Clero interfira nas Questões de Estado mais do que nosso Salvador lhe permite no Evangelho. Estas são as Artes que conduzem à Grandeza neste Mundo: qualquer Poder Soberano que faça bom Uso delas, tendo uma Nação importante a governar, seja ela Monarquia, República ou uma Mistura dos dois, seguramente a fará florescer, a despeito de todos os demais Poderes sobre a Terra, e nem o Luxo ou qualquer outro Vício será capaz de abalar sua Constituição. ——— Mas aqui já espero uma Grita de todo tamanho contra mim: Como? Então Deus nunca puniu e destruiu Nações poderosas por seus Pecados? Sim, mas não sem aplicar certos Expedientes, enfatuando seus Governantes e permitindo que abandonassem todas ou algumas dessas Máximas gerais que mencionei; e de todos os famosos Estados e Impérios que o Mundo já conheceu até hoje, nenhum jamais se Arruinou sem que sua Destruição se devesse principalmente à má Política, Negligência, ou Incompetência de seus Dirigentes.

Não há dúvida de que a Temperança e a Sobriedade preparam melhor a Saúde e o Vigor de um Povo, e de sua Descendência, do que a Gula e a Ebriedade; mas devo confessar que, no que se refere à ideia de que o Luxo torna uma Nação efeminada e enfraquecida, já não tenho hoje as mesmas Opiniões assustadoras de antes. Quando lemos ou ouvimos falar de Coisas que nos são de todo Estranhas, a Imaginação geralmente nos leva a associar tais Ideias àquelas que já conhecemos, ou que (segundo nossa Apreensão) mais se aproximam delas. Recordo que, depois de ter lido sobre o Luxo da *Pérsia*, *Egito*, e outros Países que o predomínio deste Vício teria debilitado e efeminado, o que me vinha à mente muitas vezes era a imagem de Comerciantes vulgares enchendo-se de comida e bebida numa Festa Municipal, e a Bestialidade que costuma acompanhar tais extravagâncias; em outras ocasiões, isso me fazia pensar nas Diversões de Marinheiros dissolutos, como os que eu vira na companhia de meia dúzia de Mulheres de vida airada guinchando diante deles com suas Rabecas; e se um dia me transportassem a alguma dessas grandes Cidades, eu teria esperado encontrar um Terço da População acamado por conta dos Excessos; outro imobilizado pela Gota, ou por um Mal mais ignominioso; e o restante, capaz ainda de caminhar sem ajuda, perambulando pelas Ruas em Anáguas.

É uma sorte para nós que o Medo nos sirva de Guardião, enquanto nossa Razão não seja bastante forte para governar nossos Apetites; e creio que o grande Horror que me causava particularmente a Palavra *enervar*[1], e os consequentes Pensamentos que me vinham de sua Etimologia, me fizeram um Bem enorme quando Estudante: mas, depois de haver conhecido um pouco do Mundo, as Consequências do Luxo para uma Nação já não me parecem tão terríveis como antes. Enquanto os Homens tiverem os mesmos Apetites, persistirão os mesmos Vícios. Em todas as grandes Sociedades, alguns gostam de Rameiras e outros de Bebidas. Os Luxuriosos que não conseguirem Mulheres bonitas e limpas se deitarão com as sujas e sem graça; e aqueles que não puderem adquirir o verdadeiro *Hermitage* ou *Pontack* se

---

[1] N. da E. – No original, *to enervate*: tirar a força física ou moral, enfraquecer, debilitar, afrouxar.

contentarão com o mais ordinário Clarete *francês*.[1] Quem não tiver bolso para comprar Vinho adotará Bebidas piores, e assim um Soldado ou um Mendigo poderá embebedar-se com Cerveja choca ou com um Destilado qualquer tão bem quanto um Lord com *Borgonha, Champanhe* ou *Tockay*.[2] Faz tanto Mal à Saúde de um Homem ceder às Paixões da maneira mais barata e desleixada quanto do modo mais caro e elegante.

Os grandes Excessos em matéria de Luxo estão à mostra em Casas, Mobília, Carruagens e Roupas; Linho branco não enfraquece um Homem mais do que a Flanela; Tapeçarias, belos Quadros ou o melhor Lambri não são mais insalubres que Paredes nuas; e um rico Sofá ou um Coche dourado não debilitam mais que um Piso frio ou uma Carreta. Os refinados Prazeres dos Homens de Bom Gosto raramente lhes fazem mal à Saúde, e há muito Epicuro que se recusa a comer ou beber mais do que sua Cabeça ou Estômago pode suportar. Gente sensual é capaz de se cuidar tanto quanto qualquer um; e os Erros dos mais empedernidos luxuriosos não consistem tanto na Repetição

---

[1] Os ingleses escrevem *Hermitage* com H, como está no original da *Fábula*. Segundo o *Larousse Gastronomique*, é vinho do departamento de La Drôme, e tem grande reputação até hoje. Há do branco e do tinto; as uvas são colhidas nos flancos da colina que lhes dá o nome, na comuna de Tain, margem esquerda do Rhône. Sobre o outro vinho, o *Dicionário Oxford*, que diz ser *Pontac* o nome local, dá grafias alternativas: *aque, ack, ak, acp*; diz ainda que é vinho doce, de Pontac, nos Baixos Pireneus, sul da França; e que existe vinho do mesmo nome na África do Sul. Cita Mandeville, reproduzindo o parágrafo que acabamos de traduzir. [N. do T.]

[2] N. da E. — Este Tokaji, ou Tokay, que Mandeville grafa *Tockay*, é produzido na região de Tokaj-Hegyalja, na Hungria, e em pequena área da Eslováquia. As uvas com que ele é feito chegam, sob o sol do outono, ao estado de podridão nobre provocada pelo *Botrytis cinerea*, que as torna encolhidas, ressecadas e mais ricas em açúcar.

constante de seus atos Lascivos, nem nos excessos de Comer e Beber (as Coisas que mais deveriam enfraquecê-los), quanto no exagero de Apetrechos, na Profusão e no Refinamento com que se fazem servir, e na extraordinária Quantia despendida em seus Banquetes e Namoros.

Mas suponhamos que o Conforto e os Prazeres dos Nobres e dos Ricos de toda Nação importante os tornam incapazes de sofrer Provações, e de suportar as Agruras da Guerra. Admito que a maioria dos membros do Conselho Municipal de Londres não constituiria senão medíocres Soldados de Infantaria; e creio, sinceramente, que se a Cavalaria fosse composta de Parlamentares, do jeito que eles são em sua maior parte, uma pequena Artilharia de Fogueteiros bastaria para botá-los a correr. Mas o que têm a ver com a Guerra os Legisladores, os Conselheiros municipais, ou mesmo qualquer Pessoa de Posses, além da obrigação de pagar Impostos? Aqueles que sofrem na pele as Privações e Fadigas da Guerra são os mesmos que suportam a Violência de todas as Coisas, a Parte mais humilde e Indigente da Nação, o Povo trabalhador, escravizado. Porque, por maiores que sejam a Abundância e o Luxo de um País, tem de haver Gente que pegue no Pesado, Casas e Navios precisam ser construídos, há que transportar Mercadorias e cultivar a Terra. A Variedade de Trabalhos em todo grande Estado requer uma vasta Multidão, em cujo seio haverá sempre Indivíduos ociosos, indolentes e extravagantes em quantidade suficiente para formar um Exército; e aqueles que forem Robustos o bastante para fazer Cercas e Valas, Arar e Debulhar, e outros que não estejam tão debilitados para funcionar como Ferreiros, Carpinteiros, Serradores, Tecelões, Carregadores ou Carreteiros, estes sempre serão suficientemente fortes e resistentes para, em uma Campanha ou duas, se tornarem bons Soldados, os quais, mantida a boa Disciplina, raras vezes chegariam a desfrutar do Abundante e do Supérfluo a ponto de serem prejudicados com isso.

O Mal, então, a temer por conta do Luxo em meio a essa Comunidade da Guerra não pode se estender para além dos Oficiais. Os mais graduados entre eles são Homens muito Bem-Nascidos e de Educação Principesca, ou então de Dotes extraordinários, e não menos Experiência; e aquele a quem um sábio Governo nomear Comandante *en chef* [1] desse Exército deverá ter Conhecimento consumado em Assuntos Marciais, Intrepidez para manter-se diante do Perigo, e muitas outras Qualificações que são obra do Tempo e da Aplicação em Homens de ágil Sagacidade, Gênio notável e Honra acima do Comum. Tendões fortes e Articulações flexíveis são Vantagens triviais que não fazem falta em tais Figuras de Eminência e Poder, capazes de destruir Cidades sem sair da cama ou de devastar Países inteiros no curso de um Jantar. Como são, as mais das vezes, Homens de Idade avançada, seria ridículo esperar deles uma Constituição vigorosa e Agilidade de Membros: se suas Cabeças são Ativas e bem dotadas, dá-se pouca Importância ao resto de seus Corpos. Se não conseguirem aguentar a Fadiga de cavalgar, podem viajar em Seges, ou se fazerem transportar em Liteiras. A Conduta e a Sagacidade de um Homem não enfraquecem pelo fato de estar Aleijado, e o melhor General com que o Rei de *França* conta no

---

[1] N. da E. – Em francês no original.

Observação (L)

momento mal consegue se arrastar.¹ Os que vêm logo abaixo dos Comandantes supremos devem ter quase os mesmos Talentos, e geralmente são Homens que alcançaram tais Posições por Mérito próprio. Todos os demais Oficiais, em seus diferentes Postos, se veem obrigados a despender boa Porção de seu Soldo em Roupas finas, Atavios e outras coisas que o Luxo da Época considera necessários, de modo que pouco Dinheiro lhes sobra para Orgias; porque, à medida que avançam na Carreira e melhoram de Salário, mais aumentam suas Despesas e Equipagens, pois tudo de que se cercam deve ser condizente com sua Categoria cada vez mais elevada. Por tais razões, a maior Parte fica impedida de cometer Excessos prejudiciais à Saúde; enquanto seu Luxo, agora em outro sentido, aviva-lhes o Orgulho e a Vaidade — estes os mais fortes Estímulos a levá-los a se comportar de forma a parecer com o que se pensa deles. [Ver *Observação (R)*].

Nada refina melhor a Humanidade do que Amor e Honra. Essas duas Paixões equivalem a muitas Virtudes, e por isso as maiores Escolas de Civilidade e boas Maneiras são as Cortes e os Exércitos; as primeiras para aperfeiçoar as Mulheres, os outros para polir os Homens. O que os Oficiais dos Países civilizados, em sua

---

¹ Trata-se do marechal Claude-Louis-Hector, duque de Villars (1653-1734). Embora tivesse uma doença grave, uma perna estropiada e mais de 60 anos de idade, conseguia comandar pessoalmente suas forças. [N. do T. — Foi aclamado marechal pelos soldados depois da batalha de Friendlingen, título que o rei Luís XIV confirmou. Tendo batido John Churchil, primeiro duque de Marlborough, e o príncipe Eugênio de Saboia, em Blenheim e, depois, em Malplaquet, infligiu uma derrota decisiva ao príncipe Eugênio (o inglês já perdera seu comando) em Denair (1712), encerrando a campanha em Flandres.]

maioria, afetam é um perfeito Conhecimento do Mundo e das Regras da Honra; um Ar de Franqueza e de Humanidade peculiar aos Militares Experientes, e certa mistura de Modéstia e Desembaraço que anuncia ao mesmo tempo Cortesia e Bravura. Onde o bom Senso esteja na moda, e uma Conduta cortês se recomende, Glutonaria e Ebriedade não têm lugar como Vícios dominantes. O que Oficiais de Distinção almejam acima de tudo não é viver de forma Bestial, mas sim com Esplendor, e os Desejos dos mais Luxuriosos, em seus diferentes níveis de Categoria, são fazer-se notar pela boa aparência e suplantar os outros na Beleza de seus Equipamentos, na Finura de suas Diversões e na Reputação de se cercarem sempre do que é indubitavelmente de bom Gosto.

Mesmo se houvesse mais Réprobos dissolutos entre Oficiais do que entre Homens de outras Profissões, o que não é verdade, o mais depravado deles poderia ser perfeitamente aproveitável desde que tivesse um forte Senso de Honra. Isto é o que encobre e compensa um monte de Defeitos neles, e é disso que nenhum deles (por mais que esteja entregue aos Prazeres) ousaria declarar-se desprovido. Mas como não existe Argumento mais convincente do que uma Questão de Fato, vamos recordar o que se passou recentemente em nossas duas últimas Guerras com a *França*.[1] Quantos jovens Inexperientes tivemos em nosso Exército, finamente Educados, galantes nos seus Uniformes, e singulares em matéria de Dieta, que cumpriram todos os seus Deveres com Coragem e Alegria?

---

[1] A guerra da Grande Aliança (1689-97) e a Guerra de Sucessão espanhola, que começou em 1701 e terminou em 1713 com o Tratado de Paz de Utrecht.

Aqueles que abrigam tão sombrias Apreensões de que o Luxo seja capaz de enervar e efeminar o Povo ficariam estupefatos se vissem, em *Flandres* e na *Espanha*, Rapagões exibindo Camisas de fina renda e Perucas empoadas, a enfrentar o Fogo pesado, e marchando para a Boca de um Canhão com a Indiferença que se esperaria do mais fedorento Desleixado com seu Cabelo solto, que há um Mês não vê pente; e se encontrassem a grande quantidade de Libertinos desregrados, que realmente destruíram sua Saúde e quebrantaram sua Constituição com Excessos de Vinho e Mulheres, portando-se diante do Inimigo com perfeita Correção e Bravura. Robustez é a última Coisa que se deve exigir de um Oficial, e se algumas vezes o Vigor pode ser útil, uma firme Resolução do Espírito, inspirada por coisas como Esperança de Promoção, Emulação e Amor à Glória, poderá, num Impulso, tomar o Lugar da Força física.

Aqueles que conhecem seu Dever, e têm suficiente Senso de Honra, serão certamente oficiais capazes, tão logo se acostumem ao Perigo; e qualquer Luxo que se permitam, desde que com o próprio Dinheiro, nunca será prejudicial à Nação.

Com tudo isso, creio haver provado o que me propus com esta Observação sobre o Luxo. Primeiro que, de certo Ponto de vista, Tudo pode ser assim denominado, e, em outro sentido, que tal Coisa não existe. Em segundo lugar que, com sábia Administração, qualquer Povo pode desfrutar de toda espécie de Luxos Importados que possa comprar com seus próprios Produtos, sem o risco de empobrecer com isso. E por último que, se as Questões Militares são tratadas como convém, pagando bem aos Soldados e mantendo a boa Disciplina, um País rico poderá viver com todo Conforto e Fartura imagináveis; e, em muitas de suas Partes, exibir toda Pompa e Refinamento que o Gênio Humano é capaz de criar, sem deixar de ser ao mesmo Tempo formidável ante seus Vizinhos, e assumindo o Caráter das Abelhas da Fábula, sobre o qual eu disse que:

> *Adulados na Paz, temidos na Guerra,*
> *Eles tinham a Estima dos Estrangeiros,*
> *E dissipavam em sua Vida e Riqueza*
> *O Equilíbrio das demais Colmeias.*[1]

[Ver o que é dito adiante sobre o Luxo nas *Observações (M)* e *(Q)*.]

(M) *E o odioso Orgulho a outro Milhão.*

[Pág. 232, linha 18]

O Orgulho é aquela Faculdade Natural pela qual todo Mortal dotado de Entendimento se superestima, e imagina ter mais Qualidades do que qualquer Juiz imparcial, perfeitamente inteirado de seus Predicados e Circunstâncias, poderia atribuir-lhe. Não possuímos Qualidade tão benéfica para a Sociedade, e tão necessária para torná-la rica e florescente, quanto essa, e no entanto ela é de todas, geralmente, a mais detestada. O peculiar nesta nossa Faculdade é que os que estão mais cheios dela são os

---

[1] *Fábula* i. 231.

que menos se dispõem a suportá-la nos outros; já a Hediondez dos outros vícios é atenuada pelos que estão mais contaminados por eles. O Casto detesta a Fornicação, a Embriaguez aborrece sobremaneira os Abstêmios; mas ninguém se mostra mais ofendido pelo Orgulho do Vizinho quanto o mais orgulhoso de todos; e se existe alguém capaz de perdoar o Soberbo, este é o mais Humilde. Donde me parece justo inferir que, se o Orgulho parece odioso a todo Mundo, é um Sinal de que todo Mundo dele padece.[1] Isso qualquer Homem de bom Senso está pronto a confessar, e ninguém nega ter Orgulho de maneira geral. Mas, se passamos ao Particular, encontraremos poucos capazes de assumir que determinada Ação a eles atribuída provenha deste Princípio. Do mesmo modo, há muita gente disposta a reconhecer que, entre os Países pecadores destes Tempos, o Orgulho e o Luxo são os grandes Promotores do Comércio; jamais aceitarão, porém, que, necessariamente, numa Era mais virtuosa (em que se conseguisse eliminar o Orgulho), o Comércio declinaria em grande Medida.

O Todo-Poderoso, dizem eles, nos conferiu o Domínio sobre todas as Coisas que a Terra e o Mar produzam ou contenham; nada se encontrará em ambos que não tenha sido destinado ao Uso do Homem; e lhe foram dadas Destreza e Operosidade superiores às de todos os outros Animais para que ele tornasse mais úteis a Terra, o Mar e todas as Coisas ao Alcance dos seus Sentidos. Em consequência de tal Consideração, julga-se ímpio imaginar que Humildade, Temperança e outras Virtudes deveriam

---

[1] Cf. La Rochefoucauld: "Si nous n'avions point d'orgueil, nous ne nous plaindrions pas celui des autres" (*Oeuvres*, ed. Gilbert & Gourdault, máxima 34).

impedir as Pessoas de gozar dos Confortos da Vida, que não se negam sequer às Nações mais Iníquas; daí concluírem que, sem Orgulho ou Luxo, as mesmas Coisas seriam comidas, vestidas, e consumidas; se empregaria o mesmo Número de Artesãos e Artífices, e qualquer Nação estaria, em todos os aspectos, tão próspera como aquelas onde predominam esses Vícios.

Quanto ao Vestuário em particular, dir-se-á que o Orgulho, muito mais colado à nossa epiderme do que nossas Roupas, aloja-se apenas no Coração, e que Andrajos muitas vezes escondem maior Porção de vaidade que o mais pomposo Atavio; e que, assim como não se pode negar que sempre houve Príncipes virtuosos, que usaram seus esplêndidos Diademas com Humildade de coração, e manejaram seus invejados Cetros, isentos de Ambição, pelo bem dos demais, também é provável que muitos usem Brocados de Ouro e Prata, e os mais ricos Bordados, próprios de sua Categoria e Fortuna, sem um Grão de Orgulho. Não pode um bom Homem (indagam eles), de altos Rendimentos, encomendar todo Ano uma grande Variedade de Vestimentas, que talvez nem venha a usar, sem outro Objetivo que dar Trabalho aos Pobres, fomentar o Comércio e, empregando tanta gente, promover a Prosperidade do seu País? E considerando que Comer e Vestir são Necessidades básicas, e os dois Pontos principais a concentrar nossas maiores Preocupações terrenas, por que não deveria a Humanidade inteira reservar boa Parte de sua Renda a essas atividades, sem o menor Laivo de Orgulho? E mais: não terá cada Membro da Sociedade certa obrigação de contribuir, de acordo com sua Capacidade, para manter este Ramo do Comércio de que o Todo tanto depende? Acresce que

Observação (M)

se apresentar decentemente é uma Cortesia, e em muitos casos um Dever, que, independentemente de nossa Vontade, temos para aqueles com quem convivemos.

Estas são as Objeções em geral apresentadas pelos arrogantes Moralistas, que não suportam ver posta em cheque a Dignidade dos de sua Espécie; mas, se as examinarmos com atenção, prontamente poderemos respondê-las.

Se não tivéssemos Vícios, não vejo por que um Homem mandaria fazer mais Trajes do que pode usar, embora grande o seu desejo de promover o Bem da Nação; pois, ainda que use uma Seda bem lavrada em vez de Material mais fraco, e prefira Roupas finas e elegantes às ordinárias, movido pela Ideia de dar trabalho a mais Gente, e consequentemente contribuir ao Bem-Estar Público, ele não poderia dar mais valor às Roupas do que os Patriotas de seu País dão aos Impostos: até pagam com Presteza, mas Ninguém gasta mais que o devido; especialmente quando todos são taxados com justiça e segundo suas Capacidades, o que seria, aliás, de esperar numa Época Virtuosa. Acresce que, em tais Anos Dourados, Ninguém se vestiria acima de suas Posses, nem se mostraria avaro com a própria Família, nem enganaria ou abusaria do Próximo para comprar Enfeites, e, em consequência, não haveria metade do Consumo que hoje temos, e os Trabalhadores empregados não seriam nem um Terço do que são. Mas, para tornar a explicação mais simples, e demonstrar que não há melhor apoio que o Orgulho para sustentar o Comércio, vou examinar a seguir as diversas Opiniões que os Homens têm em matéria de Vestuário, e expor o que a Experiência cotidiana nos ensina sobre Roupa.

A Vestimenta nasceu, originalmente, com duas Intenções: esconder nossa Nudez e proteger nossos Corpos contra o Clima e outros Danos externos. A isso o nosso ilimitado Orgulho acrescentou uma terceira, denominada Ornamento; que outra coisa senão um excesso de Vaidade estúpida poderia levar nossa Razão a considerar Decorativo o que continuamente nos recorda nossas Carências e Misérias, diante de todos os outros Animais já vestidos pela própria Natureza? É verdadeiramente de admirar que uma Criatura tão sensível quanto o Homem, que se arroga tantas finas Qualidades, possa condescender em valorizar-se com o que é roubado de um Animal inocente e indefeso como a Ovelha, ou sentir-se em dívida de gratidão com a mais insignificante coisa na face da Terra, uma Larva moribunda;[1] contudo, enquanto se sente Orgulhoso dessas triviais Depredações, ele tem a leviandade de troçar dos *Hotentotes* no mais remoto Promontório da *África*, que se paramentam com as Tripas de seus Inimigos mortos,[2] sem considerar que para esses Bárbaros elas representam as Insígnias de seu Valor, a verdadeira *Spolia opima*,[3] e que, se seu Orgulho é mais Selvagem que o nosso, é certamente menos ridículo, pois eles empregam os Despojos do mais nobre dos Animais.

---

[1] O bicho-da-seda, que é a larva da mariposa da seda (*Bombyx mori*), inseto lepidóptero. [N. do T.]

[2] O tradutor francês (ed. 1750, i. 166, *n.*) afirma que Mandeville cometeu uma injustiça com os hotentotes. "Esses povos", diz ele, "depois da vitória, são de uma humanidade e de uma moderação extraordinárias no que toca aos mortos, como não se vê em nenhuma outra Nação". Eles jamais, acrescenta, furtam o que está nos bolsos do inimigo, nem mesmo o seu tabaco.

[3] N. da E. – Rico espólio; a mais alta honraria a que podia almejar um militar na Roma antiga, *spolia opima* consistia em, após a batalha, o vencedor despojar o cadáver do vencido de sua armadura, armas e brasões.

Observação (M)

Sejam quais forem, porém, as Reflexões que o tema suscita, o Mundo já decidiu a Questão há tempos; Indumentária elegante é coisa Essencial, belas Plumas fazem belos Pássaros, e as Pessoas, quando não conhecidas, geralmente são reverenciadas pelas Roupas e outros Adornos que usam; do esplendor de tais ornamentos inferimos sua Riqueza, e da maneira de combiná-los adivinhamos sua Inteligência. É isso que encoraja os Cidadãos conscientes do seu pouco Mérito a buscar os meios necessários para se vestirem com Elegância superior à de sua Condição social, sobretudo nas Cidades grandes e populosas, onde Homens obscuros podem encontrar cinquenta Estranhos para cada Conhecido, e consequentemente ter o Prazer de se sentirem estimados pela grande Maioria, não pelo que são na verdade, mas pelo que aparentam ser: o que é, para os Vaidosos, a maior de todas as Tentações.

Quem quer que se deleite observando as diferentes Cenas da Vida na classe baixa pode ver, na *Páscoa*, *Pentecostes* e outros grandes Feriados, dezenas de Pessoas, especialmente Mulheres, quase da mais inferior Camada social, com Roupas de boa qualidade e de última moda. Se alguém se acerca para falar com elas, é levado a tratá-las com mais Respeito e Cortesia do que elas sabem que merecem, de modo que se envergonham de confessar quem são; e, se formos um tanto inquisitivos, veremos com que Cuidado se esforçam por esconder os Negócios a que se dedicam e os Lugares onde moram. A Razão é simples: ao se verem tratadas com Mesuras que, de regra, não recebem, e que julgam devidas a gente Superior, elas têm a Satisfação de imaginar que aparentam de fato aquilo que gostariam de ser, o que para Mentes fracas é Prazer quase tão substancial quanto o que sentiriam com a completa Realização de seus Desejos: desse Sonho Dourado não querem acordar, e, sabedoras de que a insignificância de sua Condição, se conhecida, as faria decair em nossa Opinião, se aferram ao disfarce, e tomam todas as Precauções imagináveis para não perderem com uma revelação inútil a Estima que se orgulham de haver obtido por conta das boas Roupas.

Embora todo Mundo concorde que, em matéria de Indumentária e modo de vida, devemos nos comportar de acordo com nossa Condição, elegendo como Exemplos os mais sensatos e prudentes entre nossos Iguais em Posição social e Fortuna, quão poucos haverá, no entanto, que, não sendo miseráveis Sovinas nem Monstros de Excentricidade, podem se vangloriar de possuir a Discrição necessária? Todos sempre olhamos para cima, e procuramos imitar, com a maior velocidade possível, aqueles que de algum modo são superiores a nós.

A Mulher do mais pobre Trabalhador da Paróquia, que desdenha usar uma Roupa resistente e confortável, como deveria, passará fome com o Marido para comprar um Vestido com Anágua de segunda mão, de muito menos Serventia, por achar, na verdade, que é mais distinto. O Tecelão, o Sapateiro, o Alfaiate, o Barbeiro, e todo Trabalhador modesto, que com pouca coisa consegue se estabelecer, tem a Impudência de gastar o primeiro Dinheiro ganho em paramentar-se como um Comerciante de Posses. O pequeno Varejista, para vestir sua Mulher, toma como Modelo a do Vizinho, que vende por Atacado a mesma Mercadoria, com a desculpa de que Doze Anos antes o outro não tinha uma Loja maior que a sua. O Boticário, o Vendedor de roupas, o Fanqueiro e outros respeitáveis Comerciantes não enxergam a diferença entre eles e os Mercadores de alto Porte, e, por conseguinte, se vestem e vivem como eles. A Mulher do grande Negociante, que não consegue suportar a Presunção desses Artífices, muda-se para o outro Extremo da Cidade, e se recusa a seguir outra moda senão a que ela mesma elege desde então. Tal Insolência alarma a Corte, as Damas de Qualidade se assustam ao ver Mulheres e Filhas de Comerciantes paramentadas como elas mesmas: esse Atrevimento, protestam, é intolerável; são chamados, então, os melhores Costureiros,[1] que se dedicam exclusivamente a inventar Modas para que possam sempre dispor de novos Modelos tão logo as burguesas comecem a imitar os figurinos correntes. A mesma Emulação continuou através dos muitos níveis da Escala social a Custos inacreditáveis, até que, por fim, as grandes Favoritas do Príncipe e as de mais alta Hierarquia do Reino, já não tendo a quem suplantar no rol de Inferiores, se viram forçadas a despender dinheiro sem conta em Carruagens pomposas, Móveis magníficos, Jardins suntuosos e Palácios principescos.

É a essa Emulação e a esse porfiado empenho em sobrepujar uns aos outros que se deve um fato extraordinário: que depois de tantas Mudanças e Alterações na Moda, em que se inventam novos estilos e se reinventam antigos, resta ainda um *plus ultra* para os mais engenhosos; é isso, ou pelo menos a consequência disso, que dá Trabalho aos Pobres, estimula a Indústria, e encoraja o Artífice habilidoso a buscar Melhorias e Aperfeiçoamentos.[1]

---

[1] Nesse último parágrafo e no precedente pode haver alguma reminiscência de uma passagem de Sir Dudley North em seu *Discourse upon Trade* (1691), p. 15: "Os de menor porte, vendo que os Outros enriquecem, e muito, ficam tentados a imitar

Pode-se objetar que muita Gente da alta Sociedade, acostumada a Vestir-se bem, usa Roupas caras por Hábito e com toda a Indiferença imaginável, e que o benefício que disso advém para o Comércio nada tem a ver com Emulação ou Orgulho. Respondo que tal coisa é impossível, pois aqueles que pouco se importam com Indumentária jamais se meteriam em Vestes suntuosas se antes não se houvesse inventado os Materiais e as Modas para satisfazer a Vaidade dos que de fato se deleitam com isso; ademais, todo Mundo tem uma dose de Orgulho, ainda que não aparente; é difícil descobrir os sintomas deste Vício, pois são múltiplos, e variam de acordo com Idade, Humor, Circunstâncias e, muitas vezes, com a Constituição física dos Indivíduos.

O colérico Capitão da guarda municipal parece impaciente para entrar em Ação, e, expressando o Espírito Militar pela firmeza de suas Passadas, à falta de Inimigos faz tremer a própria Lança com a Força do Braço. Enquanto marcha, sua Parafernália Marcial lhe inspira Pensamentos elevados, pelo que, esquecido da Profissão e até de si mesmo, ergue para as Sacadas um olhar faiscante de Conquistador *Sarraceno*. Ao passo que o fleumático Conselheiro Municipal, já agora duplamente venerável, pela Idade e pela Autorida-

sua Operosidade. Um Comerciante vê que o Vizinho comprou um Coche e, logo, todos os seus Esforços se concentram na tentativa de fazer o mesmo, mas muitas vezes isso o leva à falência; embora esta extraordinária Aplicação ao trabalho, cujo motor é a Vaidade, traga benefícios para o Público, não basta para que ele logre satisfazer sua insensata Ambição". Cf. também Nicholas Barbon (1690), *Discourse of Trade*, p. 64: "As Despesas que mais contribuem para a Promoção do *Comércio* são as que têm a ver com o Adorno do Corpo e a Decoração da Casa. Existem mil Comerciantes empregados em Vestir e Enfeitar o Corpo, e Construir e Mobiliar Casas, para cada um que se encarrega da Alimentação".

Observação (M)

de, contenta-se com sua reputação de Homem de importância; e desconhecendo maneira mais fácil de expressar a Vaidade, incha o peito em seu Coche, no qual, ao ser reconhecido pelas medíocres Insígnias de seu cargo, recebe com Ar taciturno a homenagem que lhe presta o Povo mais humilde.

O Alferes imberbe afeta uma Gravidade imprópria a seus verdes Anos, e com ridícula Arrogância se esforça por imitar a Expressão severa de seu Coronel, felicitando-se todo o tempo por julgar que a partir de sua Atitude desafiante avaliarão suas Proezas. A jovem Beldade, seriamente preocupada em não passar despercebida, pela contínua mudança de Postura trai seu violento desejo de ser notada, e cortejando, por assim dizer, os Olhares de Todos, solicita a admiração dos Circunstantes. O vaidoso Janota, ao contrário, exibindo um Ar de Suficiência, parece de todo ocupado na Contemplação das próprias Perfeições, e em Lugares Públicos demonstra tal desdém pelos outros que quem não o conhece imaginaria que ele pensa estar sozinho.

Essas e outras atitudes semelhantes são manifestações dos diversos Tipos de Orgulho, evidentes para todo Mundo; mas a Vaidade Humana não se deixa apanhar assim tão fácil. Se percebemos um Ar de Humanidade, e nos parece que os Homens não estão entregues à admiração de si mesmos, nem de todo desinteressados dos outros, podemos concluir que sejam destituídos de Orgulho, quando talvez estejam apenas fatigados de cevar sua Vaidade, e tenham se tornado lânguidos por totalmente saciados de Prazeres. Essa aparência de Paz interior, essa sonolenta postura de descuidada Negligência, com a qual o Grande Homem frequentemente é visto acomodado em sua Carruagem muito simples, não são tão isentas de Artifício quanto aparentam. *Nada é mais arrebatador para o Orgulhoso do que o julgarem feliz.*¹

O Cavalheiro bem-educado coloca seu maior Orgulho em sua Habilidade para encobri-lo com Destreza, e há quem o faça com tal Perícia que quanto mais culpado ele for, mais inocente parecerá ao Vulgo. Assim, o Cortesão hipócrita ostenta, em Cerimônias de pompa, um ar de Modéstia e bom Humor; e mesmo que internamente estoure de Vaidade, aparenta ignorar sua Magnitude; pois sabe muito bem que essas belas Qualidades o elevarão na Estima dos demais, e serão um acréscimo à sua Grandeza, proclamada aos quatro cantos não só pelos Ornamentos espalhados pela Carruagem e Arreios, como pelo resto de sua Equipagem, sem que se Esforce por isso.

E assim como nesses casos o Orgulho passa despercebido, por engenhosamente dissimulado, em outros se nega que o tenham porque o demonstram (ou ao menos parecem demonstrar) da maneira mais Franca possível. O rico Pároco, privado, como todos os de sua Profissão, da Frivolidade dos Laicos, se empenha em buscar um admirável tecido Negro e as mais finas Roupas que o Dinheiro possa comprar, e se distingue pela abundância de seu Vestuário nobre e impecável; suas Perucas acompanham

---

[1] A frase, em itálico no original de Mandeville, como observam os tradutores da edição francesa da Librairie J. Vrin, parte I, p. 106, parece indicar uma citação, "exata ou aproximativa". Talvez, acrescentam eles, "a máxima 539 de La Rochefoucauld". A nossa edição dá isso como certo, cf. La Rochefoucauld: "Nous nous tormentons moins pour devenir heureux que pour faire croire que nous le sommes" (*Oeuvres*, ed. Gilbert & Gourdault, máxima 539); e Abadie: "...nôtre âme... cherche... de passer pour heureuse dans l'esprit de la multitude, pour se servir ensuite de cette estime à se tromper elle même..." (*L'Art de se connoître soy-meme*, Haia, 1711, ii. 360).

OBSERVAÇÃO (M)

a Moda tanto quanto lhe permite sua Condição; mas, como só tem restrições no que diz respeito à Forma, preocupa-se em garantir que a qualidade do Cabelo e mesmo a Cor sejam tais que somente alguns poucos Fidalgos as possam igualar; seu Corpo está sempre limpo, assim como suas Vestes, sua Face lustrosa é mantida escrupulosamente barbeada, e suas belas Unhas aparadas com cuidado; suas Mãos brancas e macias, com um Brilhante da mais alta Pureza combinando tão bem, honram-se reciprocamente com Graça redobrada; a Cambraia de sua roupa íntima é de finura quase transparente, e ele jamais se deixaria ver em público sem um chapéu de pele de Castor que envaideceria o mais rico Banqueiro no Dia de suas Bodas. A tais Requintes na Toalete acrescenta um Andar majestoso, e exprime na Postura uma imponente Altivez; no entanto, a Polidez usual, não obstante a evidência de tantos Sintomas concordantes, não nos autoriza a suspeitar de que qualquer dos seus Atos seja Resultado do Orgulho; pois, considerando a Dignidade de seu Ministério, é nele apenas Decência o que em outros seria Vaidade; e em Deferência à sua Vocação deveríamos crer que o digno Cavalheiro, sem nenhum reparo à sua reverendíssima Pessoa, se dá a todo esse Trabalho e toda essa Despesa unicamente pelo respeito à Ordem Divina a que pertence, e pelo Fervor Religioso de preservar sua Sagrada Função do Desprezo de Zombeteiros. De todo o meu coração: nada disso deverá ser chamado de Orgulho; permitam-me apenas dizer que, para nossa Capacidade humana, parece-se muito com ele.

Mas se por fim eu deva reconhecer por verdadeira a existência de Homens que gozam de todo o Fausto de Carruagens e Mobiliário, assim como de Indumentária, e não têm uma gota de Orgulho, se poderia também afirmar que, se todos fossem assim, a Emulação de que falei antes cessaria, e, por consequência, o Comércio, que tanto Depende dela, sofreria em todas as suas Ramificações. Dizer, porém, que se todos os Homens fossem verdadeiramente Virtuosos poderiam, sem nenhuma consideração por si mesmos, mas somente pelo Desejo de servir ao Próximo e promover o Bem Comum, consumir o mesmo que consomem hoje por Amor-Próprio e Emulação, seria um miserável Engano e uma Suposição irracional. Assim como existiram boas Pessoas em todas as Épocas, tampouco nesta carecemos delas, certamente; mas nos deixem perguntar aos Fabricantes de Perucas e aos Alfaiates em quais Cavalheiros, mesmo entre os de maior Riqueza e mais alta Posição, vislumbraram tão grande Interesse pelo bem público. Vamos perguntar aos que vendem Rendas, Linhos e Sedas se as mais Ricas, ou, se preferirem, as mais virtuosas Damas, comprando com Dinheiro vivo, ou pagando em curto Prazo, não vão de Loja em Loja, comparando Preços, pechinchando para economizar cinco ou seis Centavos, exatamente como fazem as mais pobres Coquetes da Cidade. Se alegarem que, não havendo Gente assim, bem que poderia haver, respondo que é coisa tão provável quanto se os Gatos, em vez de matar Ratos e Camundongos, passassem a alimentá-los, e andassem pela Casa aleitando e cuidando dos filhotes de roedores; ou que um Milhafre chamasse as Galinhas para compartilhar uma Refeição, como faz o Galo, e se sentasse a chocar seus Ovos em vez de devorá-los; se assim procedessem, deixariam de ser Gatos e Milhafres; tal comportamento é incompatível com suas Naturezas, e, caso isso ocorresse, as Espécies de Criaturas que nomeamos Gatos e Milhafres desapareceriam da face da Terra.

(N) *A própria Inveja mais a Vaidade
Eram os Ministros da Indústria*

[Pág. 232, linha 19]

A Inveja é essa Vilania da nossa Natureza, que nos faz sofrer e definhar diante do que entendemos como Felicidade nos outros. Não creio que exista uma só Criatura Humana, cujos Sentidos hajam atingido a Maturidade, que não tenha sido arrebatada alguma vez por essa Paixão devastadora; também não conheci jamais quem se atrevesse a confessá-la, a não ser por Pilhéria[1]. Que nos envergonhemos tanto de tal Vício deve-se a esse forte Hábito da Hipocrisia, graças ao qual aprendemos desde o Berço a esconder até de nós mesmos a vasta Extensão do Amor-Próprio, e todas as suas diversas Ramificações. É impossível que o Homem deseje mais e melhor para o próximo que para si mesmo, salvo quando se dá conta de que esses Desejos

---

[1] Cf. La Rochefoucauld: "On fait souvent vanité des passions même les plus criminelles; mais l'envie est une passion timide et honteuse que l'on n'ose jamais avouer" (máxima 27, ed. Gilbert & Gourdault). Ver também Coeffeteau, *Tableau des Passions Humaines*, Paris, 1620, pp. 368-9: "... les hommes sont honteux de confesser ouvertement qu'ils en [pela inveja] soient travaillés... ils aiment mieux s'accuser de toutes les autres imperfections... L'Envie est donc *une Douleur qui se forme dans nos ames, à cause des prosperités que nous voyons arriver à nos égaux ou à nos semblables...*"

são Inacessíveis para ele; e dessas premissas podemos facilmente deduzir de que forma tal Paixão nasce dentro de nós. Para isso temos de considerar, em Primeiro lugar, que com a mesma Injustiça com que pensamos bem de nós mesmos, muitas vezes pensamos mal de nossos Vizinhos; e quando percebemos que outros desfrutam ou desfrutarão daquilo que, a nosso ver, não merecem, nos afligimos e enfurecemos contra a Causa de tal Perturbação. Em segundo lugar, como estamos sempre ocupados, cada qual segundo suas Ideias e Inclinações, a desejar nosso próprio Bem, quando percebemos na Posse de outras Pessoas algo de que gostamos, e do qual carecemos, nossa Primeira sensação é de Sofrimento por não possuirmos aquela Coisa que desejamos. Essa espécie de Tristeza é incurável enquanto continuamos a dar Valor àquela Coisa desejada. Contudo, como o instinto de Autopreservação não dorme, jamais permite que deixemos de tentar por todos os Meios afastar de nós o Mal, o mais longe possível; a Experiência nos ensina que nada na Natureza alivia mais esse Pesar do que descarregar toda a Raiva contra aqueles que possuem o que estimamos e queremos. Por isso cuidamos e cultivamos essa última Paixão, a fim de nos salvar ou nos aliviar, pelo menos em parte, do Desassossego que a primeira provocou.

A Inveja é, por conseguinte, um Composto de Pesar e Raiva; o Grau de intensidade dessa Paixão dependerá da Proximidade ou Afastamento dos Objetos desejados, assim como das Circunstâncias. Se aquele que se vê obrigado a andar a Pé inveja um Figurão que se desloca num Coche de Seis cavalos, jamais o fará com a mesma Violência, nem se Perturbará tanto quanto o Homem que tem seu próprio Coche, mas só pode sustentar Quatro cavalos. Os Sintomas da Inveja são tão variados, e tão difíceis de descrever, quanto os da Peste; às vezes aparece sob uma Forma, e logo sob Outra inteiramente diversa. Entre as Mulheres é Doença muito comum, e seus Sinais se evidenciam na maneira como Julgam e Criticam umas às outras. Em belas Moçoilas com frequência identificamos essa Faculdade em alto Grau; amiúde elas se odeiam mortalmente à primeira Vista, sem outro Motivo que a Inveja; e é possível ler tal Escárnio, além de uma absurda Aversão, em seus Semblantes, pois não têm grandes recursos de Artifício, e ainda não aprenderam a dissimular.

No seio da Massa rude e inculta essa Paixão se mostra às escâncaras, sobretudo quando os Bens de Fortuna dos outros são o que invejam. Eles debocham de seus Superiores, apontam seus Erros, e se Esforçam em interpretar mal suas mais louváveis Ações. Esbravejam contra a Providência, e se queixam ruidosamente de que as Coisas boas deste Mundo caem sempre nas mãos de quem não as merece. Os mais grosseiros da Espécie são afetados com tal violência que, não fora o Temor da Lei, seriam capazes de esmurrar todos aqueles que invejam, sem outra Provocação além da que essa Paixão lhes suscita.

Os Homens de Letras que laboram sob tal Destempero apresentam Sintomas muito diferentes. Quando invejam uma Pessoa pelos Talentos e Erudição, seu principal Cuidado consiste em esconder industriosamente essa Fraqueza, o que geralmente logram negando e depreciando as boas Qualidades que invejam. Examinam em detalhes as Obras da vítima, sentindo um desgosto a cada bela Passagem que encontram; não têm outro objetivo senão buscar possíveis Falhas, e o que mais querem é poder Festejar um Erro evidente. Em suas Censuras, são tão capciosos quanto severos, fazem Tempestade em Copo dágua, não perdoam nem a Sombra de um Deslize, e convertem a mais insignificante Omissão numa Asneira Imperdoável.

A Inveja é visível entre os Animais; os Cavalos a demonstram em seus Esforços para superar os outros; e os mais fogosos preferem Morrer de exaustão a serem ultrapassados na corrida. Nos Cães essa Paixão pode ser vista claramente: os que estão acostumados com carícias nunca suportarão docilmente tal Ventura em outros. Já vi um Cão fraldiqueiro que preferia entupir-se de Comida a deixar qualquer migalha para um Rival da mesma Raça; e todo dia podemos observar Comportamento idêntico ao dessas Criaturas em Crianças rebeldes, que por excesso de mimos se tornam voluntariosas. Se por Capricho se recusam a comer o que elas próprias pediram, basta a ameaça de que outra Pessoa, ou ainda o Gato ou o Cão, vai lhes tomar aquilo para que terminem a Refeição com Prazer, mesmo sem Apetite.

Se a Inveja não estivesse tão encravada na Natureza Humana, não seria tão comum em Crianças, e os Jovens não se sentiriam tão instigados pela Emulação. Aqueles que fazem derivar Tudo o que é benéfico à Sociedade de um bom Princípio, atribuem os Efeitos da Emulação em Meninos de escola a uma Virtude do Espírito; como isso exige Trabalho e Fadiga, é evidente que quem age movido por tal Disposição o faz com Abnegação; mas, se nos aprofundamos na análise, vemos que esse Sacrifício de Ócio e Prazeres se faz simplesmente por Inveja e Amor à Glória. Se não houvesse algo muito semelhante a tal Paixão mesclado àquela pretensa Virtude, seria impossível despertá-la e cultivá-la pelos mesmos Meios que engendram a Inveja. O Menino, que recebe um Prêmio pela Superioridade de sua Atuação em classe, sabe a Humilhação que sofreria caso não se desempenhasse tão bem. Essa Reflexão o impele a fazer todos os esforços possíveis para não ser suplantado pelos colegas que agora considera seus Inferiores; e quanto maior o seu Orgulho, mais se empenhará em conservar sua Conquista. O outro, que, a despeito de todo o seu imenso Empenho, perdeu o Prêmio, está arrasado, e consequentemente com muita raiva daquele que considera o Causador de sua Aflição. Expor sua Cólera, porém, seria ridículo, e de Nada lhe serviria, de modo que, ou ele se conforma em ser menos apreciado que o Colega, ou redobra os esforços para se tornar mais Proficiente; e podemos apostar dez contra um que o Garoto mais indiferente, bem-humorado e afável escolherá a primeira alternativa, tornando-se indolente e apático, enquanto o Maroto ganancioso, impaciente e irascível envidará todos os Esforços, de modo a alcançar sua Vez de se tornar um Vitorioso.

A Inveja, tão comum entre os Pintores, pode ser de grande Utilidade para seu Aperfeiçoamento. Não quero dizer que qualquer Troca-tinta inveja os grandes Mestres, mas sim que a maioria dos Pintores está infectada por este Vício em relação aos imediatamente superiores. Se o Discípulo de um Artista famoso tem um Gênio brilhante e uma Aplicação incomum, começa por adorar seu Mestre; mas, à medida que sua própria Habilidade cresce, ele se põe, inconscientemente, a invejar aquele que antes admirava. Para entender a Natureza dessa Paixão, e certificar-se de que ela consiste no que acabei de dizer, basta observar que se um Pintor, por seus esforços, logra não só igualar como superar o Homem que invejava, sua Aflição desaparece e toda a Raiva se desarma; e, se chegou a odiá-lo, fica feliz agora em tê-lo como Amigo, se o outro se dignar a isso.

As Mulheres casadas que Padecem desse Vício, e não são poucas, estão sempre tentando excitar a mesma Paixão em seus Consortes; e ali onde conseguiram predominar, a Inveja e a Emulação mantiveram mais Homens sujeitados, e redimiram mais Maridos da Preguiça, da Bebida e de outras Desgraças, do que todos os Sermões proferidos desde o tempo dos Apóstolos.

Como todo Mundo quer ser feliz, gozar de Prazeres e evitar a Dor se possível, o Amor-Próprio nos faz considerar toda Criatura que pareça contente como um Rival em Felicidade; e a Satisfação que sentimos vendo essa Alegria perturbada, sem nenhuma Vantagem para nós mesmos senão o Prazer de contemplar a Desgraça alheia, chama-se Amar o Mal pelo Mal em si; e a Causa determinante da qual resulta essa Fraqueza denomina-se Malícia, outro Subproduto derivado do mesmo Original; pois se não houvesse Inveja não poderia haver Malícia. Quando as Paixões estão jacentes, não as percebemos, e é comum uma Pessoa crer que sua Natureza está imune a determinada Fraqueza, por não se sentir afetada por ela naquele Momento.

Um Cavalheiro bem-vestido, a quem um Coche ou Charrete enlameou inteiramente, se torna objeto de riso, e muito mais por parte de seus Inferiores que de seus Iguais, porque os primeiros o invejam mais que os outros: sabem que ficou vexado com isso, e, imaginando-o mais feliz do que eles, alegram-se de vê-lo, por sua vez, às voltas com Desprazeres. Mas uma jovem Dama, se estiver com boa Disposição de Espírito, ao invés de rir, se apiedará dele, porque um Homem limpo é uma Visão que a deleita, e não cabe ali nenhuma Inveja. Diante de um Desastre, pode-se rir ou sentir pena, segundo nossas Reservas de Malícia ou Compaixão. Se um Homem cai ou se fere tão de leve que não inspire Cuidados, isso nos faz rir, e aqui a Piedade e a Malícia nos assaltam alternadamente: "Por favor, Senhor, lamento muito, e lhe peço Perdão por rir, sou a Criatura mais tola do Mundo", e ri de novo; e de novo se desculpa, e assim vai. Há pessoas tão Malvadas que riem de uma Perna quebrada, e outras tão Compassivas que se afligem por uma Manchinha à toa na Roupa de alguém; mas Ninguém é tão Selvagem que nunca tenha sentido Compaixão, nem de tão boa índole que jamais tenha sido afetado por algum Prazer Malicioso. De que estranho modo as Paixões nos Governam! Invejamos um Homem por ser Rico, e então lhe dedicamos o mais absoluto ódio; mas, se nos tornamos seus Iguais, nos acalmamos, e ao primeiro Aceno dele passamos a Amigos; no entanto, se nossa posição alcançar um nível visivelmente Superior ao dele, sentiremos pena de seus Infortúnios. O Motivo pelo qual Homens de verdadeiro bom Senso invejam menos que os outros é que eles admiram a si mesmos de forma mais Decidida que os Tolos e Parvos; porque, embora não demonstrem, a Solidez de seu Pensamento lhes dá a Segurança do próprio Valor, coisa que pessoas Pouco inteligentes desconhecem, embora com frequência finjam possuir.

O Ostracismo dos *Gregos* representava um Sacrifício que os Homens de Valor faziam à Inveja Epidêmica, e muitas vezes se aplicava como Remédio infalível para curar e prevenir os Malefícios da Melancolia e do Rancor populares. Uma Vítima do Estado costuma aplacar os Murmúrios de toda uma Nação, e os Pósteros com frequência se admiram de Barbaridades dessa Natureza, as quais, nas mesmas Circunstâncias, eles também teriam cometido. São Concessões à Malícia do Povo, que nunca fica tão satisfeito quanto ao ver um grande Homem humilhado. Acreditamos amar a Justiça, e ver o Mérito recompensado; mas se Homens ocupam por muito tempo os primeiros Postos de Honra, metade de nós se farta deles, esmiúça-lhes os Defeitos, e se não acha nenhum, supõe que os estão ocultando, e logo a maioria de nós ansiará por vê-los destituídos. Mesmo os melhores dos Homens devem sempre se precaver de tal Injustiça por parte de todos os que não sejam seus Amigos ou Conhecidos mais próximos, pois nada nos cansa tanto como a Repetição de Elogios que não podemos Compartilhar.

Quanto mais diversos os Componentes de uma Paixão, mais difícil é defini-la; e quanto mais ela atormenta os que padecem sob seu jugo, maior a Crueldade que é capaz de inspirar-lhes contra os outros. Assim, nada é mais caprichoso ou destrutivo que o Ciúme, que se compõe de Amor, Esperança, Medo, e uma grande dose de Inveja. Da última já tratamos suficientemente, e o que tenho a dizer sobre o Medo o Leitor encontrará na *Observação (R)*. Para melhor explicar e ilustrar essa Mistura bizarra, os Ingredientes de que vou falar agora são a Esperança e o Amor.

Ter Esperança é acreditar, com certo grão de Confiança, que a Coisa desejada acontecerá.[1] A Firmeza e a Imbecilidade de nos-

---

[1] Comparar com a definição de Spinoza: "*Spes* est inconstans Lætitia, orta ex idea rei futuræ vel præteritæ, de cujus eventu aliquatenus dubitamus" (*Ethica*, pt. 3, def. 12). Cf. também Locke, *Essay concerning Human Understanding*, ed. Fraser, II, xx. 9, e Hobbes, *English Works*, ed. Molesworth, iii. 43.

sa Esperança dependem inteiramente do maior ou menor Grau de nossa Confiança, e toda Esperança inclui Dúvida; porque, quando a Confiança chega ao Ponto de excluir toda Dúvida, ela se torna uma Certeza, e tomamos por garantido o que, anteriormente, era apenas desejo. Pode-se falar de um Tinteiro de prata porque todo Mundo sabe o que significa, mas a expressão 'uma Esperança certa' parece absurda: um Homem não pode fazer uso de um Adjetivo que destrói a essência do Substantivo a que está unido, e quanto mais claramente compreendamos a Força do Adjetivo e a Natureza do Substantivo, mais evidente é o Contrassenso da heterogênea locução. Por consequência, a Razão para que as pessoas se assombrem menos ao ouvir Alguém falar de Esperança certa do que, por exemplo, de Gelo quente, ou Carvalho líquido, não reside no fato de haver maior dose de Disparate na primeira do que nos outros dois, mas simplesmente porque a palavra Esperança, ou melhor, a sua Essência, não é entendida tão claramente pelo Público em Geral quanto as Palavras Gelo e Carvalho e suas Essências.[1]

Amor, em primeiro Lugar, significa Afeição, como a que os Pais e as Babás têm por Crianças pequenas, e os Amigos uns pelos outros; isso consiste em Gostar de uma Pessoa e desejar-lhe o Bem. Interpretamos favoravelmente suas Palavras e Ações, e estamos dispostos a desculpar e perdoar suas Faltas, se é que encontramos alguma; defendemos seus interesses mesmo quando Contrários

---

[1] Essa passagem enfureceu particularmente William Law, que devotou toda a seção 5 de suas *Remarks upon... the Fable* (1724) a demonstrar que 'certeza' não é incompatível com 'esperança'. O motivo para sua indignação fica claro quando se atenta para o fato de que a expressão "esperança certa" aparece no Ofício dos Mortos.

aos nossos, e sentimos uma Satisfação interior quando partilhamos de suas Tristezas, e também de suas Alegrias. O que acabo de dizer não é impossível, embora pareça; pois quando queremos sinceramente partilhar com alguém seus Infortúnios, o Amor-Próprio nos faz acreditar que a Dor que sentimos deve diminuir e aliviar a de nosso Amigo, e enquanto essa terna Reflexão suaviza nosso Pesar, um secreto Prazer se manifesta do fato de estarmos sofrendo pela Pessoa que amamos.[1]

Em segundo lugar, por Amor entendemos uma forte Inclinação, distinta em sua Natureza de todas as demais Afeições de Amizade, Gratidão e Consanguinidade, que Pessoas de Sexos diferentes, depois de se admirarem, sentem uma pela outra. É nesse Sentido que o Amor entra na Composição do *Ciúme*, e é o Efeito dessa Paixão tanto quanto a habilidade para Disfarçá-la o que nos move a trabalhar pela Perpetuação da Espécie. Esse último Apetite é inato em Homens e Mulheres que não tenham defeitos na sua Formação, tanto quanto a Fome ou a Sede, embora raramente sejam afetados por ele antes da Puberdade. Se pudéssemos desnudar a Natureza, e esquadrinhar seus mais profundos Nichos, descobriríamos as Sementes dessa Paixão antes que ela se manifestasse, tão simplesmente como vemos os Dentes num Embrião antes que as Gengivas estejam formadas. São poucas as Pessoas saudáveis, de ambos os Sexos, em que não tenha deixado sua Impressão antes dos Vinte anos. E, todavia, como a Paz e a

---

[1] Cf. La Rochefoucauld: "Nous nous consolons aisément des disgrâces de nos amis, lorsqu'elles servent à signaler notre tendresse pour eux" (máxima 235, in *Oeuvres*, ed. Gilbert & Gourdault i. 126). Ver também a máxima 583, que faz eco à observação de Abadie: "...c'est qui' il y a toûjours dans les disgraces qui leur [amigos] arrivent, quelque chose qui ne nous déplait point" (*L'Art de se connoitre soy-meme*, Haia, 1711, ii. 319).

Felicidade da Sociedade Civilizada exigem que isso permaneça Secreto, e jamais discutido em Público, considera-se um Crime entre Gente de bem mencionar abertamente qualquer Coisa relacionada a tal Mistério da Sucessão. Por conta disso, até o Nome desse Apetite, se bem que indispensável à Continuação da Humanidade, tornou-se odioso, e os Epítetos associados comumente à Luxúria são *Asquerosa* e *Abominável*.

Tal Impulso da Natureza em Pessoas de Moral estrita, e rígido Pudor, costuma perturbar o Corpo por um Tempo considerável antes que seja compreendido ou identificado adequadamente, e é extraordinário que os mais instruídos e bem-educados sejam geralmente os mais ignorantes neste Assunto; e aqui não posso deixar de ressaltar a Diferença entre o Homem no selvagem Estado de Natureza e a mesma Criatura na Sociedade Civilizada. No primeiro caso, Homens e Mulheres, se deixados incultos e ignorantes nas Ciências dos Modos e Costumes, logo descobririam a Causa dessa Perturbação, e não teriam mais Embaraço que os outros Animais para acharem o Remédio imediato. Ademais, é improvável que requisitassem qualquer Instrução ou Exemplo dos mais experientes. Mas no segundo caso, onde há que seguir e obedecer a Regras de Religião, Direito e Decência antes de quaisquer Ditados da Natureza, achou-se conveniente preparar e fortalecer os Jovens de ambos os Sexos contra esse Impulso, e habilidosamente amedrontá-los desde a Infância para evitar qualquer Aproximação, mesmo remota, com o tema. O próprio Apetite, e todos os seus Sintomas, embora sentidos e compreendidos perfeitamente, têm que ser sufocados com todo o Cuidado e Rigor, e as Mulheres, mesmo quando muito afetadas por isso, devem repudiá-lo com Firmeza, e até, se necessário, negá-lo obstinadamente. Se tal comportamento lhes causar Indisposição, que sejam curadas pelo Médico, ou, então, que suportem tudo com paciência e em Silêncio; pois é do Interesse da Sociedade preservar a Decência e a Polidez; que as Mulheres definhassem, se consumissem ou morressem: antes isso que buscarem alívio de maneira ilícita; e entre os mais Privilegiados da Humanidade, Gente de Estirpe e Fortuna, espera-se que o Matrimônio jamais se realize sem Inquirição prévia sobre o Patrimônio e a Reputação das Famílias, e nesta Avaliação o Chamado da Natureza é a última das Considerações.

Por conseguinte, aqueles que gostariam de tornar Sinônimos Amor e Luxúria confundem o Efeito com sua Causa; todavia, é tal a força da Educação, e o Hábito de pensar do jeito que nos ensinaram, que muitas vezes Pessoas de ambos os Sexos se sentem de fato Apaixonadas sem experimentar nenhum Desejo Carnal, nem penetrar nos Desígnios da Natureza e no objetivo que ela propõe, sem o qual jamais seriam afetadas por essa espécie de Paixão. Que há gente assim é certo, mas são em muito maior número os que Fingem possuir essas refinadas Noções através de Artifício e Dissimulação. Aqueles que realmente se contentam com Amores Platônicos costumam ser, nos dois Sexos, doentios e pálidos, de Constituição fria e fleumática; os saudáveis e robustos, de Temperamento bilioso e Compleição sanguínea,[1] não concebem Amor tão Espiritualizado

---

[1] No vocabulário médico da época, "Temperamento" ou "Compleição" significava aquela mistura dos quatro "humores", ou principais fluidos do corpo (sangue, fleuma, bile e melancolia), ou das quatro qualidades a eles relacionadas (quente, frio, seco e úmido), que, conforme as proporções de cada um,

que exclua todos os Pensamentos e Desejos relacionados com o Corpo. Mas se o mais Seráfico dos Amantes quiser conhecer a Origem de suas Inclinações, basta fazê-lo supor que um outro poderia fruir o Prazer do Corpo da Pessoa amada, e pelas Torturas que lhe causaria tal Pensamento logo descobriria a Natureza de suas Paixões. Por outro lado, Pais e Amigos experimentam grande Satisfação quando refletem sobre as Alegrias e Consolos que um Casamento feliz trará para aqueles a quem querem bem.

O curioso, especialista em dissecar a Parte invisível do Homem, observará que, quanto mais sublime e isento de qualquer Pensamento Sensual for o Amor, mais espúrio ele é, e mais sujeito a degenerar de sua Origem honesta e Simplicidade primitiva. O Poder e a Sagacidade dos Políticos, bem como o Labor e o Cuidado com que buscavam civilizar a Sociedade, não foram, em nenhum lugar, mais visíveis do que na feliz Artimanha de jogar nossas Paixões umas contra as outras. Lisonjeando nosso Orgulho e, assim, elevando a boa Opinião que temos sobre nós, por um lado, e nos inspirando, por outro, um Terror superlativo e uma Aversão mortal à Vergonha, os Astuciosos Moralistas nos ensinaram a batalhar com alegria contra nós mesmos, de modo a, se não sujeitar, pelo menos esconder e dissimular nossa Paixão predileta, a Lascívia, a qual dificilmente reconhecemos quando a encontramos em nosso Íntimo. Oh, o belo Prêmio que nos espera por tanta Abnegação! Pode um Homem ser tão sério a ponto de conter o Riso quando considere que, por tanta

segundo a fisiologia contemporânea, determinavam e nomeavam a disposição física e mental de um homem. Assim, em gente colérica, ou biliosa, a ira (bile) era dominante; em gente sanguínea, o sangue. "Compleição" algumas vezes, como aqui mesmo talvez, era sinônimo de "humor".

impostura e insinceridade, praticadas contra nós mesmos e os outros, não recebemos outra Recompensa senão a vã Satisfação de fazer com que nossa Espécie pareça mais nobre e distante dos outros Animais do que é na realidade, e do que nós, em sã Consciência, cremos que seja? No entanto, trata-se de um fato, e nele percebemos claramente a razão de nos parecer necessário tornar odiosa toda Palavra ou Ação pela qual ficaria a descoberto nosso inato Desejo de perpetuar a Espécie; porque nos submetermos docilmente à violência de um Furioso Apetite (ao qual é doloroso resistir), obedecendo com inocência à mais premente exigência da Natureza sem Manha ou Hipocrisia, como as outras Criaturas, seria estigmatizado com o Ignominioso Nome de Brutalidade.

Isso a que chamamos Amor não é, portanto, um Apetite Genuíno, e sim Adulterado, ou melhor, um Composto, um amontoado de várias Paixões contraditórias formando uma só. Como se trata de produto da Natureza deformado pelo Costume e pela Educação, sua verdadeira Origem e principal Razão, como já sugeri, estão sufocados nas Pessoas de Bem, e quase escondidos delas mesmas; e é esse o motivo pelo qual, entre os afetados por tal Paixão, dependendo de Idade, Vigor, Resolução, Temperamento, Circunstâncias e Costumes, seus efeitos sejam tão variados, caprichosos, surpreendentes e inexplicáveis.

É essa Paixão que torna o Ciúme tão perturbador, e tão fatal a Inveja que desperta: aqueles que imaginam possa haver Ciúme sem Amor não entendem tal Paixão. Podem muito bem os Homens não ter a menor Afeição por suas Mulheres e, no entanto, se enfurecerem com elas por sua Conduta, e até desconfiar delas, com ou sem Razão. Mas o que os afeta em tais Casos é seu Orgulho, o Cuidado com a própria Reputação. Sentem Ódio por elas sem nenhum Remorso; quando se julgam ultrajados, são capazes de bater nelas e depois dormir tranquilos; Maridos desse tipo vigiarão suas Mulheres pessoalmente, ou mandarão vigiar por outros; mas tal Vigilância jamais será muito intensa; eles não se mostrarão tão inquisitivos ou industriosos em suas Investigações, nem sentirão nenhuma Angústia no Coração diante do Medo do que poderão descobrir, como aconteceria se existisse Amor misturado a essas Paixões.

O que me confirma nessa Opinião é que nunca se observa tal Comportamento entre um Homem e sua Amante; pois quando o Amor que sentia desaparece e ele suspeita que a Mulher o engana, simplesmente a abandona, e não mais ocupa sua Cabeça com isso. Ao passo que a maior Dificuldade, mesmo para um Homem Sensato, é separar-se da Amante enquanto está apaixonado, por mais Faltas que ela tenha cometido. Se, tomado de Cólera, bate nela, sente-se infeliz depois; seu Amor o faz refletir no Mal que lhe causou, e quer se reconciliar com ela. Pode até falar em odiá-la, e muitas vezes desejar de todo Coração vê-la enforcada, mas se não conseguir livrar-se inteiramente de sua Fraqueza, também nunca será capaz de se separar dela: pois, mesmo que essa Mulher represente a mais monstruosa Culpa para sua Imaginação, e tenha decidido e jurado mil Vezes se afastar para sempre dela, não se pode confiar nele; embora plenamente convencido de que ela lhe é Infiel, se o seu Amor persiste, seu Desespero nunca será tão constante que, entre as Crises mais agudas, não se aplaque e encontre lúcidos Intervalos de Esperança; ele imagina Justificativas para ela, pensa em perdoá-la, e com tal propósito urde mil Invenções em busca de Circunstâncias atenuantes que a façam parecer menos pecadora.

(O) *Os Prazeres genuínos, Conforto, Bem-estar*

[Pág. 233, linha 10]

Que o maior Bem consiste no Prazer era a Doutrina de *Epicuro*, cuja Vida, no entanto, foi um exemplo de Continência, Sobriedade e outras Virtudes, o que levou as Gentes de Épocas posteriores a discutir sobre o Significado de Prazer. Aqueles que se louvam na Temperança do Filósofo dizem que o Deleite de que *Epicuro* falava consistia em ser Virtuoso; assim Erasmo em seus *Colóquios* nos fala que não há maiores *Epicuristas* que os piedosos Cristãos.[1] Outros, julgando pelos Costumes dissolutos da Maioria de seus Discípulos, sustentam que por Prazeres o filósofo só tivesse entendido mesmo os Sensuais, e a Gratificação de nossas Paixões. Não vou decidir essa Querela, mas na minha Opinião, sejam os Homens bons ou maus, seu Prazer é aquilo que os deleita, e, sem precisar buscar nenhuma outra Etimologia nas Línguas de cultura, acho que um *Inglês* pode com razão chamar de Prazer tudo o que lhe agrada,[2] porque, levando em conta essa Definição, só cabe discutir, em

---

[1] Ver o diálogo intitulado *Epicureus* (*Opera*, ed. Leyden, 1703-6, i. 882). Cf. anteriormente, i. 170-3, sobre a dívida de Mandeville para com Erasmo.

[2] Comparar com Locke, *Essay concerning Human Understanding*, ed. Fraser, II.xxi.60: "Porque, no que toca à felicidade e à miséria *do momento*, quando somente aquela é objeto de consideração, e as consequências são remotas, um homem jamais escolhe errado: ele sabe muito bem o que mais lhe agrada.....".

matéria de Prazeres Humanos, o que é do Gosto do indivíduo: *Trahit sua quemque Voluptas*.[1]

O Homem mundano, voluptuoso e ambicioso, mesmo quando desprovido de Mérito, corteja por toda parte a Precedência, e quer receber mais honrarias que seus Superiores: ambiciona vastos Palácios, e Jardins deliciosos; o que mais o Deleita é suplantar os outros em Cavalos imponentes, Carruagens magníficas, Criadagem numerosa e Mobiliário caríssimo. Para satisfazer sua Luxúria, deseja Mulheres jovens, belas, refinadas, de diferentes Tipos e Temperamentos, que adorem sua Grandeza e fiquem verdadeiramente deslumbradas com sua Pessoa. Suas Adegas deverão estar providas com o Melhor de todos os Países produtores de Vinhos; em sua Mesa se servirá grande quantidade de Cardápios, todos acompanhados de uma seleta Variedade de Iguarias difíceis de encontrar, e amplas Evidências de uma elaborada e judiciosa arte Culinária, enquanto seus Ouvidos são entretidos, alternadamente, por Música harmoniosa e Adulação discreta. Mesmo para insignificantes bagatelas, emprega os Operários mais hábeis e engenhosos, para que seu Critério e Competência fiquem evidentes nas menores Coisas que lhe pertencem, assim como sua Riqueza e Fidalguia se manifestam nas de maior Importância. Procura ter vários grupos de Pessoas divertidas, espirituosas e bem-educadas com quem conversar, e entre elas deve haver alguns famosos por sua Erudição e Conhecimento universal. Para o trato dos Negócios sérios, deseja encontrar Homens com Experiência e Talento comprovados, que sejam di-

---

[1] "Cada um é arrastado pelo seu Prazer". Vírgílio, *Éclogas*, ii. 65.

ligentes e fiéis. Para o serviço pessoal, os empregados devem ser hábeis, finos de trato e discretos, de boa Aparência, e gracioso Semblante. Além disso, exige deles um respeitoso Cuidado com todas as *Suas* coisas, Agilidade sem Açodamento, Diligência sem Ruído, e uma ilimitada Obediência às suas Ordens. Como nada lhe parece mais maçante que falar com Serviçais, pretende ser atendido somente por aqueles capazes de interpretar seu Desejo pelo mais leve de seus Movimentos. Adora ver um elegante Requinte nas coisas que o rodeiam, e em tudo o que deve ser usado em sua Pessoa exige Limpeza extrema, a ser religiosamente observada. Os principais Empregados da Casa têm de ser Homens de Estirpe, Honra e Distinção, bem como de Ordem, Engenho e Economia; pois embora lhe encante ser honrado por Todos, e receba com Alegria o Respeito da Gente comum, ainda assim a Homenagem de Pessoas de Qualidade o arrebata do modo mais transcendental.

Chafurdando então num Mar de Luxúria e Vaidade, totalmente dedicado a provocar e satisfazer seus Apetites, ele quer, ao mesmo tempo, que o Mundo o julgue isento de Orgulho e Sensualidade, e tenha uma Visão favorável de seus Vícios mais escandalosos. E, se consegue isso através da Autoridade, ambiciona ser considerado Sábio, Valente, Generoso, Amável, e dotado de todas as Virtudes que julga importantes. Gostaria de nos fazer acreditar que a Pompa e o Luxo com que o servem estão, para ele, entre outras tantas e importunas Aflições; e o Fausto que o rodeia é um pesado Fardo, inseparável, desgraçadamente, da alta Esfera onde se move; que sua nobre Mente, tão superior às Inteligências vulgares, tem em mira objetivos mais sublimes, e não pode encontrar sabor em

Prazeres tão precários; que sua maior Ambição é promover o Bem Público, e sua maior Alegria ver o País florescer, e felizes os seus Habitantes. Isso é o que as pessoas Viciosas e ligadas às coisas Mundanas chamam de Prazeres verdadeiros, e qualquer um que seja capaz, por Habilidade ou Fortuna, de gozar, de forma tão refinada, tanto do Mundo quanto da Boa Opinião do Mundo será considerado Pessoa extremamente feliz pelas camadas mais elegantes da Sociedade.

Por outro lado, a maioria dos antigos Filósofos e graves Moralistas, sobretudo os *Estoicos*, jamais consideraram como Bem verdadeiro qualquer Coisa que lhes pudesse ser tirada. Eles sabiamente levaram em conta a Instabilidade da Fortuna e do Favor dos Príncipes; a Futilidade da Honra e do Aplauso Popular; a Precariedade das Riquezas e de todos os Bens materiais; e assim reconheceram que a verdadeira Felicidade consiste na tranquila Serenidade de uma Consciência satisfeita, livre de Culpa e Ambição; uma Mente que, tendo subjugado todo Apetite sensual, tanto despreza os Sorrisos quanto as Carrancas da Sorte, e, por se Realizar apenas na Contemplação, nada mais deseja senão aquilo que Cada um é capaz de encontrar em si mesmo; um Espírito que, armado com Fortaleza e Resolução, tenha aprendido a aguentar as maiores Perdas com Serenidade, a sofrer Dor sem Aflição, e a suportar Injúrias sem Ressentimento. Muitos consideraram haver chegado a esse grau de Abnegação, e então, caso se acredite neles, teriam se elevado acima dos comuns Mortais, e sua Força superado amplamente as inclinações de sua primitiva Natureza: seriam capazes de enfrentar sem Terror a Fúria de Tiranos Ameaçadores e os mais iminentes Perigos, e de conservar a Tranquilidade em meio a Tormentos. A própria Morte eles encaravam com Intrepidez, e deixavam o Mundo sem Relutância maior que a Alegria demonstrada em seu Ingresso.

Entre os Antigos, esse tipo exerceu sempre a maior Influência; todavia, outros que também estavam longe de ser Tolos rejeitaram tais Preceitos como impraticáveis, chamando de Fantásticas as suas Ideias, e se esforçando por provar que as virtudes de que os Estoicos se gabavam excediam todas as Forças e Possibilidades humanas e, portanto, não passavam de vã Pretensão, cheia de Arrogância e Hipocrisia; contudo, a despeito dessas Censuras, a Porção séria do Mundo, e a totalidade dos Homens Sábios que existiram desde então até nossos Dias, concordam com os Estoicos em pontos capitais; como, por exemplo, que não existe Felicidade real naquilo que dependa de Coisas perecíveis; que a Paz interior é a maior das Bênçãos, e nenhuma Conquista supera a vitória sobre nossas Paixões; que Conhecimento, Temperança, Fortaleza, Humildade e outros Ornamentos do Espírito são as mais valiosas Aquisições; que nenhum Homem pode ser feliz se não for bom; e que só o Virtuoso é capaz de desfrutar dos *verdadeiros Prazeres*.

Suponho que me irão perguntar por que na Fábula eu chamei de verdadeiros os Prazeres diretamente opostos àqueles que, reconheço, os Sábios de todos os Tempos exaltaram como os mais valiosos. Minha Resposta é: porque eu não chamo de Prazeres às coisas que os Homens consideram as melhores, e sim àquelas que parecem deixá-los mais satisfeitos;[1] como

---

[1] Compare-se com Locke: "...Sempre achei que as ações dos homens são os melhores intérpretes de seus pensamentos" (*Essay concerning Human Understanding*, ed. Fraser, i. ii. 3). Cf., anteriormente, i. 371, *n*. 2, e, adiante, i. 566, *n*. 3.

Observação (O)

posso acreditar que o principal Deleite de um Homem consiste em Cultivar o Espírito se o vejo sempre, e em toda parte, ocupado em perseguir os Prazeres opostos? *John* nunca se serve de Chouriço mais do que um pequeno pedaço, só para não dizerem que não pegou nada; esse Naco, após muito mascar e triturar, ele finalmente engole como se fosse Feno picado[1]; depois, lança-se sobre a Carne de vaca com um Apetite voraz, entupindo-se até os Gorgomilos. Não é irritante ouvir de *John* todo santo Dia que adora Chouriço e não dá um Tostão pelo Bife?

Eu poderia me pavonear da minha Fortaleza e do meu Desprezo pelas Riquezas tanto quanto o próprio *Sêneca*,[2] e incumbir-me de escrever duas vezes mais que ele em louvor da Pobreza, o que faria por um Décimo de sua Fortuna.[3] Eu poderia ensinar o caminho para o seu *Summum bonum* com a mesma exatidão com que conheço meu caminho para casa. Eu poderia dizer às Pessoas que, para se destrinçar de todos os Compromissos mundanos, e purificar a Mente, elas precisam despir-se de suas Paixões, como fazemos ao retirar toda a Mobília para poder limpar a fundo um Quarto; e creio firmemente que a Malícia e os mais duros Golpes da Sorte não podem causar maior Dano a uma Alma assim despojada de todos os Medos, Desejos e Inclinações do que um Cavalo cego a um Estábulo vazio. No que concerne à Teoria de tudo isso,

---

[1] Essa mesma comparação foi usada por Mandeville no prefácio de *Typhon*.
[2] Sêneca era multimilionário, com grande patrimônio em Roma, vinhedos na Campânia, propriedades no Egito e negócios vultosos de agiotagem. [N. do T.]
[3] Cf. Saint-Évremond: "Sénéque étoit le plus riche homme de l'Empire, & louoit toujours la pauvreté" (*Oeuvres*, ed. 1753, iii. 27); e Boisguillebert: "[Sêneca]... traitant *du mépris des richesses* sur une table d'or" (*Dissertation sur la Nature des Richesses, in Économistes Financiers du XVIII Siècle*, ed. Daire, 1843, p. 409, *n*. I).

considero-me perfeito, mas a Prática é coisa muito difícil; e se você se metesse a roubar minha Carteira, tentasse tirar a Comida da minha frente quando estou faminto, ou fizesse a menor Menção de me cuspir na Cara, não sei até onde me comportaria Filosoficamente. Mas o fato de ser eu forçado a submeter-me a todos os Caprichos de minha Natureza indisciplinada, dirão vocês, não é Prova de que os outros tenham pouco Domínio sobre os seus, e assim me declaro disposto a cair de joelhos em Adoração da Virtude sempre que a encontrar, sob a Condição de não ser obrigado a admitir sua existência onde não haja Abnegação, nem a julgar os Sentimentos dos Homens por suas Palavras quando vejo diante de mim os Atos de sua vida.

Tenho analisado Homens de todas as Classes e Condições, e confesso que em nenhum lugar encontrei maior Austeridade de Costumes, nem Desprezo mais forte pelos Prazeres Terrenos, quanto em algumas Casas Religiosas, nas quais se abrigam Pessoas que, renunciando ao Mundo e dele se retirando livremente, lutam consigo mesmas sem outro Objetivo que subjugar seus Apetites. Poderia haver maior Evidência de perfeita Castidade, e de extraordinário Amor à Pureza imaculada, do que estes Homens e Mulheres, na Flor da Idade, quando a Luxúria é mais ardente, escolherem se apartar da Companhia dos outros e, por uma voluntária Renúncia, excluir por toda a Vida não somente os Impuros mas também os mais lícitos Abraços? Pessoas que se abstêm de Carne, e muitas vezes de todo tipo de Alimento, se imaginam no caminho certo para vencer todos os Desejos Carnais; e eu quase juraria que não consulta o próprio Conforto aquele que vergasta diariamente suas costas e Ombros nus sem piedade, e constantemente interrompe o Sono no meio da Noite, abandonando a Cama em nome de suas Devoções. Quem desprezaria mais as Riquezas, ou se mostraria menos Avaro do que aquele que não toca, nem mesmo com os Pés, em Ouro ou Prata?[1] Pode algum Mortal mostrar-se menos Luxurioso ou mais humilde do que o Homem que, escolhendo voluntariamente a Pobreza, se contenta com Restos e Migalhas, negando-se a comer outro Pão senão o que lhe tenha sido dado pela Caridade alheia?

Tão belos Exemplos de Abnegação me fariam reverenciar a Virtude se antes não me tivessem alertado sobre isso muitas Pessoas de Eminência e Sabedoria, que unanimemente me afirmam estar eu equivocado, e que tudo o que vi é Farsa e Hipocrisia; que, embora alardeiem o Amor Seráfico, não há mais que Discórdia entre eles, e que, por mais Penitentes que possam parecer Monjas e Freires em seus diversos Conventos, nenhum deles sacrifica seus Apetites prediletos. Que, entre as Mulheres, nem todas as que passam por Virgens realmente o são, e que, se me fosse possível conhecer seus Segredos, e examinar alguns de seus Retiros Subterrâneos, eu logo me convenceria, por cenas de Horror, de que algumas delas podem ter sido Mães.[2] Que entre os Homens eu

---

[1] Os franciscanos, por exemplo, aplicavam tão rigorosamente o voto geral monástico de pobreza que não admitiam qualquer contato físico com dinheiro em espécie.

[2] Na sua obra *Origin of Honour* (1732), Mandeville volta a insistir na irrealidade da virtude nos conventos de monjas: "Talvez fosse uma odiosa Inquirição verificar se, de fato, entre todas as Mulheres jovens e de meia-idade que levam Vida Monástica, e estão apartadas do Mundo, haverá Alguma que tenha, afora todos os outros Motivos, Religião suficiente para salvar-se da Fragilidade da Carne, se acaso tivesse uma Oportunidade de satisfazer seus Desejos com Impunidade. O certo é que as Superioras, e Aquelas sob cujo Cuidado estão sujeitas essas Monjas, parecem não ter Ilusões sobre isso. Sempre as mantêm trancadas e encerradas a sete chaves..." (pp. 56-7).

encontraria Calúnia, Inveja e Maldade no mais alto grau, ou ainda Glutonaria, Embriaguez e Torpezas de um tipo mais execrável do que o próprio Adultério. Quanto às Ordens Mendicantes, que elas em nada diferem, exceto pela Vestimenta, de outros robustos Pedintes profissionais, que enganam o Povo com seu Tom de voz lamuriento e uma Ostentação de Miséria extrema, e que, tão logo se encontrem fora de alcance, abandonam as Lamúrias, entregam-se a seus Apetites, e se divertem uns com os outros.

Se as Regras severas, e tantos outros sinais de Devoção observados nessas Ordens Religiosas, merecem tão áspera Censura, então é melhor desistir de encontrar Virtude em qualquer outro lugar; pois se examinarmos a Conduta dos Antagonistas e principais Acusadores desses Devotos, não se encontrará sequer uma Aparência de Abnegação. Os Eclesiásticos de todas as Seitas, mesmo os das mais Reformadas Igrejas de todos os Países, cuidam do *Cyclops Evangeliphorus* em primeiro lugar; *ut ventri bene sit*,[1] e depois, *ne quid desit iis quæ sub ventre sunt*.[2] A isso desejarão que se acrescen-

---

[1] "que se tenha o ventre satisfeito e, depois, que nada falte ao que fica abaixo do ventre". [N. do T.]

[2] Erasmo, *Opera*, (Leyden, 1703-6), i. 833, no colóquio *Cyclops, sive Evangeliophorus*.

Bluet, em sua *Enquiry* (p. 35, *n.* n), diz: "Talvez o Leitor queira saber quem era esse *Cyclops Evangeliphorus*, de que o Autor fala para os *Ingleses* com a mesma familiaridade que usaria para comentar sobre *Robin Hood* ou *Sir John Falstaff*. É preciso saber, então, que *Cannius* e *Polyphemus* são os dois Personagens de um dos *Colóquios* de Erasmo. *Polyphemus* tinha o *Evangelho* na mão quando seu Conhecido o encontrou; e *Cannius*, sabendo que seu estilo de Vida não estava muito de acordo com os Preceitos do livro, faz troça do outro, dizendo que ele não deveria mais se chamar *Polyphemus*, e sim *Evangeliophorus, pro Polyphemo dicendus est Evangeliophorus* [portador do Evangelho], como já antes se havia chamado a um outro de *Christophorus*. O próprio *Colóquio* (por ser Polyphemus o Nome de um dos Ciclopes) intitula-se *Cyclops, sive Evangeliophorus*. Nosso Autor, não contente com isso, une os dois nomes e, por um pequeno Erro (desculpável por

tem Casas confortáveis, Mobiliário bonito, boas Lareiras acesas no Inverno, belos Jardins no Verão, Roupas finas e Dinheiro bastante para educar os Filhos; Precedência em quaisquer Reuniões, Respeito da parte de todos, e, naturalmente, tanta Religião quanta lhe aprouver. As Coisas que arrolei são os indispensáveis Confortos da Vida, que os mais Modestos não se acanham de exigir, e sem os quais não se sentiriam à vontade. Esses Religiosos, na verdade, são feitos do mesmo Barro, e têm a mesma Natureza corrupta dos outros Homens, nascidos com as mesmas Fraquezas, sujeitos às mesmas Paixões, expostos às mesmas Tentações; por conseguinte, se forem diligentes na sua Vocação, e puderem se abster de Assassinato, Adultério, Blasfêmia, Embriaguez e outros Vícios nefandos, dir-se-á que suas Vidas são impolutas e suas Reputações imaculadas; sua Tarefa os torna santos, e a Satisfação de tantos Desejos Carnais e o Gozo de tão luxuoso Conforto não os impedirá de se atribuir todos os Valores que seu Orgulho e seus Dotes lhes permitam.

Não tenho nada contra isso, mas não vejo aqui nenhuma Abnegação, sem a qual não pode haver Virtude. Será grande Mortificação não desejar Parcela maior dos Bens deste mundo do que aquela com que um Homem razoável se daria por satisfeito? Ou haverá algum Mérito em não ser um malvado, e abster-se de In-

---

ser tão longa a Palavra), escreve *Cyclops Evangeliphorus*, em vez de Evangeliophorus. Palavras que enchem a Boca muito bem, e que ele parece haver reunido para Edificação daqueles que, como o velho Companheiro em *Love Makes the Man*, HONRAM O SOM DO GREGO".

A *Enquiry* está correta em suas citações. Deve-se observar, porém, que nas primeiras três edições da *Fábula* aparece "Evangeliophorus", e que o sumário da edição de Leyden (1703-6) da *Opera* grafa *Cyclops Evangeliophorus* (i. 627).

decências repugnantes aos bons Costumes, das quais nenhum Homem prudente gostaria de ser acusado, mesmo quando não professa qualquer Religião?

Sei que me dirão que a Razão pela qual o Clero reage tão violentamente sempre que se sente afrontado pelo mais leve Motivo, e perde a Paciência com facilidade quando imagina que seus Direitos foram desrespeitados, não é outra senão o cuidado em defender do Desprezo sua Vocação e sua Profissão, nunca em seu próprio bem, e sim para melhor servir ao próximo. É isso também que os leva a preocupar-se tanto com os Confortos e as Conveniências da Vida; pois se aceitassem ser insultados, se contentassem com uma Dieta menos refinada, e se vestissem com Roupas mais ordinárias que as do resto do Povo, a Massa, que sempre julga pela Aparência, haveria de pensar que o Clero não era Preocupação mais imediata da Providência que o comum dos Mortais; e assim não só depreciaria as Pessoas dos Eclesiásticos como passaria a desprezar também as Instruções e Admoestações que deles recebessem. Essa é uma Justificativa admirável, e, como se faz muito uso dela, vou analisar o seu Valor.

Não tenho a mesma Opinião do Erudito Dr. *Echard*, para quem a Pobreza é uma das causas do Descrédito do Clero[1], embora considere que isso nos dá a Chance de descobrir o outro lado da moeda; porque, sempre que os Homens lutam ardorosamente contra sua Condição inferior, e se sentem incapazes de suportar sem Relutância o Fardo que ela representa, fica evidente o quan-

---

[1] John Eachard, D. D. (1636?-1697) foi o autor de *Grounds & Occasions of the Contempt of the Clergy and Religion Enquired into* (1670).

to lhes incomoda a Pobreza, que alegria teriam se pudessem melhorar suas Circunstâncias, e qual é o verdadeiro valor que atribuem às coisas boas deste Mundo. Aquele que proclama seu Desprezo por Riquezas, e pela Vaidade dos Prazeres Mundanos, metido em Andrajos por não ter outras roupas, e pronto a jogar fora seu velho e seboso Chapéu se alguém lhe der um melhor; que toma em Casa sua Cerveja ordinária com Semblante grave mas se lança impetuoso sobre um Copo de Vinho que encontre ao seu alcance fora dali; que come sem Apetite a própria Refeição insípida mas se entrega à avidez sempre que pode regalar seu Paladar, e expressa incomum Entusiasmo ao receber Convite para um esplêndido Jantar: Indivíduo assim é digno de desprezo, não por ser Pobre, mas por não saber sê-lo com a Alegria e a Resignação que ele prega aos outros, deixando patente que suas Inclinações são contrárias à sua Doutrina. Mas quando um Homem, pela Grandeza de sua Alma (ou por uma obstinada Vaidade, o que dá no mesmo), decidido a subjugar de bom grado os seus Apetites, recusa todas as Ofertas de Conforto e Luxo que se lhe façam e, abraçando uma voluntária Pobreza com Alegria, rejeita tudo quanto possa deleitar os Sentidos, e verdadeiramente sacrifica todas as suas Paixões ao Orgulho que sente representando esse Papel, então o Vulgo, longe de menosprezá-lo, estará pronto a deificá-lo e adorá-lo. Pois não se tornaram famosos os Filósofos *Cínicos* simplesmente por se recusarem a dissimular e fazer uso de Superfluidades? Não se dignou o Monarca mais Ambicioso do Mundo a visitar *Diógenes* no seu Tonel, respondendo a uma estudada Descortesia com o mais alto Cumprimento que um Homem da sua Qualidade seria capaz de fazer?

Os Homens se mostram dispostos a tomar como verdadeiras as Palavras dos outros diante de Circunstâncias que corroboram o que lhes foi dito; mas quando nossos Atos contradizem frontalmente o que dizemos, é Impudência desejar que nos acreditem. Se um Jovem alegre e robusto, de Faces coradas e Mãos quentes, voltando de um Exercício, ou ainda de um Banho frio, nos diz, num Dia gélido, que dispensa o calor da Lareira, somos facilmente induzidos a crer, sobretudo se ele se afasta do Fogo, e sabemos por suas Circunstâncias que ele não carece de Combustível nem de Agasalho; mas se ouvimos o mesmo da Boca de um pobre e famélico Infeliz, de Mãos inchadas e lívido Semblante, envolto em Farrapos, não cremos numa só Palavra do que ele disse, especialmente quando o vemos, vacilante e trêmulo, arrastando-se até um Banco banhado pelo Sol; e então concluímos, diga ele o que quiser, que Roupas quentes e um bom Fogo lhe seriam certamente agradáveis. Eis um Exemplo fácil de entender, e, portanto, se houver Clérigos sobre a Terra capazes de provar que não se importam com o Mundo, e que valorizam mais a Alma que o Corpo, basta que não manifestem maior preocupação com os Prazeres dos Sentidos do que com as Coisas do Espírito, e poderão se sentir tranquilos porque, desde que a suportem com Fortaleza, nenhuma Pobreza que os acometa jamais lhes carreará o Desprezo dos outros, por mais miseráveis que possam ser suas Circunstâncias.

Suponhamos que um Pastor tenha sob sua guarda um pequeno Rebanho, do qual toma conta com todo o desvelo; ele prega, faz visitas, exorta, admoesta seus seguidores com Zelo e Prudência, e presta todos os bons Serviços ao seu Alcance para vê-los felizes. Não há dúvida de que as almas sob seu Cuidado muito lhe devem. Suponhamos agora que esse bom Homem, ajudado por uma pequena dose de Espírito de Sacrifício, decide viver com apenas metade da sua Renda, aceitando só Vinte Libras por Ano em vez das Quarenta que tinha o direito de exigir; além disso, vamos imaginar que, por amor a seus Paroquianos, ele recuse qualquer Promoção, até mesmo um Bispado, que lhe venham a oferecer. Não consigo entender que toda essa abnegação tenha sido difícil para um Homem que professa a Mortificação, e não dá valor aos Prazeres mundanos; todavia, ouso garantir que, malgrado a grande degenerescência da Humanidade, um Eclesiástico assim desinteressado será amado, estimado e louvado por Todos; e mais: eu poderia jurar que, se ele fosse ainda mais longe, desse mais da metade de sua magra renda aos pobres e passasse a viver só de Aveia e Água, a dormir na Palha, a se vestir com o Pano mais grosseiro, seu modo miserável de Viver jamais sofreria críticas, nem seria motivo de Vergonha para ele ou para sua Ordem; mas, ao contrário, sua Pobreza seria mencionada apenas para a sua Glória, enquanto durasse a sua Memória.

Contudo (diz uma Jovem Senhora caridosa), ainda que você tenha a crueldade de matar de Fome o seu Pároco, não sentirá Compaixão por sua Mulher e Filhos? Diga-me: o que vai sobrar de Quarenta Libras por Ano depois de divididas duas vezes de tão impiedosa maneira? Ou você condenaria a pobre Mulher e as inocentes Crianças à mesma dieta de Aveia e Água, ao mesmo leito de Palha, seu Miserável sem consciência, com todas as suas Suposições e Renúncias? E mais: como seria possível, ainda que todos vivessem sob este seu criminoso regime, sustentar uma Família inteira com menos de Dez Libras por Ano?

— Não vamos perder a Calma, minha boa senhora *Abigail*.¹ Tenho pelo seu Sexo suficiente respeito para jamais prescrever dieta tão magra a Homens casados; mas confesso que me esquecia das Mulheres e Crianças; e por uma importante Razão: achava que Sacerdotes pobres não teriam ocasião de constituir Família. Quem imaginaria que o Clérigo, ao qual cumpre ensinar os outros não só pelo Preceito como também pelo Exemplo, fosse incapaz de resistir àqueles Desejos que o próprio Mundo corrompido chama de desarrazoados? Por que Motivo, quando um Aprendiz se casa antes de ter uma Posição sólida, todos os Parentes se enfurecem com ele, e todo mundo o censura, a menos que tenha encontrado um bom Dote? Unicamente porque naquele momento, ocupado a Serviço do Patrão, ele não tem Dinheiro suficiente, nem tempo para correr atrás disso, e provavelmente não dispõe de Capacidade para prover o necessário a uma Família. O que podemos dizer de um Pároco que ganha Vinte ou, se quiserem, Quarenta Libras por Ano, e, estritamente sujeito a todos os Serviços requeridos pela Paróquia e por sua Profissão, tem pouco tempo e ainda menos Talento para ganhar mais? Casar não seria prova de falta de juízo? No entanto, por

---

¹ Referência a um panfleto satírico do século XVIII, *Mrs. Abigail; or an Account of a Female Skirmish between the Wife of a Country Squire and the Wife of a Doctor in Divinity*. Mrs. Abigail é uma empregada doméstica que se casa com um pároco e depois cai no ridículo pelas tentativas de ganhar precedência sobre sua antiga patroa. O autor escarnece da "pretensa Qualidade e Dignidade do Clero" através da insistência de Mrs. Abigail em sua própria dignidade. A obra, datada de 20 de agosto de 1700, foi editada em 1702 e reimpressa em 1709. Em 1703 veio a lume uma réplica, "na qual a Honra do Clero inglês... é... demonstrada de... um Panfleto recente intitulado *Mrs. Abigail*".
[N. do T.: Abigail era, no Antigo Testamento, a mulher do carmelita Nabal ("o

que deveria um Jovem sóbrio, desprovido de Vícios, ser privado do gozo de Prazeres legítimos? Certo: Casamento é legal, tanto quanto um Coche; mas o que acontece com quem não possui Recursos para manter um? Se ele quer ter uma Esposa, que trate de arranjar alguma com Dinheiro, ou espere por uma grande Herança, ou algo desse tipo, que lhe permita sustentá-la, e arcar com quaisquer Despesas incidentais. Contudo, nenhuma donzela que tenha recursos próprios irá aceitá-lo como pretendente, e ele não pode esperar: tem ótimo Estômago, e todos os Sintomas de Saúde; nem todo mundo consegue viver sem uma Mulher; antes casar-se que abrasar-se.[1] —— Onde se encontra aqui um Exemplo de Abnegação? Esse Homem jovem e sóbrio se dispõe a ser Virtuoso, mas não há como contrariar suas Inclinações; ele promete não caçar Cervo alheio sob a Condição de ter sua própria *Viande*; e ninguém deve duvidar de que, se necessário, será capaz de suportar o Martírio, embora confesse não ter Força suficiente para aguentar sequer um arranhão no Dedo.

Quando vemos tanta gente do Clero, para saciar sua Luxúria, esse Apetite brutal, se precipitar rumo à inevitável Pobreza, a qual terão de suportar com maior Coragem do que a exigida em suas outras Ações, se não quiserem se tornar desprezíveis diante de Todos, que crédito podemos lhes dar quando dizem que se adaptam às exigências do Mundo não porque se deliciem com seus muitos Encantos, Comodidades e Ornamentos, mas exclusivamente para

---

Bruto"). Morto o marido, ela se tornou uma das primeiras mulheres de Davi (cf. I Sam. 25). Do fato de intitular-se todo o tempo "tua serva", no seu encontro com o rei, vem o uso do termo como "sinônimo" de empregada doméstica, corrente nos séculos XVII e XVIII.]

[1] I Cor. vii. 9.

preservar do Desprezo sua Função, com o fim de melhor servir aos outros? Não temos razão bastante para crer que tudo o que falam está cheio de Hipocrisia e Falsidade, e que a Concupiscência não é o único Apetite que querem satisfazer? Que os Ares arrogantes e a predisposição a se sentir Injuriado, a cuidadosa Elegância no Vestir e o Refinamento no Paladar, que podemos observar na maioria deles, quando possuem recursos para isso, não são senão o Resultado do Orgulho e do Luxo, tal qual ocorre com as outras Pessoas, e que o Clero não é Detentor de mais Virtudes intrínsecas do que qualquer outra Profissão?

Receio que, a essa altura, tenha dado a muitos dos meus Leitores um real Desgosto, pelo fato de me estender tanto sobre a Realidade do Prazer; mas não há como remediar, pois existe ainda uma coisa que me entra na Cabeça para corroborar o que disse antes, e não posso deixar de mencioná-la. É o seguinte: Aqueles que governam os outros pelo Mundo afora são, de modo geral, pelo menos tão Sábios quanto os seus Governados. Se, por esse motivo, quisermos tomar por Modelo nossos Superiores, bastará lançarmos os Olhos sobre todas as Cortes e Governos do Universo, e logo perceberemos, pelas Ações dos Mais Importantes, com que Opinião se alinham, e que Prazeres preferem aqueles que estão nas mais altas Esferas. Porque se é permitido a qualquer um julgar as Inclinações do Povo pelo seu Modo de Vida, ninguém poderá se sentir menos ofendido com isso do que aqueles com maior Liberdade de agir a seu bel-prazer.

Se os mais notáveis, tanto do Clero quanto entre os Laicos de qualquer Nação, não dessem importância aos Prazeres terrenos, e não procurassem saciar seus Apetites, por que se estabeleceriam de modo tão forte a Inveja e a Vingança entre eles; por que precisamente nas Cortes dos Príncipes, mais que em qualquer outro lugar, todas as outras Paixões alcançariam grau tão alto de perfeição e refinamento; e por que seus Repastos, suas Festas e todo seu estilo de Vida seriam sempre aprovados, cobiçados e imitados pela Gente mais voluptuosa do País? Se, desprezando todos os Enfeites visíveis, estivessem Apaixonados somente pelos Adornos do Espírito, por que haveriam de se apropriar dos Instrumentos e de fazer uso dos Brinquedos mais apreciados pelos Luxuriosos? Por que um Ministro do Tesouro, ou um Bispo, ou mesmo o Grand Signior, ou o Papa de *Roma*, para serem bons e virtuosos, e poderem se empenhar no Domínio de suas Paixões, precisariam de maiores Rendas, mais rico Mobiliário ou Criadagem mais numerosa, para seu Serviço Pessoal, do que qualquer Homem comum? Que Virtude é essa cujo Exercício requer tanta Pompa e Excessos quanto os exibidos por todos os Homens que estão no Poder? Um Cidadão tem a mesma Oportunidade de praticar a Temperança com apenas um Prato como Refeição quanto com três Séries de doze Pratos cada uma. É possível manter a Paciência e expressar a Abnegação tanto sobre um colchão de Estopa, sem Cortinado ou Dossel, como numa Cama de Veludo com Dezesseis Pés de altura. Os Virtuosos Bens do Espírito não são Carga nem Fardo: um Homem pode enfrentar com Coragem os Infortúnios morando numa Água-furtada, perdoar Injúrias estando a pé, e ser Casto mesmo sem ter Camisa para vestir; eis por que jamais acreditaria ser impossível a qualquer Canoeiro, desde que a tarefa lhe fosse confiada, transportar sozinho todo o Conhecimento e Religião que um Homem pode conter tão bem quanto uma Barcaça com Seis Remadores, sobretudo se fosse apenas para atravessar de *Lambeth* para *Westminster*; ou que a Humildade seja Virtude tão pesada que requeira seis Cavalos para puxá-la.¹

É uma frívola Objeção dizer que, por não serem os Homens tão facilmente governáveis por seus Iguais quanto por seus Superiores, é necessário, para manter reverente a multidão, que aqueles que governam superem os outros em Aparência exterior, e assim, por consequência, todos os das mais altas Esferas deveriam exibir Condecorações de Honra e Insígnias de Poder para se distinguir do Vulgo. Em primeiro Lugar, tal consideração só se aplicaria a Príncipes pobres e a Governos fracos e precários, os quais, incapazes de manter a Ordem pública, são forçados a encenar Cortejos Cívicos para compensar o que lhes falta em Poder verdadeiro. Com isso, o Governador de *Batávia*,² nas *Índias Orientais*, é obrigado a aparentar Grandeza, e a viver num Fausto bem superior à sua Importância, para inspirar Terror aos Nativos de *Java*, os quais, se tivessem Capacidade e Liderança, seriam fortes o bastante para destruir dez vezes o número de seus Senhores; mas grandes Príncipes e Países que têm amplas Esquadras no Mar, e numerosos Exércitos em Terra firme, não têm Necessidade de empregar tais Estratagemas; pois aquilo que os faz formidáveis no Exterior sempre lhes garantirá a Ordem Interna. Em segundo lugar, o que deve proteger a Vida e a Riqueza do Povo contra os Atentados

---

¹ Os lugares mencionados e o pormenor da carroça com seis cavalos mostram que Mandeville se referia expressamente ao arcebispo de Canterbury. [: ...cujo palácio fica em Lambeth, na margem direita do Tâmisa, defronte a Westminster, sede da Corte e do Parlamento ingleses. N. do T.]

² Mandeville, holandês de nascimento, se refere à antiga colônia do seu país no Sudeste asiático. "Batávia" é Jacarta, naturalmente. [N. do T.]

de Gente perversa, em todas as Sociedades, é a Severidade das Leis e uma diligente Administração de Justiça imparcial. Furto, Roubo e Assassinato não são impedidos pelas Togas Escarlates dos Edis, as Correntes de Ouro dos Xerifes, os Arreios elegantes dos Cavalos, ou qualquer outro Recurso ostentoso. Tais luxuosos Ornamentos prestam outro tipo de Serviço: servem como eloquentes Lições para Aprendizes, e seu uso tem por objetivo incentivar, e não intimidar; mas aos Homens de má Índole devemos enfrentar com Oficiais severos, Prisões sólidas, Carcereiros vigilantes, o Carrasco e a Forca. Se *Londres* ficasse por uma semana desprovida de Guardas e Vigias para policiarem as Casas à noite, metade dos Banqueiros estaria arruinada ao fim desse período, e se meu Senhor Prefeito não tivesse nada com que se defender salvo sua grande e pesada Espada, o imenso Gorro de Manutenção[1] e sua Maça dourada, num piscar de olhos se veria despojado de todos esses Adereços dentro de seu Coche imponente, em meio às Ruas da Cidade.

Mas vamos estipular que seja necessário deslumbrar os Olhos do Vulgo com um exterior vistoso; se a Virtude fosse o principal Deleite dos grandes Homens, por que deveriam estender sua Extravagância a Coisas que o Populacho não pode apreciar, e que costumam estar ocultas do Público, como as

---

[1] Um "gorro" ou "chapéu" dito de manutenção (*Cap of Maintenance*), usado na Inglaterra como símbolo do exercício de uma dignidade oficial do mais alto nível, era conduzido em procissão à frente de grandes personagens do Reino, inclusive o soberano. O sentido de "manutenção" se perdeu no tempo; e a origem do próprio objeto é obscura. Henrique VII recebeu três deles do papa, e Henrique VIII um, antes do Cisma Anglicano, naturalmente. Esse parágrafo de Mandeville vem citado, *ipsis litteris*, como abonação no *Dicionário Oxford*, vol. VI, L-M p. 54, verbete "Maintenance". [N. do T.]

Diversões privadas, a Pompa e o Luxo da Sala de Jantar e da Alcova, e as Curiosidades do Closet? Poucas pessoas Vulgares sabem que existe Vinho de um Guinéu a Garrafa, que Aves do tamanho de uma Cotovia são vendidas frequentemente por meio Guinéu cada, ou que um simples Quadro pode valer milhares de Libras. Ademais, será possível aceitar que, não fora para satisfazer seus Apetites pessoais, os Homens gastassem tão gordas Somas num Desfile Político, e se empenhassem tanto em ganhar a Estima de gente que em tudo o mais eles desprezam? Se concedermos que o Esplendor e toda a Elegância de uma Corte são insípidos para o Príncipe, e constituem para ele um fardo, servindo unicamente para preservar do Desprezo Sua Majestade Real, será correto dizer o mesmo de meia dúzia de Fedelhos ilegítimos, na maior parte Prole de Adultérios dessa mesma Majestade, concebidos, educados e logo feitos Príncipes às Expensas da Coroa? Fica então evidente que essa reverência que inspiram ao Vulgo, por conta de seu modo elegante de viver, não passa de Capa e Máscara, sob as quais os grandes Homens escondem sua Vaidade, e desfrutam de todos os Prazeres sem Reproche.

Um Burgomestre de *Amsterdam* no seu singelo Traje negro, seguido talvez por um Lacaio, merece igual respeito e maior obediência do que o Prefeito de *Londres* com toda a sua esplêndida Equipagem e numeroso Séquito. Onde existe Poder efetivo é ridículo imaginar que qualquer Temperança ou Austeridade possa tornar a Pessoa em quem o dito Poder reside desprezível no Cargo que ocupa, seja um Imperador ou um Bedel de Paróquia. *Catão*, em seu Governo da *Espanha*, de que se desincumbiu com tanta Glória, tinha apenas três

Empregados a seu serviço;¹ alguém ouviu dizer que qualquer de suas Ordens não se tenha cumprido por isso, embora fosse notório que ele amava demais o Vinho? E quando esse grande Homem, marchando a Pé através das Areias escaldantes da *Líbia*, apesar de abrasado de Sede, se recusou a tocar na Água que lhe trouxeram antes que todos os seus Soldados tivessem bebido,² alguém terá lido que essa Heroica Abstinência o debilitou em Autoridade, ou o diminuiu na Estima de seu Exército? Mas não precisamos ir tão longe. Há muito Tempo não se via um Príncipe menos inclinado à Pompa e ao Luxo que o atual Rei da *Suécia*, o qual, enamorado do título de *Herói*, sacrificou não apenas as Vidas de seus Súditos, e o Bem-Estar de seus Domínios, como também (o que é mais incomum em Soberanos) seu próprio Conforto, e todas as Facilidades da Vida, a um implacável Espírito de Vingança; pois ainda assim ele é obedecido até a Ruína de seu Povo, sustentando obstinadamente uma Guerra que quase destruiu por completo seu Reino.³

Dou por provado, então, que os Prazeres verdadeiros de todos os Homens na Natureza são mundanos e sensuais, a julgarmos

---

¹ Plutarco, de quem provavelmente Mandeville tirou essa informação (ver adiante, i. 460, *n.* I), ao escrever sobre a vida de Marcus Cato (234-149 a.C.) diz que ele tinha cinco criados (Dryden, *Plutarch's Lives*, ed. 1683, ii. 549).

² Ver Lucano, *Pharsalia* ix. 498-510. [N. do T.: A obra se chama, na verdade, *Bellum civile* (Guerra Civil), mas é conhecida pelo outro nome devido à magnífica descrição dessa batalha (48 a.C.) em que César derrotou Pompeu.]

³ Carlos XII (reinou de 1697 a 1718), devido sobretudo a um desejo obsessivo de vingança contra Augusto da Polônia, repetidamente recusou, arrebatado por seus extraordinários êxitos militares, as vantajosas ofertas de paz, ainda válidas mesmo após sua derrota pelo czar Pedro, o Grande em Poltava (1709). Dessa data até 1714, quando Mandeville estava escrevendo a *Fábula*, Carlos permaneceu na Turquia, de onde voltou no fim daquele ano para comandar a guerra que a Suécia mantivera fielmente em sua ausência.

por sua Prática; e digo todos os Homens *em Natureza* porque os Cristãos Devotos, única exceção que cabe aqui, sendo regenerados, e preternaturalmente assistidos pela Graça Divina, não podem ser considerados em Natureza. Como é estranho que todos eles, unanimemente, o neguem! Há que perguntar não só aos Teólogos e Moralistas de todas as Nações, mas também aos ricos e poderosos, sobre os Prazeres verdadeiros, e eles nos dirão, com os *Estoicos*, que não pode haver Felicidade real nas Coisas Mundanas e Corruptíveis; basta, porém, que a seguir contemplemos suas Vidas para constatar que só nelas encontram deleite.

O que fazer num Dilema assim? Podemos ser tão pouco Caridosos a ponto de, julgando os Homens por sua Conduta, afirmarmos que todo Mundo prevarica e, caso discordem disso, deixá-los dizer o que bem quiserem? Ou devemos ser tolos o bastante para nos fiarmos em suas palavras, e julgá-los sinceros em seus Sentimentos, desacreditando de nossos próprios Olhos? Ou ainda devemos nos esforçar por crer tanto em nós quanto neles, e repetir com *Montaigne* que eles imaginam, e estão mesmo persuadidos de que acreditam no que não acreditam? Eis aqui suas Palavras: *Alguns iludem o Mundo, e fazem crer que acreditam no que não acreditam; mas outros, em maior número,*

---

[1] Citado literalmente, exceto pela mudança de uma única palavra sem importância, das *Miscellaneous Reflections*, de Bayle (1708), ii. 381, e depois dos *Essais* (Bordeaux, 1906-20, ii. 146). Encontra-se um paralelo disso nos *Free Thoughts* de Mandeville (1729), p. 3: "...muitos estão persuadidos de que acreditam no que... eles não acreditam, e isso acontece apenas por não saberem realmente o que *deve ser acreditado*" – praticamente o texto do primeiro capítulo dos *Free Thoughts*. Cf. também Daniel Dyke, *Mystery of Selfe-Deceiving* (1642), p. 38: "... enga-

iludem a si mesmos, sem considerar nem compreender plenamente o que é para ser acreditado. Mas isso significa reduzir toda a Humanidade a um bando de Imbecis ou Impostores, e para evitá-lo é preciso citar o que Mr. *Bayle* procurou provar em suas *Reflexions on Comets*: que o Homem é uma Criatura tão inexplicável que age na maioria das vezes contra os próprios Princípios;[1] e tal afirmativa, longe de ser Injuriosa, chega a constituir, na verdade, um Elogio à Natureza Humana, pois só nos resta dizer isso ou coisa bem pior.

namos até *a nós mesmos*, algumas vezes enganando também os demais, outras vezes não"; Ababdie, *L'Art de se connoitre soy-meme* (Haia, 1711), ii. 233: "Nous commençons par nous tromper nous-mêmes, & aprés cela nous trompons les autres...". Afirmações do mesmo tipo podem ser encontradas em Charron (*De la Sagesse*, livro 2, cap. 1, princípio); La Rochefoucauld (máxima 516, *Oeuvres*, ed. Gilbert & Gourdault); Nicole (*De la Connaissance de soi-même*, in *Essais de Morale*, vol. 3); e François Lamy (*De la Connoissance de soi-mesme*, ed. 1694-8, iii. 439-40).

[1] Ver, por exemplo, §§ 135 a 138 e, especialmente, § 136, a partir de "VOCÊS podem considerar o Homem uma Criatura racional enquanto quiserem; mas é certo que ele poucas vezes age segundo Princípios fixos". O fundamental da opinião de Bayle está no § 138: "...*Que o Homem não é determinado em seus Atos por Princípios gerais, ou por Noções de sua própria Inteligência, mas pela Paixão que naquele momento reina em seu Coração*". Cf. anteriormente, i. 105-8 e 167-9.

Outros autores certamente, ou possivelmente, conhecidos por Mandeville fazem afirmações similares. Sir Thomas Browne disse: "...a prática dos homens não acompanha sua teoria *pari passu*, e muitas vezes corre em direção contrária..." (*Works*, ed. Wilkin, 1852, ii. 409, in *Religio Medici*). Spinoza escreveu: "...quod Mentis decreta nihil sint praeter ipsos appetitus... Nam unusquisque ex suo affectu omnia moderatur..." (*Ethica*, parte 3, prop. 2, scholium; cf. também parte 4, prop. 14, e *Tractatus Politicus* i. 5). Locke diz: "As probabilidades que contrariam os apetites e as paixões humanas predominantes têm o mesmo destino. Testemos o raciocínio de um homem cobiçoso colocando de um lado todas as probabilidades e do outro o dinheiro; é fácil prever qual será sua escolha. ... *Quod volumus facile credimus...*" (*Essay concerning Human Understanding*, iv.xx.12). Shaftesbury escreveu: "Se em muitos casos particulares, nos quais a preferência e a afeição prevalecem, nos parece tão fácil enganarmos a nós mesmos, não pode, certamente, ser difícil fazer isso quando...

Essa Contradição na Constituição do Homem é o Motivo pelo qual a Virtude seja tão bem compreendida na Teoria e tão raramente encontrada na Prática. Se o Leitor me pergunta onde procurar aquelas insignes e brilhantes Qualidades dos Chefes de Governo e dos grandes Validos de Príncipes, pintadas de maneira tão excelente em Dedicatórias, Discursos, Epitáfios, Panegíricos e Inscrições, respondo que somente *Ali*, e em nenhum outro lugar. Onde se poderia buscar a Excelência de uma Estátua senão na Parte visível? Só em sua Superfície Polida se encontra a Perícia e o Trabalho de que se pode vangloriar o escultor; o que não se vê está intacto. Quebrar-lhe a cabeça ou abrir-lhe o peito para procurar o Cérebro ou o Coração apenas serviria para demonstrar Ignorância e destruir a Obra. Com frequência isso me leva a comparar as Virtudes dos Grandes Homens a seus esplêndidos Jarrões de porcelana: eles oferecem um refinado Espetáculo, e são Ornamento até para uma Lareira; por seu Volume, e pelo Preço que lhe atribuem, se poderia pensar que devem ser muito úteis, mas basta olhar o interior de um milhar deles e não se encontrará nada além de Pó e Teias de aranha.

---

nosso substancial interesse está em causa" (*Characteristics*, ed. Robertson, 1900, ii. 219). Cf. também Hobbes, *English Works*, ed. Molesworth, iii. 91. Para os fundamentos do antirracionalismo de Mandeville, ver anteriormente, i. 142-151.

(P) ....*que mesmo os Pobres*
Passaram a viver melhor do que os Ricos de outrora.

[Pág. 233, linha 11]

Se remontarmos às Origens das mais florescentes Nações, veremos que, nos Primórdios de toda Sociedade, os Homens então mais ricos e respeitados careceram, durante longo tempo, de muitos dos Confortos e Facilidades de que hoje desfrutam os mais humildes Miseráveis; assim, várias coisas que eram vistas outrora como Invenções do Luxo estão agora ao alcance até mesmo dos muito pobres que se tornaram Objeto da Caridade pública, e são consideradas de tal modo necessárias que, na opinião geral, nenhuma Criatura Humana delas deveria estar privada.

Nas Épocas primitivas, o Homem, com certeza, se alimentava dos Frutos da Terra, sem nenhuma Preparação prévia, e dormia nu, como os outros Animais, no Regaço da Mãe comum. Tudo o que contribuiu desde então para tornar a Vida mais confortável deve ter sido necessariamente Fruto do Pensamento, da Experiência e de algum Trabalho, e merece mais ou menos o Nome de Luxo, segundo tenha exigido maior ou menor labor, e esteja mais ou menos afastado da Simplicidade primeva. Nossa Admiração nunca se estende além do que para nós é novo, e tendemos a não notar a Excelência das Coisas a que estamos acostumados, por curiosas que sejam. Um Homem provocaria Riso caso descobrisse Luxo na Roupa simples de uma pobre Criatura que passasse com sua Bata de Paróquia sobre uma Camisa grosseira; e no entanto quanta Gente, quantos Ofícios diferentes, e que variedade de Talentos e Ferramentas não foi preciso utilizar para fazer o mais ordinário Tecido de *Yorkshire*? Que profundidade de Pensamento e Engenho, quanto de Esforço e Trabalho, e que longo espaço de Tempo não foram necessários para que o Homem pudesse aprender a cultivar e preparar, de uma Semente, um Produto tão útil quanto o Linho?

Não é especialmente vaidosa essa Sociedade, na qual se exige que um Tecido tão admirável, depois de feito, não deva ser usado, sequer pelos mais pobres, antes de alcançar a mais perfeita Brancura, num processo que implica a Confluência de todos os Elementos mais uma infinidade de Indústria e Paciência? E ainda não acabei: podemos refletir não apenas sobre os Custos dessa Luxuosa Invenção como também na curta duração da Alvura, em que consiste parte de sua Beleza, e que a cada seis ou sete Dias no máximo pede limpeza, ocasionando, enquanto durar, uma Despesa contínua ao Usuário; podemos, digo eu, refletir sobre tudo isso sem concluir que se trata de um extravagante Exemplo de Refinamento, quando até aqueles que vivem de Esmolas da Paróquia não apenas recebem um completo Guarda-Roupa confeccionado por tão operosa Manufatura como, tão logo as peças ficam sujas, para lhes devolver a primitiva Pureza, fazem uso de uma das mais judiciosas e complexas Composições de que se pode jactar a Química, com a qual, dissolvida em Água e pela ajuda do Fogo, se produz a mais detersiva, e ainda assim inocente, *Lixívia* que a Indústria Humana foi até hoje capaz de inventar?

Observação (P)

Com certeza houve um Tempo em que as coisas de que falo suportavam essas Expressões grandiloquentes, e no qual todo Mundo raciocinava da mesma maneira; mas nesta Época em que vivemos se julgaria Tolo um Homem que falasse de Extravagância e Refinamento ao ver uma Mulher Pobre, depois de usar por toda a Semana sua Bata de Pano Tosco, lavá-la com um pedaço de Sabão fedorento de um *Groat*[1] a Libra.

As Artes da Cervejaria e da Panificação progrediram de forma lenta até alcançar a Perfeição atual; inventá-las, porém, de uma só vez, e a *priori*, teria exigido maior Ciência e um Conhecimento mais profundo da Natureza da Fermentação do que o maior dos Filósofos poderia possuir; contudo, ambos os Produtos agora podem ser desfrutados pelo mais Indigente de nossa Espécie, e qualquer Infeliz com fome sabe que não há Solicitação mais humilde e modesta do que pedir um Pedaço de Pão ou um Copo de Cerveja Leve.

O Homem aprendeu pela Experiência que nada é mais macio que as pequeninas Plumas e a Penugem das Aves, e descobriu que reunidas elas poderiam, por sua suave Elasticidade, resistir a qualquer peso que se lhes ponha em cima, retomando a forma anterior quando cessa a Pressão. Fazer uso disso na cama foi, sem dúvida, primeiramente uma invenção para satisfazer ao mesmo tempo a Vaidade e o Conforto dos Ricos e Poderosos; mas desde então a prática se tornou tão comum que hoje quase todo Mundo dorme em leito de Plumas, e trocá-las por Flocos de Lã é considerado um Recurso miserável a que só recorrem os mais Necessitados. A que altíssimo pedestal teve que alcançar o Luxo antes que se considerasse Penoso repousar sobre a Lã macia dos Animais!

---

[1] *Groat*: antiga moeda inglesa de quatro *pence*. [N. do T.]

A partir de Cavernas, Choças, Cabanas, Tendas e Barracas, que a princípio a Humanidade ocupou, chegamos às Casas aquecidas e bem-construídas, e nas cidades até mesmo as mais modestas Habitações são verdadeiros Edifícios desenhados por Pessoas entendidas em Proporções e Arquitetura. Se os antigos *Bretões* e *Gauleses* saíssem de suas Tumbas, com que Assombro haveriam de contemplar as imponentes Construções erguidas aqui e ali para uso dos Pobres! Se vissem a magnificência de um *Colégio de Chelsea*,[1] de um *Hospital de Greenwich*,[2] ou ainda de um *Des Invalides* em Paris, que faz sombra a todos eles, percebendo o Cuidado, a Abundância, as Superfluidades e a Pompa com que pessoas sem quaisquer Recursos são tratadas nesses majestosos Palácios, os outrora mais poderosos e mais ricos da Terra teriam Motivos para invejar os mais miseráveis de nossa Espécie.

Outro Exemplo de Luxo de que desfrutam os Pobres, embora não se considere como tal, e de que sem dúvida, numa Idade de Ouro, apenas os mais Ricos não se abstiveram, é o hábito de comer Carne de Animais. No que concerne às Modas e Maneiras de cada Época, os Homens em geral não se interrogam sobre o Mérito ou Valor real que tenham, e julgam-nas, de ordinário, segundo o Costume e não a Razão. Houve um Tempo em que os Ritos Funerários, no que tange a dispor os Mortos, eram feitos

---

[1] O King James College, em Chelsea, fundado em 1610 como seminário religioso, faliu e foi abandonado. Ergueu-se então no local o Chelsea Hospital (1682-85), uma das obras mais exitosas de Sir Christopher Wren, para asilo de veteranos inválidos. É a essa instituição, conhecida afetuosamente na região como "The College", que Mandeville se refere.

[2] Sobre esse antigo palácio, também observou Dr. Johnson (*Vida*, de Boswell, ed. Hill, 1887, i. 460) "que a estrutura do hospital de Greenwich era excessivamente pomposa para um lugar de caridade..."

pelo Fogo, e os Cadáveres dos maiores Imperadores se reduziam a Cinzas. Enterrar os Corpos no Solo era, então, Funeral destinado aos Escravos, ou Castigo para os piores Malfeitores. Em nossos dias, só o Sepultamento é decente ou honroso, e a Cremação é reservada aos autores dos Crimes mais graves. Às vezes reagimos com Horror a certas Ninharias, outras vezes encaramos Enormidades com Indiferença. Se vemos um Homem entrar de Chapéu numa Igreja, ainda que fora do horário da Missa, ficamos chocados; mas se numa Noite de *Domingo* encontramos meia dúzia de Sujeitos inteiramente Bêbados na Rua, essa Visão nos causa pouca ou nenhuma Impressão. Se uma Mulher numa Folia se veste com roupas de Homem, tomamos isso como inofensiva Brincadeira entre Amigos, e quem fizer alguma Crítica será tachado de censor intransigente; num Palco, o mesmo se dá sem qualquer Reprovação, e até as Damas mais Virtuosas aceitariam isso numa Atriz, embora toda a Plateia possa ter uma Visão completa de suas Pernas e Coxas; mas se a mesma Mulher, já de novo vestida com todas as Anáguas, mostrasse as Pernas a um Homem, mesmo que só até o Joelho, seu Gesto seria considerado impudico, e todo Mundo a condenaria.

Tenho pensado com frequência que, não fora por essa Tirania que o Costume nos impõe, os Homens naturalmente de Boa índole jamais tolerariam a ideia de matar tantos Animais para seu Consumo diário, quando a Natureza dadivosa nos oferece tão grande Variedade de Iguarias vegetais. Sei que a Razão só excita de leve a nossa Compaixão, e por isso não estranho que se tenha tão pouca pena de Criaturas imperfeitas como Caranguejos, Ostras, Moluscos e Peixes em geral. Como esses Bichos são mudos, como tanto sua Conformação interna quanto sua Aparência exterior diferem enormemente das nossas, e eles se expressam de maneira ininteligível para nós, não espanta que sua Dor não afete nosso Entendimento, que não a alcança; pois nada nos incita tanto à Piedade quanto os Sintomas de Infortúnio que atuam diretamente sobre nossos Sentidos, e já vi Pessoas comovidas com o Ruído que faz uma Lagosta viva posta a frigir num Espeto; pessoas essas que teriam matado a tiros, com Prazer, meia dúzia de Aves selvagens. Já em Animais tão perfeitos quanto os Carneiros ou Bois, nos quais o Coração, o Cérebro e os Nervos diferem tão pouco dos nossos, e nos quais a Separação dos Espíritos[1] e do Sangue, os Órgãos dos Sentidos e, em consequência, os próprios Sentimentos são iguais aos das Criaturas Humanas, não posso imaginar como um Homem não curtido em Guerras e Massacres pode contemplar uma Morte violenta, e as Dores que a acompanham, sem se sentir Afetado.

Em resposta a isso, muita Gente irá dizer que, uma vez admitido que todas as Coisas foram feitas para Servir ao Homem, não pode ser considerado Crueldade fazer uso de Criaturas destinadas a esse fim pela Natureza; mas muitos Homens de cujos lábios ouvi essa Réplica, em seu Íntimo reprovavam a Falsidade de tal Assertiva. Num grupo grande de Homens, pelo menos um em cada dez haverá de reconhecer (a menos que tenha sido criado num Matadouro) que, de todas as Profissões possíveis, jamais poderia se tornar *Açougueiro*; e eu até me pergunto se alguém foi capaz de matar um Frango, pela primeira vez, sem um pouco de Relutância. Algumas Pessoas não se deixam convencer a provar de nenhuma Criatura a que tenham visto com frequência enquanto es-

---

[1] Ver, adiante, i. 447, *n*. I.

tavam vivas; outras limitam seus Escrúpulos aos próprios Animais domésticos da casa, e recusam-se a comer aqueles que criaram e alimentaram com suas mãos; mas todos devoram gostosamente, e sem qualquer Remorso, as carnes de Vaca, de Carneiro e de Aves compradas no Mercado. Esse Comportamento, a meu ver, mostra algo semelhante a uma Consciência de Culpa; é como se, afastando a Causa para o mais distante possível, tentassem se salvar da Imputação de um Crime (que sentem difusamente apropriada); e até descubro nessa atitude a permanência de fortes traços de Compaixão e Inocência Primitivas, que nem mesmo todo o arbitrário Poder do Costume ou a violência do Luxo conseguiram ainda apagar.

Dir-me-ão que as razões nas quais me apoio são Tolices em que não incorrem os Homens sábios; reconheço isso; mas desde que tal Insensatez proceda de uma Paixão real, inerente à nossa Natureza, é o bastante para demonstrar que nascemos com uma Repugnância a matar, e por consequência a comer Animais; portanto, é impossível que um Apetite natural nos leve a fazer, ou a desejar que outros façam, uma coisa pela qual temos Aversão, por mais tolo que isso pareça.

Todos sabem que os Cirurgiões, na cura de Fraturas e Ferimentos perigosos, nas Extirpações de Membros e outras Operações pavorosas, são compelidos muitas vezes a submeter seus Pacientes a extraordinários Tormentos, e que, quanto mais desesperados e calamitosos forem os Casos a tratar, tanto mais as Lamentações e os Sofrimentos físicos dos outros se tornam familiares a eles; por essa Razão nossa Lei *inglesa*, movida por Amorosa consideração pelo Destino dos Súditos do Reino, não lhes permite tomar parte em Júris nos casos de Vida e Morte, por suposição de que sua profissão é suficiente para endurecê-los e extinguir neles aquela Ternura sem a qual nenhum Homem é capaz de dar o devido Valor às Vidas dos seus Semelhantes. Ora, se o que fazemos às brutas Feras nos fosse Indiferente, e não considerássemos nenhuma Crueldade matá-las, por que, entre todas as Profissões, somente os *Açougueiros*, junto com os *Cirurgiões*, estão excluídos de ser Jurados pela mesma Lei?[1]

Não vou insistir em nenhum dos argumentos que *Pitágoras* e muitos outros Sábios aduziram sobre a Barbaridade de comer Carne; já me desviei demais do meu caminho, e rogo então ao Leitor que, caso queira saber mais sobre o assunto, continue a seguir esta Fábula, ou ainda, se estiver fatigado, que a deixe de lado, com a Certeza de que, seja como for, me sentirei igualmente agradecido.

Um Comerciante *romano*, durante uma das Guerras *Púnicas*, foi lançado sobre a costa da *África*; com grande Dificuldade, ele e seu Escravo chegaram à terra sãos e salvos; indo, porém, em busca de Socorro, deram com um Leão de Tamanho descomunal. Quis o acaso que fosse um daqueles animais dos Tempos de *Esopo*, que não só falava várias línguas como parecia familiarizado com as Ques-

---

[1] Em 1513 se aprovou um estatuto eximindo os cirurgiões de tomar parte do júri. Contudo, eles foram liberados não por serem considerados ineptos para a tarefa, mas porque, "sendo tão pequeno o número dos membros dessa confraria da arte e mistério de cirurgiões, em comparação com a grande multidão de prováveis pacientes, e diário o risco, e crescente, de infortúnios na dita cidade de *Londres*, e que muitos dos vassalos do Rei podem ficar de súbito feridos e machucados, e por falta de socorro oportuno perecerem... se na ocasião estiverem... [os cirurgiões] compelidos a tomar parte em... júris..." (*Statutes at Large* 5, Henrique VIII, c. 6).

Quanto à exclusão dos açougueiros, não há, nem nunca houve, lei que tratasse disso na Inglaterra. Mandeville pode ter sido induzido a erro pelo preconceito corrente: o mais provável é que isso tenha decorrido do costume de se recusar cirurgiões ou açougueiros propostos como jurados na suposição de terem se tornado insensíveis; e este deve ter se tornado um costume tão popular que acabou confundido com estatuto. O erro

OBSERVAÇÃO (P)

tões Humanas. O Escravo subiu numa Árvore, mas seu Amo, não se julgando seguro lá em cima, e tendo ouvido falar muito sobre a Generosidade dos Leões, prostrou-se diante da Fera, com todos os sinais de Temor e Submissão. O Leão, que estava de Barriga cheia, ordenou-lhe que se levantasse, e abandonasse por algum tempo os seus Receios, assegurando-lhe que não o tocaria se ele pudesse dar Razões aceitáveis para não ser devorado. O Mercador obedeceu; vislumbrando agora uma tênue Esperança de safar-se, fez-lhe um triste Relato do Naufrágio que sofrera e, empenhado em comover o Leão, defendeu sua Causa com abundância de boa Retórica; mas observando, pela Expressão da Fera, que Lisonja e belas Palavras lhe causavam pouca Impressão, apelou para Argumentos mais Sólidos, com base na Excelência da Natureza do Homem e suas Habilidades, defendendo como improvável que os Deuses não lhe tivessem destinado melhor Sorte do que ser comido por Bestas Selvagens. Nesse momento o Leão ficou mais atento, ensaiando, aqui e ali, uma Réplica, até que se estabeleceu entre os dois o seguinte diálogo:

Oh, Animal Inútil e Ganancioso *(disse o Leão)*, cujo Orgulho e Avareza o levam a deixar o Solo Natal, onde suas Necessidades Materiais estariam perfeitamente asseguradas, e arrostar Mares encapelados e perigosas Montanhas para adquirir Futilidades, por que julga sua Espécie superior à nossa? E se os Deuses lhe deram Superioridade sobre todas as Criaturas, por que agora suplica em face de um Inferior? *Nossa Superioridade* (respondeu o Mercador) *não consiste em força corporal, mas no vigor da Inteligência; os Deuses nos*

de Mandeville deve ter sido comum, do contrário seus adversários teriam feito carga contra ele. Swift, por exemplo, cometeu o mesmo engano em 1706 (ver *Prose Works*, ed. Temple Scott, i. 277), e Locke também em 1693 (*Works*, ed. 1823, ix.112).

atribuíram uma Alma Racional, a qual, embora invisível, é de longe a melhor parte de nós. Não desejo tirar-lhe senão naquilo que é bom de comer; então por que você valoriza tanto essa parte que é invisível? *Porque ela é Imortal, e depois da Morte receberá a Recompensa pelas Ações desta Vida, e o Justo gozará das Bem-aventuranças e Tranquilidade eternas em companhia dos Heróis e Semideuses nos Campos Elísios.* Que Vida você levou? *Honrei os Deuses, e me empenhei em ser Útil aos Homens.* Então, se crê que os Deuses são tão justos quanto Você o foi, por que teme a Morte? *Tenho Mulher e cinco Filhos pequenos, que ficarão na Miséria se eu lhes faltar.* Quanto a mim, tenho dois Filhotes que ainda não são bastante grandes para cuidarem de si mesmos, que passam necessidades no momento, e que realmente morrerão de fome se eu não providenciar algum alimento para eles. Haverá quem cuide dos seus Filhos, de uma maneira ou de outra; tão bem se eu o comer quanto se você se tivesse afogado.

Quanto à Excelência das nossas Espécies, o valor das Coisas tem aumentado entre vocês por causa de Escassez, e para um Milhão de Homens haverá, talvez, um Leão; além disso, na Grande Veneração que o Homem apregoa ter por sua Raça, há pouca Sinceridade, mas apenas o Orgulho particular que cada Homem sente de pertencer a essa Espécie. São falsas a Ternura e Atenção que vocês dizem ter pelos Filhos, ou os excessivos e duradouros Cuidados com a Educação deles. Sendo o Homem ao nascer o mais necessitado e inerme dos Animais, isso nada mais é senão um Instinto da Natureza, que em todas as Criaturas é sempre proporcional às Necessidades e Debilidades da Prole. Se os Homens de fato estimassem sua Espécie tanto quanto dizem, como se explica que frequentemente Dez Mil dentre eles, e até mesmo Dez vezes isso, sejam destruídos em poucas Horas pelo Capricho de dois? Entre os Humanos, todas as classes desprezam as que lhes são inferiores, e se alguém pudesse entrar nos Corações de Reis e Príncipes, veria que poucos deles dão mais Valor à maior Parte das Multidões que governam do que ao Gado que lhes pertence. Por que tantos fazem remontar suas Origens, mesmo espuriamente, aos Deuses imortais? Por que admitem, todos eles, que tantos se ajoelhem à sua frente, e sintam mais ou menos deleite ao ver os outros lhes prestando Honras Divinas, senão para insinuar que têm de fato uma Natureza mais elevada, que pertencem a uma Espécie superior à de seus súditos?

Selvagem sou, sim, mas nenhuma Criatura merece ser chamada de cruel a menos que tenham extinguido nela, por Malvadeza ou Insensibilidade, sua Piedade natural. O Leão nasceu sem Compaixão; acompanhamos, vida afora, o Instinto da nossa Natureza; os Deuses quiseram que vivêssemos dos Restos e Sobejos de outros Animais, e, enquanto encontramos Animais mortos, não caçamos os Vivos. Só o Homem, o pérfido Homem, faz da Morte um Esporte.[1] A Natureza preparou os Estômagos de vocês para desejar apenas Vegetais; mas o seu violento Interesse por mudanças,

---

[1] Comparar com Montaigne em *Apologie de Raimond Sebond*: "....la science de nous entre-desfaire & entretuer, de ruiner & perdre nostre propre espece, il semble qu'elle n'a pas beaucoup dequoy se faire desirer aux bestes qui ne l'ont pas: [quando leoni/ Fortior eripuit vitam leo?..." [Juvenal, *Sátiras* xv. 160-I] (*Essais*, Bordeaux, 1906-20, ii.187). Cf. também Rochester, *Sátira contra o Homem*: "Premidos pela Necessidade, eles [os animais] matam para comer;/ O homem desfaz o que o homem fez, e não faz bem nenhum a si mesmo. / Armados pela Natureza com Dentes e Garras, eles Caçam, / Sanção da Natureza, para suprir sua carência: / Mas o homem com Sorrisos, Abraços, Amizade, Louvor, / Desumanamente atraiçoa a vida dos seus companheiros;/ Com dores voluntárias, fabrica sua própria desgraça; / Não por Necessidade, mas por Malícia". Mandeville citou esse mesmo poema (ver adiante, i. 455, *n*. I).

e a Avidez ainda maior por Novidades, levou-os à destruição dos Animais sem Justiça ou Necessidade, perverteu a Natureza humana e aguçou seus Apetites, ao bel-prazer do Orgulho e do Luxo. O Leão tem em si um Fermento que consome a Pele mais resistente e os Ossos mais duros, bem como a Carne de todos os Animais sem Exceção. Já o Estômago sensível do Homem, no qual o Calor Digestivo é fraco e de pouca monta, nem sequer aceita as mais tenras Partes deles, a não ser que metade da Cocção tenha sido feita antecipadamente num Fogo artificial; e, no entanto, que Animal você poupou para satisfazer os Caprichos de um lânguido Apetite? Eu digo bem: lânguido; pois o que é uma Fome de Homem comparada à do Leão? A sua, no mais alto grau, o faz Desmaiar; a minha me Enlouquece. Muitas vezes tentei moderar-lhe o Furor com Raízes e Ervas, mas em vão; nada, a não ser a Carne, e em grandes quantidades, é capaz de saciá-la.

Pois mesmo assim, apesar da nossa Fome devoradora, os Leões têm frequentemente retribuído os Benefícios recebidos; mas o Homem ingrato e pérfido devora a Ovelha que o veste, e não poupa sequer os pequenos filhotes inocentes, cuja Guarda assumiu com a obrigação de criá-los. Se você me disser que os Deuses fizeram do Homem o Mestre de todas as outras Criaturas, que Tirania é essa, então, que o leva a destruí-las por pura Crueldade? Não, Animal timorato e inconstante, os Deuses os criaram para viver em Sociedade, e decretaram que, reunidos aos Milhares, você e seus semelhantes constituiriam o formidável *Leviathan*.[1] Um único

---

[1] A página de rosto do *Leviathan* (edd. 1651), de Hobbes, mostra a figura de um colosso formado por diminutas figuras humanas. Segundo a mitologia a que pertença, o Monstro é representado como uma baleia, uma cobra ou um crocodilo.

Leão tem alguma Dominância na Criação, mas o que é um Homem sozinho? Uma pequena e insignificante parte, um Átomo desprezível de uma grande Besta. A Natureza sempre executa o que planeja, e não é seguro julgar seus propósitos senão pelos Efeitos que ela exibe. Se fosse sua intenção que o Homem, por conta da Superioridade de sua Espécie, devesse reinar sobre todos os outros Animais, o Tigre, a Baleia e a Águia obedeceriam à sua Voz.

Mas se o Espírito e a Inteligência dos humanos excedem os nossos, não deveria o Leão, em deferência a essa Superioridade, seguir as máximas do Homem, para quem o mais sagrado dos princípios reza que deve prevalecer a Razão do mais forte?[1] Multidões inteiras de Homens conspiraram para destruir um só, quando perceberam que os Deuses o haviam criado para ser Superior a todos eles; e já se viu também um único Homem arruinar e destruir Multidões inteiras, as quais, pelos mesmos Deuses, ele jurara defender e preservar. O Homem jamais reconheceu Superioridade sem Poder, e por que deveria eu fazê-lo? A Excelência de que me ufano é visível, todos os Animais tremem à vista do Leão, e não por Pânico Terror. Os Deuses me concederam Velocidade para alcançar, e Força para conquistar tudo o que se aproxime de mim. Que Criatura tem Garras e Dentes como os meus? Veja a Densidade dessas Mandíbulas maciças, considere sua Amplitude, e sinta a Firmeza desse Pescoço musculoso. O Cervo mais ágil, o Javali mais selvagem, o Cavalo mais robusto e o Touro mais forte são minhas Presas, basta que eu os encontre.[2] Assim falou o Leão, e o Mercador desmaiou.

---

[1] Cf. La Fontaine: "La raison du plus fort est toujours la meilleure..." (*O Lobo e o Cordeiro*, linha I.)

[2] Mandeville expõe sua admiração pela estrutura do leão também no segundo volume da *Fábula* ii. 277-8.

O Leão, a meu ver, fora longe demais; no entanto, quando penso que, a fim de tornar mais macia a Carne dos Machos, nós os castramos para impedir que seus Tendões e Fibras alcancem a Firmeza que teriam sem tal Intervenção, confesso acreditar que toda Criatura humana há de se comover ao refletir sobre o cruel Empenho com que cria e engorda esses Animais com vistas à sua Destruição. Quando um grande e dócil Novilho, depois de resistir a Golpes dez vezes mais fortes do que o necessário para derrubar seu Algoz, finalmente cai por terra, aturdido, e seus Chifres são atados ao Solo com Cordas; tão logo se abre a imensa Ferida, e as Jugulares são cortadas, que Mortal poderá sem Compaixão ouvir os dolorosos Bramidos sufocados pelo Sangue, os amargos Suspiros que refletem a Intensidade de sua Angústia, os sonoros Urros de plangente Ansiedade arrancados do fundo de seu forte e palpitante Coração? Observe as trepidantes e violentas Convulsões de seus Membros; veja como seus Olhos ficam turvos e lânguidos à medida que o sangue, espumando, jorra, e contemple seus Arquejos, suas Arfadas, seus últimos Esforços para viver, Sinais indubitáveis do Fim que se aproxima. Quando uma Criatura dá tão convincentes e incontestáveis Provas do Terror que o assalta, e das Dores e Agonias por que passa, haverá algum Discípulo de *Descartes* tão acostumado a Sangue que não refute, por Comiseração, a Filosofia desse vão Raciocinador?[1]

---

[1] O Autor chegou a aceitar originalmente a hipótese cartesiana de que os animais são autômatos sem sentimentos. Sua dissertação universitária, *Disputatio Philosophica De Brutorum Operationibus* (1689), baseava-se nisso, e sua *Disputatio Medica de Chylosi Vitiata* (1691) havia sustentado a tese '*Bruta non sentiunt*' (p. 12). Na *Fábula*, todavia, ele adotou, ao invés, a posição de Gassendi (a quem havia atacado na *Disputatio Philosophica*) de que os animais sentem. Cf. F. Bernier, *Abregé de la Philosophie de Gassendi*

(Q) ....*Pois frugalmente*
Viviam agora apenas de seus Soldos.

[Pág. 237, linha 24]

Quando as Pessoas têm rendas exíguas, e são ao mesmo tempo honestas, só então, na Maioria dos casos, começam a viver frugalmente, e não antes. Chama-se Frugalidade em *Ética* àquela Virtude segundo a qual os Homens se abstêm de Superfluidades e, desprezando os engenhosos Expedientes da Arte para conseguir Conforto ou Prazer, contentam-se com a natural Simplicidade das coisas, e cuidam de usufruir delas com Moderação e sem qualquer Laivo de Cobiça. Uma Frugalidade assim restrita é mais rara, talvez, do que se imagina; mas o que geralmente se entende como tal é uma Qualidade mais comum, a qual consiste em manter o *Meio-Termo* entre Prodigalidade e Avareza, se bem que pendendo um pouco para a última. Como essa prudente Economia, a que muita Gente chama simplesmente de *Poupança*, é no seio

(Lyons, 1684) vi. 247-59. Que os animais sentem fora sustentado também por La Fontaine, que Mandeville traduziu (ver *Fábulas*, livro 9, "Discours à Madame de la Sablière"); por Spinoza, que Mandeville deve ter lido (ver *Ethica*, pt. 3, prop. 57 scholium; cf. anteriormente, i. 174, *n.* 6); e por Bayle (*Oeuvres Diverses*, Haia, 1727-31, iv, 431). Uma resenha muito esclarecedora sobre o *background* da controvérsia em torno do automatismo animal é a dada por Bayle em *Nouvelles de la République des Lettres* para março de 1684, art. 2, e no seu *Dicionário*, verbetes "Pereira" e "Rorarius". Para maiores informações sobre o assunto e temas correlatos, ver, anteriormente, i. 250, *n.* 2; e adiante, ii. 170, *n.* 1 e 202, *n.* 1.

das Famílias o Método mais certo de aumentar o Patrimônio, há quem imagine que estando um País, seja ele estéril ou fértil, com estreiteza de recursos, o mesmo Método, se for seguido por todos (o que eles consideram viável), terá o mesmo Efeito sobre a Nação inteira, de tal modo que a *Inglesa*, por Exemplo, poderia se tornar muito mais rica se fosse tão frugal quanto algumas de suas Vizinhas. Isso, em minha opinião, é um Erro, e para prová-lo começarei por encaminhar o Leitor ao que já foi dito anteriormente sobre o assunto na *Observação (L)*, e depois argumentarei mais um pouco.

A Experiência nos ensina, primeiro, que, assim como cada Povo difere dos demais na sua maneira de Ver e de Perceber as Coisas, difere, também, nas suas Inclinações; um Homem é dado à Cobiça, outro à Prodigalidade, e um terceiro é apenas *Econômico*. Em segundo lugar, sabemos que nunca na vida, ou pelo menos muito raramente, foi possível afastar esses Homens de suas Paixões prediletas, pela Razão ou pela Norma; e que, se existe algo capaz de arrastá-los para longe de suas propensões naturais, esta coisa seria uma Mudança em suas Circunstâncias ou em suas Fortunas. Refletindo sobre tais Observações, constatamos que, para que um País seja pródigo, na sua generalidade, é necessário haver uma Produção Nacional considerável em proporção ao número de Habitantes, e que os bens abundantes sejam baratos. Ao contrário, para que uma Nação se torne, na sua generalidade, frugal, as Necessidades da Vida têm de ser escassas e, consequentemente, caras; e, por mais que se esforcem os melhores Políticos, a Abundância ou Frugalidade de um Povo em geral sempre dependerá da Fertilidade e da Produção do País, do Número de

Habitantes, e dos Impostos que devem suportar.[1] Se alguém pretender refutar o que digo, que prove, com base na História, se já houve em algum País um estado de Frugalidade Nacional sem que houvesse uma Necessidade Nacional.

Vamos examinar também quais os requisitos necessários para engrandecer e enriquecer uma Nação. As mais desejáveis Bênçãos em qualquer Sociedade de Homens são um Solo fértil e bom Clima, um Governo tolerante e mais Território do que Povo. Tais Coisas tornarão os Homens tranquilos, afetuosos, honestos e sinceros. Nessas condições eles serão tão Virtuosos quanto puderem, sem o menor Prejuízo para o Público, e consequentemente tão felizes quanto lhes aprouver. Mas eles não terão Artes nem Ciências, e será proibido ficar cada um no seu canto por mais tempo do que os Vizinhos o permitirem; eles deverão ser pobres, ignorantes, e quase completamente destituídos daquilo a que chamamos os Confortos da Vida, e todas as Virtudes Cardeais reunidas entre eles não serão capazes de conjurar um Casaco decente ou uma Tigela de Mingau. Porque nesse Estado de preguiçosa Tranquilidade e estúpida Inocência não há que temer grandes Vícios, mas também não se pode esperar Virtudes

---

[1] Cf. D'Avenant, *Political and Commercial Works* (1771), i. 390-I: "Os Reinos que enriqueceram com o comércio entrarão, inevitavelmente, num ciclo de fartura. (...) Nós, na Inglaterra, não estamos presos às mesmas regras de parcimônia que nossos principais rivais no comércio, os holandeses. (...) Os encargos comuns que o governo lhes impõe em tempo de paz, seja por se manter longe do mar ou para o pagamento de juros sobre 25 milhões e outras despesas, chegam a quase 4 milhões por ano, o que representa pesada soma para país tão pequeno; de modo que eles são continuamente forçados, de algum modo, a 'bombear' para viver, e nada pode salvá-los senão as mais estritas parcimônia e economia imagináveis..." Comparar com essa passagem *Fábula* i. 415-9.

consideráveis. O Homem só faz grandes esforços quando é sacudido por seus Desejos. Enquanto estes ficarem adormecidos, sem nada que os excite, sua Excelência e suas Habilidades permanecerão para sempre escondidas, e a Máquina pesadona, sem a Influência das Paixões, pode ser comparada com justeza a um enorme Moinho de vento sem qualquer sopro de Ar.

Para fazer forte e poderosa uma Sociedade de Homens, você deve tocar suas Paixões. Divida a Terra, mesmo que nunca haja muito a dispor, e suas Propriedades os tornarão Cobiçosos. Ainda que por Gracejo, instigue-os com Elogios a sair da Preguiça, e o Orgulho os fará trabalhar com vontade. Ensine-lhes as Artes e Ofícios e logo a Inveja e a Emulação se instalarão entre eles. Para aumentar seu Número, estabeleça uma Variedade de Manufaturas, e não deixe Terreno sem cultivo. Assegure que o Direito de Propriedade seja inviolável, e os Privilégios iguais para todos os Cidadãos. Que ninguém sofra por seus atos desde que aja dentro da lei, e que todos possam pensar o que quiserem; um País onde quem trabalha consiga se manter, e no qual todas as outras Máximas sejam observadas, deverá estar sempre apinhado, e não lhe faltará Gente enquanto houver Homens no Mundo. Para que estes sejam audaciosos e Guerreiros, e voltados para a Disciplina Militar, faça bom uso de seu Medo, e lisonjeie sua Vaidade com Arte e Persistência. Mas se, além de tudo, sua intenção for a de criar um País opulento, instruído e civilizado, há que lhes ensinar o Comércio com Nações Estrangeiras, e se possível lançar-se ao Mar, o que, para dar certo, exigirá que invista Empenho e Indústria, e não permita que nenhuma Dificuldade o detenha. Depois, é só promover a

Navegação, tratar com carinho o Negociante e encorajar o Comércio em todas as suas Modalidades. Isso os tornará Ricos, e, quando as Riquezas chegarem, as Artes e as Ciências logo virão na sua esteira, e pela Ajuda dos meios que acabo de nomear, mais uma boa Administração, os Políticos conseguirão criar um Povo poderoso, renomado e florescente.

Mas se a intenção é ter uma Sociedade frugal e honesta, a melhor Política é conservar os Homens na sua Simplicidade Nativa, e lutar para que seu Número não aumente; jamais permita que se familiarizem com Estrangeiros e Superfluidades, e saiba tirar deles e os manter longe de tudo o que possa despertar seus Desejos, ou enriquecer seus Conhecimentos.

A Grande Riqueza e o Tesouro do Estrangeiro só se instalam entre os Homens se estes admitirem a entrada de suas inseparáveis Companheiras, a Avareza e o Luxo. Onde houver considerável Comércio, a Fraude se intrometerá. Ser, ao mesmo tempo, bem-educado e sincero é quase uma Contradição; e, à medida que o Homem progride em Conhecimento, e que suas Maneiras se apuram, seus Desejos também se ampliam, seus Apetites se refinam, e seus Vícios se multiplicam.

Os *Holandeses* podem atribuir sua atual Grandeza à Virtude e à Frugalidade de seus Ancestrais tanto quanto quiserem; mas o que fez seu desprezível Palmo de Terra tão considerável entre as principais Potências da *Europa* foi sua Sabedoria Política em tudo subordinar à Mercancia e à Navegação, a ilimitada Liberdade de Consciência de que gozam, e a incansável Aplicação com que sempre se valeram dos meios mais eficazes para encorajar e incrementar o Comércio de maneira geral.

Este povo nunca se destacara pela Frugalidade até que Filipe II da *Espanha* desencadeasse contra eles sua inaudita Tirania. Suas Leis foram pisoteadas, seus Direitos e amplas Imunidades usurpados, e sua Constituição rasgada em pedaços. Muitos dos principais Membros da Nobreza foram condenados e executados sem qualquer Forma legal de Processo. Queixas e Protestos eram punidos tão ferozmente quanto a Resistência, e os que escapavam aos massacres se viam despojados por Soldados vorazes. Como isso era intolerável para um Povo acostumado ao mais clemente de todos os Governos, e habituado a maiores Privilégios do que seus Vizinhos, os *Holandeses* preferiram morrer em Combate a perecer nas mãos de Carrascos cruéis. Se considerarmos o Poderio de que a *Espanha* então dispunha, e as Condições de penúria daqueles Estados ocupados, jamais se ouvira falar de Luta mais desigual; no entanto, demonstraram tamanha Bravura e Determinação que a união de apenas sete daquelas Províncias foi suficiente para manter, contra um dos mais fortes e bem disciplinados Reinos da *Europa*, a mais fastidiosa e sangrenta Guerra de que se tem notícia na História antiga ou moderna.[1]

Em vez de se tornarem vítimas da Fúria *Espanhola*,[2] decidiram viver com apenas um Terço de suas Receitas, e gastar a maior Parte dos Rendimentos na Defesa contra os impiedosos Inimigos. Tais Privações e Calamidades de uma Guerra em seu

---

[1] A coalizão política – a União de Utrecht – só ocorreu depois do período a que Mandeville se refere. Antes da União, em 1579, a cooperação holandesa contra a Espanha era simplesmente uma ação comum e envolvia todas as 17 províncias.
[2] O saque de Antuérpia, em 1576, foi assim denominado.

próprio Território lhes impuseram pela primeira vez essa extraordinária Frugalidade, e a Continuação da luta sob as mesmas Dificuldades por cerca de Oitenta Anos [1568-1648] a tornou coisa Habitual e Costumeira para eles. Mas nem toda a sua Arte de Economizar, ou seu estilo Parcimonioso de Viver, lhes teriam permitido enfrentar Adversário tão Poderoso não fosse o esforço anterior para promover a Pesca e a Navegação em geral, que ajudaram a compensar as Carências e Desvantagens Naturais de que padeciam.

O País é tão pequeno e tão populoso que não há Terra suficiente (embora dificilmente se encontre uma Polegada sem cultivo) para alimentar a Décima Parte dos Habitantes. A *Holanda* é cheia de grandes Rios, e se encontra abaixo do nível do Mar, o qual seria capaz de inundá-la a cada Maré, e varrê-la do mapa num só Inverno, não fossem os extensos Diques e as enormes Muralhas. Os Reparos exigidos para mantê-los, assim como às Comportas, Cais, Moinhos, e outros Recursos que são forçados a usar para não submergirem, representam para eles, todo Ano, uma Despesa muito alta, impossível de se pagar com um Imposto Territorial de Quatro Shillings por Libra a ser deduzido do Produto líquido da Receita dos Proprietários de terras.[1]

Não é Surpreendente que um Povo sob tais Circunstâncias, e ainda sobrecarregado de Impostos superiores aos de qualquer outra Nação, fosse obrigado a economizar? Mas por que teriam eles

---

[1] Segundo os tradutores franceses, o equivalente a 20% de *revenu foncier*. Era o valor da *Land tax*, ou imposto territorial, o grande imposto direto do século XVIII inglês. [N. do T.]

Observação (Q)

de servir de Modelo para outros, os quais, além de estarem em melhor posição geográfica, são muito mais ricos intrinsecamente, e têm, para o mesmo Número de Habitantes, um Território dez vezes maior? Frequentemente, os *Holandeses* e nós compramos e vendemos nos mesmos Mercados, e pode-se dizer que temos, de maneira geral, a mesma Visão dos negócios. No entanto, os Interesses e Razões Políticas dos dois Reinos quanto à Economia privada de cada um são muito diferentes. É do Interesse deles ser frugal e gastar pouco; porque precisam importar tudo, exceto Manteiga, Queijo e Peixe, e desses Artigos, sobretudo o último, consomem três vezes mais que igual Número de Pessoas na *Inglaterra*. É do nosso Interesse comer o mais possível de Carne de Vaca e Carneiro para manter o Fazendeiro e, além disso, melhorar as nossas Terras, que aqui são suficientes para alimentar nossa população, e até muito mais gente, se forem bem cultivadas. Os *Holandeses* talvez tenham mais Navios, e mais Liquidez financeira do que nós, mas Barcos e Moeda devem ser considerados simples Ferramentas de trabalho deles. Do mesmo modo, um Transportador pode ter mais Cavalos que um Homem com dez vezes a sua Fortuna, e um Banqueiro com proventos entre mil e quinhentas e mil e seiscentas Libras geralmente possui maior Liquidez financeira que um Cavalheiro de duas mil Libras por Ano. Aquele que mantém três ou quatro Coches como meio de Sustento está para um fidalgo que tem apenas um Coche para seu Prazer como um *Holandês* em comparação a um de nós: sem nada de seu além de Peixe, eles são Carregadores e Transportadores para o resto do Mundo, enquanto a Base de nosso Comércio depende, fundamentalmente, de nossos próprios Produtos.

Observação (Q)

Um outro Exemplo, a comprovar que o que faz a Massa do Povo economizar são os pesados Impostos, a falta de Terras, e todas essas Coisas que ocasionam Escassez de Provisões, pode ser observado entre os próprios *Holandeses*. Na Província da *Holanda* há um vastíssimo Comércio e uma inconcebível Quantidade de Dinheiro acumulado. A Terra por lá é quase tão fértil quanto Esterco em estado puro, e (como já tive ocasião de dizer) não há uma só Polegada sem plantio. Em *Gelderland* e *Overyssel* não existe propriamente Comércio, e o Dinheiro é pouco. O Solo é dos mais medíocres, e grande Parte dele permanece improdutiva. Como se explica, então, que nessas duas últimas Províncias, consideravelmente mais Pobres que as anteriores, os mesmos *Holandeses* sejam menos avaros e mais hospitaleiros? A razão é simples: os Impostos são ali menos Extravagantes, e, em proporção ao Número de Habitantes, eles têm muito mais Terra. O que o Povo economiza na *Holanda* é sempre relacionado a seu Estômago: é sobre a Comida, a Bebida e o Combustível que incidem os Impostos mais pesados, mas eles usam melhores Roupas, e têm Mobília mais cara do que se pode encontrar nas demais Províncias.

Aqueles que são frugais por Princípio são frugais em Tudo, mas na *Holanda* o Povo só poupa em Artigos de uso cotidiano e consumo rápido; no que tange a bens duráveis, a coisa muda de figura. Em Pinturas e Esculturas eles são Perdulários; em Casas e Jardins são extravagantes até a Loucura. Em outros Países podemos encontrar Pátios majestosos e Palácios de grande extensão, pertencentes a Príncipes, que ninguém esperaria ver numa Comunidade onde se observa tanto a Igualdade; mas em toda a *Europa* não encontraremos Residências particulares tão

Suntuosas quanto as Casas de Mercadores e demais Burgueses de *Amsterdam*, e de outras Cidades grandes daquela pequena Província; e quase todas as pessoas que lá constroem consagram à Moradia uma parcela maior de sua Fortuna do que qualquer Povo na face da Terra.

A Nação de que falo nunca esteve em tão grandes Apuros, nem seus Negócios em estado tão Crítico, desde que se constituiu em República, do que no Ano de 1671 e começos de 1672.[1] O que sabemos de sua Economia e Constituição com alguma Certeza se deve, principalmente, a Sir *William Temple*, cujas Observações sobre seus Costumes e seu Governo, como fica evidente em várias Passagens de suas Memórias, foram formuladas naquele tempo.[2] De fato, os *Holandeses* eram muito frugais à época; mas desde então, e depois que suas Calamidades deixaram de ser tão graves (se bem que o Povo comum, sobre o qual recai o principal Fardo de todos os Impostos e Tributos, talvez continue na mesma situação), uma grande Mudança se verificou no seio da classe alta em matéria de Carruagens, Divertimentos e maneira de viver em geral.

Aqueles que defendem a ideia de que a Frugalidade daquele País não procede tanto da Necessidade quanto de uma Aversão

---

[1] Foi então que os holandeses, despreparados, tiveram de enfrentar as forças combinadas da Inglaterra e de Luís XIV (da França).

[2] A opinião comum de que a riqueza depende da frugalidade e não conduz necessariamente ao luxo encontrou um bom porta-voz em Temple, o qual, em *Observations upon... the Netherlands* (in *Works*, ed. 1814, i. 175-8), usou os holandeses para provar sua tese. O caso dos Países Baixos, então, deveria ser abordado se Mandeville quisesse ter sucesso na sua oposição à opinião geral, e a *Observação Q* é, largamente, o resultado de tal necessidade. Sobre esse tema, ver Morize, *L'Apologie du Luxe* (1909), pp. 102-6.

Observação (Q)

geral ao Vício e ao Luxo nos recordarão o caráter público da sua Administração, a Insignificância dos Salários, a Prudência com que negociam e barganham Provisões e outras Necessidades, o grande Cuidado que tomam para não serem enganados por aqueles que os servem, e sua Severidade contra os que não cumprem Contratos. Mas o que eles atribuiriam à Virtude e Honestidade de Ministros deve-se inteiramente à estrita Regulamentação concernente à administração do Tesouro público, da qual sua admirável Forma de Governo não permite que se afastem. Com efeito, um Homem de bem pode se fiar na Palavra de outro, se estão de acordo, mas uma Nação inteira só deve confiar na Honestidade que tem por fundamento a Necessidade; pois desgraçado é o Povo, e sua Constituição será sempre precária, cujo Bem-Estar depende das Virtudes e Consciências de Ministros e Políticos.

Os *Holandeses* em geral se esforçam por promover a maior Frugalidade possível entre seus Súditos, não por se tratar de uma Virtude, mas porque, falando de forma global, é coisa do Interesse Público, como já demonstrei antes; e, caso isso venha a mudar mais tarde, então eles alteram suas Máximas, como ficará claro no Exemplo seguinte.

Tão logo seus Navios das *Índias Orientais* voltam para casa, a Companhia paga os Homens, e muitos deles recebem a maior Parte do que ganharam durante sete ou oito Anos, e alguns até mesmo por quinze ou dezesseis Anos de trabalho. Esses Pobres-diabos são encorajados a gastar seu Dinheiro com toda a Prodigalidade imaginável; e considerando que eles eram, na maioria, Réprobos que, submetidos à mais estrita Disciplina e a uma Dieta miserável, trabalharam duro por longo Tempo e sem Pagamento, em meio ao Perigo, fica fácil transformá-los em pródigos assim que encontram a Fartura.

Eles esbanjam em Vinho, Mulheres e Música, tanto quanto Gente de seu Gosto e Educação é capaz de fazer, e até lhes é permitido (desde que se abstenham de Maldades) fazer folia e tumulto com maior Licenciosidade do que de hábito se admite a outros. Em certas Cidades, é possível vê-los acompanhados de três ou quatro Mulheres lascivas, poucos deles sóbrios, correndo e urrando pelas Ruas em plena Luz do dia, precedidos por um Rabequeiro. E se o Dinheiro, a seu ver, não se esvai tão rápido por tais caminhos, eles inventam outros, e algumas vezes até o atiram, a mancheias, para a Multidão. Tal Desatino persiste em muitos deles enquanto resta no bolso alguma coisa, que nunca dura muito, e é por essa Razão que ganharam o apelido de *Lords de seis Semanas*, geralmente o tempo médio que a Companhia leva para deixar outros Navios prontos para zarpar; nos quais esses loucos Infortunados (cujo Dinheiro se foi) se veem forçados a entrar de novo, e onde terão tempo livre para se arrepender de seu Desvario.

Nesse Estratagema há uma dupla Sagacidade: primeiro, se esses Marujos, já acostumados aos Climas quentes, ao Ar e à Dieta insalubres, se tornassem frugais, e resolvessem permanecer em Casa, a Companhia ver-se-ia obrigada continuamente a renovar seus Homens; como é sabido que (além do inconveniente de não estarem acostumados à Lida) um em cada dois dificilmente sobrevive em certas Regiões das *Índias Orientais*, isso lhes custaria muito Caro e seria para eles um grande Desapontamento. Em

Observação (Q)

segundo lugar, as grandes Somas com frequência distribuídas entre esses Marinheiros voltariam, por tais meios, a circular imediatamente por todo o País, de onde, através de pesados Impostos e outras Taxas, logo teriam sua maior Parte drenada de volta para o Tesouro público.

A fim de convencer, com um outro Argumento, os Partidários da Frugalidade Nacional de que o preconizado por eles é impraticável, suponhamos que eu me tenha enganado em tudo o que disse na *Observação (L)* em defesa do Luxo, e do quanto ele é necessário para que o Comércio se mantenha; depois, examinemos quais seriam as consequências, para um País como este nosso, caso uma Frugalidade coletiva fosse, por Arte e Controle, imposta ao Povo, quer ele tivesse ou não Necessidade disso. Vamos admitir então que toda a População da *Grã-Bretanha* passe a consumir apenas quatro Quintos do que hoje consome, e economizasse um Quinto da sua Renda. Nem vou falar da Influência que isso teria sobre quase todo tipo de Comércio, e também sobre o Agricultor, o Criador e o Proprietário de Terras, mas suponhamos favoravelmente (o que é, por enquanto, impossível) que o mesmo Trabalho seja feito e, em consequência, que as mesmas Atividades complementares se exerçam no nível atual. O Resultado seria que, a menos que o Dinheiro perdesse seu Valor prodigiosamente da noite para o dia, e tudo o mais, contrariando a Razão, ficasse muito caro, em cinco Anos toda a Classe Trabalhadora, e os mais pobres entre os Operários (porque eu só me ocuparei deles), teriam amealhado em Moeda sonante o mesmo que hoje gastam num Ano inteiro; o que, diga-se de passagem, seria mais Dinheiro do que o Reino algum dia possuiu.

Agora, cheios de satisfação com o crescimento da Riqueza Nacional, vamos verificar em que Condições estariam os Trabalhadores e, raciocinando por Experiência, e com base nas observações diárias sobre eles, julgar como seria o seu Comportamento neste Caso. Todo Mundo sabe que existe uma grande massa de Operários Diaristas na indústria de Tecidos: Tecelões, Alfaiates, Estampadores e vinte outras Artes Manuais; aquele que puder subsistir trabalhando quatro Dias na Semana, dificilmente será persuadido a trabalhar cinco; e como há Milhares de Trabalhadores de toda espécie, nenhum deles, diante de suas imensas dificuldades para sobreviver, se vai expor a cinquenta Inconveniências, desagradar seus Patrões, apertar os Cintos e encher-se de Dívidas para gozar Férias. Quando os Homens exibem tão extraordinária propensão para a Ociosidade e o Prazer, que motivos teremos para pensar que trabalhariam senão premidos por Necessidade imediata?[1] Quando vemos um Artífice que se recusa a pegar no Batente antes de *Terça-feira* porque ainda lhe restam, na *Segunda* de manhã, dois *Shillings* do pagamento da Semana anterior, por que deveríamos acreditar que ele voltaria ao Trabalho se tivesse quinze ou vinte Libras na Algibeira?

O que aconteceria, diante disso, com as nossas Manufaturas? Caso o Mercador quisesse exportar Roupas, teria de fazê-las ele mesmo, pois o Fabricante de Tecidos não conseguiria contratar

---

[1] Para essa e passagens semelhantes na *Fábula* há um paralelo interessante em La Bruyère, *Les Caractères* (*Oeuvres*, ed. Servois, 1865-78, ii. 275): "Mais si les hommes abondent de biens, et que nul ne soit dans le cas de vivre par son travail, qui transportera d'une région à une autre les lingots ou les choses echangées? qui mettra des vaisseaux en mer? qui se chargera de les conduire? ...S'il n'y a plus de besoins, il n'y a plus d'arts, plus de sciences, plus d'invention, plus de mécanique".

sequer um Homem entre os doze que costumava empregar. Se isso de que falo acontecesse apenas com os Sapateiros Diaristas, e ninguém mais, em menos de um Ano metade de nós estaria descalço. O uso mais importante e premente do Dinheiro numa Nação é remunerar o Trabalho do Pobre, e, quando há Escassez real de Recursos, aqueles que têm grande número de Empregados são os primeiros a sentir a crise; ainda que, não obstante a alta Necessidade de Moeda, seria mais fácil, desde que assegurada a Propriedade, viver sem Dinheiro do que sem Pobres: afinal, quem faria o Trabalho? Por essa Razão, a quantidade de Moeda circulante num País tem de ser sempre proporcional ao número de Homens empregados; e os Salários dos Trabalhadores proporcionais ao Preço das Provisões. Donde é possível demonstrar que tudo o que acarreta Abundância torna a Mão de Obra barata, quando os Pobres são bem administrados; pois, assim como cumpre protegê-los da fome, não se lhes deve dar nem um centavo que possam poupar. Se, aqui e ali, um homem de Classe mais baixa, por Indústria incomum e Sacrifício pessoal, se eleva acima da Categoria em que se encontrava, ninguém deve barrar seu caminho; aliás, é inegavelmente a Conduta mais sábia para cada Indivíduo na Sociedade, e para todas as Famílias, ser frugal; mas é do Interesse de todas as Nações ricas que os Pobres, em sua maior parte, jamais fiquem ociosos, e gastem continuamente tudo o que ganham.[1]

Todos os Homens, como Sir *William Temple* muito bem ponderou,[2] são mais inclinados ao Ócio e ao Prazer que ao Tra-

---

[1] Segundo os tradutores franceses, o trecho que vai de "Donde é possível demonstrar" (acima) até "tudo o que ganham" foi acrescentado em 1723. [N. do T.]

[2] Ver *Observations upon... the Netherlands* in *Works of Sir William Temple* (1814) i.165.

balho, quando não estão motivados por Orgulho ou Avareza, e estes dois Sentimentos raras vezes influenciaram poderosamente aqueles que ganham sua Vida através da Labuta diária. Desse modo, como eles não têm nada que os leve a ser prestativos senão suas Necessidades, é Prudente aliviá-las, mas Tolice curá-las. A única coisa que pode fazer do Operário um Homem laborioso é uma quantidade moderada de Dinheiro: se for pouco, dependendo de seu Temperamento, ele ficará Abatido ou Desesperado; se for muito, isso o tornará Insolente e Preguiçoso.

Um Homem seria ridicularizado pela maioria da População caso proclamasse que muito Dinheiro pode arruinar um País. E, no entanto, tal foi o Destino da *Espanha*;[1] a isso o erudito Dom *Diego Savedra* atribui a Ruína de sua Pátria.[2] Em antigos Tempos, os Frutos da Terra haviam enriquecido a *Espanha* a tal ponto que

---

[1] Embora, como ele mesmo afirma, sua posição não gozasse de grande favor, em seu uso da Espanha como um exemplo dos perigos de se confiar demasiado em ouro ou prata, Mandeville tinha inúmeros predecessores – entre eles Lewes Roberts: *Treasure of Traffike or A Discourse of Forraigne Trade*, 1641 (*Select Collection of Early English Tracts on Commerce*, ed. Political Economy Club, 1856, pp. 68-9); *Britannia Languens, or A Discourse of Trade*, 1680 (*Select Collection*, pp. 300 e 390-1); Petty: *Quantulumcunque concerning Money*, 1682 (nas respostas às dúvidas 21, 22 e 23); e D'Avenant: *Discourse on the East-India Trade* (*Political and Commercial Works*, ed. 1771, ii. 108). North, em *Discourses about Trade*, ed. 1691, pref., p. [xi], embora sem mencionar a Espanha, lançou a proposição: "*Se o Dinheiro é uma Mercadoria, tanto pode haver excesso quanto escassez*". A essas diversas tentativas de mostrar o erro de proibir a exportação de *bullion* [ouro e prata em barras ou lingotes] não encontro, porém, paralelos verbais na *Fábula*.

[2] Mandeville está citando, como Bluet nos mostra (*Enquiry*, pp. 56-8), uma tradução da obra *Idea de un Príncipe*, de Diego de Saavedra Fajardo (1584-1648), por Sir J. A. Astry – *The Royal Politician Represented in One Hundred Emblems*, 1700. Mandeville cita especialmente o Emblema 69, ii. 151 seg. [N. do T.: O título original da obra é *Idea de un Príncipe Político Christiano representada en Cien Empresas* (1640).]

o rei *Luís XI*, da *França*, em visita à Corte de *Toledo*,[1] ficou assombrado com seu Esplendor, e disse não ter nunca visto coisa igual, nem na *Europa* ou na *Ásia*; logo ele, que em suas viagens à *Terra Santa* tivera ocasião de conhecer todas as Províncias dos dois Continentes. Só no Reino de *Castela* (se é que devemos acreditar em certos Autores) reuniram-se para a *Guerra Santa*, vindos de todas as Partes do Mundo, cem mil homens de Infantaria, dez mil de Cavalaria e sessenta mil Carretas para Bagagens. D. *Afonso III*[2] financiava tudo isso e pagava diariamente tanto os Soldados quanto os Oficiais e Príncipes, cada qual segundo seu Cargo e Dignidade. Na verdade, até o Reinado de *Fernando* e *Isabel* (que equiparam *Colombo*), e mesmo um pouco depois, a *Espanha* era um País fértil, onde Comércio e Manufaturas floresciam, e podia orgulhar-se do seu Povo instruído e operoso. Mas logo que esse considerável Tesouro, obtido com o maior Risco e Crueldade que o Mundo jamais conhecera, e que, segundo Confissão dos próprios *Espanhóis*[3], custara a Vida de vinte Milhões de *Índios*; desde que esse Oceano de Riquezas, digo eu, começou a desabar

---

[1] Luís XI (*regnabat* 1461-1483) jamais esteve em Toledo ou na Terra Santa. Saavedra Fajardo, corretamente traduzido por Astry, disse apenas *"Lewis*, rei da *França" (Royal Politician* ii. 157). (O tipógrafo deve ter se atrapalhado com os algarismos romanos de Mandeville). Durante o reinado (1126-1157) de D. Afonso VII (Saavedra Fajardo o identifica), houve dois reis franceses de nome Luís: Luís VI e Luís VII. Fajardo se referia, provavelmente, a Luís VII, que fez uma peregrinação a Santiago de Compostela, o santo patrono da Espanha, e também tomou parte na segunda cruzada.

[2] Afonso III (*regnabat* 1158-1214), mais conhecido como Afonso VIII, armou uma coalizão contra os Mouros, à qual o papa Inocêncio III concedeu os privilégios de uma cruzada.

[1] Em *Free Thoughts* (1729), p. 270, Mandeville se refere de novo a essa "Confissão dos próprios espanhóis". Não encontro tal "Confissão" no *Royal Politician* ou em Juan Diaz de Solis (1470-1516), em quem talvez Mandeville estivesse pensando (ver adiante, ii. 328, *n*. 2).

sobre suas Cabeças, perderam o Juízo, e o gosto pelo Trabalho os abandonou. O Agricultor deixou o Arado, o Mecânico suas Ferramentas, o Negociante seu Escritório, e todos eles, desdenhando a Labuta, entregaram-se ao Prazer e se tornaram Gentis-homens. Acreditando ter razões para se sentirem superiores a seus Vizinhos, nada então, salvo a Conquista do Mundo, poderia satisfazê-los.[1]

Como Consequência, coube a outras Nações fornecer o que sua Indolência e Empáfia lhes negavam; e ao perceber que, malgrado as Proibições do Governo à Exportação de Metais Preciosos, os *Espanhóis* procuravam, a todo custo, desfazer-se do seu Dinheiro, e o levavam pessoalmente a bordo dos navios, arriscando o próprio Pescoço, o Mundo todo se empenhou em trabalhar para a *Espanha*. Com o Ouro e a Prata sendo, por tais Meios, divididos e partilhados, anualmente, entre os vários Países comerciantes, todas as Coisas ficaram mais caras, e a maioria das Nações industriosas da Europa se aplicou ao trabalho, exceto as detentoras dos Metais Preciosos, as quais, uma vez adquiridas todas essas Riquezas inauditas, cruzaram os Braços e se dedicaram a esperar a cada Ano, com impaciência e ansiedade, a chegada de Além-mar dos Recursos necessários para pagar aos outros pelo que já haviam consumido; e assim, por *excesso de Dinheiro*, pela criação de Colônias e outros Erros de Administração, a *Espanha* se transformou de País rico e populoso, com todos os seus poderosos Títulos e Possessões, numa espécie de Via de Passagem vazia e estéril, através da qual o Ouro e a Prata iam da *América* para o resto do Mundo; e o

---

[1] Esse parágrafo que aqui termina é uma paráfrase do *Royal Politician* de Saavedra Fajardo, ii.157-9.

Povo, antes rico, altivo, diligente e laborioso, tornou-se lerdo, preguiçoso, arrogante e miserável; basta isso sobre a *Espanha*. Um outro País em que o Dinheiro parece constituir o Produto mais importante é *Portugal*, e o Papel que este Reino com todo o seu Ouro tem na *Europa* não é a, meu ver, nada invejável.

A grande Arte, então, para tornar uma Nação feliz e florescente consiste em dar a Todos uma Oportunidade de emprego; para que isso seja alcançado, o primeiro cuidado de um Governo deve ser o de promover a maior variedade de Artes, Manufaturas e Artesanatos que o Engenho Humano possa conceber; e o segundo, encorajar a Agricultura e a Pesca em todas as suas Modalidades, a fim de que a Terra inteira seja forçada a dar de si tanto quanto o Homem; pois se o primeiro é Máxima infalível para transformar grandes Multidões em Nação, o outro é o único Método para conservá-las unidas.

É dessa Política, e não de insignificantes Regulamentos de Prodigalidade e Frugalidade (os quais sempre seguirão seu Curso segundo as Circunstâncias do Povo), que se pode esperar a Grandeza e a Felicidade das Nações; suba ou desça o Valor do Ouro e da Prata, a Satisfação das Sociedades sempre dependerá dos Frutos da Terra e do Trabalho das Gentes;[1] esses dois elementos reunidos

---

[1] Cf. Hobbes, *English Works* (ed. Molesworth, iii. 232, in *Leviathan*): "O SUSTENTO de uma *commonwealth* consiste primeiro, na *fartura*, e depois na *distribuição de materiais* que concorrem para a manutenção da vida... A fartura depende, logo abaixo do favor de Deus, apenas do trabalho e da indústria do homem"; Petty (*Economic Writings*, ed. Hull, i. 68): "...O Trabalho é o Pai e o princípio ativo da Riqueza..."; Locke (*Of Civil Government*, II. v. 40): "...se nós estimarmos corretamente as coisas, à medida que elas se apresentam para nosso uso, e calcularmos as diversas despesas que esse uso implica, o que nelas se deve puramente à Natureza e o que procede do nosso próprio trabalho, veremos que, na grande maioria dos casos, 99% são fruto do trabalho"; Child (*New Discourses of Trade*, ed. 1694, pref., sign. [A 6ᵛ]): "São as multidões de Gente, e boas

são um Tesouro mais certo, mais inesgotável e mais real que o Ouro do *Brasil* ou a prata de *Potosí*.¹

(R) *Nenhuma Honra agora se poderia sentir etc.*

[Pág. 238, linha 13]

A Honra em seu Sentido Figurativo é uma Quimera sem Verdade ou Existência, uma Invenção de Moralistas e Políticos, e se refere a certo Princípio de Virtude² não relacionado com Religião, encontrado em certos Homens que o mantêm próximo a seus Deveres e Obrigações, quaisquer que sejam estes;

Leis, que contribuem para um aumento de Povo, que sobretudo Enriquecem qualquer País..."; D'Avenant (*Works*, ed. 1771, i. 354): "...a riqueza real e efetiva de um País é sua produção nacional"; John Bellers (*Essays about the Poor*, ed.1699, p.12): "Terra e Trabalho são os Fundamentos da Riqueza". In *Spectator* nº 232 (por Hughes?), Sir Andrew Freeport diz: "As mercadorias que exportamos são, verdadeiramente, produto da terra, mas grande parte do seu valor deve-se ao trabalho do Povo...".

¹ Cf. Sully (*Économies Royales*, ed. Chailley, Paris, sem data [Guillaumin], p. 96): "...a lavoura e a criação eram as duas tetas onde a França se alimentava, e constituíam as verdadeiras minas e tesouros do Peru".

² Na sua *Origin of Honour* (1732), Mandeville escreveu:

"*Hor.* A Conclusão é, acho eu, que a Honra tem a mesma Origem que a Virtude.
"*Cleôm.* Mas a Invenção da Honra, como Princípio, é muito posterior; e eu vejo isso como a maior Conquista até então. Foi um Progresso na Arte da Lisonja, pela qual a Excelência de nossa Espécie é elevada a tal Altura que se torna Objeto de nossa própria Adoração, e o Homem é ensinado, em última Instância, a idolatrar a si mesmo.
"*Hor.* Mas, concordando com você que Virtude e Honra sejam um Estratagema Humano, por que considerar a Invenção de uma mais Importante que a da outra?
"*Cleôm.* Por ser ela mais habilmente adaptada à nossa Natureza. Os homens são mais bem recompensados por sua Adesão à Honra do que à Virtude..." (pp. 42-3).

por exemplo: um Homem de Honra entra numa Conspiração com outros para assassinar um Rei; ele se vê forçado a ir até o Fim com o plano; e se, tomado pelo Remorso ou por seu Bom Coração, assusta-se com a Enormidade de tal Projeto, revela o Complô e se torna uma Testemunha contra seus Cúmplices, perde então a Honra, pelo menos no Círculo a que pertencia. A Excelência desse Princípio é que o Vulgo o desconhece, e ele só se encontra em Gente da melhor qualidade, assim como certas Laranjas têm Sementes e outras não, embora sejam idênticas por fora. Nas grandes Famílias é como a Gota, geralmente considerada Hereditária, e todos os Filhos de Lords nascem com ela. Em alguns indivíduos que nunca tiveram qualquer sintoma, pode ser adquirida por Conversação e Leitura (especialmente de Romances), em outros por Nomeação; nada, no entanto, encoraja mais seu Crescimento que cingir uma Espada: só de sentir seu peso pela primeira vez, algumas Pessoas começam a sofrer fortes Fisgadas em vinte e quatro Horas.

O primeiro e mais importante Cuidado que um Homem de Honra precisa ter é a Preservação desse Princípio, e antes renunciar a Cargos e Posição, até mesmo à Vida, do que perdê-lo; por essa razão, não importa quanta Humildade um Homem demonstre através da Boa Educação, ele está autorizado a se atribuir inestimável Valor quando Proprietário desse invisível Ornamento. O único Método para preservar tal Princípio é viver segundo as Normas da Honra, que são Leis a reger seu Comportamento: ele fica obrigado a ser sempre fiel aos seus Compromissos, colocar o interesse público acima do seu, não contar mentiras, não enganar nem fazer mal a Ninguém, e não sofrer qualquer Afronta, que é

Observação (R)

um Eufemismo para designar todo Ato com objetivo intencional de depreciá-lo.

Os antigos Homens de Honra, dos quais acredito que *Dom Quixote* foi o último Representante, eram bons Observadores de todas essas Leis, e de muitas outras que mencionei antes; já os Modernos me parecem mais relapsos: eles têm profunda Veneração pela última dessas Leis, mas não prestam igual Obediência a nenhuma outra, e quem cumprir apenas a que destaquei acabará por Transgredir amplamente as demais, a ela vinculadas.

Um Homem de Honra é sempre tido como imparcial, e como Homem de Bom Senso, naturalmente; pois ninguém jamais ouviu falar de um Homem de Honra que fosse um Tolo; por essa Razão, ele não tem nada a ver com a Lei, e sempre poderá ser Juiz em Causa Própria; a menor Injúria feita a ele ou a qualquer um de seus Amigos, seu Parente, seu Empregado, seu Cachorro, ou mesmo qualquer Coisa que tenha decidido tomar sob sua Honorável Proteção, exigirá imediatamente uma Satisfação; e em caso de Afronta, se o Ofensor é também Homem de Honra, uma Batalha se travará. Do que foi dito, ficou evidente que um Homem de Honra deve ser também provido de Coragem, e que sem essa Qualidade a outra não passaria de uma Espada sem Ponta. Vamos examinar, então, em que consiste a Coragem, e se ela é, como muita Gente pensa, uma Coisa real que Homens valentes possuem em sua Natureza, distinta de todas as demais Qualidades, ou não.

Nada há de tão universalmente sincero sobre a Terra do que o Amor que todas as Criaturas, aquelas que são capazes de senti-lo, dedicam a si mesmas; e como não existe Amor que não implique um Cuidado em preservar a coisa amada, não pode haver nada mais sincero em qualquer Criatura do que sua Vontade, Desejos e Esforços para preservar a si mesma. Essa é a Lei Natural, segundo a qual nenhuma Criatura é dotada de qualquer Apetite ou Paixão que não se destine, direta ou indiretamente, à sua Preservação ou à de sua Espécie.

Os Meios de que a Natureza se vale para obrigar toda Criatura a ter em vista, continuamente, essa Tarefa de Autopreservação já nascem com ela, e (no Homem) se chamam Desejos, os quais o compelem a querer o que imagina irá ampará-lo ou lhe dar prazer, e lhe ordenam evitar o que possa desagradá-lo, machucá-lo ou destruí-lo. Tais Desejos ou Paixões têm seus diferentes Sintomas, através dos quais se manifestam naqueles a quem perturbam, e dessa Variedade de Distúrbios que provocam em nós lhes vieram suas diversas Denominações, como já foi demonstrado nos casos do Orgulho e da Vergonha.

A Paixão que começa a arder em nós quando sentimos que uma Desgraça se aproxima chama-se Medo. Se a Perturbação que ela produz será mais ou menos violenta, isso depende não do Perigo em si, mas de nossa Apreensão quanto à Desgraça temida, real ou imaginária. Assim, sendo o nosso Medo proporcional à Apreensão que temos do Perigo, enquanto a Apreensão persistir um Homem não conseguirá livrar-se de seu Medo, do mesmo jeito que não se pode lançar longe um Braço ou uma Perna. Num acesso de Terror, é verdade, a Apreensão do Perigo é tão súbita, e nos ataca tão vivamente (ao ponto de nos tirar, por vezes, a Razão e os Sentidos), que, quando a crise passa, não nos lembramos mais de haver sentido qualquer Apreensão; mas a realidade do Evento prova que isso ocorreu, pois como poderíamos ter ficado atemorizados se não houvesse o entendimento de que algum Mal estava se aproximando de nós?

Observação (R)

A maioria das Pessoas acha que essa Apreensão pode ser vencida pela Razão, mas devo confessar que discordo. Aqueles que ficaram, algum dia, assustados dirão que, tão logo passou o susto e recuperaram a Razão, sua Apreensão foi dominada. Mas isso não é exato, pois, nesse caso, ou o Perigo era imaginário ou já havia desaparecido no momento em que retomaram o Bom Senso; além disso, se descobrem que não há Perigo, cessa o motivo para ficarem receosos; mas quando o Perigo é permanente, então deixemos que façam uso da Razão, e irão perceber que ela pode lhes servir para avaliar a Realidade e a Gravidade do Perigo; e assim, se concluírem que é menor do que imaginavam, a Apreensão diminuirá na mesma proporção; mas se o Perigo se revela Real, e sempre o mesmo em todas as Circunstâncias, como haviam sentido à primeira imagem, então sua Razão, ao invés de reduzir, fará com que aumente sua Apreensão.[1] Enquanto este Medo persiste, nenhuma Criatura é capaz de combater ofensivamente; e, todavia, diariamente vemos Feras que se enfrentam com obstinação, e lutam até a Morte; portanto, é preciso que uma outra Paixão seja capaz de vencer o Medo, e a mais oposta a ele é a Ira. Com o fim de examiná-la a fundo, peço permissão ao Leitor para mais uma Digressão.

---

[1] Estaria Mandeville talvez dirigindo essa argumentação especificamente contra as *Passions de l'Âme* de Descartes, art. 45: "Ainsi, pour exciter en soy la hardiesse & oster la peur, il... faut s'appliquer à considerer les raisons, les objets, ou les exemples, qui persuadent que le peril n'est pas grand..."? A análise de Descartes era diretamente oposta à de Mandeville. Ver, por exemplo, os artigos 48 e 49, e o artigo 50, em que Descartes diz: "*Qu'il n'y a point d'ame si foible, qu'elle ne puisse, estant bien conduite, acquerir un pouvoir absolu sur ses passions*".

Nenhuma Criatura pode subsistir sem Alimento, e nenhuma Espécie (falo dos mais perfeitos Animais) pode perpetuar-se a menos que os jovens continuem a nascer tão rapidamente quanto os velhos morrem. Assim, se o primeiro e mais impetuoso Apetite que a Natureza lhes deu foi a Fome, o segundo foi a Luxúria; este os incitando a procriar, e o outro lhes ordenando que comam. Agora, se observarmos que a Ira é aquela Paixão que nos domina quando vemos nossos Desejos contrariados ou frustrados, capaz de arregimentar todas as Forças nas Criaturas, é claro que ela nos foi dada para que pudéssemos exercer de forma mais vigorosa nossos esforços no sentido de remover, superar ou destruir todos os obstáculos que se oponham à Busca pela Autopreservação; podemos considerar que os Animais bravios, a menos que eles, ou algo que amem, ou a Liberdade de ambos seja ameaçada ou atacada, não têm nada que os possa encolerizar salvo a *Fome* ou o *Desejo Sexual*. Isso é o que os tornaria mais ferozes, pois cumpre observar que os Apetites das Criaturas são na verdade contrariados tanto quando o que desejam não é encontrado (nesse caso, talvez, com menor Violência) como quando impedidos de usufruir daquilo que está ao alcance da vista. O que quero dizer ficará mais claro se atentarmos para um fato que ninguém pode ignorar: todas as Criaturas sobrevivem ou dos Frutos e Produtos da Terra, ou da Carne de outros Animais, seus Semelhantes. A estas últimas, os chamados Predadores, a Natureza equipou adequadamente, dando Armas e Força para dominar e rasgar em pedaços as Vítimas que lhes destinou como Alimento, e por isso têm um Apetite muito mais aguçado que o dos outros Animais que vivem de Ervas etc. Pois, em primeiro lugar, se uma Vaca gostasse tanto de carne de Carneiro quanto de Capim, sendo do jeito que é, sem Presas ou Garras, com uma só Fileira de Dentes na frente, todos do mesmo tamanho, morreria de fome no meio de um Rebanho de Ovelhas. Em segundo, com relação à Voracidade, se a Experiência não nos ensinasse isso, nossa Razão o faria. Antes de mais nada, é muito provável que a Fome capaz de levar uma Criatura a se atormentar, fatigar e expor ao Perigo por cada Bocado de comida é mais lancinante do que aquela que apenas a impele a comer o que está diante de seus olhos, e que pode obter pelo simples ato de curvar-se. Depois, deve-se considerar que esses Predadores têm um Instinto que os induz a desejar, rastrear e descobrir aquelas Criaturas que são bom Alimento para eles; assim como as outras possuem Instinto semelhante que lhes ensina a evitar, esconder-se e fugir daquelas que querem devorá-las. Disso se pode depreender que os Predadores, embora aptos a comer quase incessantemente, ficam de Barriga vazia com maior frequência que outras Criaturas cuja Comida nem se defende nem delas foge. Isso não só aumenta quanto perpetua sua Fome, que assim se torna Combustível constante para sua Cólera.

Se o Leitor me perguntar o que atiça tal Ira nos Touros e nos Galos, que se batem até a Morte, embora não sejam nem Animais muito Vorazes nem Predadores, eu respondo: o *Desejo Sexual*. Essas Criaturas, tanto Machos quanto Fêmeas, cuja Raiva procede da Fome, atacam tudo que possam subjugar, e lutam obstinadamente contra todos. Mas os Animais cuja Fúria é provocada por um Fermento Venéreo, geralmente Machos, empenham-se sobretudo contra outros Machos da mesma Espécie. Eles podem fazer Mal, fortuitamente, a outras Criaturas; mas o principal Objeto de seu Ódio são os seus Rivais, e é contra eles apenas que exibem Bravura e Coragem. Podemos ver o mesmo em todas aquelas Criaturas nas quais o Macho é capaz de satisfazer um grande número de Fêmeas: há uma considerável Superioridade no Macho, expressada pela Natureza tanto na Aparência e Constituição quanto na Ferocidade, com relação a outros Grupos em que o Macho se contenta com uma ou duas Fêmeas. Os Cães, embora se tenham tornado Animais Domésticos, são de uma voracidade Proverbial, e aqueles de natureza agressiva, sendo Carnívoros, se transformariam facilmente em Predadores caso não fossem alimentados por nós; o que se pode observar neles é Prova suficiente do que eu disse até agora. Os de Raças mais belicosas, tanto os Machos quanto as Fêmeas, quando se aferram a alguma coisa, preferem deixar-se matar a largar a presa. A Fêmea é bem mais lasciva que o Macho; não há Diferença de Constituição entre eles, salvo no que define o Sexo, e a ferocidade da Fêmea é maior. Um Touro é uma Criatura terrível quando o mantêm encarcerado, mas basta lhe dar vinte ou mais Vacas por companhia e em pouco tempo se tornará tão dócil quanto qualquer uma delas; e uma dúzia de Galinhas pode estragar o melhor Galo de Briga da *Inglaterra*. Cervos e Gamos, tidos como Animais castos e medrosos, o que de fato são na maior parte do Ano, no Período do Cio ganham, de repente, uma tal Ousadia que deixam Estupefatos até seus próprios Guardadores.

Que a Influência desses dois principais Apetites, a Fome e a Luxúria, sobre o Temperamento dos Animais não é tão estapafúrdia como se imagina pode ser demonstrada em parte pelo que podemos observar em nós mesmos; embora nossa Fome seja infinitamente menos violenta que a dos Lobos e de outras Criaturas ferozes, vemos Pessoas com boa Saúde e Estômagos toleráveis ficarem mais facilmente irritadas, e à toa perderem o Humor, quando ocorre um atraso em seu horário de Refeição do que em quaisquer outras ocasiões. E, ainda, embora a Luxúria no Ser Humano não se compare à dos Garanhões e de outros Animais lascivos, nada leva mais depressa Homens e Mulheres à Cólera do que ver contrariados seus Amores quando estão sinceramente Apaixonados; e as Pessoas mais tímidas e bem-educadas de ambos os Sexos são capazes de enfrentar os maiores Perigos e pôr de lado todas as outras Considerações para garantir a Eliminação de um Rival.

Tenho me empenhado em demonstrar até aqui que nenhuma Criatura é capaz de lutar ofensivamente enquanto durar o seu Medo; que o Medo só pode ser dominado por outra Paixão; que a Paixão mais contrária a ele, e a mais apropriada para vencê-lo, é a Ira; que os dois principais Apetites que, frustrados, podem excitar a Ira são a *Fome* e a *Luxúria*, e que entre os Animais Ferozes a Propensão à Cólera e a Obstinação em lutar dependem, em geral, da Violência de um desses Apetites, ou dos dois reunidos. Donde se conclui que aquilo a que chamamos Bravura ou Coragem natural nas Criaturas é apenas o Efeito da Cólera,[1] e que todos os Animais ferozes devem ser muito Vorazes, muito Lascivos, ou as duas coisas ao mesmo tempo.

Vamos examinar agora o que, de acordo com essa Regra, devemos pensar da nossa própria Espécie. Da Delicadeza da Pele do Homem,

---

[1] A concepção de que os animais devem sua bravura à cólera está em Aristóteles (ver *Ethiké Nikomácheia*, Ética a Nicômaco, iii. viii. 8).

e dos muitos cuidados que exige a sua criação, Anos a fio; da Constituição de suas Mandíbulas, da Regularidade de seus Dentes, do Formato de suas Unhas e da Fraqueza de ambos deduzimos ser Improvável que a Natureza o tenha predestinado à Rapina; por tal Razão sua Fome não é Voraz como nos Predadores, nem ele é tão lascivo como outros Animais assim chamados; e sendo, além disso, muito industrioso e capaz de prover suas Necessidades, ele não pode ter Apetite dominante que perpetue sua Ira, e deve consequentemente ser um Animal assustadiço.

O que eu disse por último refere-se apenas ao Homem em seu Estado Selvagem; pois se formos examiná-lo como Membro de uma Sociedade e Animal ensinado, concluiremos que é uma Criatura de todo diferente. Tão logo seu Orgulho encontra campo livre, e Inveja, Avareza e Ambição começam a se instalar, ele é despertado de sua Inocência e Estupidez naturais. À medida que seu Conhecimento cresce, seus Desejos aumentam e, em consequência, suas Necessidades e seus Apetites se multiplicam. A isso se segue que, em sua Busca por satisfazê-los, será frequentemente contrariado, e nesse novo estado encontrará muito mais desapontamentos que redundarão em Cólera do que em sua Condição anterior, de modo que o Homem, se deixado por sua própria conta, se tornaria em curto prazo a Criatura mais nociva e perniciosa do Mundo, toda vez que lhe fosse possível dominar seu Adversário, se não tivesse nenhum outro Mal a temer senão a Pessoa que o encolerizou.

O primeiro Cuidado, portanto, de todos os Governos será, por meio de severas Punições, refrear a Ira do Homem onde quer que ela se manifeste, e assim, agravando os seus Temores, impedir os

Malefícios que isso poderia produzir. Quando há uma aplicação estrita de várias Leis que o impeçam de recorrer à Força, o instinto de Autopreservação se encarregará de ensiná-lo a ser pacífico; e como todo mundo em seus Negócios quer ser incomodado o menos possível, seus Medos paulatinamente crescerão e aumentarão à medida que ele ganhar Experiência, Compreensão e Cautela. Por Consequência, assim como serão infinitas, no Estado civilizado, as Provocações que receberá capazes de levá-lo à Cólera, acontecerá o mesmo com os Temores que visam a moderá-la; de modo que em pouco tempo ele aprenderá por seus Medos a destruir sua Ira, e pela Arte a prover, através de um Método oposto, a mesma Autopreservação com a qual anteriormente a Natureza o havia guarnecido através da Cólera, bem como o restante de suas Paixões.

A única Paixão dentre todas as do Homem que é útil à Paz e ao Sossego de uma Sociedade é o seu Temor, e quanto mais atuarmos sobre isso, mais ajustado e governável ele será; isso porque, por mais proveitosa que seja a Cólera para o Homem como simples Indivíduo, isoladamente, para a Sociedade ela não tem Serventia. Já a Natureza, que é sempre a mesma na Formação dos Animais, produzindo todas as Criaturas semelhantes àquelas que as engrendraram e criaram, de acordo com o Lugar em que as colocou, esta seguirá seu Curso, de modo que, independentemente das várias Influências externas exercidas sobre eles, todos os Homens, quer nascidos em Cortes ou Florestas, são suscetíveis à Ira. Quando essa Paixão se sobrepõe (o que pode acontecer com Pessoas de todas as condições sociais) a todo o Leque de Temores que o Homem tem, ele conhece a verdadeira

Coragem,[1] e lutará tão destemidamente quanto um Leão ou um Tigre, mas só então, e em nenhuma outra circunstância; e me esforçarei para provar que tudo o que é chamado de Coragem no Homem, quando ele não está Colérico, é espúrio e artificial.

É possível com bom Governo manter a tranquilidade interna de uma Sociedade, mas ninguém pode garantir a Paz externa para sempre. A Sociedade pode ter ocasião de alargar seus Limites, e ampliar seus Territórios, ou vê-los invadidos por outros, ou quaisquer outras coisas podem acontecer que obriguem o Homem a lutar; pois, por mais civilizados que sejam os Homens, eles nunca esquecem que a Força vai além da Razão. O Político precisa, então, alterar seus Padrões de medida, e aliviar alguns Temores dos Cidadãos; deve tentar persuadi-los de que tudo o que lhes disseram antes sobre a Barbaridade de matar outros Homens cessa tão logo tais Homens se tornam Inimigos Públicos, e que seus Adversários não são tão bons nem tão fortes quanto eles mesmos. Essas coisas, quando bem administradas, raramente deixam de atrair para o Combate os mais audazes, os mais briguentos e os mais maldosos; no entanto, a menos que eles estejam mais bem preparados, não respondo por seu Comportamento. Uma vez conseguido que subestimem seus Inimigos, logo será fácil excitar-lhes a Cólera e, enquanto isso durar, eles se baterão com Obstinação maior do que a das mais disciplinadas Tropas. Mas se ocorrer qualquer coisa inesperada, e um forte Barulho repentino, uma Tempestade, ou

---

[1] Hobbes identificou ira e "coragem súbita" (*English Works*, ed. Molesworth, iv. 42) e Shaftesbury impugnou essa identificação nas *Characteristics* (ed. Robertson, 1900, i. 79-80). Montaigne aplicou a definição de Aristóteles de coragem animal (ver anteriormente, i. 437, *n.* I) aos homens (*Essais*, Bordeaux, 1906-20, ii. 317). Ver também Charron, *De la Sagesse*, livro 3, cap. 19.

qualquer Acidente estranho ou inusitado que pareça ameaçá-los sobrevém, o Medo se apodera deles, desarma sua Cólera, e bota-os para correr até o último Homem.

Essa Coragem natural, portanto, tende a ficar desacreditada assim que as Pessoas adquirem maior Sagacidade. Antes de mais nada, aqueles que sentiram a Dor dos Golpes do Inimigo não acreditam mais no que é dito para subestimá-lo, e também não se deixam tomar pela Cólera tão facilmente. Em segundo lugar, a Ira, tratando-se de uma Ebulição dos Espíritos, é Paixão que não dura muito (*ira furor brevis est*),[1] e os Inimigos, se resistiram ao primeiro Choque dessa Gente tomada de Raiva, não encontrarão dificuldade para vencê-la depois. Por último, enquanto as Pessoas estão Coléricas, nenhum Conselho e Disciplina têm grande efeito sobre elas, que jamais conseguirão usar de Engenho e Ordem em suas Batalhas. Assim, sendo a Cólera, sem a qual nenhuma Criatura tem Coragem natural, inútil numa Guerra, que precisa ser conduzida segundo uma Estratégia, e levada a cabo com Perícia, cabe ao Governo encontrar um Equivalente à Coragem capaz de fazer com que os Homens lutem.

Quem quiser civilizar Homens, e organizá-los num Corpo Político, deve estar familiarizado com todas as Paixões e Apetites, a Força e as Fraquezas da sua Constituição, e saber como transformar suas maiores Debilidades em Vantagem para o Público. Na minha *Investigação sobre a Origem da Virtude Moral*, mostrei com que facilidade os Homens podem ser induzidos a crer em tudo o que se diga em seu Louvor. Se, portanto, um Legislador ou um Político,

---

[1] "A ira é uma loucura breve" (Horácio, *Epístolas*, Livro I. ii. 62).

Observação (R)

pelo qual tenham grande Veneração, lhes disser que todo Homem traz em si um Princípio de Bravura distinto da Cólera, ou de qualquer outra Paixão, capaz de fazê-lo desprezar o Perigo e enfrentar a própria Morte com Intrepidez, e aqueles com maior dose de tal Sentimento são os mais preciosos de sua Espécie, é muito provável que a maioria, embora não sentindo sequer um espasmo do tal Princípio, engolisse a Patranha como Verdade, e mesmo que os mais orgulhosos se comovessem pela Adulação e, pouco versados em distinguir as Paixões, imaginassem sentir isso latejando no Peito, quando apenas confundiam Orgulho com Coragem. Se apenas um em cada Dez fosse persuadido a declarar de público ser portador desse Princípio, e mantivesse a afirmação contra todos os Detratores, logo haveria meia dúzia assegurando o mesmo. Quem quer que uma só vez tenha feito isso, já está comprometido, e ao Político resta tomar todos os Cuidados imagináveis para adular, de mil maneiras diversas, o Orgulho dos que se jactam de tal Confissão, e se dispõem a mantê-la. O mesmo Orgulho que os motivou da primeira vez vai obrigá-los, daí por diante, a defender a Asserção, até que, por fim, o temor de revelar a realidade de seu Coração fica tão grande que sobrepuja o medo da Morte. Aumente o Orgulho do Homem, e seu medo da Vergonha será sempre diretamente proporcional; pois quanto maior o Valor que um Homem se atribua, tanto mais fortes as Dores e maiores as Fadigas a que se submeterá para evitar a Vergonha.

A grande Arte, então, para tornar Corajoso um Homem consiste, primeiro, em convencê-lo de que possui esse Princípio interno de Bravura, e, depois, fazer com que ele sinta contra a Vergonha o mesmo Horror que a Natureza lhe deu com relação à Morte; e que há coisas às quais o Homem tem, ou pode ter, Aversão maior do que pela Morte fica evidente no *Suicídio*[1]. Quem escolhe a Morte deve considerá-la menos terrível do que aquilo do qual foge através dela; porque, seja o Mal que o aterroriza presente ou futuro, real ou imaginário, ninguém se mata voluntariamente senão para evitar alguma coisa. *Lucrécia*[1] resistiu com bravura a todos os Ataques do Violador mesmo quando este ameaçou sua Vida, o que mostra que ela dava maior valor à Virtude. Mas quando viu sua Reputação ameaçada com a Infâmia eterna, ela se rendeu por completo, e depois se matou; sinal seguro de que prezava a Virtude menos que a Glória, e a Vida menos que as outras duas. O medo da Morte não a fez entregar-se porque antes disso já estava decidida a morrer, e sua Aquiescência só pode ser entendida como uma espécie de Suborno para garantir que *Tarquínio* não lhe mancharia a Reputação; de modo que a Vida não ocupava nem o primeiro nem o segundo lugar na Consideração de *Lucrécia*.[2] A Coragem, portanto, que só tem utilidade para o Corpo Político, e à qual geralmente chamam de verdadeira Bravura, é artificial, e consiste em *um Horror Superlativo à Vergonha, instilado pela* Lisonja *nos Homens de exaltado* Orgulho.[3]

---

[1]Cf. Aristóteles, *Ética a Nicômaco*, III. vii. II).

[2]Toda essa passagem que concerne a Lucrécia é uma paráfrase de Bayle, *Miscellaneous Reflections* (1708) ii. 371-2. Ver também em Fontenelle, *Dialogue des Morts*, o diálogo entre Lucrécia e Barbe Plomberge.

[3]"La passion qui est cachée dans le coeur des Braves", escreveu Esprit, "c'est l'envie d'établir leur réputation..." (*La Fausseté des Vertus Humaines*, ed. 1678, ii. 165; cf. vol. 2, cap. 10 e i. 522). La Rochefoucauld expressou a mesma ideia (*Oeuvres*, ed. Gilbert & Gourdault, máxima 215).

Tão logo as Noções de Honra e Vergonha são introduzidas numa Sociedade, não é difícil fazer com que os Homens lutem. Primeiro, há que persuadi-los da Justiça de sua Causa, pois nenhum Homem combate seriamente quando julga estar errado;[1] depois, cumpre mostrar que seus Altares, seus Bens, Mulheres, Filhos e tudo mais que lhes seja próximo e caro está envolvido na presente Disputa, ou pode vir a ser afetado por ela no futuro; então é o momento de colocar Plumas em seus Chapéus, para distingui-los dos outros, e também de falar de Espírito Público e Amor à Pátria, de como enfrentar um Inimigo com Intrepidez, desprezando a Morte, ou ainda sobre o Campo da Honra, e outras Palavras assim altissonantes; com isso, todo Homem Brioso pegará em Armas, e irá preferir lutar até a Morte do que bater em Retirada, se ainda houver luz do Dia. Num Exército, cada Soldado funciona como um freio sobre os demais, e uma centena destes que, isolados e sem testemunhas, seriam todos Covardes, se tornam, por medo de incorrer no Desprezo dos camaradas, Homens Valentes quando estão juntos. Para prolongar e intensificar essa Coragem artificial, é preciso punir com a Desonra aqueles que fugiram; elogiar e solenemente felicitar os que combateram bem, tenham vencido ou não; condecorar os que ficaram Mutilados, e valorizar, acima de todos os demais, aqueles que perderam a Vida, lamentando com habilidade suas Mortes e cumulando-os dos mais extraordinários Encômios; porque prestar Homenagem aos Mortos será sempre um Método seguro de Iludir os Vivos.

---

[1] Ver *Origin of Honour*, p. 159: "Ninguém combate vigorosamente se julga estar errado ou sem razão..."

Quando digo que a Coragem de que se faz uso na Guerra é artificial, não imagino que pelo mesmo Artifício seja possível tornar todos os Homens igualmente Valentes; como os Homens não têm a mesma dose de Orgulho, e diferem uns dos outros em Aspecto externo e Estrutura interna, é impossível que sejam igualmente talhados para as mesmas funções. Alguns jamais serão capazes de aprender Música, porém se tornarão ótimos Matemáticos; outros tocarão Violino com enorme talento, mas por toda a vida serão Janotas, convivam eles com quem for. E, para mostrar que não apelo a Subterfúgios, vou provar que, pondo de lado o que já disse sobre Coragem artificial, o que diferencia o maior dos Heróis do mais rematado Covarde é algo inteiramente Corpóreo, e depende da compleição interna do Homem. Trata-se de uma coisa chamada Constituição, entendida como a mistura ordenada ou desordenada de *Fluidos* no nosso Corpo. Essa Constituição que favorece a Coragem tem na sua composição Força natural, Elasticidade e uma apropriada Dosagem dos mais refinados Elementos, de cuja união resulta o que denominamos Tenacidade, Firmeza e Obstinação. Esse é o único Ingrediente comum à Bravura natural e à artificial, e em ambas funciona como a goma-laca em Parede pintada de branco, impedindo-a de descascar, e garantindo maior durabilidade. Que algumas Pessoas se assustem muito e outras pouco com alguma coisa estranha e inesperada deve-se, também, e inteiramente, à solidez ou à fraqueza do Tônus de seus Espíritos. O Orgulho não tem qualquer Utilidade num acesso de Medo pois enquanto isso dura não conseguimos pensar, o que, sendo considerado uma Desgraça, é a Razão pela qual as Pessoas ficam sempre furiosas com aquilo que as assustou, assim que a surpresa passa; e quando, ao termo de uma Batalha, os Vencedores não mostram Clemência, e se portam com Crueldade, é sinal de que os Vencidos lutaram bem, e lhes inspiraram grande Medo.

Que a Firmeza depende desse Tônus dos Espíritos também se constata a partir dos efeitos de Bebidas fortes, cujas Partículas ardentes, alojando-se no Cérebro, reforçam os Ânimos; tal Operação imita a da Cólera, da qual eu disse antes tratar-se de uma Ebulição dos Espíritos. É por esse Motivo que muita Gente quando bebe fica mais irritadiça, e é mais facilmente tomada pela Ira do que em outras ocasiões, e há mesmo quem tenha um ataque de Fúria sem qualquer Provocação. Já se observou também que os Homens se tornam mais Briguentos com o Conhaque do que com a mesma quantidade de Vinho, e isso porque os Destilados têm uma abundância de Partículas ardentes que não existem no Vinho. A Estrutura de Espíritos é tão fraca em alguns indivíduos que, embora eles tenham bastante Orgulho, nenhuma Astúcia fará com que lutem, ou superem seus Medos; mas essa é uma Deficiência no Princípio dos *Fluidos*, assim como outras Deformações são falhas dos *Sólidos*.[1] Essas Pessoas pusilânimes nunca chegam completamente à Cólera quando existe algum Perigo, e a Bebida os deixa mais audaciosos, mas não tão

---

[1] A fisiologia da época em que Mandeville escrevia concebia as forças nervosas, vitais, como "fluidos" que circulavam através do cérebro e do corpo, os chamados "espíritos" (animais, naturais ou vitais), e, na esteira dessa confusão materialista de pensamento, atribuía o grau de vitalidade do indivíduo ao vigor e à abundância dos "espíritos". Em outra obra, (*Treatise*, ed. 1730, p. 163), Mandeville reconheceu isso como possivelmente apenas uma hipótese conveniente. Sólidos, naturalmente, seriam as estruturas normais do corpo.

resolutos a ponto de atacar qualquer pessoa, a menos que sejam Mulheres ou Crianças, ou alguém que, eles sabem, não ousaria resistir. Tal Constituição é frequentemente influenciada por Saúde e Doença, e debilitada por grandes Perdas de Sangue; às vezes se corrige por uma Dieta apropriada, e foi isso o que o Duque *de La Rochefoucauld* quis dizer quando escreveu: *A Vaidade, a Vergonha e, acima de tudo, a* Constituição *produzem em muitos casos a Coragem dos Homens e a Virtude das Mulheres.*[1]

Não há nada que desenvolva mais essa útil Coragem Marcial de que falo, e ao mesmo tempo exponha melhor sua artificialidade, do que a Prática; pois quando os Homens são disciplinados, e se inteiram sobre todas as Ferramentas de Morte e Engenhos de Destruição; quando os Gritos, o Alarido, o Fogo e a Fumaça, os Gemidos dos Feridos, o aspecto fantasmagórico dos Agonizantes, com o mais variado espetáculo de Carcaças destroçadas e Membros sangrentos arrancados, se tornam familiares, seus Temores diminuem rapidamente; não é que tenham agora menos Medo de morrer do que antes, mas tendo visto tantas vezes os mesmos Perigos, eles percebem essa realidade menos agudamente do que no começo. Como são, com justiça, avaliados pelos Ataques de que participaram e pelas Batalhas em que estiveram, é impossível que essas Ações sucessivas não se transformem em sólidos Degraus pelos quais seu Orgulho vai subindo mais e mais; e como seu Medo da Vergonha, o qual, como eu já disse, é sempre proporcional ao seu Orgulho, vai aumentando na medida em que decresce sua Percepção do Perigo, não é de admirar que muitos deles aprendam a não demonstrar Medo nenhum

---

[1] Máxima 220, *Oeuvres*, ed. Gilbert & Gourdault.

ou muito pouco; e alguns grandes Generais são capazes de manter a Presença de Espírito, e de aparentar grande Serenidade em meio a todo o Ruído, Terror e Confusão de uma Batalha.

O Homem é Criatura tão tola que, intoxicado pelos Vapores da Vaidade, se rejubila ao pensar nos Louvores que sua Memória receberá nos futuros Séculos; e com tal Êxtase o faz que chega a desdenhar da Vida presente, ou melhor, corteja e cobiça a Morte só de imaginar o quanto ela acrescentará à sua Glória já conquistada. Não há grau de Abnegação que um Homem de Orgulho e Temperamento não possa alcançar, nem Paixão tão violenta que ele não sacrifique em nome de outra que lhe seja superior; e aqui devo confessar minha admiração pela Simplicidade de certos Homens bons que, ao ouvirem contar do Júbilo e Entusiasmo com os quais os Santos sofreram por sua Fé, durante as Perseguições, creem que tal Perseverança excederia toda a Força humana, a menos que sustentada por alguma Ajuda miraculosa dos Céus. Assim como a maioria das Pessoas reluta em aceitar as muitas Fraquezas de sua Espécie, também é comum desconhecer a Força de nossa Natureza, e ignorar que Homens de Constituição firme podem se dedicar ao trabalho com alto grau de Entusiasmo[1] sem outra ajuda que a Violência de suas Paixões; e no entanto é sabido que já houve Homens que, auxiliados apenas por seu Orgulho e Constituição na defesa das piores Causas, suportaram Torturas e Tormentos com tanta Alegria quanto o melhor dos Santos que, animado por Piedade e Devoção, se deixou martirizar pela verdadeira Religião.

---

[1] Cf. adiante, ii. 132, *n*. I.

Observação (R)

Para provar tal Assertiva, eu poderia apresentar inúmeros Exemplos, mas um ou dois serão suficientes. *Jordanus Bruno* de *Nola*,[1] autor daquela tola obra de Blasfêmia intitulada *Spaccio della Bestia triumphante*,[2] e o infame *Vanini* [3] foram ambos executados por professarem e ensinarem abertamente o *Ateísmo*. O último poderia ter sido perdoado no Momento anterior à Execução se houvesse renegado sua Doutrina; mas, em vez de retratar-se, preferiu ser reduzido a Cinzas. A caminho da Fogueira, longe de mostrar qualquer Preocupação, estendeu a mão a um Médico, seu conhecido, pedindo-lhe que testemunhasse o Sossego de seu Espírito pela Regularidade de seu Pulso; e ainda aproveitou a oportunidade para fazer uma ímpia Comparação, proferindo Frase execrável de-

---

[1] Trata-se, evidentemente, de Giordano Bruno (1548-1600), filósofo, astrônomo e matemático italiano, natural de Nola, perto de Nápoles. Batizado como Filippo e conhecido como il Nolano, assumiu o nome 'Giordano' ao entrar (1565) para o convento de San Domenico Maggiore, em Nápoles. Morreu queimado como herege em Roma. [N. do T.]

[2] O *Spaccio della Bestia Trionfante*, ou, em inglês, *The Expulsion of the Savage Beast*, publicado em 1584, consiste em três diálogos alegóricos de tom anticristão. Budgell deu notícia do livro no *Spectator* nº 389, de 27 de maio de 1712.

[3] Bayle, de cujo *Miscellaneous Reflections* (ed. 1708, ii. 376-9) Mandeville aparentemente retirou suas informações sobre Vanini *[Giulio Cesare ou Lucilio Vanini, 1585-1619]*, o chama de "o detestável Vanini" (ii. 356). É curioso notar que Vanini antecipou a análise de Mandeville sobre a psicologia dos mártires: "At ego negabam illi, imbeciles esse Christianorum animos quinimo omnium fortissimos, vt gloriosa Martyrum certamina vbique testantur. Ille verò blasphaemus referebat haec ad validam imaginatiuae facultatem, & honoris cupedias, nec non ad humorem hippocondriacum, addebat in quacunque Religione licet absurdissima, vt Turcarum, Indorum, & nostri saeculi Haereticorum, adesse infinitum propemodum stultorum numerum, qui pro patriae Religionis tutela vitro se tormentis obijcerint..." (*De Admirandis Naturae... Arcanis*, Paris, 1616, pp. 356-7). Santo Agostinho disse: "...moritur charitas... confitetur nomen Christi, ducit martyrium; confitetur et superbia, ducit et martirium" (*Epist. Joannes ad Parthos* viii.iv. 9, in *Patrologia Latina*, de Migne, xxxv. 2041). Nicole parafraseou Agostinho em *Essais de Morale* (1714), iii. 163.

OBSERVAÇÃO (R)

mais para ser mencionada.[1] A esses dois podemos acrescentar um certo *Mahomet Effendi*, o qual, como Sir *Paul Ricaut* nos conta, foi condenado à Morte em *Constantinopla* por ter insinuado algumas Noções contra a Existência de um Deus. Esse também poderia ter salvado a Vida confessando seu Erro, e renunciando a ele para o Futuro; mas escolheu persistir em suas Blasfêmias, afirmando que, *embora não esperasse qualquer Recompensa, o Amor à Verdade o forçava a sofrer o Martírio em sua defesa.*[2]

Fiz essa Digressão principalmente para mostrar a Força da Natureza humana, e o que o próprio Homem é capaz de fazer só por Orgulho e Constituição. O Homem certamente pode agir por Vaidade com tanta Violência quanto o Leão por sua Ira; e não só a Vaidade tem tal Poder: a Avareza, a Sede de Vingança, a Ambição, e quase todas as Paixões, incluindo a Piedade, quando se apresentam em grau extraordinário, podem, pelo fato de dominarem o Medo, servir-lhe como substituto da Coragem, e tão bem que ele mesmo pode tomar uma coisa pela outra; e é isso que a Experiência cotidiana deve ensinar a cada Um que examine a fundo os Motivos pelos quais alguns Homens agem. Mas para perceber com maior clareza quais são os verdadeiros

---

[1] Segundo a *Historiarum Galliae ab Excessu Henrici IV* (ed. Toulouse 1643, p. 209), por G. B. Gramont [Gramondus], cujo pai, segundo declaração do próprio autor (p. 211), era Decano do Parlamento de Toulouse que condenou Vanini, e testemunha ocular da sua execução, a frase era: "Illi [Cristo] in extremis prae timore imbellis sudor, ego imperterritus morior". (O Cristo, antes de Sua morte, suou como um covarde; eu morro sem qualquer pavor.)

[2] Cf. Rycaut, *Present State of the Ottoman Empire* (1687), p. 64. Bluet, todavia, demonstra (*Enquiry*, p.128, *n.*) que Mandeville não estava citando diretamente de Rycaut, mas de Rycaut tal como citado por Bayle em *Miscellaneous Reflections* (ver ed. 1708, ii. 379). E isso porque Mandeville cita Bayle *verbatim*, coisa que ele não faz com Rycaut.

fundamentos desse pretendido Princípio, examinemos de que maneira são conduzidos os Assuntos Militares, e veremos, então, que em nenhum outro caso o Orgulho é tão abertamente encorajado. No que tange a Vestuário, o menos graduado dos Oficiais Subalternos veste Roupas mais ricas, ou pelo menos mais vistosas e resplandecentes, do que as de qualquer outra Pessoa com quatro ou cinco vezes a sua Renda. A maioria deles, especialmente os que têm Família, e subsistem a duras penas, ficariam bem felizes, e isso em toda a *Europa*, se pudessem gastar menos com Vestimentas; trata-se, porém, de uma Obrigação imposta exatamente para sustentar seu Orgulho, coisa que eles não percebem.

Mas os caminhos e recursos para incitar o Orgulho do Homem, sujeitando-o através disso, em lugar nenhum são mais grosseiramente evidentes quanto no Tratamento recebido pelos Soldados Rasos, cuja Vaidade precisa ser trabalhada ao menor preço possível (pelo fato de serem muitos). Aquilo com que estamos acostumados não nos chama a atenção; assim, qual Mortal que jamais tivesse visto um Soldado conseguiria conter o riso diante daquela Figura equipada com tão reles Espalhafato e afetada Elegância? O mais grosseiro Tecido que se possa fabricar com a Lã, tingido na Cor do Tijolo, agrada ao Praça por ser uma Imitação do Escarlate ou Carmesim dos Oficiais; e, para fazê-lo imaginar-se o mais parecido possível a seu Superior com o mínimo de Despesas, no lugar de galões em Ouro ou Prata, seu Quepe vem enfeitado com o pior Estambre branco ou amarelo, o que em qualquer outra Pessoa mereceria o *Hospício de Bedlam*; no entanto, todos esses vistosos Atavios, e o

Som produzido por Coturnos de couro de Bezerro, já atraíram e causaram a Destruição, na realidade, de mais Homens do que jamais conseguiram, por Gracejo, os Olhos fatais e as Vozes sedutoras de Mulheres. Hoje o Porqueiro veste seu Casaco Vermelho e acredita naqueles que o chamam a sério de Cavalheiro, e dois Dias depois o Sargento *Kite*[1] lhe dá uma Bengalada das boas por segurar seu Mosquete uma Polegada mais alto do que deveria. Quanto à verdadeira Dignidade do Emprego, nas duas últimas Guerras, quando havia necessidade de Recrutas, os Oficiais tinham permissão de alistar Indivíduos condenados por Roubo e outros Crimes Capitais, comprovando que se tornar um Soldado é Opção só preferível à Forca. Para um militar da Cavalaria é pior que para os da Infantaria, pois em suas horas de folga ele passa pela Mortificação de servir de Palafreneiro a um Cavalo que causa muito maior Dispêndio do que ele. Quando um Homem reflete sobre tudo isso, a Maneira com que seus Oficiais o tratam, seu Soldo, e o pouco caso que fazem dele quando não é mais necessário, não parece extraordinário que existam Desgraçados tão tolos a ponto de se orgulharem de ser chamados de *Senhores Soldados*? Contudo, se eles não fossem assim, jamais haveria Artifício, Disciplina ou Dinheiro capazes de torná-los tão Corajosos quanto Milhares deles efetivamente o são.

Se voltarmos agora nossa atenção para os Efeitos que a Valentia de um Homem, sem quaisquer outras Qualificações que o ado-

---

[1] Trata-se do oficial na peça de Farquhar, *The Recruiting Officer* (ver especialmente I.i), que recruta homens através dos muitos estratagemas mencionados por Bernard Mandeville.
[*Kite*, neste caso, significa milhafre, uma ave de rapina. N. da E.]

Observação (R)

cem, teria fora do Exército, concluiríamos que isso seria altamente pernicioso para a Sociedade Civil; pois se o Homem fosse capaz de dominar por completo os seus Temores, só se ouviria falar de Estupros, Assassinatos e Violências de toda espécie, e os Homens Valentes seriam como os Gigantes em Romances: a Política logo descobriria neles um Compósito feito de Justiça, Honestidade e todas as Virtudes Morais aliadas à Coragem, e com esse Dom se tornariam Cavaleiros Andantes, naturalmente. Fariam um Bem imenso pelo Mundo afora, domando Monstros, salvando os Aflitos e matando os Opressores. Mas, uma vez cortadas as Asas de todos os Dragões, destruídos os Ogros e libertadas as Donzelas, exceto algumas poucas na *Espanha* e na *Itália*, que são ainda cativas de seus Monstros, a Ordem da Cavalaria, à qual pertencia o Modelo da Antiga Honra, em pouco tempo seria posta de lado.[1] Tal como suas Armaduras, maciças e pesadonas, as muitas Virtudes a ele associadas o tornaram incômodo, e à medida que as Eras iam ficando mais e mais esclarecidas, o Princípio de Honra no começo do Século passado fundiu-se novamente, transformando-se em outro Padrão; nele se pôs o mesmo Peso de Coragem, metade da Honradez e só uma pitada de Justiça, mas nem um Grão de qualquer outra Virtude, o que o deixou muito mais cômodo e portátil do que era antes. De todo modo, tal como ficou, não era mais possível viver sem isso num

---

[1] Essa referência à "sobrevivência" dos extravagantes romances de um período mais antigo, como o *Amadis de Gaula*, é apenas uma de várias, desdenhosas, de Mandeville à literatura romântica. Ver, por exemplo, *The Virgin Unmask'd* (1724), p. 131, em que põe na boca de um dos personagens o seguinte: "...a leitura de Romances já prejudicou gravemente o seu Bom Senso..."; e, também, sua *Origin of Honour*, pp. 48 e 90-I.

País grande; ele é o vínculo da Sociedade, e ainda que devamos às nossas Fraquezas o seu principal Ingrediente, não há Virtude, pelo menos nenhuma que eu conheça, com metade de sua eficácia para civilizar a Humanidade, pois em grandes Sociedades os Homens logo degeneram em Vilões cruéis e Escravos traiçoeiros, quando de seu seio se remove a Honra.

Quanto à Instituição do Duelo, que também pertence ao mesmo princípio, me apiedo dos Infortunados cujo Destino levou a isso; mas dizer que os culpados por tal ordem de coisas adotavam Regras falsas, ou tinham erradas Noções de Honra, é ridículo; porque ou bem não existe Honra nenhuma, ou é ela que ensina os Homens a se ofender com Injúrias e aceitar Desafios. Assim como se pode negar que seja Moda o que todo mundo está usando, também é possível afirmar que exigir e dar Satisfações vai contra as Normas da Verdadeira Honra. Aqueles que condenam os Duelos não levam em consideração o Benefício que a Sociedade recebe de tal Modismo. Se todo Indivíduo mal-educado pudesse usar a Linguagem que lhe apraz, sem ter de prestar Contas por isso, o instituto da Boa Conversação estaria com dias contados. Gente muito séria e grave replica que os *Gregos* e *Romanos* eram Homens muito valentes e, no entanto, ignoravam o Duelo, salvo quando as contas a ajustar envolviam sua Pátria. É a mais pura Verdade, mas por esse exato Motivo os Reis e Príncipes em *Homero* usavam entre si uma Linguagem tão grosseira que nossos Carregadores e Cocheiros não conseguiriam suportar sem se sentirem Ofendidos.

Se pretendem impedir os Duelos, jamais perdoem aqueles que ofendem desse modo, e para tal criem as Leis mais severas possíveis, mas não suprimam a coisa em si, este Costume. Assim se poderá não apenas evitar sua Frequência como também, ao fazer com que os mais fortes e resolutos se comportem de forma cautelosa e circunspecta, contribuir para que a Sociedade em geral fique mais polida e brilhante. Nada civiliza melhor o Homem do que o seu Medo, e, se não todos (como meu Lord *Rochester* disse), pelo menos a maioria dos Homens passaria por Covarde numa situação assim.[1] O terror de serem chamados às Falas mantém muitos a uma distância respeitosa, e há na *Europa* milhares de Cavalheiros de esmerada Educação e belas Maneiras que sem isso seriam insolentes e insuportáveis Janotas; acresce que, se caísse de Moda tomar Satisfações por Injúrias que a Lei não pune, haveria vinte vezes mais Agressões do que há hoje, ou seria preciso mobilizar vinte vezes mais Guardas Civis e outros Policiais para manter a Paz. Confesso que, embora o Duelo não ocorra com muita frequência, é uma Calamidade para o Povo, e geralmente para as Famílias atingidas; mas não há Felicidade perfeita neste Mundo, nem Bem que sempre dure. O Ato em si parece contrário à Caridade, mas quando se sabe que num País, anualmente, cerca de trinta Cidadãos acabam com a própria Vida, e menos de quinze são mortos

---

[1] Ver *A Satyr against Mankind* (1675), de Sir John Wilmot, Conde de Rochester (1647-1680). Essa sátira em versos contém matéria consanguínea ao estilo de Mandeville, por fazer derivar as boas qualidades das ruins: "Medo abjeto, a fonte da qual provêm suas melhores paixões, / Sua apregoada Honra, e sua Fama a peso de ouro adquirida: / A Ânsia de Poder, da qual é totalmente escravo, / E só por ela ousa ser valente: /E à qual seus vários projetos são ligados, /Aquilo que o faz Generoso, Afável e Bom... / Apenas por segurança, depois da fama que tanto perseguiu, / Pois todos os homens seriam Covardes se a tanto se atrevessem".
[N. do T.: Segundo a *Encyclopaedia Britannica*, esta sátira antecipa Swift em sua contundente denúncia do racionalismo e do otimismo, e no contraste que faz ver entre a perfídia e a insensatez dos homens e a sabedoria instintiva do mundo animal.]

por outras Pessoas, não creio que se possa dizer que amamos nosso Próximo menos que a nós mesmos. É estranho que uma Nação lamente o sacrifício de, talvez, meia dúzia de Indivíduos no período de um Ano em troca de tão valiosas Bênçãos, como o são a Polidez dos Modos, o Prazer do Colóquio e a Alegria da Convivência em geral, enquanto é capaz frequentemente de expor, e às vezes perder, muitos milhares de Homens em poucas Horas, sem sequer saber se isso resultará ou não em algum bem.

Não é meu desejo que alguém, tendo refletido sobre a mesquinha Origem da Honra, se queixe de haver sido ludibriado e usado como Instrumento por Políticos ardilosos; quero, ao contrário, que seja do entendimento de todos que os Governantes das Sociedades e aqueles em altas Posições se sentem ainda mais Inflados de Orgulho do que qualquer um dentre os demais. Se alguns grandes Homens não trouxessem no peito um Orgulho superlativo, e todos se preocupassem apenas em aproveitar a Vida, quem seria um Lord Chanceler da *Inglaterra*, ou Primeiro-Ministro de Estado na *França*, ou ainda um terceiro que tem muito mais Fadiga e nem um sexto do Lucro dos anteriores: Grande Pensionário da *Holanda*?[1] Os Serviços recíprocos que os Homens prestam uns aos outros são a Base da Sociedade. Não é à toa que os Grandes deste mundo são adulados por suas Ilustres origens: para excitar-lhes o Orgulho, para movê-los a Ações gloriosas, nós lhes exaltamos a Raça, quer mereçam ou não; e alguns Homens são cumprimenta-

---

[1] Ao tempo da República, os *Raadpensionaris* da província da Holanda tinham uma extraordinária variedade de cargos e funções, inclusive o de Moderador dos Estados da Holanda e – numa terminologia moderna – de Presidente dos Estados Gerais, Primeiro-Ministro e Ministro das Relações Exteriores.

dos pela Grandeza de sua Família, e o Mérito de seus Ancestrais, quando em toda a sua Genealogia não se poderia encontrar nem mesmo dois que não fossem Idiotas submissos às Esposas, tolos Fanáticos, notórios Poltrões ou libertinos frequentadores de Prostíbulos. O profundo Orgulho, que é inseparável dos portadores de altos Títulos, sempre os leva a trabalhar muito para não parecerem indignos disso, uma vez que a ativa Ambição daqueles que ainda não conquistaram Posições é capaz de torná-los industriosos e infatigáveis para merecê-las. Quando um Cavalheiro se torna Barão ou Conde, para ele isso representa, em muitos Aspectos, um Freio tão forte quanto a Toga e a Sotaina para um jovem Estudante recém-Ordenado.

A única objeção de peso que se pode fazer ao conceito moderno de Honra é ser diametralmente oposto à Religião. Esta manda que suportemos as Injúrias com Paciência, a outra diz que quem não se ofende é indigno de viver. A Religião ordena que se deixe toda Vingança a cargo de Deus, e a Honra incita o Homem a não confiar sua Vingança a ninguém além de si mesmo, ainda que a Lei possa fazê-lo em seu lugar. A Religião proíbe claramente o Homicídio, a Honra o justifica abertamente. A Religião proíbe o derramamento de Sangue, seja qual for o Caso; a Honra exige que se lute pela mínima Ninharia. A Religião se funda na Humildade, e a Honra sobre o Orgulho. Como conciliá-las é tarefa para Cabeças mais sábias do que a minha.[1]

---

[1] A tese de Mandeville de que a honra tem dois aspectos — um de acordo com a lei social, outro segundo a lei moral — foi antecipada por Bayle e Locke. Bayle argumentava: "Por 'Homem de Coragem' o Mundo entende alguém extremamente exigente em Questões de Honra, que não suporta a menor Afronta, que se vinga,

A Razão pela qual há tão poucos Homens de verdadeira Virtude, e tantos de verdadeira Honra, é a seguinte: a única Recompensa que um Homem recebe por sua Ação virtuosa é o Prazer de tê-la praticado, o que para muita Gente é Pagamento pífio; mas o Desprendimento com que um Homem de Honra renuncia a um Apetite é imediatamente recompensado pela Satisfação que recebe de um outro, e o que ele abate de sua Avareza, ou de qualquer outra Paixão, é pago em dobro ao seu Orgulho. Acresce que a Honra fornece grandes Porções de Indulgência, e a Virtude, nenhuma. Um Homem de Honra não deve trapacear nem dizer uma Mentira; ele deve pagar pontualmente suas dívidas, mesmo as de Jogo, ainda que o Credor não tenha documento que a comprove; em compensação, pode beber, e praguejar, e dever Dinheiro a todos os Negociantes da Cidade, sem precisar se preocupar com cobranças. Um homem de Honra tem de ser fiel a seu Príncipe e sua Pátria, enquanto estiver a seu Serviço; mas, se lhe parecer que o tratam mal, tem o direito de abandoná-los, e de lhes causar todo o Dano que puder. Não deve jamais um Homem de Honra mudar de Religião por Interesse, mas ele pode ser tão Devasso quanto quiser, e jamais pôr os pés numa Igreja. Não deve cobiçar a Mulher, a Filha ou a

---

com a rapidez de um Raio, e arriscando a própria Vida, da menor falta de respeito... Um Homem precisa estar fora do seu Juízo para acatar os Conselhos ou Preceitos de Jesus Cristo..." (*Miscellaneous Reflexions*, ed. 1708, i. 283; cf. *Réponse aux Questions d'un Provincial*, pt. 3, cap. 28). E Locke escreveu: "Assim, o desafio e a luta com um homem, como um certo tipo positivo de moda, ou como forma privada de ação, por ideias particulares, distintas de todas as outras, são chamados de *duelo*: o qual, se considerado em relação à lei de Deus, merece o nome de pecado; em relação à moda, em alguns países, é considerado prova de coragem e virtude; e, para as leis municipais de certos governos, crime capital" (*Essay concerning Human Understanding*, ii. xxviii. 15). — A oposição entre "honra" e Cristianismo é a ideia central da *Origin of Honour* de Mandeville.

Irmã do seu Amigo, nem qualquer pessoa confiada à sua Guarda, mas pode se deitar com todas as outras do Mundo inteiro.

(S) *Nenhum Pintor se faz famoso com sua Arte,*
Gravadores e Escultores vivem no anonimato.

[Pág. 239, linha 21]

Não há dúvida de que, entre as Consequências de uma situação Nacional de Honestidade e Frugalidade, estaria a proibição de construir Casas novas, ou de usar novos Materiais enquanto os antigos ainda fossem aproveitáveis. Aconteceria então que três Quartos dos *Pedreiros*, *Carpinteiros*, *Ladrilheiros* etc. ficariam Desempregados; e, uma vez destruída a indústria da Construção, o que seria de *Pintores*, *Entalhadores*, e outras Artes que atendem ao Luxo, e foram cuidadosamente proscritos por esses Legisladores que preferiram uma boa e honesta Sociedade a outra vasta e opulenta, e se esforçaram por tornar seus Cidadãos mais Virtuosos que Ricos? Segundo uma Lei de *Licurgo*, decretou-se que os Tetos das *Casas Espartanas* deviam ser forjados a Machado, e seus Portões e Portas alisados apenas com a Plaina; e isso, diz *Plutarco*, não deixava de conter um Mistério; pois se *Epaminondas* podia dizer com tanta Graça, convidando alguns Amigos à sua Mesa: "Acerquem-se, Cavalheiros, sem receio, que a Traição jamais virá a um Jantar tão pobre quanto este", por que não teria pensado esse grande

Legislador, com toda Probabilidade, que Casas assim tão feias ficariam imunes ao Luxo e à Superfluidade?

O mesmo Autor nos conta que o Rei *Leotíquides*, o primeiro com este Nome, estava tão pouco acostumado a ver Madeira entalhada que, ao ser recebido em *Corinto* num Salão majestoso, ficou de tal forma surpreso com o revestimento das Paredes e do Teto, finamente esculpidos, que perguntou a seu Anfitrião se as Árvores cresciam assim no País.[1]

A mesma onda de Desemprego alcançaria também inúmeras Profissões; entre elas, a dos

> *Tecelões, que à Seda uniam fios de Prata,*
> *E todos os demais Comércios subordinados,*

(como diz a *Fábula*)[2] seria uma das primeiras a ter motivos para se queixar; porque, com o Preço das Terras e Casas decrescendo substancialmente, por conta do grande Número de Abelhas que abandonaram a Colmeia, e com todo mundo abominando qualquer tipo de Ganho senão o estritamente honesto, não é provável que tanta gente sem Orgulho ou Prodigalidade fosse capaz de vestir Tecidos de Ouro e Prata, ou ricos Brocados. Por Consequência, não só o *Tecelão*, mas também o *Fiador de prata*, o *Amolgador*,[3] o

---

[1] Esse parágrafo, e o anterior também, a partir de "não deixava de conter um Mistério", é copiado *verbatim* do *Plutarco* de Dryden (ver ed. 1683, i.158-9), na "Vida de Licurgo". Hutcheson parece ter observado isso quando falou sobre as "petulantes evidências da imensa erudição crítica" de Mandeville, a qual, segundo ele, "nenhum mortal poderia possuir sem que tivesse passado anos estudando Latim e lendo as *Vidas* de Plutarco anglicizadas por diversos autores" (*Reflections upon Laughter, and Remarks upon the Fable of the Bees*, Glasgow, 1750, p. 72).

[2] Ver *Fábula* i. 241.

[3] *Flatter* seria o encarregado de achatar alguma coisa (por exemplo, metal). O uso da palavra

Estirador de Metais, o *Barman*[1] e o *Refinador* seriam logo afetados, em cadeia, por essa Frugalidade.

(T)........................ *Para viver à Larga,*
Obrigara o Marido a pilhar o Erário.

[Pág. 240, linha 12]

Aquilo que nossos Patifes comuns, quando vão ser enforcados, mais apontam como Causa de seu Fim prematuro é, além da negligência pelo Sabbath, o fato de se haverem consorciado com Mulheres más, ou seja, Prostitutas. Nem vou discutir: é bem possível que, entre os Bandidos de menor categoria, muitos arrisquem o Pescoço para cultivar e satisfazer seus miseráveis Amores. Mas as Palavras que ocasionaram esta *Observação* podem nos servir como lembrete de que, mesmo entre os grandes Homens, muitos se lançam em perigosos Projetos por causa de suas Esposas, ou são por elas levados a Decisões funestas que nem mesmo a mais sedutora das Amantes seria capaz de convencê-los a tomar. Já mostrei que a pior das Mulheres e a mais dissoluta no Sexo contribuem para o Consumo de Supérfluos, assim como o de Bens Necessários, e, consequentemente, são Úteis a muitos Burros-de-carga pacatos, que

---

por Mandeville nessa acepção é o primeiro exemplo do verbete "Flatter" do *Oxford English Dictionary*, v. IV, F-G, p. 298.

[1] Aquele que prepara barras de metal para a manufatura de arame. O único exemplo do uso da palavra com tal sentido no *Oxford English Dictionary* (Barman 2) é este de Mandeville.

trabalham duro para sustentar suas Famílias, e nada ambicionam além de um honesto Meio de Vida. —— Pois que as Mulheres sejam banidas apesar disso, fala um Homem de bem. Quando todas as Rameiras se forem, e o País ficar inteiramente livre da Lascívia, o Altíssimo derramará sobre a Terra tal Abundância de Bênçãos que excederão de muito os Proveitos hoje proporcionados pelas Meretrizes. —— Isso talvez seja verdade; mas posso demonstrar que, com ou sem Prostitutas, nada poderia consertar o Desastre que o Comércio sofreria se todas as Pessoas do Sexo feminino, que gozam do feliz Status de Casadas, agissem e se comportassem como um Homem sóbrio e sensato teria desejado.

A variedade de Trabalhos envolvidos e a quantidade de Mãos empregadas para satisfazer o Capricho e o Luxo das Mulheres são simplesmente Prodigiosas, e se apenas as casadas dessem ouvidos à Razão e às justas Admoestações, entendessem como suficiente a primeira recusa, e jamais pedissem de novo o que uma vez lhes fora negado; se, digo eu, as Senhoras Casadas agissem assim, e então só gastassem a Quantia que seus Maridos livremente estabeleceram e autorizaram, o Consumo de um milheiro de artigos, de que hoje fazem uso, ficaria reduzido em pelo menos uma quarta Parte. Se formos de Casa em Casa e observarmos o curso da Vida somente no seio da Classe média, como, por exemplo, Lojistas bem conceituados que gastam entre Duzentas e Trezentas Libras por Ano, verificaremos que Mulheres com meia Vintena de Vestidos, dos quais Dois ou Três perfeitos para uso, se acharão no direito de pleitear Roupas novas se puderem argumentar que nunca tiveram um Longo de Gala ou uma Anágua, ou que seus Modelos já foram muito vistos, e são excessivamente conhecidos, especialmente na Igreja; e não falo agora de Mulheres perdulárias ou extravagantes, mas daquelas tidas como Prudentes e Moderadas em seus Desejos.

Se por tal Padrão formos julgar, em Proporção, as Mulheres das Classes mais elevadas, entre as quais as Roupas caras representam uma ninharia se comparadas a suas outras Despesas, não esquecendo Móveis de todo tipo, Carruagens, Joias e Mansões dignas de Pessoas de Qualidade, entenderíamos que esta quarta Parte a que me refiro é uma Porção considerável para o Comércio, e sua Perda seria, num País como o nosso, Calamidade tão grave que não consigo conceber outra pior, nem mesmo uma devastadora Epidemia: pois a Morte de meio Milhão de Pessoas não poderia causar ao Reino um Décimo da Perturbação que, certamente, criaria o mesmo Número de Pobres sem emprego, os quais viriam a se somar àqueles que, por um motivo ou outro, já são um Fardo para a Sociedade.

Alguns poucos Homens têm verdadeira Paixão por suas Esposas, e as adoram sem reserva; outros mais indiferentes, ou pouco aficionados por Mulheres, ainda assim são aparentemente afetuosos, e as amam por Vaidade; estes sentem Orgulho de uma bela Consorte, assim como um tolo Dândi de seu Cavalo de raça, não pelo uso que faça dele, mas por ser de sua Propriedade. O Prazer reside na consciência de uma Posse ilimitada, e no que daí resulta: a sua Imaginação sobre os poderosos Pensamentos que os outros possam ter acerca do quanto ele é Feliz. Esses dois tipos de Homens podem ser muito generosos com suas Mulheres, e mesmo antecipar seus desejos, cumulando-as de Roupas Novas e outros Atavios antes que elas tenham tempo de lhes pedir, porém, em sua maioria, eles são suficientemente espertos para não permitir que

Observação (T)

as Extravagâncias das Companheiras cheguem tão longe que os obrigue a lhes dar de pronto tudo o que elas cobicem.

É inacreditável a enorme quantidade de Bugigangas e Roupas compradas e usadas pelas Mulheres, que elas jamais conseguiriam juntar senão ludibriando a Família nos gastos com o Mercado, ou, por diversos meios, enganando e surrupiando seus Maridos. Outras, à força de atormentarem seus Cônjuges, levam-nos à Condescendência por exaustão, e conseguem subjugar até os mais Tacanhos por sua perseverança e insistência no pedir. Um Terceiro tipo se faz de ultrajada diante de uma negativa, e através de Gritos e Reclamações intimida seu Tolo domesticado, desviando-o de seus Propósitos, enquanto milhares delas sabem usar a Adulação para vencer os Argumentos mais sensatos e as Recusas mais claras e reiteradas; as Jovens e Belas, em especial, zombam de todas as Admoestações e Recusas, e poucas são as que sentem algum escrúpulo em aproveitar os mais ternos Minutos da vida Conjugal para promover um sórdido Interesse. E aqui, se eu tivesse tempo, poderia investir calorosamente contra essas Vis, essas perversas Mulheres, que impávidas usam seus Artifícios e enganosos Encantos contra nossa Força e Prudência, e se portam como Rameiras com os próprios Maridos! Aliás, é pior que Meretriz aquela que impiamente profana e prostitui os Sagrados Ritos do Amor com Objetivos Baixos e Ignóbeis; que primeiro excita a Paixão e convida ao Prazer com fingido Ardor, depois explora nosso Carinho sem outro propósito que o de extorquir um Presente, enquanto cheia de Astúcia, em Simulados Transportes, aguarda o Momento em que ao Homem fica mais difícil negar.

Peço perdão por esse Desvio em meu caminho, desejando que o Leitor experimentado considere com atenção o que foi dito antes sobre o principal Propósito e, em seguida, pense nas Bênçãos temporais que diariamente os Homens ouvem em brindes e ofertórios, não só quando as Gentes estão alegres e desocupadas, mas também nas rezas graves e solenes em Igrejas e outras Assembleias religiosas, por parte de Eclesiásticos de variados Tipos e Categorias. E tão logo haja avaliado todas essas Coisas e, depois de somá-las ao que pessoalmente vem observando nas Questões corriqueiras da Vida, tenha tirado suas conclusões sem Preconceito, atrevo-me a afirmar, vaidosamente, que ele será forçado a concordar que uma considerável Proporção do que constitui a Prosperidade de *Londres* e o Comércio em geral, e por consequência a Honra, a Força, a Segurança, e todos os Interesses mundanos em que consiste a Nação, depende apenas da Falsidade e dos vis Estratagemas das Mulheres; e que a Humildade, a Resignação, a Docilidade, a Obediência a Maridos razoáveis, a Frugalidade, e todas as Virtudes reunidas, caso elas as possuíssem no mais alto Grau, não teriam um Milésimo da eficácia para tornar um Reino opulento, poderoso, e o que chamamos de florescente, do que suas Qualidades mais odiosas.

Para mim é evidente, mas muitos de meus Leitores ficarão perplexos com tal Afirmação ao se darem conta das Consequências que daí advirão; e por certo serei questionado: por que o Povo de um Reino populoso, rico e de grande extensão não pode ser tão virtuoso quanto o de um pequeno e indigente Estado ou Principado, de população escassa? E caso isso fosse impossível, não seria Obrigação de todos os Soberanos reduzir o Número e a Fortuna de seus Súditos o máximo que conseguissem? Se admito que assim deveria ser, incorro em Erro; e se afirmo o contrário, com razão considerariam ímpios os meus Postulados, ou pelo menos perigosos para todas as grandes Sociedades. Como não é apenas neste Ponto do Livro, mas em muitos outros, que Dúvidas semelhantes podem vir a ser levantadas até mesmo por um Leitor bem-intencionado, tratarei aqui de explicar-me, esforçando-me por resolver as Dificuldades que algumas Passagens tenham suscitado, a fim de demonstrar a Harmonia de minhas Opiniões com a Razão e a mais estrita Moralidade.

Sustento como primeiro Princípio que em todas as Sociedades, grandes ou pequenas, é Dever de cada um de seus Membros ser bom; que a Virtude deve ser encorajada, o Vício censurado, as Leis obedecidas e os Transgressores punidos. Depois disso afirmo que, se consultarmos a História, tanto a Antiga quanto a Moderna, e passarmos em revista os acontecimentos do Mundo, constataremos que a Natureza Humana, desde a Queda de *Adão*, sempre foi a mesma, e que sua Força e suas Fragilidades nunca deixaram de se manifestar em qualquer Parte do Globo, independentemente de Épocas, Climas ou Religião. Eu nunca disse, nem sequer imaginei, que o Homem não pudesse ser tão Virtuoso num Reino rico e pujante quanto na mais miserável República; mas confesso que, em minha Opinião, nenhuma Sociedade consegue transformar-se em rico e poderoso Reino, ou, uma vez alcançada tal posição, subsistir com Opulência e Poder por Tempo considerável, sem os Vícios do Homem.

Imagino que isso tenha sido suficientemente provado ao longo do Livro; e, como a Natureza Humana continua igual ao que sempre foi por tantos mil Anos, não temos grandes Motivos para esperar futuras Mudanças enquanto durar o Mundo. Não vejo o que possa haver de Imoralidade em mostrar ao Homem a Origem e a Força dessas Paixões que, com tanta frequência, e mesmo sem que ele se dê conta, lhe arrebatam a Razão; ou que seja Impiedade botá-lo em Guarda contra si mesmo, e os secretos Estratagemas do Amor-Próprio, ensinando-lhe a diferença entre os Atos que procedem de uma Vitória sobre as Paixões e aqueles que resultam apenas do Triunfo de uma Paixão sobre outra; ou seja, entre a Virtude Real e a Fictícia. Como diz o admirável Aforismo de um sábio Teólogo, *Embora muitas Descobertas tenham sido feitas no mundo do Amor-próprio, ainda há uma abundância de Terra incógnita por explorar.*[1] Que mal faço eu ao Homem se o ajudo a se conhecer melhor? Mas estamos todos tão desesperadamente enamorados da Adulação que jamais nos agrada uma Verdade mortificante, e não creio que a Imortalidade da Alma, um Dogma nascido muito antes do Cristianismo, teria encontrado Acolhida tão ampla nos Espíritos humanos se não fosse uma Verdade tão agradável, que enaltece e elogia toda a Espécie, incluídos os mais Humildes e Miseráveis.

Todo mundo gosta de ouvir falar bem das Coisas de que tem Participação, e mesmo os Meirinhos, os Carcereiros e o próprio Carrasco desejariam que se fizesse uma boa ideia de seus Ofícios; e mais: Ladrões e Arrombadores de casas têm maior Consideração por aqueles de sua Fraternidade do que pelas Pessoas

---

[1] La Rochefoucauld, máxima 3 (*Oeuvres*, ed. Gilbert & Gourdault, i. 32): "Quelque découverte que l'on ait faite dans le pays de l'amour-propre, il y reste encore bien de terres inconnues".

Honestas; e eu sinceramente acredito que tenha sido o Amor-Próprio a principal causa de este pequeno Tratado (tal como estava antes da última Impressão) ter ganhado tantos Inimigos;[1] cada um o vê como Afronta pessoal, uma vez que desmerece a Dignidade e apequena as boas Opiniões que se tem da Humanidade, o Grêmio mais Honorável a que pertence. Quando digo que as Sociedades não podem elevar-se à Riqueza, ao Poder e ao Topo da Glória Terrena sem os Vícios, não creio que com isso eu convide os Homens a serem Viciosos, do mesmo modo que não os aconselho a serem Briguentos ou Cobiçosos quando afirmo que os Profissionais ligados à Lei não poderiam ser mantidos em tal Quantidade e Esplendor se não houvesse abundância de Gente Egoísta e Litigiosa.[2]

Mas como nada demonstraria mais claramente a Falsidade das minhas Ideias do que sua aceitação geral, eu não espero o Endosso da Multidão. Não escrevo para muitos, nem aspiro conquistar Aliados senão entre os poucos que sabem pensar de modo abstrato, e mantêm seus Espíritos acima do Vulgar. Se tive ocasião de indicar o caminho para a Grandeza mundana, sempre preferi, sem Hesitação, o que conduz à Virtude.

Se quiserem banir a Fraude e o Luxo, evitar a Irreligiosidade e a Profanação, e fazer com que toda a População se tor-

---

[1] Comparar com a afirmação posterior (*Fábula* i. 679) de que "A primeira Impressão... em 1714, nunca chegou a ser criticada, nem teve qualquer repercussão". Não conheço qualquer referência à obra anterior a 1723.

[2] Cf. Jacques Esprit, *La Fausseté des Vertus Humaines* (Paris, 1678) i.100, o qual, depois de argumentar que uma conduta viciosa é essencial aos homens para obterem sucessos mundanos, redarguiu que "il n'est pas nécessaire de s'agrandir, & il est nécessaire d'être droit, veritable & fidèle".

ne Caridosa, Honrada e Boa, quebrem as Prensas Tipográficas, derretam os Tipos de Chumbo, e queimem todos os Livros da Ilha, exceto os das Universidades, onde permanecem mesmo intocados, e não admitam em mãos de Particulares nenhum Volume além da Bíblia. Desmontem o Comércio Exterior, proíbam todo Negócio com Estrangeiros, e não permitam que se lance ao Mar nenhuma Nave que deva voltar ao porto, com exceção dos pequenos Barcos pesqueiros. Restituam ao Clero, ao Rei e aos Barões[1] seus Antigos Privilégios, Prerrogativas e Propriedades. Construam Novas Igrejas e convertam toda Moeda sonante em Utensílios Sagrados. Ergam Monastérios e Asilos em profusão, e não deixem uma só Paróquia sem Escola de Caridade.[2] Promulguem Leis Suntuárias e façam com que os Jovens se habituem às Privações. Inspirem-nos com as mais belas e refinadas Noções de Honra e Vergonha, de Amizade e Heroísmo, e introduzam entre eles uma grande Variedade de Recompensas imaginárias. Depois, deixem que o Clero pregue aos outros a Abstinência e a Abnegação, mantendo plena Liberdade para fazer tudo o que lhe apraz; abandonem em suas mãos o maior Domínio na Administração dos Negócios de Estado, e impeçam que qualquer Cidadão possa exercer o cargo de Ministro do Tesouro a menos que seja um Bispo.

---

[1] No entendimento dos tradutores franceses, por "barões" Mandeville queria dizer os Pares do Reino, com assento na Câmara dos Lords. Isso configuraria um retorno ao *Ancien Regime*, i.e., à situação que se supõe existisse antes das revoluções inglesas. [N. do T.]

[2] Ver o *Ensaio sobre a Caridade e as Escolas de Caridade* (*An Essay on Charity and Charity Schools*), publicado em seguida às *Observações*, em 1723. Ver também Bayle, *Continuation des Pensées Diverses*, § 124, último parágrafo.

Com tais piedosos Esforços, e salutares Regulamentos, a Situação logo se alteraria; a maior parte dos Cobiçosos, dos Descontentes, dos Inquietos e Ambiciosos Vilões fugiria do País, vastos Magotes de Velhacos Trapaceiros abandonariam a Cidade e se dispersariam pelo interior. Artífices aprenderiam a trabalhar com o Arado, Comerciantes se fariam Agricultores, e a pecadora e superlotada *Jerusalém*, sem Fome, Guerra, Pestilência ou Coerção, se esvaziaria com a maior facilidade, deixando de ser um pesadelo para seus Soberanos. Reformado de modo tão feliz, o Reino não mais sofreria de Excesso populacional, e todas as Coisas necessárias ao Sustento do Homem ficariam baratas e abundantes. Por outro lado, o Dinheiro, Raiz de tantos Males, se tornaria muito escasso, e sua demanda naturalmente se reduziria, uma vez que todo Cidadão gozaria dos frutos de seu Trabalho, e o produto de nossas caras Manufaturas seria usado indiscriminadamente tanto pelo Lord quanto pelo Camponês. É impossível que tal Mudança de Circunstâncias não influenciasse os Costumes de uma Nação, tornando-os mais Moderados, Honestos e Sinceros; e já na Geração seguinte se poderia, justificadamente, contar com uma Prole mais saudável e robusta do que a atual; com Cidadãos inocentes, inofensivos, bem-intencionados, que jamais discutiriam a Doutrina da Obediência Passiva,[1] nem quaisquer outros Princípios Ortodoxos, mantendo-se sempre submissos aos Superiores, e unânimes em matéria de Culto religioso.

---

[1] Essa doutrina, que adquiriu grande relevância pelas rebeliões contra Carlos I e James II, de que o rei, como soberano por direito divino, faz jus a obediência incondicional e ilimitada, por mais ultrajantes que sejam suas exigências, é atacada extensamente por Mandeville em *Free Thoughts* (1729), pp. 335-54.

E aqui me imagino sendo interrompido por um *Epicurista* que, por medo de lhe faltar uma Dieta restauradora em caso de Necessidade, tem sempre sua reserva de Ortolans[1] vivos, e ele me diz que Bondade e Probidade podem ser obtidas a preço menor que a Ruína de um País, e a Destruição de todos os Confortos da Existência; que Liberdade e Propriedade podem ser mantidas sem Iniquidade ou Fraude, que Homens podem ser bons Súditos sem serem Escravos, e religiosos sem se deixarem dominar pelos Clérigos; que ser frugal e econômico é um Dever que incumbe somente àqueles cujas Circunstâncias assim o exigem, mas que um Homem de boa Posição presta um Serviço a seu País se vive dentro das possibilidades de sua Renda; que, em seu próprio caso, sente-se tão Senhor de seus Apetites que consegue abster-se de qualquer coisa de acordo com a ocasião; que, quando é impossível obter um verdadeiro *Hermitage*, ele se contenta com um simples *Bordeaux*, desde que tenha bom Corpo; que em muitas Manhãs no lugar de um *St. Lawrence* ele tomou um *Fronteniac*, e após o Jantar serviu Vinho de *Chipre*, e até mesmo *Madera*, quando os Convidados eram em grande número, pois lhe pareceu Extravagante obsequiar com *Tockay*; mas que todas as Mortificações voluntárias são Supersticiosas, e convêm apenas a cegos Fanáticos e Entusiastas. Contra mim ele citaria meu Lord *Shaftesbury*, dizendo-me que o Povo pode ser Virtuoso e Sociável sem Abnegação,[2] que é uma afronta

---

[1] No original, *Ortelans*. Trata-se de pequena ave de ventre alaranjado cuja carne é considerada iguaria refinadíssima. [N. da E.]

[2] Que tal virtude consiste em seguir os impulsos da natureza, e que estar "interessado no bem público e em seu próprio bem é não apenas compatível como inseparável" (*Characteristics*, ed. Robertson, 1900, i. 282) eram firmes convicções de Shaftesbury. No entanto, por "natureza" ele queria referir-se ao sistema

à Virtude torná-la inacessível, e que a transformo em Bicho-Papão para assustar os Homens, e afastá-los dela como uma coisa impraticável; de sua parte, porém, ele crê que pode louvar a Deus e, ao mesmo tempo, desfrutar de suas Criaturas com a Consciência tranquila; e do que eu disse nas páginas 347-348 [*Observação (M)*] não vai esquecer nada que sirva a seus Propósitos. Por fim ele me perguntará por que a Legislatura, a própria Sabedoria de uma Nação, enquanto se esforça ao máximo para desencorajar a Irreverência e a Imoralidade, e em promover a Glória de Deus, ao mesmo tempo não professa abertamente que seu único Objetivo é o Conforto e o Bem-Estar dos Súditos, a Riqueza, a Força, a Honra, e tudo o que se entenda por verdadeiro Interesse do País; e ainda: por que os mais Devotos e Cultos de nossos Prelados, sumamente interessados em nossa Conversão, quando rogam à Divindade que afaste seus Corações, e os nossos, do Mundo e de todos os Desejos Carnais, não lhe pedem na mesma Prece, com igual fervor, que derrame toda a classe de Bênçãos Terrenas e Felicidade temporal sobre o Reino de que fazem parte?

Essas são as Desculpas, os Pretextos e Argumentos comuns, não só daqueles notoriamente viciosos mas da Humanidade em geral, quando se pisa no Terreno de suas Inclinações; e pôr à prova o real Valor que dão às coisas Espirituais seria, na verdade,

---

do Universo, ou seja: segui-la envolvia a sujeição do indivíduo a seus planos; e a harmonização entre os interesses de uma pessoa e os da comunidade só era possível através da autodisciplina. Por conseguinte, embora Shaftesbury acreditasse, como diz Mandeville, que às vezes se pode alcançar a virtude sem mortificar os desejos pessoais, colocou sua ênfase, ao contrário de Mandeville, não na autoindulgência, e sim na autodisciplina: ele defendia que a abnegação era usualmente essencial – e que a mais virtuosa ação era, na verdade, fruto da mais completa abnegação (cf. *Characteristics* i. 256). Ver anteriormente, i. 136-9.

despojá-los daquilo de que estão convencidos em suas Mentes. Envergonhados de suas muitas Fraquezas interiores, todos os Homens se esforçam por esconder uns dos outros sua Feia Nudez, envolvendo os verdadeiros Sentimentos de seus Corações no amplo Manto da Sociabilidade, na esperança de disfarçar os sujos Apetites e a Deformidade de seus Desejos sob a aparência de Devotamento ao Bem comum; enquanto, no fundo, têm consciência do invencível Apego a suas Luxúrias favoritas, e de sua absoluta Incapacidade para trilhar, sem disfarces, o árduo, acidentado Caminho da Virtude.

Quanto às duas últimas Questões, admito que são das mais desconcertantes: ao que me pergunta o *Epicurista*, sou forçado a responder afirmativamente; e a menos que eu pudesse (que Deus não o permita) duvidar da Sinceridade de Reis, Bispos e de todo o Poder Legislativo, a Objeção contra mim continuaria valendo. Tudo o que posso dizer a meu favor é que, no Encadeamento dos Fatos, existe um Mistério que transcende a Inteligência Humana; e, a fim de convencer o Leitor de que não se trata de uma Evasiva, vou ilustrar a Ininteligibilidade da coisa com a seguinte Parábola.

Nas remotas Eras do Paganismo havia, ao que se conta, um extravagante País onde o Povo vivia falando de Religião e, em sua maior parte, a julgar pelas Aparências, era realmente Devoto. A maior Falta moral para eles era a Sede, e saciá-la um Pecado condenável; no entanto, reconheciam unanimemente que cada um nascia mais ou menos Sedento: Cerveja Fraca com Moderação era permitida a todos, e se tachava de Hipócrita, Cínico ou Maluco aquele que defendesse a ideia de que era possível viver muito bem sem isso; já os que confessavam gostar demais de bebê-la, e a consumiam em Excesso, eram considerados perversos. Mas durante todo esse tempo a Cerveja em si era tida como uma Bênção dos Céus, e seu consumo completamente inofensivo; todo o Mal consistia no Abuso, na Motivação interior que levava o Homem a beber. Aquele que entornasse até a última Gota para aplacar sua Sede cometia um Crime hediondo, mas estavam isentos de Culpa os que bebiam grandes Quantidades, desde que o fizessem com indiferença, e sem outro Motivo que o de melhorar sua Saúde.

Produziam a bebida para eles mesmos e para outros Países, e pela Cerveja Fraca que exportavam recebiam grandes cargas de presuntos da Vestfália, Línguas de vaca, Carne-seca, Salsichas de Bolonha, Arenques vermelhos, Esturjão em escabeche, Caviar, Anchovas, e tudo mais que faça a Bebida descer de forma Prazerosa. Aqueles que mantinham em casa grandes Estoques de Cerveja Fraca e dela não faziam uso eram, de modo geral, invejados e ao mesmo tempo odiados pelo Público, e ninguém se sentia confortável se não dispusesse de uma boa quantidade para seu consumo. A pior Calamidade que poderiam temer, segundo eles, era guardar sem uso seu Lúpulo e sua Cevada, e quanto mais consumiam anualmente, maior sua confiança na prosperidade do País.

O Governo tinha grande número de sábios Regulamentos sobre o que deveria receber por suas Exportações, encorajava fortemente a Importação de Sal e Pimenta, e agravava com pesadas Taxas todas as coisas que não fossem bem temperadas, e pudessem prejudicar de algum modo as Vendas de seu Lúpulo e sua Cevada. Em público, os que manejavam o *Leme* se mostravam, em todas as Ocasiões, isentos do pecado da Sede, e promulgavam Leis para prevenir o Aumento do Consumo e punir os Maus que, abertamente, desafiavam a Proibição. No entanto, se examinassem suas Vidas privadas, se esmiuçassem suas Intimidades e suas Conversas, se constataria que eram mais aficcionados, ou pelo menos que bebiam mais Canecas de Cerveja Fraca[1] do que os outros, invariavelmente sob o Pretexto de que os cuidados com a Aparência lhes exigiam grandes Quantidades de Bebida, maiores do que as que necessitavam seus Governados; mas que, no fundo, sua verdadeira Intenção, sem qualquer interesse próprio, era proporcionar a Abundância de Cerveja Fraca entre os Súditos em geral, e aumentar a Demanda por Lúpulo e Cevada.

Como a Cerveja Fraca não era interditada a ninguém, os Clérigos a consumiam tanto quanto os Laicos, e alguns mais copiosamente; ainda que todos, por conta de suas Funções, desejassem parecer menos Sedentos que os demais, e sempre insistissem que só bebiam para melhorar a Saúde. Em suas Assembleias Religiosas eles eram mais sinceros; pois, assim que lá chegavam, tanto o Clero quanto o Laicato, do mais graduado ao mais humilde, abertamente confessavam que eram excessivamente Sedentos, que o cuidado com a Saúde era a menor de suas preocupações, e que em todas aquelas Mentes prevalecia o pensamento de tomar a Cerveja Fraca que aplacava sua Sede, embora fingissem

---

[1] *Small beer* é aquela que contém pouco álcool. Foi a bebida preferida na Europa medieval, assim como na América do Norte colonial como alternativa à água quase sempre poluída ou à cerveja cara servida em festas. [N. da E.]

o contrário. O mais notável nisso tudo era que divulgar essas Verdades em Prejuízo de alguém, ou fazer uso posteriormente de tais Confissões fora de seus Templos, seria tido como muito impertinente, e todo mundo considerava grave Afronta ser chamado de *Sedento*, ainda que você o tivesse surpreendido bebendo Barris inteiros de Cerveja Fraca. O principal Tema de seus Sermões era o grande Praga da Sede, e o Desatino de tentar saciá-la. Exortavam seus Ouvintes a resistir às Tentações, investindo contra a Cerveja Fraca, e insistindo sempre que se tratava de Veneno quando consumida por Prazer, ou com qualquer outro Propósito que não fosse Medicinal.

Em seu Agradecimento aos Deuses, lhes rendiam Loas pela Abundância da consoladora Cerveja Fraca que haviam recebido, apesar de seu pouco merecimento, ainda mais por reconhecerem que a usavam para aplacar a Sede, embora soubessem que ela lhes fora dada para melhor Uso. Depois de pedir Perdão por tais Ofensas, imploravam aos Deuses que aplacassem sua Sede e lhes dessem Força para resistir a seus Embates; todavia, em meio ao mais profundo Arrependimento e às mais humildes Súplicas, jamais esqueciam a Cerveja Fraca, e rezavam para continuar a recebê-la na mesma Fartura, com a solene Promessa de que, embora tivessem se mostrado negligentes até então, daquele Momento em diante não beberiam mais uma só Gota sem que seu único Propósito fosse o de melhorar a Saúde.

Petições como essas eram permanentes, estabelecidas para durar; e, tendo sido utilizadas sem qualquer Alteração por centenas de Anos, acabaram levando alguns a pensar que os Deuses, que conhecem o Futuro, e sabem que a mesma Promessa ouvida em *Junho* será repetida em *Janeiro* seguinte, não punham mais fé nesses Votos do que nós em Anúncios com os quais os Comerciantes apregoam suas Mercadorias: Hoje por Dinheiro, Amanhã de graça. Com frequência iniciavam suas Prédicas de modo místico, falando de muitas coisas com um Sentido espiritual; contudo, nunca se abstraíam tanto do Mundo a ponto de deixarem de suplicar aos Deuses para abençoar e fazer prosperar o Comércio da Cerveja em todas as suas Ramificações, e, para o Bem Comum, expandir cada vez mais o Consumo de Lúpulo e Cevada.[1]

(V) *O Contentamento, Ruína da Operosidade*

[Pág. 241, linha 16]

Já ouvi de muitos que a Ruína da Indústria é a Ociosidade e não o Contentamento; em consequência, e para provar minha Asserção, que parece Paradoxal a certas pessoas, vou tratar de Ociosidade e Contentamento separadamente, e depois falar de Indústria, para que o Leitor possa julgar qual dos dois lhe é mais adverso.

---

[1] O ascetismo satirizado por Mandeville em sua parábola da cerveja fraca está bem exemplificado na *Vie de Pascal* de Mme. Périer : "... quand la nécessité le [Pascal] contraignait à faire quelque chose qui pouvait lui donner quelque satisfaction, il avait une addresse merveilleuse pour en détourner son esprit, afin qu'il n'y prît point de part: par example, ses continuelles maladies l'obligeant de se nourrir délicatement, il avait un soin très-grand de ne point goûter ce qu'il mangeait..."

A Preguiça é uma Aversão ao Trabalho e se faz acompanhar, em geral, de um desarrazoado Desejo de permanecer Inativo; e é preguiçoso todo Aquele que, não sofrendo impedimento por outra Ocupação justificada, recusa ou adia qualquer Tarefa que lhe caberia fazer para si mesmo ou para outros. Geralmente chamamos de preguiçosos a quem nos é inferior na sociedade, e de quem esperamos algum Serviço. Crianças não julgam seus Pais preguiçosos, nem os Empregados a seus Patrões; e se um Cavalheiro leva seu Conforto e Indolência a extremos tão abomináveis como o de não calçar os próprios Sapatos, embora seja jovem e esbelto, ninguém o chamará de preguiçoso se puder pagar por um Valete, ou qualquer outra pessoa, que faça isso por ele.

Mr. *Dryden* nos deu uma boa Ideia de extrema Indolência na Pessoa de um Opulento Rei do *Egito*.[1] Após distribuir Presentes consideráveis a muitos de seus Favoritos, Sua Majestade recebe de alguns dos principais Ministros um Pergaminho que deve assinar para confirmar tais Donativos. Primeiro, ele dá Voltas pelo salão, de um lado a outro, com uma Aparência de pesada Preocupação; então se senta como um Homem exausto, e por fim, com grande Relutância em fazer o que esperam dele, toma da Pena e se põe a reclamar, em tom sério, do Comprimento da Palavra *Ptolomeu*, lamentando, com muita Gravidade, não dispor de um curto Monossílabo que substituísse seu Nome, de modo a lhe poupar toda aquela Maçada.

(in *Pensées de Pascal*, Paris, 1877, p. xix). *Serious Call*, de Law, cuja grande voga dá prova de sua representatividade, está dominado pela mesma atitude (cf. ed. 1729, pp. 34, 104 e 110-11). Comparar com I Cor. x. 31. ["Portanto, quer comais, quer bebais, quer façais qualquer outra coisa, fazei tudo para a glória de Deus". N. do T.]

[1] John Dryden (1631-1700), na tragédia *Cleomene, the Spartan Heroe* (1692), ato II, cena II.

Com frequência censuramos a Preguiça dos outros por sermos culpados, nós também, da mesma falta. Há poucos dias, duas Moças teciam juntas, sentadas, e uma disse à outra: "Está entrando um Frio danado por aquela Porta; você, que está mais perto, Irmã, faça o favor de fechá-la". A outra, que era a mais jovem das duas, lançou um Olhar na direção da Porta mas não se moveu; a mais velha repetiu o pedido duas ou três vezes, e por fim, como a outra não lhe respondia nem dava sinal de se mexer, ergueu-se com Enfado e fechou a Porta ela mesma; retornando a seu lugar, lançou à mais jovem um Olhar duro e disse: *"Por Deus, Irmã Betty, não sei como você pode ser tão preguiçosa assim!"*; e disse isso de forma tão ardente que lhe veio um Rubor à Face. A mais jovem deveria ter ido fechar a porta, admito; mas se a mais velha não tivesse superestimado seu Trabalho, teria fechado, ela mesma, a Porta, logo que se sentiu incomodada pelo Frio, sem falar nada sobre o assunto. Ela estava só um Passo mais longe da Porta que a Irmã, e, no que tange à Idade, a diferença entre elas não passava de Onze Meses, e ambas contavam com menos de Vinte anos. Difícil aferir qual das duas era a mais preguiçosa.

Milhares de Desgraçados se matam de trabalhar em troca de quase nada porque são tolos e ignorantes, incapazes de valorizar o próprio Esforço; enquanto muitos outros, que são astutos e entendem o real valor de seu Ofício, recusam empregos sob baixa Remuneração, não por terem um Temperamento inativo, mas por não aceitarem aviltar o Preço de seu Trabalho. Um Cavalheiro do Campo vê, atrás do prédio da *Bolsa*, um Mensageiro que anda para lá e para cá com as Mãos nos Bolsos. Por favor,

Amigo, diz ele, você levaria esta Carta para mim até *Bow-Church* em troca de um Penny? *Vou sem Falta*, responde o rapaz, *mas para isso devo receber dois Pence, Mestre*. Diante da recusa do Cavalheiro, vira-lhe as Costas o Empregado, retrucando que prefere vagabundear por nada a trabalhar de graça. O Cavalheiro avalia como demonstração injustificável de Preguiça um Mensageiro preferir ficar à toa a ganhar um Penny por Serviço tão simples. Horas mais tarde ela está com Amigos numa Taverna em *Threadneedlestreet* quando um deles percebe que esquecera de mandar pegar uma Letra de Câmbio, que deveria seguir pelo Correio naquela mesma Noite; em estado de Perplexidade, tenta às pressas arranjar alguém que vá em seu lugar até *Hackney* na maior Rapidez possível. Já passa das Dez horas, o Inverno vai em meio, a Noite é muito chuvosa, e todos os Mensageiros já tinham ido para a Cama. O Cavalheiro fica nervoso e insiste que é preciso enviar alguém, prometendo pagar o que for preciso; finalmente, um dos Taberneiros, ao vê-lo tão apurado, conta-lhe que conhece um Mensageiro capaz de ajudar se a Oferta valesse a pena. *Pois valerá*, responde o Cavalheiro com impaciência, *não duvide disso, meu bom Rapaz, se você de fato conhece alguém, faça-o vir imediatamente, e darei a ele uma Coroa se estiver de volta antes da Meia-Noite*. Diante disso, o Moço aceita a Incumbência, deixa a Sala, e em menos de um Quarto de Hora retorna com a Notícia de que a Mensagem seria enviada com a maior Presteza. Entrementes, o Grupo continua a se divertir, como vinha fazendo antes; mas quando começa a ficar tarde, consultam-se os Relógios, e o Retorno do Mensageiro se torna o único assunto das Conversas. As Opiniões se dividem, alguns creem que ele chegará antes das Doze, outros julgam que isso é impossível, e eis que, faltando só três Minutos para a Meia-Noite, surge o Homem, esbaforido, com as Vestes ensopadas de Chuva e a Cabeça encharcada de Suor. Seco nele só o interior da Carteira, de onde extrai o Documento que fora buscar e o apresenta ao Cavalheiro, o qual, satisfeito com a Habilidade com que trabalhara, lhe dá a prometida Coroa, enquanto um outro lhe enche o Caneco, e todo o Grupo louva sua Diligência. Quando o Camarada se aproxima da Luz para pegar o Vinho, o Cavalheiro do Interior que eu mencionei anteriormente descobre, com grande Espanto, ser ele o mesmo Mensageiro que antes se recusara a receber seu Penny, e a quem ele havia julgado o mais Preguiçoso dos Mortais.

Essa História nos ensina que não devemos confundir os que permanecem desempregados por falta de uma Oportunidade de demonstrar do que eles são capazes com os que, por falta de Ânimo, se agarram à sua Indolência, e preferem passar fome a se mexer. Sem essa Cautela, acabaremos achando todo Mundo mais ou menos Preguiçoso, segundo a Avaliação que cada um faz da Recompensa que deve receber por seu Trabalho, e assim o mais Industrioso poderia ser chamado de Preguiçoso.

Por Contentamento entendo eu aquela calma Serenidade de Espírito de que gozam os Homens quando se julgam felizes, e se sentem satisfeitos com a própria Situação. Isso implica uma Construção favorável de nossas atuais Circunstâncias, e uma pacífica Tranquilidade, coisa de que os Homens estão Apartados enquanto se encontram ansiosos por melhorar suas Condições de vida. Esta é uma Virtude para a qual o Aplauso é muito precário e incerto; pois, de acordo com as variações das Circunstâncias dos Homens, eles tanto podem ser censurados quanto elogiados por possuí-la.

Um Homem solteiro, que trabalha duro num Ofício laborioso, recebe cem libras por Ano, como herança de um Parente. Essa Reviravolta da Fortuna logo o deixa enfastiado de trabalhar, e, como não tem Diligência suficiente para avançar no Mundo, resolve não fazer mais nada, e viver de sua Renda. Enquanto se mantém dentro de certos Limites e paga pelo que compra, sem ofender ninguém, é considerado um Homem calmo e honesto. O Fornecedor, a Senhoria, o Alfaiate e outros dividem entre si o que ele tem, e a Sociedade se aproveita todo Ano de sua Renda. Se ele, ao contrário, tivesse continuado no Ofício antigo ou abraçado um novo, poderia atrapalhar a vida de outros, e alguém ficaria privado do que ele passasse a ganhar; assim, ainda que seja ele o Sujeito mais preguiçoso do Mundo, passe quinze Horas por dia na cama e fique à toa o resto do tempo, ninguém se sente capaz de criticá-lo, e seu Espírito inativo é honrado com o Nome de Contentamento.

Mas se o mesmo Homem casa, tem três ou quatro Filhos, e ainda preserva o Temperamento bonachão, se mostra satisfeito com o que tem e não se esforça em ganhar um Centavo, entregue à Preguiça de sempre: primeiro os Parentes, em seguida todos os Conhecidos, se alarmarão com sua Negligência. Preveem que sua Renda não será suficiente para sustentar tantas Crianças adequadamente, e temem que algumas delas venham a se tornar, senão um Fardo, uma Vergonha para a família. Quando esses Temores difusos tomam corpo e chegam aos ouvidos do seu Tio *Unha-de-Fome*, este o chama à Razão e o acossa com a seguinte Cantilena: *E então, Sobrinho, nenhum Serviço ainda? Que vergonha! Não consigo imaginar como você passa o seu Tempo. Se não há trabalho no seu Ofício, existem cinquenta maneiras de um Homem ganhar a vida. Você tem Cem libras por Ano, é verdade, mas suas Obrigações aumentam incessantemente, e o que vai fazer quando os Filhos crescerem? Eu estou em melhor Situação que você, e ninguém me vê descuidar do meu Negócio. Além disso, lhe asseguro: tivesse eu o Mundo nas mãos e não levaria essa sua Vida. Não tenho nada com isso, reconheço, mas todo mundo acha vergonhoso que um Homem tão jovem quanto você, que está inteiro e tem Saúde, fique de Mãos abanando.* Se tais Admoestações não o fizerem emendar-se a curto prazo, e continue por meio Ano ainda sem Emprego, irá tornar-se o Assunto de toda a Vizinhança, e, pelas mesmas Qualificações que lhe valeram um dia o Título de Homem pleno de Contentamento, ele poderá ser chamado de o pior dos maridos e o Sujeito mais preguiçoso da Face da Terra. Donde se conclui que, quando dizemos das Ações que são boas ou más, só consideramos o Dano ou o Benefício que a Sociedade recebe delas, e não a Pessoa que as comete *(ver p. 241).*

Muitas vezes, os termos Diligência e Indústria são usados indiscriminadamente para significar a mesma coisa, mas há uma grande Diferença entre eles. Um pobre Infeliz não precisa ter Diligência nem Engenho, pode ser econômico e aplicado no trabalho sem, contudo, se esforçar por aprimorar suas Circunstâncias, sentindo-se contente com a Situação em que vive; mas Indústria implica, além de outras Qualidades, uma Sede de Ganhos, e um Infatigável Desejo de melhorar nossa Condição. Quando os Homens acham que são muito pequenos os Lucros Costumeiros de sua Profissão ou a Participação que lhes cabe em seus Negócios, têm duas maneiras de merecer o nome de Industriosos: ou aplicam sua Engenhosidade para descobrir Métodos pouco usuais e, ao mesmo tempo, legítimos de melhorar seus Negócios ou seus Lucros, ou compensam essa Deficiência com uma Multiplicidade de Ocupações. Se um Comerciante cuida de suprir devidamente sua Loja e atender bem à clientela, é um Homem diligente em seus Negócios; mas se, além disso, se esforça por vender, pelo mesmo Preço, Mercadoria melhor que a dos Concorrentes, ou se, por sua Cortesia, ou alguma outra qualidade, aumenta o círculo de Conhecidos, e põe em prática todos os Meios para atrair novos Fregueses à sua Loja, então pode ser chamado de Industrioso. Um Sapateiro, mesmo que não trabalhe a metade do Tempo, se não descura do Serviço e despacha com presteza o que aparece, é um Homem diligente; mas se faz Entregas quando tem Folga, fabrica Ilhoses ou trabalha como Vigia à noite, merece o Título de Industrioso.

Se considerarmos atentamente o que foi dito nesta *Observação*, ver-se-á que Preguiça e Contentamento são parentes próximos, ou que, se há grande diferença entre os dois, o Contentamento é mais contrário à Operosidade do que a Preguiça.

(X) *Por tornar Honrada uma Vasta Colmeia*

[Pág. 243, linha 2]

Isso talvez possa ocorrer onde as Pessoas estão satisfeitas de serem pobres e sofridas; mas se almejarem, além disso, gozar os Confortos e as Facilidades do Mundo, tornando-se ao mesmo tempo uma Nação opulenta, poderosa e florescente, assim como Guerreira, isso se provará inteiramente impossível. Muita Gente tem falado sobre o importante Papel dos *Espartanos* nas Repúblicas da *Grécia* antiga, malgrado sua Frugalidade incomum e outras Virtudes exemplares. Mas é certo que jamais houve Estado cuja Grandeza fosse mais vazia. O Esplendor em que viviam era inferior ao de um Teatro, e a única coisa de que podiam se orgulhar era de não desfrutar de nada. Não se pode negar que eram igualmente temidos e estimados no Exterior. Tinham uma tal reputação de Bravura e Habilidade em Assuntos Militares que seus Vizinhos não só cortejavam sua Amizade e Assistência em caso de Guerra, como se davam por satisfeitos e seguros da Vitória se conseguissem um General *espartano* para comandar seus Exércitos. Mas à época sua Disciplina era tão rígida, e sua maneira de viver tão Austera e destituída de qualquer Conforto, que o mais comedido dos nossos recusaria submeter-se à Severidade de Leis tão singulares. Reinava a mais perfeita Igualdade entre os *Espartanos*. Moedas de Ouro e Prata eram menosprezadas, e as de uso corrente cunhadas em Ferro, para ter grande Volume e pouco Valor. Reunir vinte ou trinta Libras exigia um Aposento de bom tamanho, e para removê-las havia que apelar a uma Junta de Bois. Outro Remédio que empregavam contra o Luxo era a obrigação de comerem em comum da mesma Comida, e era de tal ordem a interdição de Jantar ou Cear em casa que *Agis*, um de seus Reis, retornando à Pátria após ter vencido os *Atenienses*, solicitou seus Alimentos (porque queria comê-los privadamente com sua Rainha) e teve o pedido recusado pelos *Polimarcos*.[1]

[1] Sobre essa anedota atribuída ao rei espartano do século V a. C., conhecido tanto por Agis II como Agis I, ver *Plutarco*, de Dryden, "Vida de Licurgo", ed. 1683, i. 155. Cf. anteriormente, i. 460, *n.* I. Os *Polemarchi* eram os dirigentes militares. Eles tinham também funções civis, e seu grau de importância vinha logo abaixo do rei.

No treinamento dos Jovens, seu principal Cuidado, segundo *Plutarco*, era fazer deles bons Súditos, ensiná-los a suportar as Fadigas de longas e tediosas Marchas, e nunca voltar do Campo de Batalha sem a Vitória. Assim que completavam doze Anos de idade, passavam a viver em pequenas Tropas, dormindo em leitos de Juncos que cresciam nas Margens do Rio *Eurotas*; e por serem agudas as Pontas dos galhos, eles tinham de quebrá-las com as Mãos sem usar Facas. Quando o Inverno era muito rigoroso, misturavam aos Juncos um pouco de Cardo (cf. *Plutarco*, "Vida de Licurgo").[1] Sendo essas as Circunstâncias, não é de admirar que não houvesse Nação menos efeminada na face da Terra; pois que, estando privados de todos os Confortos da Vida, não podiam esperar como Recompensa por seus Sofrimentos senão a Glória de ser um Povo Guerreiro por excelência, acostumado à Fadiga e às Privações, uma Felicidade a que bem poucas Gentes aspirariam sob semelhantes Termos. E embora se tenham tornado Senhores do Mundo, já que dele nada desfrutaram, os *Ingleses* dificilmente lhes invejariam a Grandeza.[2] O que os Homens desejam hoje em dia já deixei suficientemente claro na *Observação (O)*, onde tratei dos verdadeiros Prazeres.

---

[1] Para essa história, ver *Plutarco*, Dryden, ed. 1683, i. 170-I.

[2] Assim como, em sua defesa do luxo, recorreu ao caso da Holanda (ver anteriormente, i. 419, *n.* 2), Mandeville teve de tratar aqui do de Esparta. Mas, embora lhe fosse fácil argumentar que os holandeses eram frugais exclusivamente por necessidade, era muito mais difícil usar raciocínio semelhante para os espartanos. O Mestre de Mandeville, Bayle, havia chamado a atenção para a riqueza dos espartanos, concluindo que, por isso mesmo, sua frugalidade era genuína e admirável (*Réponse aux Questions d'un Provincial*, parte I, cap. II). Esse é, provavelmente, o motivo pelo qual Mandeville, nesta *Observação*, abandonou temporariamente seu argumento de que não existe "Frugalidade Nacional sem uma Necessidade Nacional" (*Fábula* i. 412), e insistiu, ao invés, no quanto há de pouco desejável na civilização espartana.

(Y) *Gozar das Comodidades do Mundo*

[Pág. 243, linha 3]

Que as Palavras Decência e Conveniência são muito ambíguas, e difíceis de entender, a menos que estejamos familiarizados com a Qualidade e as Circunstâncias das Pessoas que as empregam, já foi sugerido na *Observação (L)*. O Ourives, o Mercador de Tecidos ou qualquer outro dos mais confiáveis Comerciantes, que contam com três ou quatro mil Libras para se estabelecer, devem dispor de dois Pratos de Carne todo Dia, e algo excepcional aos *Domingos*. Sua Esposa precisa ter uma Cama de Damasco para o período de Resguardo pós-parto, e dois ou três Cômodos muito bem mobiliados. No Verão seguinte ela vai desejar uma Casa ou, pelo menos, um ótimo Alojamento no Campo. Um Homem que possua algum Imóvel fora da Cidade tem que ter um cavalo, e seu Lacaio outro. Se seus Negócios vão bem, ele calcula que em oito ou dez Anos poderá comprar seu próprio Coche, e ainda assim estima que, após se ter escravizado (como ele chama a essa vida) durante vinte e dois ou vinte e três Anos, será capaz de legar, no mínimo, mil Libras anuais de herança ao Primogênito, mais duas ou três mil para que cada um dos outros Flhos possa lançar-se ao Mundo; e quando Homens de tal Categoria pedem em suas orações pelo Pão de cada dia, e nada mais extravagante que isso, são considerados Seres modestos. Chame isso de Orgulho, Luxo, Superficialidade, ou o que lhe aprouver, mas é justamente o que cabe esperar na Capital de um País florescente. Os de Condição inferior devem contentar-se com Comodidades menos caras, assim como outros de Nível mais elevado certamente escolherão as mais custosas. Para alguns Cidadãos, ser servido em Baixela de prata é uma questão de Decência, e julgam que ter um Coche puxado por seis Cavalos está entre os necessários Confortos da Vida; e se um Par do Reino não tem mais de três ou quatro mil libras por Ano, considera-se Pobre à Sua Senhoria.

Desde a primeira Edição deste Livro, muitas Pessoas me atacaram com Demonstrações da inevitável Ruína a que o excesso de Luxo pode levar todas as Nações, mas logo elas se sentiram satisfeitas quando lhes indiquei os Limites a que eu havia circunscrito meu argumento; e para que, futuramente, nenhum Leitor possa interpretar mal esta Parte, devo apontar as Advertências que fiz e as Disposições que tomei, tanto na primeira quanto na atual Impressão, as quais, se não forem ignoradas, deverão evitar toda Censura racional e prevenir diversas Objeções que, de outro modo, poderiam vir a ser levantadas contra mim. Estabeleci como Máximas incontornáveis que se há de manter o Pobre estritamente apegado ao Trabalho, e que é Prudência remediar suas Necessidades, mas Loucura saná-las; que a Agricultura e a Pesca deviam ser promovidas em todas as suas Modalidades, a fim de aumentar as Provisões e, consequentemente, baratear o Trabalho. Nomeei a Ignorância como Ingrediente necessário na Composição da Sociedade. De tudo isso fica evidente que eu jamais poderia ter imaginado que o Luxo se deveria estender a todas as partes de um Reino. Também insisti que a Propriedade fosse bem protegida, a Justiça imparcialmente administrada, e em tudo se cuidasse do Interesse da Nação. Mas aquilo em que coloquei maior ênfase, e repeti mais de uma vez, foi na grande Atenção que se deve dar à Balança Comercial, e no Cuidado que o Legislativo precisa tomar para que as Importações Anuais nunca excedam as Exportações; e continuo afirmando que, em todo lugar em que o acima exposto seja observado, e as outras coisas de que falei não forem negligenciadas, nenhum Luxo Estrangeiro será capaz de arruinar um País. Excessos do tipo só ocorrem em Nações vastamente populosas, e mesmo assim apenas nas Camadas superiores; a mais numerosa, que é sempre a mais extensa em proporção, deve ser a inferior, a Base que sustenta tudo, a multidão de Trabalhadores Pobres.

Se aqueles que querem imitar muito fielmente os de Fortuna Superior se arruínam, a culpa é só deles. E isso não é argumento contra o Luxo, pois qualquer um que insista em viver acima de suas Posses é um Tolo. Há Gente de Qualidade capaz de manter em serviço três ou quatro Coches puxados por Três parelhas e, ao mesmo tempo, poupar Dinheiro para seus Filhos, enquanto um jovem Comerciante não consegue manter um triste Cavalo. É impossível existir uma Nação rica sem cidadãos Pródigos, e jamais conheci uma Cidade cheia de Gastadores que não tivesse Avaros em quantidade suficiente para fazer o Contrapeso. Assim como um Velho Negociante vai à bancarrota por ter sido extravagante ou descuidado durante longo tempo, um jovem Principiante no mesmo Negócio pode fazer Fortuna antes dos Quarenta Anos se trabalhar muito e economizar um pouco. Além disso, as Fraquezas Humanas com frequência resultam em Contrassenso: há Espíritos Estreitos que não prosperam por serem demasiado

Avarentos, enquanto outros mais Desprendidos juntam grande Riqueza gastando seu Dinheiro de forma liberal, e aparentemente desprezando-o. Mas as Vicissitudes da Fortuna são necessárias, e as mais Lamentáveis não são mais prejudiciais à Sociedade do que a Morte de alguns de seus Membros. Os Batizados equilibram perfeitamente as Exéquias. Aqueles que perdem por consequência imediata com a Desgraça de outros se entristecem, lamentam o Infortúnio e fazem grande Ruído; mas, em troca, os que lucram com o mesmo evento, e há sempre quem lucre, calam a Boca, pois parece odioso rejubilar-se pelas Perdas e Calamidades de nosso Vizinho. Esses Altos e Baixos fazem parte de uma Roda que sempre girando põe em movimento toda a Máquina. Filósofos, que se atrevem a estender seus Pensamentos para além do estreito limite do que está diante de seus olhos, veem as Mudanças alternadas na Sociedade Civil exatamente como os movimentos dos Pulmões; o expirar faz Parte da Respiração dos mais perfeitos Animais tanto quanto o inspirar; de modo que o volúvel Sopro da sempre inconstante Fortuna está para o Corpo Político como o Ar flutuante para um Ser vivente.

Assim, a Avareza e a Prodigalidade são igualmente necessárias à Sociedade. Que em determinados Países os Homens sejam mais generosos que em outros, isso é fruto da diferença nas Circunstâncias que os predispõem a um ou outro Vício, e que tanto provêm das Condições do Corpo Social como da Natureza do Temperamento. Peço Perdão ao Leitor atento se aqui, em benefício dos de Memória curta, repito algumas coisas que já viram em Substância na *Observação (Q)*. Mais Dinheiro que Terra, pesados Impostos e escassez de Provisões, de Indústria, de Amor ao Trabalho, de Espírito ativo e empreendedor; um Temperamento Mal-humorado e Saturnino; Velhice, Sabedoria, Comércio, Riquezas adquiridas com o próprio Trabalho, e Liberdade e Propriedade garantidas – todas essas Coisas predispõem à Avareza. De outro lado, a Indolência, a Satisfação, um Temperamento jovial e generoso, Juventude, Loucura, o Poder Arbitrário, Dinheiro adquirido com facilidade, Abundância de Provisões e a Insegurança quanto aos Bens possuídos são Circunstâncias que conduzem o Homem à Prodigalidade. Onde os primeiros prevalecem, o Vício dominante será a Avareza; onde reinam os segundos, vence a Prodigalidade; mas nunca houve nem jamais haverá Frugalidade Nacional sem uma Necessidade Nacional.

Leis suntuárias podem ser úteis a um País indigente, após grandes Calamidades como Guerra, Peste ou Carestia, quando o Trabalho fica paralisado e os Pobres sem Emprego; mas introduzi-las a um Reino opulento é servir mal aos Interesses de todos. Devo encerrar minhas Observações sobre a Colmeia Sussurrante assegurando aos Campeões da Frugalidade Nacional que seria impossível aos *Persas*, e a outros Povos Orientais, comprar as vastas Quantidades de fino Tecido *Inglês* que consomem se nós deixássemos de despejar sobre nossas Mulheres carregamentos equivalentes de Sedas *Asiáticas*.

Um Ensaio sobre a Caridade e as Escolas de Caridade

A Caridade é a Virtude pela qual parte daquele sincero Amor que temos por nós mesmos é transferida, pura e sem mescla, a outros a que não estamos ligados pelos Laços da Amizade nem do Parentesco, e mesmo simples Desconhecidos, aos quais não devemos nenhuma obrigação, e de quem nada esperamos. Se atenuarmos de algum modo o Rigor dessa Definição, parte da Virtude se perderá. Aquilo que fazemos por nossos Amigos e Parentes, o fazemos, em parte, por nós mesmos. Quando um Homem age em favor de Sobrinhos ou Sobrinhas, e diz: "Faço isso por Caridade, pois são filhos do meu Irmão", ele vos engana; porque, se tem condições para isso, faz o que dele se espera, e o faz, de certo modo, no seu próprio Interesse. Se ele dá valor à Estima do Mundo e a coisas como Honra e Reputação, é obrigado a ter maior Consideração por eles do que por Estranhos; do contrário, se exporia a arranhar sua Imagem.

O Exercício dessa Virtude se relaciona com a Opinião ou com a Ação, e se manifesta no que pensamos dos outros, ou no que fazemos por eles. Então, para ser caridoso, cumpre, em primeiro Lugar, dar interpretação mais favorável do que realmente é merecido a tudo o que os outros fazem ou dizem. Se um Homem constrói bela Mansão, decora-a suntuosamente e gasta grandes Somas em Prataria e Quadros, não devemos imaginar, embora ele não demonstre nenhuma Inclinação à Humildade, que o faz por Vaidade, e sim para incentivar os Artistas, contratar Mão de Obra e dar emprego aos Pobres, pelo Bem de seu País. E se um Cidadão dorme na Igreja, desde que não ronque, melhor pensar que tenha cerrado os Olhos para aumentar sua Atenção. A Razão para isso é que, ao chegar a nossa Vez, desejamos que nossa Avareza passe por Frugalidade, e por Religião o que sabemos ser Hipocrisia. Em segundo lugar, essa Virtude é evidente em nós quando outorgamos nosso Tempo e Trabalho em troca de nada, ou empregamos o Crédito que temos com outros em benefício daqueles que o necessitam, e que não esperavam contar com tal Assistência de nossa Amizade ou Parentesco. A última Ramificação da Caridade consiste em doar (enquanto estamos vivos) as Coisas pelas quais temos Apreço àqueles que já citei; e optar por possuir e desfrutar de menos Bens em troca de aliviar as Necessidades dos que precisam de socorro, e que seriam os Beneficiários de nosso Auxílio.

Essa Virtude é com frequência confundida com outro Sentimento, chamado *Piedade* ou *Compaixão*, que consiste em Empatia ou Condolência pelas Desgraças e Calamidades dos Demais; toda a Humanidade é por ela afetada, em doses maiores ou menores, e dela padecem, sobretudo, os Espíritos fracos. Viceja em nós quando os Sofrimentos e a Infelicidade de outras Criaturas nos causam tal Impressão que nos provocam Desconforto. Entra pelo Olho, pelo Ouvido, ou pelos dois ao mesmo tempo; e quanto mais de perto e violentamente o Objeto de Compaixão perturbar nossos Sentidos, maior será o Transtorno causado, atingindo muitas vezes Patamar tão alto que chega a provocar Dor e Ansiedade.

Suponhamos que um de nós se veja encerrado numa sala ao Rés do Chão, contígua a um Pátio onde brinca uma bela Criança, bem humorada, de dois ou três Anos, tão próxima a nós que quase pudéssemos tocá-la através das Grades da Janela; e que, enquanto nos deleitamos com a inofensiva Diversão e o alegre Balbuciar da inocente Criaturinha, uma Porca[1] enorme e repugnante se aproximasse da Criança, apavorando-a com seus Grunhidos, e fazendo-a gritar de Terror; é natural imaginar que isso nos deixaria transtornados, e nos levaria a dar berros e a fazer todos os Ruídos ameaçadores de que fôssemos capazes, na tentativa de espantar a Porca. Mas poderia, talvez, se tratar de um Animal que, enlouquecido de Fome, vagasse a esmo em busca de Alimento; e assim essa Besta feroz, a despeito de nossos Gritos e de todos os Gestos de ameaça, se precipitaria sobre a desprotegida Criança, para destruí-la e devorá-la. Então veríamos a Fera escancarar amplamente suas poderosas Mandíbulas; contemplaríamos a Postura inerme dos tenros Membros, primeiro pisoteados e logo feitos em pedaços; observaríamos o asqueroso Focinho escavando as pobres Entranhas, ainda palpitantes, e sorvendo o Sangue quente; e de quando em quando ouviríamos o Estalar dos Ossos, e os Grunhidos de Prazer selvagem do cruel Animal, ocupado com seu horrendo

---

[1] Erasmo escreveu sobre uma porca – "sus, qui occiderit infantem" (*Opera*, Leyden, 1703-6, i. 742, in *Colloquia Familiaria*).

Banquete. Ver e ouvir isso tudo, que indizível Tortura causaria à Alma! Nem a mais brilhante Virtude de que se poderiam jactar os Moralistas jamais se mostrou tão manifesta, seja na Pessoa que a possui, seja naqueles que testemunham seus Atos. Quisera eu sentir a Coragem ou o Patriotismo, a primeira por conta do Orgulho e da Ira, o segundo por Amor à Glória, tão nítidos e distintos, tão Puros e sem qualquer Sombra de Interesse Pessoal quanto pode ser tal Piedade clara e diferenciada de qualquer outra Paixão. Não há necessidade de Virtude ou Abnegação para se emocionar com uma Cena dessas; e não só um Modelo de Humanidade, de boa Moral e Comiseração se deixaria comover, mas até mesmo um Salteador de Estrada, um Arrombador ou um Assassino ficariam Aflitos num Caso como esse. Por mais calamitosas que fossem as Circunstâncias de um Homem, ele esqueceria seus Infortúnios temporariamente, e mesmo a Paixão mais avassaladora cederia lugar à Piedade; nenhum representante da nossa Espécie teria um Coração tão empedernido ou ocupado que não sofresse à vista de cena tão Terrível que nenhuma Língua tem Epíteto apropriado para qualificá-la.

Muitos irão admirar-se do que venho de dizer sobre a Piedade, que nos entra pelo Olho ou pelo Ouvido, mas tal Verdade fica evidente quando consideramos que, quanto mais próximo estiver o Objeto em causa, mais sofremos; e quanto mais Distante, menos nos perturba. Ver de longe a Execução de um condenado à morte nos comove, mas essa Emoção é insignificante se comparada ao que ocorre quando estamos perto o bastante para acompanhar a Inquietude da Alma do condenado nos seus Olhos, observar seus Temores e Agonias, ler as Angústias em cada Traço de seu

Semblante. Quando o Objeto está fora do Alcance de nossos Sentidos, a leitura ou o Relato de Calamidades jamais despertaria em nós a Paixão conhecida como Piedade. Podemos ficar abatidos com más Notícias, Perdas e Desgraças de Amigos, ou de gente cujas Causas apoiamos, mas isso não é Piedade, e sim Aflição ou Pesar; é o mesmo que sentimos pela Morte de alguém a quem amamos, ou pela Destruição de algo por que temos Apreço.

Quando ouvimos que três ou quatro mil Homens, todos Desconhecidos, foram passados pelo fio da Espada, ou forçados a se lançar num Rio para nele perecerem, dizemos estar compadecidos, e até acreditamos nisso. O senso de Humanidade nos leva a ter Compaixão pelos Sofrimentos alheios, e a Razão nos diz que o Sentimento deve ser o mesmo para um acontecimento remoto ou próximo, e que devemos ficar envergonhados se não sentimos Comiseração quando a situação o exige. "É um Homem cruel, sem entranhas", dirão. Todas essas coisas são efeitos da Razão e do Altruísmo, mas a Natureza não faz louvaminhas. Quando o Objeto não comove, o Corpo não sente nada; quando os Homens dizem que estão com pena de Gente desconhecida, é bom tomar isso exatamente como fazemos quando nos dizem que são nossos humildes Criados. Usando as fórmulas habituais de Civilidade do grupo a que pertencem, aqueles que não se veem com frequência são *very glad* e *very sorry* cinco ou seis vezes em menos de dois Minutos, e ao se despedirem não levam consigo uma pitada a mais de Pena ou de Alegria do que tinham ao se encontrar. O mesmo acontece com a Piedade, que não é questão de Escolha, tanto quanto o Medo ou a Ira. Aqueles que têm Imaginação vívida e exaltada, e sabem Representar as Coisas em suas Mentes tal como se estivessem à frente delas, podem fabricar algo muito parecido com a Compaixão; mas isso é conseguido por obra da Arte, muitas vezes com a ajuda de um pouco de Entusiasmo, e não passa de Imitação da Piedade; o Coração toma pouca parte nisso, e a emoção é tão tênue como a que se experimentaria na plateia de uma Tragédia; ocasião em que nosso Juízo deixa parte da Mente em estado de Ignorância e, para gozar de uma preguiçosa Devassidão, consente em ser induzido a Erro, necessário, no caso, para dar nascimento a uma Paixão, cujas suaves Agulhadas não resultam desagradáveis, desde que a Alma se ache numa Disposição indolente e inativa.

Assim como confundimos frequentemente, em nosso próprio Caso, Piedade com Caridade, esta toma a Forma da outra e adota seu Nome; um Mendigo vos impele a exercer essa Virtude por Intenção de Jesus Cristo, mas seu maior Propósito é despertar vossa Compaixão. Ele exibe diante de vós os piores aspectos de suas Doenças e Deformidades físicas; com Palavras cuidadosamente escolhidas, faz um Resumo de suas Misérias reais ou fictícias; e, enquanto aparenta estar rogando a Deus que abra vosso Coração, na verdade ele trabalha em vossos Ouvidos; o maior de todos os Libertinos chama a Religião em seu Auxílio, e empresta à Choradeira um tom Compungido e uma estudada Lassidão de Gestos. Mas, sem confiar numa Paixão apenas, ele adula vosso Orgulho com Títulos e Nomes de Honra e Distinção; vossa Avareza ele abranda insistindo repetidamente na Insignificância do Donativo que vos pede, e em Promessas condicionais de Retornos futuros com um Juro extravagante, muito acima do Estatuto da Usura, embora fora do alcance dessa Lei. Pessoas pouco acostumadas com Cidades grandes, ao se verem assim acossadas por todos os lados, geralmente se sentem obrigadas a ceder, e não conseguem deixar de dar algo de que, a rigor, não se poderiam privar. De que estranho modo somos governados pelo Amor-Próprio! Ele está sempre alerta em nossa Defesa, e contudo, para acalmar uma Paixão predominante, nos obriga a agir contra nosso próprio Interesse. Com efeito, quando a Piedade se apodera de nós, se podemos imaginar que estamos dando algum Alívio para aquele de quem temos Compaixão, e que nossa Intervenção é capaz de reduzir suas Penas, isso nos conforta, e é por tal motivo que Gente compassiva sempre dá Esmolas mesmo quando sabe que não deveria fazê-lo.

Se as Feridas são por demais ostensivas ou nos parecem insuportavelmente dolorosas, e o Mendigo ainda assim suporta expô-las ao Ar frio, isso é muito Chocante para algumas pessoas. É uma Vergonha, exclamam elas, permitir essa espécie de Espetáculo! O principal Motivo de sua Indignação é que aquilo as impele à Piedade, mas, ao mesmo tempo, elas estão decididas, por serem Avarentas, ou por julgarem a Despesa condenável, a não dar nenhuma Esmola, o que lhes aumenta o desconforto. Voltam os Olhos para o outro lado e, quando os Gemidos soam lúgubres, alguns gostariam de tapar os Ouvidos se isso não os deixasse envergonhados. O que podem fazer é apressar o Passo e engolir a Raiva que sentem por ser permitido a Mendigos viver soltos pelas Ruas. Mas acontece com a Piedade o mesmo que com o Medo: quanto mais acostumados estamos com os Objetos que excitam uma ou outra dessas Paixões, menos elas nos afetam, e aqueles que já se familiarizaram com tais Cenas e Cantilenas se impressionam muito pouco. A única coisa que resta ao industrioso Mendigo como arma para a conquista desses Corações empedernidos é, caso possa caminhar, com ou sem Muletas, acompanhá-los de perto na rua, fazendo um Ruído incessante para importuná-los, na tentativa de convencê-los a comprar de volta sua Tranquilidade. Milhares dão Dinheiro aos Mendigos pelo mesmo Motivo com que pagam ao Calista: para andar com comodidade.[1] E muito Tostão já foi entregue a impudentes Patifes, intencionalmente importunos, aos quais um Homem, se pudesse fazê-lo com certa elegância, distribuiria bengaladas com muito maior Satisfação. No entanto, por questão de Cortesia neste País, isso é chamado de Caridade.

---

[1] Semelhante redução da piedade a uma forma de egoísmo e a mesma insistência na tese de que a piedade não é caridade genuína encontram-se em Sir Thomas Browne, que diz o seguinte em *Religio Medici* (*Works*, ed. Wilkin, 1852, ii. 417): "Aquele que socorre alguém obedecendo puramente ao impulso piedoso que vem de suas entranhas o faz tanto por si mesmo quanto pelo outro: porque por compaixão tornamos nossa a desgraça alheia; e assim, aliviando-a, aliviamos a nossa. É igualmente errônea a presunção de remediar as desgraças de outros homens com as considerações comuns sobre naturezas compassivas, tais como a de que um dia poderemos nos encontrar em situação semelhante (...)". Pierre Nicole (1625-1695), por sua vez, disse: "Quoi-qu'il n'y ait rien de si opposé à la charité, qui rapporte tout à Dieu, que l'amour-propre, qui rapporte tout à soi, il n'y a rien néanmoins de si semblable aux effets de la charité que ceux de l'amour-propre". Cf. *Essais de Morale*, Paris, 1714, iii.123. Abbadie também acreditava que "La libéralité ordinaire n'est qu'une espèce de commerce (...) delicat de l'amour-propre". Cf. *L'Art de se connoitre soymême*, Haia, 1711, i. 177. Ver também La Rochefoucauld, máxima 263, in *Oeuvres* (ed. Gilbert & Gourdault) e Malebranche, *De la Recherche de la Vérité*, Paris, 1721, ii. 255; e cf., anteriormente, i. 151-6. Muito antes desses exemplos, santo Agostinho já fornecia análise semelhante: "Et videte quanta opera faciat superbia: ponite in corde quam similia facit, et quasi paria charitati. Pascit esurientem charitas, pascit et superbia: charitas, ut Deus laudetur; superbia, ut ipsa laudetur. Vestit nudum charitas, vestit et superbia; jejunat charitas, jejunat et superbia..." (*Ep. Joannes ad Parthos*, VIII. iv. 9, em *Patrologia Latina*, XXXV. 2040, de Migne).

O Reverso da Piedade é a Malícia, de que já falei ao tratar da Inveja. Aqueles que sabem o que significa analisar a si mesmos logo confessarão que é muito difícil rastrear as Raízes e a Origem dessa Paixão. Está entre as que mais nos envergonham, mas ainda assim seu lado pernicioso pode ser facilmente dominado e corrigido através de uma Educação Judiciosa. Quando alguém perto de nós tropeça, é natural que, antes mesmo de qualquer Reflexão, lhe estendamos a Mão para impedir ou pelo menos amortecer a Queda, num gesto capaz de demonstrar que, quando Calmos, somos propensos à Piedade. Contudo, embora a Malícia em si seja pouco temível, uma vez assessorada pelo Orgulho torna-se com frequência malévola, e fica ainda mais terrível quando atiçada e intensificada pela Ira. Nada extingue mais rápida e eficazmente a Piedade do que essa Mistura, à qual chamamos de Crueldade. Daí devemos inferir, que para praticar uma Ação meritória, não basta simplesmente dominar uma Paixão, a menos que o façamos por um Princípio louvável, demonstrando o quanto foi necessário incluir na definição de Virtude a Cláusula segundo a qual nossos Esforços deveriam proceder de *uma Ambição racional de ser Bom*.[1]

A Piedade, como eu já disse alhures, é a mais amável de todas as nossas Paixões, e não são muitas as Ocasiões em que devemos subjugá-la ou refreá-la. Um Cirurgião pode ser tão Compassivo quanto lhe aprouver, desde que isso não o leve a se omitir ou deixar de fazer o que é preciso. Os Juízes e os Jurados podem também se influenciar pela Piedade, mantendo

---

[1] Definição de virtude por Mandeville, *Fábula*, i. 254-5.

o cuidado de não infringir as Leis nem menosprezar a Justiça. Nenhuma Piedade causa maior Dano nesse Mundo do que a procedente da Ternura dos pais, que os impede de comandar os Filhos como requer o Amor racional, e como eles mesmos o desejariam. Do mesmo modo, a Preponderância que essa Paixão exerce sobre os Afetos das Mulheres é mais considerável do que normalmente se imagina, e elas cometem diariamente Faltas que são atribuídas à Luxúria, mas que se devem em grande medida à Piedade.

Essa que nomeei por último não é a única Paixão que se disfarça e se assemelha à Caridade; o Orgulho e a Vaidade já construíram mais Hospitais que todas as Virtudes juntas. Os Homens são tão apegados a suas Posses, e o Egoísmo está de tal modo incrustado na nossa Natureza, que qualquer um capaz de achar um meio de dominá-lo obterá o Aplauso do Público, e todo o Encorajamento necessário para esconder sua Fraqueza e suavizar algum outro Apetite ao qual se sinta inclinado. O Homem que fornece, de sua Fortuna pessoal, aquilo que de outro modo o conjunto teria de prover, se faz credor de cada Membro dessa Sociedade, e toda Gente está pronta a lhe demonstrar seu Reconhecimento, e a se julgar no Dever de considerar virtuosa a totalidade de seus Atos, sem ponderar, muito menos investigar, os Motivos que os inspiram. Nada é mais danoso à Virtude ou mesmo à Religião do que fazer crer aos Homens que dar Dinheiro aos Pobres, mesmo que só aceitem separar-se dele após a Morte, lhes garantirá no outro Mundo o Perdão completo por todos os Pecados cometidos neste. Um Vilão responsável por um bárbaro Assassinato pode, com a ajuda de falsos Testemunhos, escapar à merecida Punição. Ele prospera, acumula grande Fortuna e, aconselhado por seu Confessor, lega todos os Bens a um Mosteiro e deixa os Filhos na Miséria. Qual foi a admirável Reparação que esse bom Cristão fez pelo Crime cometido, e onde está a Honradez do Padre que manejou sua Consciência? Aquele que se desprende de tudo o que acumulou ao longo da Vida, seja por que Princípio for, deita fora apenas o que lhe pertencia; mas o rico Avarento que se recusa a ajudar os Parentes mais próximos, ainda que jamais o tenham desrespeitado deliberadamente, e dispõe do seu Dinheiro após a Morte para o que chamamos de Fins Caritativos, pode imaginar o que quiser da própria Bondade, mas o certo é que rouba sua Posteridade.[1] E agora estou pensando num dos mais recentes Exemplos de Caridade, um Legado prodigioso, que teve grande

---

[1] Isto, e o resto do ataque a seguir, se refere ao Dr. Radcliffe, como nos faz saber seu parente Richard Fiddes, autor de *General Treatise of Morality* (ed. 1724, pp. cix.cxxviii). O Dr. John Radcliffe (1650 -1714) foi um dos mais famosos médicos do seu tempo. Chegado a Londres em 1684, procedente de Oxford, após um desentendimento com as autoridades universitárias, amealhou imensa fortuna, fazendo mais de vinte guinéus por dia já no primeiro ano, e se tornou médico da família real, posição que não ocupou por muito tempo, pois logo insultou seus régios pacientes (ver William Pittis, *Some Memoirs of the Life of John Radcliffe*, 1715). A rudeza, por vezes chistosa, com que ofendia a rainha Anne e sua costumeira arrogância lhe valeram muitos inimigos. Swift, por exemplo, referiu-se a ele como "aquele presunçoso" (*Prose Works*, ed. Temple Scott, ii.155). Morreu de apoplexia ou, na expressão de Pittis, da "Ingratidão de um Mundo mal agradecido, e da Fúria da Gota" (*Some Memoirs...*, p. 91). A afirmação de Mandeville de que Radcliffe não deixou nada para os parentes é exagerada, pois lhes legou rendas anuais consideráveis. Mas uma declaração do próprio Radcliffe (assim como a admissão de Fiddes no *General Treatise...*, p. cxii) indica que a acusação de Mandeville tinha fundamento. Desculpando-se com a irmã por tê-la abandonado, Radcliffe escreve: "(...) o Amor ao Dinheiro (...) era por demais dominante em mim" (Pittis, *Dr. Radcliffe's Life and Letters*, ed. 1736, p. 100).

repercussão no Mundo.[1] Tenho a intenção de trazê-lo à Luz por crer que assim merece, e peço licença, especialmente em honra aos Pedantes, para tratar do Assunto um tanto Retoricamente.

Que um Homem, com pequena Competência em Medicina e quase nenhuma Instrução,[2] possa, por artes de Vileza, dedicar-se à sua Prática e acumular fabulosa Riqueza não é grande Maravilha; mas que, além disso, ele tenha conquistado a boa Opinião do Mundo, ganhado a Estima geral de uma Nação e estabelecido uma Reputação superior à de seus Contemporâneos, sem outras Qualidades além de um perfeito Conhecimento da Humanidade, e uma Capacidade para tirar todas as vantagens possíveis disso, é algo verdadeiramente extraordinário. Se um Homem atinge tal patamar da Glória e, perturbado de certo modo pelo Orgulho, dá Assistência, gratuitamente, a um Servo ou a qualquer outra Pessoa de classe baixa, negligenciando um Nobre capaz de pagar exorbitantes Honorários, e noutras vezes se nega a trocar sua Garrafa por seus Compromissos, sem nenhuma consideração pela Qualidade de quem o tenha chamado, nem ao Perigo em que se encontre; se esse Homem fosse desagradável e rabugento, e se fizesse passar por Humorista, tratasse seus Pacientes como Cães, embora Pessoas da

---

[1] O Dr. Radcliffe deixou o grosso de sua fortuna, de mais de oitenta mil libras, para a Universidade de Oxford. Construíram-se com esse dinheiro o Hospital Universitário (Radcliffe Infirmary), o Observatório Universitário (Radcliffe Observatory) e a admirável biblioteca (Radcliffe Camera). A doação contribuiu ainda para a construção do Colégio de Médicos de Londres, da Igreja de São João de Wakefield, e do manicômio de Oxford (Lunatic Asylum).

[2] A falta de instrução de Radcliffe era notória e admitida por ele mesmo, que pilheriava sobre o assunto (Pittis, *Some Memoirs*, ed. 1715, p. 6), mas seu inegável sucesso profissional e o peso da opinião contemporânea indicam ter sido dono de incomum habilidade como médico.

maior Distinção, e só valorizasse aqueles que o deificam, jamais duvidando da infalibilidade de seus Oráculos; se o Sujeito insultasse todo Mundo, afrontasse a mais alta Aristocracia, e estendesse sua Insolência até a Família Real;[1] se, para manter e até aumentar sua Fama de Eficiência, ele desdenhasse consultar seus Superiores diante de uma Emergência, olhando com Desprezo seus Colegas mais ilustres, evitando conferenciar com outros Médicos senão aqueles que rendem Homenagem a seu Gênio Superior, louvam seu senso de Humor, e jamais se aproximam dele sem as mostras de Subserviência com que um Cortesão trata um Príncipe; se um Homem exibisse durante toda a Vida sinais tão manifestos de Orgulho extremado, insaciável Cobiça por Riquezas e, ao mesmo tempo, nenhum interesse por Religião ou Afeição pelos Parentes, nenhuma Compaixão pelos Pobres, nem o mínimo senso de Humanidade para com seus Semelhantes; se não desse qualquer prova de que amava sua Pátria, possuía Espírito Público, ou era um amante das Artes, dos Livros ou da Literatura, o que devemos pensar de suas Motivações quando, após sua Morte, descobrimos que ele deixou uma ninharia para a Família necessitada e um Tesouro imenso para uma Universidade que nem sabia o que fazer com aquilo?

Deixemos que um Homem seja tão caridoso quanto possível sem perder a Razão ou o bom Senso; mas como não imaginar, no

---

[1] O Dr. Radcliffe, quando médico da princesa Anne, disse-lhe que seu mal não passava de *vapours* [fórmula usada na medicina antiga para diagnosticar várias psicopatias, como histeria, melancolia e depressão mental]. E ao próprio Guilherme III ele afirmou, depois de inspecionar seus tornozelos inchados, que não queria ter as pernas do soberano nem em troca de seus três reinos (ver Pittis, *Some Memoirs*, ed. 1715, pp. 38-9 e 48).

caso desse Médico famoso, que ao redigir seu Testamento, assim como em tudo o mais, o que fez foi alimentar sua Paixão preferida, recreando sua Vaidade com o Engenho de um Estratagema? Ao avaliar os Monumentos e Inscrições, com todos os Preitos de Louvor que lhe seriam feitos e, acima de tudo, o Tributo anual de Agradecimento, Reverência e Veneração prestados à sua Memória, com tanta Pompa e Solenidade; ao pensar no quanto de Invenção e Habilidade se uniriam em todas essas Manifestações, na Eloquência que se gastaria em busca dos Encômios apropriados ao Espírito Público, à Dignidade e à Munificência do Benfeitor, e na artificiosa Gratidão dos beneficiados; quando ele ponderou, eu digo, sobre todas essas Coisas, sua Alma ambiciosa deve ter submergido num Êxtase de Prazer, especialmente enquanto ruminava sobre a Duração da sua Glória, e a Perpetuidade que ficaria assim assegurada ao seu Nome. As Opiniões Generosas são, com frequência, estupidamente falsas; quando os Homens estão Mortos, deveríamos julgar seus Atos como se julgam os Livros, sem desrespeitar a Inteligência deles nem a nossa. O *Esculápio britânico*[1] foi, indubitavelmente, um Homem sensato, e se houvesse se deixado influenciar por Caridade, Espírito Público ou Amor ao Saber, e tido como meta o Bem da Humanidade em geral, ou o da sua Profissão em particular, agindo por qualquer um desses Princípios, não poderia ter feito, jamais, o Testamento que fez; porque tamanha Riqueza deveria ter sido mais bem administrada, e qualquer Homem de menor Capacidade teria achado muitas

---

[1] Radcliffe foi chamado de "our British Æsculapius" por seu biógrafo, Pittis (*Some Memoirs*, ed. 1715, p. 2); e Steele [Sir Richard Steele (1672-1729)] o ridicularizou como "Æsculapius" no *Tatler*, nºs 44 e 47.

Maneiras mais acertadas de dispor do Dinheiro. Mas se considerarmos que se tratava indiscutivelmente de um Homem dotado de vasto Orgulho, como também de Sensatez, e nos permitirmos conjeturar que um Dom tão extraordinário poderia vir dessa Motivação, perceberíamos logo a Excelência da sua Inteligência e de seu consumado Conhecimento do Mundo; pois se alguém quer se tornar Imortal, e para sempre ser louvado e endeusado após a Morte, e receber todo o Reconhecimento, todas as Honras, todos os Cumprimentos que a Vanglória possa desejar, não creio que o Engenho Humano seria capaz de inventar Método melhor. Se tivesse seguido a carreira das Armas, tomado parte em vinte e cinco Ataques e em outras tantas Batalhas com a Bravura de um *Alexandre*, expondo a Vida e a Integridade Física a todas as Fadigas e Perigos da Guerra em cinquenta Campanhas; ou se houvesse se devotado às *Musas*, sacrificado seus Prazeres, seu Repouso e sua Saúde à Literatura, e passado todos os seus Dias num laborioso Estudo, e nas Malhas da Instrução; ou ainda se, abandonando todos os Interesses mundanos, houvesse se destacado em matéria de Probidade, Temperança e Austeridade de Vida, e seguido a estreita Senda da Virtude, não teria garantido com a mesma eficácia a Imortalidade de seu Nome, depois de uma Vida voluptuosa, da Gratificação luxuriosa de suas Paixões, sem nenhum Sacrifício ou Abnegação, simplesmente pelo Modo com que dispôs do seu Dinheiro quando se viu obrigado a deixá-lo.

Um rico Usurário, empedernido egoísta, disposto a receber Juros do seu Capital mesmo depois da Morte, só precisa defraudar seus Parentes e legar toda Fortuna a alguma Universidade famosa: não há melhor Mercado para se comprar Imortalidade com pouco Mérito; nele, Sabedoria, Finura de Espírito e Perspicácia vicejam, e eu estive a ponto de dizer que este é o Lugar onde tudo isso se fabrica. Ali os Homens adquirem um profundo entendimento da Natureza Humana, e compreendem o que seus Benfeitores desejam; e nele os extraordinariamente Generosos sempre encontrarão Recompensas extraordinárias, e o Tamanho do Presente é a Medida dos Louvores, seja o Doador um Médico ou um Latoeiro, uma vez extintas as Testemunhas que poderiam zombar deles. Não consigo pensar na Comemoração do Dia de Ação de Graças decretado em louvor de um grande Homem sem imaginar as Curas miraculosas, e outras Coisas surpreendentes que dele serão ditas dentro de Cem anos; e ouso profetizar que, antes do Fim do presente Século, se terão forjado Histórias em seu Favor (pois os Retóricos nunca estão sob Juramento), e que elas serão tão fabulosas quanto quaisquer Lendas dos Santos.

Nosso sutil Benfeitor não ignorava nada disso; ele conhecia a fundo as Universidades, seu Gênio e sua Política, e, em consequência, previa e sabia que o Incenso que lhe ofereciam não se desvaneceria na atual Geração nem nas imediatamente subsequentes, e iria durar não só pelo pífio Período de trezentos ou quatrocentos Anos, mas continuaria a lhe ser tributado ao longo de todas as Mudanças e Revoluções de Governo e de Religião, enquanto subsistir o Reino, e a Ilha permanecer em seu lugar.

É deplorável que um grande Orgulhoso sofra tais Tentações que o levem a prejudicar seus Herdeiros legítimos; pois quando um Homem que desfruta de conforto e afluência, transbordante de Vanglória e alimentado em seu Orgulho pela nata de um País bem-educado, abriga no fundo do Peito uma infalível Segurança quanto à Eterna Homenagem e Adoração a ser prestada de forma tão extraordinária a seus *Manes*,[1] é como um Herói em Combate que, alimentando a própria Imaginação, saboreia toda a Felicidade do Entusiasmo. Isso o sustenta na Doença, alivia no Sofrimento, e tanto protege sua Visão quanto a afasta dos Terrores da Morte, e das mais sombrias Apreensões do Futuro.

Se alguém me disser que ser tão Severo, e capaz de examinar com tanta Profundidade os Assuntos e as Consciências dos Homens, os desencorajaria de dispor do seu Dinheiro desse modo, e que, sejam quais forem o Valor e a Motivação do Doador, quem recebe o Benefício é o Ganhador, não vou contradizê-lo, mas sou de Opinião de que não causa nenhum Dano ao Público impedir as Pessoas de armazenar tanta Riqueza no Tesouro Estocado do Reino. É preciso que haja uma forte desproporção entre a parte Ativa e a Inativa da Sociedade para fazê-la Feliz, e onde isso não é levado em conta a massa de Doações e Legados pode se tornar excessiva e prejudicial à Nação. A Caridade, quando exagerada, acaba por favorecer a Ociosidade e a Preguiça, e sua única serventia na Sociedade é a de gerar Parasitas e extinguir a Industriosidade. Quanto mais Colégios e Asilos se construírem, mais será preciso construir. Os primeiros Fundadores e Benfeitores deviam ter boas e justas Intenções, e talvez desejassem, no interesse de suas Reputações, trabalhar pelos mais louváveis Propósitos, mas os Executores de seus Testamentos, e os Administradores que a eles sucederam, tinham Pontos de Vista diferentes, de modo que raramente vemos uma Obra de Caridade manter por muito tempo

---

[1] Assim no original. Na mitologia romana, Manes são as almas dos entes queridos, e sua veneração está associada ao culto aos ancestrais. [N. da E.]

o princípio que a constituiu. Não abrigo nenhuma intenção de ser Cruel, nem o menor propósito que se assemelhe a Desumanidade. Ter Hospitais em número suficiente para Doentes e Feridos eu considero um Dever do Estado, indispensável tanto na Paz quanto na Guerra. Crianças pequenas sem Pais, a Velhice sem Apoio, e todos os incapacitados para o Trabalho precisam ser amparados com Ternura e Presteza. Mas assim como, de um lado, eu não abandonaria os desamparados e os realmente necessitados, de outro não desejaria encorajar a Mendicância ou a Preguiça entre os Pobres. Todos os que estejam em condições de trabalhar devem fazê-lo, e precisamos investigar mesmo entre os Enfermos, pois é possível conseguir Empregos para a maior parte de nossos Estropiados, e para outros que se acham incapacitados para Tarefas pesadas, como é o caso dos Cegos, sempre que sua Saúde e Força assim o permitirem[1]. O assunto a que agora me refiro me conduz naturalmente a abordar essa espécie de Frenesi que se apoderou da Nação há algum tempo: a Entusiástica Paixão pelas Escolas de Caridade.

A massa da População está tão enfeitiçada com a Utilidade e a Excelência dessas Escolas que quem ouse se opor abertamente a elas corre o risco de ser Apedrejado pela Plebe. As Crianças às quais se ensinam os Princípios da Religião e que aprendem a ler a Palavra de Deus têm uma grande Oportunidade de aperfeiçoar a Virtude e o senso Moral, e ficarão, sem dúvida, mais civilizadas

---

[1] "On peut lire", diz o tradutor francês (edição de 1750, ii. 57, *n.*), "dans le *Journal des Savants, Journal* XX. & XXIV. *Tome* VI., la description d'une machine pour faire travailler les Invalides. Ceux qui n'ont ni bras, ni jambes, & les aveugles, peuvent agréablement travailler, & faire autant d'ouvrage que les hommes sains & robustes, pourvu seulement qu'ils puissent faire deux inflexions de corps, l'une en avant & l'autre en arrière, ou bien l'une à droite & l'autre à gauche".

que outras, condenadas a vagar a esmo sem ter quem se preocupe com elas. Que perverso deve ser o Critério daqueles que, podendo ver as Crianças vestidas decentemente, com Roupa de baixo trocada pelo menos uma vez por Semana, e em boa ordem acompanhando seu Mestre até a Igreja, preferem encontrá-las soltas pelas ruas, na Companhia de Desordeiros sem Camisa nem qualquer outra peça de Roupa inteira sobre o Corpo, e que, insensíveis à sua Desgraça, ainda a agravam com Juramentos e Impropérios! Alguém duvida de que aqui está o grande Viveiro de Ladrões e Punguistas? Que Quantidade de Criminosos e outros Delinquentes temos Julgado e Condenado a cada Sessão dos Tribunais! Isso pode ser evitado com as Escolas de Caridade, e, quando os Filhos dos Pobres receberem uma Educação melhor, a Sociedade recolherá em poucos Anos os Benefícios, e a Nação se verá livre de tais Meliantes que hoje pululam nessa grande Cidade e no País inteiro.

Tal é o Clamor geral, e aquele que disser a menor Palavra contra isso é não somente um Malvado, Desumano e duro de Coração como também um Canalha Ímpio, Profano e Ateu. Que seja Cativante a Ideia, ninguém discute, mas não me agradaria ver uma Nação pagar tão caro por Prazer tão transitório; e se afastarmos a beleza da Aparência, tudo o que é pertinente nesse Discurso em voga[1] seria prontamente contestado.

[1] Um exemplo desse "Discurso em voga", na verdade um sermão em louvor das Escolas de Caridade, encontra-se no *Guardian*, de Addison, nº 105: "Nenhuma outra parte do espetáculo (...) me alegrou e comoveu tanto quanto a visão de todos aqueles meninos e meninas formados com tanta ordem e decência no (...) Strand. (...) Multidão tão numerosa e inocente, vestida pela caridade dos seus benfeitores, era um espetáculo agradável aos olhos de Deus e dos homens (...). Sempre considerei essa instituição das escolas de caridade (...) como a glória do nosso tempo (...). Parece

Quanto à Religião, a Porção mais ilustrada e mais polida de uma Nação é a que tem, em qualquer lugar do Mundo, o menor apego a ela. A Astúcia faz mais Patifes que a Estupidez, e o Vício em geral predomina onde as Artes e as Ciências florescem. A Ignorância é a mãe da Devoção, diz o Provérbio, e é certo que a Inocência e a Honestidade mais universais estão entre as Populações do Interior, ingênuas e de poucas letras. O segundo ponto a ser considerado são as Boas Maneiras e a Civilidade, que as Escolas de Caridade devem insuflar entre os Pobres da Nação. Confesso que, em minha Opinião, possuir, no menor grau que seja, as qualidades que venho de mencionar é uma futilidade, senão danosa pelo menos desnecessária para os Trabalhadores Pobres. Não são Mesuras o que esperamos deles, mas Trabalho e Assiduidade. Estou disposto, porém, a pôr de lado este Artigo: as Boas Maneiras são, concedo, necessárias a Todos, mas como adquiri-las numa Escola de Caridade? Será possível ensinar-lhes, acredito, a tirar o boné indistintamente para quem quer que encontrem, à exceção dos Mendigos, é claro; mas que esses Meninos possam ali adquirir alguma Civilidade é coisa que sou incapaz de conceber.

a garantia de uma posteridade virtuosa e honesta. Serão poucos, na próxima geração, os menores incapazes pelo menos de ler e escrever, e que não hajam recebido tinturas de religião". Cf. também Steele, no *Spectator* nº 294.

Segundo *The Present State of the Charity-Schools*, apensado ao *Sermon Preached... St. Sepulchre, May the 21st, 1719*, havia, então, em Londres 130 escolas de caridade, com 3.201 meninos e 1.953 meninas. Dentre os meninos, 2.431 foram transformados em aprendizes, e entre as meninas, 1.407. As subscrições voluntárias anuais chegavam a £5.281, e outras £4.391 provinham de coletas. O número total de tais escolas no Reino Unido era de 1.442, em que se encontravam matriculados 23.658 meninos e 5.895 meninas. Entre o dia de Pentecostes de 1718 e o Pentecostes de 1719, o número de escolas de caridade aumentou em 30 unidades.

Para começo de conversa, o Mestre-escola não é qualificado, o que se depreende da exiguidade do Salário que lhe pagam,[1] e se ele viver de ensinar Polidez às classes, não lhe sobrará tempo para o resto. No horário letivo, os alunos estarão estudando ou recitando a Lição para o professor, fazendo Redações ou Contas das Quatro Operações, e ao fim do dia ficam tão soltos e livres quanto os outros Menores Pobres. São os Preceitos e o Exemplo dos Pais, e de outras Pessoas com as quais Comem, Bebem e Convivem, que têm Influência na Mente das Crianças. Pais irresponsáveis, com Vidas desregradas, que descuram dos Filhos, jamais teriam Descendência civilizada, mesmo que suas Crianças frequentassem Escolas de Caridade até o Casamento. As pessoas honestas e trabalhadoras nunca são tão pobres se têm, elas mesmas, Noções de Bondade e Decência, e criarão seus Filhos no temor de Deus, jamais permitindo que andem a esmo pelas Ruas ou durmam fora. Aqueles que trabalham e sabem impor Respeito aos Filhos farão com que eles se ocupem com algo de remunerado tão logo tenham idade para isso, por pequena que seja a paga. Quanto aos Ingovernáveis, que nem Palavras nem Bordoadas emendam, não será uma Escola de Caridade que dará jeito neles. Não, na verdade a Experiência mostra que, entre os Alunos das Escolas de Caridade, há em abundância os maus elementos, que Praguejam e Blasfemam, e que, tirante o Figurino, são em tudo semelhantes aos jovens Rufiões produzidos em *Tower-hill* ou em *Saint James*.

E agora chego aos Crimes enormes e à vasta Multidão de Malfeitores, cuja existência é atribuída à ausência desse notável

---

[1] Vinte libras por ano, em média, mas havia quem recebesse apenas £ 5. Ver o *Account of Charity-Schools lately Erected in Great Britain and Ireland*, ed. 1709, pp. 14-41.

tipo de Educação. A abundância de Roubos e Furtos cometidos diariamente no Centro da Cidade e em suas imediações, e o grande Número de condenações à Morte por tais Crimes, ano após ano, são coisa sabida e inegável. Mas como esses fatos vêm à baila cada vez que se discute a Utilidade das Escolas de Caridade, como se estivesse perfeitamente estabelecido que elas constituem a melhor solução para remediar e, ao longo do tempo, impedir tais Desordens, pretendo examinar as Causas reais desses Males, com tanta Justiça deplorados, e demonstrar que as Escolas de Caridade, como tudo o que encoraja a Ociosidade e afasta os Pobres do Trabalho, funcionam como Acessórios ao Crescimento de Vilania com muito maior eficácia que o Analfabetismo ou, até, a Ignorância e a Estupidez mais crassas.

Aqui me detenho por um momento para evidenciar os Clamores de certas Pessoas impacientes que, tendo lido o que acabo de escrever, afirmarão que, longe de fomentar a Preguiça, encaminham as Crianças para os Trabalhos Manuais e toda espécie de Serviço Honesto. Prometo levar em conta tudo isso mais tarde, e responder sem omitir nada que se possa dizer a seu Favor.

Numa Cidade populosa, não é difícil a um jovem Patife, infiltrado na Multidão, retirar habilmente, com Mão pequena e Dedos ligeiros, um Lenço ou uma Caixinha de Rapé de um Homem que está pensando em Negócios, esquecido de seu Bolso. O êxito nos pequenos Delitos raras vezes deixa de levar a crimes maiores, e aquele que esvazia Bolsos impunemente aos doze talvez assalte uma Casa aos dezesseis, e se tornará um Vilão acabado antes dos vinte. Já os que são Cautelosos além de Atrevidos, e não bebem, podem fazer enormes Estragos antes de serem apanhados; e essa é uma das grandes Inconveniências de Cidades gigantescas como *Londres* ou *Paris*, que abrigam Marginais e Vilões como Insetos em Celeiros; são um Asilo perpétuo à pior Espécie de gente, e oferecem Refúgio seguro a Milhares de Malfeitores, que cometem diariamente Infrações e Crimes, e que, mudando periodicamente de lugar, escapam por muitos Anos às Mãos da Justiça, a menos que sejam pegos em Flagrante. Uma vez descobertos, frequentemente as Provas são insuficientes, os Testemunhos confusos, os Jurados e Juízes dados à Clemência; os Promotores, embora vigorosos a princípio, podem perder o fôlego antes que o Processo chegue a termo. Pouca Gente põe a Segurança pública acima de sua própria Comodidade; um Homem de Bom Coração não se reconcilia facilmente com a ideia de tirar a Vida de outro Homem, ainda que ele mereça a Forca. Ser responsável pela Morte de alguém, embora a Justiça o exija, deixa em desconforto muita Gente, sobretudo Cidadãos de Consciência e Probidade, quando obrigados a formular um Juízo ou tomar uma Decisão; e é essa a razão para que Milhares escapem da merecida Pena capital, assim como é a causa de haver tantos Delinquentes se atirando ousadamente ao Crime, na esperança de terem a mesma Sorte, caso sejam presos.

Se os Homens fossem seriamente persuadidos de que, perpetrando um Crime digno de Forca, seriam infalivelmente Enforcados, as Execuções se tornariam raras, e o Criminoso mais desesperado preferiria se enforcar a arrombar uma Casa. Estupidez e Ignorância não costumam compor o Caráter de um ladrão. Assaltos em Estradas e outros Crimes audaciosos são em geral perpetrados por Bandidos de Engenho e Talento, e os Vilões de alguma Fama são comumente indivíduos sutis e astuciosos, versados nos Métodos Judiciais, e familiarizados com todas as Brechas na Lei que lhes possam ser Úteis; sempre atentos às menores Falhas da Acusação, sabem como tirar Vantagem do menor deslize de um Depoimento, e de tudo mais que os ajude a escapar.

Trata-se de Afirmação muito forte dizer que mais vale deixar sem punição quinhentos Culpados do que fazer sofrer um Inocente. Esta Máxima só é aplicável quanto à Posteridade, e em relação a um outro Mundo, mas não serve ao Bem-estar Temporal da Sociedade. É coisa terrível, sem dúvida, condenar um Homem à Morte por Crime que não cometeu; todavia, tantas Circunstâncias bizarras podem se reunir na infinita variedade de Acidentes que, a despeito da Sabedoria dos Juízes e da Integridade dos Jurados, é possível ocorrer um erro assim. No entanto, desde que os Homens se esforcem por evitá-la com todo Cuidado e Precaução de que é capaz a Prudência humana, ainda que tal Desgraça se produzisse uma vez ou duas a cada dez Anos, sob a Condição de que nesse período a Justiça fosse invariavelmente Administrada com Rigor e Severidade, e nenhum Culpado pudesse ficar Impune, seria de grande Vantagem para a Nação, não só no que diz respeito à segurança da Propriedade em particular e à paz da Sociedade em geral, mas também para salvar as Vidas de Centenas, se não de Milhares, de Miseráveis enforcados diariamente por Ninharias, e que jamais teriam tentado nada contra a Lei, ou pelo menos nunca ousariam cometer um Crime Capital, se a esperança de sair livres, caso fossem presos, não constituísse um dos principais Motivos de incentivo aos seus Atos. Por conseguinte, onde as Leis são claras e severas, toda negligência em sua Execução, a Leniência dos Júris e a frequência na concessão de Indultos são, no fundo, para um Estado ou Reino populoso, Crueldade muito maior do que o emprego do Ecúleo e das mais refinadas Torturas.

Outra grande Causa desses Males se encontra na falta de Precaução por parte das vítimas e nas muitas Tentações que se oferecem. Há um grande número de Famílias que descuidam da Segurança de seus Lares; algumas são roubadas por Desleixo dos Empregados, ou por ter economizado em Trancas e Ferrolhos. Bronze e Estanho são como Moeda sonante, e se veem por toda a parte nas Casas; a Prataria, talvez, e o Dinheiro se guardam com maior cuidado, mas um Cadeado comum se arrebenta com facilidade, uma vez que o Bandido já esteja do lado de dentro.

É evidente, portanto, que a confluência de muitas Causas diferentes com alguns Males possíveis de evitar contribui para a Desgraça de sermos atacados por essa praga de Larápios, Gatunos e Assaltantes, que sempre perturbou e perturbará, mais ou menos, todos os Países, dentro e ao redor dos Povoados, e sobretudo nas Cidades grandes e populosas. A Ocasião faz o Ladrão; o Descuido e a Negligência em trancar Portas e Janelas, a excessiva Brandura de Jurados e Promotores, a Facilidade para obter Suspensão de penas, e a frequência dos Indultos, mas, acima de tudo, os inúmeros Exemplos de réus sabidamente culpados, e que, sem Amigos nem Dinheiro, conseguem escapar à Forca abusando dos Júris, confundindo as Testemunhas, usando toda a sorte de Truques e Estratagemas, são fortes Tentações que conspiram para atrair ao Crime os Necessitados, carentes de Princípios e de Educação.

A tudo isso se podem juntar, como Coadjuvantes ao Malefício, um Hábito de Preguiça e Ociosidade e a forte Aversão ao Trabalho e à Assiduidade no emprego, que todos os Jovens adquirem se não foram acostumados a Trabalhar de verdade, ou pelo menos a se ocupar por quase toda a Semana e na maior parte do Dia. Todas as Crianças Ociosas, mesmo as melhores de ambos os Sexos, são más Companhias umas às outras sempre que se reúnem.

Não é, portanto, o fato de não saber Ler e Escrever, mas a concorrência e a complicação de Males mais substanciais a causa principal de existirem perpétuos Viveiros de abandonados Libertinos em grandes e opulentas Nações; e quem quer que acuse o trio Ignorância, Estupidez e Covardia como a primeira de todas, aquela a que os médicos chamam de Causa Procatártica[1], que esquadrinhe as Vidas, e analise cuidadosamente as Conversas e as Ações dos Patifes ordinários e de nossos Delinquentes comuns, e descobrirá que o reverso é o verdadeiro, e que a culpa deve ser atribuída ao excesso de Astúcia e Sutileza, e à variada Experiência, em geral, de que são dotados os piores Malfeitores e a Escória da Nação.

A Natureza Humana é por toda parte a mesma: o Talento, o Engenho e os Dons Naturais são sempre aguçados pela Aplicação, e podem muito bem se aperfeiçoar na Prática da pior Vilania, assim como no Exercício da Criatividade ou da mais Heroica Virtude. Não existe Posição na Sociedade em que Orgulho, Emulação e Amor à Glória não estejam em jogo. Um jovem Batedor de carteiras que faz de Bobo o Furioso Promotor, e jeitosamente consegue persuadir a velha Justiça a crer na sua Inocência, é invejado por seus Pares e admirado por toda a Confraria. Velhacos têm as mesmas Paixões a satisfazer, e igualmente valorizam entre si a Honra e a Fidelidade, a Coragem, a Intrepidez e outras Qualidades viris,

---

[1] Causa original de uma enfermidade.

exatamente como acontece com Cidadãos de melhores Profissões; e, em Empreitadas audaciosas, a Bravura de um Ladrão pode ser sustentada por seu Orgulho, tanto quanto a de um Soldado honesto que luta pela Pátria.

Assim, os Males de que nos queixamos têm Causas muito diferentes das que lhes atribuímos. É preciso que um Homem seja muito inconstante em seus Sentimentos, senão contraditório, para sustentar que a Inteligência e o Saber são os meios mais eficazes de promover a Religião, e ao mesmo tempo defender que a Ignorância é a Mãe da Devoção.

Mas se as Razões alegadas em favor dessa Educação generalizada não são as verdadeiras, como explicar que, em todo o Reino, grandes e pequenos as defendam de forma tão Unânime? Não se vê entre nós nenhuma Conversão milagrosa, tampouco se nota uma Onda universal de Bondade e Moralidade se espalhando sobre a Ilha; há tanta Maldade quanto antes, a Caridade é tão Fria e a Virtude tão Escassa como sempre foram. O Ano de mil setecentos e vinte foi tão prolífico em lamentáveis Vilanias, e tão notável por Perfídias interesseiras e Crimes premeditados como outro de qualquer Século; e não foram cometidos por Pobres-Diabos ignorantes, incapazes de Ler e Escrever, mas por Cidadãos de melhor posição quanto a Dinheiro e Educação, muitos deles grandes Mestres em Aritmética, vivendo no Esplendor e gozando da melhor Reputação.[1] Dizer que quando uma coisa se põe em Voga a Multidão segue o Clamor geral, que as Escolas de Caridade estão

---

[1] Foi nessa época que o escândalo da South Sea Company atingiu o auge e veio a lume. No início de 1721, a investigação, instaurada a partir do colapso da Companhia, revelou uma situação de total corrupção e falsificação de contas. Homens proemi-

na Moda por Capricho, como as Anáguas de Arame, e que não há outra Explicação para uma nem para outra, temo que isso não seja Satisfatório para os Curiosos, e ao mesmo Tempo duvido que, embora venham a ter maior Peso para meus Leitores, minhas considerações possam acrescentar muito ao debate.

A verdadeira Origem desse atual Desatino é, certamente, muito remota e difícil de descobrir, mas quem acende uma Luz, por pequena que seja, em Matéria de grande Obscuridade presta um Serviço aos Investigadores. Estou disposto a concordar que, no Princípio, a Intenção inicial ao criar essas Escolas era Boa e Caritativa; no entanto, para saber por que se ampliaram de modo tão extravagante, e quem são agora seus principais Promotores, temos que encaminhar a Pesquisa em outras direções, e recorrer aos rígidos Homens de Partido, Zelosos da sua Causa, seja ela Episcopal ou Presbiteriana; porém, como essa última não passa de pálido Arremedo da outra, embora igualmente perniciosa, nos limitaremos à Igreja Nacional, e daremos uma volta por alguma

nentes estavam envolvidos na fraude. No mesmo ano de 1720 também estourou na França o escândalo da Companhia do Mississipi, de John Law.
[N. do T.: Segundo a *Encyclopaedia Britannica* (verbete "South Sea Bubble"), a empresa fora fundada, em 1711, para o comércio (principalmente de escravos) com a América espanhola, na suposição de que a Guerra de Sucessão da Espanha então se encerrasse por um tratado favorável ao tráfico. O Tratado de Utrecht, de 1713, foi decepcionante, mas, mesmo assim, a Companhia prosperou, sobretudo depois que o rei George I assumiu-lhe a chefia (1718). O ano de 1720 viu um *boom* inacreditável, mas de curta duração: já em setembro o mercado entrou na colapso, arruinando os investigadores e comprometendo o governo. O "South Sea Bubble" teve seu equivalente exato na França, no mesmo ano, com o chamado "Mississippi Scheme". O projeto era de responsabilidade do financista escocês John Law, então *Controleur General de France*, que fundou em 1717 a *Compagnie d'Occident* para o desenvolvimento do Vale do Baixo Mississippi. A empresa financiou a colonização de Nova Orleans, mas logo entrou em bancarrota (a chamada "Mississippi Bubble")].

Paróquia que ainda não tenha sido abençoada com uma Escola de Caridade. —— Mas aqui me julgo no dever de Consciência de pedir perdão a meu Leitor pela Roda-viva a que vou submetê-lo, se estiver disposto a me acompanhar, e para tanto lhe rogo que atire fora esse livro e me abandone, ou que se arme com uma Paciência de *Jó* a fim de suportar todas as Impertinências da Vida nas classes pobres, e as Expressões de baixo Calão que está prestes a encontrar antes de percorrer a metade de uma Rua.

Primeiro, vamos observar os jovens Lojistas, que, por fazerem muito menos Negócios do que gostariam, estão com Tempo de sobra. Se algum desses Principiantes tiver um pouco mais de Orgulho que seus colegas, e gostar de intrometer-se em assuntos alheios, logo será humilhado na Junta comercial, onde Homens de Posses e há muito estabelecidos, ou mesmo Agitadores vociferantes e litigiosos, que obtiveram o Título de Notáveis, geralmente detêm o Controle. Embora seu Estoque de mercadorias e talvez também o seu Crédito não mereçam consideração, ainda assim ele sente no íntimo uma forte Inclinação para Comandar. Um Homem com tais características acha uma Lástima que a Paróquia ainda não tenha uma Escola de Caridade; então comunica esse Pensamento a dois ou três Conhecidos; estes fazem o mesmo com outros, e ao cabo de um Mês não se fala de outra coisa na Região. Todo mundo inventa Discursos e Argumentos com tal Objetivo, segundo suas Habilidades. "É uma terrível Vergonha", diz um, "haver tantos Pobres impossibilitados de educar seus Filhos, e que não se tome nenhuma Providência quando temos aqui tanta Gente rica". "Nem fale dos Ricos", replica outro, "pois esses são os piores: precisam ter muitos Criados, Carruagens e Cavalos. São capazes de gastar centenas e alguns deles até milhares de Libras em Joias e Alfaias, mas não despendem um Xelim com uma pobre Criatura que o necessite. Quando a conversa é sobre Moda e Elegância, eles apuram o Ouvido, mas ensurdecem voluntariamente aos Gritos dos Miseráveis". "Isso mesmo, Vizinho", responde o primeiro, "você está certíssimo. Não creio que exista em toda *Inglaterra* uma Paróquia pior que a nossa em matéria de Caridade. Há gente como eu e você que faria o que deve ser feito se estivesse em nosso poder, mas entre os que realmente podem fazê-lo a maioria cruza os braços".

Outros, mais violentos, atacam determinadas Pessoas, imputam mil Calúnias a todo Cidadão de Renome de que não gostam, inventam Histórias sem fundamento a favor das Escolas de Caridade e fazem-nas circular para difamar seus Superiores. Enquanto isso se espalha por toda a Vizinhança, aquele que primeiro lançou o piedoso Pensamento se rejubila ao ver que tantos se juntam a ele, exagerando no Mérito de ser o Causador de todo Falatório e Agitação. Contudo, não tendo ele, nem os seus Íntimos, suficiente Poder para tocar empresa de tal vulto, procuram alguém de maior Influência; este tem de ser abordado e convencido da Necessidade, da Excelência, da Utilidade e da Cristandade do Plano; em seguida, há que adular o personagem. "Na verdade, Senhor, se abraçasse nossa causa, ninguém teria maior Influência sobre os melhores elementos da Paróquia; estou seguro de que uma Palavra sua seria o bastante para convencer qualquer um. Se tomasse essa Causa a peito, já a daria como vencedora, Senhor". Se com esse tipo de Retórica conseguem atrair algum velho Tolo, ou um presunçoso Intrometido que seja rico, ou pelo menos tenha fama de sê-lo, a coisa começa a parecer viável, e entra na conversa de Pessoas de nível mais alto. O Pároco, ou seu Capelão, mais o Diácono passam a falar no Piedoso Projeto por onde quer que transitem. Enquanto isso, os primeiros Promotores da Ideia continuam infatigáveis. Se forem culpados de algum Vício conhecido, sacrificam-no por amor à própria Reputação, ou pelo menos se tornam mais cautelosos e aprendem a usar a Hipocrisia, sabendo muito bem que ser Perverso ou fazer-se notar por seus Exageros é incompatível com o Zelo esperado em Obras de Supererrogação e Piedade excessiva.

Com a proliferação desses Patriotas diminutivos, eles se congregam numa Sociedade e promovem Reuniões regulares, onde cada um, escondendo seus Vícios, tem liberdade de exibir seus Talentos. A Religião costuma ser o Tema, ou ainda a Miséria de nossa Época, fruto do Ateísmo e da Irreverência. Homens de Fortuna, que vivem na Grandeza, e Pessoas prósperas, com muitos Negócios para cuidar, não se contam entre eles. Também os Homens de Bom Senso e Educação, quando não têm nada para fazer, geralmente buscam Diversões mais atrativas. Todo aquele com algum Propósito mais importante pode ver facilmente desculpada sua Ausência, desde que garanta sua contribuição, ou se arriscaria a uma Vida tediosa na Paróquia. Dois tipos de Pessoas comparecem voluntariamente a essas reuniões: leais membros da Igreja, com boas Razões *in petto*, e Pecadores sonsos que veem a coisa como meritória, e esperam com isso expiar suas Culpas, e afastar Satã a Preço módico. Alguns comparecem para salvar seu Crédito, ou para recuperá-lo, caso o tenham perdido ou receiem perdê-lo; outros ainda o fazem por Prudência, para incrementar seus Negócios e travar Relações sociais, e outros confessariam, se ousassem ser sinceros e dizer a Verdade, que jamais se meteriam nisso se não pretendessem ficar mais conhecidos na Paróquia. Gente sensata que percebe a tolice do empreendimento e não deve satisfações a ninguém se vê persuadida a colaborar para não ser tachada de Diferente ou do Contra; mesmo aqueles que no início estavam firmemente decididos a não participar, na proporção de um a cada dez, acabaram por sucumbir diante da importuna Insistência. Como a Despesa é dividida entre a maioria dos Habitantes, a insignificância da cota individual é mais um Argumento de peso para atrair os que no íntimo são contra a Iniciativa, e se teriam oposto a ela tenazmente, fossem outras as Circunstâncias.

Os Administradores costumam proceder da Classe média, e muitos elementos de Nível mais baixo são chamados a servir, na presunção de que seu Zelo possa compensar a inferioridade de sua Condição. Se alguém perguntasse a esses Dignos Dirigentes por que eles se impõem, em grupo ou individualmente, tanto Trabalho, em prejuízo de seus Negócios pessoais, e por consequência tanta perda de Tempo, responderão unanimemente que é por sua Preocupação com a Religião e a Igreja, e pelo Prazer que auferem ao Contribuir para o Bem e a Salvação Eterna de tantos Pobres Inocentes que, seguramente, nesses lamentáveis Tempos de Trocistas e Livres-pensadores, caminhariam para a Perdição. Não lhes move nenhum Interesse, nem mesmo entre aqueles que se encarregam de negociar e fornecer às Crianças tudo o que necessitam; não visam a qualquer Lucro com o que vendem para Uso delas, e embora em outro contexto sua Cupidez e Avareza sejam notórias, nesse Caso todos estão desprovidos de Egoísmo e de qualquer Propósito Mundano. Uma Razão superior a todas, e que não é de menor importância para a maioria deles, deve ser ocultada cuidadosamente, e me refiro à Satisfação que existe em Comandar e Dirigir. Há um Som melodioso na Palavra 'Administrador' que seduz Pessoas de baixa condição: todo Mundo admira a Influência e a Superioridade, mesmo o *Imperium in Belluas*[1] tem seus deleites, há um Prazer em Governar não importa o quê, e é isso principalmente o que sustenta a Natureza humana do Mestre-escola em sua tediosa Servidão. Mas se há alguma Satisfação em governar Crianças, que júbilo não seria governar o próprio Mestre-escola! Que belas coisas são ditas ou mesmo escritas a um Diretor quando é preciso nomear um novo Mestre-escola! Que deliciosos os Elogios, e como é agradável não se dar conta do Exagero da Lisonja, a Rigidez das Expressões ou a Pedanteria do Estilo!

Quem sabe analisar a Natureza sempre descobrirá que aquilo no qual essa Gente mais finge empenhar-se é o menos importante, e o que todos negam e renegam é o seu Motivo principal. Não há Qualidade ou Hábito que mais depressa ou facilmente se adquira do que a Hipocrisia, nem algo que se aprenda mais rápido que os meios de disfarçar os Sentimentos de nossos Corações e o Princípio que nos faz agir. Mas as Sementes de cada Paixão são inatas, e ninguém vem ao Mundo sem elas. Ao contemplar os Jogos e Recreações das Crianças, veremos que nada é mais comum entre elas, quando isso lhes é permitido, do que se divertir em brincadeiras com Gatinhos e pequenos Cães. O impulso que as leva a puxar e arrastar as pobres Criaturas por toda a Casa procede unicamente do poder de fazer o que quiserem com elas, colocando-as na postura ou atitude que bem entendam; e o Prazer que re-

---

[1] O poder sobre os animais. Terêncio, *O Eunuco* 415.

cebem com isso tem sua origem no inerente amor pela Dominação e no Temperamento usurpador, natural em toda a Humanidade.

Quando essa grande Obra é posta em execução e, por fim, se cumpre, Alegria e Serenidade parecem brilhar no Rosto de cada Morador, mas para explicar tal coisa devo fazer uma curta Digressão. Em todo lugar há Indivíduos lastimosos que costumamos encontrar sempre Sujos e em Farrapos. Em geral, consideramos essa Gente miseráveis Criaturas, e mal lhes damos Atenção, a menos que se distingam por alguma característica extraordinária, embora existam entre elas Homens bonitos e bem talhados, assim como nas Classes superiores. Mas se um deles se torna Soldado, nota-se uma vasta Alteração para melhor tão logo enverga sua Túnica Vermelha, e o vemos elegante com sua Barretina de Granadeiro e a grande Espada de Regulamento![1] Todos que o conhecem logo mudam de Ideia a respeito de suas Qualidades, e o Juízo que Homens e Mulheres formam dele em suas Mentes é então muito diferente do que era antes. Pois ocorre algo Semelhante em relação ao Aspecto dos Alunos das Escolas de Caridade; há na Homogeneidade uma Beleza natural que deleita a maioria das Pessoas. É agradável aos Olhos o espetáculo de Crianças uniformizadas, Meninos ou Meninas, desfilando duas a duas, na mais perfeita Ordem. O fato de estarem todas apertadas e arrumadas em Roupas e Adornos iguais muito acrescenta à graça do Espetáculo; e o que o torna ainda mais atrativo é imaginar que tudo está sendo compartilhado até mesmo por Criados e pelos mais humildes da Paróquia sem que lhes custe nada: Nossa Igreja Paroquial, Nossas Crianças da Escola de Caridade. Há nisso

---

[1] Uma espada fornecida como parte do equipamento militar usual.

um Assomo de Propriedade que envaidece a todo aquele que tenha Direito ao uso de tais Palavras, porém de modo mais especial aos que efetivamente contribuíram e deram uma grande Ajuda à realização dessa Obra piedosa.

É quase inconcebível que os Homens conheçam tão mal os próprios Corações, e ignorem a tal extremo os Sentimentos mais íntimos a ponto de confundir Fraqueza, Paixão e Entusiasmo com Bondade, Virtude e Caridade; todavia, é verdadeiro que a Satisfação, a Alegria e o Arrebatamento que sentem pelos motivos acima enunciados passem por princípios de Piedade e Religião aos olhos desses miseráveis Juízes. Quem quer que pondere sobre o que venho dizendo há duas ou três Páginas, e deixe sua Imaginação ir um pouco mais além do que viu e ouviu sobre essa Questão, logo ficará a par de um número suficiente de Razões, alheias ao Amor de Deus e ao verdadeiro Cristianismo, pelas quais as Escolas de Caridade conquistaram tamanha Popularidade, e são aprovadas e admiradas unanimemente por Pessoas de todas as classes e condições. Trata-se de um Tema de que todo Mundo pode falar e compreender a fundo, e não há Fonte mais inesgotável para a Tagarelice, ou que proporcione maior variedade de conversas ocas em Chalupas e Diligências. Se um Administrador que, em Louvor da Escola, se excedeu em entusiasmo durante o Sermão, se encontra em Sociedade, logo o exaltarão as Mulheres, elevando às Nuvens seu Zelo e sua Disposição Caridosa! "Dou-lhe minha palavra, Senhor", diz uma Dama já entrada em anos, "de que estamos todos muito agradecidos; não creio que nenhum dos outros Administradores se empenharia ao ponto de nos trazer um Bispo; graças aos seus Esforços, segundo me contaram, Sua Eminência veio ter conosco, embora não esteja bem de saúde". A isso o outro replica, muito gravemente, que não fez mais do que cumprir seu Dever, mas que não lhe importam as Fadigas ou Incômodos desde que possa ser útil às Crianças, pobres Carneirinhos. "Para ser sincero", diz ele, "eu já estava decidido a conseguir um par de Mangas de Cambraia,[1] nem que precisasse correr atrás disso a Noite toda, e estou contente por não ter me decepcionado".

Às vezes se discute a própria Escola, e de qual Personagem, em toda a Paróquia, mais se espera que tome para si a construção de uma nova. O antigo Alojamento onde ela funciona está ruindo; Fulano tem uma grande Propriedade que um Tio lhe deixou de herança, e muito Dinheiro também; Mil Libras não fariam diferença no seu Bolso.

Em outras ocasiões, fala-se das Multidões que acorrem a determinadas Igrejas, e das altas Somas ali arrecadadas; assim, por uma transição natural, passa-se a tratar das diversas Habilidades e das diferenças de Talento e Ortodoxia dos Clérigos. "O Doutor — — — é Homem de grande Inteligência e Cultura, e creio que seja muito devotado à Igreja, mas não gosto dele para pregar um Sermão de Caridade". "Não há melhor Homem no Mundo do que — — —; assim que abre a boca, o Dinheiro pula dos Bolsos dos fiéis. Da última vez em que pregou em benefício de nossas Crianças, estou seguro de que muita Gente fez doações superiores ao que pretendia ao se dirigir à Igreja. Isso se podia ver em seus Rostos, e me rejubilei com o fato".

---

[1] No original, *a pair of Lawn Sleeves*, referência ao tecido finíssimo com que se confeccionavam as mangas (*sleeves*) das vestes dos bispos da Igreja Anglicana. [N. do T.]

Outro Encanto que torna as Escolas de Caridade irresistíveis para a Multidão é a Opinião Estabelecida de que elas não são apenas Benéficas para a Sociedade no que se refere à Felicidade Temporal, mas que, da mesma forma, a Cristandade ordena e exige de nós sua fundação para nosso futuro Bem-estar. Elas são recomendadas com instância e ardor pelo Clero em peso, e já custaram mais Labor e Eloquência que qualquer outro Dever Cristão; e isso não apenas por parte de jovens Párocos ou de pobres Seminaristas de pouco Crédito, mas pelos mais ilustres de nossos Prelados e pelos mais Eminentes em matéria de Ortodoxia, mesmo aqueles que não se costumam fatigar por qualquer outra Causa. Quanto à Religião, não há dúvida de que sabem muito bem o que prioritariamente exigem de nós e, por conseguinte, o que é mais necessário à Salvação; quanto ao Mundo, quem poderia melhor compreender os Interesses do Reino do que a Sabedoria da Nação, da qual os Senhores Espirituais são Parte tão considerável? A consequência de tal Sanção é, primeiro, que aqueles que, graças à sua Bolsa ou a seu Poder, são úteis para o crescimento ou manutenção dessas Escolas, ficam tentados a atribuir Mérito maior ao que fazem do que, de outro modo, suporiam merecer. Em segundo lugar, todos os demais que não contribuem, porque não podem ou não querem, para as ditas Escolas têm, contudo, uma boa razão para falar bem delas; pois, embora seja difícil agir corretamente em coisas nas quais interferem nossas Paixões, sempre está em nosso poder desejar-lhes êxito, já que isso se faz sem grandes Despesas. Dificilmente haverá, entre o Vulgo Supersticioso, alguém tão Perverso que, no seu apreço pelas Escolas de Caridade, não vislumbre a Esperança de que isso venha a ser Atenuante para seus Pecados, pelo mesmo Princípio de que os mais Viciosos se confortam no Amor e na Veneração que sentem pela Igreja, e os piores Libertinos encontram nisso uma Oportunidade de demonstrar a Retidão de suas Inclinações sem nenhum Custo.

Mas se tudo isso não fosse Estímulo suficiente para fazer os Homens se erguerem em Prol do Ídolo de que falo, existe outro que infalivelmente induzirá a maioria das Pessoas a advogar em sua Defesa. Nós todos, naturalmente, amamos o Triunfo, e quem quer que se engaje nessa Causa tem certeza de Conquistar pelo menos Nove em cada Grupo de Dez Cidadãos. Discuta ele com quem for, se considerarmos o Ilusório dessa Pretensão, e a Maioria que forma a seu lado, será como um Castelo, uma Fortaleza inexpugnável na qual nunca poderão derrotá-lo; e se o ser mais Sóbrio, o mais Virtuoso da Terra, produzisse diversos Argumentos para provar o dano que as Escolas de Caridade, ou pelo menos a Multiplicidade delas, causam à Sociedade, como mostrarei adiante, e mesmo outros Fundamentos ainda mais poderosos, enfrentando os maiores Canalhas do Mundo, que só se valeriam da hipócrita Cantilena de Caridade e Religião, ainda assim a Voga se oporia a ele, que perderia a Causa na Opinião do Vulgo.

Estando, pois, o Crescimento e a Origem de todo Alvoroço e Clamor que se fazem, através do Reino, em Favor das Escolas de Caridade edificados, basicamente, sobre a Fragilidade Humana e suas Paixões, é no mínimo mais que possível que uma Nação que sinta por elas a mesma Afeição e o mesmo Zelo demonstrados pela nossa, não se veja estimulada a fundá-las sobre nenhum princípio de Virtude ou Religião. Encorajado por tal Consideração, atacarei com maior liberdade esse Erro vulgar, e me esforçarei por evidenciar que, longe de ser Benéfica, a Educação forçada é perniciosa ao Público, cujo Bem-estar deve merecer de nós Respeito superior a todas as demais Leis e Considerações. Eis aqui a única Desculpa que pedirei por discordar dos atuais Sentimentos da Ilustre e Reverenda Congregação de nossos Eclesiásticos, aventurando-me com franqueza a negar que o que acabo de confessar seja também afirmado abertamente pela maioria de nossos Bispos, bem como pelo Baixo Clero. Como nossa Igreja não tem a pretensão da Infalibilidade, nem mesmo em matéria Espiritual, que é seu Domínio precípuo, não se pode considerar uma Afronta supor que ela possa equivocar-se em questões Temporais que não dependam tanto de sua atenção imediata. ——— Mas voltemos à minha Tarefa.

Posto que toda a Terra está sob o peso de uma Maldição, e havemos de ganhar o Pão com o suor de nossa Fronte, muita Pena terá o Homem que suportar para prover as Necessidades de sua Existência e o mero Sustento de sua Natureza corrupta e defeituosa como Criatura solitária; mas é infinitamente mais difícil tornar a Vida confortável numa Sociedade Civilizada, onde os Homens se converteram em Animais instruídos, e um grande Número deles, por consenso, se organizou num Corpo Político; e quanto mais crescerem os Conhecimentos Humanos nesse novo Estado, maior será a variedade de Trabalho exigida para que se encontre a comodidade. É impossível que uma Sociedade possa subsistir por longo tempo, e suportar que muitos de seus Membros vivam na Ociosidade, gozando de todas as Facilidades e Prazeres que possam inventar, sem que haja paralelamente um grande Número de Pessoas que, para compensar tal Deficiência, se prestem a fazer o contrário e, à força de hábito e paciência, acostumem seus Corpos a trabalhar não só para si mesmas como para os demais.

E AS ESCOLAS DE CARIDADE

A Abundância e o Barateamento das Provisões dependem, em grande parte, do Valor e do Preço atribuídos a esse Trabalho; por conseguinte, o Bem-estar de todas as Sociedades, mesmo antes de contaminadas por Luxos Exóticos, requer que tais Labores sejam executados por aqueles dentre seus Membros que, primeiramente, sejam fortes e robustos e nunca hajam conhecido a Comodidade e a Indolência, e, em segundo lugar, que se contentem em suprir as necessidades básicas da Vida; estes se dão por satisfeitos com os Tecidos mais grosseiros em tudo que vestem, e em sua Dieta não têm outra pretensão que a de alimentar o Corpo quando o Estômago pede comida, sem dar importância a Sabores e Condimentos, assim como não recusam nenhum Alimento que possa ser engolido por Homens que estão com Fome, nem exigem na hora da Sede nada além do necessário para saciá-la.

Como a maior parte desse labor Fastidioso se deve fazer à luz do Dia, na realidade só por esse meio eles medem o tempo de seu Trabalho, sem atentar para o número de Horas empregado, nem para o cansaço que sentem; assim, no Campo, aquele que ganha por Jornada se levanta muito Cedo, não porque tenha repousado o bastante, mas porque o Sol já vai raiar. Somente esse último Detalhe seria intolerável Sofrimento para um Adulto abaixo dos Trinta, que durante a Infância costumava ficar na cama enquanto lhe apetecesse dormir; mas as três Condições reunidas constituem Modo de Vida que um Homem ainda que de Educação mediana dificilmente escolheria, nem mesmo para escapar da Prisão ou de uma Megera.

Se tais Pessoas devem existir, pois nenhuma grande Nação pode ser feliz sem vasto Número delas, não seria tarefa de uma Sábia Legislatura cultivar essa Espécie de gente com todo o Cuidado possível, prevenindo sua Escassez da mesma forma como se previne a Falta de Víveres? Nenhum Homem seria pobre voluntariamente nem se fatigaria para Ganhar a Vida se pudesse evitá-lo. A necessidade absoluta de Comida e Bebida, e, em Países frios, de Roupas e Abrigo, faz com que ele se submeta a tudo que possa tolerar. Se não existisse a Necessidade, ninguém trabalharia; no entanto, as mais duras Provas são encaradas como verdadeiros Prazeres quando livram um Homem de passar Fome.

Por tudo o que foi dito, fica evidente que num País livre, onde não se permite a Escravidão, a Riqueza mais garantida consiste numa Multidão de Pobres trabalhadores; pois, além de formarem um Viveiro infalível para a Marinha e o Exército, sem eles não poderia existir o Prazer, e nenhum Produto de qualquer Nação teria valor. Para fazer feliz a Sociedade e manter contentes as Pessoas, mesmo nas Circunstâncias mais precárias, é requisito que grande Número delas seja Ignorante além de Pobre. O Conhecimento amplia e multiplica nossos Desejos, e quanto menos coisas ambicione um Homem, mais fácil será satisfazer-lhe as Necessidades.

O Bem-estar e a Felicidade, portanto, de qualquer Estado ou Reino requerem que o Conhecimento da classe Pobre Trabalhadora se restrinja à Esfera de suas Ocupações, e nunca se estenda (no que tange às coisas visíveis) além do referente à sua Profissão. Quanto mais um Pastor, um Lavrador ou qualquer outro Camponês saiba do Mundo, e das Coisas alheias a seu Trabalho ou Emprego, menos será capaz de enfrentar suas Fadigas e Penas com Alegria e Contentamento.

A Leitura, a Escrita e a Aritmética são muito necessárias para Aquele cuja Ocupação exige tais Qualificações, mas onde a subsistência das Pessoas não dependa dessas Artes, elas serão Perniciosas para os Pobres, obrigados a ganhar o Pão de cada Dia com o Trabalho Cotidiano. Poucas Crianças fazem algum Progresso na Escola; ao mesmo tempo, como algumas delas poderiam perfeitamente estar empregadas em um ou outro Negócio, cada hora que esses Pobres dedicam a seus Livros é uma hora perdida para a Sociedade. Ir à Escola em vez de Trabalhar é outra forma de Ociosidade, e quanto mais tempo um menino passar nessa Vida fácil, mais inepto ele será quando crescer, tanto em Força quanto em Disposição, para o Trabalho adequado. Homens destinados a permanecer até o fim de seus Dias em Duras, Cansativas e Penosas condições de Vida, quanto mais cedo forem submetidos a elas, mais pacientemente se adaptarão depois à massacrante rotina que os espera. Trabalho duro e má Alimentação constituem Punição apropriada a vários tipos de Malfeitores, mas a imposição de uma coisa ou outra a Pessoas que não foram criadas em tais condições é de uma Crueldade inominável quando não há nenhum Crime a ser castigado.

Ninguém aprende a Ler e a Escrever sem Assiduidade e algum Esforço do Cérebro, e antes que uma Pessoa se torne medianamente versada nas duas coisas, já se acha muito superior aos totalmente Ignorantes, e é frequente demonstrar isso com tão pouca Justiça e Moderação como se pertencesse a outra Espécie. Todos os Mortais têm Aversão natural a Aborrecimento e Fadiga, assim como estamos sempre dispostos a atribuir Valor excessivo àquelas Qualificações que, ao longo dos Anos, fomos adquirindo à Custa de nosso Conforto e Tranquilidade. Quem passou grande parte da Juventude aprendendo a Ler, Escrever e

Calcular espera, e não sem justiça, ganhar um emprego em que tais Qualidades sejam aproveitadas; essas Pessoas, na Maioria, olham com sumo Desprezo qualquer Trabalho menos nobre, quero dizer aquele executado a Serviço de outros na mais baixa Condição social, e com a mínima Consideração. Um Homem que tenha recebido alguma Educação pode se dedicar por Gosto à Lavoura, e entregar-se com toda a diligência à mais suja e laboriosa Ocupação; mas, nesse caso, é preciso que o Negócio lhe pertença, e que a Ambição, o Cuidado com a Família ou outro forte Motivo o levem a fazê-lo; contudo, ele jamais será um bom Empregado rural, nem servirá a um Fazendeiro por pífia Recompensa; pelo menos não estará tão adequado a isso quanto um Diarista habituado desde cedo ao Arado e ao Carrinho de Esterco, sem memória de outro ofício melhor.

Quando se trata de Subserviência e Submissão, podemos notar que Tarefas humildes só são executadas alegremente e de boa vontade se Inferiores atendem a Superiores; eu digo Inferiores não só em Riqueza e Qualidade, mas também em Conhecimento e Inteligência. Um Criado deixará de sentir Respeito por seu Amo tão logo tenha suficiente Percepção de que serve a um Idiota. Se havemos de aprender ou obedecer, sabemos muito bem que, quanto melhor a Opinião que tenhamos sobre a Sabedoria e a Capacidade daqueles que nos ensinam ou nos comandam, maior será a Deferência que vamos prestar às suas Leis e Instruções. Nenhuma Criatura se submete de bom grado a seus Iguais, e se um Cavalo soubesse tanto quanto um Homem, eu não desejaria ser o seu Jinete.

Sou obrigado, aqui, a uma nova Digressão, embora deva declarar que nunca tive menos Vontade de fazê-la quanto neste Momento;

mas já antevejo mil Tomates Podres,[1] e toda uma Tropa de diminutos Pedantes contra mim por insultar o Alfabeto e opor-me aos Princípios elementares da Literatura.

Não se trata de Ataque de Pânico, e o Leitor não deve imaginar que minhas Apreensões carecem de fundamento se levar em conta o Exército de Tiranos insignificantes que tenho de enfrentar, os quais ou me perseguem realmente com uma Vara, ou anseiam por exercer tal Privilégio. Porque se eu não tivesse outros Adversários além dos Mortos de fome de ambos os Sexos, espalhados por todo o Reino da *Grã-Bretanha*, aqueles que, por natural Antipatia ao Trabalho, estão sempre Insatisfeitos com o atual Emprego, e detectam uma Inclinação interior muito mais forte para comandar os outros do que jamais sentiram por obedecer, e, julgando-se qualificados, desejam de todo Coração ser Mestres e Mestras de Escolas de Caridade, o Número de meus Inimigos chegaria, pelo mais moderado dos Cálculos, a no mínimo cem mil.

Parece que os ouço gritar que nunca se publicou Doutrina mais perigosa, e que o Papismo é Bagatela em comparação a isso, e os vejo indagar quem é esse Bárbaro *Sarraceno* que brande Arma tão terrível para a Destruição do Saber. Nove em cada dez me acusarão de trabalhar por Instigação do Príncipe das Trevas, para introduzir nestes Reinos maior Ignorância e pior Barbárie do que *Godos* e *Vândalos* jamais impuseram a qualquer Nação desde que a Luz

---

[1] No original *Rods in Piss*, arremedo de *rods in pickle* — literalmente, pepinos em vinagre (ou em urina, ou ainda em conserva); trata-se de antiga expressão pejorativa que significa reprovação, punição ou castigo antecipadamente orquestrado para futura aplicação. A tradução optou por "Tomates Podres" porque remetem ao arsenal de que se munem certos grupos (ou plateias) para manifestar seu desagrado com o desempenho de alguém (político, artista, etc.). [N. da E.]

do Evangelho apareceu neste Mundo. A todo aquele que se torna objeto do Ódio Coletivo sempre se atribuirão Crimes que não cometeu; provavelmente serei acusado de haver contribuído para obliterar as Sagradas Escrituras, ou até mesmo dirão que foi a meu Pedido que as pequenas Bíblias publicadas por Patente no Ano de 1721, e utilizadas principalmente nas Escolas de Caridade, ficaram quase ilegíveis pela má qualidade do Papel e da Impressão – ainda que eu jure ser tão inocente quanto uma Criança no ventre da mãe. Mas me sobressaltam mil Temores; quanto mais considero meu Caso, pior ele me parece, e meu maior Consolo consiste na sincera Convicção de que ninguém se importa com uma só Palavra que eu diga; de outro modo, se as Pessoas suspeitassem de que meus escritos têm alguma relevância para uma parte considerável da Sociedade, eu não teria Coragem sequer de imaginar todos os Negócios que prejudicaria; e só me resta sorrir quando reflito sobre a Variedade de grosseiros Sofrimentos que me seriam destinados se a Punição infligida por cada um deles marcasse meus Crimes de forma emblemática. Porque se eu não fosse de súbito atacado com Canivetes imprestáveis enterrados até o Cabo, a Confraria dos Papeleiros certamente me tomaria a seu cargo e me faria enterrar vivo em seu Salão, sob uma enorme Pilha de Cartilhas e Manuais de Ortografia que não conseguiram vender; ou me jogariam num Rio para ser triturado até a Morte num Moinho de Papel que ficaria inativo uma Semana por minha Causa. Ao mesmo tempo, os Fabricantes de Tinta, em nome do Interesse Público, se ofereceriam para me sufocar com Adstringentes, ou me afogar no negro Licor que se acumulara em seu Estoque – tarefa que, se todos juntassem seus encalhes, se concluiria facilmente em menos de um Mês; e se eu conseguisse escapar à Crueldade de tais Corporações unidas, o Rancor de um Monopolista privado me poderia ser, igualmente, fatal, e logo me veria alvejado e ferido na Cabeça por uma saraivada de Bíblias pequenas e compactas, com Fechos de Latão, criadas expressamente para causar Dano, visto que, cessado o Ensino Caritativo, e ainda fechadas, serviriam somente para uma peleja, e para Exercícios verdadeiramente Polêmicos.[1]

A Digressão de que falei há pouco não é a Ninharia encerrada no Parágrafo anterior, e que o Crítico mais grave, para o qual todo Regozijo é intempestivo, julgará muito impertinente, e sim uma séria Justificativa que apresento para deixar claro que não me move qualquer Propósito contra as Artes e as Ciências, como podem ter entendido alguns Reitores de Universidades e outros cuidadosos Guardiões da Sabedoria humana ao ver a Ignorância recomendada como Ingrediente necessário no Amálgama da Sociedade Civil.

Em primeiro lugar, eu duplicaria o número de Professores em cada Universidade. A Teologia está, entre nós, bem representada, mas as outras Faculdades têm muito pouco de que se gabar, especialmente a de Ciência Médica.[2] Cada Departamento dessa

---

[1] No prefácio a *De Incertitudine et Vanitate Scientiarum* (1530), de Cornelius Agrippa (1486-1535), ainda muito conhecido ao tempo de Mandeville, ocorre uma divertida passagem semelhante a essa, na qual Agrippa, pensando em todas as artes e ciências que está desconsiderando, imagina que os mestres se vingam dele em função de cada especialidade: os etimologistas fazendo derivar seu nome da gota, os músicos compondo baladas sobre ele, etc.

[1] Esse é um ponto delicado em Mandeville. No seu *Treatise* (1730), p. 289, ele escreve: "(...) a não ser que exista um Encanto na palavra *Universidade*, que inspire as Pessoas de grande Saber, ouço dizer que, em matéria de Dissecações em público, Hospitais, Hortos Medicinais, e outras coisas necessárias ao Estudo da

Arte deveria ter dois ou três Professores, que se aplicariam com Empenho em comunicar seu Talento e Conhecimento aos demais. Nas Conferências públicas, um Homem vaidoso encontra boas Chances de exibir suas Qualidades, mas as Aulas particulares são mais úteis aos Alunos. A Farmácia e o Conhecimento dos Medicamentos são tão necessários quanto a Anatomia ou a História das Doenças. É uma vergonha que, depois de colarem Grau e adquirirem Autoridade para se tornarem responsáveis pela Vida dos Indivíduos, esses Homens sejam forçados a vir a *Londres* para se familiarizar com a *Materia Medica*[1] e a Composição dos Remédios, e para receber Instruções de gente que nunca teve Educação Universitária.[2] É certo que na Cidade que nomeei há dez vezes mais Oportunidades para um Homem se aperfeiçoar em Anatomia, Botânica, Farmácia e na Prática da Medicina que em nossas outras Universidades juntas. O que uma loja de Azeites tem a ver com Sedas? Ou quem iria procurar Presuntos e Picles numa venda de Tecidos? Quando as coisas são bem organizadas, os Hospitais se empenham tanto em aperfeiçoar os Estudantes na Arte da Medicina quanto em recuperar a Saúde dos Pobres.

Medicina, um Homem terá três vezes mais oportunidade de aperfeiçoar-se em *Londres* que em *Oxford* ou *Cambridge*". Na verdade, a ineficiência das universidades inglesas nesse particular sempre foi notória. Em 1710, Uffenbach e Borrichius concordavam em que a escola de anatomia de Oxford era muito inferior à de Leyden (Christopher Wordsworth, *Scholae Academicae*, ed. 1877, p. 185).
[N. do T.: Mandeville se formara em medicina justamente em Leyden. Nas Ilhas Britânicas, então como hoje, a medicina se estudava mais nos grandes hospitais que nas universidades.]
[2] Assim no original.
[3] Segundo os tradutores franceses das edições Vrin, a medicina universitária na Inglaterra era quase exclusivamente teórica. Os alunos não conheciam as substâncias empregadas em medicina, as propriedades e o uso dos remédios. [N. do T.]

O Bom Senso deveria governar os Homens tanto na Ciência quanto nos Negócios. Ninguém põe o Filho como Aprendiz numa Joalheria para que se torne comerciante de Linho; e por que se daria ao Moço um Teólogo como Preceptor se ele quer ser Advogado ou Médico? É verdade que os Idiomas, a Lógica e a Filosofia deveriam ser Estudos prioritários a todas as Profissões mais Doutas;[1] mas é tão pouca a Ajuda à Medicina em nossas riquíssimas Universidades, onde a tanta gente Ociosa se paga esplendidamente para comer e beber, além de terem acomodações confortáveis e magníficas, que, com exceção dos Livros e do que é comum às Três Faculdades, um Homem pode se preparar muito bem em *Oxford* ou *Cambridge* tanto para se tornar Comerciante de Perus quanto para exercer a Medicina. O que, na minha humilde Opinião, é sinal evidente de que a grande Riqueza que essas escolas possuem não é tão bem empregada quanto deveria.

Além dos Estipêndios que lhes concede o Erário, os Professores deveriam receber Gratificação por cada Aluno que instruem, de modo que, junto com a Emulação e o Amor à Glória, o Interesse pessoal também estimulasse seu Trabalho e Assiduidade. Quando um Homem se distingue em algum Estudo ou ramo do Conhecimento, e está capacitado para ensinar a outros, é preciso recrutá-lo se houver Dinheiro para isso, sem levar em conta Partido político, ou mesmo sua Nacionalidade, nem se é Negro ou Branco. As Universidades deveriam ser Mercados públicos para todo gênero de Literatura, como as Feiras Anuais realizadas em *Leipzig*, *Frankfurt* e outros Lugares na *Alemanha* para exibir dife-

---

[1] O tradutor da edição francesa de 1740 especifica que as "profissões doutas" são a Igreja, a advocacia (*cum Magistratura*) e a medicina. [N. do T.]

rentes Produtos e Mercadorias, onde não se faz diferença entre Nacionais e Estrangeiros, e às quais acorrem Homens de todas as Partes do Mundo com a mesma Liberdade e Privilégios iguais.

Sobre o pagamento de Gratificações a que aludi, eu excluiria os Estudantes que se destinam ao Ministério do Evangelho. Não há Faculdade mais necessária ao Governo de uma Nação quanto a de Teologia, e, como precisamos de um grande Número de Clérigos para o Serviço desta Ilha, eu cuidaria que o Povo mais humilde não fosse desencorajado de dirigir seus Descendentes para essa Função. Os Ricos, quando têm muitos Filhos, às vezes destinam um deles para servir à Igreja, e com frequência vemos Pessoas de Qualidade tomar as Ordens Sagradas, assim como há Gente de bom Senso, especialmente Teólogos, que por um Princípio de Prudência criam seus Filhos para essa Profissão, desde que estejam moralmente seguros de possuir Amigos ou Influência suficientes, e de que serão capazes de obter para eles uma substanciosa Bolsa de Estudos na Universidade, uma Colação[1] ou outros Meios que lhes garantam a Subsistência. Mas não vem daí o maior Número de Sacerdotes que anualmente são Ordenados, pois é outra a Origem a que devemos a Maioria do nosso Clero.

Dentre as Pessoas de classe média de todas as Profissões há Fanáticos que alimentam um Temor supersticioso por Togas e

---

[1] *Advowson* no original: o direito de candidatar-se a benefício eclesiástico. Segundo os tradutores franceses das edições Vrin, era mais raro na Inglaterra do que na França ou Itália que filhos de grandes famílias tomassem ordens com o intuito de fazer carreira eclesiástica. Mas isso já começava a acontecer também no Reino, como Mandeville diz. As posições de *fellow* nos colégios mais ricos de Oxford e Cambridge eram, geralmente, gordas sinecuras vitalícias; e o direito a se candidatar a tais mordomias pertencia, em geral, a pessoas privadas, que dispunham delas em favor de um filho ou protegido. [N. do T.]

Sotainas, assim como há também Multidões tomadas pelo ardente Desejo de ver um Filho promovido a Ministro do Evangelho, sem se preocupar com o que lhe possa acontecer no futuro; e há mesmo muita Mãe afável neste Reino que, sem considerar suas próprias Circunstâncias ou a Capacidade da Criança, transportada por tão louvável Desejo, se rejubila dia a dia com esse agradável Pensamento, e frequentemente, antes que o Menino complete doze Anos, misturando Amor Materno e Devoção, derrama Lágrimas de Satisfação e entra em Êxtase ao refletir sobre a futura Alegria que terá ao vê-lo de pé num Púlpito, e ao escutar com os próprios Ouvidos seu Filho pregar a Palavra de Deus. Graças a esse Zelo Religioso, ou pelo menos às Fraquezas Humanas que ele representa, podemos contar com a grande Abundância de Seminaristas pobres de que desfruta a Nação. Considerando a instabilidade da Vida religiosa e a exiguidade dos Benefícios com que se recompensa a Profissão em todo o Reino, sem essa feliz Disposição dos Pais de modesta Fortuna não poderíamos oferecer o número suficiente de Pessoas qualificadas a tal Ministério, que atende à Cura das Almas, e com tão miseráveis Recursos que nenhum Mortal criado com alguma Abundância ali conseguiria sobreviver, a menos que fosse dotado de verdadeira Virtude, mas seria Tolo e até Injurioso esperar do Clero mais do que encontramos geralmente no Laicato.[1]

O grande Cuidado que eu teria em promover esta parte do Saber mais imediatamente útil à Sociedade não me faria descuidar de outras mais Raras e Refinadas, pois todas as Artes Liberais

---

[1] *Free Thoughts* (1729), p. 291, expressa o mesmo sentimento.

e cada Ramo da Literatura deveriam ser encorajados através do Reino, mais do que o são atualmente, se meus desejos bastassem para fazer disso realidade. Em cada Condado haveria pelo menos uma grande Escola erigida pelo Poder Público para o ensino do *Grego* e do *Latim*, que poderia ser dividido em seis ou mais Classes, com Professores especializados em cada uma delas. O conjunto ficaria sob Cuidado e Supervisão de alguns Homens de Letras investidos de Autoridade, os quais não seriam apenas Diretores Titulares, mas se dariam ao trabalho de, pelo menos duas vezes por Ano, assistir atentamente ao exame de todas as Classes pelo respectivo Mestre responsável, não se contentando em julgar o Progresso dos Alunos somente pelas Redações e outros Exercícios feitos longe de sua Vista.

Ao mesmo tempo, eu desencorajaria e tentaria coibir essa multiplicidade de Escolas inferiores, que nunca teriam existido não fosse a Indigência extrema de seus Professores. É um Erro Vulgar imaginar-se que ninguém seja capaz de ler ou escrever corretamente em *Inglês* se não possuir alguns conhecimentos de *Latim*. Assim afirmam os Pedantes por Interesse pessoal, e os que mais vigorosamente defendem essa tese são os Letrados pobres em mais de um Sentido; entretanto isso não passa de abominável Falsidade. Conheci e ainda mantenho relações com muitas pessoas, algumas do Belo Sexo, que jamais aprenderam *Latim* e, todavia, respeitam estritamente a Ortografia e escrevem com admirável bom Senso;[1]

---

[1] Existe uma passagem semelhante em *Some Thoughts concerning Education*, de Locke, embora se refira à gramática, e não ao latim: "(...) há senhoras que, sem saber nada de tempos e particípios, (...) falam tão bem (...) quanto a maioria dos cavalheiros educados pelos métodos em uso nos liceus" (*Works*, ed. 1823, ix.160-I).

por outro lado, todo mundo pode encontrar nas Garatujas de pretensos Eruditos, que frequentaram ao menos por vários Anos uma Escola de Gramática, Erros de Sintaxe e soletração. O conhecimento aprofundado do *Latim* é altamente necessário para todos que estão destinados a qualquer Profissão Letrada, e por mim não existiria um só Cavalheiro que desconhecesse Literatura; mesmo aqueles que pretendem ser Advogados, Cirurgiões e Farmacêuticos deveriam ter muito mais familiaridade com essa Língua do que geralmente têm; já para o Jovem que mais adiante ganhará a Vida no Comércio, ou em Ocupações nas quais não se precisa diariamente do *Latim*, não há Utilidade em aprendê-lo, e seu estudo supõe, evidentemente, a perda de todo o Tempo e Dinheiro investidos nisso.[1] Quando os Homens tratam de Negócios, o que lhes ensinaram nessas lamentáveis Escolinhas ou é prontamente esquecido, ou serve apenas para os tornar impertinentes, e muitas vezes desagradáveis em Sociedade. Poucos sabem abster-se de se valorizar por qualquer Conhecimento que algum dia adquiriram, mesmo que já o tenham perdido; e, a menos que sejam extremamente modestos e discretos, os fragmentos maldigeridos de *Latim* que essas Pessoas comumente recordam, com frequência as fazem cair no ridículo diante de Gente que de fato conhece a língua.

Eu trataria a Leitura e a Escrita como fazemos com a Música e a Dança: não as impediria nem as imporia à Sociedade. Enquanto

---

[1] Locke se perguntava: "Pode haver coisa mais ridícula do que um pai que gasta seu dinheiro e o tempo de seu filho fazendo com que ele aprenda a língua dos romanos antigos quando o rapaz está destinado a ser comerciante (...)?". Cf. *Works* (ed. 1823, ix. 152). Há também algum ceticismo quanto à utilidade do Latim em obra mencionada por Mandeville (*Fábula* i. 381): *Grounds... of the Contempt of the Clergy... Enquired into* (1670), de John Eachard, pp. 3 e seg.

houver algo a se ganhar com elas, não faltarão Professores para Ensiná-las; mas nada deveria ser ensinado de graça, exceto na Igreja. E aqui eu excluiria até mesmo aqueles que se destinem a ministrar o Evangelho; pois se os Pais são tão miseravelmente Pobres que não podem proporcionar à sua Prole os mais básicos Elementos de Instrução, seria Impertinência da parte deles aspirar a alguma coisa mais.

Isso também Encorajaria as Pessoas de classe inferior a dar a suas Crianças tal tipo de Educação, se depois elas pudessem vê-las sendo preferidas aos Filhos de Bêbados ociosos ou de deploráveis Libertinos, que nunca souberam o que é proporcionar aos Herdeiros nem mesmo um Trapo senão mendigando. Mas agora, quando se precisa de um Menino ou uma Menina para o mais simples Serviço, consideramos um Dever empregar, antes de qualquer outra, as Crianças de nossas Escolas de Caridade. A Educação que lhes é dada parece, então, uma Recompensa por serem Viciosos e Inativos, um Benefício comumente outorgado aos Pais, que merecem ser punidos por negligenciar vergonhosamente suas Famílias. Em qualquer Lugar se pode ouvir um Patife meio Ébrio pedir, entre Blasfêmias, mais uma Garrafa, acrescentando, como boa Razão para isso, que seu Garoto tem Roupas e Estudos de graça. Mais além, pode-se ver uma pobre Mulher na maior Penúria, cujo Filho pequeno requer cuidados porque ela mesma é uma Vadia Preguiçosa, que nunca fez nada de boa vontade para remediar sua Miséria, a não ser lamentar-se em qualquer Taberna.

Se fossem bem ensinados os Filhos de todos os Cidadãos que por seus próprios Meios podem lhes dar Educação em nossas

Universidades, logo teríamos Homens de Letras o bastante para suprir esta Nação e mais outra semelhante; e a Leitura, a Escrita e a Aritmética jamais estariam em falta nos Negócios onde são necessárias, ainda que só aprendessem tais coisas aqueles cujos Pais puderam Pagar por tal ensino. Não ocorre com as Letras o mesmo que com os Dons do Espírito Santo, que não podem ser adquiridos com Dinheiro; e Sabedoria comprada, a crer no Provérbio, nem por isso é Pior.

Julguei necessário dizer tudo isso a propósito do Aprendizado de modo a prevenir os Clamores dos Inimigos da Verdade e do Trato justo, os quais, se eu não me tivesse explicado tão longamente nessa Matéria, me representariam como Inimigo Mortal de toda Literatura e de qualquer Conhecimento útil, e perverso Advogado da Ignorância e Estupidez universais. Devo agora cumprir minha Promessa de responder ao que sei que poderão objetar contra mim os Partidários das Escolas de Caridade, alegando que elas preparam as Crianças sob seus cuidados para Profissões Legítimas e Laboriosas, e não para o Ócio, como insinuei.

Creio já ter demonstrado suficientemente por que frequentar uma Escola significa Ociosidade se comparado ao ato de Trabalhar, e rechacei esse tipo de Educação para os Filhos dos Pobres porque os Incapacita a desempenhar depois o verdadeiro Trabalho, que é o de sua própria Condição, aquele que em toda Sociedade Civil representa o seu Destino, e do qual não se devem queixar nem afligir quando este lhes é imposto com Discrição e Humanidade. Resta agora a questão da conveniência de colocá-los como Aprendizes, e me empenharei em provar como isso destrói a Harmonia de uma Nação, e constitui intervenção impertinente em assuntos de que poucos desses Administradores entendem.

Com isso em vista, examinemos a Natureza das Sociedades, e em que devem consistir seus Componentes se queremos elevá-los a um grau de Força, Beleza e Perfeição tanto quanto o permita o Terreno sobre o qual construiremos. A Variedade de Serviços exigidos para atender aos Desejos desenfreados de Luxo do Homem, assim como a suas Necessidades básicas, com todos os Ofícios aí subordinados, num País como o nosso, é prodigiosa; no entanto, é claro que, embora extremamente grande, o número dessas muitas Ocupações está longe de ser infinito; e se acrescentarmos algo mais além do requerido, este será certamente supérfluo. Se um Homem tivesse um bom Estoque de Turbantes[1] e a melhor Loja de *Cheapside* para vendê-los, logo se arruinaria, e se *Demetrius* ou qualquer outro Prateiro não fabricasse nada além de Relicários de *Diana*, logo morreria de Fome, uma vez que o Culto a essa Deusa passou de Moda.[2] Assim como é Loucura montar Negócios que não são necessários, também o é elevar o Número de Lojas do mesmo tipo até a saturação. Entre nós, no momento, seria absurdo ter tantos Cervejeiros quanto Padeiros, ou tantos Negociantes

---

[1] Cheapside, como fazem notar os tradutores franceses das edições Vrin, era a rua de Londres em que se concentravam as butiques elegantes. O turbante, antes de se tornar moda na Europa no fim do século XVIII, era artigo puramente oriental de indumentária, e não teria compradores na Inglaterra. [N. do T.]

[2] Segundo os Atos dos Apóstolos XIX, 23-41, um prateiro de Éfeso, de nome Demétrio, fomentou um movimento contra o Apóstolo Paulo, cuja pregação ameaçava, a seu ver, o culto de Diana (Artemis). A fabricação de miniaturas do famoso templo da deusa na cidade (uma das sete maravilhas do mundo) era o principal ganha-pão daqueles profissionais. [N. do T.]

de Roupas de Lã quanto Sapateiros.[1] Essa Proporção numérica em cada Ofício se faz por si, e a melhor maneira de perpetuar o equilíbrio natural é não interferir.[2]

As Pessoas que precisam educar os Filhos para que consigam ganhar o próprio Sustento, antes de tomar uma decisão, estão sempre se interrogando e consultando sobre a que Comércio ou Profissão devem encaminhá-los; e há Milhares que pensam nisso com tal Interesse que mal se ocupam de outras coisas. Primeiro, levam em conta suas próprias Circunstâncias, e aquele que só pode pagar dez Libras não buscará um Negócio em que lhe cobrem cem pelo Aprendizado do Filho; mas em seguida sua principal preocupação é saber onde há maiores vantagens; se existe um Ofício no qual, em certo momento, se empregue mais Gente e com maior facilidade do que em qualquer outro dos que se encontram a seu Alcance, logo haverá dúzias de Pais dispostos a ocupar esses cargos com seus Filhos. Em consequência, o principal Cuidado da maior parte das Companhias deve ser o Controle do Número de Aprendizes. Nesse momento em que todas as Empresas se queixam, talvez com razão, de que estão saturadas, sem dúvida seria prejudicial a qualquer Ofício acrescentar-lhe mais um Membro dentre os que afluem naturalmente da Sociedade. Acresce que os Diretores das Escolas de Caridade não se perguntam sobre qual é o melhor Ofício, mas sim que Empregadores haverão de con-

---

[1] Os tradutores franceses observam que o consumo de pão é muito maior que o de cerveja; e o de sapatos, muito maior que o de casimiras. Já ao tempo de Mandeville ninguém andava descalço ou de tamancos de madeira em Londres. As indústrias nacionais de cerveja e de tecidos de lã já eram prósperas e altamente concentradas. Quanto a pão e sapatos, eram ainda produtos artesanais. [N. do T.]

[2] Cf. anteriormente i. 162-6.

seguir para colocar os Garotos, por aquela determinada Soma; e poucos serão os Homens com Sensatez e Experiência dispostos a se ocupar dessas Crianças, temendo um sem-número de Aborrecimentos por parte dos Pais miseráveis. Assim, na maior parte das vezes ocorre que se submetam a Mestres negligentes e Beberrões, ou a outros tão necessitados que, depois de recebido o Dinheiro, pouco se importam com o que possa acontecer a seus Aprendizes; desse modo, dir-se-ia que nos empenhamos em manter um Viveiro perpétuo para as Escolas de Caridade.

Quando todos os Negócios e Ofícios se mostram superabastecidos, é sinal certo de que há uma Falha no Gerenciamento do Conjunto, pois é impossível que haja excesso de Pessoas se o País tem capacidade de alimentá-las. As Provisões estão caras? De quem é a Culpa, se há Terrenos sem cultivo e Mãos desocupadas? Talvez me respondam que, aumentando a Abundância, se acabaria por arruinar os Agricultores ou reduzir os Arrendamentos em toda *Inglaterra*. A isso retruco que o que mais lamenta o Lavrador é justamente o que eu gostaria de corrigir. A principal Queixa de Fazendeiros, Jardineiros e outros, ali onde se exige muita Fadiga e há Trabalho sujo a ser feito, é que já não se conseguem Operários pelos mesmos Salários de outrora. O Trabalhador pago por dia protesta se lhe oferecem dezesseis *Pence* pela mesma Tarefa que há Trinta Anos seu Avô fazia de bom grado por metade desse Montante.[1] Quanto aos Arrendamentos, é impossível que baixem

---

[1] As estatísticas de Mandeville são corroboradas pelas que temos hoje à disposição, e que mostram, no período mencionado de trinta anos, pouca ou nenhuma elevação de salários – pelo menos no trabalho agrícola (ver as autoridades citadas em W. Hasbach, *History of the English Agricultural Labourer*, ed. 1908, p. 120; e também Traill e Mann, *Social England*, ed. 1902-4, iv. 717).

se aumentamos sua Quantidade, mas o preço das Provisões e de todo Trabalho em geral deve cair ao mesmo tempo, senão antes; e um Homem que dispunha de Cento e Cinquenta Libras por Ano não tem Razão para se queixar quando sua Renda fica reduzida a Cem, se pode comprar com elas o mesmo que antes lhe custaria Duzentas.

O Dinheiro não tem Valor Intrínseco, e sim muda com o Tempo,[1] e se um Guinéu vale Vinte Libras ou um *Shilling*, isso se deve (como já insinuei antes) ao Trabalho do Pobre, do qual derivam todas as Comodidades da Vida, e não ao alto ou baixo valor atribuído ao Ouro ou à Prata. Está em nossas Mãos gozar de muito maior Abundância do que desfrutamos hoje, bastando para isso que a Agricultura e a Pesca sejam cuidadas como devem ser; somos, porém, tão incapazes de incrementar nosso Trabalho que é um milagre ainda dispormos de Pobres suficientes para fazer o necessário à nossa subsistência. As Proporções da Sociedade estão em desequilíbrio, e a Massa do Reino, que deveria ser constituída essencialmente por Trabalhadores Pobres, alheios a tudo que não fosse seu Ofício, é demasiado pequena se comparada às outras partes. Em todos os Negócios nos quais o verdadeiro Trabalho é negligenciado ou pago em excesso, há muita Mão de Obra. Para cada Comerciante há dez Contadores, ou pelo menos Aspirantes; e por toda parte no Campo os Fazendeiros carecem de Empregados. Procure por um Lacaio que tenha servido por algum Tempo junto a Famílias de Cavaleiros e logo se apresentará uma dúzia, todos se dizendo Mordomos. Pode-se contratar uma

---

[1] Cf. anteriormente, i. 327, *n*. I.

Vintena de Arrumadeiras, mas não se consegue uma Cozinheira senão por Salário extravagante.

Ninguém que possa evitá-lo fará o Trabalho sujo e abjeto. Não os censuro; mas tudo isso demonstra que a Gente de Classe mais baixa sabe demais para nos ser útil. Empregados pedem mais do que os Patrões e Patroas podem pagar, e com certeza é loucura contribuir com isso estimulando industriosamente, e às nossas Custas, os Conhecimentos pelos quais nos cobrarão de novo mais tarde! E não são apenas os que se instruíram por nossa Conta que abusam de nós, mas também as Camponesas cruas e ignorantes, e os Rapazes estúpidos que não sabem de nada nem servem para nada. A escassez de Criados se deve à Educação dada aos primeiros, que aconselham estes outros a aumentar seu Preço, e a cobrar o que só seria justo pagar a Profissionais que conhecem bem seu Ofício, e possuem pelo menos a maior parte das Qualidades exigidas.

Não há Lugar no Mundo onde se encontrem Sujeitos mais capazes de receber ou levar um Recado do que nossos Lacaios; mas que valor eles têm, a rigor? Na maioria são Velhacos e indignos de confiança; e entre os Honestos a metade se compõe de Bêbados, que enchem a Cara três ou quatro vezes por Semana. Os grosseiros são, em geral, Brigões; orgulham-se de sua Masculinidade acima de qualquer outra Coisa, e pouco se importam com a Roupa que destroem, ou com os Desapontamentos que causam sempre que sua Virilidade está em Jogo. Os de boa índole são, com frequência, tristes Proxenetas que estão sempre correndo atrás de Raparigas, e põem a perder as Empregadinhas a que se acercam. Muitos deles são Culpados de todos estes Vícios: são Lascivos, Beberrões, Briguentos, e ainda devem ter perdoadas as suas Faltas porque são Homens de boa Aparência e maneiras Humildes, que sabem servir aos Cavalheiros; o que é uma imperdoável Loucura dos Patrões e geralmente leva à Ruína dos Serviçais.

Alguns poucos estão livres de tais Fraquezas, e entendem bem o seu Dever; porém, como são Raridades, haverá um em Cinquenta que não se superestime; seu Salário costuma ser extravagante, e por mais que se lhe dê sempre será pouco; tudo o que há na Casa considera Coisa sua, e não permanecerá no serviço se seus Estipêndios não forem suficientes para manter uma Família regular; e mesmo que o Patrão o tenha tirado da Sarjeta, de um Hospital ou da Cadeia, ninguém conseguirá mantê-lo além do tempo que ele julga necessário para conquistar o que acredita merecer, segundo o alto Apreço que tem por si mesmo; mais ainda: até o melhor e mais civilizado, que jamais se mostrou Descarado ou Impertinente, abandonará o mais indulgente dos Amos e, para partir de forma elegante, inventará mil Desculpas, e contará outras tantas Mentiras, tão logo consiga melhor situação. Um Homem que cobra Meia-Coroa ou Doze *Pence* por *table d'hôte* [1] não espera de seus Fregueses maior Gorjeta do que um Lacaio de cada Hóspede que Janta ou Ceia com seu Patrão; e quero crer que, tanto um quanto outro, com frequência calculam se será de um *Shilling* ou Meia-Coroa, dependendo da Categoria das Pessoas, o montante que julgam merecer.

Um Amo que não se veja em condições de promover muitas Festas, e raramente receba Convidados à sua Mesa, não conseguirá manter um bom Criado, e se verá obrigado a arrumar-se com algum Pobre-diabo do interior ou outro Servidor canhestro, que

---

[1] Table d'hôte: prato do dia, servido em determinado horário numa estalagem ou pensão. [N. da E.]

também lhe dará as Costas tão logo se acredite apto para qualquer Tarefa melhor, uma vez que seus Companheiros velhacos lhe abram os olhos. Todas as famosas Casas de Pasto e outros Locais a que os Cavalheiros acorrem por Diversão ou Negócio, especialmente nas Imediações de *Westminster-Hall*, constituem as grandes Escolas de Empregados domésticos, em que até os Sujeitos mais obtusos fazem Progresso rápido, livrando-se, ao mesmo tempo, de sua Estupidez e sua Inocência. São elas as Academias para Lacaios, onde ocorrem diariamente Preleções Públicas sobre todas as Ciências da mais baixa Dissipação por Mestres de grande experiência, e os Alunos são instruídos em cerca de Setecentas Artes não liberais, tais como Enganar, Trapacear e descobrir os pontos fracos de seus Senhores, com tanta Aplicação que em poucos Anos estão Graduados em Iniquidade. Jovens Cavalheiros e outros não muito conhecedores do Mundo, quando tomam Vigaristas desse tipo a seu Serviço, costumam ser excessivamente Indulgentes; e, por medo de que descubram sua falta de Experiência, mal se atrevem a contradizê-los ou a lhes negar alguma coisa, o que vem a ser a principal Razão de, aos lhes conceder Privilégios absurdos, exporem a própria Ignorância quando mais desejam escondê-la.

Alguns talvez atribuam essas minhas lamentações ao Luxo, do qual tenho dito que só poderia prejudicar uma Nação rica se as Importações excedessem as Exportações;[1] mas não considero Justa essa Acusação, e não se deve pôr na conta do Luxo o que é Efeito direto da Insensatez. Um Homem pode ser muito extravagante em seus Confortos e Prazeres, e desfrutar as Delícias do

---

[1] Ver *Fábula* i. 334 e 489.

Mundo do modo mais Produtivo e Dispendioso possível, desde que tenha como pagar, e ao mesmo tempo demonstrar seu bom Senso em todas as coisas que o cercam. Mas se deliberadamente se aplica em tornar as Pessoas incapazes de lhe prestar o Serviço que espera delas, não se poderá considerá-lo Sensato. É a abundância de Dinheiro, os Salários excessivos e as Gratificações absurdas que põem a perder os Empregados na *Inglaterra*. Um Homem pode ter Vinte e Cinco Cavalos em seus Estábulos sem que seja acusado de Insensatez quando isso se harmoniza com suas Circunstâncias de vida, mas se possui apenas um Cavalo e lhe dá de comer em excesso para alardear Riqueza, é considerado um Idiota por seus Esforços. Pois não é Loucura permitir que os Criados, quando tratam com Gente de Categoria e Cavalheiros Elegantes que não se humilham contando o próprio Dinheiro, embolsem três e alguns até mesmo cinco *por cento* do que pagam aos Comerciantes em nome de seus Patrões, como bem o sabem os Relojoeiros e demais vendedores de Brinquedos, Bibelôs supérfluos e outras Curiosidades? Caso se contentassem em aceitar um Presente que lhes é oferecido, se poderia tolerar, mas quando reclamam como se tal lhes fosse devido, e brigam quando isso lhes é negado, trata-se de Insolência imperdoável. Para aqueles que têm atendidas todas as Necessidades da Vida, qualquer Dinheiro que ganhem por fora só lhes pode prejudicar como Criados, a menos que o guardem para a Velhice ou a Doença, o que não é comum entre os nossos *Subalternos*[1], e ainda assim os faz Atrevidos e Insuportáveis.

[1] No original, *Skip-kennels* — sendo *kennel* aqui sinônimo de sarjeta: termo pejorativo para lacaio.

Estou informado de boa fonte de que um grupo de Lacaios chegou à suprema Insolência de constituir uma Sociedade, estabelecendo Leis pelas quais se dispõem a não servir por menos de certa Quantia, a não carregar Fardos nem qualquer Pacote acima de determinado Peso, jamais excedendo Duas ou Três Libras, e outras diversas Regras diretamente contrárias ao Interesse daqueles a quem Servem, e completamente destrutivas para o Serviço a que estão destinados. Se algum deles é despedido por ter aderido estritamente às Ordens dessa Honorável Corporação, é sustentado até que arranje outro Emprego, e em nenhum momento lhe faltará Dinheiro para iniciar e manter um Processo legal contra qualquer Patrão por tentar golpear ou infligir alguma outra Injúria ao Senhor Lacaio, contrariando os Estatutos de sua Corporação. Se tal for verdadeiro, como tenho razões para crer, e lhes for permitido que continuem a se preocupar e precaver ainda mais em prol de seu Conforto e Conveniência, podemos nos preparar para, em breve, assistir à Comédia *francesa Le Maitre le Valet* [1] representada a sério no seio da maior parte das Famílias. Ou se corrige logo isso ou tais Lacaios elevarão o Número de associados dessa Companhia ao máximo possível, a ponto de se reunir Impunemente sempre que quiserem, e estará em seu Poder transformar tudo em Tragédia onde e quando bem entenderem.

---

[1] Comédia em verso e em cinco atos de Paul Scarron (1610-1660), encenada em Paris em 1645 com o título *Jodelet, ou le Maistre Valet*. Foi escrita para o comediante do mesmo nome, que teve o papel principal. Molière imitou Scarron batizando de Jodelet um de seus lacaios mascarados em *As Preciosas Ridículas*. A referência devia ser familiar aos ingleses porque em suà peça *The Man's the Master* o autor, D'Avenant, se inspirara na comédia de Scarron. [Davenant, ou Sir William D'Avenant (1606-1668), era afilhado e, possivelmente, filho de Shakespeare – N. do T.].

Mas, ainda que consideremos tais Apreensões frívolas e sem fundamento, é inegável que os Servos em geral a cada dia abusam mais de seus Amos e Amas, esforçando-se por se colocar no mesmo Nível destes. Não só se mostram empenhados em abolir a baixa Dignidade de sua Condição como já conseguiram elevar consideravelmente a usual Estimação pela Origem Humilde que ao Bem-estar público convinha manter sempre imutável. Não estou dizendo que tal situação calamitosa se deva, toda ela, às Escolas de Caridade; é possível imputá-la também, em parte, a outros Males. *Londres* é grande demais para o País, e sob diversos Aspectos a culpa é mesmo nossa. Mas se foi necessário o concurso de mil Faltas para se produzirem as Inconveniências que hoje nos afligem, pode algum Cidadão, após refletir sobre o que eu disse, ainda duvidar de que as Escolas de Caridade sejam parte Acessória do processo, ou, pelo menos, que elas tendem mais a Produzir e Aumentar do que a diminuir ou remediar essas Queixas?

O único argumento de Peso que pode ser invocado em sua defesa é que Milhares de Crianças se educam através delas na Fé Cristã e nos Princípios da Igreja da *Inglaterra*.[1] Para demonstrar que isso não é Justificativa suficiente, devo pedir ao Leitor, uma vez que detesto Repetições, para reler o que disse antes sobre o assunto, ao qual ajuntarei agora que qualquer coisa necessária à Salvação e essencial para o entendimento dos Pobres Trabalhadores a respeito de Religião, e que as Crianças aprendem nessas Escolas, pode ser ensinada com igual resultado, seja através do Sermão,

---

[1] Os tradutores franceses das edições Vrin de 1998 dizem que seu colega de 1740 traduziu *Church of England* (no original) por "L'Église Anglicaine". Na Inglaterra se diz, e sempre se disse, "Igreja Nacional" ou "Igreja da Inglaterra". [N. do T.]

seja pelo Catecismo, na Igreja ou em qualquer outro Lugar de Culto,[1] dos quais não desejo que nenhum Paroquiano capaz de andar se ausente aos *Domingos*.[2] Trata-se do *Sabbath*, o Dia mais útil da semana, reservado para o Serviço Divino e o Exercício Religioso, bem como para o descanso do Trabalho Físico, e zelar de modo Especial por este Dia é Dever de todos os Magistrados.[3] Sobretudo os Pobres e seus Filhos deveriam ser obrigados a ir à Igreja aos *Domingos*, tanto de Manhã como à Tarde, pois não têm Tempo no resto da semana.[4] Por Preceito e Exemplo, convém encorajá-los a isso desde a mais tenra Infância; há que se considerar Escandalosa a Negligência deliberada nesse caso, e se a categórica Obrigação que recomendo parece por demais Severa, e talvez Impraticável, seria conveniente, pelo menos, proibir com rigor todo tipo de Diversão, para que nenhum Entretenimento possa atrair ou arrastar o Pobre para longe de tal Dever.

Enquanto os Magistrados se ocupam desse Cuidado na medida dos seus Poderes, os Ministros do Evangelho podem imbuir, nas Inteligências menos brilhantes, maior Piedade e Devoção, e melhores Princípios de Virtude e Religião do que as Escolas de Caridade jamais produziram ou hão de produzir; e aqueles que

---

[1] Segundo os tradutores franceses, só a Igreja paroquial, instituída pela Igreja Nacional, se chamava "Igreja". Os lugares de culto dissidente eram denominados, em geral, *capelas*. [N. do T.]

[2] A lei inglesa exigia o comparecimento dos fiéis ao culto paroquial uma vez por semana, sob pena de multa. Aceitavam-se alegações comprovadas de força maior. A regra não se aplicava aos pobres. Primeiro, porque eles não pagariam a multa; mas, sobretudo, por não fazerem, a rigor, parte da sociedade. [N. do T.]

[3] Sobretudo aos chamados "Juízes de Paz", magistrados locais, não pagos, mas que dispunham de poderes consideráveis de polícia. [N. do T.]

[4] Em princípio, havia dois ofícios cada domingo, um de manhã, outro de tarde. Mas ofícios em dias da semana eram raros nas igrejas paroquiais. [N. do T.]

se queixam, quando têm semelhante Oportunidade, de não conseguir inculcar em seus Paroquianos suficiente Conhecimento do que necessitam como Cristãos, sem ajuda da Escrita e da Leitura, são por sua vez muito Preguiçosos, ou muito Ignorantes e Indignos.

Que os mais Instruídos não são os mais Religiosos fica logo evidente quando se faz uma Pesquisa entre Pessoas de Capacidades diversas, mesmo nessa Conjuntura em que ir à Igreja não é obrigatório para o Pobre e o Analfabeto, como deveria ser. Tomemos ao acaso uma Centena de Pobres, os primeiros que possamos encontrar com idade acima dos quarenta, e que estejam acostumados desde a Infância ao Trabalho pesado, Gente que nunca foi à Escola, e sempre viveu longe do Conhecimento e das grandes Cidades. Comparemos, depois, essas Pessoas com igual número de excelentes Intelectuais, todos com Educação Universitária, dos quais a metade, se assim o desejardes, é de Teólogos, versados em Filologia e Polêmica. Em seguida, examinemos com imparcialidade as Vidas e Conversas de ambos, e me atrevo a assegurar que entre os primeiros, que não sabem Ler nem Escrever, encontraremos mais União e Amor ao Próximo, menos Maldade e Apego às Coisas Terrenas, mais Tranquilidade de Espírito, mais Inocência, Sinceridade, e outras boas Qualidades que levam à Paz Pública e à verdadeira Felicidade, do que entre os últimos, nos quais, ao contrário, podemos constatar desmedido Orgulho e Insolência, eternas Querelas e Dissensões, Ódios Irreconciliáveis, Rivalidade, Inveja, Calúnia, e outros Vícios que destroem a mútua Concórdia, com que os trabalhadores Pobres e iletrados raramente são afetados em altas Doses.

Estou plenamente convencido de que o que foi dito no último Parágrafo não é Novidade para a maioria de meus Leitores; mas se isso é Verdade, por que nossa preocupação com a Religião deve ser eternamente transformada num Manto para esconder nossos verdadeiros Impulsos e Intenções mundanas? Se os dois Grupos[1] concordassem em remover as Máscaras, logo descobriríamos que, independente do que pretendam aparentar, sua meta não está nas Escolas de Caridade, e sim no fortalecimento de seu Partido; e que, para os grandes Defensores da Igreja, Educar Crianças nos Princípios da Religião significa inspirar-lhes uma Superlativa Veneração pelo Clero da Igreja da *Inglaterra*, e uma forte Aversão e imperecível Animosidade contra todos os que dela divirjam. Para nos persuadirmos disso, basta recordar, de um lado, quais são os Clérigos mais admirados por seus Sermões de Caridade e mais dedicados a pregar sobre esse tema;[2] e, de outro, se nos últimos Anos houve qualquer Tumulto ou Rixa partidária entre o Populacho em que os Moços de um célebre Hospital[3] desta Cidade não se tenham destacado como os Líderes mais audazes.

---

[1] Segundo a edição francesa, trata-se de *Episcopais e Presbiterianos*, "desgraçadamente divididos na Inglaterra". Na verdade, a disputa não era entre a Igreja oficial e os dissidentes, mas entre os dois grandes partidos políticos: os Tories, que o dicionário Boyer definiu como "realistas, anglicanos rígidos, defensores da obediência passiva", e os Whigs, "inimigos do despotismo, defensores da liberdade e do bem público". [N. do T.]

[2] Alguns sermões representativos podem ser encontrados em *Twenty-five Sermons preached at the Anniversary Meetings of the Children educated in the Charity-Schools in and about the Cities of London and Westminster... from the Year 1704, to 1728, inclusive. By the several of the Right Reverend the Bishops, and other Dignitaries* (1729). Dentre os clérigos conservadores que pregavam assiduamente nas escolas de caridade cumpre citar Thomas Sherlock.

[3] A referência é ao Christ's Hospital, a famosa Escola de Caridade fundada em 1552, segundo os tradutores franceses das edições Vrin de 1998. Com grande número de alunos e ensino de qualidade, funcionava na City. Com a Reforma de Henrique VIII, cessaram as caridades da Igreja católica, e

Os Grandes Defensores da Liberdade, que estão sempre se protegendo e armando Escaramuças contra o Poder Arbitrário, mesmo quando não correm nenhum perigo, não são, de modo geral, muito supersticiosos, nem parecem dar grande importância a qualquer Apostolado Moderno.[1] Apesar disso, alguns deles também falam ruidosamente a favor das Escolas de Caridade, mas o que delas esperam nada tem a ver com Religião ou Moralidade. Valem-se delas apenas como meio apropriado para destruir e desvirtuar o poder dos Sacerdotes sobre o Laicato. Ler e Escrever aumentam o Conhecimento, e quanto mais sabem os Homens, mais serão capazes de Julgar por si mesmos; e então se imagina que, caso fosse possível tornar Universal o Conhecimento, o Povo não mais ficaria sob o poder dos Padres, o que, de todas as coisas, é o que eles mais temem.

Os Primeiros, confesso, muito provavelmente alcançarão seu Objetivo. Mas com certeza os Homens sábios, que não morrem de Amores por um Partido nem são Fanáticos por Padres, vão achar que não vale a pena suportar tantas Inconveniências, como essas que podem ocasionar as Escolas de Caridade, só para promover a Ambição e o Poder do Clero. Aos outros eu responderia que, se todos os que são Educados às Expensas de Pais ou Parentela pensassem apenas por si mesmos, e recusassem qualquer imposição dos Padres à sua Razão, não teríamos nada a temer, pois o Clero só pode influir sobre o Ignorante totalmente desprovido de Educação.

---

coube ao governo municipal organizar a assistência aos pobres a partir de 1547 (cf. *Encyclopaedia Britannica*, vol. 11, verbete "London"). O Christ's ainda existe e é uma das grandes escolas públicas de Londres, no Sussex. [N. do T.]

[1] Segundo os tradutores franceses, os partidários das escolas de caridade sempre alardearam que suas atividades constituíam um "apostolado moderno". [N. do T.]

Desejemos-lhes bom proveito: considerando os Colégios que temos para quem pode pagar pela Instrução, é ridículo imaginar que a extinção das Escolas de Caridade seria capaz de contribuir para o aumento da Ignorância a um nível prejudicial à Nação.

Não gostaria que me julgassem Cruel, e estou seguro, se me conheço um pouco, de que abomino a Desumanidade; contudo, ser compassivo em excesso quando a Razão o proíbe, e o Interesse geral da Sociedade exige firmeza de Pensamento e Resolução, é Fraqueza imperdoável. Sei que sempre me lançarão ao rosto que é uma Barbaridade negar aos Filhos dos Pobres a Oportunidade de se desenvolver, uma vez que Deus não lhes recusou Gênio e Dons Naturais idênticos aos dos Ricos. Não posso crer, no entanto, que isso seja mais penoso que sua falta de Dinheiro quando têm as mesmas Inclinações que os outros para gastar. Que grandes Homens, e úteis, tenham surgido de Instituições de Caridade, não nego; porém, é muito provável também que, quando a estes se deu emprego pela primeira vez, se haja negligenciado alguns, igualmente capazes mas não oriundos de tais Instituições, os quais, com a mesma boa sorte, poderiam ter alcançado êxito igual se tivessem sido escolhidos.

Inúmeros são os Exemplos de Mulheres que se destacaram nas Ciências, e mesmo na Guerra; contudo isso não é razão para que ensinemos *Latim* e *Grego* a todas elas, ou ainda Disciplina Militar, em lugar de Costura e Administração Doméstica. Não faltam entre nós Vivacidade de espírito e Talentos Naturais, e não há Solo nem Clima com Criaturas Humanas tão bem formadas, interior e exteriormente, do que as que esta Ilha em geral produz. Mas não é de Espírito, Gênio ou Docilidade que necessitamos, e sim de Diligência, Aplicação e Assiduidade.

Há muito Trabalho penoso e sujo por fazer, e um áspero Destino a cumprir. Onde poderemos encontrar melhor Solução para remediar essas Necessidades do que entre os Filhos dos Pobres? Certamente para isso ninguém é mais próximo ou mais adequado. Ademais, as coisas a que chamei de Privações não parecem nem são tão penosas para quem foi criado entre elas, e não conhece nada melhor. Não há entre nós Pessoas mais felizes do que aquelas a quem coube a mais dura labuta, e que têm menos contato com a Pompa e os Refinamentos do Mundo.

Essas são Verdades incontestáveis; mas bem sei que a pouca Gente agradará vê-las assim divulgadas; o que as faz odiosas é um Viés desarrazoado de Trivial Reverência ao Pobre, comum à maioria da População, particularmente neste País, e que procede da mistura de Piedade, Estultice e Superstição. Por conta de um vívido Sentimento de tal Composto, os Homens não conseguem suportar ouvir ou ver que se diga ou se faça qualquer coisa contra o Pobre, sem considerar quão Justo pode ser um, ou Insolente o outro. Assim, é interdito bater num Mendigo mesmo que este lhe bata primeiro. Alfaiates diaristas recorrem à Justiça contra seus Patrões e se obstinam numa Causa injusta,[1] e mesmo assim são dignos de dó; e é preciso acalmar os Tecelões rabugentos, e fazer um monte de

---

[1] Sete mil desses alfaiates fundaram em 1720 um sindicato, provocando tamanho transtorno que o Parlamento aprovou uma lei (*Statutes at Large 7*, George I, estat. I, cap. 13) dispondo o seguinte: "PORQUANTO *grande número de alfaiates diaristas (...) entraram em combinações para aumentar seus salários a níveis desarrazoados e reduzir suas horas habituais de trabalho, o que é um exemplo nefasto*", ficam sem efeito todos os acordos feitos por empregados do comércio de roupas, e qualquer tentativa de estipular cláusulas contratuais (ing. *covenants*) será punida. Esta lei, ademais, fixou a jornada de trabalho em 14 horas (de 6h às 20h) e criou um salário máximo de 2 *shillings* por dia entre 25 de março e 24 de junho, e de 1 *shilling* e 8 *pence* por dia pelo resto do ano.

Tolices para alegrá-los, ainda que em meio à sua Penúria insultem os Superiores, e em todas as Ocasiões se mostrem mais inclinados a Badernas e Pândegas do que ao Trabalho e à Sobriedade.

Isso me faz pensar na nossa Lã, a qual, levando em conta a situação de nossos Negócios, e o Comportamento do Pobre, creio sinceramente que não deveria, por nenhum Pretexto, ser vendida para o Exterior. Mas se examinarmos a razão por que é tão pernicioso nos desfazermos deste produto, as nossas maiores Queixas e Lamentações a respeito de sua exportação não merecerão grande Crédito. Considerando os imensos e múltiplos Perigos que será preciso enfrentar até que o produto esteja longe da Costa, e desembarcado em segurança do outro lado do Mar, é evidente que os Estrangeiros, antes que possam trabalhar nossa Lã, devem pagar consideravelmente mais por ela do que pagaríamos em nosso País. No entanto, a despeito dessa grande diferença no Custo Inicial, eles podem vender suas Manufaturas de Lã mais barato que nós no Mercado Estrangeiro.[1] É sob o peso de tal Desastre que gememos; esse o Dano intolerável sem o qual a Exportação dessa Mercadoria não nos daria maior pre-

---

[1] Cf. D'Avenant, *Political and Commercial Works* (1771) i. 100: "Em nenhum país da Europa se manufaturam todos os tipos de artigos a preços tão altos quanto neste Reino; e os holandeses que hoje em dia compram nossa lã, levam-na para sua terra, e a cardam e tingem a tão baixo custo que conseguem vender mais em conta uma mercadoria nacional nossa (...). Se isso [fazer trabalhar aqueles que recebem esmolas] pudesse ser alcançado, a manufatura da lã progrediria sem nenhuma medida artificial ou compulsória. Precisamos de mão de obra na Inglaterra, não de manufaturas; precisamos de leis que obriguem os pobres a trabalhar, e não de trabalhar recursos para lhes dar emprego. Para fazer com que a Inglaterra se beneficie verdadeiramente da manufatura da lã, precisamos ser capazes de trabalhar esse artigo de forma tão econômica que possamos vender mais barato que nossos competidores no mercado externo".

juízo do que a de Estanho ou Chumbo, contanto que nossa Mão de Obra se encontrasse em pleno emprego, e ainda tivéssemos Lã sobrando.

Nenhum outro Povo alcançou até hoje mais alta Perfeição na Manufatura de produtos de Lã do que o nosso, tanto na rapidez quanto na excelência do Trabalho, pelo menos nos Artigos mais importantes, e, portanto, a causa de nossas queixas deriva somente da diferença que existe entre as outras Nações e a nossa na forma de Administrar os Pobres. Se os Operários de um País trabalham Doze Horas por Dia, seis Dias por Semana, e num outro a jornada é de apenas Oito Horas diárias, e não mais que Quatro Dias semanais, este último precisará de Nove Homens para produzir o mesmo que o outro com Quatro. Mas se, além disso, considerarmos o custo de Moradia, Alimentação e Vestuário, veremos que os Trabalhadores do País Industrioso custam metade da Quantia despendida pelo outro com Número igual de Operários; em Consequência, o primeiro pagará pelo Labor de Dezoito Homens o mesmo Preço que o segundo pelo Labor de Quatro. Não penso nem é minha intenção insinuar com isso que a diferença na diligência ou nas necessidades da Vida, entre nós e qualquer Nação Vizinha, seja tão grande quanto a que descrevi; mesmo assim, convém levar em conta que metade dessa diferença, e até muito menos, é suficiente para compensar a Desvantagem com a qual eles trabalham no que se refere ao Preço da Lã.

Para mim, é evidente que nenhum País, em qualquer ramo de Produção, pode vender suas Manufaturas a preços mais baixos que os Vizinhos com o quais esteja em iguais Condições no que se refere a Habilidade e Diligência, assim como em facilidade de Trabalho, sobretudo quando o Custo Primário da coisa a ser Manufaturada não está a favor deles, a menos que tenham Provisões e tudo que seja necessário ao seu Sustento a preço mais barato, ou então que seus Operários sejam mais Assíduos, e passem mais tempo no Emprego, ou se contentem com um modo de Vida mais tosco e grosseiro que o de seus Vizinhos. Uma coisa é certa: se há igualdade Numérica, quanto mais laborioso é o Povo, que consegue executar com menos Gente a mesma Quantidade de Trabalho, tanto maior será neste País a Abundância de Artigos de Primeira Necessidade, e mais consideráveis e baratas as suas Exportações.

Admitindo, pois, que há muito Trabalho a fazer, outra coisa também inegável é que, se for feito com alegria, melhor será não apenas para aqueles que o realizam como também para o restante da Sociedade. Ser feliz é estar satisfeito, e quanto menos Noção tenha um Homem de outra Vida melhor, mais contente ficará com a sua; por outro lado, quanto mais ele aumentar seu Conhecimento e Experiência do Mundo, mais Refinados se tornarão os seus Gostos; e quanto mais agudamente ele aprenda a Julgar as coisas em geral, sem dúvida mais difícil será satisfazê-lo. Eu não gostaria de acrescentar nada de Bárbaro ou de Desumano; mas quando um Homem se diverte, Ri e Canta, e demonstra em seus Gestos e Atitudes todos os sinais de Contentamento e Satisfação, eu o declaro feliz, sem que isso nada tenha a ver com Engenho ou Competência. Não me meto jamais a analisar a Racionalidade de seu Regozijo; pelo menos, não o julgo segundo os meus próprios Padrões, nem me indago se aquilo que o faz alegre teria o mesmo Efeito sobre mim. Desse modo, um Homem que detesta Queijo deve me achar Maluco pelo fato de adorar *Roquefort*.[1] *De gustibus non est disputandum*[2] é um dito tão verdadeiro no Sentido Metafórico como no Literal, e quanto maior for a distância entre as Pessoas em suas Condições, Circunstâncias e modo de Viver, menos capazes elas serão de julgar as Preocupações e Prazeres umas das outras.[3]

Se o mais humilde e menos civilizado dos Camponeses pudesse observar Incógnito, durante um Par de Semanas, o maior de todos os Reis, embora sem dúvida elegesse muitas Coisas que desejaria possuir, descobriria também, e em número superior,

---

[1] No original, *blue mold*, que pode ser um tipo de queijo azul alemão ou o roquefort francês.
[N. da E. – O mofo azul (*blue mold*) se deve ao fungo *Penicillium roqueforti*, que deixa o queijo com veios azulados.]

[2] Este provérbio aparece também no *Treatise* de Mandeville (ed. 1730, p. 317) como *De gustu non est disputandum*, e está traduzido assim: *Gostos não se discutem*. No prefácio de seu *Treatise* (p. xx), Mandeville diz que os provérbios latinos que cita podem, na maior parte, ser encontrados nos *Adágios* de Erasmo de Rotterdam. No entanto, este em particular não consta dos *Adágios*.

[3] Comparar com Locke: "A mente, assim como o paladar, tem um apetite especial; e será tão inútil o vosso esforço em deleitar todos os homens com riqueza ou glória (...) quanto em tentar satisfazer a fome de todos os homens com queijo ou lagostas (...). Por conta disso, penso que os filósofos antigos indagaram em vão se o *summum bonum* consistia em riquezas, ou prazeres sensuais, ou virtude, ou contemplação: e poderiam ter discutido, tão racionalmente quanto, se o melhor sabor se encontra nas maçãs, nas ameixas, ou nas castanhas..." (*Essay concerning Human Understanding*, ed. Fraser, II. xxi.56).

Hobbes diz coisa semelhante: "Todo homem (...) chama o que lhe *agrada* (...) de *bom*; e de *ruim* o que lhe *desagrada*; de modo que, assim como os homens são *diferentes* uns dos outros em *constituição*, diferem também (...) no que diz respeito à distinção comum entre o que é bom e o que é ruim" (*English Works*, ed. Molesworth, iv. 32). Embora Locke fosse apenas um de numerosos autores que anteciparam o anarquismo filosófico de Mandeville, é muito possível que o autor deste livro tivesse Locke em mente. Já antes, na *Fábula* (ver i. 371, n. 2), Mandeville parafraseou uma parte do *Ensaio* de Locke (*Essay*, II. xxi. 60), como se pode ler poucas seções após a passagem citada nesta nota.

outras que trataria imediatamente de mudar ou corrigir, caso os dois pudessem trocar de Condição, e veria com Assombro como o Monarca a elas se submetia. Por outro lado, se o Soberano examinasse o Camponês da mesma maneira, seu Trabalho lhe pareceria insuportável: a Sujeira e a Miséria, sua Comida e Aventuras amorosas, seus Passatempos e Diversões, tudo seria abominável; contudo, que Encantos não encontraria na Paz de Espírito do outro, na Calma e Tranquilidade de sua Alma? Nenhuma Necessidade de Dissimulação com gente da Família, nenhuma obrigação de fingir Afeto pelos Inimigos Mortais; nenhuma Consorte imposta por Interesses Políticos, nenhum Perigo a temer por parte de seus Filhos; nenhuma Conspiração a deslindar, nem Veneno a evitar; nenhum Estadista popular em seu País nem ardilosas Cortes estrangeiras para administrar; sem falsos Patriotas para corromper; sem Favoritos insaciáveis para contentar; sem Ministérios egoístas a que obedecer; sem necessidade de agradar a uma Nação dividida, ou a um Populacho volúvel que dirige e atrapalha seus Prazeres.

Se a Razão imparcial tivesse de atuar como Juiz entre o verdadeiro Bem e o verdadeiro Mal, e se fizesse um Catálogo dos diversos Prazeres e Aborrecimentos que se encontram de forma distinta nas duas Posições, duvido que a condição de Reis fosse preferível à de Camponeses, ainda que Ignorantes e Sacrificados como pareço exigir que sejam.[1] O Motivo pelo qual a maioria do Povo pre-

---

[1] Cf. La Rochefoucauld, máxima 52 (*Oeuvres*, ed. Gilbert & Gourdault): "Quelque difference qui paroisse entre les fortunes, il y a néanmoins une certaine compensation de biens et de maux qui les rends égales". Ver também La Bruyère, "Des Grands", § 5 em *Les Caractères*, e Nicole, *Pensées sur Diverses Sujets de Morale*, nº 33 (em *Essais de Morale*, vol. 6).

fere ser Rei a Camponês se deve em primeiro lugar ao Orgulho e à Ambição, tão profundamente enraizados na Natureza Humana que para satisfazê-los os Homens enfrentam todo dia as maiores Dificuldades e Perigos; e, em segundo lugar, na diferença que há na força com a qual os Objetos operam sobre a nossa Afeição, conforme sejam eles Materiais ou Espirituais. Coisas que atingem de imediato nossos Sentidos externos atuam com maior violência sobre nossas Paixões do que aquelas que resultam da Reflexão e dos ditames da mais demonstrativa Razão, e há no primeiro caso uma Predisposição muito mais forte para ganhar nossa Simpatia ou Aversão do que no último.

Uma vez demonstrado que meus Argumentos não podem causar Dano ao Pobre nem provocar qualquer diminuição de sua Felicidade, deixo a critério do Leitor judicioso determinar se não teríamos melhores chances de aumentar nossas Exportações pelos Métodos que aqui sugeri do que, de braços cruzados, ficar a maldizer e malsinar nossos Vizinhos por nos derrotarem com nossas próprias Armas: alguns nos superando na venda de Manufaturas feitas com nossos próprios Produtos, que compraram a peso de ouro; outros ficando Ricos a despeito da Distância e das Dificuldades, graças ao mesmo Peixe que desprezamos, embora estivesse prestes a saltar dentro de nossas Bocas.

Assim como, ao desencorajar a Ociosidade com Perícia e Firmeza, se pode instar o Pobre a trabalhar sem recorrer à Força, também ao criá-lo na Ignorância será possível habituá-lo a Fadigas realmente penosas sem que ele se aperceba de que o são. Por "criá-lo na Ignorância" quero dizer apenas o que venho defendendo há muito tempo: que, no que se refere aos Assuntos

Mundanos, seu Conhecimento há de estar confinado à Esfera de suas próprias Ocupações, ou pelo menos que não se deve fazer nada para estendê-lo além de tais Limites. Quando, graças a esses dois Recursos, tivermos reunido Provisões e, por consequência, mão de obra barata, infalivelmente conseguiremos vender mais que nossos Vizinhos, e ao mesmo tempo aumentaremos nossos Números. Eis aqui a maneira Nobre e Viril de enfrentar os Rivais de nosso Comércio, e por puro Mérito sobrepujá-los nos Mercados Estrangeiros.

Para atrair os Pobres fazemos uso da Política, em alguns Casos com Sucesso. Por que haveremos de negligenciá-la nesse Ponto mais importante, quando eles alardeiam que jamais viverão como os Pobres de outras Nações? Se não podemos alterar sua Decisão, por que aplaudiríamos a Justeza de seus Sentimentos contrários ao Interesse Comum? Muitas vezes, outrora, me perguntei como um *Inglês*, que aparenta considerar Preocupações centrais não apenas a Honra e a Glória mas também o Bem-estar de seu País, pode sentir satisfação quando escuta à Noite um Arrendatário Preguiçoso, que lhe deve mais de um Ano de Aluguel, zombar dos *Franceses* por usarem Tamancos de Madeira se, pela manhã, sofrera a Mortificação de ouvir o grande Rei *Guilherme*,[1] tão Ambicioso Monarca quanto notável Estadista, queixar-se abertamente diante do Mundo, e com Pesar e Raiva em seu Semblante, contra o Poder Exorbitante da *França*. Todavia, não recomendo Tamancos de Madeira, nem tampouco as Máximas que introduzo requerem Poder Arbitrário em mãos de uma só Pessoa. Creio que a

---

[1] Guilherme III, rei de 1689 a 1702. Holandês, filho póstumo de Guilherme II, príncipe de Orange, governou as províncias Unidas dos Países Baixos como

Liberdade e a Propriedade podem permanecer asseguradas e, ao mesmo tempo, o Pobre estar mais bem empregado do que hoje, de modo que seus Filhos estragariam suas Roupas num Trabalho útil, e as sujariam com o Pó da Terra por uma boa causa, em vez de rasgá-las em Brincadeiras ou manchá-las de Tinta inutilmente.

Há pela frente cerca de Trezentos ou Quatrocentos Anos de Trabalho para mais uns Cem Mil Pobres do que os que temos nesta Ilha. Para fazer Útil cada parte dela, e todo o conjunto habitável, há muitos Rios a tornar Navegáveis, muitos Canais a escavar em Centenas de Lugares. Algumas Terras terão que ser drenadas e protegidas de futuras Inundações; existe uma Abundância de solo árido a transformar em fértil, e milhares de Acres a tornar mais proveitosos fazendo-os mais acessíveis. *Dii Laboribus omnia vendunt.*[1] Não há dificuldade dessa natureza que Trabalho e Paciência não consigam superar. As mais altas Montanhas serão lançadas em seus Vales, que estarão preparados para recebê-las, e se construirão Pontes onde agora sequer ousamos imaginar. Voltemos os olhos para as prodigiosas Obras dos *Romanos*, especialmente suas Estradas e Aquedutos. Consideremos, por um lado, a vasta Extensão de muitas de suas Vias, a solidez de que as dotaram e a Duração que iriam ter; e, por outro lado, um pobre Viajante que a cada Dez Milhas é detido por um Pedágio, e lhe cobram um *Penny*

---

stadtholder até ser convidado para suceder a James II, rei católico da Grã-Bretanha, por ter se casado com Mary II, a filha protestante daquele soberano, com quem reinou conjuntamente. [N. do T.]

[1] Essa citação é usada também no *Treatise* (1730) de Mandeville, p. 45, onde ele a traduz como *Os Deuses vendem tudo por Trabalho*. O provérbio é derivado do dito grego de Epicarmo, na *Memorabilia* (II. i. 20) de Xenofonte.

para consertar as Estradas no Verão,¹ embora todo Mundo saiba que estarão cheias de Lama antes que expire o Inverno seguinte.

A Conveniência do Povo deveria ser sempre uma Preocupação Pública, e nenhum Interesse particular de uma Cidade ou de todo um Condado jamais poderia interferir na Execução de um Projeto ou Iniciativa que manifestamente beneficie o conjunto; e todo Membro da Legislatura, conhecedor de seu Dever, que escolha agir como Cidadão responsável, em vez de carrear Favores para si e seus Vizinhos, há de preferir um pequeno Benefício que atinja todo o Reino a uma grande Vantagem restrita ao Lugar que ele representa.

Temos nossos próprios Materiais de construção, e não necessitamos de Pedra ou Madeira para fazer qualquer coisa; e se todo Ano juntássemos o Dinheiro que as Pessoas dão voluntariamente a Mendigos que não o merecem, mais o que toda Dona de Casa se vê obrigada a pagar aos Pobres da sua Paróquia² e que com frequência ganha destino diverso ou é mal aplicado, se formaria um Fundo suficiente para manter Milhares de trabalhadores empregados. Não digo isso por julgar que seja praticável, mas apenas para mostrar que temos Dinheiro bastante para sustentar grande multidão de Operários; e para isso talvez nem fosse preciso tanto quanto se imagina. Quando parece evidente que um Soldado, cuja Força e Vigor cumpre manter tão sólidos quanto os de qualquer Outro, pode viver com Seis *Pence* por Dia, não posso conceber

---

[1] Em países de inverno rigoroso, onde a neve deforma o leito das estradas, é inútil remendá-las antes da primavera. Os governos se limitam a sinalizar os ressaltos (ing. *bumps*) ou reentrâncias (ing. *holes*), para evitar acidentes. [N. do T.]

[2] Os tradutores franceses lembram que havia então na Grã-Bretanha uma contribuição local para os pobres do reino, a chamada *poortax*. [N. do T.]

a Necessidade de, na maior parte do Ano, pagar Dezesseis ou Dezoito *Pence* a um trabalhador que ganha por jornada.[1]

As Pessoas Timoratas e Precavidas, sempre Zelosas de sua Liberdade, sem dúvida gritarão que, se as Multidões de que falo recebessem seus Salários com regularidade, a Propriedade e os Privilégios se tornariam precários. Poder-se-ia, no entanto, replicar que é possível encontrar Meios mais seguros, e estabelecer as Normas necessárias no que se refere aos Cidadãos a quem seriam confiadas a gerência e a direção desses Trabalhadores, de tal modo que fosse impossível ao Príncipe ou a qualquer Outro fazer Uso indevido do seu Numerário.

Prevejo que o que acabo de dizer nos Quatro ou Cinco últimos Parágrafos será recebido com Sorrisos de Escárnio por muitos de meus Leitores, e na melhor das hipóteses dirão que estou Construindo Castelos no Ar; mas a Questão está em saber se a Falta é minha ou deles. Quando o Espírito Público abandona uma Nação, suas Gentes perdem não só a Paciência como todo e qualquer pensamento de Perseverança, e simultaneamente se tornam tão mesquinhas que lhes é penoso até mesmo pensar em coisas que tenham dimensão fora do comum, ou demandem grande extensão de Tempo; em tais Circunstâncias, tudo o que é Nobre ou Sublime há de se considerar Quimera. Sempre que uma profunda Ignorância é integralmente derrotada e expelida, e um baixo Aprendizado se espalha de forma indiscriminada por todo o Povo, o Amor-Próprio transforma o Conhecimento em Astúcia, e quanto mais essa última Qualidade prevaleça num País, tanto

---

[1] No original, *Day-labourer* (jornaleiro, diarista, trabalhador que recebe por dia). [N. da E.]

mais os Habitantes concentrarão todo o seu Cuidado, Interesse e Aplicação no Tempo presente, sem considerar o que virá depois, sem sequer dedicar um pensamento à Geração seguinte.

Mas como a Astúcia, no conceito de meu Lord *Verulam*,[1] não passa de Sabedoria Equívoca,[2] uma Legislatura prudente deveria prover contra esse Desajuste da Sociedade tão logo surgissem os Sintomas, dentre os quais se seguem os mais óbvios. Recompensas imaginárias são universalmente desprezadas;[3] todo mundo só quer saber de obter algum Lucro e pequenas Vantagens; aquele que desconfia de tudo e só acredita no que vê com os próprios Olhos é tido como o mais prudente, e em todos os seus Tratos os Homens parecem Agir segundo o princípio do "cada um por si, e que o Diabo leve o último". Em vez de plantar Carvalhos, que só se tornam úteis após Cento e Cinquenta Anos, constroem Casas com o Propósito de que se mantenham em pé por não mais de Doze ou Quatorze Anos. Todas as Mentes se preocupam com a incerteza das coisas e as vicissitudes dos Negócios humanos. A Matemática se torna a única Disciplina valiosa, e dela se faz uso em tudo, mesmo quando isso é ridículo, e os Homens parecem não depositar maior Confiança na Providência do que depositariam num Comerciante Falido.

---

[1] Sir Francis Bacon. [N. do T.]

[2] Conferir sentença de abertura do ensaio *Of Cunning*, de Bacon: "Nós vemos a astúcia como uma sabedoria sinistra ou distorcida".

[3] Lembram os tradutores franceses que a ideia de que os homens se enganam a si mesmos e enganam os outros, aceitando ou oferecendo uma recompensa imaginária como equivalente a um bem real, é recorrente em Mandeville. Além de aparecer em várias páginas da *Fábula*, está também em seus *Free Thoughts* e no *Enquiry into the Origin of Honour*. Cumpre lembrar também, nesta oportunidade, que "o sorriso de Luís XIV" seria o exemplo por excelência da "recompensa imaginária". [N. do T.]

É Dever do Poder Público remediar os Defeitos da Sociedade, e assumir como prioridade o que foi mais negligenciado por Indivíduos privados. Os Contrários melhor se curam pelos Contrários, e, por conseguinte, como o Exemplo é mais eficaz do que o Preceito para corrigir os Erros Nacionais, a Legislatura deve levar a cabo alguns grandes Empreendimentos que serão necessariamente Obras de Gerações, e ao custo de muito Trabalho, de forma a convencer o Mundo de que tudo foi planejado sob uma atentíssima consideração por sua mais longínqua Posteridade. Isso ajustaria ou pelo menos ajudaria a assentar o Gênio volátil e o Espírito caprichoso do Reino, fazendo-nos pensar que não nascemos apenas para nós mesmos, e contribuiria para tornar os Homens menos desconfiados, inculcando-lhes um verdadeiro Amor por sua Pátria, e um terno afeto pelo próprio Solo, posto que nada é mais necessário para engrandecer uma Nação. As formas de Governo podem ser alteradas, as Religiões e até as Línguas podem mudar, mas a *Grã-Bretanha*, ou, pelo menos (se esta também vier a perder seu nome), a Ilha em si permanecerá, e segundo todas as probabilidades humanas vai durar tanto quanto qualquer outra parte do Globo. Todas as Eras sempre dedicaram um Reconhecimento carinhoso a seus Ancestrais pelos Benefícios deles recebidos, e um Cristão que desfruta da Multitude de Fontes e da vasta Abundância de Água que se pode encontrar na cidade de *São Pedro* seria um miserável Ingrato se jamais lançasse um olhar de Gratidão à velha *Roma Pagã*, que despendeu tão prodigiosos Esforços para isso.

Quando esta Ilha estiver cultivada e cada Polegada se tenha tornado Habitável e Útil, e o conjunto o mais conveniente e agradável Lugar sobre a Terra, todo o Custo e Trabalho que lhe foram consagrados serão gloriosamente recompensados pelos Aplausos dos que nos sucederão; e aqueles que, ardendo de nobre Zelo e Desejo de Imortalidade, tomaram para si o Cuidado de melhorar seu País, poderão descansar satisfeitos, pois durante mil ou dois mil Anos ainda viverão na Memória e no Louvor sempiterno das Gerações futuras que de tudo desfrutarão.

Aqui eu poderia concluir esta Rapsódia de Pensamentos, mas me vem à Mente algo relacionado ao principal Alvo e Propósito deste Ensaio, que é provar a Necessidade de conservar certa Porção de Ignorância numa Sociedade organizada, coisa que não devo omitir, pois ao mencioná-la lanço um Argumento em meu favor, e se me calo isso serviria de forte Objeção a meu ponto de vista. É Opinião de muita Gente, minha inclusive, que a mais louvável Qualidade do atual Czar da *Moscóvia* [1] é a incansável Dedicação em erguer seus Súditos da nativa Estupidez, e Civilizar sua Nação; mas aqui devemos considerar que isso era realmente necessário, pois não faz muito tempo a maior parte do Povo Russo pouco diferia de Animais Selvagens. Em proporção à Extensão de seus Domínios e à grande Massa que governa, ele não dispunha em Número nem Variedade dos Comerciantes e Artífices que o verdadeiro Progresso do País exigia, e portanto tinha o direito de usar todos os Recursos possíveis para obtê-los. Mas o que isso tem a ver conosco, que lutamos contra a Doença oposta? A boa Política está para o Corpo Social como a Arte da Medicina para o Corpo Humano, e nenhum Médico

---

[1] Pedro o Grande.

trataria de um Homem em estado de Letargia como se seu mal se devesse à falta de Repouso, nem prescreveria a um Hidrópico o tratamento apropriado a um Diabético. Em resumo: a *Rússia* tem Gente Instruída de menos, e a *Grã-Bretanha*, de mais.

Uma Pesquisa sobre a Natureza da Sociedade

Moralistas e Filósofos em geral têm sempre concordado, até hoje, com a seguinte assertiva: não pode existir Virtude sem Abnegação; mas um Autor recente, agora muito em voga entre Cidadãos de bom Senso, sustenta Opinião contrária, e imagina que os Homens podem ser naturalmente Virtuosos sem qualquer Tormento ou Violência.[1] Ele parece pedir e esperar por Bondade em sua Espécie, como esperamos por um Gosto doce em Uvas e Laranjas-da-China; e, se encontramos algumas azedas, dizemos com atrevimento que elas simplesmente ainda não alcançaram a Perfeição de que sua Natureza é capaz. Esse Nobre Autor (porque é de Lord *Shaftesbury*, nas suas *Characteristics*, que estou falando) acredita que, por ser o Homem criado para a Sociedade, já deve nascer com um terno Afeto pelo conjunto de seus semelhantes, do qual faz parte, e alguma Propensão a buscar o Bem-estar geral. De conformidade com essa Suposição, considera Virtuosa toda e qual-

---

[1] Ver antes i. 471, *n*. 2.

quer Ação executada na intenção da Felicidade Comum; e a todo Egoísmo que exclui, absolutamente, essa Preocupação, chama de Vício. No que diz respeito à nossa Espécie, esse Autor vê Virtude e Vício como Realidades permanentes que devem ser sempre as mesmas em todos os Países e Épocas;[1] e imagina que um Homem de sólido Discernimento, agindo segundo as Normas do bom Senso, não só verá que *Pulchrum & Honestum* [2] são válidos em Moral, e nas Obras de Arte e da Natureza, como governará a si mesmo seguindo os ditames da Razão com a mesma Facilidade e Presteza com que um bom Cavaleiro puxa um Cavalo bem-treinado pelo Bridão.

O Leitor atento, que leu com cuidado a primeira parte deste Livro, terá logo percebido que dois Sistemas não podem ser mais antagônicos que o de Sua Senhoria e o meu. Admito que suas Ideias são generosas e refinadas; constituem um alto Elogio à Humanidade, e são capazes, com a ajuda de algum Entusiasmo, de Inspirar-nos os mais Nobres Sentimentos com respeito à Dignidade da nossa elevada Natureza. Que Pena que não sejam verdadeiras! E eu não avançaria tanto assim se não tivesse amplamente demonstrado, em quase todas as Páginas deste Tratado, que a Solidez de tais Ideias é incoerente com a nossa Experiência diária. Mas, para

---

[1] Em oposição à crença de alguns "dos nossos mais admirados filósofos modernos (...) de que virtude e vício tinham, afinal de contas, nenhuma outra lei ou medida que a simples moda e voga" (*Characteristics*, ed. Robertson, 1900, i. 56), Shaftesbury arrazoava que "qualquer moda, lei, costume ou religião, ainda que mau e vicioso em si mesmo, (...) jamais poderá alterar as eternas medidas e a imutável natureza independente do mérito e da virtude" (*Characteristics*, i. 255).

2 Compare-se com Shaftesbury: "Este é o *honestum*, o *pulchrum*, τὸ καλόν, em que nosso autor [o próprio Shaftesbury] põe a ênfase na virtude, e nos méritos desta causa; bem como em seus outros Tratados, como este do *Solilóquio*, aqui comentado" (*Characteristics*, ed. Robertson, 1900, ii. 268, *n.* I). Cf. adiante, i. 579, *n*.

não deixar a menor Sombra de uma Objeção que haja ficado sem resposta, tenho a intenção de me estender sobre alguns temas que foram abordados até aqui apenas pela rama, a fim de convencer o Leitor não só de que as boas e amáveis Qualidades do Homem não são aquelas que fazem dele, acima de qualquer outro Animal, uma Criatura sociável; mas também de que seria de todo impossível educar Multidões num País Populoso, Rico e Florescente; ou, uma vez feito isso, mantê-las nessa Condição sem a ajuda daquilo a que chamamos de Mal, tanto Natural quanto Moral.

Para melhor levar a cabo o que propus, pretendo examinar, antes de mais nada, a Realidade do *Pulchrum & Honestum*, o τὸ καλόν[1] de que os Antigos tanto falavam. O Sentido disso é discutir se há Valia e Excelência verdadeiras nas coisas, e alguma preeminência de uma sobre outra com que concordem todos os que as compreendem bem; ou se há algumas poucas coisas que gozam da mesma Estima, e sobre as quais se faça o mesmo Juízo em todas as Nações e em todas as Épocas. Quando encetamos a busca pelo valor intrínseco das coisas, e descobrimos que uma é melhor que outra e uma terceira melhor que essa, e assim por diante, começamos a ter fortes Esperanças de Êxito; mas, ao nos depararmos com várias coisas, todas muito boas ou muito más, ficamos intrigados

---

[1] O τὸ καλόν é assim explicado no *Alciphron* de Berkeley, que era um ataque a Mandeville: "Sem dúvida há uma beleza na mente, um encanto na virtude, uma simetria e proporção no mundo moral. Essa beleza moral era conhecida dos antigos pelo nome de *honestum*, ou τὸ καλόν. E, a fim de conhecer sua força e influência, não seria ocioso perguntar o que se entendia exatamente por isso, sob que luz era visto por aqueles que primeiro trataram dele e lhe deram um nome. Τὸ καλόν, segundo Aristóteles, é o ἐπαινετόν ou *louvável*; para Platão, é o ἡδύ ou ὠφέλιμον, *agradável*, *aprazível* ou *proveitoso*, significado que corresponde a um entendimento razoável e seu verdadeiro interesse" (Berkeley, *Works*, ed. Fraser, 1901, ii. 127).

e passamos a discordar de nós mesmos, e mais ainda dos outros. Há diferentes Defeitos e Belezas que, assim como as Modas e Vogas se alteram e os Homens variam em seus Gostos e Humores, poderão vir a ser admirados ou rejeitados de maneiras diversas.

Críticos de Pintura nunca têm Opinião discordante quando um belo Quadro é comparado às garatujas de um Novato; mas como divergem quando se trata de Obras de Mestres eminentes! Formam-se Partidos entre *Connoisseurs*, e poucos dentre eles concordam na Avaliação quanto a Épocas e Países, e nem sempre os melhores Quadros alcançam os melhores Preços. Um Original célebre sempre vale mais do que qualquer Cópia que dele se faça, mesmo que a cópia, de Mão anônima, seja melhor. O Valor de uma Pintura depende não só do Nome do Autor, da Fase de sua Vida em que ele a criou, mas também, em ampla Medida, da maior ou menor Escassez de suas Obras, e ainda, o que é mais absurdo, da Qualidade das Pessoas em cuja Posse se encontra a Peça, e de por quanto Tempo fez parte da coleção de uma grande Família. Se os *Cartões* hoje em *Hampton Court*[1] fossem de Autoria de alguém menos famoso que *Rafael*, e pertencessem a um Particular qualquer que precisasse vendê-los, jamais obteriam a décima parte do Dinheiro que hoje se diz que valem, com todos os seus Defeitos grosseiros.

Apesar de tantas considerações, estou disposto a aceitar que o Juízo relativo a uma Pintura pode se tornar uma Certeza universal ou, na pior das hipóteses, ser menos alterável e precário que quase

---

[1] Trata-se de dez enormes cartões (ou painéis) pintados pelo italiano Rafael Sanzio, entre 1515 e 1516, por encomenda do papa Leão X, dos quais sete sobreviveram ao tempo. Comprada pelo rei Carlos I da Inglaterra em 1623, quando ainda era príncipe de Gales, a coleção ficou muitos anos em Hampton Court, mas desde 1865 pertence ao acervo do Museu Victoria & Albert, em Londres. [N. da E.]

tudo o mais. E o Motivo é simples: há um Padrão a seguir, o qual não muda nunca. A Pintura é Imitação da Natureza, uma Cópia de coisas que os Homens têm em todo lugar, diante dos olhos. Espero que meu benevolente Leitor me perdoe se, pensando nessa gloriosa Invenção, faço uma Reflexão um tanto Inoportuna, embora muito apropriada para conduzir ao meu principal Propósito, que é: por Valiosa que seja a Arte de que falo, somos todos devedores a uma Imperfeição do principal dentre nossos Sentidos por todos os Prazeres e arrebatadores Deleites que recebemos desse feliz Artifício. Vou tentar explicar-me. Ar e Espaço não são Objetos visíveis, mas naquilo que se pode ver, mesmo de relance e com pouca Atenção, observamos que o Volume das coisas diminui gradualmente à medida que se afastam de nós, e nada senão a Experiência adquirida com essas Observações pode nos dar Estimativas toleráveis da distância das Coisas. Se um Cego de nascença chegando aos vinte anos fosse, de chofre, abençoado com o dom da Visão, ficaria perplexo ante a diferença das Distâncias, e seria incapaz no primeiro momento, valendo-se apenas dos Olhos, de determinar qual de duas coisas está mais próxima – um Pilar que ele poderia alcançar com a Bengala, ou um Campanário a meia Milha de distância. Se fixarmos a vista tão intensamente quanto pudermos no Buraco de uma Parede, que não tenha nada além de Ar por trás dela, não seremos capazes de ver mais que o Céu, que enche, por assim dizer, a Cavidade, e está tão perto de nós quanto a parte de trás das Pedras que circunscrevem o Espaço onde elas estão faltando. Essa Circunstância, para não dizer esse Defeito, no nosso Sentido da Visão nos deixa sujeitos a enganos, e tudo, exceto o Movimento, nos pode ser apresentado pela Arte numa forma Plana, achatada, tal como observamos na Vida e na Natureza. Alguém que jamais tenha visto esse tipo de Arte na prática se convencerá de que a coisa é possível com a ajuda de um Espelho, e não posso impedir-me de pensar que foram os Reflexos, em nossos Olhos, de Corpos muito lisos e bem polidos que primeiro alavancaram a Invenção do Desenho e da Pintura.

Nas Obras da Natureza, Valor e Excelência são igualmente incertos; e, mesmo entre as Criaturas Humanas, o que é Belo num País não o é em outro. Como é caprichoso o Florista na sua Escolha! Às vezes a Tulipa, outras vezes a Aurícula,[1] e outras ainda o Cravo monopolizam a sua Estima, e todo Ano uma Flor nova vence as anteriores na sua Preferência de profissional, ainda que lhes seja inferior tanto em Cor quanto em Formato.[2] Trezentos Anos atrás os Homens mostravam a cara tão raspada quanto hoje. Depois disso, já usaram Barbas, e cortaram-nas numa infinita Variedade de Formas, tão elegantes quando em voga quanto nos parecem Ridículas hoje. Como parece medíocre e cômico um Homem, embora muito bem-vestido, se tem na cabeça um Chapéu de abas estreitas quando todos os Cidadãos usam os mais amplos! E depois, não parecerá monstruoso um Chapéu muito grande se o oposto está em voga há um tempo considerável? A Experiência nos

---

[1] Planta da família das primuláceas (*Primula auricula*), vulgarmente conhecida como orelha-de-urso. [N. do T.]

[2] Comparar com La Bruyère, *Les Caractères* (*Oeuvres*, ed. Servois, 1865-78, ii.135-6): "Le fleuriste a un jardin dans un faubourg. (...) Vous le voyez planté, et qui a pris racine au milieu de ses tulipes (...). Dieu et la nature sont en tout cela ce qu'il n'admire point; il ne va pas plus loin que l'oignon de sa tulipe, qu'il ne livreroit pas pour mille écus, et qu'il donnera pour rien quand les tulipes seront négligées et que les œillets auront prévalu". La Bruyère, como Mandeville, está usando a comparação para ilustrar as arbitrárias mudanças da moda.

ensinou que tais Modas não duram mais que Dez ou Doze Anos, se tanto, e um homem de Sessenta anos terá observado cinco ou seis Revoluções desse tipo, pelo menos; todavia, os começos dessas Mudanças, e já vimos diversas, a nós também parecem desajeitados e insólitos, e de novo ofendem a vista sempre que voltam.[1]

Que Mortal terá autoridade para afirmar que é mais bonito ou elegante, abstraindo-se os ditames da Moda, usar Botões pequenos ou grandes? As maneiras de planejar um Jardim com Harmonia são quase Inumeráveis, e o que deva ser considerado Belo neles varia com o Gosto das Nações e das Eras. Em matéria de Gramados, Canteiros, *Parterres*, uma Variedade de Formas é geralmente agradável à vista; mas um canteiro Redondo pode alegrar os Olhos tanto quanto um Quadrado, e o de formato Oval não pode ser mais apropriado a um espaço do que o Triangular a outro, assim como a preeminência de um Octógono sobre um Hexágono não é maior em Números do que as chances do Oito sobre o Seis no Jogo de Dados.

As Igrejas, desde que foi permitido aos Cristãos construí-las, têm a Forma de uma Cruz, com a parte superior apontando para o *Leste*; e um Arquiteto, quando há espaço e condições favoráveis de trabalho, não deve deixar de obedecer à tradição, ou todos dirão que cometeu um Erro imperdoável; mas seria estúpido esperar de uma Mesquita Turca ou de um Templo Pagão que se conformassem ao mesmo modelo. Dentre as muitas Leis Benéficas promul-

---

[1] Cf. Descartes: "Mais ayant appris, dés le College, qu'on ne sçauroit rien imaginer de si estrange & si peu croyable, qu'il n'ait esté dit par quelqu'vn des Philosophes; (...) et comment, iusques aux modes de nos habits, la mesme chose qui nous a plû il y a dix ans, & qui nous plaira peutestre encore auant dix ans, nous semble maintenant extrauagant & ridicule..." (*Oeuvres*, Paris, 1897-1910, vi. 16, in *Discours de la Méthode*, pt. 2).

gadas nestes últimos Cem Anos, não é fácil nomear outra de maior Utilidade, e ao mesmo tempo mais isenta de Inconveniências, do que essa que regulamentou as Roupas dos Defuntos.[1] Aqueles que já eram adultos o suficiente para tomar boa nota das coisas quando essa Lei foi promulgada, e estão ainda vivos, se lembrarão do Clamor generalizado que a medida ocasionou. De início, nada poderia parecer mais chocante para Milhares de Pessoas do que serem Enterradas envolvidas em Lã; e a única coisa que fez a Lei suportável foi ter deixado espaço para que Gente com alguma preocupação com Moda cedesse a seus Caprichos sem Extravagância, considerando as outras Despesas de Funeral, em que é preciso vestir de preto a várias Pessoas e presentear a muitas mais com Anéis de Luto. O Benefício que dessa lei resultou para a Nação é tão visível que nada de razoável poderia ser dito para condená-la; e, de fato, com o passar dos Anos, o Horror sentido no começo diminui a cada Dia. Já observei Jovens que em sua curta vida viram pouca gente dentro de Caixões aprovarem sem dificuldade a Inovação; mas aqueles que, quando a Lei foi assinada, já haviam Sepultado um vasto número de Amigos e Parentes, permaneceram avessos à novidade por mais tempo, e conheci muitos que ficaram contra a Lei até a Morte. Hoje em dia, quando o velho hábito de Envolver os cadáveres em Linho está quase esquecido, é Opinião geral de que nada poderia ser mais decente do que a Lã, e as vigentes Instruções para Vestir um Cadáver; isso prova que o nosso Gostar ou Desgostar de alguma coisa depende sobretudo

---

[1] Para consultar as ditas leis que dispunham sobre sepultamento "em lãs de carneiro exclusivamente", ver *Statutes at Large* 18 Charles II, c. 4, e 30 Charles II, estat. I, c. 3.

da Moda e do Costume, e do Preceito e do Exemplo de nossos Superiores ou de pessoas que, por um motivo ou outro, consideramos Melhores que nós.

Em matéria de Moral, não é maior a Certeza. A Pluralidade de Esposas é odiosa para os Cristãos, e mesmo a Inteligência e Sagacidade de um Grande Gênio em defesa dessa prática[1] foi rejeitada com desprezo. Para um Muçulmano, no entanto, a Poligamia não é aberrante. O que os Homens aprendem na Infância costuma escravizá-los, e embora a Força do Hábito empene a Natureza,[2] ao mesmo tempo a imita, e tão bem o faz, às vezes, que fica difícil saber qual das duas nos influenciou. No *Oriente*, outrora, Irmãs casavam com Irmãos, e era meritório para um Homem desposar a própria Mãe. Tais Alianças são abomináveis; mas é certo que, por mais Horror que tal Pensamento nos cause, não há nada de repugnante quanto a isso na Natureza. É tudo fruto de Moda e Costume. Um Maometano Devoto, que jamais tenha provado uma Bebida

---

[1] Em seus *Free Thoughts* (1729), p. 212, Mandeville menciona que Lutero defendeu a poligamia. Acredita-se, no entanto, que se trata de algo como um *lapsus linguae*: ele teria querido referir-se a Sir Thomas More. Erasmo, numa carta (*Opera Omnia*, Leyden, 1703-6, iii (I) 476-7), menciona More como defensor do debate de Platão a favor de uma comunidade de esposas, e louva More como um grande gênio. Agora Mandeville, familiarizado como era com a obra de Erasmo (ver, antes, i. 170-2), pode ter lembrado essa passagem. Mandeville poderia também estar pensando em Platão. O tradutor francês da *Fábula* (ed. 1750, ii. 180, *n*.) acha improvável que Mandeville se tivesse referido a Lyserius [Johann Lyser], o qual, "caché sous le nom de Theophilus Alethaeus, publia, en MDCLXXVI, *in octavo*, un Ouvrage en faveur de la Polygamie sous le titre de Polygamia Triumphatrix".

Mandeville não podia ter se referido a Milton, porque o *Treatise of Christian Doctrine*, única obra de Milton de que consta essa defesa da poligamia, só foi descoberto e publicado em 1825.

[2] Mandeville usa o verbo "empenar" em vez de "deformar" (*warp* no original). A empena é a deformação da madeira por umidade e/ou calor. [N. do T.]

Alcoólica, e muitas vezes tenha visto Gente Embriagada, pode sentir pelo Vinho a mesma aversão que sente qualquer um de nós, com um mínimo de Moral e Educação, à ideia de dormir com a Irmã, e os dois imaginam que sua Antipatia procede da Natureza. Qual a melhor das Religiões? Essa Questão já causou mais Desgraças que todas as outras juntas. Faça a pergunta em *Pequim*, em *Constantinopla* e em *Roma* e você obterá três Respostas distintas e extremamente diferentes entre si, ainda que igualmente positivas e peremptórias. Os Cristãos têm como certa a falsidade das Superstições Pagãs e Muçulmanas; nesse ponto, são perfeitas a União e a Concórdia entre eles; mas se perguntarmos às diversas Seitas, em que essas Igrejas estão divididas, Qual é a verdadeira Igreja de Cristo, cada uma tentará nos convencer de que as demais são falsas.[1]

Fica, então, evidente que a caça a esse *Pulchrum & Honestum* não é muito melhor que qualquer outra Busca Tola e Infrutífera do inatingível; mas esse não é o maior Defeito que encontro nela. As Noções imaginárias de que os Homens podem ser Virtuosos sem Abnegação representam uma Porta aberta para a Hipocrisia, a qual, uma vez transformada em hábito, nos leva não só a enganar os outros como também a nos tornarmos uma espécie de desconhecidos para nós mesmos; e o Exemplo que vou dar mostrará como, por falta de um bom exame de consciência, isso pode acontecer a uma Pessoa de Qualidade e Erudição, parecida em tudo e por tudo com o próprio Autor de *Characteristics*. [2]

---

[1] Para a crítica pirronista de Mandeville de códigos e padrões não darei fontes: o tema era muito conhecido e repisado na época, verdadeiro lugar-comum. Se Mandeville se inspirou nos autores contemporâneos, terá consultado principalmente Hobbes, Bayle e, talvez, Locke. Cf. anteriormente, i. 167-9, 172-3 e 566, *n*. 3.

[2] Shaftesbury. [N. do T.]

Um Homem criado com Conforto e Afluência, se é de Natureza Pacata e Indolente, aprende a evitar tudo o que lhe possa criar problemas, e trata de dominar suas Paixões, mais por causa dos Inconvenientes que têm origem na busca ávida pelo Prazer, e na submissão a todas as exigências de nossas baixas Inclinações, do que por qualquer rejeição deliberada aos Prazeres sensuais; e é possível que uma Pessoa Educada por um grande Filósofo,[1] o qual foi um bondoso, jovial e competente Tutor, consiga, em tão felizes Circunstâncias, forjar melhor Opinião do que se passa no seu Íntimo do que realmente merece, e julgar-se Virtuoso por estarem suas Paixões em estado de hibernação. Um Homem assim pode adquirir finas Noções das Virtudes Sociais e Desprezo pela Morte, escrever sobre essas coisas no silêncio do seu Gabinete, e falar delas com Eloquência quando em Sociedade, mas nunca o veremos lutando por seu País, ou trabalhando para recuperar quaisquer Perdas Nacionais. Um Homem que lida com Metafísica pode se deixar levar por excesso de Entusiasmo, e acreditar realmente que não teme a Morte, pelo menos enquanto ela não estiver à Vista. Mas se acontecer de perguntarem por que, dotado dessa Intrepidez toda, seja de nascença ou adquirida pela Filosofia, ele não pegou em Armas quando sua Pátria se envolveu na Guerra; ou por que, tendo visto a Nação saqueada diariamente por aqueles que, investidos do Poder, deveriam servi-la honestamente, e deixaram tão confusos todos os Assuntos do *Exchequer*, não os levou ele à barra dos Tribunais, assim como não mobilizou todos os seus Amigos, nem se valeu de todos os Meios a seu alcance para assumir, com

---

[1] Shaftesbury teve John Locke como tutor. O parágrafo é um ataque pessoal de Mandeville a Shaftesbury, como fica evidente no Índice (ver *Shaftesbury*, vol. 2).

sua integridade e competência, o Ministério da Fazenda, a fim de restaurar o Crédito Público, é provável que ele responda que não agiu assim por preferir viver Quieto no seu canto, não ter outras Ambições que a de ser Bom Cidadão, e jamais aspirar a qualquer posto no Governo; ou por abominar a Bajulação, o Servilismo, a Insinceridade dos Tribunais e o Alvoroço do Mundo. Estou inclinado a acreditar nele; mas não pode um homem de Temperamento Indolente e Espírito Apático dizer tudo isso com sinceridade e, ao mesmo tempo, satisfazer seus Apetites por não ser capaz de contê-los, embora seu Dever assim lhe ordenasse. A Virtude consiste em Ação, e todo aquele que sinta esse Amor Social e um gentil Afeto por sua Espécie, e que, por Nascimento ou Mérito, possa reivindicar um Lugar na Administração Pública, deve fazê-lo, para o bem de seus Compatriotas. Se essa ilustre Pessoa fosse de Gênio Belicoso, Turbulento ou Impetuoso, teria seguramente escolhido outro Papel no Drama da Vida, e pregado Doutrina completamente diversa, pois estamos todos sempre encaminhando nossa Razão naquele rumo por onde a Paixão a conduz, enquanto o Amor-Próprio, por sua vez, em todas as Criaturas Humanas, advoga por suas diferentes Causas, fornecendo Argumentos a cada Indivíduo para que justifique suas Inclinações.

Aquele tão alardeado meio-termo, e as tranquilas Virtudes recomendadas nas *Characteristics*, não servem senão para engendrar e multiplicar Parasitas, e talvez qualifiquem um Homem para os estúpidos Deleites de uma Vida Monástica, ou, no melhor dos casos, para virar Juiz de Paz no Interior, mas jamais o habilitarão ao Trabalho e à Assiduidade, nem serão capazes de inspirá-lo para grandes Conquistas ou tarefas Perigosas. O Amor à Comodidade e ao Ócio, natural na raça humana, e a Propensão a desfrutar dos Prazeres sensuais, não se corrigem com Preceitos. Os fortes Hábitos e Inclinações do Homem só podem ser dominados por Paixões de Violência ainda maior.[1] Pregando e demonstrando a um Covarde a sem-razão dos seus Temores não faremos dele um Valentão, assim como não o tornaremos mais Alto só por lhe pedir que cresça Dez Pés de altura, ao passo que o Segredo para gerar Coragem, que tornei Público em *Observação (R)*, é quase infalível.

O Medo da Morte é naturalmente mais forte quando estamos no auge do Vigor, e com nossos Apetites afiados; quando temos Visão acurada, Audição perfeita, e cada Parte do nosso corpo cumpre seu Ofício. A Razão é simples: porque a Vida é, então, deliciosa e nos encontramos na plenitude de nossa capacidade de gozá-la. Como se explica, então, que um Homem de Honra aceite tão facilmente um Desafio, embora tenha só Trinta anos e Saúde invejável? É seu Orgulho que domina seu Medo; quando o Orgulho não está em jogo, esse Medo impera. Se alguém não está acostumado com o Mar, faça-o enfrentar uma Tempestade em águas profundas; se nunca esteve Doente, bastará uma dor de Garganta ou ligeira Febre para que apronte um Escarcéu, e mostre com isso o imenso Valor que dá à Vida. Fosse o Homem natural-

---

[1] Comparar com Spinoza (1632-1677): "*Affectus coërceri nec tolli potest, nisi per affectum contrarium et fortiorem affectu coërcendo*" (*Ethica*, ed. Van Vloten & Land, Haia, 1895, pt. 4, prop. 7). Comparar também com o Chevalier de Méré, Antoine Gombaud (c. 1607-1685): "C'est toujours un bon moyen pour vaincre une passion, que de la combattre par une autre" (*Maximes, Sentences et Reflexions*, Paris, 1687, máxima 546). Ver, ainda, Abbadie: "(...) nos connoissances (...) n'ont point de force par elles mêmes. Elles l'empruntent toute des affections du coeur. De là vient que les hommes ne persuadent guere, que quand ils font entrer (...) le sentiment dans leurs raisons (...)" (*L'Art de se connoitre soy-même*, Haia, 1711, ii. 226).

mente humilde e imune à Lisonja, o Político jamais alcançaria seus Fins, nem saberia o que fazer com ele. Sem Vícios, a Excelência da Espécie teria permanecido oculta, e todas as pessoas de Valor que se fizeram Famosas no Mundo são uma forte Evidência contra tão amável Sistema.

Se a Bravura do grande *Macedônio* chegou às raias da Insanidade ao lutar sozinho contra uma Guarnição inteira de inimigos,[1] seu Delírio não era menor quando imaginava ser ele mesmo um Deus, ou pelo menos duvidava se o era ou não;[2] e tão logo fazemos essa Reflexão, descobrimos tanto a Paixão quanto sua Extravagância, que sustentava seu Espírito nos momentos de maior Perigo, e o conduzia incólume através de todas as Dificuldades e Fadigas que lhe foram impostas.

Jamais houve no Mundo melhor Exemplo de Magistrado capaz e completo do que *Cícero*. Quando penso no Cuidado e Vigilância com que agiu, nos Riscos que correu e nas Dificuldades que enfrentou pela segurança de *Roma*; na sua Sagacidade e Sabedoria ao descobrir e desarmar os Estratagemas dos mais audazes e solertes

---

[1] Mandeville alude, certamente, ao episódio da escalada das muralhas de Maliande (327 a.C.) na campanha da Índia. As escadas se partiram e Alexandre – não sozinho mas com dois homens apenas – se viu confrontado com uma legião de inimigos. Lutou assim mesmo, até cair ferido e desfalcado. Salvo pela dedicação dos soldados que haviam logrado penetrar na cidade e acorreram em seu auxílio (muitos morreram), só depois de três meses de convalescença retomaria a marcha em direção ao Oceano Índico. O "grande macedônio", após derrotar o rei Poro, abandonara a ideia de avançar até o Ganges, e se retirava agora para a Ásia Menor com seu exército. [N. do T.]

[2] Segundo Grote, *História da Grécia* (apud Will Durant, *Nossa Herança Clássica*), é altamente improvável que, no íntimo, Alexandre se considerasse um deus. Para Plutarco, ele quis apenas facilitar o governo de uma população supersticiosa e multirracial. Sua mãe, Olímpia, que, como a mãe de Napoleão, *Madame Mère*, tinha bom senso e espírito vivo, comentou: "Quando Alexandre deixará de confundir-me com Hera?" [N. do T.]

Conspiradores e, ao mesmo tempo, no seu Amor à Literatura, às Artes e Ciências, sua Capacidade em Metafísica, a Justeza do seu Raciocínio, a Força de sua Eloquência, a Elegância de seu Estilo e a gentileza de Espírito que perpassa seus Escritos; quando avalio tudo isso, fico tomado de Assombro, e o mínimo que posso dizer dele é que foi um Homem Prodigioso. Contudo, uma vez ressaltadas, sob o melhor Ângulo, suas boas Qualidades, se as ponho de lado e examino-o sob outra Luz, fica evidente para mim que, tivesse a sua Vaidade sido inferior a seus Predicados, o bom Senso e Conhecimento do Mundo de que esteve sempre possuído, jamais teria feito tão completa e tonitruante Propaganda de seu próprio Mérito, nem comporia um Verso de que qualquer Colegial se envergonharia como *O! Fortunatam,* etc.[1]

Que estrita e severa a Moral do rígido *Catão,* que firme e inabalável a Virtude desse notável Defensor da Liberdade *Romana!* Mas, embora a Recompensa obtida por esse Estoico, por toda a Abnegação e Austeridade que praticou, tenha permanecido escondida por longo tempo, e ainda que sua peculiar Modéstia haja ocultado do Mundo, e talvez até dele mesmo, a imensa Fragilidade de seu Coração, que o forçava ao Heroísmo, esta veio à luz na última Cena de sua Vida, quando o Suicídio revelou que ele era governado por um Poder Tirânico superior a seu Amor pela Pátria,

---

[1] Ver Quintiliano ix. iv. 41; e Juvenal, *Sátiras,* x. 122, que estampa citação de Cícero tirada de *De Consulatu Suo* (Frag. Poem. X (b), 9, ed. Mueller): *"O Fortunatam natam me consule Romam"* (Ó Roma, como foste feliz sob o meu consulado!).
[N. do T. – Segundo Paulo Rónai, o verso é citado por Juvenal como "prova do escasso talento poético do excelente orador". Rónai, a propósito, cita Camilo Castello Branco, *A queda dum anjo,* XVIII: "Perguntou alguém a Calisto se conversava alguma hora com as Musas, ou se, à maneira de Cícero, escrevia o desgracioso *O fortunatam* etc."]

e que o implacável Ódio e a superlativa Inveja que ele sentia da Glória, da verdadeira Grandeza e do Mérito Pessoal de *César* haviam governado todas as suas Ações por longo tempo, sob os mais nobres Pretextos. Se essa violenta Motivação não fosse mais forte que sua consumada Prudência, não só teria salvado a si mesmo como à maioria de seus Amigos, que se arruinaram com a sua Desaparição, e, se possuísse a capacidade de se dominar, sem dúvida teria se tornado o Segundo Homem de *Roma*. Mas *Catão* conhecia a Mente sem fronteiras e a ilimitada Generosidade do Vencedor: era a Clemência de *César* o que ele mais temia, e por isso escolheu a Morte, menos terrível para o seu Orgulho que a Ideia de dar ao Desafeto a tentadora Oportunidade de demonstrar a Magnanimidade de sua Alma, pois *César* teria perdoado Inimigo tão inveterado como *Catão*, e lhe oferecido sua Amizade; chance que, como creem os Sábios, aquele Conquistador tão Sagaz quanto Ambicioso não deixaria escapar, caso o outro tivesse ousado viver.[1]

Um Argumento a mais para provar a Disposição amável e a Afeição verdadeira que naturalmente experimentamos por nossa Espécie é nosso Gosto por Companhia, e a Aversão pela Solidão que todo Homem em seu Juízo sente de modo mais forte que as

---

[1] Mandeville fala de Marcus Portius Cato, o Jovem (94-46 a.C.), tataraneto do outro, do *delenda Carthago*. Conhecido também por "Uticensis" por haver nascido na Útica (hoje Utique, Tunísia), ali ele se entrincheirou durante a Guerra Civil. Mesmo após a derrota de Pompeu, cujo partido tomara para salvar a República, Catão não se rendeu: evacuou seus partidários por mar e, quando o último barco saiu, matou-se. Cícero dedicou-lhe um panegírico, *Cato*, a que César respondeu com um duro *Anticato*. Segundo Plutarco, a hostilidade de Catão não era apenas filosófica e política: sua irmã Servília era a mais afeiçoada das amantes de César. A filha de Servília, Júnia Tércia, casou-e mais tarde com Cássio, que viria a ser um dos assassinos do general. Tércia também fora amante de César. [N. do T.]

outras Criaturas. Isso ganhou refinado brilho nas *Characteristics*,[1] e foi adornado com muito boa Linguagem, de modo a produzir o máximo de Efeito. No Dia seguinte à minha primeira leitura, ouvi muita Gente a apregoar "Arenques frescos!", o que, somado à Reflexão sobre os vastos Cardumes deste e de outros Peixes que se pescam juntos, me deixou muito alegre, embora eu estivesse só; mas, enquanto me entretinha com essa Contemplação, eis que aparece um Sujeito vadio e impertinente, que por Infelicidade sabia quem eu era, e me perguntou como ia passando, ainda que fosse visível que eu estava tão bem e saudável como nunca em minha Vida. O que lhe respondi já não sei, porém me lembro de que não consegui livrar-me dele por um bom tempo, e que senti todo o Desconforto de que meu amigo *Horácio* se queixa ao falar de uma Perseguição dessa natureza.[1]

---

[1] Que o homem é naturalmente gregário é um pensamento central em Shaftesbury. "Ninguém poderá negar", escreve ele (*Characteristics*, ed. Robertson, 1900, i. 280-I), "que essa afeição de uma criatura pelo bem da espécie ou da natureza comum é tão própria e natural nela quanto é para qualquer órgão, parte ou membro do corpo de um animal, ou de um simples vegetal, seguir seu curso conhecido e regular de crescimento".

Em outra passagem semelhante, diz: "De que forma o engenho humano consegue embaralhar essa causa a ponto de fazer com que o governo e a sociedade civis pareçam uma espécie de invenção e artifício, não sei explicar. De minha parte, penso que esse princípio de associação, ou essa inclinação à companhia, aparece, na maioria dos homens, com tanta força e naturalidade que se pode, com facilidade, afirmar que foi precisamente por causa da violência dessa paixão que se originou tanta desordem na sociedade geral da humanidade. (...) Todos os homens participam naturalmente desse princípio de associação. (...) Pois os espíritos mais generosos são os que mais se associam" (*Characteristics*, i.74-5). E, adiante: "Em suma, se a procriação é natural, se é natural o afeto, e naturais o cuidado e a nutrição da prole, sendo as coisas com o homem tal e qual o são, e sendo a criatura humana da forma e constituição que é agora, segue-se 'que a sociedade também deve ser natural para ele', e que 'fora da sociedade e da comunidade ele nunca pôde nem poderá subsistir'" (*Characteristics*, ii. 83).

[2] Horácio, *Sátiras* I. ix.

Não gostaria que nenhum Crítico sagaz me julgasse um Misantropo por conta dessa breve Anedota; quem assim o fizer estará muitíssimo enganado. Sou um verdadeiro Apreciador de boa Companhia, e, se o Leitor ainda não se cansou da minha, antes que eu demonstre a Fraqueza e o Ridículo dessa peça de Bajulação feita à nossa Espécie, da qual estou falando, lhe darei uma Descrição do Homem que eu escolheria para um Colóquio, com a Promessa de que, mesmo sem haver acabado de lê-la por completo, descobrirá sua Utilidade, ainda que a princípio possa tomá-la como mera Digressão alheia a meu propósito.

Graças a uma Precoce e Engenhosa Instrução, tal parceiro deverá estar totalmente imbuído das noções de Honra e Vergonha, e haver contraído uma habitual aversão a tudo aquilo que tenha a menor tendência para a Desfaçatez, a Grosseria ou a Desumanidade. Haverá de ser bem versado na Língua *Latina* e não de todo ignorante do *Grego*, e ademais precisará compreender um ou dois Idiomas Modernos além do seu próprio. Precisará estar inteirado dos Modos e Costumes dos Antigos, mas profundamente instruído sobre a História de seu País e as Maneiras da Época em que vive. Além de Literatura, deverá ter estudado uma ou outra Ciência útil, visitado algumas Cortes e Universidades Estrangeiras, e feito Uso realmente Proveitoso de suas Viagens. Às vezes se deleitará com a Dança, a Esgrima, a Equitação, e entenderá um pouco de Caça e de outros Esportes Campestres, sem estar ligado a nenhum, e tratando a todos como bons Exercícios para a Saúde, ou como Divertimentos que não interfiram nos Negócios nem o impeçam de obter Qualificações mais valiosas. Seria bom que tivesse noções de Geometria e Astronomia, bem como de Anatomia e do

Funcionamento do Corpo Humano. Entender de Música a ponto de saber tocá-la é uma Proeza, mas há muito o que dizer contra isso, e em troca eu preferiria que ele entendesse tanto de Desenho quanto o necessário para apreciar uma Paisagem, ou explicar o significado de qualquer Forma ou Modelo que descrevêssemos, mas não a ponto de usar um Lápis. Deve estar acostumado desde muito jovem à Companhia de Mulheres recatadas, e nunca passar uma Quinzena sem ter Contato com as Damas.

Grandes Vícios, como não ter Religião, frequentar Prostitutas, Jogar, Embebedar-se ou meter-se em Brigas, sequer mencionarei, pois contra estes nos protege até mesmo a Educação mais modesta; sempre recomendaria a meu parceiro a Prática da Virtude, mas sou contra a Ignorância Voluntária, por parte de um *Gentleman*, de qualquer coisa que ocorra na Corte ou na City. Não existe Homem perfeito, e por isso há Falhas que estou disposto a tolerar, caso não possa preveni-las; se, entre os Dezenove e os Vinte e Três anos de Idade, algumas vezes o Ardor da Juventude levar a melhor sobre sua Castidade, que isso ocorra de forma cautelosa; ou se, em alguma Ocasião Extraordinária, vencido pelas insistentes Solicitações de Joviais Camaradas, ele beber mais do que seria compatível com a estrita Sobriedade, que isso não se torne um hábito capaz de interferir com sua Saúde ou Temperamento; ou se, levado pelo calor da Valentia e por intensa Provocação numa Causa Justa, vier a se envolver em Querela, que a verdadeira Sabedoria e uma adesão menos estrita às Regras da Honra poderiam ter enfraquecido ou evitado, que isso não se repita. Se, como digo, embora Culpado de coisas assim, ele jamais as mencione, muito menos se vanglorie delas, tudo lhe será perdoado, ou pelo menos relevado, no limite de Idade que mencionei antes, desde que as abandone e passe a ser discreto dali em diante. As Desgraças da Mocidade muitas vezes atemorizam os Cavalheiros, induzindo-os a uma Prudência muito mais firme do que aquela que teriam adquirido caso não tivessem sofrido tais experiências. Para ficar longe da Depravação e das coisas abertamente Escandalosas, nada melhor do que lhe obter livre acesso a uma ou duas Famílias nobres que considerem um Dever sua Presença frequente. Assim, ao mesmo tempo em que se preserva seu Orgulho, ele é mantido em contínuo temor da Vergonha.

Um Homem de Fortuna razoável, convenientemente educado nas normas prescritas por mim, que continue a se aperfeiçoar e conheça o Mundo antes dos Trinta, não pode ser parceiro desagradável, pelo menos enquanto mantiver Saúde e Prosperidade, e nada ocorra que lhe amargue o Temperamento. Quando um Homem assim, por acaso ou deliberação, encontra Três ou Quatro de seus Pares, e todos concordam em passar algumas Horas juntos, o conjunto é o que chamo de boa Companhia. Nada se dirá ali que não seja instrutivo ou divertido para um Homem de bom Senso. É possível que nem sempre tenham a mesma Opinião, mas também não haverá contenda entre eles, pois cada qual estará disposto a transigir com aquele de quem difere. Falará sempre um por vez, e não mais alto do que o necessário para se fazer escutar pelo que está mais distante. O maior Prazer almejado por todos será a Satisfação de agradar aos demais, coisa que sabem efetivamente como conseguir: ouvindo uns aos outros com Cuidado e atitude de Aprovação, como se trocássemos palavras agradáveis.

A maioria das Pessoas com um mínimo de bom Gosto apreciaria tal Conversação, e justamente hão de preferir isso a ficar sozinhas, sem saber como passar o tempo; mas se pudessem se dedicar a algo de que esperassem uma Satisfação mais sólida ou mais duradoura, seguramente se privariam daquele Prazer, perseguindo o que tivesse maior importância para elas. Mas um Homem que passasse uma Quinzena sem ver vivalma, ainda assim não preferiria prolongar sua solidão por igual número de dias a ter a Companhia de Indivíduos Ruidosos, que se comprazem em Contradizer os outros, e acham uma Glória provocar Pelejas? Aquele que tem Livros não optaria por Ler continuadamente, ou Escrever sobre um Assunto ou outro, antes de passar as Noites com Homens de Partido que acham que nossa Ilha não presta para nada enquanto for permitido que nela vivam seus Adversários? Não é preferível ficar sozinho o Mês inteiro, indo para a Cama antes das Sete, a se abancar com Caçadores de Raposas, os quais, depois de passar um Dia inteiro tentando em vão quebrar os próprios pescoços, juntam-se à Noite para um novo Atentado contra suas Vidas bebendo desmedidamente, e que, para manifestar seu Regozijo, emitem Sons mais ruidosos e sem sentido dentro de Casa do que são capazes, do lado de fora, os Companheiros de quatro patas com seus latidos? Não ponho muita Fé em Homem que não prefira Caminhar até ficar esgotado, ou, caso esteja encerrado em Casa, se entreter espalhando Alfinetes pelo Quarto para catá-los de novo, em vez de passar seis horas na Companhia de um Grupo de Marinheiros recém-desembarcados, em Dia de pagamento.

Concordo, não obstante, que a maior parte da Humanidade prefere se submeter às coisas que nomeei a ficar só durante longo tempo. Mas não consigo compreender por que esse Amor por Companhia, esse poderoso Desejo de Sociabilidade, deva ser interpretado a nosso Favor, e visto como Sinal de algum Valor Intrínseco no Homem que não se encontra nos outros Animais; pois, para que isso fosse prova da Bondade de nossa Natureza e do generoso Amor que existe no Homem, estendido para além de si mesmo ao restante de sua Espécie, por cuja virtude ele seria uma Criatura Sociável, essa Ânsia de Companhia e essa Aversão por estar sozinho deveriam ser mais evidentes e violentas entre os melhores do Gênero humano, os Homens de maior Gênio, de amplos Talentos e Habilidades, e aqueles que estariam menos sujeitos ao Vício; mas acontece exatamente o oposto. Os Espíritos mais débeis, os menos capazes de governar suas Paixões, os de Consciência Pesada que abominam a Reflexão, os imprestáveis que não conseguem produzir por si mesmos nada de útil, esses são os maiores Inimigos da Solidão, para os quais qualquer Companhia é melhor que nenhuma; já os Homens de bom Senso e Conhecimento, capazes de meditar e contemplar as coisas, e pouco afetados por suas Paixões, suportam ficar sozinhos por muito tempo e sem relutância; estes, para evitar o Ruído, a Insensatez e a Impertinência, fugirão de vinte Companhias indesejáveis; e, em vez de arriscarem topar com algo desagradável ao seu bom Gosto, preferem seu Gabinete ou um Jardim, e até mesmo um Terreno baldio ou um Deserto, à Proximidade de certas Pessoas.

Suponhamos, porém, que o Amor à Companhia seja tão inseparável da nossa Espécie que Ninguém suportasse ficar sozinho por um Minuto sequer: que Conclusões deveríamos tirar disso? Será que o Homem gosta de Companhia, como de todo o resto, simplesmente para seu próprio bem? Não há Cortesias ou amizades que possam durar se não forem recíprocas. Em todos os nossos Encontros semanais e diários para Diversão, assim como nas Celebrações Anuais e nas maiores Solenidades, cada Participante tem seus próprios Objetivos, e alguns chegam a frequentar um Clube ao qual jamais iriam se não se sentissem mais Importantes por isso. Conheci um Cidadão que era o oráculo de seu Grupo, sempre muito assíduo, e impaciente com qualquer coisa que o impedisse de chegar na Hora, mas que abandonou a Tertúlia assim que apareceu Confrade capaz de lhe fazer sombra, e disputar com ele a Primazia. Existe Gente que não consegue sustentar um Argumento e, todavia, é suficientemente maliciosa para se deleitar assistindo às Discussões dos outros; e, ainda que jamais se envolva nas Controvérsias, acha Insípida qualquer Reunião em que não haja alguma Digressão. Uma boa Casa, rico Mobiliário, um belo Jardim, Cavalos, Cães, os Ancestrais, a Parentela, a Beleza, o Poder, a Excelência em todas as coisas, Vícios ou Virtudes, tudo pode levar os Homens a ansiar por Companhia, na esperança de que aquilo que valorizam em si mesmos venha a ser, num momento ou outro, o Tema da Conversa, proporcionando-lhes enorme Satisfação íntima. Até as Pessoas mais polidas do Mundo, como as que mencionei anteriormente, não dão nenhum Prazer aos demais que não se compense em seu Amor-Próprio, e que, ao final, não esteja centrado em si mesmas, por mais voltas e rodeios que façam. Mas a Demonstração mais clara de que, em qualquer Clube e Sociedade de Pessoas aficionadas por boa Conversa, todos professam a maior Consideração por si mesmos, é que o Desinteressado, que prefere pagar em excesso a discutir a conta; o Bem-humorado, que não se irrita nem se ofende com ninharias; ou o Indolente e Afável, que odeia Disputas e não fala jamais com a intenção de Triunfar, é sempre e em toda parte o Preferido do Grupo; ao passo que o Homem de Juízo e Sabedoria, que não se deixa impressionar ou convencer por algo que escape à sua Razão; o Homem de Gênio e Espírito, capaz de dizer coisas mordazes e divertidas, embora jamais Fustigue senão aqueles que o merecem; o Homem de Honra, que não inflige nem aceita afrontas, pode ser estimado, mas raramente é tão querido quanto um Homem mais fraco e de menos Predicados.

Assim como em tais Exemplos as Qualidades amigáveis nascem do perpétuo afã com que buscamos nossa própria Satisfação, em outras Ocasiões elas procedem da Timidez natural do Homem, e do solícito Cuidado que dispensa a si mesmo. Dois habitantes de *Londres*, cujos Negócios não os obrigam a nenhum Contato pessoal, podem se conhecer, se ver, e passar um pelo outro todo Dia na *Bolsa de Valores* sem mostrar mais Civilidade do que a de um par de Touros; caso se encontrem em *Bristol*, porém, elevarão seus Chapéus, e na primeira Oportunidade puxarão Conversa e apreciarão a Companhia um do outro. Quando *Franceses, Ingleses e Holandeses* se encontram na *China* ou em qualquer outro País Pagão, por serem todos *Europeus*, se creem Compatriotas, e, se nenhuma Paixão interferir, sentirão uma Propensão natural a gostar uns dos outros. E mais: se dois Desafetos se virem forçados a viajar juntos, tenderão a esquecer a Animosidade, mostrar-se afáveis e conversar amigavelmente, sobretudo se a Estrada parece insegura, e ambos são Estranhos ao Lugar para onde vão. Juízes superficiais atribuem tais coisas à Sociabilidade do Homem, à sua natural Inclinação à Amizade e amor por Companhia; mas quem examinar detidamente os fatos e observar o Homem mais de perto verá que, em todas essas Ocasiões, apenas procuramos fortalecer nosso Interesse, e somos movidos pelas Causas já expostas.

O que venho tentando fazer até agora é demonstrar que o *pulchrum & honestum*, a excelência e o real valor das coisas são com grande frequência precários e alteráveis na medida em que variam os Modos e os Costumes; que, consequentemente, as Deduções que podemos tirar de sua Certeza são insignificantes, e que as generosas Noções sobre a Bondade natural do Homem são prejudiciais porque tendem a desorientar, e não passam de simples Quimeras. A verdade dessa última asserção eu ilustrei com os mais óbvios Exemplos extraídos da História. Falei do nosso Amor por Companhia e nossa Aversão à Solidão, examinando cuidadosamente seus vários Motivos, e mostrei que o centro de tudo é o Amor-Próprio. Pretendo agora investigar a fundo a natureza da Sociedade e, remontando à sua origem, evidenciar que não são as qualidades Boas e Amáveis do Homem, mas sim as Más e Odiosas, suas Imperfeições e a falta de certas Habilidades de que outras Criaturas são dotadas, as Causas originais que tornaram o Homem mais sociável que os outros Animais a partir do Momento em que ele perdeu o Paraíso; e que, se tivesse conservado sua primitiva Inocência, e continuado a gozar das Bênçãos que correspondem a tal estado, não haveria nem Sombra de Probabilidade de vir a se transformar na Criatura sociável que é hoje.

A importância de nossos Apetites e Paixões para o desenvolvimento de todos os tipos de Comércio e Artesanato já ficou suficientemente provada ao longo deste Livro, e que eles são produzidos por nossas más Qualidades não se pode negar. Resta-me, portanto, expor a variedade de Obstáculos que atrapalham e estorvam o Homem no Trabalho a que se entrega com constância: a busca do que necessita; o que, em outras Palavras, se chama a Empresa da Autopreservação. Ao mesmo tempo, demonstrarei que a Sociabilidade do Homem provém exclusivamente de duas coisas: a multiplicidade de seus Desejos e a contínua Oposição que ele encontra em seus Esforços para satisfazê-los.

Os Obstáculos de que falo se relacionam com a nossa própria Constituição, ou com o Planeta que habitamos, quero dizer, a Condição do mesmo desde que foi amaldiçoado. Tenho tentado muitas vezes analisar separadamente essas duas últimas Coisas, mas nunca logrei mantê-las isoladas: sempre interferem uma com a outra e se misturam, criando por fim um espantoso Caos de Maldade. Todos os Elementos são nossos Inimigos: a Água afoga e o Fogo consome a quem inadvertidamente se aproxima deles. Em Mil Lugares, a Terra produz Plantas e outros Vegetais nocivos ao Homem, enquanto Nutre e Abriga uma variedade de Criaturas hostis a ele; e mantém em suas entranhas uma Legião de Venenos. Contudo, o menos gentil de todos os Elementos é justamente aquele sem o qual não podemos Viver nem por um Minuto. É impossível enumerar todas as Injúrias que recebemos do Vento e do Clima; e, embora a maior parte da Humanidade se tenha sempre empenhado em defender a Espécie contra a Inclemência do Ar, nenhuma Arte ou Indústria foi capaz até hoje de encontrar algo que nos dê Segurança contra a Fúria selvagem de certos Meteoros.

Furacões, é verdade, são uma rara ocorrência, e poucos Homens foram tragados por Terremotos, ou devorados por Leões; no entanto, enquanto escapamos dessas Calamidades Gigantescas, somos perseguidos por Insignificâncias. Que imensa variedade de

Insetos nos atormenta! Que Multiplicidade deles nos insulta e Brinca conosco impunemente! Não têm o menor escrúpulo em nos Atacar e se Nutrir em nós como ao Gado num Pasto, o que poderíamos suportar caso se valessem de suas Vantagens de forma moderada; mas aqui também nossa Clemência se converte em Vício, e tão excessivos são a Crueldade e o Desprezo que têm por nós, em relação à nossa Piedade, que fazem nossas Cabeças de Lixeira, e devorariam nossas crianças se não nos mantivéssemos Vigilantes, dia e noite, a fim de os Perseguir e Destruir.

Não existe coisa Boa em todo o Universo nem para o mais bem-intencionado dos Homens se, por Engano ou Ignorância, ele comete o menor Erro em sua Utilização; não há Inocência ou Integridade que possam proteger um Homem dos Milhares de Males que o rodeiam. Ao contrário, é um Mal tudo que a Arte e a Experiência não nos tenham ensinado a converter em Bênção. Por consequência, que diligente deve ser o Agricultor em tempo de Colheita, recolhendo seu Grão e pondo-o ao abrigo da Chuva, sem o que jamais poderia usufruir dele! Assim como as estações variam com os Climas, a Experiência nos ensinou a fazer uso delas de modos diferentes, e numa parte do Globo vemos um Fazendeiro a Semear e em outra a Colher; de tudo isso aprendemos o quanto deve ter mudado esta Terra desde a Queda de nossos primeiros Genitores. Porque devemos traçar a história do Homem a partir de sua Bela, sua Divina Origem, não cheio de Orgulho por uma Sabedoria adquirida através de arrogantes Preceitos ou tediosas Experiências, mas investido de um Conhecimento consumado desde o instante em que foi criado; falo do Homem em Estado de Inocência, quando nenhum Animal ou Vegetal na superfície da Terra, nem Mineral em suas Entranhas, lhe era nocivo, e ele estava ao abrigo dos Prejuízos do Ar, bem como de todos os outros Malefícios, satisfeito com as Necessidades da Vida que o Planeta no qual vivia administrava para ele, sem qualquer ajuda sua. Quando, ainda desconhecedor da Culpa, se via em toda Parte obedecido, Senhor sem Rival da criação, e sem se deixar afetar por sua Grandeza se encontrava completamente envolvido em sublimes Meditações sobre a Infinitude de seu Criador, que diariamente condescendia em falar com ele de forma inteligível e a visitá-lo, sem nenhum Dano.

Em tal Idade de Ouro não se pode aduzir nenhuma Razão ou Probabilidade que justifique por que a Humanidade se teria organizado em Sociedades tão vastas como as que existiram no Mundo, pelo menos há tanto tempo quanto disso possuímos razoável Conhecimento. Onde um Homem tenha tudo o que deseja e nada que o Aborreça ou Perturbe, não há coisa que possa ser acrescentada à sua Felicidade; e é impossível nomear um Ofício, Arte, Ciência, Dignidade ou Emprego que não fosse supérfluo em tal Estado de Bem-aventurança. Se seguirmos essa linha de Pensamento, perceberemos facilmente que nenhuma Sociedade poderia ter nascido das Nobres Virtudes e Amáveis Qualidades do Homem, mas, ao contrário, que todas elas devem ter tido Origem em suas Carências, suas Imperfeições, e na variedade de seus Apetites. Descobriremos também que, quanto mais se expõem seu Orgulho e Vaidade e se ampliam todos os seus Desejos, mais capazes eles serão de se agrupar em Sociedades grandes e muito populosas.

Houvesse o Ar sido sempre tão inofensivo aos nossos Corpos nus, e tão agradável quanto nos parece ser para as Aves em geral quando faz Bom Tempo, e o Homem não fosse afetado tanto pelo Orgulho, Luxo e Hipocrisia quanto pela Luxúria, não vejo o que nos teria levado a inventar as Roupas e as Casas. Para não falar em Joias, Baixelas, Pintura, Escultura, Móveis Finos, e tudo mais que os rígidos Moralistas condenam como Supérfluo e Desnecessário. Mas se não nos cansássemos logo ao andar a pé, e possuíssemos a mesma agilidade de outros diversos Animais; se os Homens fossem naturalmente laboriosos e nada irracionais na busca e satisfação de seu Conforto, e ao mesmo tempo livres de outros Vícios, e o Solo estivesse sempre Plano, Sólido e Limpo, quem teria pensado em Carruagens ou se arriscado a montar Cavalos? Que necessidade tem um Golfinho de andar de Navio, ou em que Sege uma Águia pediria para viajar?

Espero que o Leitor saiba que por Sociedade quero dizer um Corpo Político, no qual o Homem, submetido por Força Superior, ou retirado por Persuasão de seu Estado Selvagem, se torna uma Criatura Disciplinada, que pode encontrar sua própria Finalidade no Trabalho pelos demais, e onde, sob um Soberano ou outra Forma de Governo, cada um dos Membros se faz Subserviente ao Conjunto, e todos são conduzidos, mediante sagaz Liderança, a Atuar em comunhão. Porque se entendêssemos por Sociedade apenas determinado Número de Pessoas que, sem Lei ou Governo, se mantivessem juntas por Afeição natural à Espécie ou Amor por Companhia, como um Rebanho de Carneiros ou Manada de Vacas, então não haveria no Mundo Criatura menos apta para viver em Sociedade do que o Ser Humano; uma Centena deles que fossem todos Iguais, sem Sujeição ou Medo a nada Superior sobre a Terra, não poderiam Viver juntos e despertos por Duas Horas sem Brigar, e quanto mais houvesse entre eles Conhecimento, Força, Inteligência, Coragem e Resolução, pior seria.

É provável que no Estado Selvagem de Natureza os Pais mantivessem certa Superioridade sobre seus Filhos, pelo menos enquanto ainda conservassem o Vigor, e que mesmo depois a Lembrança do que os mais velhos tivessem experimentado poderia produzir nos mais jovens alguma coisa entre Amor e Medo, à qual chamamos de Reverência. É provável também que na segunda Geração, seguindo o Exemplo da primeira, um Homem com um pouco de Habilidade fosse capaz de preservar, enquanto senhor de seus Sentidos, certa Influência Superior sobre sua própria Prole e Descendentes, por mais numerosos que fossem. Liquidada, porém, a velha Cepa, os Filhos entrariam em disputa, e não haveria Paz duradoura antes que se deflagrasse a Guerra. Entre Irmãos, a Preeminência do mais velho não tem muita Força, e foi inventada como um recurso para se viver em Paz. Sendo o Homem um Animal assustadiço, e por natureza não predatório, ama a Paz e o Sossego, e jamais entraria numa Briga se ninguém o ofendesse, e se pudesse obter sem luta aquilo que deseja. A essa Disposição timorata e à Aversão que ele tem a ser incomodado se devem todos os diversos Projetos e Formas de Governo. A primeira foi, sem dúvida, a Monarquia. A Aristocracia e a Democracia foram dois Métodos diferentes de remediar as Inconveniências da primeira, e a mistura dessas três representaria um Progresso sobre as demais.

Sejamos nós, contudo, Selvagens ou Estadistas, é impossível que o Homem, o simples Homem decaído, consiga agir com outro Intuito senão o de satisfazer a si mesmo enquanto tiver o Uso dos seus Órgãos, e a maior das Extravagâncias, seja de Amor ou

Desespero, não pode ter outro Centro. Em certo sentido, não há diferença entre Vontade e Prazer, e qualquer Movimento que se faça sem levá-los em conta deve ser antinatural e convulsivo. Uma vez que a possibilidade de Agir é tão limitada, e que somos invariavelmente forçados a fazer o que nos agrada, tendo ao mesmo tempo livres e sem controle os nossos Pensamentos, seria para nós impossível virarmos Criaturas sociáveis sem Hipocrisia. A Prova disso é simples: como não podemos impedir a formação de Ideias que emergem continuamente dentro de nós, toda Relação Civilizada estaria perdida se, por meio de Arte e prudente Dissimulação, não tivéssemos aprendido a ocultá-las e sufocá-las; e se tudo o que pensamos fosse exposto abertamente aos demais, tal qual o é para nós, seria impossível que, investidos do dom da Palavra, conseguíssemos suportar uns aos outros. Estou persuadido de que todo Leitor sente a Verdade do que digo; e afirmo ao meu Antagonista[1] que sua própria Consciência já o contesta, enquanto sua Língua ainda se prepara para responder-me. Em todas as Sociedades Civis os Homens são imperceptivelmente ensinados desde o Berço a serem Hipócritas, e ninguém ousa confessar que lucra com as Calamidades Públicas, ou com os Prejuízos de Pessoas Privadas. O Coveiro seria apedrejado se desejasse abertamente a Morte dos Paroquianos, embora todo mundo saiba que ele vive de enterrá-los.

Para mim constitui grande Prazer, quando me ocupo das Atividades da Vida humana, contemplar quão variadas e, com frequência, estranhamente opostas são as Formas com que a esperança de Ganho e os pensamentos de Lucro moldam os Homens,

---

[1] Shaftesbury. [N. do T.]

segundo os diferentes Empregos que tenham, e as Posições que ocupem. Como parecem alegres e risonhos todos os Semblantes num Baile bem-organizado, e que solene Tristeza se observa no Desfile de um Funeral! Mas o Agente Funerário se sente tão feliz com seus Lucros quanto o Festeiro: ambos estão igualmente fatigados em suas Ocupações, e é tão forçado o Regozijo de um quanto é afetada a Gravidade do outro. Aqueles que nunca prestaram atenção à Conversa entre um guapo Vendedor de loja de tecidos e uma jovem Dama, sua Freguesa, em visita ao Estabelecimento, perderam Cena das mais Divertidas. Rogo ao meu sério Leitor que reduza por um momento sua Gravidade, e me permita examinar essas Pessoas separadamente, no que se refere ao seu Íntimo e aos diferentes Motivos que têm para agir.

O Negócio do rapaz consiste em vender tanta Seda quanto possível, a um Preço que lhe permita lucrar o que a seu ver é razoável, de acordo com a Margem Habitual nesse Comércio. Quanto à Dama, esta procura satisfazer seu Capricho, e pagar pela Jarda[1] um *Groat* [2] ou seis *Pence* abaixo do preço pelo qual costuma encontrar as Coisas que deseja. Pela Impressão que lhe causa a Galanteria de nosso Sexo, ela imagina (se não é muito deformada) ter bela Aparência, boas Maneiras e uma especial Doçura na Voz; que é bonita e, se não uma beldade, pelo menos mais atrativa que a maioria das Mulheres que conhece. Como não tem a Pretensão de comprar as mesmas Coisas com menos Dinheiro que as outras

---

[1] Uma jarda equivale a 0,9144m. [N. da E.]

[2] Grafada anteriormente *grot*, é uma antiga moeda inglesa de prata, que valia quatro *pence*. Depois de 1662, passou a ser cunhada apenas para as esmolas de Quinta-feira Santa. [N. do T.]

Pessoas, mas sim valorizando suas boas Qualidades, trata de tirar o melhor Partido possível de seu Engenho e Discrição. Os pensamentos de Amor não veem ao Caso; de modo que, se por um lado não tem por que se mostrar Tirana e dar-se Ares de Zangada ou Petulante, por outro, ela pode com maior liberdade falar gentilmente, e ser mais afável do que de costume em qualquer outra ocasião. Ela sabe que muita Gente bem-educada frequenta essa Loja, e se esforça por mostrar-se tão Amável quanto a Virtude e as Normas da Decência lhe permitem. Tomada por tal Disposição de Ânimo, nada poderá estragar seu Humor.

Antes que seu Coche se detenha por completo, a Dama é abordada por um Homem com ar de Cavalheiro, muito Limpo e Elegante em todos os detalhes, que lhe rende Homenagem com um salamaleque e, assim que ela demonstra o Propósito de entrar, a conduz ao interior da Loja, onde imediatamente se afasta para reaparecer no Momento seguinte entrincheirado atrás do Balcão. Dali ele a encara e, com profunda Reverência e belo Fraseado, roga-lhe que expresse seus Desejos. Fale e critique ela o que bem entender, jamais será diretamente contrariada, pois trata com um Homem para o qual a Paciência consumada é um dos Segredos de Ofício; e por maior que seja a confusão que ela criar, estará certa de ouvir somente a mais obsequiosa Linguagem, e de ver à sua frente um Semblante sempre jovial, no qual Alegria e Respeito parecem combinar-se com Bom humor, criando uma Serenidade Artificial mais atraente do que poderia produzir a Natureza inculta.

Quando duas Pessoas se harmonizam tão bem, a Conversa há de ser muito agradável e extremamente cortês, embora só trate de insignificâncias. Enquanto ela se mantém indecisa em suas escolhas, ele parece sentir o mesmo ao aconselhá-la; e usa da maior cautela para guiar suas Preferências; contudo, uma vez que ela pareça decidida, logo ele concorda que certamente aquela é a melhor opção, elogia seu Bom Gosto, e afirma que, quanto mais contempla o produto escolhido, mais se admira de não ter percebido antes a superioridade daquilo sobre todas as outras coisas em sua Loja. Por Preceito, Exemplo e grande Aplicação, ele aprendeu a penetrar discretamente nos mais íntimos Recessos da Alma, a sondar a Capacidade de suas Clientes, e a descobrir o Ponto fraco que elas mesmas desconhecem. Por conta disso, conhece outros cinquenta Estratagemas para fazê-la supervalorizar seu próprio Julgamento e a qualidade do Artigo que vai comprar. A maior Vantagem do vendedor sobre a compradora reside na parte mais material da Transação entre os dois: o debate sobre o Preço, que ele conhece até o último Centavo,[1] e ela Ignora totalmente. Por isso mesmo, é aqui que ele melhor se pode impor à Compreensão dela; e embora tenha então a liberdade de contar as Mentiras que quiser sobre o Custo de Produção e o Dinheiro que deixou de ganhar, não confia apenas nisso, e joga também com a Vaidade feminina para fazê-la acreditar nas Coisas mais incríveis do Mundo acerca da Fraqueza dele e da superior Habilidade dela. Diz-lhe que estava Decidido a jamais se desfazer de tal Peça por aquele Preço, mas que ela possui um poder de persuadi-lo a liquidar suas Mercadorias mais do que qualquer outro de seus compradores. Protesta que terá prejuízo com aquela Seda; vendo, porém, que a Senhora se encantou tanto com ela, e está decidida a não pagar mais, prefere

---

[1] No original, *farthing*: moeda inglesa de cobre no valor de 1/4 de *penny*. [N. do T.]

ceder a ser descortês com uma Dama pela qual tem tanto apreço, rogando-lhe apenas que, de outra feita, não seja tão dura com ele. Entrementes, a Compradora, que sabe que não é Tola e tem uma Língua fluente, se deixa facilmente convencer de que sabe conduzir uma Discussão; e julgando conveniente, por Boa Educação, reduzir o próprio Mérito, retribui o Cumprimento com alguma Observação espirituosa, enquanto ele a faz engolir com enorme contentamento a Substância de tudo que lhe disse. O resultado final é que, com a Satisfação de haver economizado Nove *pence* por Jarda, ela comprou sua Seda exatamente pelo mesmo Preço que qualquer outra pessoa pagaria, e provavelmente dando Seis *pence* a mais do que o Lojista teria aceitado para não perder a venda.

É possível que a dita Senhora, por não ter sido suficientemente adulada, por uma Falta qualquer que houve por bem encontrar no Comportamento dele, ou talvez pelo nó de sua Gravata, ou algum senão tão Irrelevante quanto esse, resolva fazer a Compra com outro membro da Fraternidade. Mas, onde muitos deles vivem em Grupo, nem sempre é fácil decidir em que Loja entrar, e as Razões pelas quais algumas representantes do Belo Sexo justificam sua Escolha são muitas vezes caprichosas e guardadas como um grande Segredo. Jamais seguimos nossas Inclinações com maior liberdade do que quando sabemos que ninguém é capaz de adivinhá-las, e que seria impossível suspeitarem delas. Uma Mulher Virtuosa deu preferência a determinada Loja entre todo o resto por ter visto nela um Caixeiro bonito; outra, também de bom Caráter, parou num Estabelecimento porque, quando se dirigia à Igreja de São Paulo sem a menor intenção de fazer compras, recebeu ao passar Cortesia maior do que lhe dedicaram nas demais; pois entre as Butiques elegantes o bom Negociante deve ficar diante de sua Porta e, para fazer entrar os Fregueses casuais, não se valer de mais Ousadia ou Atrevimento além de um ar Obsequioso, uma Postura submissa, e talvez uma breve Reverência para toda Fêmea bem-vestida que se digne a olhar em sua Direção.

O que acabei de dizer me fez pensar em outro modo de atrair Clientes, totalmente distinto daquilo que eu vinha falando; refiro-me ao que é praticado pelos Barqueiros, especialmente com aqueles Cidadãos cujos Trajes e Semblantes os denunciam como Rústicos. Não deixa de ser divertido contemplar meia dúzia de Indivíduos a rodear um Homem que nunca viram antes em suas vidas, e dois deles que conseguiram se aproximar primeiro lhe passarem um Braço de cada lado do Pescoço, abraçando-o de maneira familiar e amorosa como se fosse o Irmão recém-chegado de uma viagem às *Índias Orientais*; um terceiro se apodera de sua Mão, outro da Manga, da Jaqueta, dos seus Botões, ou de qualquer outra coisa que possa alcançar, enquanto um quinto ou um sexto, que já o rodeou duas vezes sem conseguir tocá-lo, planta-se diretamente diante dele, a três Polegadas de seu Nariz, e, contrapondo-se aos Rivais com um grito de boca escancarada, exibe um terrível conjunto de Dentes enormes, mais alguns restos de Pão e Queijo que os acontecimentos recentes o haviam impedido de engolir.

Até aí ninguém se sentiu Ofendido, e o Provinciano acha, com razão, que estão gostando dele; por isso, longe de se defender, aceita pacientemente que o puxem e empurrem até onde o leve a Força daqueles que o rodeiam. Carece de delicadeza para se aborrecer com o Hálito desagradável de um Homem que acabou de apagar seu Cachimbo, ou com os Cabelos engordurados de outro que lhe estão roçando a Face. Com Sujeira e Suor ele está acostumado desde o Berço, e não se importa se uma dezena de Pessoas, algumas a menos de cinco Pés de distância, outras junto a seu Ouvido, berram como se estivessem a cem Jardas. Sabe que não faz menos barulho quando está alegre, e no fundo lhe agradam esses Hábitos turbulentos. Aquilo de agarrá-lo e movê-lo de um lado para outro é entendido e sentido como uma espécie de Corte. Sente-se grato pela Estima que lhe demonstram; está lisonjeado por ser motivo de atenção, e admira o afã com que os *Londrinos* lhe oferecem seus Serviços por Três *pence* ou menos. Já na Loja que ele frequenta no Interior, sempre precisa dizer o que deseja antes de receber qualquer atenção e, ainda que mostre Três ou Quatro *shillings* juntos, mal lhe dirigem a Palavra, senão em resposta a uma Pergunta que tenha feito primeiro. Esse Entusiasmo em seu Favor o enche de Gratidão e, desejoso de não desagradar a ninguém, se aflige por não saber a quem escolher. Vi um Homem pensar tudo isso, ou coisa parecida, com a mesma clareza com que podia ver o Nariz em sua Cara, enquanto se movia tranquilamente por entre uma Turba de Barqueiros e, com Semblante risonho, arrastava uma carga de sete ou oito Pedras[1] acima do próprio Peso até o Embarcadouro.

Se o leve Regozijo que demonstrei, ao desenhar essas duas Imagens da Vida mais rasa, parece indigno de mim, peço desculpas, mas prometo não reincidir nessa Falta, e sem perda de tempo

---

[1] No original, *Stones;* uma *stone* corresponde a 14 libras *Avoirdupois* — sistema de pesos e medidas baseado na libra de 16 onças, equivalente a 6,35 kg, em uso no Reino Unido. Outras "pedras" foram reconhecidas oficialmente: de 24 libras para lã, 22 libras para feno ou forragem seca, 16 libras para queijo etc. [N. do T.]

continuar expondo minha Argumentação com uma Simplicidade isenta de artifícios, para demonstrar o grande Erro dos que imaginam que as Virtudes sociais e as amáveis Qualidades, dignas de elogios entre nós, são tão benéficas para o Público em geral quanto o são individualmente para as Pessoas que as ostentam; e que os meios de prosperar, e tudo o mais que contribua para o Bem-estar e a verdadeira Felicidade de Famílias particulares, hão de surtir o mesmo Efeito se aplicados ao conjunto da Sociedade. Confesso que nisso venho trabalhando todo o tempo[1] e, orgulho-me em dizê-lo, não sem êxito. Espero, no entanto, que ninguém venha a julgar pior o Problema por ver sua Verdade demonstrada por mais de uma forma.

É certo que, quanto menos Desejos um Homem tiver e menos coisas cobiçar, mais leve se sentirá; quanto mais ativo em prover as próprias Necessidades, e menos serviços requerer, será mais estimado, e menos problemas causará à Família; quanto mais amar a Paz e a Concórdia, quanto maior for sua Caridade para com o Vizinho, e quanto mais ele brilhar pela verdadeira Virtude, não há dúvidas de que, nas mesmas proporções, se tornará aceitável para Deus e para os Homens. Mas sejamos Justos: que Utilidade podem ter essas coisas, ou qual Benefício terreno elas aportam, para promover a Riqueza, a Glória e a Grandeza das Nações no mundo? O sensual Cortesão que não impõe Limites a seu Luxo; a Rameira Caprichosa que inventa novas Modas toda Semana; a arrogante Duquesa que, por suas Carruagens, suas Diversões e todo o seu Comportamento, tenta emular uma Princesa; o Libertino farrista

---

[1] Cf. anteriormente, i. 326 seg. e i. 411.

e o Herdeiro pródigo, que gastam seu Dinheiro sem Critério nem Medida, comprando tudo o que veem para logo destruir ou jogar fora no Dia seguinte; o Vilão gananciono e perjuro que extraiu um imenso Tesouro das lágrimas de Viúvas e Órfãos, e facilitou o Dinheiro aos Pródigos para que o gastassem: estes são a Presa e o Alimento apropriado a um Leviatã[1] de bom tamanho; ou, em outras palavras, tão calamitosa é a Condição das Questões Humanas que necessitamos das Pragas e Monstros que mencionei para promover a maior Variedade possível de Empregos que o Engenho dos Homens seja capaz de inventar, a fim de dar um Meio de Vida honesto a vastas Multidões de trabalhadores pobres, indispensáveis para se fazer uma ampla Sociedade. E seria desatino imaginar que sem eles possam existir Nações Grandes e Ricas que sejam ao mesmo tempo Poderosas e Cultas.

Protesto contra o Papismo tanto quanto o fizeram *Lutero* e *Calvino*, ou a própria Rainha *Elizabeth*, mas não creio, sinceramente, que a Reforma tenha sido mais Eficaz para fazer com que os Reinos e Estados que a abraçaram florescessem acima das outras Nações do que a tola e caprichosa Invenção das Anáguas[2] Armadas e Acolchoadas. Mas, se isso é negado por meus Inimigos do Poder Clerical, pelo menos me resta a certeza de que, excetuando-se os Grandes Homens que lutaram a favor e contra a Bênção daquele Laico, desde seu início até Hoje, não se empregaram tan-

---

[1] Ver antes i. 407, *n.* I.
[2] No original, *petticoats*. Segundo a *Encyclopaedia Britannica*, o termo deriva, na sua forma original, de *petycote*, do francês *petite cote*. Aplicou-se, primeiro, a um colete de homem, e depois (no fim da Idade Média) a uma peça do vestuário feminino, uma saia de baixo, ou anágua. O modelo de que fala Mandeville tinha duas características principais: era, como ele diz, *Hoop'd and Quilted*, i.e., armada e acolchoada. [N. do T.]

tas Mãos, honradas, industriosas e trabalhadoras Mãos, quanto o fez em poucos Anos o abominável artigo de Luxo Feminino a que me refiro. Religião é uma coisa e Comércio outra muito diferente. Aquele que dá mais Aborrecimentos a milhares de Vizinhos e inventa as Manufaturas mais elaboradas é, com razão ou sem ela, o maior Amigo da Sociedade.

Que Tumulto se há de produzir em várias Partes do Mundo para fabricar um belo Tecido escarlate ou carmesim! Que Variedade de Ofícios e Artífices a ser empregada! Não só os óbvios, como Cardadores, Fiandeiros, o Tecelão, o Lavador, o Tintureiro, o Secador, o Desenhista e o Empacotador, mas também outros mais remotos e aparentemente estranhos a esses misteres, como o Construtor de Moinhos, o Latoeiro e o Químico, tão necessários quanto um grande Número de outros Artesãos para se conseguir as Ferramentas, Utensílios e demais Implementos próprios dos Comércios já mencionados. Todas essas coisas, porém, se fazem no país, sem maiores Fadigas ou Perigos extraordinários; a Perspectiva mais assustadora é deixada de lado quando pensamos na Luta e no Perigo a serem enfrentados no exterior, nos vastos Mares que precisaremos cruzar, nos distintos Climas que teremos de suportar, e as muitas Nações a que ficaremos necessariamente gratos por sua Ajuda. É verdade que a *Espanha* sozinha nos bastaria como fornecedora da Lã para o mais fino Tecido; mas quanto de Perícia e Labuta, quanto de Experiência e Inventividade são necessários para Tingir o material com Belas Cores! Como estão dispersos pelo Universo as Drogas e demais Ingredientes que temos de reunir numa só Caldeira! Alume, pelo menos, temos aqui; o Tártaro podemos receber do *Reno*, e o Vitríolo da *Hungria*; tudo isso está na *Europa*; já para o Salitre em quantidade somos obrigados a ir tão longe quanto às *Índias Orientais*. A Cochonilha, desconhecida dos Antigos, não está muito mais próxima de nós, ainda que em outra parte bem diferente da Terra: é certo que a compramos dos *Espanhóis*; mas, como não a produzem, eles são forçados a buscá-la nas *Índias Ocidentais*, um dos Rincões mais remotos do Novo Mundo. Enquanto tantos Marinheiros torram ao Sol e ardem de Calor a *Leste* e *Oeste* de nós, outro grupo deles congela ao *Norte* para nos trazer Potassa da *Rússia*.[1]

Quando estamos perfeitamente informados de toda a Multiplicidade de Esforço e Labuta, as Fadigas e Calamidades que se precisa suportar para alcançar o Objetivo de que estou falando; quando consideramos os vastos Riscos e Perigos que ocorrem nessas Viagens, e como são poucos os que conseguem realizá-las sem perder não somente a Saúde e o Bem-estar mas também as Vidas de muitos; quando nos inteiramos do assunto, e refletimos devidamente sobre as coisas que citei, parece impossível conceber Tirano tão desumano e despido de Pudor que, vendo os fatos da mesma Perspectiva, seja capaz de exigir Serviços tão terríveis de seus Inocentes Escravos; e que ao mesmo tempo se atreva a confessar que é movido por uma única Razão: a Satisfação proporcionada pela posse de uma Roupa feita de Tecido Escarlate ou Carmesim. Mas, então, a que Excesso de Luxo haverá de chegar um País onde não só os Altos Funcionários do Rei como até seus Guardas, e mesmo os simples Soldados, possam abrigar tão impudentes Desejos!

---

[1] *The Spectator*, nº 69, de 19.V.1711, mostra alguma semelhança literária com este parágrafo, mas Addison não se empenhou em deduzir princípios econômicos.

[Joseph Addison (1672-1719) fundou *The Spectator*, com Richard Steele, em 1711 – N. do T.]

Se, no entanto, vemos a situação de outro Ângulo, analisando todos esses Encargos como tantas outras Ações deliberadas, próprias das diversas Profissões e Atividades que os Homens aprendem para ganhar a Vida, e nas quais cada um Defende o próprio pão, embora pareça estar trabalhando para os demais; se levamos em conta que até os Marinheiros, acostumados aos maiores Perigos, mal desembarcam de uma Viagem, e mesmo após um Naufrágio, se oferecem para Outra; se pesamos essas coisas, como digo, de um Ponto de Vista diferente, descobriremos que para os Pobres o Trabalho está longe de ser uma Carga e uma Imposição; que ter um Emprego é uma Bênção, pela qual rogam em suas Preces aos Céus, e que atender ao maior número possível deles deve ser a principal Preocupação de toda Legislatura.

Assim como as Crianças e mesmo os Bebês macaqueiam os outros, da mesma forma os Jovens têm um ardente desejo de se tornar logo Homens e Mulheres, e costumam cair no ridículo com seus impacientes Esforços por aparentar o que todo mundo vê que não são; todas as grandes Sociedades devem muito a essa Insensatez para garantir a Perpetuação, ou pelo menos a Continuidade prolongada, de Ofícios já Tradicionais. Quantas Penas sofrem os Jovens, e que Violências se infligem, para alcançar Qualificações insignificantes e muitas vezes reprováveis, as quais, por falta de Experiência ou Discernimento, eles admiram em outros que lhes são Superiores em Idade! Esse gosto pela Imitação faz com que se acostumem gradualmente ao Uso de coisas que a princípio achavam Incômodas, se não intoleráveis, a ponto de não mais conseguirem passar sem elas, e com frequência lamentam haver aumentado irrefletidamente as Exigências da Vida sem nenhuma Necessidade. Quantos Patrimônios foram forjados com Café e Chá! Quantas Transações são efetuadas, que variedade de Trabalhos se realiza no Mundo para o Sustento de Milhares de Famílias que dependem totalmente de dois Costumes tolos — senão odiosos, pois é certo que fazem infinitamente mais mal do que bem aos aficionados — como o são o Rapé e o Tabaco! Irei mais longe, e provarei como podem ser Úteis para o Público os Prejuízos e Desgraças privados, assim como a insensatez de nossos Desejos, quando pretendemos ser mais Sábios e Sérios. O Incêndio de *Londres*[1] foi uma Grande Calamidade, mas se os Carpinteiros, Pedreiros, Serralheiros, e todos os demais trabalhadores, não só os empregados na Construção como também os que fabricavam e negociavam os mesmos Produtos e outras Mercadorias que se queimaram, além de outros Comércios que lucravam com tudo isso quando estavam em situação de pleno Emprego, tivessem de Votar contra os que perderam com o Incêndio, as manifestações de Regozijo igualariam, se não excedessem, as Lamentações.[2] Parte considerável do Movimento mercantil consiste em repor o que é perdido e destruído por Fogo, Tempestades, Combates navais, Assédios e Batalhas; a verdade de tudo isso e do mais que eu tenha dito sobre a Natureza da Sociedade ficará plenamente demonstrada com o que se segue.

---

[1] O grande incêndio de Londres de 1666, quando a cidade ardeu por três dias, se originou na casa do padeiro do rei, perto de Pudding Lane, onde existe hoje um memorial. Além da catedral de São Paulo, destruiu a maior parte da cidade — as casas eram de madeira — e afetou diretamente a vida de mais de 100 mil pessoas. [N. da E.]

[2] Cf. Petty: "(...) melhor queimar o trabalho de mil homens do que deixar que estes mil homens percam sua capacidade de trabalho por falta de emprego". (*Economic Writings*, ed. Hull, 1899, i. 60).

Seria Tarefa ingrata enumerar todas as Vantagens e os variados Benefícios que recebe uma Nação por parte de sua Marinha Mercante e Navegação; mas se nos limitarmos a levar em Conta somente as Embarcações em si, e cada Barco grande ou pequeno construído para o Transporte por água, do menor Bote ao mais poderoso Navio de Guerra; a Madeira e a Mão de Obra empregadas em sua Construção; além do Breu, do Alcatrão, da Resina e da Graxa; os Mastros, Vergas, Velas e Cordame; a Variedade de Trabalhos em Forja, os Cabos, Remos e tudo mais que a eles se relacionam, veremos que prover uma Nação como a nossa com todas essas Necessidades representa uma parte importante do Tráfico da *Europa*, sem falar do Abastecimento e das Provisões de toda espécie que aí se consomem, e ademais dos Marujos, Estivadores e outros que, junto com suas Famílias, são mantidos por tais atividades.

Por outro Lado, se examinarmos os múltiplos Danos e a Variedade de Malefícios, tanto morais quanto materiais, que tais Países sofrem por causa da Navegação e do Comércio com Estrangeiros, a Perspectiva é aterradora; se pudéssemos conceber uma vasta e populosa Ilha que nada soubesse de Navios e Negócios Marítimos e, ao mesmo tempo, tivesse um Povo Sábio e Bem-governado, ao qual um Anjo ou seu próprio Gênio lhe apresentasse um Esquema ou Desenho em que pudessem avaliar, de um lado, todos os Bens e reais Vantagens que advirão da Navegação ao longo de mil Anos; e, de outro, as Riquezas e as Vidas que se perderiam, e todas as outras Calamidades que inevitavelmente se sucederiam por Conta disso, durante o mesmo espaço de tempo, estou seguro de que odiariam os Barcos e os veriam com Horror, e que seus Prudentes Governantes proibiriam severamente a invenção e a fabricação de Máquinas ou Engenhos capazes de se lançar ao Mar, qualquer forma ou denominação tivessem, e puniriam todo abominável Plano desse gênero com grandes Castigos, inclusive com a Pena de Morte.

Deixando de lado, porém, as Consequências necessárias do Comércio Exterior, como a Corrupção dos Costumes, as Pestes, a Sífilis e outras Enfermidades que nos traz a Navegação, se considerarmos apenas o que é imputado ao Vento e ao estado Atmosférico, à Perfídia dos Mares, ao Gelo do Norte, às Verminoses do Sul, à Escuridão das Noites e à insalubridade dos Climas, ou mesmo à escassez de boas Provisões e às Deficiências dos Marinheiros, pela Imperícia de alguns, e a Negligência e Embriaguez de outros; e se pensarmos na Perda de Vidas e Tesouros tragados pelas Profundezas, nas Lágrimas e Privações de Viúvas e Órfãos por culpa do Mar, na Ruína de Mercadores e suas Consequências, na Ansiedade constante de Pais e Esposas pela Segurança de seus Filhos e Maridos, sem esquecer os muitos Tormentos e Angústias a que estão sujeitos numa Nação Mercantil os Donos de Navios e de Companhias de Seguros a cada rajada mais forte do Vento; se lançarmos nossos Olhos, insisto, sobre essas Coisas, examinando-as com a devida Atenção e lhes dando o Peso que merecem, não deveria ser assombroso que uma Nação de Gente bem-pensante possa falar de seus Barcos e de sua Navegação como uma Bênção especial, e veja como Felicidade extraordinária ter uma Infinidade de Embarcações dispersas pelo vasto Mundo, umas que vão a todas as partes do Universo e outras que de lá regressam?

Limitemo-nos, porém, em nossa Análise sobre tais Coisas, somente ao que sofrem as Naus, os próprios Barcos com seus

Equipamentos e Acessórios, para não falar na Carga que levam ou nos Homens que ali trabalham, e verificaremos que o Prejuízo sofrido é imenso, e pode, a cada Ano, alcançar Somas absurdas: Navios que soçobram no Mar, que se batem contra Rochedos e são engolidos pelas Areias, alguns pela força das Tormentas, outros porque faltaram a seus Pilotos a Experiência e o Conhecimento dos Litorais que costeiam; os Mastros derrubados por Ventania, ou os que têm de ser cortados e lançados ao Mar; as Vergas, Velas e Cordoalhas de diferentes tamanhos destruídas por Tempestades, e as Âncoras perdidas. Acrescente-se a tudo isso os necessários Reparos de Vazamentos, e outras Avarias causadas pela fúria dos Ventos e a violência das Ondas. Muitos Navios pegam Fogo por Descuido, ou pelo Efeito provocado por Bebidas fortes, às quais ninguém é mais afeito que os Marujos. Às vezes o Clima insalubre, em outras a má qualidade das Provisões provocam Doenças Fatais, que chegam a dizimar a maior parte da Tripulação, e muitas Naus se perdem por falta de Marinheiros.

Todas essas são Calamidades inseparáveis da Navegação, e aparentemente funcionam como fortes Entraves a obstruir a Engrenagem do Comércio Exterior. Que felizes seriam os Comerciantes se seus Barcos sempre encontrassem Tempo ameno e Vento favorável, e se cada Marinheiro contratado, do mais importante ao mais humilde, fosse um Navegador experiente, além de Homem bom, cuidadoso e sóbrio! Se tal Felicidade se conquistasse com Orações, qual o Armador de nossa Ilha ou Negociante da *Europa*, ou mesmo do Mundo todo, que não passaria o Dia inteiro implorando aos Céus por essa Bênção, sem levar em conta o Prejuízo que poderia causar aos outros? É certo que tal Petição seria injusta, mas onde está o Homem que imagina não ter o Direito de formulá-la? Assim, como todos pretendem ter igual acesso a esses Favores da Providência, permitam-nos, sem refletir na Impossibilidade prática do atendimento, supor que todas as suas Preces foram ouvidas e seus Desejos atendidos, para depois examinar os Resultados dessa Felicidade.

Os Barcos, construídos da mesma forma que as Casas de Madeira, deveriam durar tanto quanto elas, que são passíveis de suportar fortes Ventanias e outras Borrascas, coisas que, supomos, não afetariam os primeiros. Desse modo, antes que a Necessidade de Novas Embarcações se apresentasse, os Mestres Construtores em atividade, e todos os que Trabalham sob suas ordens, já teriam perecido de Morte Natural, se não morreram de fome ou tiveram outro Fim Prematuro; porque, em primeiro lugar, todos os Navios teriam Ventos favoráveis e contínuos, sem que fosse preciso esperar que soprassem, e fariam Viagens muito rápidas, tanto de ida quanto de volta; em segundo lugar, nenhuma Mercadoria seria danificada pelo Mar, nem correria o risco de ser lançada borda afora por causa do Mau Tempo, e todo Carregamento desembarcaria sempre incólume; e finalmente, como consequência disso, Três Quartos dos Mercadores estabelecidos se tornariam supérfluos, e o estoque de Embarcações hoje existente no Mundo serviria por muitos e muitos Anos. Os Mastros e Vergas durariam tanto quanto as Naus, e por longo tempo não seria necessário incomodar a *Noruega* nesse aspecto. Naturalmente as Velas e Cordas dos poucos Barcos em uso ficariam gastas, mas não com a rapidez de agora, posto que sofrem maior desgaste em uma Hora de Tormenta do que em dez Dias de Bom Tempo.

Âncoras e Cabos raramente seriam usados, e cada um deles duraria tanto quanto o Navio, de modo que só esses Artigos brindariam com tediosos Dias de Descanso os Ferreiros e Cordoeiros. Essa falta geral de Consumo exerceria tal Influência sobre os Negociantes de Madeira, e todos aqueles que importam Ferro, Lona, Cânhamo, Betume, Alcatrão etc. que, como eu disse no início dessa Reflexão sobre o Comércio Marítimo, quatro quintos do que constitui um relevante Ramo do Tráfico na *Europa* estariam completamente Perdidos.

Até agora não fiz mais do que insinuar as Consequências que essa Bênção produziria sobre a Marinha Mercante, mas isso seria nocivo também para os demais Setores do Comércio, e destrutivo para os Pobres de qualquer País que exporte Produtos primários ou Manufaturas. Os Bens e Mercadorias que todo Ano vão para o fundo do Mar, que se deterioram a bordo por Água Salgada, Calor, Insetos; que o Fogo destrói ou que o Mercador perde por outros Acidentes, todos resultantes de Tempestades ou Viagens fatigantes, ou ainda por Negligência ou Rapacidade de Marinheiros; tais Bens e Mercadorias, repito, são parte considerável do que todo Ano é exportado Mundo afora, e empregam seguramente uma Multidão de Pobres antes de serem embarcados. Uma Centena de Fardos de Pano que se queimem ou afundem no *Mediterrâneo* é algo tão Proveitoso para o Pobre na *Inglaterra* quanto se tivessem chegado em boa ordem a *Esmirna* ou *Alepo,* e cada Jarda fosse vendida a Varejo nos Domínios do *Grand Signior*.[1]

O Mercador pode ir à falência, e junto com ele o Fabricante de Roupas, o que tinge Tecidos, o Empacotador, e outros

---

[1] Termo do final do século XVI, provavelmente originado, em parte, do italiano *gransignore*; no caso acima, o sultão otomano. [N. da E.]

Negociantes intermediários hão de sofrer; já o Pobre, que pode encontrar trabalho por causa de tais transtornos, nunca perde. Os Diaristas costumam receber seu Pagamento semanalmente, e todos os Trabalhadores que estejam Empregados em algum dos muitos Setores de Manufaturas, ou nas diversas Transportadoras por Terra e por Mar que são necessárias para se alcançar a perfeição, desde o Lombo da Ovelha até o interior do Navio, são pagos, pelo menos em sua maioria, antes do embarque da Carga. Se algum de meus Leitores tirar conclusões *in infinitum* da minha Afirmação de que o naufrágio ou incêndio das Mercadorias é tão vantajoso para o Pobre quanto se elas tivessem sido vendidas e colocadas em seu Uso apropriado, eu o terei em conta de um Caviloso que não merece resposta. Se caísse uma Chuva contínua e o Sol jamais brilhasse, os Frutos da Terra logo estariam podres e destruídos; todavia, não é Paradoxo nenhum afirmar que, para ter Milho ou Relva, a Chuva é tão necessária quanto o Brilho do Sol.

De que modo essa Bênção do Bom Tempo e dos Ventos Favoráveis afetaria os próprios Marinheiros, e toda estirpe dos Navegadores, pode ser facilmente inferido do que já foi dito aqui. Como de cada quatro Barcos só um seria usado, e todos estariam sempre a salvo de Tempestades, se necessitaria de menos Homens para Tripulá-los, e por conseguinte se poderia dispensar cinco em cada grupo de seis Marinheiros, o que nesta Nação onde escasseiam os Empregos para Pobres constituiria Matéria imprópria. Uma vez descartados os Marujos supérfluos, seria impossível manter Frotas tão grandes quanto as atuais. Não vejo isso, porém, como um Prejuízo, nem mesmo como Inconveniência: generalizando-se no Mundo inteiro a Redução do Número de

Tripulantes, consequentemente em caso de Guerra as Potências Marítimas se veriam obrigadas a lutar com menos Navios, o que sinaliza um Bem e não um Mal; e se levássemos tal Felicidade ao mais alto grau de Perfeição, só restaria acrescentar outra Bênção desejável, e nenhum País lutaria mais. A Bênção a que me refiro é aquela pela qual os bons Cristãos estão obrigados a implorar, ou seja, que todos os Príncipes e Estados sejam fiéis a seus Juramentos e Promessas, e Justos reciprocamente, assim como para com seus Súditos; que tenham maior consideração pelos Ditames da Consciência e da Religião do que pelos da Política e da Sabedoria Mundana, e que prefiram o Bem-estar Espiritual do próximo aos seus próprios Desejos Carnais, e a Honradez, a Segurança, a Paz e a Tranquilidade das Nações que governam a seu próprio Amor pela Glória, ao Espírito de Vingança, à Avareza e à Ambição.

O último Parágrafo parecerá a muitos uma Digressão que pouco tem a ver com meu propósito; mas o que eu pretendia com isso era demonstrar que Bondade, Integridade e uma Disposição pacífica em Legisladores e Governantes não são as Qualidades apropriadas ao Engrandecimento das Nações e ao aumento de suas Populações; do mesmo modo que a ininterrupta Série de Êxitos que toda Pessoa em Particular gostaria de colecionar, se pudesse, e que, como demonstrei, seria Injuriosa e Destrutiva para uma vasta Sociedade, cuja maior Felicidade fosse afirmar sua Grandeza no mundo, e ser invejada pelas Vizinhas, e valorizar acima de tudo sua Honra e Poderio.

Ninguém precisa defender-se das Bênçãos, mas as Calamidades requerem Mãos que as evitem. As Qualidades estimáveis no Homem não inquietam nenhum membro de sua Espécie: a

Honestidade, o amor por Companhia, a Bondade, a Satisfação e a Frugalidade são outros tantos Confortos para uma Sociedade Indolente, e quanto mais autênticos e sinceros parecem, mais ajudarão a manter tudo Calmo e em Paz, e mais facilmente evitarão Aborrecimentos e Agitação. Poder-se-ia dizer quase o mesmo das Graças e da Munificência dos Céus, e de todos os Dons e Mercês da Natureza; e é certo que, quanto mais amplos eles forem, e quanto maior a Abundância de tais Benefícios, mais poupamos nosso Trabalho. Mas as Necessidades, os Vícios e as Imperfeições do Homem, juntamente com as diversas Inclemências do Ar e de outros Elementos, contêm as Sementes de todas as Artes, da Indústria e do Trabalho: são os Extremos de Calor e Frio, a Inconstância e o Rigor das Estações, a Violência e Instabilidade dos Ventos, o imenso Poder e Perfídia da Água, a Fúria e Intratabilidade do Fogo mais a Obstinação e Esterilidade da Terra que desafiam a nossa Inventividade, levando-nos a trabalhar para prevenir os Danos que podem produzir, ou para corrigir sua Malignidade, e converter suas diversas Forças em nosso Favor de mil maneiras diferentes; enquanto nos ocupamos em satisfazer a infinita variedade de nossas Carências, que tendem a multiplicar-se à medida que nosso Conhecimento se expande e nosso Desejos aumentam. A Fome, a Sede e a Nudez são os primeiros Tiranos que forçam o Homem a mexer-se; depois, nosso Orgulho, a Preguiça, a Sensualidade e o Capricho são os principais Patronos de todas as Artes e Ciências, Negócios, Ofícios e Vocações; ao mesmo tempo, a Necessidade, a Avareza, a Inveja e a Ambição, cada qual na Classe correspondente, são os grandes Capatazes que mantêm os Membros da Sociedade afincados ao seu trabalho, fazendo a todos submissos, a maioria deles de bom grado, à Labuta de sua Condição, incluindo Reis e Príncipes.

Quanto maior a Variedade de Comércios e Manufaturas, mais refinados serão, e quanto mais divididas em Setores diferenciados, maior a Quantidade que poderá ser absorvida por uma Sociedade sem que atrapalhem uns aos outros, e mais facilmente ajudarão a tornar um Povo Rico, Poderoso e Florescente. Poucas são as Virtudes que empregam Mão de Obra, e assim elas podem fazer uma boa Nação, mas nunca uma grandiosa Nação. Ser forte e laborioso, paciente nas Dificuldades e assíduo em qualquer Ocupação constituem Qualidades dignas de louvor; contudo, como em seu Exercício está sua própria Recompensa, nem a Arte nem a Indústria jamais lhes dedicaram Elogios; ao passo que a Excelência do Pensamento e do Engenho Humanos sempre foram e ainda são mais evidentes na Variedade de Ferramentas e Instrumentos dos Trabalhadores e Artífices, e na multiplicidade de Máquinas, tudo inventado para socorrer as Fragilidades do Homem, corrigir suas muitas Imperfeições, gratificar sua Preguiça, ou evidenciar sua Impaciência.

Tanto na Ética quanto na Natureza, não há nada tão perfeitamente Bom nas Criaturas que não possa prejudicar alguém na Sociedade, nem algo tão completamente Perverso que não se revele benéfico para uma ou outra parte da Criação. Assim, essas coisas só são Boas ou Más em relação a outras, e de acordo com a Posição em que se encontrem e a Luz com que as observamos. O que nos agrada é bom de certo Ponto de Vista e, segundo essa Regra, cada Homem quer o melhor para si com o máximo de sua Capacidade, e com pouca Consideração pelo Próximo.

Mesmo durante a mais seca das Estações, em que não cai uma gota de Chuva e todas as Orações do Povo imploram por ela, sempre há um ou outro que, desejoso de viajar ao exterior, reze por Bom Tempo naquele mesmo Dia. Quando o Trigo está basto na Primavera, e todos os Camponeses se regozijam diante do agradável Resultado, o Fazendeiro rico, que guardou a Colheita do Ano anterior esperando por melhor Preço, se desespera e, em seu íntimo, lamenta a Perspectiva de uma Safra esplendorosa. É até mesmo comum ouvirmos Gente preguiçosa cobiçando abertamente o que é do próximo, sem que se tome tal coisa por injuriosa desde que se acrescente o sábio Pré-Requisito de que isso ocorra sem Prejuízo do Proprietário. Temo, porém, que na maior parte das vezes não haja essa piedosa Restrição em seus Corações.

É uma Sorte que as Preces e os Desejos da maior parte das Pessoas sejam insignificantes e não sirvam para nada; caso contrário, a única coisa capaz de manter a Humanidade apta a viver em Sociedade, e o Mundo livre de cair em Confusão total, seria a Impossibilidade de que todas as Súplicas feitas aos Céus fossem atendidas. Um jovem, belo e respeitoso Cavalheiro, recém-chegado de suas Viagens, espera com Impaciência em *Briel*[1] por um Vento Leste que o leve à *Inglaterra*, onde um Pai moribundo, que deseja abraçá-lo e lhe dar sua Bênção antes de exalar o último Suspiro, jaz à sua espera com um misto de Pesar e Ternura. Na mesma ocasião, um Sacerdote *britânico*, que vai cuidar dos Interesses Protestantes na *Alemanha*, se dirige a toda pressa para o porto de *Harwich*, na esperança de chegar a *Ratisbona* antes que

---

[1] Porto de mar holandês perto de Rotterdam.

a Dieta[1] se dissolva. Ao mesmo tempo, uma rica Frota se apresta para zarpar rumo ao *Mediterrâneo*, e um vistoso Esquadrão parte para o *Báltico*. É provável que todas essas coisas aconteçam conjuntamente; pelo menos não há dificuldade em supor que de fato poderiam ocorrer. Se esses Personagens não forem Ateus ou grandes Réprobos, todos terão bons Pensamentos antes de Dormir, e por conseguinte, enquanto estão na Cama, rezarão de formas diferentes por Ventos favoráveis e uma boa Viagem. Só posso dizer que esse é seu Dever, e que é possível que todos eles sejam ouvidos, mas estou seguro de que não serão atendidos simultaneamente.

Depois disso, ufano-me de haver demonstrado que nem as amáveis Qualidades e gentis Afetos naturais ao Homem, nem as reais Virtudes que ele seja capaz de adquirir pela Razão e pela Abnegação, constituem os Fundamentos da Sociedade; mas que aquilo a que chamamos de Mal neste Mundo, tanto Moral quanto Natural, é o Grande Princípio que faz de nós Criaturas sociáveis, a Base sólida, a Vida e o Esteio de todos os Ofícios e Profissões, sem Exceção. Eis onde devemos buscar a verdadeira Origem de todas as Artes e Ciências; e, no Momento em que o Mal se extinga, a Sociedade estará condenada, se não totalmente dissolvida.

Eu poderia acrescentar, e com sumo Prazer, outras mil coisas para reforçar e ilustrar melhor essa Verdade; contudo, temendo ser importuno, ficarei por Aqui, embora confesse que o meu empenho em ganhar a Aprovação dos outros não foi nem a metade do que

---

[1] Dieta (ou Colóquio) de Ratisbona foi uma conferência realizada nesta cidade da Baviera (Alemanha) em 1541, durante a Reforma protestante, com a intenção de restaurar a antiga unidade do Sacro Império Romano através do debate teológico. [N. da E.]

empreguei para satisfazer a mim mesmo nesse Passatempo; se, no entanto, eu vier a saber que através dessa Diversão consegui proporcionar algum prazer ao Leitor inteligente, isso por certo acrescentará à Satisfação que experimentei com o Exercício. Com tal Esperança, que forja minha Vaidade, abandono o Leitor com pesar, e concluo repetindo o aparente Paradoxo, a Substância do que antecipei na Folha de Rosto: que os Vícios Privados, com a destra Administração de um Político hábil, podem ser transformados em Benefícios Públicos.

FIM

O Índice[1]

A

Acesso de Medo, o Orgulho não tem Utilidade para ele, 447. Os Efeitos sobre nós, *ibid*.

Administradores, o Charme dessa Palavra para Pessoas de baixa Condição, 524. De Escolas de Caridade, *ibid*. e 525. Elogios feitos a eles, 527.

Alexandre o Grande, a Recompensa que tinha em vista, 262. Como provam suas Palavras, *ibid*. Outra Demonstração de sua Fragilidade, 590.

Alfaiates, sua Insolência, 562.

Amante, difícil separar-se dela quando se ama, 370.

Amantes (Platônicos) podem descobrir a Origem de suas Inclinações, 367-8.

América, o Preço de sua Conquista, 425-8.

Amor tem dois Significados, 365. A Diferença entre ele e o Desejo, 367. Não há Ciúme sem, 369.

Aprendizado, Métodos para promover e aprimorar, 538-546.

Ar e Espaço, Objetos que não são vistos, 581.

Ateísmo teve seus Mártires, 449.

---

[1] Que Mandeville em pessoa fez o presente índice fica provado no verbete *Shaftesbury* — uma interpretação do texto que não poderia ser feita por outra pessoa que não o autor; cf. anteriormente i. 587, *n*. I, e adiante, ii. 423, *n*. I (Volume 2).

Avareza, 317. Razão pela qual é normalmente detestada, 318. Por que a Sociedade necessita da, *ibid.* e 319. É igualmente necessária com Prodigalidade, 322, 490.

B

Barbas, os vários Modos de fazer, 582.

Barqueiros, a Maneira de se relacionarem, 612.

Bebidas (fortes), Efeitos sobre os Pobres, 302-5.

Bênçãos, Prejudiciais, 465.

Benefícios que advêm das piores Pessoas, 299-308.

Berço (bom), uma Definição de, 289. Um Discurso sobre, 289-293.

C

Caridade, uma Definição de, 493. Frequentemente falsificada por nossa Paixão, 494, 498, 500. Os Cumprimentos para todas as Aparências de, 502. Abusos da, *ibid.* e 503, 509.

Carne de Animais, comê-la é Parte cruel do Luxo, 399-402.

Casas de Tolerância. Descritas em *Amsterdam*, 312.

Casas Religiosas, examinadas, 377-379.

Catão, seu Caráter, 591.

Cavalaria (na), pior que na Infantaria, 452.

Cervejaria e Panificação, Invenções de Luxo, 398.

Chapéus, vários Tipos, 582.

Cícero, seu Caráter, 590.

Ciúme, um Composto, 363. Não existe sem Amor, 369.

Classes, as duas em que os Homens são divididos, 249, 250.

Clero, Orgulho próprio, 355. Seu Valor para os Confortos da Vida, 380, 381. Um Pleito enganoso, 381. O que nele (Clero) é controverso, 382, 383. O mesmo ilustrado pelo Exemplo, 383,

384. O Eclesiástico quando pobre fica exposto pelo Matrimônio, 385, 386.

Clientes, as diferentes Maneiras de atraí-los, 611, 612.

Colmeia. Sussurrante, 225. Condição gloriosa da, 225, 226. Hierarquia da, 226-30. Sussurros da, 233, 234. *Júpiter* a torna Honesta, 234. Sua Conversa e o Efeito sobre o Comércio, 234-242. A Moral, 243.

Comerciantes. Nenhum é estritamente Honesto, 271. Por que todos se esforçam tanto para esconder o Custo dos Bens que vendem, 293.

Compaixão. A História de uma Criança que despertou Compaixão, 495. Ver *Piedade.*

Companhia (boa), 594. Amor a ela não é a Causa da Sociabilidade do Homem, 593. A Solidão preferida a qualquer Companhia, 597. Amor a ela não é Virtude, 598. A Razão pela qual a amamos, 599.

Comportamento de Mulheres pudicas, 280. De uma Noiva e de um Noivo, 284. De Soldados indisciplinados, 440.

Conclusão das Observações, 488-491.

Confortos da Vida, diferem à medida que as Condições dos Homens variam, 346.

Conhecimento não torna os Homens Religiosos, 512, 519, 558. Conhecimento superior ao exigido pelo Trabalho é prejudicial ao Pobre, 533, 534, 535.

Constituição, no que consiste, 445.

Contentamento, Ruína da Operosidade, 241, 477. Uma Definição de, 481. É uma Virtude precária, 482. Um Exemplo, *ibid.* e 483. Pior para a Indústria do que a Preguiça, 484.

Conversas entre um Vendedor e uma Senhora Compradora, 608-612.

Coragem (natural) procede da Ira, 437, 438. Espúria e Artificial, 439, 440. A Natural não serve para a Guerra, 440, 441. Estratagemas para criá-la, 441, 442, 444, 450, 451, 452. Como o

Orgulho é confundido com ela, 441. Uma Definição de Coragem Artificial, 443.

Costumes, a Comédia de, 289, 290, 291. Sua Força, 399, 400. Ver *Berço.*

Crença, quando a merecemos, 383.

Crianças, o que as torna polidas, 512, 513. Do que todas gostam, 525. Trabalhar os Aspectos adequados dos Filhos dos Pobres, 546, 548.

Crianças de Escolas de Caridade não têm a Oportunidade de aprender Boas Maneiras, 512. Por que parecem tão agradáveis ao Olhar, 526.

D

Decência e *Conveniências* têm grande Significação, 487.

Descartes, sua Opinião refutada, 409.

Descrição dos Prazeres da Voluptuosidade, 371, 372. Da Morte de um Novilho, 409.

Desculpa (uma) por diversas Passagens deste Livro, 466-470. Por recomendar Ignorância, 536.

Destilador, o que é necessário para se tornar um renomado, 305, 306, 308.

Dinheiro, o principal Uso dele, 424. Muita Quantidade pode destruir uma Nação, 425, 426. Não tem Valor intrínseco, 550. Diferentes Maneiras de desperdiçá-lo com os Pobres, 571, 572.

Domingo, o Dia mais útil dos Sete, 557. A que é dedicado, *ibid.*

Duelo não procede de falsas Noções de Honra, 454. O Benefício que é para a Sociedade, 455. O Costume não deve ser abolido, *ibid.* Como evitá-lo, *ibid.*

E

Eclesiásticos, quais os nossos compromissos para com o grande Número deles, 541, 542.

Educação, Observações sobre, 260, 261, 268.

Effendi (Maomé) morreu pelo Ateísmo, 450.

Elementos (os) são todos nossos Inimigos, 602.

Elogio é a Recompensa que todos os Heróis têm em vista, 262.

Empregados, a escassez deles ocasionada pelas Escolas de Caridade, e as Desgraças que trazem, 550, 551, 552. Abusam dos Patrões, 556, 562, 563.

Emulação, a Humanidade dividida em duas Classes para o bem da Emulação, 249. A dos Escolares não deriva da Virtude, 359, 360.

Ensaio (um) sobre Caridade e Escolas de Caridade, 493.

Entusiasmo, a Força do, 448.

Epicuro, seu maior Bem, 371. Os Cristãos mais piedosos são os maiores Epicuristas, *ibid.* Pleitos e Desculpas dos Epicuristas, 345, 346, 471, 472.

Escolas de Caridade são admiradas por Distração, 510. O que é dito em prol, *ibid.* Incapazes de evitar Roubos e Furtos, 511. A Causa da nossa Admiração por elas, 519, 520. Uma Descrição dos primeiros Levantamentos de Fundos e dos Passos subsequentes para erigir uma delas, *ibid.* a 526. Alegria que proporcionam, *ibid.* e 527. Fontes inesgotáveis de Tagarelice, *ibid.* e 528. Seu Encanto para as Multidões, 529. Diferentes Opiniões que Homens de Partido têm ao recepcioná-las, 559, 560. Mais Trabalho e Eloquência são gastos com elas que com qualquer outra Obra, *ibid.* O Conforto que os Pecadores encontram em gostar delas, 529. O verdadeiro Motivo do Alvoroço feito em torno delas, 530. Argumentos contra elas mostram que são destrutivas para a Sociedade, 531-576. Um Viveiro perpétuo para elas, 549.

Escolas Públicas, como administrá-las, 543, 544.

Espartanos. Sua Frugalidade, 485.

Espécie. O Desconhecimento da Força da nossa, 448. O Amor pela nossa é uma Ilusão, 592-606.

Esperança, uma Definição de, 363. O Absurdo da Expressão *Certa Esperança,* 364.

Espírito de Sacrifício, um Exemplo glorioso, 383, 384.

Espírito Público abandonou a Nação, 572. Sintomas da falta dele, 573, 574. Uma Exortação à sua recuperação, *ibid.* e 575.

Esposas podem levar os Maridos a mais Projetos perigosos do que as Amantes, 461.

Estoicos. Seus Prazeres, 374. Sua Arrogância e Hipocrisia, 375.

F

Fama, em que consiste a Sede de, 261.

Fome e Desejo Sexual, as grandes Motivações que inspiram a Coragem nos Animais, 434. A Influência desses dois Apetites sobre nós mesmos, 437.

Frugalidade, uma Definição de, 410. Do que sempre dependerá, 411, 412. O que tornou frugais os *Holandeses,* 414. Um Discurso sobre a, 415-421. A Impossibilidade de se forçar as Pessoas a serem frugais sem Necessidade, 421. A dos *Espartanos,* 459. Influência dela sobre o Comércio, 460.

Furtos e Roubos, o que os causa nas grandes Cidades, 514-518.

G

Governo, o Surgimento do, 605, 606.

Grã-Bretanha deseja a Ignorância, 550, 551, 575.

H

Heróis, suas grandiosas Opiniões, 262. No que diferem dos Covardes é corpóreo, 445.

Holandeses (os), não-frugais por Princípio, 415. Calamidades sob Filipe II, da Espanha, *ibid*. Outras Desvantagens, 417. Como diferem de nós, 418. Sua Prodigalidade, 419. Sua política de encorajar Extravagâncias dos Marinheiros, *ibid*.

Homem, naturalmente ama o Elogio e detesta o Desprezo, 248. A maneira pela qual o Selvagem foi domado, 251, 252. Um Diálogo entre um Homem e um Leão, 404. Não tem real Estima por sua Espécie, 405. Um Animal assustadiço, 438. Sempre forçado a se satisfazer, 606. Sempre o mesmo em sua Natureza, 466, 467.

Honestidade, os Efeitos dela sobre o Comércio, 239, 459-462. Onde se encontra a maior parte dela, 512.

Honra, sua Significação genuína, 273. Seu Sentido Figurativo, 429. Regras da, 430, 431. Como foi criado o Princípio da, 442. O Padrão da, 453. Um novo Padrão bem mais fácil que o primeiro, *ibid*. e 454. Honra oposta à Religião, 457. As grandes Porções de Indulgência da, 458. Por que existem tantos Homens de verdadeira Honra, *ibid*.

Hospitais, a Necessidade deles, 510. Um Alerta quanto ao grande Aumento deles, *ibid*.

Humanidade, dividida em duas Classes, 249, 250. Não suporta a Verdade mortificante, 467.

I

Idade de Ouro, não apropriada à Sociedade, 244, 604.

Ignorância, um Ingrediente necessário na Mistura da Sociedade, 323, 533. Razões para, *ibid*., 534, 535. Punições que o Autor tem que temer por recomendá-la, 537, 538. A Grã-Bretanha precisa dela para ser feliz, 576.

Igreja, atende à mais séria Necessidade dos Pobres, 556, 557.

Imortalidade (a) da Alma, um Dogma mais antigo que o Cristianismo, 467. Por que é aceita tão universalmente, *ibid.*

Indústria difere da Diligência, 483, 484.

Ingleses não invejam a Grandeza *Espartana*, 486.

Inocência (Estado de), descrição, 603. Prejudicial à Sociedade, 604, 605.

Inveja, 356. Uma Definição de, *ibid.* Seus vários Sintomas, 357, 358, 359. Evidente entre os Animais, *ibid.* Um Argumento para mostrar que ela está Encravada em nossa Natureza, 359, 360. Comum entre Pintores, 360. Corrigiu mais Maridos ruins que Sermões, 361. Um Exemplo de, *ibid.* e 362. Ninguém está livre dela, *ibid.* A que Catão tinha de César, 592.

Ira definida, 435. Subjugada pelo Medo, 437, 439. A Ação de Bebidas Fortes imita a, 446.

J

Jogadores, Por que jamais confessam aos Perdedores quanto ganharam, 294-298.

L

Lã, um Discurso sobre Exportação e Manufaturas de, 563, 564.

Lacaios, os Defeitos que geralmente têm na *Inglaterra,* 551, 552, 553. O que os estraga, 554. Uma Sociedade deles, 555.

Latim, não necessário para Ler ou Escrever o Inglês, 543. A quem prejudica, 544.

Leis (suntuárias), inúteis para Reinos opulentos, 491.

Ler e Escrever, por que perniciosos aos Pobres, 533, 534. Nunca ensinados sem Motivo, 544, 545. Não necessários para que os Homens se tornem bons Cristãos, 556, 557.

Linho, a Invenção do Tecido resultou de grande Trabalho e Reflexão, 397.

Lisonja, não existe Homem imune a ela, 258. Seus vários Artifícios, 260, 261.

Lojas de Bebidas, Qualificações necessárias a quem as deve explorar, 304, 305.

Lucrécia, 443. Sua Motivação para agir, *ibid*. Deu mais Valor à Glória do que à Virtude, *ibid*.

Luxo, uma Definição de, 325. Sua Utilidade discutida, 326. Promovido pela Legislação, 331, 332, 333. Máximas para evitar Enganos quanto a ele, *ibid*., 334, 335. Argumentos a favor, 338-342 e 462. Tudo é Luxo em certo Sentido, 396, 397. Exemplos de Luxo nos Pobres. 398, 399.

Luxúria, abafada em Nós pela Educação, 366.

M

Mães, Amor fraco pelos Filhos quando nascem, 288. No Oriente, Mães e Irmãs casavam com seus Filhos e Irmãos, 585.

Magistrados não são menos obedecidos por desprezarem Pompa e Luxo, 389, 390.

Mal, tanto Moral quanto Natural, base sólida da Sociedade, 630.

Maneiras. Ver *Costumes*.

Mar (o), as Bênçãos e Calamidades que dele recebemos, 620-626.

Máximas, para tornar as Pessoas boas e virtuosas, 412, 413, 468, 469; outras para engrandecer uma Nação, 413; para tornar os Pobres úteis, 423, 424, 511-576; para vendermos mais que os Vizinhos, 564, 565. Não são injuriosas aos Pobres, 568, 569.

Médico (um falecido), seu Caráter, 504. Os Motivos de seu Testamento, 505.

Medo, não pode ser conquistado pela Razão, 433. Uma Definição de,

432. A Necessidade dele na Sociedade, 439. Quando o maior é o da Morte, 589.

Mercadores. História de dois deles que tiram Partido de suas Inteligências, 271, 272.

Mestres das Escolas de Caridade, 513. Quantidade de Pessoas que querem ser, 536.

Moral, nem sempre a mesma em todos os Lugares, 585, 586.

Moral (a) da Colmeia Sussurrante, 243.

Moralidade, alinhavada para facilitar o Governo, 252-254.

Moralistas, 248. Seus Artifícios para civilizar a Humanidade, *ibid.* e 249, 250, 281, 443, 444.

Morte, nem sempre a Coisa que mais tememos, 442, 443. Juros do Dinheiro após a Morte, 507, 508.

Mulheres, podem se tornar ameaçadoras devido ao Pudor, 286, 287. As virtuosas conferem Vantagem às Prostitutas, 310, 311. Suas más Qualidades podem beneficiar o Comércio, 461-465. As Artimanhas das Casadas, 464, 465.

N

Nações podem ser arruinadas por excesso de Dinheiro, 425, 426. A grande Arte de fazê-las felizes, 428. Em que consiste sua Riqueza, *ibid.* e 550.

Navegação, Bênçãos e Calamidades das Nações em função da, 620.

Necessidades da Vida. A multiplicidade delas, 325, 326, 327, 531, 532.

Nola (Jordanus Bruno, de). Morreu por Ateísmo, 449.

O

Objeções, respondidas as referentes à Necessidade do Orgulho, 344, 345, 346.

Obstáculos que encontramos contra a Felicidade, 602.

Ofícios (profissões). Um discurso sobre seus Requisitos e suas Quantidades, 548-550.

Opiniões (as diferentes), coisas que podem ser estabelecidas, 615-631.

Orgulho, 232. O que a Maioria dos Animais mostra, 250. O do Homem de Bom Senso, 292. Uma Definição de, 343. As Desculpas dos Homens Orgulhosos, e sua Falsidade detectada, 344, 345, 346. Seus vários Sintomas, 352, 353, 354. Como é encorajado nos Militares, 450, 451, 452. O Benefício que recebemos do Orgulho dos Grandes Homens, 456, 457.

Origem da Virtude Moral, 247; da Coragem e da Honra, 431, 432.

P

Parábola (uma), 473-477.

Patifes, não surgem pela Ausência do Ler e do Escrever, 518. Em geral são mais Astutos que os Ignorantes, 518, 519.

Pesquisa (uma) sobre a Natureza da Sociedade, 577-631.

Piedade, um Discurso relativo à, 496. Por que não há Virtude na Piedade, 263, 264. Não existe Pessoa sem, 362. Uma definição de, 494. Sua Força, 495. Mais presente que qualquer pretensa Virtude, 496.

Pintura, um Discurso em relação a ela e aos Juízes dela, 580, 581, 582.

Pleitos (enganosos) dos Grandes Homens, 389, 390, 391.

Pobres (os) nunca trabalhariam se não quisessem, 422, 423. A Abundância das Provisões depende do preço baixo de seu Trabalho, 424, 532. Qualificações necessárias para os Trabalhadores Pobres, *ibid.* e 533. Do que não devem se Queixar, 546. Grande Número deles é de necessitados, 551, 569, 570. Problemas que surgem quando não são bem administrados, 549, 550. Não devem faltar à Igreja aos Domingos, 557. A nociva Reverência prestada a eles, 561, 562.

Pobreza (voluntária) não deve provocar Desprezo de ninguém, 383. Um Exemplo dessa Verdade, *ibid.* e 384.

Polidez demanda Hipocrisia, 283, 607.

Poligamia não é aberrante, 585.

Política, Fundamentos da, 252, 253. O que se deve à má Política é imputado ao Luxo, 331, 332, 333.

Políticos jogam nossas Paixões umas contra as outras, 368, 442.

Ponche. A Sociedade comparada a uma Tigela de, 322, 323.

Prazeres (reais), 372. Dos Voluptuosos, 372, 373. Dos Estoicos, 374. Quanto mais os Homens diferem em Condição, menos podem julgar os Prazeres uns dos outros, 566, 567.

Preguiça, uma Definição de, 477, 478. As Pessoas normalmente chamam as Outras de preguiçosas porque elas é que são, 479. História de um Mensageiro erroneamente suspeito de Preguiça, 479-482.

Presente (um grande) de um falecido Médico examinado, 503-507.

Pretextos (falsos) dos Grandes Homens em relação aos Prazeres, 391, 392, 393.

Privações não são tais quando os Homens estão acostumados com elas, 569.

Prodigalidade, 320. Seu Uso na Sociedade, *ibid.* e 321, 323, 490, 491.

Prostitutas. Necessidade delas, 312-315.

Provisões como obter Abundância delas, 424, 428, 532, 533.

Pulchrum & Honestum, o dos Antigos, uma Quimera, 577-588.

Pudor, de onde deriva, 274, 275. Tem três diferentes Acepções, 279, 280. As Diferenças entre Homem e Mulher quanto a ele, 282. Sua Causa, 283. O grande Uso do Pudor para a Sociedade Civil, 366.

Q

Qualidades (as odiosas) das Mulheres, mais Benéficas ao Comércio que suas Virtudes, 465. As boas Qualidades dos Homens não os tornam mais Sociáveis, 600. Quais as melhores para a Sociedade, 614, 615.

Questão, qual causou a Maioria das Desgraças, 585, 586.

Quixote (Dom), o último Homem da Antiga Honra, 431.

R

Razão (uma) pela qual poucas Pessoas compreendem a si mesmas, 245. Por que nossos Vizinhos nos ultrapassam em Mercados Estrangeiros, 563, 564.

Realidade dos Prazeres, debatida, 375.

Recompensa imaginária para o Espírito de Sacrifício, 248, 249.

Reforma (a) fez menos pelo Comércio que a caprichosa Invenção das Anáguas armadas, 615.

Rei (um), sua Felicidade comparada à de um Camponês, 566, 567, 568.

Religião não é causa de Virtude, 256. A absurda dos Pagãos, 257, 258. Onde é mínima, 512, 558. Coisas que passam por Religião mas são estranhas a ela, 527.

Reverência devida à Ancestralidade, 574.

Roma (Nova) deve muito à Antiga *Roma*, 574.

Roupas, o Uso delas, 346, 347.

Rússia quer Conhecimento, 575, 576.

S

Sêneca, seu *Summum Bonum*, 376.

Shaftesbury (Lord), seu Sistema contrário ao do Autor, 577. Refutado por seu próprio Caráter, 586, 587.

O ÍNDICE

Sociável. O Homem não é tanto por suas boas Qualidades, 592-601. O que nos torna Sociáveis, 602.

Sociedade, nenhuma Criatura sem Governo é menos adequada a ela que o Homem, 247, 248, 605. Comparada a uma Tigela de Ponche, 322, 323. Seus Defeitos devem ser corrigidos pela Legislatura, 574. A Natureza da Sociedade, 547, 577. O Amor do Homem por ela examinado, 592-615.

Soldados, seus Reles Atavios, 451, 452. O Uso que deles fazemos, *ibid.* e 453. As Mudanças que os Homens experimentam quando viram Soldados, 526.

Steele (Sir *Richard*), seus Elegantes Elogios à sua Espécie, 259.

Suicídio, só cometido para evitar algo pior que a Morte, 443.

Sussurrante, Ver *Colmeia.*

T

Tecido Escarlate ou Carmesim. O Tumulto em várias Partes do Mundo para sua Produção e Aquisição, 616-618.

Temperança (pessoal) não diminui os Governantes que detêm real Poder, 389, 390.

Teologia, a Faculdade mais necessária, 541.

Trabalho (o) ainda a ser feito entre nós, 569, 570, 571.

Transações, o que as promove, 618, 619.

U

Universidades, sua Política, 507, 508. As nossas são deficientes em Direito e Medicina, 538, 539, 540. O que deveriam ser, *ibid.* e 541.

V

Vanini, um Mártir do Ateísmo, 449.

Vergonha, uma Definição de, 274. O que nos envergonha pelas Faltas dos outros, 276. Seus Sintomas, 277. Sua Utilidade para nos tornar Sociáveis, 278-284.

Vício, uma Definição de, 254, 255, 256.

Vidas. Temos que julgar os Homens por suas Vidas, não por seus Sentimentos, 377, 378.

Virgens. Regras para seu bom Comportamento, 280, 281.

Virtude. A Origem da Virtude Moral, 247. Uma Definição de, 254, 255. Não deriva da Religião, 256. O que motivava os Antigos para a Virtude heroica, 257, 258. Como se aliou ao Vício, 298. Não existe sem Espírito de Sacrifício, 378, 379, 577. Onde procurar nos grandes Homens, 394, 395. A Razão pela qual há tão poucos Homens de verdadeira Virtude, 458. Consiste em Ação, 588.

ª *Meio-título de* Uma Defesa do Livro *(na terceira edição da* Fábula, *1724).*
¹ Com referência a Lord *C.*, ver anteriormente i. 223, *n.* I.

A VINDICATION

OF THE

BOOK, *from the* ASPERSIONS

Contain'd in a

Presentment of the Grand Jury of *Middlesex*,

AND

An Abusive Letter to Lord *C.*ᵃ [1]

Uma
Defesa do Livro,¹ Etc.*

Para que o Leitor fique plenamente inteirado dos Méritos da Causa existente entre mim e meus Adversários, é indispensável que, antes de ler a Defesa, conheça bem a Imputação, e tenha diante de si a totalidade das Acusações formuladas contra minha pessoa.

A Denúncia do Grand Jury ² está assim formulada:

Nós, o Grand Jury do Condado de Middlesex, temos observado, com o maior Pesar e Preocupação, a proliferação de Livros e Panfletos que quase toda Semana são Publicados contra os Sagrados Artigos da nossa *Santa Religião*, e toda a Disciplina e a Ordem na *Igreja*, e a Maneira pela qual ela é conduzida nos parece conter uma Tendência Direta a *propagar a Infidelidade* e, consequentemente, a Corrupção de toda a Moral.

---

* *Etc.]* das Difamações contidas numa Denúncia do Grand Jury de Middlesex, e numa Carta abusiva a Lord C.
¹ Cf. anteriormente, i. 223, *n*. I.
² Cf. anteriormente, i. 222, *n*. I.

Estamos com justeza sensibilizados pela Bondade do Todo-Poderoso por nos ter preservado da *Peste*,[1] que visitou o País Vizinho, e por Misericórdia tão grande Sua Majestade se dignou benignamente a ordenar que, por Determinação sua, fossem dadas Graças aos Céus; mas que provocação deve ser para o Altíssimo que suas Mercês e Bençãos outorgadas a esta Nação, e nossas Ações de Reconhecimento publicamente ordenadas, venham acompanhadas de tão flagrantes Impiedades.

Nada conhecemos que possa ser de maior Serviço para sua Majestade e a Sucessão Protestante (felizmente estabelecida entre nós para a Defesa da *Religião Cristã*) do que a Supressão da Blasfêmia e da Profanação, que têm uma Tendência direta a subverter as próprias Fundações em que se assenta o Governo de Sua Majestade.

Tão Incansáveis têm sido esses *Zelotes da Infidelidade* em seus Diabólicos Atentados à Religião que:

Primeiro, Abertamente blasfemam e negam a doutrina da *Santíssima Trindade*,[2] numa tentativa de reviver, com falsos Pretextos, a *Heresia Ariana*,[3] que jamais foi introduzida em nenhuma Nação, e que a Vingança do Céu perseguiu.

Segundo, Eles afirmam um *Destino* absoluto, e negam a *Providência* e o Governo do Altíssimo no Mundo.

Terceiro, Eles procuram subverter toda Ordem e Disciplina na Igreja e, mediante vis e injustas Reflexões sobre o *Clero*, buscam lançar o Descrédito sobre todas as Religiões; de modo que, pela

---

[1] Uma epidemia em Marselha, de acordo com nota na tradução francesa (ed. 1750, ii. 267). Essa praga durou de 1720 a 1722 e causou horrível devastação.

[2] Ver adiante, i. 666, *n.* I.

[3] Heresiarca [chefe ou fundador de uma seita herética] de Alexandria (280-336), que atribuía ao Cristo uma natureza *sui generis*, intermediária entre a divina e a humana. [N. do T.]

Licenciosidade de suas Opiniões, possam encorajar outros e atraí-los para as Imoralidades de sua Prática.

Quarto, Para poder estabelecer mais efetivamente uma Libertinagem Generalizada, as *Universidades* são desacreditadas, e todas as *Instruções à Juventude* dentro dos Princípios da Religião Cristã são demolidas com o máximo de Malícia e Falsidade.

Quinto, Para realizar essas Obras das Trevas de modo mais efetivo, se empregam Artifícios estudados e Aparências inventadas com o fim de apresentar Religião e Virtude como *prejudiciais* à Sociedade, e danosas ao Estado; e recomendar Luxo, Avareza, Soberba, e toda espécie de Vícios, como necessários ao *Bem-estar Público*, e não conducentes à *Destruição* da Estrutura social. E mais: até mesmo os *Bordéis* receberam Apologias deformadas e Encômios forçados a seu favor, impressos, achamos nós, com o Propósito de perverter a Nação.

Por terem tais Princípios direta Tendência à Subversão de toda Religião e Governo Civil, o Dever para com o *Todo-Poderoso*, o Amor a nosso *País*, e o Respeito a nossos *Juramentos* nos obrigam a Denunciar[1] —— como Editor de um Livro, intitulado *A Fábula da Abelhas, ou Vícios Privados, Benefícios Públicos*, 2ª edição, 1723.

---

[1] Na denúncia original, os espaços em branco foram preenchidos – o primeiro, com o nome de "*Edmund Parker*, no Bible and Crown de Lombard Street"; o segundo, com o de "*T. Warner*, no Black Boy, em Pater-Noster Row".
Não era a primeira vez que Warner se via com um problema dessa espécie. Por haver publicado *A Sober Reply to Mr. Higgs' Merry Arguments, from the Light of Nature, for the Tritheistick Doctrine of the Trinity*, de Joseph Hall, fora chamado pela Câmara dos Lords, em fevereiro de 1719/20, e ouvira que "o Livro todo é uma Mistura das mais escandalosas Blasfêmias, Profanações e Obscenidades; e ridiculariza, da mais audaciosa e ímpia Maneira, a Doutrina da Trindade e toda a Religião Revelada". Ficou decidido que seria processado (ver *Journals of the House of Lords* xxi. 231-2). Em outra ocasião (*Journals... Lords* xxii. 360-I), soubemos "Que os Comitês dos Lords incumbidos de investigar o Autor, Editor e Impressor de um Libelo alta-

E também

como Editor de um Jornal Hebdomadário, chamado *British Journal*, Números 26, 35, 36 e 39.[1]

A Carta de que me Queixo é a seguinte:
MY LORD,[2]

"É uma Auspiciosa Notícia para todos os Leais Súditos do Rei, e os verdadeiros Amigos do Governo Constituído e da Linha Sucessória da *Ilustre Casa de* HANOVER, que Sua Senhoria esteja tra-

mente Insultuoso para a Religião Cristã, intitulado '*The British Journal*, de sábado 21 de Novembro de 1724', decidiram por um informe", relativo a "um certo *Warner*, de quem se disse que imprimiu o texto; mas ele argumentou que sua Responsabilidade se esgotava na Publicação; agia como Empregado de um Livreiro de nome *Woodward*, que era o Proprietário. O dito *Woodward*, uma vez examinado, confessou "Que ele era o Dono do citado Panfleto (...) e um tal de *Samuel Aris* era o Tipógrafo".

[1]Todos esses números continham cartas assinadas por "Cato" (a forma inglesa de Catão). O nº 26, de 18 de março de 1723, incluía uma carta, *The Use of Words* (O Uso das Palavras), de John Trenchard. O nº 35, de 18 de maio de 1723, continha *On the Conspiracy. No. V*, de Thomas Gordon, uma continuação dos artigos precedentes sobre a conspiração. No de nº 36, de 25 de maio do mesmo ano, apareceu *On the Conspiracy. No. VI*, de Trenchard. E o 39, de 15 de junho, estampava o ensaio de Trenchard, *Of Charity-Schools*.

O artigo *O Uso das Palavras* é uma discussão sobre a natureza da fé religiosa, com um repúdio à crença em mistérios, considerações sobre a praticabilidade de se crer numa Trindade e, ao mesmo tempo, num Deus único, e uma nutrida caçoada dos conflitos religiosos e dos esforços de catequese. Os artigos dos números 35 e 36 incluíam violentos ataques ao clero. A última carta (nº 39) é um ataque às Escolas de Caridade como viveiros de papismo e rebelião, de perturbação da ordem econômica e perdição do caráter dos alunos. Esse artigo, como muitas das cartas de "Catão", é permeado de intenso ódio ao clero.

As Cartas de "Cato" já haviam provocado anteriormente medidas legais. Em 1721, a Câmara dos Comuns citou Peele, então editor do *London Journal*, no qual as Cartas estavam sendo publicadas, e Gordon, seu Autor (ver adiante, i. 655. n. 1). Peele se evadiu e Gordon se escondeu. (Ver Cobbett, *Parliamentary History*, ed. 1811, vii. 810).

[2]Ver anteriormente, i. 223, *n.* 3.

tando de assegurar Meios *Efetivos* para livrar-nos dos Perigos, quando o feliz Governo de Sua Majestade parece ameaçado por *Catilina*, sob o Nome de *Catão*;[1] pelo Autor de um Livro, intitulado *A Fábula das Abelhas*, etc. e por outros da sua *Fraternidade*, que são, indubitavelmente, úteis Amigos do *Pretendente*,[2] e diligentes, por sua causa, na empresa de subverter e arruinar nossa Ordem constituída, sob o falso Pretexto de defendê-la. A sábia Resolução de Sua Senhoria de suprimir todos esses Escritos ímpios, e a Instrução já dada para que sejam eles *Denunciados* imediatamente, através de alguns *Grandes Júris*, convencerão definitivamente a Nação de que aqui não se irá

---

[1] Ao chamar Catão de Catilina, o autor da *Carta a Lord C.* inspirou-se provavelmente na lembrança de um panfleto contra as Cartas de "Catão", aparecido em 1722 sob o título *The Censor Censured: Cato turned Catiline* (O censor censurado: Catão transformado em Catilina).

A maioria das Cartas de "Catão" apareceu entre 1720 e 1723, publicadas todo sábado, primeiro no *London Journal* e mais tarde no *British Journal*; nesse último estavam as cartas denunciadas pelo Grand Jury. Fizeram-se numerosas edições das coleções dessas epístolas, a primeira em 1721. A julgar pelos prefácios a várias delas, que Thomas Gordon editou, foram escritas por ele e por John Trenchard, independentemente e em colaboração. Pelo menos já em 1724 o nome de Trenchard passou a ser associado às cartas: um anúncio no *Weekly Journal or Saturday's Post* de 18 de abril de 1724 afirma: "Hoje se publicam (...) Todas as CARTAS DE CATÃO (...) com (...) uma Referência ao finado JOHN TRENCHARD, Esq."

John Trenchard (1662-1723) foi um Whig [liberal] que gozava de simpatia popular e era feroz inimigo do partido da Igreja Ritualista. Ficou muito conhecido na época como jornalista e panfletário. Thomas Gordon (morto em 1750) era um panfletário de certo renome. Tornou-se amanuense de Trenchard, que veio a conhecer e cujo favor ganhou em 1719 com uns panfletos sobre a controvérsia bangoriana. Juntos dirigiram um jornal intitulado *Independent Whig*. Gordon permaneceu fiel à memória do colega, publicando sucessivas edições póstumas de suas obras, e sempre o defendendo com diligência.

[2] Trata-se do Velho Pretendente, James Francis Edward Stuart (1688-1766), filho de James II e de Maria de Módena. Em *Free Thoughts* (1729), pp. 361-7, Mandeville discute a questão, então momentosa, da legitimidade do Pretendente (i.e., se ele era de fato filho de James II), e a declara insolúvel.

suportar nem tolerar nenhum Atentado contra a *Cristandade*. E tal Convicção aliviará logo as Mentes de Todos do Desconforto que essa perversa Raça de Escritores tem procurado incutir nelas. Será, então, um firme Baluarte da *Religião Protestante*; derrotará em definitivo os Projetos e as Esperanças do *Pretendente*; e nos garantirá contra Mudanças no *Gabinete de Ministros*. E nenhum *Britânico fiel* poderia ficar indiferente se o Povo imaginasse existir a menor Negligência por parte de qualquer Pessoa ligada ao Gabinete, ou se surgisse a *Suspeita* de que algo que pudesse ter sido feito em defesa da Religião do Reino não fosse feito ou intentado ao menor Sinal de Perigo. E tal *Suspeita*, my Lord, poderia ter surgido se não se tivesse tomado Medidas para desencorajar e esmagar os notórios Advogados da *Irreligião*. Não é Coisa fácil extirpar a Desconfiança do Cérebro de alguém quando esta ali se instala. Desconfiança, my Lord! Eis um Demônio tão *furioso* quanto qualquer outro! Já vi uma Mulherzinha pequena e magra transfigurar-se e ficar tão vigorosa por um Ataque de *Ciúme* que cinco Granadeiros não conseguiram contê-la. Prossiga Sua Senhoria com seus justos Métodos de manter o Povo longe dessa maldita *Suspeita*, porque dentre todos os seus diversos Tipos e Espécies o que concerne à *Religião* é o mais violento, flagrante e frenético; e, por isso mesmo, em Reinados anteriores gerou todos esses diversos Males, que Sua Senhoria se empenha agora lealmente em combater, com a devida consideração pela Autoridade Real e segundo o *Exemplo* de Sua Majestade, que baixou DIRETRIZES (bem conhecidas de Sua Senhoria) *para preservar a Unidade da Igreja e a Pureza da Fé Cristã.* É vão pensar que o Povo da *Inglaterra* desistirá algum dia de sua *Religião*, ou se afeiçoará a qualquer *Doutrina* que não a apoie, como a Sabedoria do atual Ministério fez contra esses atrevidos Ataques desferidos pelos *Escrevinhadores*; porque *Escrevinhador* é a justa Designação para todo Autor que, como Sua Senhoria sabe, apelando para qualquer Aparência plausível de bom Senso, tenta sabotar a Religião e, com ela, a Satisfação, o Sossego, a Paz e a Felicidade dos Súditos de Sua Majestade, valendo-se de Argumentos e Insinuações sutis, capciosos e artificiais. Possam os Céus impedir as insuportáveis Aflições que a Igreja de *Roma* faria cair sobre nós! A *Tirania* é a Perdição da Sociedade Humana; e não há Tirania mais pesada que a da *Tiara Papal*. E assim este Povo, livre e feliz, adquiriu com justiça Aversão e Repulsa ao Papismo, e a tudo que pareça Encorajamento ou Tendência a isso; mas todos também abominam e temem a violência que infligem contra a *Cristandade* os nossos *Catilinas* britânicos, que escondem seus Desígnios nefandos sob as falsas Cores da Consideração e da Boa Vontade para com a nossa bendita Religião Protestante, enquanto demonstram, com total *evidência*, que o Título de *Protestantes* não lhes corresponde, a menos que pudesse corresponder a todos aqueles que efetivamente Protestem contra *toda Religião*.

Quanto ao Povo, na verdade ele não deve ser censurado por estar pouco disposto a abandonar sua Religião; pois lhe ensinaram que existe um *Deus*; que este *Deus* governa o Mundo; e que Ele está pronto a abençoar ou destruir um Reino segundo o grau de *Religiosidade* ou *Irreligiosidade* ali prevalecente. Sua Senhoria tem uma bela Biblioteca; e, o que é melhor ainda, conhece bem os seus livros, e pode Consultá-los para Assuntos importantes num piscar de olhos. Gostaria, por isso, de saber se Sua Senhoria me poderia apontar, com base em *qualquer Autor*, fosse ele tão *profano* quanto os *Escrevinhadores* esperariam que fosse, um só Império, Reino, País ou

Província, Grande ou Pequeno, que não tenha se reduzido e soçobrado, e caído em desordem, quando deixou de *zelar* assiduamente pelo *Sustento da Religião*.

Os *Escrevinhadores* falam muito em Governo de *Roma*, e *Liberdade*, e *Espírito* dos *Romanos Antigos*. É incontestável, porém, que suas mais plausíveis Falas sobre essas coisas não passam de *Simulação, Visagem*, e um mero *Artifício* para servir aos Propósitos da Irreligião; e, em consequência, deixar o Povo *inseguro*, e provocar a desgraça do Reino. Porque se de *Fato* estimassem, e fielmente recomendassem a seus Compatriotas, os Princípios e Sentimentos, e os principais Propósitos e Práticas dos sábios e prósperos *Romanos*, em primeiro lugar teriam que levar em conta que a *Antiga Roma* foi tão notável por *observar* e promover a *Religião Natural*[1] quanto a *Nova Roma* o foi por corromper o *Revelado*. E como os *Romanos Antigos* se recomendavam sabiamente ao Favor do Céu, por uma leal *Preocupação com a Religião*, estavam plenamente convencidos, e o admitiam com *universal* Consenso, de que esse era o *grande Meio*[2] de *Deus* para preservar seu Império, coroando-o com suas Conquistas, e Sucesso, Prosperidade e Glória. Por isso, quando seus *Oradores* se empenhavam ao máximo em instigar e persuadir seu Povo, sob qualquer Motivo, lhe recordavam a sua *Religião*, sempre que *Esta* pudesse, de algum modo, ser afetada pelo Ponto em debate; não duvidando que o Povo se inclinaria em seu *Favor*, desde que ficasse provado que a Segurança da *Religião* dependia do Êxito de sua *Causa*. E, com efeito, nem os *Romanos* nem nenhuma outra

---

[1] Religião "natural" era aquela que qualquer inteligência mediana e não preconceituosa poderia conceber sem a ajuda da Revelação divina.

[2] "Qui est tam Vecors qui non Intelligat, Numine hoc tantum Imperium esse Natum, Auctum, & Retentum?". Cícero, *Oratio de Haruspicum Responsis*, ix. 19.

Nação na face da Terra jamais admitiram que sua *Religião Oficial* fosse *abertamente* ridicularizada, desacreditada ou contestada. Estou seguro de que Sua Senhoria também não permitiria, por coisa alguma no Mundo, que fosse perpetrada com *Impunidade* entre *Nós* uma Coisa que o Mundo jamais suportou antes. Será que, desde a bendita Revelação do *Evangelho*, Alguém terá cometido tantos excessos contra o *Cristianismo* como alguns Homens, e também algumas Mulheres, têm feito ultimamente? Pode o *Diabo* crescer em tal Ritmo sem que se invoque o *Coram Nobis?*[1] Por que não se contentaria ele em levar o Povo pelo Caminho usual, o de Maldizer e Jurar, Desrespeitar o Sabbath, Enganar, Subornar e Fingir, Beber em demasia e Frequentar as Prostitutas, e Coisas desse tipo, como costumava fazer antes? É preciso impedir que ele domine as Bocas e os Escritos dos Homens, como o faz hoje com uma pletora de Deslealdades, Blasfêmias e Sacrilégios capaz de enlouquecer de pavor os Súditos do Rei. E agora chegamos a uma Pergunta concisa: *Deus* ou o *Demo*? Esta é a Palavra; e o Tempo nos mostrará quem anda com quem. Pode-se dizer, até agora, que aqueles que já provaram amplamente seu Espírito de Oposição às Coisas Sagradas, e que não só investiram contra a Profissão e a Prática da Religião *Nacional* como também se empenharam, com Rancor e Habilidade, em tornar tais coisas *Odiosas* e *Ridículas*, diligentemente tentam impedir que *Multidões* de Nativos desta Ilha possam ver cultivadas entre eles, com Vantagem, as *Sementes da Religião*.

Com inaudita Veemência, usa-se uma cerrada Argumentação contra a Educação das Crianças pobres nas *Escolas de Caridade*, sem que se apresente justa Razão nesse sentido. As Objeções feitas a tal tipo de

---

[1] Latim: diante de nós (i. e., do rei). Ordem legal que permite à Corte corrigir um julgamento por um "erro fundamental" que não aparecera anteriormente. [N. da E.]

Educação *não* são, de Fato, válidas; e nada deve ser visto por Homens sérios e sábios como Argumento justo e de peso se não é verdadeiro. Como pode *Catilina* ter Coragem para encarar Alguém após ter afirmado que *essa pretensa Caridade destruiu, na Verdade, todas as outras Caridades que antes socorriam os Idosos, Doentes e Incapacitados?* [1]

Parece perfeitamente claro que, se aqueles que *não* contribuem para nenhuma *Escola de Caridade* estão ficando menos caritativos do que antes, com relação a qualquer outro Propósito, sua falta de Compaixão para com uns não se deve à sua eventual Benevolência para com outros. Quanto aos que *contribuem* efetivamente para essas Escolas, estão longe de ser mais sovinas do que eram em sua Ajuda a outros Beneficiários, já que as pobres Viúvas, os Idosos e Deficientes recebem, afinal, mais Auxílio *deles*, em proporção ao seu Número e Habilidades, do que de igual Quantidade de Homens nas mesmas Circunstâncias de Fortuna, que não têm absolutamente *nada* a ver com as *Escolas de Caridade*, salvo para condená-las e difamá-las. Vou me encontrar com *Catilina* no *Café Grego*[2] qualquer Dia da Semana e, citando uma Lista de Pessoas, em *Número* tão grande quanto ele

---

[1] Ver a Carta de "Catão" *Sobre as Escolas de Caridade*, no *British Journal* de 15 de junho de 1723, p. 2.

[2] "Um cidadão *Grego* de nome *Constantine*, morador da *Thredneedle-street*, defronte à Igreja de *St. Christopher*, em *Londres*", informa o *Intelligencer* do dia 23 de janeiro de 1664/5, "que recebeu licença para vender a varejo Café, Chocolate, Cherbet* e Chá, deseja informar que o verdadeiro Grão de Café *Turco* ou o Chocolate podem ser encontrados no estabelecimento do dito *Constantine*, no endereço acima mencionado, tão bons e tão baratos quanto em qualquer outro lugar (...)". Certos membros da Royal Society costumavam reunir-se nesse café, que ficou conhecido como o 'Clube dos Letrados' [*the Learned Club*]. É bom lembrar que no *The Tatler* (nº I) Steele colocava "erudição, sob o título de grego".

* Quanto a sharbat ou *sherbet*, aqui grafado com *c*, é bebida originária do Sul e do Oeste da Ásia, preparada com frutas ou pétalas de flores e adoçada. Pode ser servida de forma concentrada, para ser comida com uma colher, ou diluída em água para criar o refresco. [N. da E.]

desejar, provarei a Verdade do que digo. Só não sei se ele aceitará tal Encontro, pois *seu* Ofício consiste não em encorajar *Demonstrações* da Verdade, mas em lançar *Disfarces* sobre ela; não fora isso, jamais se teria permitido, depois de apresentar as Escolas de Caridade como dedicadas *a ensinar Crianças a Ler e a Escrever, e a ter um Comportamento discreto, que as qualifique como Criados*, acrescentar logo em seguida estas palavras: *Uma espécie indolente e insubordinada de Parasitas que já devorou quase todo o Reino, e que se vê por toda parte como uma Perturbação pública* etc.[1] O quê? Deve-se, então, às *Escolas de Caridade* que os Empregados tenham se tornado tão *Preguiçosos*, verdadeiros *Parasitas insubordinados*, e em tal medida uma *Perturbação* pública; que as *Criadas* se convertam em *Prostitutas* e os *Lacaios* em *Gatunos, Arrombadores* e *Vigaristas* (como ele diz que em geral acontece)? Isso se deve às *Escolas de Caridade?* E, se *não* for assim, como se arroga ele a Liberdade de apresentar tais Escolas como *Meios* para *aumentar* essa Carga de Iniquidades que desabou visivelmente sobre o Público? A *instilação dos Princípios de Virtude* não costuma ser considerada a principal Oportunidade de encaminhar alguém para o Vício. Se o Conhecimento precoce da *Verdade*, e de nossas *Obrigações* para com ela, fosse a Maneira mais segura de *abandoná-la*, ninguém duvidaria de que tal Conhecimento da Verdade se tivesse instilado em *Catilina* muito *Cedo*, e com o maior Esmero. Se existe Algo de muito bom em seu Relatório, e que merece que se lhe dê tanta Ênfase como ele o faz, é que *há mais dinheiro Apurado às Portas da Igreja num só Dia de Coleta, para botar esses pobres Meninos e Meninas enfarpelados em Gorros e Librés, do que o recolhido para o resto dos Pobres num Ano inteiro.*[2] Oh, raro

---

[1] Carta de "Catão" *Sobre as Escolas de Caridade* no *British Journal* de 15.VI.1723, p. 2.
[2] *Ibid.*

Catilina! Esse Argumento você há de carregar com um pé nas costas; pois não há Testemunhas contra você, nem mesmo Vivalma que o contradiga, exceto os Coletores e Superintendentes de Pobreza, e todos os principais Habitantes da maioria das Paróquias da *Inglaterra* onde existam Escolas de Caridade.

A Graça da história, my Lord, é que esses *Escrevinhadores* ainda serão tidos como *bons Cidadãos, do ponto de vista moral*. Mas, quando os Homens assumem a Tarefa de *desencaminhar* e *enganar* seus Próximos, e em Assuntos de *Importância, distorcendo* e *mascarando* a Verdade através de *Embustes* e Insinuações *falsas;* se tais Homens não cometem o delito da *Usurpação* ao se fazerem passar por *Probos* e *Impolutos*, então não mais se há de considerar Imoral, para qualquer Homem, ser *falso* e *enganador* em Casos nos quais a *Lei* não tem poderes para agir; e assim a *Moral* deixará de ter qualquer Relação com a *Verdade* e a *Justa Negociação*. Todavia, eu não gostaria de encontrar algum desses *modelos de Moralidade* ali pelos lados de *Hounslow-Heath,* caso tomasse tal caminho sem Pistolas. Porque levo comigo a Crença de que quem *não* tem Consciência para uma Coisa, tampouco a terá para outra. Sua Senhoria, que é tão bom Juiz de *Homens* quanto de *Livros*, pode facilmente imaginar, se não teve antes nenhuma Notícia sobre as Escolas de Caridade, que deve haver algo nelas de grande *excelência*, posto que tal *espécie de Homens* lhes faz *oposição* com tamanho vigor.

Eles dizem que essas Escolas são um Estorvo para a *Lavoura* e as *Manufaturas*. Quanto à Agricultura, as Crianças só ficam nas

---

[1] Segundo os tradutores franceses das edições Vrin (1990), Hounslow se incorporou a Londres mas gozava de má reputação no século XVIII. Sua charneca era cortada pela grande Estrada Real do Oeste, frequentada por salteadores. [N. do T.]

Escolas até que tenham Idade e Força suficientes para executar as principais Tarefas, ou suportar Labuta constante;[1] e, mesmo quando ainda *estão* em Aulas, pode Sua Senhoria ficar certo de que isso não as impede de trabalhar nos Campos, ou de cumprir quaisquer Serviços de que sejam capazes, em qualquer Época do Ano,[2] quando conseguem Emprego para ajudar no Sustento dos Pais e de si mesmas. Nesse Caso, os Pais, nos diferentes Condados,[3] são os Juízes de cada Situação ou Circunstância; ao mesmo tempo, por não lhes agradar muito a ideia de estarem seus Filhos a ganhar algum *Conhecimento*, em vez de algum *Dinheiro*, estão sempre dispostos a lhes arranjar *outra* Ocupação melhor do que frequentar a Escola, e que lhes possa render um *Penny*. Quanto às *Manufaturas*, o Caso é o mesmo; os Responsáveis pelas Escolas de Caridade, e os Pais dos Alunos ali educados, ficariam muito gratos aos Cavalheiros que *fazem* essa Objeção se ajudassem a *suprimi*-la, subscrevendo um Fundo destinado a associar o Emprego em *Manufatura* à Tarefa de aprender a *Ler* e *Escrever* nas Escolas de Caridade. *Esta* seria uma *nobre* Missão, que já vem sendo feita por Patrocinadores de algumas Escolas de Caridade, e todas as demais não desejam outra coisa. Mas *Roma* não se fez num dia. Até que esse *grande* Propósito seja

---

[1] Segundo os tradutores franceses das edições Vrin (1990), o texto pode referir-se tanto a trabalhos especializados de que só um adulto pode desincumbir-se (lavrador, carroceiro, etc) quanto a um trabalho geral, mas continuado (donde o termo "constante"), de que mesmo um menor poderia encarregar-se ao longo do dia. [N. do T.]

[2] Ainda segundo os tradutores franceses: "e não apenas no tempo da ceifa dos fenos ou da colheita, mas o ano todo". Na colheita, as escolas "camponesas" da França davam férias para permitir aos alunos participar desse grande acontecimento anual. Eram as férias grandes (*grandes vacances*). [N. do T.]

[3] A *Carta*, tal como impressa no jornal, dizia erradamente *Countries* (países) e não *Counties* ('condados').

alcançado, permita-se que os Professores e os Administradores das Manufaturas de diversas Partes do Reino tenham a Caridade de empregar as Pobres Crianças por determinado Número de Horas todo Dia, em seus respectivos Estabelecimentos, enquanto os Curadores se encarregam de preencher o Tempo restante com os Deveres habituais das Escolas de Caridade. É fácil para os *Homens de Partido*, para as Mentes astuciosas e pervertidas, inventar Argumentos ardilosos e falazes, e oferecer *Barreiras* sob a Aparência de *Razões* contra as melhores Coisas do Mundo. Mas, indubitavelmente, nenhum Homem *imparcial*, dotado de um *sério* Sentido de *Bondade*, e de *verdadeiro* Amor à Pátria, poderá achar essa Visão justa e apropriada das Escolas de Caridade merecedora de qualquer Objeção *fundada* e *ponderada*, nem se recusar a contribuir com seus Esforços para que as Escolas se aprimorem e alcancem aquela *Perfeição* que se deseja. Entrementes, que nenhum Homem seja tão *fraco* ou *perverso* a ponto de negar que, quando Crianças pobres não conseguem encontrar Ocupação de nenhuma outra Maneira honrada, em lugar de permitir que passem a tenra Idade no Ócio, ou aprendendo as Artes de Mentir, Blasfemar e Furtar, é *Caridade* para com *Elas* e bom Serviço prestado ao País que as ocupemos no aprendizado dos Princípios de *Religião* e *Virtude*, até que, quando tiverem Idade e Força, possam tornar-se Criados em Casas de Família, ou se empregarem em Fazendas e Fábricas, ou em qualquer Atividade que envolva Mecânica ou Trabalho Braçal; é para tais Ofícios laboriosos que se encaminham geralmente, se não sempre, as Crianças das Escolas de Caridade, logo que consideradas aptas a isso. E, portanto, *Catilina* pode até se comprazer em Retratar-se de sua Objeção relativa aos *Lojistas* ou Vendedores do Varejo, cujos *Empregos*, que *deveriam ser ocupados por Crianças de sua mesma Condição*, segundo ele, *estão na maior parte reservados e monopolizados pelos Diretores das Escolas de Caridade*.[1] Ele me terá de desculpar por fazer saber a Sua Senhoria que, na Verdade, essa *Afirmação* é completamente *falsa*, o que constitui uma Inconveniência muito apropriada para recair sobre as suas Afirmações, como ocorreu com uma delas em particular, Que mencionarei. Porque ele não se envergonha de assegurar, rotundamente, Que *os Princípios de nossa Gente comum se corrompem nas nossas Escolas de Caridade, onde os Alunos, logo que saibam falar, aprendem a balbuciar* HIGH-CHURCH *e* ORMOND,[2] *e assim são educados para se tornarem Traidores, antes mesmo de saberem o que significa Traição*.[3] Sua *Senhoria* e outras pessoas de *Integridade*, cujas Palavras são fiéis Representantes de seus Pensamentos, poderiam agora crer, se eu não lhes tivesse dado a Chave da Linguagem de *Catilina*, que ele

---

[1] "Catão", Carta *Sobre as Escolas de Caridade*, no *British Journal* de 15 de junho de 1723, p. 2.

[2] O Duque de Ormonde (1665-1745) foi acusado de participar da rebelião de 1715, e fugiu para a França. Era imensamente popular, e seu nome, unido ao de sua facção na Igreja (High Church), foi usado como senha pelos jacobitas, e depois como grito de protesto em todo tumulto: "Ormonde and High Church". Ver Leadam, *History of England...* (1702-1760), ed. 1909, p. 236.

N. do T. — O segundo Duque de Ormonde, James Butler, neto do primeiro, tendo substituído o famoso Duque de Marlborough (John Churchill) como comandante-em-chefe das forças inglesas na Guerra de Sucessão da Espanha em 1711, desembarcou nos Países Baixos com instruções secretas do partido Tory, no poder, para não tomar parte nas operações ofensivas dos Aliados. Seu governo negociava um acordo bilateral com a França, sem o conhecimento dos Whigs. Ligado aos jacobitas, i.e., aos Stuarts, ele foi afastado quando do advento de George I de Hanover (1714). Um ano depois, vítima de *impeachment* por parte dos Whig, fugiu para a França. Participou de uma rebelião jacobita fracassada, viveu algum tempo na Espanha e radicou-se finalmente em Avignon, onde morreria.

[3] "Catão", Carta *Sobre as Escolas de Caridade*, p. 2.

está inteiramente convencido de que os Alunos das Escolas de Caridade *são educados para se tornarem Traidores*.

My Lord, se os Curadores de qualquer Escola de Caridade houverem permitido a permanência de algum Professor contra o qual exista Prova de hostilidade ao Governo, ou de que não ensine fielmente às Crianças a *Obediência* e a *Lealdade* ao Rei, ou algum outro Dever do Catecismo, eu então premiarei *Catilina* com uma Licença para derrubar as *Escolas* e enforcar os Professores, como ele Deseja de Coração.

Essas Coisas e outras que Tais são tratadas com *Acrimônia* e muito *pouca Realidade* no Livro antes mencionado, isto é, *A Fábula das Abelhas; ou Vícios Privados, Benefícios Públicos* etc. *Catilina* desmoraliza os Artigos fundamentais da *Fé*, comparando impiamente a doutrina da Santíssima Trindade ao *Fee-fa-fum*.[1] Esse libertino Autor da *Fábula* não só é um Auxiliar de *Catilina* na Oposição à *Fé* como se esforçou em destruir os reais Fundamentos da *Virtude Moral*, estabelecendo o *Vício* em seu Lugar. O melhor Médico do Mundo não usou de maior empenho para purgar o Corpo *Físico* das *más* Qualidades do que esse Abelhão para purgar o Corpo *Político* das *boas*. Ele mesmo dá Testemunho da Verdade dessa Acusação contra ele, pois, na Conclusão do Livro, faz a seguinte Observação acerca de si mesmo e de seu Desempenho: "Depois disso, ufano-me de haver demonstrado que nem as amáveis Qualidades e gentis Afetos *naturais* ao Homem, nem as reais *Virtudes* que ele seja capaz

---

[1] Ver a Carta de "Catão" no *British Journal* (nº 26) de 16.III.1723, p. 2. [Segundo os tradutores franceses das edições Vrin (1990), essas palavras sem sentido (em fr. *Am-stram-gram*) são as que o ogro profere ao descobrir Jack (port. Joãozinho), do conto sobre o pé de feijão mágico. As palavras têm uma honra insigne: são citadas por Shakespeare. N. do T.]

de adquirir pela *Razão* e pela Abnegação, constituem os *Fundamentos da Sociedade*; mas que aquilo a que chamamos de *Mal* neste Mundo, tanto *Moral* quanto *Natural*, é o *Grande Princípio* que faz de nós Criaturas sociáveis, a *Base sólida*, a *Vida* e o *Esteio* de todos os Ofícios e Profissões, sem Exceção. Eis onde devemos buscar a verdadeira Origem de todas as Artes e Ciências; e, *no Momento em que o Mal se extinga, a Sociedade estará condenada, se não totalmente dissolvida*".[1]

Agora, my Lord, pode-se ver o *Grande Desígnio*, a verdadeira Intenção de *Catilina* e seus Confederados; abre-se então o Cenário, e as Molas ocultas aparecem; agora, a Confraria se aventura a falar abertamente, e, sem dúvida, nunca um Bando de Homens se *atreveu* a fazê-lo de tal Modo; agora se vê o *Verdadeiro Motivo* de toda a sua Hostilidade às pobres Escolas de Caridade; está apontado contra a *Religião*; a *Religião*, my Lord, que as Escolas foram criadas para promover, e que *essa Coligação* está decidida a destruir; porque as Escolas são, por certo, um dos maiores Instrumentos de defesa da *Religião e* da *Virtude*, um dos mais firmes Baluartes contra o *Papismo*, uma das melhores Recomendações deste Povo aos Favores Divinos, e, portanto, uma das maiores Bênçãos ao nosso País, dentre tudo o que se há Edificado desde a afortunada *Reforma* e a Libertação da Idolatria e Tirania de *Roma*. Se alguma Inconveniência trivial *emergiu* de tão excelente Trabalho, assim como surgem pequenos Inconvenientes em todas as Instituições e Assuntos humanos, elas não desmerecem a Excelência da Obra, que continuará a ser motivo de *Alegria*, e merecerá o *Encorajamento* de todos os *Sábios e Bons*, aqueles que des-

---

[1] Citado da *Fábula*, i. 630.

prezam tão *insignificantes* Objeções contra ela, que *outros* Homens não se envergonham de apontar e defender.

Agora Sua *Senhoria* pode ver também a *verdadeira Causa* da *Sátira* que *Catilina* e seus Confederados lançam continuamente contra o *Clero*. Por que a Condenação e a Execução do Sr. *Hall*[1] seriam causa maior de Desaprovação contra o Clero que as do Sr. *Layer*[2] contra os Cavaleiros *Togados*? Obviamente porque a Profissão das *Leis* não tem relação direta com a *Religião*; portanto, *Catilina* admitirá que, mesmo se algumas Pessoas *daquela* Profissão fossem Traidoras, ou de qualquer modo *viciosas*, todo o resto, apesar da Iniquidade de um Confrade, pode ser tão leal e virtuoso quanto os demais Súditos dos Domínios do Rei Nosso Senhor. No entanto, uma vez que os Assuntos de *Religião* são *Obrigação* confessa e *Negócio* precípuo do *Clero*, a Lógica de *Catilina* torna claro como o Dia que, se qualquer um dentre *eles* se incompatibiliza com o Governo, todos os outros também o fazem; ou se um *deles* se deixa contagiar pelo *Vício*, a Consequência evidente é que Todos, ou a Maioria, se tor-

---

[1] Encontro cidadãos contemporâneos de nome Hall que eram clérigos, assim como criminosos de nome Hall, e criminosos que eram clérigos, mas não encontro nenhum que fosse, ao mesmo tempo, clérigo, criminoso e Hall, e que tenha sido executado. Todavia, em 1716, um John Hall e certo Rev. William Paul foram enforcados juntos por traição. O caso ficou célebre. É possível que, por uma confusão, Philo-Britannus haja recordado Hall como clérigo.

[2] Christopher Layer (1683-1723) conspirou para instalar no trono o Velho Pretendente, na esperança de se tornar chanceler com os Stuart. Pretendia alistar soldados desmobilizados e sem dinheiro, tomar a Torre de Londres, a Casa da Moeda e o Banco da Inglaterra, encarcerar a família real e assassinar membros do governo. Foi traído por duas de suas amantes e executado em Tyburn. Um minucioso relato contemporâneo de seu julgamento pode ser encontrado no suplemento do *London Journal* de 2 de fevereiro de 1722/3 e nas edições de 9 a 23 de fevereiro, assim como no *Historical Register* do ano de 1723, viii. 50-97.

nam tão viciosos quanto o Demônio for capaz de fazê-los. Não importunarei Sua Senhoria com uma Defesa particular do Clero, nem há Motivo para que o faça, uma vez que todos já estão seguros da Afeição que Sua *Senhoria* lhes devota, e que eles são capazes de se defender sozinhos, onde e quando tal Vindicação pareça necessária, posto que formam um Corpo de Homens tão *fiéis* e *virtuosos* e *cultos* quanto qualquer outro na *Europa*; e, todavia, suspenderam a *Publicação* de Argumentos em solene Defesa própria, por não *esperarem* nem *desejarem* a Aprovação e a Estima de Homens *ímpios* e *devassos*. Ao mesmo tempo, eles não podem duvidar do que todas as Pessoas, não só as de rara *Sagacidade* como também as de *bom Senso*, veem agora claramente: que as Flechas lançadas contra o *Clero* tencionam ferir e destruir a *Instituição Divina* dos Ofícios Ministeriais, e extirpar a *Religião* que os sagrados Ofícios devem preservar e promover. Sempre *supôs* e *suspeitou* que fosse assim todo Homem honesto e imparcial; mas isso está hoje *demonstrado* por aqueles que antes deram Ensejo a tal Suspeita, pois agora declaram abertamente que a *Fé*, nos seus Principais Artigos, é não apenas inútil como ridícula, que o *Bem-estar* da Sociedade humana há de afundar e se extinguir quando encorajado pela *Virtude*, e que a Imoralidade é a única Fundação *firme* sobre a qual a Felicidade da Humanidade pode edificar-se e subsistir. A *Publicação* de Teses como essas, Proposta aberta e confessa de extirpar a *Fé Cristã* e toda *Virtude*, e de adotar o *Mal Moral* como *Base* do Governo, é uma Enormidade tão brutal, tão chocante, tão assustadora, tão flagrante que, se nos fosse imputada como uma *Culpa Nacional*, a *Vingança Divina* cairia inevitavelmente sobre nós. Em que medida tal Atrocidade poderia converter-se em *Culpa Nacional*, caso a deixássemos passar despercebida e impune, é algo que qualquer *Casuísta* menos hábil e perspicaz que Sua *Senhoria* facilmente seria capaz de prever. E não há dúvida de que o bom Julgamento de Sua *Senhoria* em Matéria tão clara e importante o obriga, como sábio e fiel Patriota, a usar todo o Empenho que lhe faculta sua alta Posição para defender a Religião dos Ataques lançados contra ela.

Assim que eu tiver visto um Exemplar do *Projeto de Lei para a melhor Segurança de Sua Majestade e seu feliz Governo, mediante a melhor Segurança da* Religião *na* Grã-Bretanha,[1] *o justo Programa Político* de Sua *Senhoria*, seu *Amor à Pátria* e seus *grandes Serviços* a ela prestados serão outra vez reconhecidos,

My Lord,
Seu mais fiel e humilde Criado,
THEOPHILUS PHILO-BRITANNUS.[1]

Tão violentas Acusações e o grande Clamor erguido por toda parte contra o Livro, por Governadores, Mestres e outros Paladinos

---

[1] O único Projeto de Lei dessa natureza de cuja apresentação, na época, parece haver registro foi um destinado a cobrar impostos aos papistas que se negaram "a prestar o Juramento exigido por um Ato [*Statutes* I George I, est. 2, c. 13] (...) para a maior segurança da Pessoa de Sua Majestade e Governo", encaminhado aos Comuns em 26 de abril de 1723 pelo Sr. Lowndes (*Journals of the...Commons* xx. 197 e 210), e aprovado pelos Lords em 22 de maio do mesmo ano (*Journals of the...Lords* xxii. 209). É então possível que o Projeto de Lei mencionado por Philo-Britannus fosse uma mera intenção de Lord C., ou, talvez, que só existisse na cabeça de Philo-Britannus. É, todavia, concebível que a Lei de Lowndes, mais tarde apoiada na Câmara dos Lords por Carteret (aparentemente Lord C. — cf. anteriormente i. 223, *n.* 3), tivesse sido inspirada por ele, então secretário de Estado e em condições de tornar isso possível; por consequência, tal Projeto de Lei pode ser o que Philo-Britannus propunha.

[2] Esse pseudônimo pode ter sido sugerido pelo fato de que, a esse tempo, os artigos de fundo do *London Journal* eram assinados por 'Britannicus'.

das Escolas de Caridade, junto com o Conselho de Amigos, e a Reflexão sobre o que fiquei a dever a mim mesmo, me levaram à Resposta que se segue. O Leitor imparcial, ao examiná-la, não deve se ofender com a Repetição de algumas Passagens, uma das quais já terá encontrado duas vezes, considerando que, para fazer minha Defesa perante o Público, fui forçado a repetir alguns trechos da Carta, uma vez que o Documento pode cair inevitavelmente nas Mãos de muitos que nunca tinham visto *A Fábula das Abelhas*, ou a Carta Difamatória escrita contra ela. A Resposta foi publicada no *London Journal* de 10 de agosto de 1723, com essas Palavras:

CONSIDERANDO que no *Evening Post* de *Quinta-feira, 11 de Julho*, se inseriu uma Denúncia do Grand Jury de *Middlesex*, contra o Editor de um Livro intitulado *A Fábula das Abelhas; ou Vícios Privados, Benefícios Públicos*; e uma vez que uma Carta passional e abusiva contra o mesmo Livro e seu Autor saiu no *London Journal* de *sábado, 27 de julho*; julgo-me inescusavelmente obrigado a defender o citado Livro contra as negras Calúnias imerecidamente assacadas contra ele, com a plena consciência de não ter tido o mínimo Propósito malévolo quando o Compus. Como tais Acusações foram feitas abertamente, em Periódicos Públicos, não seria equitativo que a Defesa se conduzisse de Modo mais privado. O que tenho a dizer em meu Benefício será dirigido a todos os Homens de Juízo e Sinceridade, pedindo-lhes nenhum outro Favor senão sua Paciência e Atenção. Deixando de lado o que naquela Carta diz respeito a outrem, e tudo o que é Irrelevante e Estranho ao assunto, começarei com a Passagem citada do Livro: *Depois disso, ufano-me de haver demonstrado que nem as amáveis Qualidades e gentis Afetos naturais ao Homem, nem as reais Virtudes que*

ele seja capaz de adquirir pela Razão e pela Abnegação, constituem os Fundamentos da Sociedade; mas que aquilo a que chamamos de Mal neste Mundo, tanto Moral quanto Natural, é o Grande Princípio que faz de nós Criaturas sociáveis; a Base sólida, a Vida e o Esteio de todos os Ofícios e Profissões, sem Exceção. Eis onde devemos buscar a verdadeira Origem de todas as Artes e Ciências; e, no Momento em que o Mal se extinga, a Sociedade estará condenada, se não totalmente dissolvida.[1]
Confirmo que essas Palavras estão no Livro e, sendo tão inocentes quanto verdadeiras, quero que ali permaneçam em todas as futuras Impressões. Mas reitero da mesma forma, e com toda a liberdade, que se eu tivesse escrito com o Propósito de ser compreendido por aqueles de limitadas Capacidades, não teria escolhido o Tema que escolhi; ou, se o tivesse feito, teria o cuidado de ampliar e explicar cada Frase, distinguindo e esclarecendo tudo didaticamente, e nunca me teria apresentado sem a Vara de Apontar na Mão. Por exemplo: para tornar inteligível o Trecho citado, eu teria dedicado uma Página ou duas ao Sentido da palavra *Mal*; depois disso, lhes teria ensinado que cada Defeito, cada Carência é um Mal; que da Multiplicidade dessas Carências dependem todos os Serviços recíprocos que os Membros de uma Sociedade prestam uns aos outros; e que, consequentemente, quanto maior a Variedade de Carências, maior o número de Indivíduos capazes de considerar de seu próprio Interesse trabalhar pelo bem dos demais, e, uma vez unidos, formarem um Bloco. Haverá Comércio ou Artesanato que não seja para nos suprir com algo que desejamos? Certamente essa Carência, antes de satisfeita, era um Mal, que aquele Comércio ou Artesanato há de remediar, e sem o qual não teriam sequer sido imaginados. Haverá

---

[1] Citado por Philo-Britannus, *Fábula* i. 666-7.

Arte ou Ciência que não tenha sido inventada para corrigir algum Defeito? Se esse último não existisse, aquelas não teriam oportunidade de removê-lo. Eu digo na p. 628: *A Excelência do Pensamento e do Engenho humanos sempre foram e ainda são mais evidentes na Variedade de Ferramentas e Instrumentos dos Trabalhadores e Artífices, e na multiplicidade de Máquinas, tudo inventado para socorrer as Fragilidades do Homem, corrigir suas muitas Imperfeições, gratificar sua Preguiça, ou evidenciar sua Impaciência.* Várias Páginas precedentes seguem no mesmo sentido. Mas que Relação tudo isso tem com Religião e Falta de Fé, mais do que teria com a Navegação ou a Paz no Norte?[1]*

As muitas Mãos que se dedicam a suprir nossas Necessidades naturais, tais como a Fome, a Sede e a Nudez, não representam nada em comparação ao Número imenso de pessoas que estão, com toda inocência, gratificando a Depravação de nossa Natureza corrupta; falo dos Industriosos, que ganham a Vida com seu Trabalho honesto, aos quais os Frívolos e Voluptuosos ficam a dever todas as suas Ferramentas e Implementos de Luxo e Conforto. *O Vulgo míope raramente percebe mais do que um Elo na cadeia dos Acontecimentos; mas os que veem um Palmo adiante do nariz, e se concedem algum Tempo para considerar a Perspectiva dos fatos, verão, em centenas de Lugares, que o Bem surge e pulula do Mal,* tão naturalmente como os Pintinhos dos Ovos.

---

[1] Essa "Paz" a que o A. alude envolvia uma sucessão de "tratados de paz" de 1719 a 1721 entre Suécia e Inglaterra, Dinamarca, Noruega, Prússia, Hanover, Polônia, Saxônia e Rússia. Cf. anteriormente i. 223, *n.* 3.

* A diplomacia inglesa esteve muito ativa em todas as negociações a que Kaye se refere. Segundo os tradutores franceses das edições Vrin (1990), Lord Carteret, então no governo, teve em tudo brilhante atuação. Conseguiu, inclusive, que o mar Báltico se abrisse aos navios britânicos. F. B. Kaye vê nisso mais uma prova de que ele fosse, efetivamente, o misterioso "Lord C." [N. do T.]

Essas Palavras podem ser encontradas na p. 306, na *Observação (G)* sobre o suposto Paradoxo de que, na Colmeia Sussurrante,

*Mesmo o pior de toda a Multidão
Contribuía para o Bem Comum.*[1]

Onde, em muitos Exemplos, pode ser amplamente esclarecido como a inescrutável Providência ordena diariamente as Comodidades dos Laboriosos, e mesmo as Libertações dos Oprimidos, para que secretamente derivem não só dos Vícios dos Luxuriosos, mas também dos Crimes dos Perversos e dos mais Dissolutos.

Homens Sinceros e de grande Capacidade percebem, à primeira Vista, que no Trecho criticado não há Significado expresso ou subentendido que não esteja contido nas seguintes palavras: *O homem é uma Criatura necessitada sob inúmeros Aspectos, e é dessas mesmas Necessidades, e de nenhuma outra coisa, que surgem todos os Ofícios e Ocupações.*[2] Mas é ridículo que Homens se metam com Livros superiores à sua Esfera.

A Fábula das Abelhas foi destinada ao Divertimento de Pessoas de Saber e Educação, quando têm uma Hora ociosa e não sabem como lhe dar melhor emprego. É um Livro de severa e exaltada Moralidade que contém um estrito Critério de Virtude, uma infalível Pedra de Toque para distinguir o real do falsificado, revelando muitas Ações censuráveis que passam por boas aos olhos do Mundo. Descreve a Natureza e os Sintomas das Paixões humanas, expõe sua Força e seus Disfarces,

---

[1] *Fábula* i. 232.

[2] Este resumo não é uma citação textual. Cf. as citações de North, Locke e La Bruyère dadas anteriormente, i. 159, *n.*, 241, *n.* I e 423, *n.* I; e Rémond de Saint Mard: "(…) les vertus (…) nous font toutes aspirer à quelque chose que nous ne possedons pas, & par-là deviennent autant de preuves de notre indigence" (*Oeuvres Mêlées*, Haia, 1742, i. 114). Cf. também Fontenelle, *Dialogues des Morts*, o último terço do diálogo entre Apicius e Galileu.

e descobre o Amor-Próprio em seus mais íntimos Esconderijos; e eu poderia acrescentar com segurança que faz isso melhor que qualquer outro Sistema de Ética. O conjunto é uma Rapsódia sem Ordem ou Método, mas nenhuma de suas Partes tem qualquer traço de rançoso ou pedante; o Estilo, confesso, é muito desigual, às vezes elevado e retórico, às vezes muito modesto e até trivial; tal como é, porém, fico satisfeito de que tenha divertido Gente da maior Probidade e Virtude, além de inquestionável bom Senso; e não temo que deixe jamais de ser assim enquanto for lido por tais Pessoas. Quem quer que tenha visto a violenta Acusação contra este Livro, me perdoará por dizer mais em seu Favor do que um Homem que não trabalhasse sob a mesma Pressão faria com sua Obra em qualquer outra Oportunidade.

Os Elogios aos Bordéis, de que se queixa a Denúncia, não estão em nenhuma parte do Livro. O que poderia ter dado Causa a esta Acusação seria uma Dissertação Política sobre o melhor Método de guardar e preservar Mulheres Honradas e Virtuosas dos Ultrajes de Homens dissolutos, cujas Paixões costumam ser ingovernáveis. Como existe aí um Dilema entre dois Males, e como é impraticável esquivar-me aos dois, tratei do assunto com toda a Cautela, começando assim: *Estou longe de querer encorajar o Vício, e acho que seria uma Felicidade indizível para o Estado se o Pecado da Impureza fosse Banido para sempre; mas isso, creio eu, é impossível.*[1] Exponho as Razões pelas quais assim penso; e, falando casualmente das Casas de Música de *Amsterdam*, faço delas um breve Relatório, mas nada poderia ser mais inócuo; e apelo a todos os Juízes imparciais que examinem se o que eu disse sobre isso não é dez vezes mais apropriado a suscitar nos Homens (mesmo os

---

[1] *Fábula* i. 311.

mais voluptuosos de quaisquer Preferências) um Desgosto ou Aversão a elas do que a provocar um Desejo criminoso. Lamento que o Grand Jury possa conceber que eu tenha publicado o Livro com o Intuito de debochar da Nação, desconsiderando que, em primeiro lugar, não há nenhuma Frase ou Sílaba que possa ofender o Ouvido mais casto, ou acender a Imaginação do mais vicioso; em segundo lugar, o Tema criticado é manifestamente endereçado a Magistrados e Políticos, ou pelo menos àquela Porção mais séria e pensante da Humanidade; por outro lado, uma Corrupção geral dos Costumes no que diz respeito à Libidinagem, a ser produzida pela leitura, só pode ser obtida através de Obscenidades de fácil aquisição, e adaptadas de qualquer Maneira aos Gostos e Capacidades de uma Massa de Jovens inexperientes dos dois Sexos. Mas que o Trabalho, tão afrontosamente denunciado à Execração Pública, não foi jamais destinado ao consumo dessa Classe de Gente fica por si mesmo evidenciado, em qualquer Circunstância. O Começo da Prosa é totalmente Filosófico, e quase incompreensível para quem não esteja familiarizado com Assuntos de Especulação; e o Título está longe de ser capcioso ou convidativo, de modo que, antes de ler a Obra, ninguém sabe o que aquilo quer dizer; acresce que o Preço do exemplar é puxado: Cinco *Shillings*.[1] Por tudo isso, fica evidente que, se o Livro contém alguns Dogmas perigosos, eu

---

[1] Isso aparece também em *Letter to Dion* (1732), de Mandeville, p. 15. No *Post-Man, and the Historical Account &tc.* de 1-3 de agosto de 1723 e 2-4 de janeiro de 1724, todavia, Dryden Leach anuncia a *Fábula* à venda, encadernada, por três *shillings*; o livro é cotado por esse mesmo preço no *Applesbee's Original Weekly Journal* de 18 de janeiro de 1723/4. No catálogo da Bettesworth, o preço chega a 5*s*. 6*d*. [cinco *shillings* e seis *pence*].

não mostrei muito empenho em difundi-los entre a População. Não disse uma só palavra capaz de agradar ou atrair o Povo, e o maior Cumprimento que lhe fiz foi *Apage vulgus*.[1] *Mas como nada (digo na p. 468) demonstraria mais claramente a Falsidade das minhas Ideias do que sua aceitação geral, eu não espero o Endosso da Multidão. Não escrevo para muitos, nem aspiro conquistar Aliados senão entre os poucos que sabem pensar de modo abstrato, e mantêm seus Espíritos acima do Vulgar.* Disso não fiz Uso indevido, e sempre procurei manter um Olhar tão afetuoso para com o Público que, quando expus Sentimentos fora do comum, usei de todas as Precauções imagináveis, para que não causassem dano a Mentes fracas que pudessem casualmente abrir o Livro. Quando (p. 466) admiti que, *em minha Opinião, nenhuma Sociedade consegue transformar-se em rico e poderoso Reino, ou, uma vez alcançada tal posição, subsistir com Opulência e Poder por Tempo considerável, sem os Vícios do Homem*, tinha por premissa o que era verdade: *Que eu jamais havia dito ou imaginado que o Homem não pudesse ser tão Virtuoso num Reino rico e pujante quanto na mais miserável República*. Cautela que um Homem menos escrupuloso do que eu teria considerado supérflua, por já se haver explicado no Início do mesmo Parágrafo, que assim começa: *Sustento como primeiro Princípio que em todas as Sociedades, grandes ou pequenas, é Dever de cada um de seus Membros ser bom; que a Virtude deve ser encorajada, o Vício censurado, as Leis obedecidas e os Transgressores punidos*. Não há uma só Linha no Livro que contradiga essa Doutrina, e desafio meus Inimigos a desmentir o que afirmei na p. 468: que, *se tive ocasião de indicar o caminho para a Grandeza mundana, sempre preferi, sem Hesitação, o que conduz à Virtude*. Nenhum Homem jamais tomou tanto

---

[1] *Afasta-te, povo.* [N. do T.]

Cuidado quanto eu para não ser mal interpretado. Vejam ainda à p. 468: *Quando digo que as Sociedades não podem elevar-se à Riqueza, ao Poder e ao Topo da Glória Terrena sem os Vícios, não creio que com isso eu convide os Homens a serem Viciosos, do mesmo modo que não os aconselho a serem Briguentos ou Cobiçosos quando afirmo que os Profissionais ligados à Lei não poderiam ser mantidos em tal Quantidade e Esplendor se não houvesse abundância de Gente Egoísta e Litigiosa.* Precaução da mesma Natureza eu já havia tomado ao Final do Prefácio, em Relação a um Mal palpável que é inseparável da Felicidade de *Londres*. Investigar as verdadeiras Causas das Coisas não implica nenhum mau Propósito nem qualquer Tendência a causar dano. Um Homem pode escrever sobre Venenos e ser excelente Médico. Na página 626, digo: *Ninguém precisa defender-se das Bênçãos, mas as Calamidades requerem Mãos que as evitem.* E mais adiante: *São os Extremos de Calor e Frio, a Inconstância e o Rigor das Estações, a Violência e Instabilidade dos Ventos, o imenso Poder e Perfídia da Água, a Fúria e Intratabilidade do Fogo mais a Obstinação e Esterilidade da Terra que desafiam a nossa Inventividade, levando-nos a trabalhar para prevenir os Danos que podem produzir, ou para corrigir sua Malignidade, e converter suas diversas Forças em nosso Favor de mil Maneiras diferentes.* Se um Homem investiga a Ocupação de vastas Populações, não vejo por que não possa dizer tudo isso e muito mais sem que o acusem de depreciar e tratar levianamente os Dons e a Munificência do Céu quando, ao mesmo tempo, ele demonstra que sem Chuva e sem Sol este Globo não seria habitável por Criaturas como nós. Trata-se de um Tema extraordinário, e eu jamais discutiria se Alguém me dissesse que era melhor deixá-lo de lado. Contudo, sempre imaginei que poderia ser do agrado de Homens de bom Gosto, e que, portanto, valia a pena.

Minha Vaidade nunca pude dominar tão bem quanto desejaria; e sou orgulhoso demais para cometer Crimes. Quanto ao principal Objetivo do Livro, sua Intenção, ou seja, o Espírito com que o escrevi, afirmo que foi com a maior Sinceridade, como declarei no Prefácio, onde, no último parágrafo da Página 218, o Leitor encontra as seguintes palavras: *Se me perguntam por que fiz tudo isso, cui bono?*,[1] *e que benefício essas minhas Ideias produzirão, direi que, na verdade, nenhum, a não ser Divertir o Leitor. Mas se me perguntassem o que se deveria Naturalmente esperar delas, eu responderia que, em primeiro Lugar, as Pessoas que vivem achando Defeitos nos outros poderiam, ao lê-las, aprender a olhar dentro de si e, examinando suas próprias Consciências, se envergonhar de estar sempre censurando coisas de que também são mais ou menos culpadas. Depois, aqueles que tanto apreciam os Confortos e Comodidades, próprios de toda grande e florescente Nação, aceitarão mais resignadamente submeter-se às Inconveniências que nenhum Governo na face da Terra pode remediar, diante da Impossibilidade de ter uma Parte substancial das primeiras sem partilhar também das últimas.*

A primeira Impressão da *Fábula das Abelhas*, quando o Livro veio a lume em 1714, nunca foi atacada nem ganhou notícia pública; e a única Razão que encontro para que esta Segunda Edição tenha sido tratada com tal hostilidade, apesar de conter todas as Advertências que faltavam à anterior, está no Ensaio sobre a Caridade e as Escolas de Caridade, acrescentado ao previamente impresso. Confesso que, em meu Modo de ver, todo Serviço duro e sujo numa Nação bem governada deve ser o Lote e o Quinhão do Pobre, e que afas-

---

[1] Palavras que Cícero atribui (*Filípicas*, II,14) ao jurisconsulto Cássio Longino: "A quem aproveita (um crime, por exemplo)"? Sêneca tem um verso com o mesmo sentido: *Cui prodest?* (*Medeia*, v. 503). Na íntegra: *Cuipro scelus, is fecit,* ou seja, o autor do crime é aquele a quem o crime beneficiou. [N. do T.]

tar seus Filhos do Trabalho útil até a idade de 14 ou 15 Anos é a Maneira errônea de prepará-los para o futuro. Apresentei diversas Razões para minha Opinião nesse Ensaio, o qual recomendo a todos os imparciais Homens de Discernimento, assegurando-lhes que não encontrarão ali a monstruosa Impiedade de que foi acusado. É falso que eu tenha sido um Paladino da Libertinagem e da Imoralidade, ou me revelado um Inimigo de *toda a Instrução da Juventude na Fé Cristã*, como provam meus Esforços na defesa da Educação, a que dediquei mais de sete páginas. E também mais adiante, à página 557, ao tratar da Instrução que os Filhos dos Pobres podem receber na Igreja, *ou em qualquer outro Lugar de Culto*, disse eu, *dos quais não desejo que nenhum Paroquiano capaz de andar se Ausente aos Domingos*, acrescentando estas Palavras: *Trata-se do Sabbath, o Dia mais útil da semana, reservado para o Serviço Divino e o Exercício Religioso, bem como para o descanso do Trabalho Físico, e zelar de modo Especial por este Dia é Dever de todos os Magistrados. Sobretudo os Pobres e seus Filhos deveriam ser obrigados a ir à Igreja aos Domingos, tanto de Manhã como à Tarde, pois não têm Tempo no resto da semana. Por Preceito e Exemplo, convém encorajá-los a isso desde a mais tenra Infância; há que se considerar Escandalosa a Negligência deliberada nesse caso, e se a categórica Obrigação que recomendo parece por demais Severa, e talvez Impraticável, seria conveniente, pelo menos, proibir com rigor todo tipo de Diversão, para que nenhum Entretenimento possa atrair ou arrastar o Pobre para longe de tal Dever.* Se os Argumentos que usei não são convincentes, desejaria vê-los refutados, e agradeceria como um Favor se alguém me convencesse do meu Erro, sem uso de Linguagem insultante, indicando onde me equivoquei. Mas parece que a Calúnia é o Caminho mais curto para contestar um Adversário, quando os Homens se sentem atingidos num Ponto sensível. Grandes Somas são recolhidas para essas Escolas de Caridade, e conheço suficientemente a natureza humana para imaginar que os Beneficiários desse Dinheiro não terão Paciência para discutir o assunto. Assim, pois, antevi o Tratamento que iria receber quando, após ter repetido a Cantilena habitual em favor das Escolas de Caridade, disse as meus Leitores, na página 511: *Tal é o Clamor geral, e aquele que disser a menor Palavra contra isso é não somente um Malvado, Desumano e duro de Coração como também um Canalha Ímpio, Profano e Ateu.* Por esse Motivo, não se pode pensar que foi para mim grande Surpresa ver-me, nessa extraordinária Carta a Lord C., chamado de *Autor libertino*, e à publicação dos meus Credos de *Proposta aberta e confessa de extirpar a Fé Cristã e toda Virtude*, a qual seria uma *Enormidade tão brutal, tão desconcertante, tão assustadora, tão flagrante* que clama ao Céu por Vingança. Não é mais do que aquilo que sempre esperei por parte dos Inimigos da Verdade e do Trato honrado, e nada vou responder ao enfurecido Autor da dita Carta, que se empenha em me expor à Fúria pública. Sinto pena dele, e tenho Caridade bastante para acreditar que está iludindo a si mesmo, por confiar em Boatos e Palavras alheias; pois Ninguém em seu Juízo pode pensar que, tivesse ele lido a quarta Parte do meu Livro, escreveria o que escreveu.[1]

Lamento que as Palavras *Vícios Privados, Benefícios Públicos* tenham chegado a Ofender algum Homem bem-intencionado. Seu Mistério é desvendado assim que elas são corretamente entendidas; mas nenhum Homem sincero duvidará de sua Inocência após ter lido o

---

[1] Numa subsequente defesa da *Fábula* – a *Letter to Dion* (1732) – Mandeville emprega as mesmas táticas de ironia: "Não posso dizer que não haja diversas Passagens naquele Diálogo que induziriam alguém a crer que o senhor [o bispo Berkeley] andou se banhando na *Fábula das Abelhas*; mas daí a supor que, tendo apenas se molhado no Livro, haja escrito contra ele como o fez, seria tão injurioso ao seu Caráter, o Caráter de um Homem honrado, que minha Paciência nem tolera especular sobre tão maldosa Suposição (...). O senhor não é o primeiro, entre quinhentos, a proferir juízo muito severo sobre a *Fábula das Abelhas* sem a ter lido. Eu mesmo já ouvi na Igreja uma Ardorosa prédica contra o Livro em Questão, por um digno Clérigo que confessou jamais tê-lo visto..." (p. 5).

último Parágrafo, onde me despeço do Leitor, *e concluo repetindo esse aparente Paradoxo, cuja Essência é apresentada na Folha de Rosto: que os Vícios privados, através da boa Administração de um Político hábil, podem ser mudados em Benefícios públicos.*[1] São essas as últimas Palavras do Livro, impressas com os mesmos Caracteres graúdos que o restante. Mas deixo de lado tudo o que já disse em minha Defesa; e caso, em alguma parte do Livro intitulado *A Fábula das Abelhas*, e denunciado pelo Grand Jury de *Middlesex* aos Juízes do *Tribunal do Rei*, seja encontrada a menor Parcela de Blasfêmia ou Profanação, ou de qualquer outra coisa que apresente tendência à Imoralidade ou Corrupção de Costumes, desejo que se publique o material; e se isso for feito sem Invectivas nem Reverberações pessoais, ou lançando o Populacho contra mim, Coisas a que não responderei jamais, não só me retratarei como também pedirei Perdão ao Público ofendido da Maneira mais solene; e (se julgarem que o Carrasco parece bom demais para a Tarefa) eu mesmo queimarei o Livro, em qualquer Tempo e Lugar razoáveis que meus Adversários se dignem indicar.

O Autor da Fábula das Abelhas

FINIS.

---

[1] Na *Letter to Dion* (1732), Mandeville insiste em sua defesa do subtítulo *Vícios Privados, Benefícios Públicos*. "A verdadeira Razão", diz ele (p. 38) "pela qual fiz uso desse Título (...) foi para chamar a Atenção. (...) Esse (...) é todo o Motivo que eu tinha para tal; e penso que seria Estupidez apelar a qualquer outro". O leitor deverá notar, escreve ele (p. 36), que no subtítulo "há pelo menos um Verbo (...) que falta para dar-lhe o Sentido perfeito". Tal sentido não é o de que *todo* vício é um benefício público, mas que *alguns* vícios *podem*, quando corretamente administrados, se tornarem úteis ao bem social.

Coleção LibertyClassics

Ensaios – Uma Antologia
Lord Acton

Reflexões sobre a Revolução na França
Edmund Burke

Cristianismo e cultura clássica – Um estudo das ideias e da ação, de Augusto a Agostinho
Charles Norris Cochrane

Escritos políticos
Samuel Johnson

Conferências sobre retórica e belas-letras
Adam Smith

A história das origens do governo representativo na Europa
François Guizot

A crise do século XVII – Religião, a Reforma e mudança social
Hugh Trevor-Roper

Princípios de política aplicáveis a todos os governos
Benjamin Constant

Os deveres do homem e do cidadão de acordo com as leis do direito natural
Samuel Pufendorf

História como história da liberdade
Benedetto Croce

O homem racional – Uma interpretação
moderna da ética aristotélica
Henry Babcok Veatch

A lógica da liberdade – Reflexões e réplicas
Michael Polanyi

A perfectibilidade do homem
John Passmore

Cartas
Jacob Burckhardt

Democracia e liderança
Irving Babbitt

Ensaios morais, políticos e literários
David Hume

Os limites da ação do Estado
Wilhelm von Humboldt

Política
Johannes Althusius

Sobre a História e outros ensaios
Michael Oakeshot

informações e pedidos
topbooks@topbooks.com.br
(21) 2233.8718 / 2283.1039

Acesse o *Qr Code* e conheça toda coleção